EUDORA WELTY

DER PURPURROTE HUT UND ANDERE ERZÄHLUNGEN

Mit einem Vorwort von Katherine Anne Porter

Aus dem Amerikanischen übersetzt von Katrine von Hutten

KLETT-COTTA

EIN VORHANG AUS GRÜN
UND ANDERE ERZÄHLUNGEN
1941

Für Diarmuid Russell

VORWORT

Gemeinsame Freunde besuchten mich mit Eudora Welty vor drei Jahren in Louisiana. Es war ein heißer Hochsommertag, sie waren aus ihrem Heimatstaat Mississippi hergefahren, und wir verbrachten, ins Gespräch vertieft, einen angenehmen Abend in dem kühlen alten Haus, in dem alle Fenster offenstanden. Miss Welty saß da und hörte zu, wie sie überhaupt bei vielen solchen Gelegenheiten eine Menge zugehört haben mußte. Sie war und ist eine stille, heiter wirkende, bescheidene Frau, und im Gegensatz zu jenem jungen Engländer in der Geschichte hat sie etwas, auf das sie bei aller Bescheidenheit stolz sein kann – was diese Sammlung von Kurzgeschichten beweist.

Sie hält ihre persönliche Geschichte für kaum erwähnenswert, eine Tatsache, die in sich schon überraschend wirkt, da eine sehr lebendige persönliche Entwicklung mit phantastischen Höhen und Tiefen, Entbehrungen und Glückstreffern, Reisen in ferne Länder, spirituelles und intellektuelles Exil, defensive Flucht, heimwehkranke Rückkehr mit einem entschiedenen Suchen nach den einheimischen Wurzeln und ein Durcheinander von den allerverschiedensten Jobs seit langem nichts als das Übliche im Leben eines amerikanischen Autors darstellen. Miss Welty kam in Jackson, Mississippi, zur Welt und wuchs dort auf, wo ihr Vater, der jetzt schon tot ist, Präsident einer Versicherungsgesellschaft war. Das Familienleben war heiter und intensiv; sie scheint mit ihren Eltern und ihren beiden Brüdern sehr gut ausgekommen zu sein. Die für Töchter typische Erziehung in den Südstaaten ging ohne Unterbrechung, nachsichtig und genauso ernsthaft vor sich, wie sie es haben wollte. Sie ging von der Schule in Mississippi auf die Universität in Wisconsin, dann auf die Columbia Universität in New York und kehrte anschließend nach Hause zurück, wo sie mit ihrer Mutter und ihren alten Freunden und Bekannten ziemlich einfach und liebenswert lebt. Sie versuchte es mit ein oder zwei Jobs, weil das das Naheliegende zu sein schien, und arbeitete in der Werbebranche und als Journalistin; aber da sie nicht wirklich ihren Lebensunterhalt verdienen mußte, gab sie die Anstellungen auf und machte sich ans Schreiben.

Sie liebt Musik und hört sich viel und sehr Verschiedenes an; sie züchtet mit Erfolg Blumen und erzählt, daß sie sich „am Ort umtut", das heißt, daß sie ein normales Maß an gesellschaftlichen Kontakten pflegt. Ein normales gesellschaftliches Leben kann in einer mittelgroßen Stadt in den Südstaaten zu einer ziemlich anstrengenden Beschäftigung werden, und der einzige Kommentar, den ihre Freunde abgeben, wenn eine neue Geschichte erscheint, ist der: „Aber Eudora, wann hast du denn das geschrieben?" Kein Wie, nicht einmal ein Warum, nur ein Wann. Sie sehen sie so oft, wann hat sie denn Zeit zum Schreiben? Und doch verbringt sie sehr viel Zeit damit. „Ich führe überhaupt kein literarisches Leben", schrieb sie einmal, „das ist vielleicht kein großes Bekenntnis. Aber ich habe das Gefühl, daß die Menschen und die Dinge, die ich liebe, in eine wahre und menschliche Welt gehören, und in ihrer Umgebung herrscht kein Durcheinander... Ich würde ein literarisches Leben gar nicht verstehen."

Wir können dieses Thema nur so leichterhand abtun, wie sie das tut. Als Kind ihrer Heimat und ihrer Zeit profitiert sie vielleicht – ohne sich dessen bewußt zu sein – von den wirren Erfahrungen, den Reisen in ferne Länder und den Unruhen der Generation vor ihr, und sie wird nie verreisen und bei den Eskimos oder den Mexikanern leben müssen; sie braucht nicht an einem Krieg teilzunehmen und den Tod zu riechen, um sich selbst lebendig zu fühlen: Sie weiß schon genug über den Tod. Sie braucht noch nicht einmal in New York zu leben, um zu wissen, daß sie die Erfahrungen und das Gefühl für das „Leben" hat, welches für einen ernsthaften Autor angemessen ist. Sie bezieht die für sie richtigen Anregungen von der natürlichen Quelle – ihre Erfahrung reichte bislang aus und war genau richtig. Als geborene Schriftstellerin fing sie als Kind spontan zu schreiben an; ohne jeden Plan, daraus einen Beruf zu machen, fuhr sie damit fort, ohne jede besondere Ermutigung und, wie sich herausstellte, auch ohne Ermutigung zu brauchen. Ein paar Jahre lang glaubte sie, daß sie Malerin werden würde, und malte ernsthaft, während ihr das Schreiben mühelos von der Hand ging.

Fast alle Schriftsteller aus den Südstaaten, die ich kenne, waren von jung auf unersättliche „Allesfresser“, was das Lesen angeht, und Miss Welty paßt beruhigend gut in dieses Muster. Sie hatte die typische Büchersammlung zur Hand, die einer bestimmten Art von Südstaatenfamilie eine Selbstverständlichkeit war, und so hatte sie die altgriechische und römische Poesie, geschichtliche Werke und Sagen, Shakespeare, Milton, Dante, die englische Literatur des 18. Jahrhunderts und die französischen Romanciers aus dem 19. Jahrhundert, und außerdem ein bißchen Tolstoi und Dostojewski bereits gelesen, bevor es ihr überhaupt klar wurde, daß sie las. Als sie die zeitgenössische Literatur für sich entdeckte, war sie gerade im richtigen Alter, um zuerst W. B. Yeats und dann Virginia Woolf überall um sich herum zu entdecken; aber immer, von Anfang an bis jetzt, liebte sie Volkssagen, Märchen, alte Legenden, und sie hört gern den Liedern und den Geschichten von Leuten zu, die in alten Gemeinden leben, deren Kultur durch mündliche Überlieferung ins Gedächtnis zurückgerufen wird.

Sie hat das Handwerk des Schreibens nie erlernt. Sie hat nie einer literarischen Gruppe angehört, und bis zu dem Zeitpunkt, als ihre erste Geschichtensammlung druckreif war, hat sie niemals mit Kollegen oder älteren Künstlern über irgendwelche Probleme ihres Handwerks gesprochen. Nichts was ich sonst noch über sie weiß, gefällt mir besser als das; es scheint mir vollkommen richtig zu sein, die Art, in der ein junger Künstler sich entwickeln sollte, mit dem nötigen Stolz und der Unabhängigkeit und dem Mut, um die individuellen Schwierigkeiten wirklich durchzustehen; Fehler zu machen und sie zu korrigieren und daraus Konsequenzen zu ziehen, und schließlich auf den eigenen Füßen zu stehen. Ich glaube an die Richtigkeit von Miss Weltys instinktivem Wissen, daß Schreiben nicht gelehrt, sondern nur gelernt werden kann, und zwar von jedem Menschen auf seine eigene Weise, in seinem eigenen Tempo und in genau der Zeit, die er dafür braucht, denn der Prozeß, der zur meisterhaften Beherrschung dieser Kunst führt, ist Teil eines „Zellwachstums“ in einem höchst komplexen Organismus; es ist eine Art zu leben und zu sein, bei der man nicht von dem menschlichen Wesen absehen kann, das man am Tag seiner Geburt war, und nur indem der Künstler dem

Gesetz gehorcht, das diesem einzigartigen Wesen innewohnt, kann er seine wahre Bestimmung und die für ihn richtigen Zielsetzungen erkennen. Miss Welty entkam durch ein Wunder dem ganzen korrumpierenden und destruktiven Einfluß der zeitgenössischen organisierten Einmischerei in die Belange junger und vielversprechender Talente durch professionelle Lehrer, die ziemlich eintönig zwei verschiedene Richtungen vertraten: einerseits die Theoretiker, die unfähig sind, auch nur ein passables Beispiel der Kunst selbst zu produzieren, die sie lehren; und andererseits gute, manchmal erstklassige Künstler, die aber als Mensch nicht in der Lage sind, dem Drang zu widerstehen, Jünger und Nachäffer unter den Studenten heranzuziehen. Man muß allerdings sagen, daß bei dieser zweiten Art das fähige Talent den Einfluß des Lehrers abschütteln und sich selbst ans Werk machen wird. Solch ein Einfluß bildet nur neue Hindernisse auf einem sowieso schon schwierigen Weg. Miss Welty ist auch keinem militanten sozialen Bewußtsein anheimgefallen, in dem heute üblichen radikal intellektuellen Sinn, sie bekannte sich nie zum Kommunismus, und sie hat nie, zumindest nicht ausdrücklich, ihre Einstellung zur Politik und zu gesellschaftlichen Belangen zum Ausdruck gebracht. Aber es gibt unbestritten einen ehernen Moralkodex, auf dem sie fest gründet, und das, so will mir scheinen, ist allein schon ein reiches und weites Arbeitsfeld; dieser Kodex war nie der spezielle Besitz irgendeiner Partei oder eines Glaubensbekenntnisses oder einer Nation, er steht mit jener wahren und menschlichen Welt in Beziehung, von der der Künstler ein lebendiger Teil ist; und wenn er sich um ein paar politischer, das heißt unmenschlicher, Regeln willen davon distanziert, dann schneidet er sich ab von der wahren Gesellschaft – lebendigen Menschen.

Es gibt Dokumente zur politischen und zur Gesellschaftstheorie, die, wenn nicht zur Poesie, dann doch bestimmt zu den Geisteswissenschaften gehören. Es sind beruhigende Bekundungen der großen Hoffnungen und der liebsten Glaubenssätze der Menschheit, und es sind Werke von hoher Einbildungskraft. Aber alle funktionierenden, in die Praxis umgesetzten politischen Systeme, selbst jene, die angeblich hochfliegenden moralischen Ansätzen entsprungen sind, fußen und arbeiten nur auf der Grundlage von Verachtung des menschlichen Daseins und des individuellen Schicksals; indem er eine von ihnen akzeptiert und seinen Geist und seine Arbeit danach ausrichtet, entmenschlicht der Künstler sich selbst und macht sich für die Ausübung jeglicher Kunst unfähig.

Miss Welty hatte keine Eile, und sie war schon gut sechsundzwanzig Jahre alt, als sie dem Herausgeber einer kleinen zahlungsunfähigen Zeitschrift ihre erste Geschichte anbot, „Tod eines Handlungsreisenden". Sie konnte einfach nicht glauben, daß irgend jemand ihr eine Geschichte abkaufen würde; die Zeitschrift hieß *Manuscript*, der Herausgeber war John Rood, und er nahm sie gern an. Ziemlich überrascht versuchte es Miss Welty als nächstes bei der *Southern Review*, wo sie von Albert Erskine freundlich begrüßt wurde, der Miss Welty dauerhaft ergeben blieb und sie als seine persönliche Entdeckung betrachtete. Es war die Geschichte „Eine Neuigkeit", und ihr folgten andere in der *Southern Review*, der *Atlantic Monthly* und *Harper's Bazaar*.

Seitdem wurde sie niemals vernachlässigt, sie wurde immer geschätzt, und sie ist ganz einfach glücklich darüber. Sie schrieb einem Freund: „Wenn ich an Ford Madox Ford denke! Du erinnerst Dich daran, wie Du ihm von mir erzähltest und wie er alles versuchte, um im letzten Jahr seines Lebens einen Verleger für mich zu finden; und er schrieb mir so viele freundliche Briefe und schenkte seine ganze Zeit der kleinen Gruppe von vielversprechenden Schriftstellern, was immer so hätte weitergehen können. Einmal las ich in der *Saturday Review* einen Artikel von ihm über derartige Leute und wie sie von den Verlegern vernachlässigt wurden, und er wählte mich aufs Geratewohl als Beispiel. Er beendete sein Klagelied mit folgenden Worten: ‚Was soll bloß aus den beiden Teilen der angelsächsischen Welt werden, wenn es so weitergeht!' Hat er das nicht herrlich, realistisch und typisch ausgedrückt? Ich mag davon mehr beeindruckt gewesen sein als andere Leser, die ihn kannten. Ich kannte ihn nicht, aber ich wußte, daß es für ihn typisch war. Und ich bin gar nicht zu jenem tragischen Fall eines vielversprechenden Schriftstellers geworden, sondern habe all das Glück und all die guten Dinge erfahren, die mir und meinesgleichen vorzuenthalten Ford die Welt bezichtigte."

Aber da liegt eine Falle am Weg, und alle Kurzgeschichtenschreiber wissen, wie sie heißt – der Roman. Dieser Roman, den jeder Verleger von jedem auch nur leicht begabten Kurzgeschichtenautor bekommen möchte, und der ihn schließlich in neun von zehn Fällen bekommt. Verleger haben ihr schon gesagt: „Schreiben Sie uns zuerst einen Roman, und dann veröffentlichen wir Ihre Kurzgeschichten." Und es ist auch eine besondere Falle für Lyriker, obwohl ein guter Lyriker ziemlich oft einen guten Roman schreiben kann und das auch tut. Miss Welty hat sich an Romanen versucht, fleißig, pflichtbewußt, und sie dachte, jung wie sie ist, daß es vielleicht falsch von ihr sei, sich zu weigern, da so viele Autoritäten ihr sagten, daß das der nächste Schritt sei. Aber es ist ganz und gar nicht der nächste Schritt. Sie kann sehr wohl ein Meister der Kurzgeschichte werden – in diesem Buch gibt es fast perfekte Geschichten. Es ist sehr wohl möglich, daß sie nie einen Roman schreiben kann, und es gibt keinen Grund, warum sie es versuchen sollte. Die Kurzgeschichte ist ein ganz spezielles und auch schwieriges Ausdrucksmittel, und ganz im Widerspruch zu einem weitverbreiteten volkstümlichen Aberglauben gibt es kein Rezept, das man bei einem Fernstudium erlernen kann. Nichts kann sie davon abhalten, Romane zu schreiben, wenn sie das möchte oder glaubt, daß sie es kann. Ich meine nur, daß ihre Begabung, lebendig und blühend wie sie jetzt ist, nicht durch eine vollkommen unnatürliche Forderung nach einer konventionellen Leistung behindert werden sollte. Es ist eine Tatsache, daß der Leserkreis für Kurzgeschichten kleiner ist als der Leserkreis für Romane; das scheint mir aber kein Grund zu sein, dieser Minorität ihren Lesestoff zu entziehen. Ich erinnere mich daran, daß ein Leser einem Lektor schrieb und darüber klagte, daß er Anthologien deshalb nicht mochte, weil er, wenn er sich in eine Stimmung oder in einen Geisteszustand eingefühlt habe, sich gleich wieder aufs neue umstellen müsse. Wenn das ein wichtiger Einwand ist, könnten wir ihn auch für die Musik anwenden. Wir könnten den Roman mit der Sinfonie vergleichen und eine Anthologie mit einem guten Konzertsolovortrag. Jedenfalls ist dieser Kläger nicht unser Leser, obwohl unser Leser sehr wohl existiert, und es gäbe mehr davon, wenn mehr und bessere Kurzgeschichten angeboten würden.

Diese Geschichten bieten eine erstaunliche Spanne an Stimmungen, Tempo, Tonfall und Themenvielfalt. Der Schauplatz beschränkt sich auf eine Stadt, welche die Autorin gut kennt. Der weitest entfernte Schauplatz reicht nie über die Grenzen ihres eigenen Staates hinaus, und viele der beschriebenen Charaktere veranlaßten einen Mann aus Boston zu der Bemerkung, daß er nichts dafür geben würde, sie persönlich kennenzulernen. Lily Daw ist ein einfältiges Mädchen im Griff sozialer Zwänge, welche durch eine Gruppe ernsthafter Damen repräsentiert werden, die das Beste für sie wollen, ganz unabhängig von den Konsequenzen. Keela, das ausgestoßene Indianermädchen, ist ein verkrüppelter kleiner Neger, der den Menschentypus verkörpert, den W. B. Yeats als den Unglücklichsten bezeichnet: denjenigen, dessen Erfahrungen wichtiger sind als er selbst und die weit außerhalb seiner Aufnahmefähigkeit liegen. Aber der wirklich unglückliche Mann in dieser Geschichte ist jener ahnungslose junge Weiße, der unwissentlich zu dem Unrecht beigetragen hat, das dem kleinen Neger angetan wurde, und der aus einem höchst verwikkelten Grund herausfindet, daß keine Wiedergutmachung möglich oder auch nur wünschenswert für das Opfer ist... Die Heldin von „Warum ich auf dem Postamt wohne" ist ein erschreckendes Beispiel von *Dementia Praecox*. In dieser ersten Gruppe – denn die Geschichten können locker auf drei verschiedene Ebenen verteilt werden – weht ein satirischer Geist, und der Schlüssel heißt grimmige Komödie. Unter diesen Geschichten bietet „Der versteinerte Mann" eine gnadenlose Studie des Vulgären – des absoluten, chemisch reinen Vulgären am Menschen in seiner abgrundtiefsten, fast nicht mehr menschlichen Ausprägung. Dumpfheit, Verbitterung, Rachsucht, Selbstmitleid, Niedertracht jeglicher Art können sehr interessantes Material für eine Geschichte bedeuten, vorausgesetzt, daß diese Eigenschaften nicht auch den Geist des Autors ausmachen. Miss Weltys Geist hat nicht das geringste Vulgäre oder Kleinliche an sich. Sie hat einfach scharfe Augen und Ohren, ist gewitzt und dazu lauter wie eine Stimmgabel. Sie hat in diese kleine Geschichte all ihren Witz und ihre Beobachtungsgabe hineingegeben, ihren ätzenden Humor und ihre gerechte Grausamkeit; denn sie bringt gegenüber typischen Bösartigkeiten nicht die nachlässige Toleranz oder die sentimentale

Schwäche auf, die zu dem verbrecherischen, geheimen Einverständnis zwischen dem Autor und seinem Helden führt. Ihre Handhabung dieses Materials hebt die schrecklich gemeine kleine Geschichte auf eine Ebene über ihrem natürlichen Standort, und ihr Realismus scheint fast die Qualität einer Karikatur anzunehmen, wie reiner Realismus das oft bewirkt. Jedoch, so wie groteske Maler nichts weiter als exakte Darstellungen von tatsächlich lebenden Menschen machen, die genauer beobachtet werden, als das durchschnittliche Auge zu beobachten fähig ist, so sind Miss Weltys kleine menschliche Monster in Wirklichkeit keine Karikaturen, sondern Individuen, die genau und klar dargestellt werden: was vielleicht gegen den Realismus spricht, wenn wir Lust hätten, uns damit zu befassen. Sie ist auf einer anderen Ebene besser – aus dem einfachen Grund, weil die Themen reichhaltiger sind – in solch wunderschönen Geschichten wie „Tod eines Handlungsreisenden“, „Eine Erinnerung“, „Ein ausgetretener Pfad“. Darf ich eine tiefe persönliche Vorliebe für diese besondere Art von Geschichten zugeben, in der die äußere Handlung und das innere sprachlose Leben der menschlichen Vorstellungskraft fast zusammenfallen und sich auf der mysteriösen Schwelle zwischen Traum und Wirklichkeit vermischen, wo die eine Realität sich weigert, die Existenz der anderen zuzugeben oder zu bestätigen, obwohl beide heimlich auf das gleiche Ende zuarbeiten? Das ist nicht leicht zu erreichen, aber es lohnt sich immer, es zu versuchen, und Miss Welty macht es so perfekt, als ob es ihr vertrautestes Gebiet wäre. Die scharfen Ecken und Kanten sind bei ihr nicht verschwommen, sondern zeugen von einer aktiven und disziplinierten Phantasie, die sich stark und gradlinig fortsetzt, zeugen von der Gabe einer wachen, taghellen Vernunft, welche die bizarre Logik der Träume sammelt und aufzeichnet. Keine dieser Geschichten ist autobiographisch im engeren Sinne, außer daß die Autorin allgegenwärtig ist und jeden Charakter, den sie beschreibt, so gut kennt wie nur der Künstler den Gegenstand, den er geschaffen hat, indem er ihm zuerst in seiner Phantasie begegnet. Aber vielleicht steckt in „Eine Erinnerung“, einer der besten Erzählungen, etwas von der frühen persönlichen Geschichte in der Beschreibung des Kindes am Strand, das durch sein Kindsein von der Welt des Erwachsenenwissens abgeschnitten war und das hoffte, die Geheimnisse des Lebens dadurch zu erfahren, daß es alles anschaute und seine Hände um die Augen herumlegte, um den beobachteten Gegenstand einzurahmen – die Geste eines Menschen, der dazu geboren ist, auszuwählen, anzuordnen, scheinbar gegensätzliche Elemente in freiwillig gesetzten Grenzen harmonisch zu vereinen. Aber die Autorin ist bereits in ihrer Jugend frei von Selbstliebe, Selbstmitleid und der Beschäftigung mit sich selbst – jener dreifachen Verdammung, welcher zu viele der jungen und begabten Menschen anheimfallen – und hat schon eine bewundernswerte Objektivität erreicht. In solchen Geschichten wie „Der alte Mr. Marblehall", „Powerhouse", „Die Tramper" verbindet sie objektive Reportage mit großer Einfühlung in geistige oder gefühlsmäßige Zustände, und in „Clytie" entfaltet sich der reine Wahnsinn vor den Augen des Lesers in der konsequenten Beschreibung von Handlungen und Gesprächen, der persönlichen Erscheinung und der Kleidung der Hauptfigur und ihrer Familie.

In all diesen Geschichten, die verschieden sind, finde ich nichts Falsches oder Bemühtes, keine Aufteilung des Interesses, keine Stimmungsschwankungen – der Zugang ist direkt und einfach, obwohl die Themen und Stimmungen alles andere als einfach sind, und selbst in der kleinsten Geschichte wird eine Kraft im Hintergrund spürbar, die mich fest daran glauben läßt, daß, so glänzend dieser Anfang auch ist, er nur den Anfang darstellt.

*„Aber nun, da so vieles anders wird, ist es nicht an uns, uns zu verändern? Könnten wir nicht versuchen, uns ein wenig zu entwickeln, und unseren Anteil Arbeit in der Liebe langsam auf uns nehmen nach und nach? Man hat uns alle ihre Mühsal erspart... Wir sind verdorben vom leichten Genuß... Wie aber, wenn wir unsere Erfolge verachteten, wie, wenn wir ganz von vorne begännen, die Arbeit der Liebe zu lernen, die immer für uns getan worden ist? Wie, wenn wir hingingen und Anfänger würden, nun, da sich vieles verändert."**

19. August 1941 — Katherine Anne Porter

* Rainer Maria Rilke, Die Aufzeichnungen des Malte Laurids Brigge.

LILY DAW UND DIE DREI DAMEN

Mrs. Watts und Mrs. Carson waren gerade auf dem Postamt in Victory, als der Brief vom Institut für geistig Behinderte in Ellisville, Mississippi, ankam. Aimee Slocum, noch ein Bündel Briefe in der Hand, rannte nach vorn und gab ihn direkt Mrs. Watts, und dann lasen ihn alle drei gemeinsam. Mrs. Watts hielt ihn straff gespannt in ihren rosafarbenen Händen, und Mrs. Carson las langsam mit dem Finger mit, auf dem ein Fingerhut saß. Alle anderen Leute im Postamt fragten sich, was denn jetzt los sei.

„Was wird Lily sagen", strahlte Mrs. Carson schließlich, „wenn wir ihr sagen, daß wir sie nach Ellisville schicken!"

„Sie wird sich wahnsinnig darüber freuen", sagte Mrs. Watts und fügte, an eine schwerhörige Dame gewandt, mit kehliger Stimme hinzu: „Lily Daw bekommt nämlich einen Platz in Ellisville!"

„Daß ihr euch untersteht und es Lily ohne mich sagt!" rief Aimee Slocum und lief zurück, um die Post weiter zu sortieren.

„Glauben Sie, daß sie dort in guten Händen ist?" begann Mrs. Carson eine Unterhaltung mit einer Gruppe baptistischer Damen, die im Postamt warteten. Sie war die Frau des Baptistenpredigers.

„Ich habe oft gehört, daß es dort sehr schön sein soll, aber überfüllt", sagte eine von ihnen.

„Lily läßt sich von anderen Leuten immer so schlecht behandeln", sagte eine andere.

„Gestern, während der Vorstellung im Zelt –", sagte eine dritte und hielt sich dann mit der Hand den Mund zu.

„Ach, lassen Sie nur, ich weiß doch, daß es solche Dinge auf der Welt gibt", sagte Mrs. Carson mit gesenktem Blick und fingerte an dem Maßband herum, das ihr über die Brust herunterhing.

„Oh, Mrs. Carson. Also gut, jedenfalls gestern abend in der Vorstellung, na ja, der Mann knöpfte Lily um ein Haar Geld für eine Eintrittskarte ab."

„Eine Eintrittskarte!"

„Bis mein Mann hinging und ihm erklärte, daß sie nicht ganz normal im Kopf ist, und das sagten alle anderen auch."

Die Damen schnalzten mit der Zunge.

„Ach, es war wirklich eine schöne Vorführung", sagte die Dame, die dort gewesen war. „Und Lily führte sich so gut auf. Sie war eine perfekte kleine Dame – sie saß einfach auf ihrem Platz und starrte nach vorn."

„Ja, sie kann ganz damenhaft sein – das kann sie wirklich", sagte Mrs. Carson, schüttelte den Kopf und blickte nach oben. „Genau das bricht einem ja das Herz."

„Ja, sie schaute andauernd auf das – wie heißt das Ding noch mal, das soviel Krach macht? – das Xylophon", sagte die Dame. „Schaute die ganze Zeit nicht einmal nach links oder nach rechts. Sie saß direkt vor mir."

„Die Frage ist nur, was hat sie nach der Vorstellung gemacht?" fragte Mrs. Watts sehr praktisch. „Lily ist für ihr Alter einfach schon sehr entwickelt."

„Oh, Etta!" protestierte Mrs. Carson und schaute sie einen Augenblick lang entsetzt an.

„Deshalb schicken wir sie ja auch nach Ellisville", schloß Mrs. Watts.

„Jetzt bin ich endlich fertig", sagte Aimee Slocum und kam mit weiß gepudertem Gesicht angelaufen. „Die Post ist sortiert. Ich weiß aber nicht, wie gut sie sortiert ist."

„Nun, ich hoffe natürlich, es ist das Beste für sie", sagten einige der anderen Damen. Sie gingen nicht sofort zu ihren Postfächern, um nach Briefen zu schauen. Sie fühlten sich etwas ausgeschlossen.

Die drei Frauen standen am Fuß des Wasserturms.

„Es ist schwer, Lily zu finden", sagte Aimee Slocum.

„Wo in aller Welt glauben Sie, daß sie steckt?" Es war Mrs. Watts, die den Brief an sich genommen hatte.

„Ich sehe weder auf dieser Straßenseite noch auf der anderen eine Spur von ihr", erklärte Mrs. Carson, während sie weitergingen.

Ed Newton fädelte Redbird-Blöcke für die Schule auf einen Draht auf, den er quer durch den Laden spannte.

„Falls ihr hinter Lily her seid, die war vor 'ner Weile hier und hat mir gesagt, daß sie ihre Hochzeit vorbereiten tut", sagte er.

„Ed Newton!" schrien die Damen wie aus einem Mund und klammerten sich aneinander. Mrs. Watts fing sofort an, sich mit dem Brief aus Ellisville Luft zuzufächeln. Sie war als Witwe schwarz gekleidet und kam beim kleinsten Anlaß ins Schwitzen.

„Das tut sie bestimmt nicht. Sie geht nach Ellisville, Ed", sagte Mrs. Carson behutsam. „Mrs. Watts und ich und Aimee Slocum zahlen ihr die Reise aus unserer eigenen Tasche. Außerdem haben die Jungens von Victory ihr Ehrenwort gegeben. Lily heiratet nicht, das bildet sie sich nur ein."

„Viel Erfolg, meine Damen", sagte Ed Newton und gab sich mit einem Heft einen Klaps.

Als sie zu der Brücke kamen, die über die Eisenbahn führt, trafen sie Estelle Mabers, die dort auf dem Geländer saß. Sie trank langsam eine Flasche Orangenlimo.

„Hast du vielleicht Lily gesehen?" fragten sie sie.

„Ich sollte jetzt hier auf sie warten", sagte die kleine Mabers, als wäre sie noch nicht dort. „Aber Jewel – Jewel sagt, daß Lily vorhin im Laden war und sich 'nen Hut für zweiachtundneunzig ausgesucht hat und mit dem abgezogen ist. Jewel will ihn für irgendwas andres von ihr eintauschen."

„Oh, Estelle, Lily sagt, daß sie heiraten will!" schrie Aimee Slocum.

„Na sowas", sagte Estelle. Sie begriff nie etwas.

Loralee Adkins kam in ihrem Willys Jeep angefahren und hupte, um herauszukriegen, wovon sie sprachen.

Aimee warf die Hände in die Luft und rannte auf die Straße. „Loralee, Loralee, du mußt uns zu Lily Daw fahren! Sie bereitet ihre Hochzeit vor!"

„Ach du liebes bißchen, steigt ein!"

„Na, das geht so grade", sagte Mrs. Watts, als sie mit Hilfe der anderen ächzend auf den Rücksitz geschoben wurde. „Wir müssen Lily jetzt überreden, daß es viel schöner ist, wenn sie nach Ellisville geht."

„Allein der Gedanke daran!"

Während sie um die Ecke fuhren, sprach Mrs. Carson in ihrer traurigen Stimme weiter, traurig wie die leisen Geräusche im Hühnerstall in der Dämmerung. „Wir haben Lilys arme, hilflose Mutter begraben. Wir haben Lily alles Essen und alles Anmachholz und jedes einzelne Kleidungsstück gegeben, das sie am Leib trägt. Wir haben sie in die Sonntagsschule geschickt, damit sie Gottes Wort hört, und haben sie baptistisch taufen lassen. Und als ihr alter Vater anfing, sie zu verhauen, und ihr mit dem Fleischermesser den Kopf abschneiden wollte, sind wir gekommen und haben sie da weggeholt und woanders untergebracht."

Das ungestrichene Holzhaus mit den Wetterhähnen war teilweise drei Stockwerke hoch und hatte violett-gelbe Glasfenster an der Vorderfront, und die Veranda war mit verschnörkelten Holzschnitzereien verziert. Das Haus neigte sich stark zur Eisenbahn hin, und die Eingangstreppe fehlte. Der Wagen mit den Damen hielt unter der Zeder an.

„Jetzt ist Lily schon fast erwachsen", fuhr Mrs. Carson fort. „Eigentlich ist sie schon erwachsen", sagte sie abschließend und stieg aus.

„Sie spricht davon, daß sie heiraten will", sagte Mrs. Watts angewidert. „Danke, Loralee, du kannst jetzt heimfahren."

Sie stiegen über die staubigen Zinnien auf die Veranda und gingen ohne anzuklopfen durch die offene Tür ins Haus hinein.

„Also, in diesem Haus riecht es immer so komisch. Das sage ich jedesmal, wenn ich hier bin", sagte Aimee Slocum.

Lily war da, sie kniete im dunklen Flur auf dem Boden neben einem kleinen geöffneten Koffer.

Als sie die Damen sah, steckte sie eine Zinnie in den Mund und wartete ab.

„Hallo, Lily", sagte Mrs. Carson vorwurfsvoll.

„Hallo", sagte Lily. Nach einer Weile saugte sie an dem Zinnienstengel, und es klang genauso wie ein Eichelhäher. Da saß sie, im Unterrock statt in einem Kleid, und das war eine der Sachen, weshalb ihr Mrs. Carson ständig Vorhaltungen machte. Unter dem neuen Hut fiel ihr weißblondes Haar offen auf ihre Schultern herab. Man konnte die wellige Narbe an ihrem Hals sehen, wenn man wußte, daß sie dort eine hatte.

Mrs. Carson und Mrs. Watts, die beiden dicksten, setzten sich in den zweisitzigen Schaukelstuhl. Aimee Slocum saß auf dem drahtgeflochtenen Stuhl, der Lily aus dem abgebrannten Drugstore gestiftet worden war.

„Na Lily, was machst du denn?“ fragte Mrs. Watts, die über die Geschwindigkeit des Schaukelns bestimmte.

Lily lächelte.

Der Koffer war alt und mit gelbbraunem Papier ausgeklebt, und in dunkleren Kreisen und Ringen war ein Sternchenmuster zu sehen. Die Damen gaben einander wortlos zu verstehen, daß sie keine Ahnung hatten, wo der Koffer in aller Welt hergekommen war. Er war leer bis auf zwei Stück Seife und einen grünen Waschlappen, und Lily war gerade dabei, diese Sachen im Koffer zurechtzuschieben.

„Jetzt sag uns doch, was du machst, Lily“, sagte Aimee Slocum.

„Dumme Frage, ich packe“, sagte Lily.

„Und wo willst du hin?“

„Ich heirate, und ich wett, Sie würden gern mit mir tauschen“, sagte Lily. Aber plötzlich wurde sie schüchtern, und sie steckte die Zinnie zurück in den Mund.

„Sag’s mir doch, meine Liebe“, sagte Mrs. Carson. „Erzähl der alten Mrs. Carson, warum du heiraten willst.“

„Nein“, sagte Lily nach kurzem Zögern.

„Also, wir haben uns etwas ausgedacht, was so viel schöner für dich wäre“, sagte Mrs. Carson. „Warum gehst du eigentlich nicht nach Ellisville!“

„Das wäre doch wunderbar!“ sagte Mrs. Watts. „Mein Gott, ja.“

„Es ist ein herrlicher Ort“, sagte Aimee Slocum mit unsicherer Stimme.

„Sie haben Pickel im Gesicht“, sagte Lily.

„Aimee, meine Liebe, du misch dich mal nicht ein, wenn’s dir nichts ausmacht“, sagte Mrs. Carson angespannt. „Ich weiß nicht, was mit Lily los ist, wenn du in der Nähe bist.“

Lily starrte Aimee Slocum nachdenklich an.

„Also! Würdest du nicht gern nach Ellisville fahren?“ fragte Mrs. Carson.

„Nein“, sagte Lily.

„Und warum nicht?" Die drei Damen beugten sich sehr erstaunt zu ihr hinunter.

„Weil ich heirate", sagte Lily.

„Nun, und wen heiratest du, meine Liebe?" fragte Mrs. Watts. Sie wußte, wie man Leute dazu bringt, daß sie das, was sie gesagt hatten, wieder zurücknahmen.

Lily biß sich auf die Lippe und lächelte. Sie griff in den Koffer, hob beide Stück Seife hoch und wog sie in der Hand.

„Jetzt sag uns schon", drang Mrs. Watts in sie. „Wen willst du denn heiraten?"

„Einen Mann von gestern abend."

Alle drei Damen schnappten nach Luft. Die Möglichkeit eines Liebhabers brach plötzlich über ihre Häupter herein wie Hagelschlag im Sommer. Mrs. Watts stand auf und versuchte, nicht zu schwanken.

„Einer von diesen Kerlen aus der Vorstellung! Ein Musiker!" schrie sie.

Lily schaute voller Bewunderung zu ihr hoch.

„Hat er – hat er dir etwas getan?" Es war immer wieder einzig und allein Mrs. Watts, die die Führung übernehmen konnte.

„Oh, ja", sagte Lily. Sie tippte mit ihren kleinen Fingerspitzen wählerisch auf die Seifenstücke und wickelte sie dann in den Waschlappen ein.

„Was?" wollte Aimee Slocum wissen und erhob sich schwankend, bevor sie einen Schrei ausstieß. „Was?" rief sie laut in den Flur hinein.

„Frag sie nicht, was", sagte Mrs. Carson und trat von hinten dazu. „Sag mir nur, Lily – nur ja oder nein – bist du noch genauso wie davor?"

„Er hatte eine rote Jacke an", antwortete Lily liebenswürdig. „Er nahm kleine Stöcke und machte damit *Ping-Pong! Ding-Dong*!"

„Ach, ich glaub, ich werde ohnmächtig", sagte Aimee Slocum, aber die anderen sagten, „nein, das wirst du nicht."

„Das Xylophon!" schrie Mrs. Watts. „Der Xylophonspieler! So ein Feigling, den sollte man in hohem Bogen aus der Stadt schmeißen!"

„Aus der Stadt? Das ist er schon längst", schrie Aimee. „Kannst du denn nicht lesen? – Das Plakat im Café – Victory am 9., Como am 10.? Er ist in Como. Como!"

„Auch gut! Dann bringen wir ihn eben zurück!“ schrie Mrs. Watts. „Mir entkommt er nicht!“

„Sei still“, sagte Mrs. Carson. „Ich glaube nicht, daß es irgend etwas nützt, diese Linie weiter zu verfolgen. Auf längere Sicht ist es besser, wenn er ein für allemal aus unserem Leben verschwindet. So ein Kerl. Er hatte es doch nur auf Lilys Körper abgesehen, und er würde das arme kleine Ding nie im Leben glücklich machen, selbst wenn wir hingingen und ihn zwängen, sie zu heiraten, wie es sich gehört – ihm die Pistole auf die Brust setzen.“

„Aber – “, fing Aimee an und riß die Augen auf.

„Halt den Mund“, sagte Mrs. Watts. „Mrs. Carson, ich glaube, Sie hatten recht.“

„Das ist meine Aussteuertruhe – sehn Sie?“ sagte Lily höflich in der eintretenden Pause. „Sie haben sie noch nicht mal angeschaut. Ich hab schon Seife und einen Waschlappen. Und meinen Hut hab ich – schon auf. Was schenken Sie mir alle?“

„Lily“, sagte Mrs. Watts und kam herüber, „wir schenken dir ganz viele wunderbare Sachen, wenn du nur nach Ellisville gehst, statt zu heiraten.“

„Was schenken Sie mir?“ fragte Lily.

„Ich schenk dir zwei hohlsaumgestickte Kopfkissenbezüge“, sagte Mrs. Carson.

„Ich schenk dir einen großen Karamelkuchen“, sagte Mrs. Watts.

„Ich schenk dir ein Souvenir aus Jackson – eine kleine Spielzeugbank“, sagte Aimee Slocum. „Willst du jetzt gehen?“

„Nein“, sagte Lily.

„Ich schenk dir eine schöne kleine Bibel mit deinem Namen in echtem Gold drauf“, sagte Mrs. Carson.

„Was ist, wenn ich dir einen Büstenhalter aus rosa Crêpe de Chine mit verstellbaren Trägern schenken würde?“ fragte Mrs. Watts grimmig.

„Oh, Etta!“

„Na, sie braucht einen“, sagte Mrs. Watts. „Was würden sie glauben, wenn sie in Ellisville im Unterrock rumläuft wie eine Zigeunerin?“

„Ich wünschte, *ich* könnte nach Ellisville fahren“, sagte Aimee Slocum verlockend.

„Was gibt's dort für mich?" fragte Lily leise.

„Oh! Eine ganze Menge. Du kannst dort Körbe flechten, nehm ich an ..." Mrs. Carson schaute die anderen unsicher an.

„Aber sicher, du darfst dort alle möglichen Körbe flechten", sagte Mrs. Watts. Dann verlor sich auch ihre Stimme.

„Nein, ich will lieber heiraten", sagte Lily.

„Lily Daw! Es ist aber jetzt purer Eigensinn!" schrie Mrs. Watts. „Du hast fast schon gesagt, daß du fährst, und jetzt nimmst du's wieder zurück!"

„Wir haben alle den lieben Gott gefragt, Lily", sagte Mrs. Carson schließlich, „und Gott sagt uns – Mr. Carson auch –, daß Ellisville der Ort ist, wo du sein sollst, um richtig glücklich zu sein."

Lily schaute ehrfurchtsvoll, aber immer noch eigensinnig herüber.

„Wir müssen sie ganz einfach hinbringen – jetzt!" schrie Aimee Slocum ganz plötzlich. „Stellt euch vor –! Sie kann nicht länger hierbleiben!"

„Ach nein, nein, nein", sagte Mrs. Carson eilig. „Daran dürfen wir gar nicht denken."

Sie saßen ganz verzweifelt da.

„Könnt ich meine Aussteuertruhe mitnehmen – nach Ellisville?" fragte Lily scheu und schaute die Damen von der Seite her an.

„Aber sicher", sagte Mrs. Carson ausdruckslos.

Stumm erhoben sie sich ein zweites Mal.

„Ach, wenn ich nur meine Aussteuertruhe mitnehmen dürfte!"

„Es ging ihr die ganze Zeit nur um ihre Aussteuertruhe", flüsterte Aimee.

Mrs. Watts klatschte in die Hände. „Das hätten wir also!"

„Dem Himmel sei Dank", flüsterte Mrs. Carson.

Lily schaute zu ihnen auf, und ihre Augen glänzten. Sie neigte den Kopf zur Seite und sagte in stolzer Nachahmung irgendeiner anderen – ganz unbekannten – Person:

„Okay – Schätzchen!"

Die Damen nickten und lächelten und gingen rückwärts auf die Tür zu.

„Ich glaub, ich bleibe besser hier", sagte Mrs. Carson und blieb stehen. „Wo – wo hat sie nur diesen gräßlichen Ausdruck her?"

„Pack ein", sagte Mrs. Watts. „Lily Daw fährt mit dem ersten Zug nach Ellisville."

Auf der Bahnstation keuchte der Zug. Fast alle Bewohner von Victory standen herum und warteten, daß er abfuhr. Die Stadtkapelle von Victory war freiwillig dazugestoßen und hatte sich unter der Menge verteilt. Ed Newton tat so, als wolle er auf seiner Baritonklarinette zu spielen anfangen. Auf dem Bahnsteig entwischten Küken aus einer Lattenkiste. Alle wollten die für die Reise zurechtgemachte Lily sehen, aber Mrs. Carson und Mrs. Watts hatten sie von der anderen Seite des Gleises in den Zug eingeschleust.

Die beiden Damen wollten bis Jackson mitfahren, um Lily beim Umsteigen zu helfen und um sicherzugehen, daß sie in die richtige Richtung fuhr.

Lily saß zwischen ihnen auf dem Plüschsitz. Ihre Haare waren gekämmt und zu einem Knoten hochgesteckt. Darüber saß ein kleiner blauer Hut, den Jewel ihr für den schönen neuen gegeben hatte. Sie trug ein Reisekleid, das teilweise aus Mrs. Watts Trauerkleidung vom letzten Sommer geschneidert war. Rosa Träger schimmerten durch den Stoff. Lily hielt eine Handtasche, eine Bibel und einen noch warmen Kuchen in einer Schachtel auf dem Schoß.

Aimee Slocum hatte die Post noch stempeln und bündeln müssen. Sie stand jetzt im Gang des Eisenbahnwagens, Tränen liefen ihr aus den Augen.

„Auf Wiedersehn, Lily", sagte sie. Sie war diejenige, der alles zu Herzen ging.

„Auf Wiedersehn, du Dummchen", sagte Lily.

„Mein Gott, ich hoffe, sie kriegen unser Telegramm und holen sie in Ellisville ab!" rief Aimee klagend aus und dachte daran, wie weit es war. „Und es war auch so schwer, alles in zehn Worten auszudrücken."

„Steig aus, Aimee, bevor der Zug losfährt und du dir den Hals brichst", sagte Mrs. Watts, die ihren Platz eingenommen hatte und fröhlich ihren guten Fächer hin- und herschwenkte. „Ich sag euch was, es ist ja so heiß, daß ich mein Korsett auszieh, sobald wir ein paar Kilometer aus der Stadt draußen sind."

„Ach Lily, du mußt dort nicht weinen. Sei nur schön brav und tu, was sie dir sagen – es geschieht alles, weil sie dich liebhaben." Aimee zog ihre Mundwinkel herunter und machte sich durch den Gang rückwärts davon.

Lily lachte. Sie zeigte über Mrs. Carsons Busen hinweg mit dem Finger auf einen Mann. Er war aus dem Zug ausgestiegen und stand dort allein herum. Er war offensichtlich ein Fremder, und er hatte eine Kappe auf dem Kopf.

„Schaut mal!" sagte sie und lachte leise durch die Finger.

„Schau – nicht", sagte Mrs. Carson so betont, als wollte sie von allen Worten, die sie jemals gesprochen hatte, gerade diese beiden feierlichen Worte dem weichen Hirn Lilys einprägen. Und sie fügte hinzu: „Schau nirgendwo hin, bis du in Ellisville bist."

Draußen weinte Aimee Slocum so sehr, daß sie fast in den Fremden hineinrannte. Er trug eine Kappe und war klein und schien parfümiert zu sein, wenn das überhaupt möglich war.

„Könnten Sie mir sagen, Madame", sagte er, „wo in dieser Stadt eine junge Dame namens Miss Lily Daw wohnt?" Er lüpfte seine Kappe – er hatte rotes Haar.

„Warum wollen Sie das wissen?" entschlüpfte es Aimee.

„Sprechen Sie lauter", sagte der Fremde. Er selbst flüsterte fast.

„Sie ist weggefahren – nach Ellisville!"

„Weggefahren?"

„Nach Ellisville gefahren!"

„Na, das hat man gern!" Der Mann schob seine Unterlippe vor und blies Luft nach oben, bis seine Haare flogen.

„Was hatten Sie mit Lily vor?" schrie Aimee plötzlich.

„Wir wollten nur heiraten, sonst nichts", sagte der Mann.

Da fing Aimee Slocum vor allen Leuten an laut zu schreien. Sie deutete mit dem Finger auf die lange schwarze Kiste, die sie zu Füßen des Mannes auf dem Boden liegen sah. Dann sprang sie vor Schreck zurück.

„Das Xylophon! Das Xylophon!" schrie sie und schaute zwischen dem Mann und dem fauchenden Zug hin und her. Was war das größere Übel? Die Glocke fing an dumpf zu läuten, und der Mann sagte etwas.

„Sagten Sie Ellisville? Im Staat Mississippi?" Blitzschnell zog er ein rotes Büchlein heraus, auf dem „Fakten und Zahlen" stand. Er schrieb etwas auf. „Ich bin nämlich schwerhörig."

Aimee nickte mit dem Kopf und lief um den Fremden herum.

Unter „Ellis-Ville, Miss." zog er einen Strich und markierte die Stelle noch mit zwei kleinen Zeichen. „Vielleicht hat sie mir nicht gesagt, daß sie das vorhat. Vielleicht hat sie gesagt, daß sie nichts vorhat." Plötzlich lachte er sehr laut los, nachdem er die ganze Zeit nur geflüstert hatte. Aimee sprang zurück. „Die Frauen! – Na ja, wenn wir irgendwann mal irgendwo in der Nähe von Ellisville, Miss., spielen, dann besuch ich sie vielleicht, und vielleicht auch nicht", sagte er.

Jetzt gab die Baritonklarinette den richtigen Einsatz für die Musikband. Weißer Dampf quoll aus der Lokomotive. Normalerweise hielt der Zug nur eine Minute lang in Victory, aber der Lokomotivführer kannte Lily vom Zuwinken her, und er wußte, daß heute ihr großer Tag war.

„Warten Sie!" schrie Aimee Slocum. „Warten Sie, Mister! Ich kann sie Ihnen bringen! Warten Sie, Herr Lokomotivführer! Fahren Sie noch nicht ab!"

Dann war sie wieder im Zug und schrie Mrs. Carson und Mrs. Watts ins Gesicht.

„Der Xylophonspieler! Der Xylophonspieler, der sie heiraten will! Da ist er!"

„Unsinn", murmelte Mrs. Watts und schaute über die anderen hinweg in die Richtung, in die Aimee deutete. „Also, ich seh ihn nicht. Wo soll er sein? Du schaust ja zum einäugigen Beasley hin."

„Der kleine Mann mit der Kappe – nein mit dem roten Haar! Macht schnell!"

„Ist er das wirklich?" fragte Mrs. Carson staunend Mrs. Watts. „Meine Güte, der ist aber klein, oder?"

„Den hab ich noch nie in meinem Leben gesehn!" rief Mrs. Watts aus. Aber ganz plötzlich schob sie ihren Fächer zusammen.

„Los! Weg von hier!" schrie Aimee Slocum. Sie war mit ihren Nerven am Ende.

„Schon gut, krieg nicht gleich einen hysterischen Anfall, meine Liebe", sagte Mrs. Watts. „Los", sagte sie mit belegter Stimme zu Mrs. Carson.

„Wohin gehen wir denn?“ fragte Lily, als sie sich durch den Gang hinauskämpften.

„Du heiratest jetzt, und wir bringen dich hin“, sagte Mrs. Watts. „Mrs. Carson, rufen Sie doch gleich auf dem Bahnhof Ihren Mann an.“

„Aber ich will doch gar nicht heiraten“, sagte Lily und fing zu wimmern an. „Ich fahre doch nach Ellisville.“

„Sei still, nachher essen wir alle zusammen Eis“, flüsterte Mrs. Carson.

Als sie am Ende des Zuges vom Trittbrett stiegen, fing die Kapelle gerade an, den „Unabhängigkeitsmarsch“ zu spielen.

Der Xylophonspieler war noch da und klopfte mit seinem Fuß auf den Boden. Er kam heran und sagte: „Hallo, Schätzchen. Was haste denn – Mucken?“ und küßte Lily schmatzend, und dann ließ sie den Kopf hängen.

„Also, Sie sind der junge Mann, von dem wir so viel gehört haben“, sagte Mrs. Watts. Sie lächelte strahlend. „Hier ist Ihre kleine Lily.“

„Was sagen Sie?“ fragte der Xylophonspieler.

„Zufälligerweise ist mein Mann der baptistische Pfarrer von Victory“, sagte Mrs. Carson mit lauter, klarer Stimme. „Ist das nicht ein Glück? Ich kann ihn in fünf Minuten herholen: Ich weiß genau, wo er ist.“

Sie standen im Kreis um den Xylophonspieler herum und gingen dann alle in das weißgetünchte Wartezimmer.

„Ach, in so einem Augenblick will ich am liebsten weinen“, sagte Aimee Slocum. Sie schaute zurück und sah, wie sich der Zug langsam entfernte und unter der Brücke an der Hauptstraße hindurchfuhr. Dann verschwand er um die Kurve.

„Ach, die Aussteuertruhe!“ schrie Aimee entsetzt auf.

„Und mit wem haben wir die Ehre?“ schrie Mrs. Watts, während Mrs. Carson zum Telephonieren ging.

Die Kapelle spielte weiter. Manche Leute glaubten, daß Lily im Zug saß, und andere schworen, daß sie ausgestiegen war. Aber alle jubelten, und ein Strohhut wurde in die Telephondrähte hochgeworfen.

EINE NEUIGKEIT

Sie war draußen im Regen gewesen. Sie stand breitbeinig in ihrem kleinen Haus vor dem Kamin, beugte sich vor und schüttelte zornig ihren nassen blonden Kopf, wie eine Katze, die sich vorwirft, daß sie nicht klüger gewesen ist. Sie sprach zu sich selbst – mit leisen, erregten Tönen, die in der Armseligkeit des Zimmers kaum zu verstehen waren.

„Der runterstürzende Regen, der runterstürzende Regen" – war es das, was sie immer wiederholte wie ein Lied? Sie stand da und drehte sich eine Vierteldrehung weiter, um trocken zu werden, und beugte den Kopf nach vorn, von dem ihre blonden Haare triefend und wirr herunterhingen. Sie hielt ihren Rock steif ausgebreitet, um die Wärme aufzufangen.

Dann ging sie rosig zum Tisch und hob ein Päckchen auf. Es war eine Tüte Kaffee mit der rotgedruckten Aufschrift „Warenprobe", die sie vorsichtig aus einer nassen Zeitung auswickelte.

„Warum hat er sie nur in eine Zeitung eingepackt!" sagte sie und hielt die Luft an, während sie von einer Hand zur anderen schaute. Sie mußte wohl ihr ganzes Leben lang einsam und langsam im Kopf gewesen sein, so wie die Dinge sie überraschten.

Sie stellte den Kaffee genau in die Mitte des Tisches. Dann faßte sie die Zeitung an einer Ecke und zog sie verträumt über den Boden, breitete sie aus und legte sich vor dem Feuer der Länge nach darauf. Ihr kleines Lied über den Regen, ihre Überraschungsrufe waren nur eine Einleitung gewesen für das verspielte Schmollen, mit dem sie sich unterhielt, wenn sie allein war. Jetzt war sie mit sich zufrieden. Als sie sich nah am Feuer räkelte, lösten sich die feuchten Strähnen ihrer Haare allmählich auf und fielen ihr wie ein Stück billige Seide ausgebreitet über den Rücken hinunter. Sie schloß die Augen. Ihr Mund sah tiefgründig aus und ließ eine unbewußte Schlauheit erkennen. Sie schien sich gerade in dieser still vergnügten Ruhe dort ganz alleine zu verstecken. Und wenn das Feuer manchmal auf dem Rost knisterte und prasselte, schauerte sie zusammen, und ihre Hand zuckte so, als ob sie ungeduldig oder verzweifelt wäre.

Sie bewegte sich und zog die Zeitung unter ihrem Rücken hervor. Dann hockte sie sich hin und faßte die bedruckte Seite an, als ob sie etwas ganz Empfindliches wäre. Sie schaute sie nicht nur an – sie beobachtete sie, als ob sie etwas Unberechenbares wäre, so wie ein junges Mädchen ein Baby beobachtet. Dort wo ihr Körper gelegen hatte, war die Zeitung noch naß. Sie hockte angespannt da und glättete die Falten mit ihren kleinen rissigen roten Fingern. Hin und wieder runzelte sie die Stirn, wenn sie eine fleckige Zeichnung und die großen Buchstaben eines darunterstehenden Wortes anschaute. Ihre Lippen zitterten, als ob das langsame Betrachten und Buchstabieren ihr Herz bewegte.

Plötzlich lachte sie.

Sie schaute auf. „Ruby Fisher!" flüsterte sie.

Ihre mattblauen Augen und ihr weicher Mund nahmen einen Ausdruck großer Schüchternheit an. Dann sah sie angstvoll aus. Ihr Blick erstarrte... Wessen Blick fühlte sie wohl auf sich ruhen? Sie zog ihr Kleid herunter und fing an, ein Dutzend Worte in der Zeitung zu buchstabieren.

Der kleine Abschnitt lautete:

„Mrs. Ruby Fisher wurde in dieser Woche unglücklicherweise von ihrem Mann ins Bein geschossen."

Flüsternd las sie ein Wort nach dem anderen. Das lange Wort „unglücklicherweise" nahm sie sich erst am Schluß vor, und dann sagte sie alles noch einmal laut, wie in einem Gespräch.

„Das bin ich", sagte sie leise, voller Hochachtung und sehr gestelzt.

Das Feuer krachte und loderte plötzlich in dem Haus auf, in dem schon ein ohrenbetäubender Lärm durch den aufs Dach trommelnden Regen und die Donnerschläge herrschte.

„Du Clyde!" schrie Ruby Fisher schließlich und sprang auf. „Wo bist du, Clyde Fisher?"

Sie lief zur Tür und riß sie auf. Kalte Luft schlug ihr in der Wärme entgegen, und Ärger und Verwirrung schienen sie zu zerreißen. Ein Blitz zuckte, und sie stand abwartend da, als ob sie annahm, daß er ihn hereinbringen könnte, mit angelegtem Gewehr.

Sie sagte nichts mehr, lehnte sich gegen die Tür und drückte sie mit ihrer Hüfte zu. Ihr Zorn verebbte wie eine leichte Begeisterung. Sie ging unruhig im Zimmer auf und ab und vermied es, in die Nähe des Tisches zu kommen, auf dem die Kaffeetüte stand, als führte sie eine quälende Unentschiedenheit, ein ungelöstes Geheimnis an der Hand. Manchmal blieb sie stehen, wartete ab und schaute durch das einzige Fenster in den Regen hinaus. Wenn sie stillstand, strahlte sie etwas Passives oder scheinbar Passives aus, das in Wirklichkeit aber überhaupt nicht passiv war. Es war nämlich etwas in ihr, das überhaupt nie stillstand.

Schließlich warf sie sich auf den Boden, legte sich wieder auf die Zeitung und schaute lange ins Feuer. Es war wie ein Spiegel in der Hütte, in den sie immer tiefer und tiefer hineinschauen konnte, während sie mit den Fingern durch ihr Haar fuhr und dabei versuchte, sich selbst und Clyde zu sehen, der hinter ihr auftauchte.

„Clyde?"

Aber natürlich war ihr Mann Clyde immer noch im Wald. Er hatte ein dickes Reisigdach über seiner Whiskybrennerei aufgerichtet, und so ein Gewitter machte ihm entsetzliche Angst. Er würde um nichts in der Welt jetzt nach draußen gehen.

Und dann begriff sie fast staunend ihre unangenehme Lage: Es sah Clyde überhaupt nicht ähnlich, nach dem Gewehr zu greifen und auf sie zu schießen.

Sie neigte ihren Kopf der Hitze entgegen auf ihre rosigen Arme hinunter und fing an, mit sich selbst zu reden. Sie wurde geschwätzig. Selbst wenn er von dem Mann mit dem Kaffee erführe, dem mit dem Pontiac, selbst dann würde er nicht auf sie schießen. Wenn Clyde sie traurig machte, ging sie auf die Straße, und dann blieb irgendein Auto stehen, und wenn es ein Nummernschild aus Tennessee hatte, ein Glücksschild, dann hatte sie eine gute Chance, den Nachmittag in dem Schuppen zu verbringen, in dem die Entkörnungsmaschine der Baumwollspinnerei stand. (Als sie daran dachte, ließ sie ihren Kopf auf den Armen hin- und herrollen und streckte ihre Beine müde nach hinten aus, wie eine Katze.) Und wenn Clyde etwas davon erfuhr, würde er sie verhauen. Aber der Bericht in der Zeitung stimmte nicht. Clyde hatte nicht einmal auf sie geschossen. Es mußte ein Irrtum sein.

Ein Funke flog heraus und hätte fast die Zeitung in Brand gesteckt. Beinah ängstlich schlug sie ihn mit der Hand aus. Dann murmelte sie etwas vor sich hin und legte sich noch entschlossener auf die Zeitung.

Dort streckte sie sich, es wurde ihr wärmer und wärmer, und sie wurde immer schläfriger. Sie fragte sich laut, wie es wäre, wenn Clyde sie wirklich ins Bein schösse... Wenn er wirklich ärgerlich wäre, würde er sie sogar ins Herz schießen?

Sie stellte sich sofort vor, im Sterben zu liegen. Sie hatte ein Nachthemd an und eine Kugel im Herzen. Jeder, der sie mit dem Ausdruck tiefen Schmerzes um den Mund so da liegen sah, würde spüren, wie seltsam und furchtbar das war. Unter einem brandneuen Nachthemd würde ihr Herz bei jedem Schlag noch viel mehr schmerzen als ihre abgehärtete Haut, wenn Clyde sie schlug. Ruby fing an leise zu weinen, so wie sie bei großen Schmerzen weinen würde. Ihre Tränen würden in einem kleinen Strom über die Steppdecke hinunterlaufen. Clyde würde neben ihr stehen, so wie er früher ausgesehen hatte, als ihm die wilden schwarzen Haare noch bis auf die Schultern herunterfielen. Er war sehr hübsch und sehr stark gewesen!

Er würde sagen: „Ruby, das hab ich dir angetan."

Sie würde sagen – nur flüsternd –: „Das ist wahr, Clyde – das hast du mir angetan."

Dann würde sie sterben. Ihr Leben würde in diesem Augenblick enden.

Sie lag einen Moment lang still und versuchte ihrem Gesicht einen solchen Ausdruck zu geben, daß es schön, begehrenswert und tot aussah.

Clyde würde ihr ein Kleid kaufen müssen, in dem sie begraben wurde. Er müßte ein tiefes Loch hinter dem Haus graben, unter der Zeder, ein Grab. Er müßte ihr einen Sarg aus Kiefernholz zimmern und sie hineinlegen. Dann müßte er sie zum Grab tragen, sie hineinlegen und zudecken. Die ganze Zeit über würde er wild und ganz verstört herumschreien, weil er sie nun nie mehr anfassen könnte.

Sie bewegte sich leicht und schaute zum Fenster. Der weiße Regen floß nur so herunter. Sie konnte kaum atmen, als sie sich vorstellte, daß er auch so auf ihr Grab fallen würde, daß Clyde hinkommen und dort stehen und mit Tränen der Reue nach unten schauen würde.

Ein verzweigter Blitz stand am Himmel. Sie schaute weiter zum Fenster hinaus, ganz erfüllt von der Wärme des Feuers und von dem Jammer und der Schönheit und dem gewaltigen Eindruck ihres Todes. Der Donner grollte.

Dann stand Clyde da, und hinter seinen Schritten flossen dunkle Wasserbäche über den Boden. Er stupste Ruby mit dem Gewehrkolben an, als dächte er, sie schliefe.

„Wo bleibt das Essen?“ knurrte er.

Sie sprang auf und stürzte von ihm weg. Dann ließ sie blitzschnell die Zeitung verschwinden. Das Zimmer war dunkel und nur vom Schein des Feuers erhellt. Seine dampfende Anwesenheit warf einen langen Schatten auf sie. Sie schwatzte leichtfertig auf ihn ein und zündete die Lampe an.

Er stand verblüfft da, aber in seinem Gesicht spiegelte sich eine gutmütige Geduld, und so blieb er stehen. Er stampfte mit seinen von rotem Schlamm bedeckten Stiefeln auf, und seine riesigen Hände schienen vom Regen, der von ihm und von seinem Gewehrlauf heruntertropfte, noch schwerer zu werden.

Dann setzte er sich würdevoll auf den Stuhl am Tisch und spielte sich etwas auf wegen der Nässe und seines rechtschaffenen Hungers. Kleine Bäche flossen überall von ihm herab.

Ruby bereitete in aller Ruhe das Essen vor. Sie stand beinahe auf den Zehen ihrer nackten, warmen Füße. Als sie vor dem Speiseschrank kniete und die Brötchen herausholte, sah sie, wie Clyde sie anschaute, und sie lächelte und senkte zärtlich den Kopf. Sie bewegte ihre Arme auf geheimnisvolle, süße Weise, die trotzdem etwas Plötzliches und Vorläufiges an sich hatte, empfindlich und verletzlich, als ob sie Schmerzen in der Brust hätte. Sie ging unnötig oft durch das Zimmer und umkreiste Clyde, der in dampfendem Schweigen dasaß, mit Messer und Gabel in den Fäusten.

„Na, wo warste denn?“ brummte er schließlich, als sie die erste Schüssel auf den Tisch stellte.

„Ach, nirgends.“

„Werd nich frech. Du bist wieder per Anhalter gefahrn, oder?“ Er kicherte fast.

Sie schaute ihm kurz direkt in die Augen. Sie hatte nicht einmal gehört, was er sagte. Sie war sehr glücklich. Ihre Hand zitterte, als sie den Kaffee einschenkte. Es tropfte etwas auf sein Handgelenk.

Da ließ er seine Hand schwer auf den Tisch fallen, und die Teller sprangen hoch.

„Irgendwann mal hau ich dich grün und blau", sagte er.

Ruby duckte sich automatisch zusammen. Sie ließ ihn essen. Als er dann sein Messer und seine Gabel über Kreuz auf den Teller gelegt hatte, brachte sie ihm die Zeitung. Wieder schaute sie ihn voller Freude an. Sie genoß es sogar, das Papier mit ihrer Hand anzufassen, das stille heimliche Rascheln zu hören, das Knistern der Überraschung.

„Eine Zeitung!" Clyde riß sie grob und mit zupackender Mißbilligung an sich. „Wo hast'n die wieder her? Du Schlampe!"

„Schau mal da", sagte Ruby leise in ihrem singenden Tonfall. Sie öffnete die Zeitung, die er in der Hand hielt, und deutete ernst auf den Abschnitt.

Widerwillig begann Clyde zu lesen. Sie sah, wie er seinen feuchten kahlen Kopf langsam beugte und zur Seite drehte.

Dann räusperte er sich und sagte: „Das ist 'ne Lüge."

„Das steht jedenfalls über mich in der Zeitung", sagte Ruby und stellte sich aufrecht hin. Sie nahm seinen Teller und schaute ihn strahlend an.

Er klopfte mit seinem großen, krummen Finger auf den Artikel in der Zeitung.

„So, dann will ich mal die Stelle sehn, wo ich dich angeschossen hab!" schrie er außer sich. Er schaute verblüfft und selbstsicher zu ihr hin.

Aber sie richtete sich auf, den leeren Teller noch in der Hand, wandte sich ihm mit hartem Blick zu, und sie schauten einander an. Ihre Hilflosigkeit vergrößerte sich. Langsam liefen beide rot an, wie aus verdoppelter Scham und verdoppeltem Vergnügen. Es war, als ob Clyde Ruby wirklich hätte umbringen und als ob Ruby wirklich von seiner Hand hätte sterben können. Eine kleine schwankende Möglichkeit stand schüchtern wie ein Fremder zwischen ihnen und ließ sie die Köpfe senken.

Dann ging Clyde in seinen durchgeweichten Stiefeln hinüber und legte die Zeitung auf das verglimmende Feuer. Sie schwebte einen Augenblick und fing erst dann Feuer. Sie standen schweigend da und schauten zu, wie die Zeitung verbrannte. Das ganze Zimmer leuchtete auf.

„Schau", sagte Clyde plötzlich. „Es ist 'ne Zeitung aus Tennessee. Siehst du ‚Tennessee'? Das warst du gar nicht, über die da geschrieben wurde." Er lachte, um zu zeigen, daß er das schon die ganze Zeit über gewußt hatte.

„Es war Ruby Fisher!" rief Ruby. „Ich heiße Ruby Fisher!" erklärte sie Clyde leidenschaftlich.

„Aber das war eine andere Ruby Fisher – eine aus Tennessee", rief ihr Mann. „Willst mich reinlegen, was? Wo haste die Zeitung her?" Er schlug ihr gutgelaunt ein paarmal auf den Hintern.

Ruby faltete die immer noch zitternden Hände auf ihrem Schoß zusammen. Sie stand so lange vornübergebeugt am Fenster, bis sich alles um sie herum und in ihr beruhigt hatte und sie sich zum Essen hinsetzte.

Draußen herrschte eine unbestimmte Dunkelheit. Das Gewitter war weitergezogen und klang jetzt nur noch wie ein Zug, der über eine Brücke rollt.

DER VERSTEINERTE MANN

Fassen Sie doch mal in meine Tasche und holen Sie mir eine Zigarette raus, aber ohne Puder, wenn's möglich is, Mrs. Fletcher, Schätzchen", sagte Leota zu ihrer Zehn-Uhr-Waschen-und-Legen-Kundin. „Ich mag keine parfümierten Zigaretten." Mrs. Fletcher griff bereitwillig auf das lavendelfarbene Regal unter dem lavendelfarbenen Spiegel, schüttelte ein Haarnetz vom Verschluß der Lacktasche ab, und packte schnell eine Puderquaste, die zu stauben anfing, sobald die Tasche geöffnet war. „Schaun Sie nur, Leota, die Erdnüsse!" rief Mrs. Fletcher ganz erstaunt aus.

„Ach, Schätzchen, die sind schon 'ne Woche lang drin. Mrs. Pike hat se gekauft."

„Wer ist Mrs. Pike?" fragte Mrs. Fletcher und lehnte sich zurück. In diesem kleinen Räumchen voll Haarfestiger und Hennapackungen versteckt, durch eine lavendelfarbene Schwingtür von den anderen Kundinnen getrennt, die in den anderen Kabinen bedient wurden, konnte sie ihrer Neugier freien Lauf lassen. Sie schaute erwartungsvoll auf die schwarzen Haarwurzeln von Leotas goldenen Locken, als sie sich herunterbeugte, um die Zigarette anzuzünden.

„Mrs. Pike ist die Dame aus New Orleans", sagte Leota, zog an ihrer Zigarette und massierte Mrs. Fletchers Kopfhaut mit ihren kräftigen, rot lackierten Fingern. „Eine Freundin, keine Kundin. Wissen Sie, ich hab's Ihnen ja vielleicht letztes Mal erzählt, ich und Fred und Sal und Joe haben uns zerstritten, deshalb sind Sal und Joe ausgezogen, und wir haben ihr Zimmer weitervermietet. Also haben wir 's an Mrs. Pike vermietet. Und Mr. Pike." Sie klopfte die Asche im Korb für gebrauchte Handtücher ab. „Mrs. Pike ist eine ausgesprochene Blondine. *Sie* hat mir die Erdnüsse gekauft."

„Sie muß hübsch aussehen", sagte Mrs. Fletcher.

„Schätzchen, ‚hübsch' ist nicht das richtige Wort dafür. Ich sag Ihnen, Mrs. Pike is attraktiv. Sie macht sich 'n schönes Leben. Dieser Mrs. Pike entgeht nichts, rein gar nichts."

Sie zog den Kamm durch die Luft und hielt dramatisch inne, als ein Schwall von Mrs. Fletchers hennagefärbtem Haar wie eine kleine Sturmwolke zwischen den lavendelfarbenen Zähnen des Kammes hervorquoll.

„Haarausfall."

„Ach was, Leota."

„Oh, weh, sie fangen an, auszufallen", sagte Leota und kämmte noch einmal durch und ließ noch eine Wolke herunterschweben.

„Sind Schuppen drin?" fragte Mrs. Fletcher mit gerunzelter Stirn, wobei sie ihre strichartigen Augenbrauen bis zur Nasenwurzel herunterzog und vor Angespanntheit mit ihren runzeligen, glitzernd bewimperten Augenlidern klapperte.

„Nein." Leota kämmte noch einmal durch. „Sie fallen einfach aus."

„Ich wette, Ihre letzte Dauerwelle ist dran schuld", sagte Mrs. Fletcher scharf. „Erinnern Sie sich noch, Sie haben mich vierzehn Minuten lang schmoren lassen."

„Diese vierzehn Minuten hatten Sie bitter nötig", sagte Leota bestimmt.

„Irgendwas muß ja dran schuld sein", beharrte Mrs. Fletcher. „Schuppen, Schuppen. Kann ich so was von Mr. Fletcher gekriegt haben, ist das möglich?"

„Na ja", antwortete Leota schließlich, „gestern hab ich was gehört, eine von Thelmas Kundinnen wurde in Thelmas Kabine gesetzt und bekam eine Kaltwelle, und, ich möcht ja nix gesagt haben, Mrs. Fletcher, aber Thelmas Kundin sagte ganz nebenbei – ich weiß nicht mehr, wovon sie grade geredet hat –, daß Sie in guter Hoffnung sind, und sehr oft spielt das Haar dann verrückt, fällt aus und Gott weiß was sonst noch. Da können wir nichts für, so seh ich das."

Eine Pause entstand. Die Frauen starrten sich im Spiegel an.

„Wer war das?" fragte Mrs. Fletcher.

„Schätzchen, ich könnt es wirklich nich sagen", sagte Leota. „Sie sehen aber gar nicht so aus."

„Wo ist Thelma? Ich krieg's schon noch raus", sagte Mrs. Fletcher.

„Aber, Schätzchen, ich würd doch wegen so 'ner Kleinigkeit nich wütend werden", sagte Leota und kämmte hastig weiter, als ob sie Mrs. Fletcher an ihrem Haar herunterhalten könnte. „Ich bin sicher, daß es jemand war, der nichts Böses vorhatte. Im wievielten sind Sie denn?“

„Einen Augenblick“, sagte Mrs. Fletcher und rief kreischend nach Thelma, die hereinkam und an Leotas Zigarette zog.

„Thelma, Schätzchen, erinner dich doch mal an gestern, wenn du kannst“, sagte Leota und übergoß Mrs. Fletchers Haare mit einer breiigen Flüssigkeit. Was herunterfloß, fing sie mit einem kalten nassen Handtuch im Nacken auf.

„Also, ich bin grade dabei, meiner Kundin die Locken einzulegen“, sagte Thelma zögernd.

„Es dauert doch nur ’ne Minute“, sagte Leota. „Wen haste denn da drin, das alte Pferdegesicht? Denk doch mal zurück und versuch dich dran zu erinnern, welche Kundin das gestern war, die sagte, daß meine Kundin schwanger ist, mehr will ich ja gar nich. Sie will’s unbedingt wissen.“

Thelma ließ ihre blutroten Lippen hängen und schaute über Mrs. Fletchers Gesicht in den Spiegel. „Aber Schätzchen, ich hab nich die leiseste Idee“, hauchte sie. „Ich kann mich wirklich nich im geringsten dran erinnern. Aber ich bin sicher, daß sie’s nich bös gemeint hat. Ich sag Ihnen eins: Ich merkte gar nich, wie ich das Haar gekämmt hab. Es kam mir so vor, als hätt’s ’ne Fremde hinter mir gemacht.“

„War’s diese Mrs. Hutchinson?“ fragte Mrs. Fletcher mit angespannter Höflichkeit.

„Mrs. Hutchinson? Ach, Mrs. Hutchinson.“ Thelma senkte den Blick. „Nein, meine Liebe, die kommt donnerstags und hat Ihren Namen nicht mal erwähnt. Ich zweifel sogar dran, daß sie überhaupt weiß, daß bei Ihnen was unterwegs is.“

„Thelma!“ rief Leota mit fester Stimme.

„Ich weiß nur, daß es der Person eines Tages leid tun wird. Ich hab’s ja selbst grad erst erfahren!“ rief Mrs. Fletcher. „Die wird was erleben!“

„Warum? Was wollen Sie ihr denn tun?“

Es war eine Kinderstimme, und die Frauen schauten hinunter. Ein kleiner Junge saß auf dem Boden unter dem Waschbecken und baute Zelte aus Aluminiumlockenklammern.

„Billy Boy, mein Schatz, du darfst nette Damen nicht stören“, sagte

Leota und lächelte. Sie gab ihm einen fröhlichen Klaps und winkte Thelma hinter ihrem Rücken, daß sie aus der Kabine verschwinden solle. „Is Billy Boy nicht 'ne Nummer? Erst drei Jahre alt und schon ganz verrückt auf den Schönheitssalon."

„Ich hab ihn nie hier gesehen", sagte Mrs. Fletcher immer noch ärgerlich.

„Er war auch nie hier, deshalb", sagte Leota. „Er gehört Mrs. Pike. Sie hat sich 'nen Job besorgt, aber in Fay's Modewarengeschäft. Er darf diese Damenhüte nicht aufsetzen, sie rutschen ihm über die Augen wie einem, na, ich weiß nicht was. Sie sehen dann einfach lächerlich aus, das ist es, aber er muß sie natürlich aufsetzen, die Hüte. Da wurde Mrs. Pike gesagt, daß es unerwünscht ist, wenn er sich da rumtreibt. Hier kann er aber nix anstellen."

„Na, ich mag Kinder nicht besonders gern", sagte Mrs. Fletcher.

„So", meinte Leota schlecht gelaunt.

„Ja! Ich hab auch fast keine Lust, das hier zu kriegen", sagte Mrs. Fletcher. „Diese Mrs. Hutchinson! Man ist Luft für sie, wenn sie einen auf der Straße trifft, und dann zieht sie einen hintenrum durch den Dreck."

„Mr. Fletcher würde Ihnen was erzählen, wenn Sie's diesmal nicht kriegen", sagte Leota vernünftig. „Wenn es schon mal so weit ist."

Mrs. Fletcher setzte sich gerade auf. „Mr. Fletcher kann mir überhaupt nichts sagen."

„Ach, kann er nicht!" Leota zwinkerte sich im Spiegel zu.

„Nein, meine Beste, das kann er nicht. Wenn er nur seine Stimme gegen mich erhebt, dann weiß er ganz genau, daß ich einen von meinen bösen Migräneanfällen kriege, und dann ist es mit mir kein Zuckerlecken. Und wenn ich wirklich schon so schwanger aussehe –"

„Na ja, Schätzchen, Sie sollen einfach wissen – ich hab's noch keiner von meinen Kundinnen gesagt und werd's auch nicht tun – noch nich mal, daß Ihnen die Haare ausgehn. Kaufen Sie sich doch einfach eins von diesen Storchenmodekleidern und regen Sie sich nicht weiter auf. Was niemand weiß, macht niemand heiß, wie Mrs. Pike immer sagt."

„Haben Sie es Mrs. Pike gesagt?" fragte Mrs. Fletcher verdrießlich.

„Also, Mrs. Fletcher, verstehen Sie, Sie werden Mrs. Pike nie im Leben sehen, und Mrs. Pike wird Sie auch nie sehn, also macht's auf lange Sicht doch überhaupt nix aus."

„Ich hab's ja gewußt!" Mrs. Fletcher nickte absichtlich so, daß ein Löckchen zerfiel, das Leota gerade hinter ihrem Ohr legte. „Mrs. Pike!"

Leota seufzte. „Ich glaub, ich kann's Ihnen genausogut auch sagen. Es war genausowenig Thelmas Kundin, die mir sagte, daß Sie schwanger sind wie 'ne Fledermaus."

„Nicht Mrs. Hutchinson?"

„Nein, mein Gott! Es war Mrs. Pike."

„Mrs. Pike!" zischte Mrs. Fletcher, und Haarfestiger rann ihr ins Ohr hinein. „Wie konnte Mrs. Pike überhaupt wissen, daß ich schwanger oder sonstwas bin, wenn sie mich nicht mal kennt? Die Frechheit von manchen Leuten!"

„Also, das war so. Erinnern Sie sich an den Sonntag?"

„Ja", sagte Mrs. Fletcher.

„Am Sonntag waren Mrs. Pike und ich ganz allein. Mr. Pike und Fred waren an den Eagle See gefahren und ham gesagt, sie wollten Fische fangen, ham se natürlich nich gemacht. Da setzten wir uns in Mrs. Pikes Auto, es is ein 39er Dodge –"

„Ach, ein 1939er", sagte Mrs. Fletcher.

„Und wir holten uns jeder 'n Jax Bier – das ist das Bier, das direkt in New Orleans gemacht wird, sagt Mrs. Pike, deshalb trinkt sie kein anderes. Da sah ich, wie Sie zum Drugstore fuhren und kurz reingingen, und Mr. Fletcher saß, glaub ich, im Auto, und dann kamen Sie wieder rausgerannt mit so was wie 'nem Rezept. Also sagte ich zu Mrs. Pike, nur um was zu sagen, ‚das da is Mrs. Fletcher, und das is wahrscheinlich Mr. Fletcher – sie gehört zu meiner Stammkundschaft', sag ich."

„Ich hatte ein tailliertes gemustertes Kleid an", sagte Mrs. Fletcher zögernd.

„Ganz genau", stimmte Leota zu. „Also Mrs. Pike, die schaute Sie genau an – sie kann gut beobachten, kann gut Leute beurteilen, is furchtbar schlau, wissen Sie – und sie sagte, ‚ich wette um noch ein Jax Bier, daß die Frau da im dritten Monat schwanger is'."

„Eine Frechheit!“ sagte Mrs. Fletcher. „Mrs. Pike!“

„Mrs. Pike wird Sie nich beißen“, sagte Leota. „Mrs. Pike ist einfach prima, Sie wären verrückt nach ihr, Mrs. Fletcher. Aber sie kann keinen Augenblick lang stillsitzen. Gestern gingen wir nach der Arbeit in diese Freakshow. Ich bin schon früh fertig gewesen – um neun. In dem leeren Laden nebenan. Was, Sie waren noch nich dort?“

„Nein, ich kann Freaks nicht leiden“, erklärte Mrs. Fletcher.

„Ach so. Na ja, Schätzchen, wenn wir schon drüber sprechen, schwanger zu sein und so, sollten Sie sich diese Zwillinge in der Flasche anschaun, das sind Sie sich wirklich schuldig.“

„Was für Zwillinge?“ fragte Mrs. Fletcher aus einem Mundwinkel heraus.

„Na ja, Schätzchen, da gibt's diese Zwillinge in der Flasche, verstehn Sie? Die kamen zusammengewachsen auf die Welt – natürlich tot.“ Leota senkte ihre Stimme zu einem sanften, lyrischen Flüstern. „Sie waren ungefähr so lang – pardon – müssen ganz ausgetragen gewesen sein, finden Sie nich? –, und sie hatten zwei Köpfe und zwei Gesichter und vier Arme und vier Beine, und alles war *da* zusammengewachsen. Das eine Gesicht schaute in *die* Richtung, und das andere Gesicht schaute in *die* Richtung, über die Schulter, verstehn Sie? Irgendwie ganz rührend.“

„Igitigit“, sagte Mrs. Fletcher angeekelt.

„Wirklich scheußlich! Schätzchen, ich wollt Ihnen nur sagen – ihre Eltern waren Vettern ersten Grades. Billy Boy, hol mir ein frisches Handtuch von Teenys Stapel – das hier ist klatschnaß – und hör auf, meine Knöchel mit dem Lockenwickler da zu kitzeln. Ich muß schon sagen, dem fehlt hier nix.“

„Ich und Mr. Fletcher sind kein bißchen miteinander verwandt, sonst hätt er mich nie gekriegt“, sagte Mrs. Fletcher gelassen.

„Natürlich nich!“ versicherte Leota. „Fred und ich genausowenig, jedenfalls soviel wir wissen. Na ja, Schätzchen, was Mrs. Pike besonders mochte, das waren die Pygmäen. Sie haben dort auch Pygmäen, und Mrs. Pike is ganz verrückt auf die. Sie wissen doch, die winzigsten Menschen auf der ganzen Welt? Na ja, Schätzchen, die können sich grad auf ihren kleinen Hintern setzen und rumrollen, und man kann kaum sagen, ob sie sitzen oder stehn. Jetzt können Sie sich eine

Vorstellung machen. Sie sind ungefähr zweiundvierzig Jahre alt. Stellen Se sich mal vor, wenn so einer Ihr Mann wär!“

„Also, Mr. Fletcher ist einen Meter fünfundsiebzig“, sagte Mrs. Fletcher schnell.

„Fred ist einsachtundsiebzig“, sagte Leota, „aber ich sag ihm, daß er trotzdem ein Knirps is, weil ich so groß bin.“

Sie legte auf Mrs. Fletchers anderer Schläfe mit dem Kamm eine tiefe Welle. „Na ja, diese Pygmäen sind irgendwie dunkelbraun, Mrs. Fletcher. Für das was sie sind, sehn sie gar nicht so schlecht aus, wissen Sie.“

„Mir würden sie nicht gefallen“, sagte Mrs. Fletcher. „Was findet Mrs. Pike wohl an ihnen?“

„Ach, ich weiß es auch nich“, sagte Leota. „Sie ist einfach süß, das ist alles. Aber dort gibt's auch noch diesen Mann, diesen versteinerten Mann, bei dem alles, seit er neun Jahre alt war, wenn es durch seine Verdauung geht, verstehen Sie, Mrs. Pike sagt, daß sich alles irgendwie in seinen Gelenken festsetzt und dort versteinert.“

„Wie entsetzlich!“ sagte Mrs. Fletcher.

„Er ist auch zweiundvierzig. Das scheint ein schlechtes Alter zu sein.“

„Wer sagt das, diese Mrs. Pike? Ich wette, sie ist zweiundvierzig“, sagte Mrs. Fletcher.

„Nein“, sagte Leota, „Mrs. Pike ist dreiunddreißig, im Januar geboren, ein Wassermann. Er konnte seinen Kopf bewegen – so. Natürlich is sein Kopf und sein Hirn kein Gelenk, um's mal so zu sagen, und ich nehm an, sein Bauch auch nich – noch nicht jedenfalls. Aber sehn Sie mal – sein Essen, das ißt er, und es geht runter, verstehn Sie, und dann verdaut er's“ – Leota stellte sich kurz auf die Zehenspitzen – „und es geht in seine Gelenke, und bevor Sie bis drei zählen können, wird's zu Stein – zu reinstem Stein. Er versteinert langsam. Wie fänden Sie's, mit so einem Kerl verheiratet zu sein? Er kann seinen Kopf nur einen halben Zentimeter weit bewegen. Und natürlich sieht er einfach *entsetzlich* aus.“

„Das kann ich mir vorstellen“, sagte Mrs. Fletcher frostig. „Mr. Fletcher macht jeden, aber auch jeden Abend Kniebeugen. Ich sorge dafür.“

„Fred liegt zu Hause nur auf der faulen Haut. Es würde mich nich weiter wundern, wenn er eines Tages aufwacht und sich nich mehr bewegen kann. Der versteinerte Mann saß einfach so da, aber er bewegte sich immerhin einen halben Zentimeter", erinnerte sich Leota.

„Mochte Mrs. Pike den versteinerten Mann?" fragte Mrs. Fletcher.

„Nicht so wie die anderen", sagte Leota bedauernd. „Und außerdem mag sie es, wenn ein Mann gut angezogen ist."

„Ist Mr. Pike gut angezogen?" fragte Mrs. Fletcher zweifelnd.

„Ach ja, doch", sagte Leota, „aber er is zwölf oder vierzehn Jahre älter als sie. Sie is wegen ihm zu Lady Evangeline gegangen."

„Wer ist denn Lady Evangeline?" fragte Mrs. Fletcher.

„Na, diese Gedankenleserin, die sie in der Freakshow haben", sagte Leota. „Die war echt gut. Sie heißt Lady Evangeline, und wenn ich noch einen Dollar übrig hätte, würd ich sofort meine andere Hand auch lesen lassen. Sie hatte das, was Mrs. Pike einen ‚sechsten Sinn' nennt, aber sie hatte die schlechteste Maniküre, die ich in meinem ganzen Leben gesehen hab."

„Was hat sie Mrs. Pike gesagt?" fragte Mrs. Fletcher.

„Sie sagte ihr, daß Mr. Pike so treu wie Gold is, und außerdem, daß er zu Geld kommen würde."

„Hmm!" sagte Mrs. Fletcher. „Was macht er denn?"

„Das kann ich nich sagen", sagte Leota, „weil er nämlich nich arbeitet. Lady Evangeline hat mir nich genug über mein Wesen oder so gesagt. Und ich würd gern noch mal hingehn und mehr über diesen Kerl hören. Bin mit ihm gegangen, bis er dieses Mädchen geheiratet hat. Ach je, das war vor ungefähr dreieinhalb Jahren, als Sie noch in den Schönheitssalon von Robert E. Lee in Jackson gingen. Er hat sie wegen dem Geld geheiratet. Eine andere Wahrsagerin hat mir das damals gesagt. Also, verliebt bin ich nich mehr in ihn, is ja auch egal, außerdem bin ich mit Fred verheiratet, aber Mrs. Pike hat gedacht, einfach so, verstehen Sie?, ich soll Lady Evangeline fragen, ob er glücklich is."

„Weiß Mrs. Pike schon alles über Sie?" fragte Mrs. Fletcher ungläubig. „Mein Gott!"

„Ach ja, ich hab ihr alles ganz genau erzählt, von jetzt bis – ich weiß nicht bis wann zurück – als ich zum ersten Mal ausgegangen bin“, sagte Leota. „Also fragte ich Lady Evangeline unter anderem, ob er glücklich verheiratet is, und sie sagte und war froh, daß ich sie gefragt hab, ‚mein Schätzchen‘, sagt sie, ‚nein das ist er nich. Schreiben Sie dieses Datum auf, 8. März 1941‘, sagt sie, ‚und merken Sie sich: heut in drei Jahren teilt er mit ihr nicht mehr das Bett.‘ Da steht es an der Wand mit den anderen Daten – sehen Sie’s, Mrs. Fletcher? Und sie sagt, ‚mein Kind, Sie sollten froh sein, daß Sie ihn nicht gekriegt haben, weil er so gewinnsüchtig ist.‘ Also bin ich froh, daß ich Fred geheiratet hab. Er is ganz bestimmt nich gewinnsüchtig, Geld bedeutet ihm überhaupt nix. Aber trotzdem würd ich gern noch mal hingehen und meine andere Hand lesen lassen.“

„Hat Mrs. Pike geglaubt, was die Wahrsagerin gesagt hat?“ fragte Mrs. Fletcher in überlegenem Ton.

„Natürlich, ja, sie kommt doch aus New Orleans. Alle Leute glauben in New Orleans alles, was mit Geistern zu tun hat. Eine von ihnen sagte Mrs. Pike vor der Polizeirazzia in New Orleans voraus, daß sie in einem Sommer von einem Staat in den nächsten reisen und ein paar grauhaarige Männer treffen würde, und so war’s dann auch, sagt sie, sie fuhr zu einer Kosmetiktagung sogar bis nach Chicago ...“

„Ach!“ sagte Mrs. Fletcher. „Ach, ist Mrs. Pike auch Kosmetikerin?“

„Natürlich“, versicherte Leota. „Sie is Kosmetikerin. Ich will sie hier reinholen, wenn es geht. Das war noch vor ihrer Ehe. Aber so was läßt einen nicht los. Sie sagt, genauso war’s, da gab’s drei Männer, die sehr viel dazu beitrugen, daß ihre Reise so wurde, wie sie war, und alle drei waren schon leicht angegraut, und sie fuhren durch sechs Staaten. Sie bekam Weihnachtskarten von ihnen geschickt. Billy Boy, schau mal nach, ob Thelma trockene Watte hat. Da schau, wie Mrs. Fletcher trieft.“

„Wo hat Mrs. Pike Mr. Pike kennengelernt?“ fragte Mrs. Fletcher etwas geziert.

„Auch in einem Zug“, sagte Leota.

„Ich lernte Mr. Fletcher, oder besser gesagt, er lernte mich in einer Leihbücherei kennen“, sagte Mrs. Fletcher würdevoll, während sie zuschaute, wie ihr das Netz auf den Kopf gelegt wurde.

„Also Schätzchen, ich und Fred, wir haben uns vor acht Monaten in einem Auto auf dem Notsitz kennengelernt, und wir waren praktisch schon nach 'ner halben Stunde auf dem Weg zum Traualtar", sagte Leota mit ihrer kehligen Stimme und spreizte eine Haarklemme mit den Zähnen auf. „Das hält natürlich nicht an. Mrs. Pike sagt, daß so was nie anhält."

„Mr. Fletcher und ich, wir sind so verliebt wie an unserem Hochzeitstag", sagte Mrs. Fletcher angriffslustig, als Leota ihr Watte in die Ohren stopfte.

„Mrs. Pike sagt, daß so was nich anhält", wiederholte Leota mit lauterer Stimme. „Jetzt setzen Sie sich unter die Trockenhaube. Sie können sie selbst anknipsen, oder? Ich komm dann wieder und kämm Sie aus. Ich habe Mrs. Pike versprochen, ihr während der Mittagspause eine Gesichtsmassage zu machen. Verstehen Sie – gratis. Weil sie doch sozusagen eine Kollegin ist."

„Ich wette, sie kann eine brauchen", sagte Mrs. Fletcher und ließ die Schwingtür auf Leota prallen. „Ach, entschuldigen Sie!"

Als Mrs. Fletcher eine Woche später zu ihrem Termin kam, sank sie schwer in Leotas Stuhl, nachdem sie vorher ein Leihbuch aus dem Drugstore – Titel: *So ist das Leben* – vom Sitz weggeräumt hatte. Sie starrte niedergeschlagen in den Spiegel.

„Man sieht's, wenn ich mich hinsetze", sagte sie.

Leota schien an etwas anderes zu denken und schüttelte ein lavendelfarbenes Tuch aus. Sie fing an, es um Mrs. Fletchers Hals herum zu befestigen.

„Ich hab gesagt, man merkt es wirklich, wenn ich grade sitze und jemand mich von hier aus anschaut", sagte Mrs. Fletcher.

„Aber nein, Schätzchen, man merkt gar nichts", sagte Leota verdrießlich. „Ich hätte nie was gemerkt. Wenn mir jemand auf der Straße sagen würde, ‚Mrs. Fletcher is schwanger!' würd ich sagen, ‚so was, so sieht sie mir aber gar nicht aus'."

„Wenn eine gewisse Person nicht draufgekommen wäre und es überall rumerzählt hätte, dann wär es auch jetzt noch nicht zu spät", sagte Mrs. Fletcher frostig, aber Leota würgte sie fast mit dem Tuch und band es so eng, daß sie nicht deutlich sprechen konnte. Sie ruderte mit den Händen in der Luft, bis Leota das Tuch gelangweilt lockerte.

„Hören Sie, Schätzchen, verglichen mit Mrs. Montjoy sind Sie gradezu eine Jungfrau“, fuhr Leota fort, immer noch mit den Gedanken woanders. Sie drückte Mrs. Fletcher im Stuhl zurück, goß ihr seufzend eine Flüssigkeit aus einer Teetasse auf den Kopf und bearbeitete ihre Kopfhaut mit beiden Händen. „Sie kennen doch Mrs. Montjoy? Ihr Mann ist dieser vorzeitig ergraute Typ.“

„Sie ist Mitglied im Troja-Garten-Klub, mehr weiß ich nicht“, sagte Mrs. Fletcher.

„Na ja, Schätzchen“, sagte Leota verdrießlich, „sie kam hier herein, nicht eine Woche und nicht einen Tag bevor sie ihr Baby bekam – sie kam hier am Tag der Geburt herein, das sag ich Ihnen. Menschenskind, wir waren alle zu Tode erschrocken. Und da stand sie! Kam zum Waschen und Legen. Also, Mrs. Fletcher, knapp anderthalb Stunden später lag sie im Baptistischen Hospital mit einem sieben Pfund schweren Sohn. So knapp dran war's. Ich sag Ihnen, wenn ich nicht so müd gewesen wär, hätt ich an dem Abend 'ne ganze Flasche Gin getrunken.“

„Eine Unverschämtheit“, sagte Mrs. Fletcher. „Ich kenn sie kaum.“

„Wissen Sie, ihr Mann wartete draußen im Auto, und ihr Koffer stand auf dem Rücksitz, sie war fix und fertig, sie wollte nur noch die Haare waschen und legen lassen. Und hatte schon eine Wehe nach der anderen. Ihr Mann kam immer wieder rein, er hatte wohl Angst, konnte aber natürlich nix machen. Sie schrie auch wie am Spieß, aber sie brüllt ja immer, wenn ich ihr 'ne Dauerwelle mach.“

„Die muß ja ganz verrückt sein“, sagte Mrs. Fletcher. „Wie sah sie denn aus?“

„Oh, je!“ sagte Leota.

„Na, ich kann's mir vorstellen“, sagte Mrs. Fletcher, „gräßlich.“

„Wollte ganz einfach hübsch aussehen, wenn sie ihr Baby kriegt, das ist alles“, sagte Leota lebhaft. „Natürlich erfüllten wir der Dame gern all ihre Wünsche – das ist unser Motto – aber ich möcht wetten, daß sie 'ne Stunde später nicht mehr auf ihre kleinen Locken achtete. Ich wette, sie dachte auch nicht dran, daß sie ein Netz aufziehen sollte. Es hätt ihr auch nix genützt, wenn sie dran gedacht hätte.“

„Ja, ich glaub das stimmt", sagte Mrs. Fletcher.

„Mein Gott, schrie die vielleicht! Genauso wie wenn ich ihr 'ne Dauerwelle mach."

„Ihr Mann sollte ihr mal Manieren beibringen. Finden Sie nicht?" fragte Mrs. Fletcher. „Er sollte sich das nicht bieten lassen."

„Ha", sagte Leota. „Der kann gar nichts machen. Vielleicht sind andre Frauen nachgiebiger."

„Oh, Sie mißverstehen mich, ich meine nicht, daß sie nachgiebig sein sollte – wirklich nicht! Frauen müssen sich behaupten, das ist das Wichtigste. Aber sehen Sie mich einmal an – ich frage Mr. Fletcher manchmal um seinen Rat, und er freut sich darüber, besonders wenn's sich um was Wichtiges handelt, zum Beispiel ob es Zeit für eine neue Dauerwelle ist – aber von dem Baby hab ich ihm noch nichts erzählt. Er sagt, ‚aber sicher, meine Liebe, mach du nur!' Man muß sie nur um ihren *Rat* fragen."

„Ach je! Wenn ich Fred jemals um seinen Rat gefragt hätte, dann würden wir jetzt in einem Hausboot oder so was den Yazoo runterfahren", sagte Leota. „Ich habe Fred ganz einfach satt. Ich hab ihm gesagt, er soll nach Vicksburg gehn."

„Und geht er?" fragte Mrs. Fletcher.

„Bestimmt. Sehen Sie, die Wahrsagerin – ich bin noch mal hingegangen und ließ mir die andre Hand lesen, weil wir das Zimmer wieder vermieten müssen –, sie sagte, daß mein Liebhaber in Vicksburg arbeiten wird, jetzt weiß ich nur nich, wen sie damit meint, außer daß sie Fred meint. Und Fred arbeitet hier ja nich – soweit stimmt's."

„Wird er in Vicksburg arbeiten?" fragte Mrs. Fletcher. „Und –"

„Bestimmt. Lady Evangeline hat es gesagt. Sie sagte, die Zukunft wird rosiger sein als die Gegenwart. Er will nich gehn, aber ich laß mir überhaupt nicht reinreden. Er liegt den ganzen Tag zu Haus rum und schwätzt – schwätzte – mit diesem nichtsnutzigen Mr. Pike. Er fragt, wer denn kocht, wenn er weggeht, aber ich sage, daß ich sowieso nie was zu essen kriege – jedenfalls keine anständigen Mahlzeiten. Billy Boy, bring Mrs. Grover die *Geheimnisse der spanischen Wand* und verschwinde."

Mrs. Fletcher hörte Schritte zur Tür hinausstapfen.

„Ist das wieder der kleine Junge von Mrs. Pike?" fragte sie und setzte sich vorsichtig auf.

„Ja, das ist er immer noch." Leota streckte ihre Zunge heraus.

Mrs. Fletcher traute ihren Augen kaum. „Nanu! Wie geht's denn Mrs. Pike, Ihrer attraktiven neuen Freundin, die so scharf beobachten kann, die in der ganzen Stadt herumerzählt, daß Leute, die sie überhaupt nicht kennt, schwanger sind?" fragte sie honigsüß.

„Ach, Mrs. Pike." Leota kämmte Mrs. Fletchers Haar energisch durch.

„Sie tun ja so, als ob Sie müde sind", sagte Mrs. Fletcher.

„Müde? Ich hab das Gefühl, daß es schon vier Uhr nachmittags ist", sagte Leota. „Ich hab Ihnen noch nicht erzählt, was für ein Pech wir hatten, ich und Fred? Es ist das Schlimmste, die schlimmste Geschichte, die Sie je gehört haben. Vielleicht glauben *Sie*, daß Mrs. Pike gut beobachten kann. O je, es gibt Grenzen! Nun, Sie wissen ja, wir haben unser Zimmer an diesen Mr. und diese Mrs. Pike aus New Orleans vermietet, als Sal und Joe Fentress sich mit uns verkracht haben, weil sie uns den Hausgebrannten weggetrunken haben, der im Schrank stand – Sal und Joe. Also, Samstag vor 'ner Woche zogen Mr. und Mrs. Pike bei uns ein. Na ja, ich hab das Zimmer hergerichtet, Sie wissen schon – legte ein Sofakissen auf die Couch, pflückte ein paar Kuckucksnelken und stellte sie in eine Vase, aber sie sagten nie, daß sie sich darüber gefreut haben. Egal, und dann legte ich ihnen auch noch ein paar alte Zeitschriften auf den Tisch."

„Das war aber sehr nett von Ihnen", sagte Mrs. Fletcher.

„Warten Sie nur. Also, vorgestern abend sind Fred und dieser Mr. Pike, mit dem Fred sich so angefreundet hat, angeblich vom Fischen zurückgekommen, da ja keiner der beiden einen Job hat, und wir saßen alle in ihrem Zimmer rum. Mrs. Pike saß also da und las eine alte Nummer von *Spannende Geschichten eines Geheimagenten*, die mir gehörte, das müssen Sie wissen, ich hatte sie selbst gekauft, und ganz plötzlich springt sie in die Luft, wie von einer Tarantel gestochen, und sagt: ‚Canfield' – ist das nicht blöd, das ist Mr. Pike – ‚Canfield, ach du meine Güte', sagt sie, ‚mein Schätzchen', sagt sie, ‚wir sind reich, und du brauchst nicht mehr zu arbeiten.' Nicht daß er auch nur einen Finger gerührt hätte. Nun, ich und Fred, wir laufen zu ihr rüber und Mr. Pike auch, und da sitzt sie und zeigt mit dem Finger auf ein Photo in meinem Heft der *Spannenden Geschichten eines Geheimagenten*. ‚Seht ihr diesen Mann?' schreit Mrs. Pike. ‚Erinnerst du dich an ihn, Canfield!' ‚Ich vergeß nie ein Gesicht', sagt Mr. Pike. ‚Es ist Mr. Petrie, der sechs Wochen lang in der Toulouse-Straße in New Orleans die Nachbarwohnung hatte. Mr. Petrie.' ‚Also', sagt Mrs. Pike, als ob sie's keine Sekunde länger aushält, ‚Mr. Petrie wird polizeilich gesucht, 500 Dollar Belohnung in bar, weil er vier Frauen in Kalifornien vergewaltigt hat, und ich weiß, wo er steckt.'"

„Mein Gott!" sagte Mrs. Fletcher. „Und wo war er denn?"

Leota hatte ihr inzwischen das Haar gewaschen, und jetzt zog sie sie an den hinteren Locken hoch und ließ sie sich aufsetzen.

„Wissen Sie, wo er war?"

„Natürlich nicht", sagte Mrs. Fletcher. Die ganze Kopfhaut tat ihr weh.

Leota warf ihrer Kundin ein Handtuch um den Kopf. „Ausgerechnet in dieser Freakshow! Ich hab ihn genauso deutlich gesehen wie Mrs. Pike. *Er* war der versteinerte Mann!"

„Wer hätte das jemals gedacht!" schrie Mrs. Fletcher voller Anteilnahme.

„Da sagt also Mr. Pike: ‚Das darf doch nicht wahr sein', starrt das Photo an und pfeift. Und sie fängt vor lauter Glück an zu tanzen und zu singen. Sie machte es aber nur aus Schadenfreude! Als ich die Wahrsagerin das nächste Mal gesehen hab, hab ich ihr's erzählt. Ich sagte, ‚hören Sie mal, diese Zeitschrift lag einen Monat lang in unserem Haus rum, und die Freakshow lief Tag und Nacht nicht mal zwei Schritte von meinem eigenen Frisiersalon entfernt, und Mr. Petrie saß einfach da und wartete. Und es mußten ausgerechnet Mr. und Mrs. Pike sein, die wir fast überhaupt nich kennen.'"

„Was für eine Frechheit", sagte Mrs. Fletcher. Sie saß da, einen Turban um den Kopf gewickelt, aber es machte ihr nichts aus.

„Den Wahrsagern ist das egal. Und Mrs. Pike, sie läuft herum und führt sich auf, als wär sie der liebe Gott", sagte Leota. „Die ziehn also morgen aus, Mr. und Mrs. Pike. Und bis dann muß ich diesen bösen kleinen Kerl hierbehalten, der mir ständig zwischen die Beine läuft und freche Antworten gibt."

„Haben sie die 500 Dollar Belohnung schon bekommen?“ fragte Mrs. Fletcher.

„Also“, sagte Leota, „zuerst wollte Mr. Pike überhaupt nichts unternehmen. Können Sie sich das vorstellen? Er sagte, daß er den alten Kerl irgendwie mochte, daß er wirklich nett zu ihm gewesen sei, hätt ihnen Geld gepumpt oder so. Aber Mrs. Pike hat ihm gesagt, er soll sich zum Teufel scheren, und da kann ich sie schon verstehen. Sie sagt, ‚du hast seit sechs Monaten überhaupt nicht gearbeitet, und hier verdien ich 500 Dollar in zwei Sekunden, und was ist der Dank? Geh zum Teufel, Canfield‘, sagt sie. Also“, fuhr Leota niedergeschlagen fort, „riefen sie die Polizei an und die fingen den alten Kerl, jawohl, direkt dort in der Freakshow, wo ich ihn mit meinen eigenen Augen gesehen hab und glaubte, daß er versteinert war. Er isses. Hat's unter seinem echten Namen gemacht – Mr. Petrie. Vier Frauen in Kalifornien, alle im August. Also kriegt Mrs. Pike die 500 Dollar. Und es war meine Zeitschrift, und direkt rechts neben meinem Frisiersalon. Ich hab die ganze Nacht lang geheult, aber Fred sagte, das nützt jetzt auch nichts mehr, und ich soll lieber schlafen, weil das Ganze doch nur 'ne Art von Zufall war – wissen Sie, man kann nix dagegen tun. Er sagt, er kann jetzt erst ein paar Tage später nach Vicksburg fahren, wenn wir das Zimmer wieder vermietet haben – wer weiß, wen wir diesmal kriegen.“

„Aber können Sie sich vorstellen, daß irgend jemand diesen alten Kerl kennt, der vier Frauen vergewaltigt hat?“ beharrte Mrs. Fletcher und fuhr hörbar zusammen. „Hat Mrs. Pike mit ihm *gesprochen*, als sie ihn in der Freakshow getroffen hat?“

Leota hatte angefangen, Mrs. Fletchers Haar auszukämmen. „Ich sag zu ihr, sag ich, ‚ich hab nich gemerkt, daß Sie ihm um den Hals gefallen sind, als er der versteinerte Mann war – erzählen Sie mir doch bloß nich, daß Sie Ihren feinen Freund nicht erkannt haben!‘ Und sie sagt, ‚ich hab ihn mit all dem weißen Puder auf dem Gesicht nicht erkannt. Er kam mir nur irgendwie bekannt vor‘, sagt Mrs. Pike, ‚und 'ne Menge Leute kommen einem bekannt vor.‘ Aber sie sagt, daß der alte versteinerte Mann sie an irgend jemanden erinnert hat. Sie grübelte, an wen! Konnt deswegen nich einschlafen, an welchen Mann er sie erinnerte. Als sie dann das Photo sah, wußte sie's sofort.

Wie ein Blitz. Mr. Petrie. Die Art wie er den Kopf drehte und sie anschaute, wenn sie ihm das Frühstück reinbrachte."

„Ihm das Frühstück reinbrachte!" schrie Mrs. Fletcher. „Hören Sie mal – erzählen Sie mir nichts. Ich hätte das gefühlt."

„Vier Frauen. Ich möchte wetten, daß diese Frauen zu der Zeit keine Ahnung hatten, daß jede von ihnen eines Tages für Mrs. Pike 125 Dollar wert sein würden. Wir fragten sie, wie alt der Kerl zu der Zeit war, und sie sagt, daß er schon mit einem Fuß im Grab stand. Können Sie so was fassen?"

„In Wirklichkeit war er natürlich überhaupt nicht versteinert", sagte Mrs. Fletcher nachdenklich. Sie setzte sich auf. „Ich hätte bestimmt was gespürt", sagte sie stolz.

„Mensch! Ich hab auch was gespürt", sagte Leota. „Ich hab zu Fred gesagt, wie ich nach Hause kam, daß ich mich so komisch gefühlt hab. Ich sagte: ‚Fred, bei diesem alten versteinerten Mann hab ich 'n ganz komisches Gefühl gekriegt.' Er sagt: ‚Lustig-komisch oder mulmig-komisch?', und ich sage: ‚mulmig-komisch.'" Sie fuhr bedeutungsvoll mit ihrem Kamm durch die Luft.

„Das kann ich mir denken", sagte Mrs. Fletcher.

Sie hörten beide etwas rascheln. Leota schrie: „Billy Boy! Was hast du in meiner Handtasche zu suchen?"

„Ach, ich eß bloß diese alten verschrumpelten Erdnüsse auf", sagte Billy Boy.

„Komm sofort her zu mir!" schrie Leota und warf den Kamm achtlos hin, so daß ein ganzer Aschenbecher voll Haarklammern umkippte und ein paar Coca-Cola-Flaschen umfielen. „Das hat mir noch gefehlt!"

„Ich hab ihn! Ich hab ihn!" kicherte Mrs. Fletcher. „Ich halt ihn auf meinem Schoß fest. Du böser, böser Bube du! Ich muß wohl anfangen zu lernen, wie man kleine böse Buben verhaut", sagte sie.

Leotas Elf-Uhr-Kundin stieß die Schwingtür von hinten auf Leota, die ihn gerade kräftig mit der Haarbürste verdrosch, während er ein zorniges, aber irgendwie verächtliches Geschrei ausstieß, das aus der Kabine in den ganzen neugierigen Frisiersalon drang. Von überall strömten die Damen herbei, um zuzuschauen, wie er verdroschen wurde. Billy Boy trat Leota und Mrs. Fletcher so fest er nur konnte mit den Füßen, und Mrs. Fletcher trug dabei ihr neues starres Lächeln zur Schau.

Billy Boy stapfte durch die Gruppe der Damen mit den zerwühlten Haaren und ging zur Tür hinaus, rief aber dabei die Worte zurück: „Wenn ihr schon so schlau seid, warum seid ihr dann nicht reich?“

DER SCHLÜSSEL

Es war ruhig im Wartesaal der abgelegenen kleinen Bahnstation, bis auf die nächtlichen Geräusche der Insekten. Man konnte ihre wirren Bewegungen im Unkraut draußen hören, und das klang ganz entfernt so, als ob eine zarte Stimme in der Nacht eine Geschichte erzählte. Oder man konnte den dumpfen Aufschlag und das rauhe Kratzen hören, wenn die Leuchtkäfer mit ihren großen Flügeln an die Holzdecke stießen. Manche Insekten hingen schwer an der gelben Kugellampe, wie dumme Bienen an einem sinnlosen Geruch.

Unter diesem grellen Licht saßen mit zerstochenen Gesichtern zwei Reihen Menschen schweigend und unbequem da und warteten, vor sich hindösend, allein oder zu zweit. Niemand wirkte ungeduldig, obwohl sich der Zug verspätet hatte. Ein kleines Mädchen lag zurückgefallen im Schoß seiner Mutter, als ob der Schlaf es mit einem Schlag umgeworfen hätte.

Ellie und Albert Morgan saßen wie die anderen auch auf einer Bank, warteten auf den Zug und hatten einander nichts zu sagen. Ihre Namen waren sauber und ziemlich groß auf einen dicken rötlichbraunen Koffer geschrieben, der mehr schlecht als recht mit einem Riemen verschnürt war, weil eine Schnalle fehlte, und er klaffte schließlich auf wie ein blöde staunender Mund. „Albert Morgan, Ellie Morgan, Yellow Leaf, Mississippi." Sie mußten mit einem Fuhrwerk in die Stadt gefahren sein, denn auf ihnen und auf ihrem Koffer lag an verschiedenen Stellen feiner gelber Staub, wie von Fingerabdrücken.

Ellie Morgan war eine kräftige Frau mit einem Gesicht, das so rosig und so ausgefüllt war wie eine altmodische Rose. Sie mußte ungefähr vierzig Jahre alt sein. Von ihrem ausgestreckten, kräftigen Handgelenk hing eine von diesen schwarzen, ranzenartigen Handtaschen herunter. Es waren ihre Ersparnisse, die diese Reise möglich machten. Und wohin? fragte man sich, denn sie saß so starr und so schwerfällig da wie ein Klotz, als ob sie namenlose Befürchtungen ertragen müßte, die allein beim Gedanken an eine Reise in ihr aufstiegen und sie überschwemmten. Ihr Gesicht verzog sich und legte sich in angestrengte, harte Falten, als wäre darin etwas erstorben – der nur allzu deutliche Hinweis auf eine schmerzliche Sehnsucht nach Verständigung.

Albert machte einen bedächtigeren und weicheren Eindruck. Er saß bewegungslos neben Ellie und hielt seinen Hut mit beiden Händen auf dem Schoß fest – einen Hut, der so aussah, als ob er ihn nie getragen hätte. Albert sah selbstgemacht aus, als ob seine Frau sich ganz bewußt einen Mann gestrickt oder auf irgendeine Weise zusammengebastelt hätte, wenn sie abends allein war. Er hatte einen feinen, sonnengebleichten blonden Haarschopf. Man konnte sehen, daß er für diese Welt zu schüchtern war. Seine Hände waren wie aus Pappe, so still hielt er seinen Hut; aber wie sanft fielen seine Augen auf die Wölbung und glitten verträumt und doch angstvoll über die braune Oberfläche. Er war kleiner als seine Frau. Auch sein Anzug war braun, und er trug ihn sauber und achtsam, als wollte er sagen: „Schaut nicht her – nicht nötig herzuschauen – ich bin gar nicht vorhanden." Aber man hat diesen Ausdruck auch bei stillen Kindern gesehen, die in einem plötzlichen, fast ausgelassenen Ausbruch von Vertrauen erzählen, was sie in der vergangenen Nacht geträumt haben.

Hin und wieder zog ein wacher, gequälter Ausdruck über das Gesicht des kleinen Mannes, als hätte er irgend etwas sehr genau erkannt, und er schaute langsam und ziemlich scheu herum. Dann ließ er den Kopf wieder sinken; der Ausdruck auf seinem Gesicht verschwand; irgendeine innere Erholung war ihm versagt geblieben. Hinter seinem Kopf hing ein altes, verschmutztes Plakat, auf dem eine altmodische Lokomotive zu sehen war, die gleich mit einem offenen Wagen voll verschleierter Damen zusammenstoßen würde. Niemand in der Bahnstation fürchtete sich vor dem bekannten Plakat, niemand war von dem kleinen Mann beunruhigt, dessen sich hebender und senkender Kopf davon eingerahmt wurde. Doch einen Augenblick lang hätte man meinen können, daß er dort sehr hoffnungsvoll säße.

Unter den anderen Wartenden in der Bahnstation war ein kräftig aussehender junger Mann. Er war allein und trug auf seinen roten

Haaren keinen Hut. Er stand an der Wand, während die anderen alle auf Bänken saßen. Er hielt einen kleinen Schlüssel in der Hand. Er drehte ihn immer wieder herum, schob ihn nervös von einer Hand in die andere, warf ihn leicht in die Luft und fing ihn wieder auf.

Er stand da und starrte die anderen Leute mit abwesendem Gesichtsausdruck an. Sein Blick war so impulsiv, und seine Augen waren so weit geöffnet, daß jeder, der ihn anschaute, sich wie in einem kleinen Boot vorkam, das im Kielwasser eines größeren Bootes schaukelte. Er platzte geradezu vor Energie, und das trennte ihn von allen anderen. Aber in seinen Handbewegungen lag nicht die Sehnsucht nach Verständigung, sondern etwas wie Zurückhaltung, ja, sogar Heimlichtuerei, während der Schlüssel emporflog und herunterfiel. Man erriet, daß er fremd in dieser Stadt war; er mochte ein Krimineller oder ein Spieler sein, aber seine Augen waren von Sanftmut geweitet. Sein Blick, der, ohne irgendwo zu verweilen, umherschweifte, nahm alles zugleich zärtlich und genau in Augenschein.

Seine Haarfarbe schien umzuspringen und sich zu bewegen wie das Flackern eines im Wind entfachten Streichholzes. Die Lampen an der Decke leuchteten nicht gleichmäßig, sondern schienen wie eine lebendige, an- und abschwellende Kraft zu pulsieren und gaben dem jungen Mann in seiner Versunkenheit das Aussehen, als zittere er trotz seiner Größe und Stärke und brächte es nicht fertig, seinen genauen Umriß auf die gelben Wände zu werfen. Er war wie ein Salamander im Feuer. „Nehmen Sie sich in acht“, wollte man ihm zurufen, aber auch: „Kommen Sie her.“ Nervös und ganz abwesend in seiner Zerstreutheit stand er einfach da und warf den Schlüssel von einer Hand in die andere. Plötzlich wurde diese Bewegung zu einer Geste des Verzichts: Eine Hand blieb passiv in der Luft stehen und faßte dann zu spät zu. Der Schlüssel fiel auf den Boden.

Alle außer Albert und Ellie Morgan schauten kurz auf. Auf dem Boden hatte der Schlüssel einen harten metallischen Ton verursacht, der wie eine Herausforderung klang. Es war ein ernstzunehmendes Geräusch. Die Leute sprangen fast auf. Es wurde als eine Beleidigung, als eine persönliche Infragestellung empfunden, hier in dem stillen friedlichen Raum, wo die Insekten an die Decke stießen und jedermann zwischen seinen Habseligkeiten sitzen durfte und auf eine sichere Abfahrt wartete. Um alle herum erhoben sich kleine Mauern des Vorwurfs.

Als der junge Mann die erschrockenen, aber kontrollierten und hartnäckig ausdruckslosen Gesichter sah, die sich ihm einen Augenblick lang zuwandten und sich dann wegdrehten, huschte ein amüsierter Zug über sein Gesicht. Er ging hinüber, um seinen Schlüssel aufzuheben. Doch der hatte aufgeglänzt und war über den Boden gerutscht und lag jetzt im Staub zu Albert Morgans Füßen.

Albert Morgan hob doch wirklich den Schlüssel auf. Von gegenüber sah der junge Mann, wie er ihn ganz langsam und mit verwundertem Gesichtsausdruck und erstaunten Händen untersuchte, als sei er vom Himmel gefallen. Hatte er das Aufschlagen nicht gehört? Etwas stimmte mit Albert nicht...

Der junge Mann schien dieser Verwunderung absichtlich kein Ende bereiten zu wollen und forderte seinen Schlüssel nicht zurück. Er trat zurück, und in seinen gesenkten Augen blitzte Interesse seltsam auf, oder etwas noch Unerklärlicheres, Resignation vielleicht.

Der kleine Mann hatte wahrscheinlich in Gedanken versunken auf den Boden gestarrt. Und dann kam plötzlich über die dunkle Fläche der kleine Schlüssel angerutscht. Man konnte sehen, wie Erinnerung von seinem Gesicht Besitz ergriff, es verzerrte und in Bann schlug. Welches unschuldige, merkwürdige Erlebnis erweckte er wohl zum Leben – einen Fisch, den er einmal als Kind dicht unter der Wasseroberfläche in einem sonnigen See auf dem Land gesehen hatte? Dies hier war genauso unerwartet, aufregend und bedeutungsvoll für ihn. Albert saß da und hielt den Schlüssel in seiner weit geöffneten Hand. Wie intensiv, gesteigert und wirklich vergeblich bei behinderten Menschen jeder Versuch ist, dem Gesicht einen Ausdruck zu verleihen! Er glühte fast vor Freude darüber, daß er ohne zu raten die Temperatur und das Gewicht des Schlüssels fühlte. Dann wandte er sich zu seiner Frau. Seine Lippen zitterten tatsächlich.

Und der junge Mann wartete noch ab, als ob die seltsame Freude des kleinen Mannes Vorrang hätte vor seinem eigenen Wunsch nach dem Schlüssel. Er war plötzlich wie elektrisiert, als er sah, daß Ellie den Griff ihrer Handtasche von ihrem Handgelenk abstreifte und anfing, mit Hilfe ihrer Finger mit ihrem Mann zu sprechen.

Die anderen in der Bahnstation hatten Ellie auch gesehen; ein seichtes Mitleid überschwemmte den Wartesaal wie eine schmutzige Welle, die schäumend über einen öffentlichen Strand läuft. Die Leute murmelten einander von Bank zu Bank zu: „Taubstumm!“ Sie hatten keine Ahnung, was der junge Mann alles sah! Obwohl er die Worte nicht verstehen konnte, die Ellie sagte, schien er doch von dem Irrtum, dem der kleine Mann erlegen sein mußte, von seiner unpassenden Verwunderung und Freude recht beunruhigt zu sein.

Albert antwortete seiner Frau. Mit seinen Händen sagte er ihr: „Ich hab ihn gefunden. Jetzt gehört er mir. Er ist wichtig! Wichtig! Er bedeutet etwas. Von jetzt an kommen wir besser miteinander aus, verstehn uns besser ... Wenn wir die Niagarafälle erreicht haben, verlieben wir uns vielleicht sogar, so wie andere Leute auch. Vielleicht haben wir doch aus Liebe geheiratet, und aus keinem anderen Grund – weil wir beide gleich behindert sind, nicht sprechen können und darum einsam sind. Jetzt brauchst du dich wegen mir nicht mehr zu schämen, weil ich mein Leben lang so vorsichtig und langsam war und mir immer Zeit gelassen habe ... Du kannst Hoffnung schöpfen. Weil ich es war, der den Schlüssel gefunden hat. Denk daran – ich hab ihn gefunden!“ Er lachte plötzlich lautlos vor sich hin.

Alle starrten auf diese leidenschaftliche kleine Rede, die seine Finger hielten. Sie waren verlegen, ahnten unklar eine Krise, fühlten sich unklar beleidigt, konnten aber nicht eingreifen; es war so, als ob sie die Taubstummen und er der Sprechende wäre. Als er lachte, lachten ein paar Leute unwillkürlich mit, ganz erleichtert, und wandten sich dann ab. Aber der junge Mann blieb still und angespannt und wartete aus seiner kleinen Entfernung heraus ab.

„Dieser Schlüssel ist auf sehr geheimnisvolle Weise hierhergekommen – er bedeutet ganz bestimmt etwas“, fuhr der Ehemann fort. Er hielt ihr den Schlüssel direkt vor die Augen. „Du betest doch immer; du glaubst an Wunder; nun, hier ist die Antwort. Ich hab sie gefunden.“

Seine Frau schaute sich betreten im Raum um und antwortete mit den Fingern: „Du redest immer Unsinn. Sei doch still.“

Aber insgeheim freute sie sich, und als sie sah, wie er in seiner gewohnten Art langsam den Blick senkte, streckte sie, wie um ihre Worte zurückzunehmen, die Hand aus und legte sie auf seine, berührte selbst den Schlüssel, und etwas Sanftes machte ihre abgearbeitete Hand schlaff. Von da an schauten sie sich nicht mehr um, sie sahen nur noch einander. Sie waren so intensiv, so ernsthaft, und wünschten so sehr, daß sie ihre Symbole vollständig verstünden!

„Du mußt ihn als ein Symbol ansehen", fing er wieder an, und seine Finger bewegten sich vor Aufregung ungeschickt und undeutlich. „Er ist ein Symbol von irgend etwas – von etwas, das wir verdienen, nämlich Glück. Wir werden bei den Niagarafällen das Glück finden."

Und dann wandte er sich leicht von ihr ab, als fühlte er sich plötzlich schüchtern vor ihr, und ließ den Schlüssel in seine Tasche gleiten. Sie saßen da und starrten, die Hände im Schoß, auf ihren Koffer hinunter.

Der junge Mann wandte sich langsam von ihnen ab und schlenderte an die Wand zurück, wo er eine Zigarette herauszog und sie anzündete.

Draußen drückte die Nacht gegen die Bahnstation wie massiver Stein, in dem der kleine Raum erstarren könnte und in dem zur Verewigung dieses Augenblicks der Hoffnung die Zukunft wie ein Insekt in Bernstein getötet werden könnte. Der kurze kleine Zug fuhr ein, hielt an und rollte fast lautlos wieder davon.

Dann waren die Leute drinnen verschwunden, drehten sich im Schlaf um oder liefen umher, und alle waren anders als zuvor. Aber die Taubstummen und der müßig herumstehende junge Mann waren noch am selben Ort.

Der Mann rauchte immer noch. Er war gekleidet wie ein junger Arzt oder eine vergleichbare Person in der Stadt, dennoch schien er nicht aus der Stadt zu sein. Er sah sehr kräftig und aktiv aus; aber eine erstaunliche Eigenschaft fiel an ihm auf, eine Bereitschaft, sich ständig ablenken, ja sogar beunruhigen zu lassen, gerade weil er sich seines Körpers so sicher war, eine Wachheit, die seine Kräfte schwächte und verpuffen ließ, anstatt sie zusammenzuhalten und sie gierig schön zu machen. Seine Jugend schien jetzt an ihm nicht mehr wichtig zu sein; sie war ohne Zweifel ein Grund für seine Aktivität, doch als er mit hochgezogener Stirn und rauchend dastand, kam man zu der Ansicht, daß er nie zum Ausdruck bringen würde, was er sich als junger starker Mann vom Leben wünschte, da er sich mitfühlend abseits hielt, da er rein gefühlsmäßig ein Geschenk oder ein Opfer brachte, oder da er überhaupt irgendwie handelte – nicht weil es zuviel auf der Welt gab, das nach seiner Kraft verlangte, sondern weil ihm alles zu bewußt war.

Man empfand Bestürzung, wenn man ihn anschaute, und wenn man überhaupt nicht in den gelben Raum schaute und die Augen schloß, so schien die Intensität des jungen Mannes wie auch die des Raumes sich zugleich mit seinen Schatten der Vorstellung einzuprägen, Schwärze zusammen mit dem Licht, Negativ neben dem Positiv. Man hatte das Gefühl, als ob zwischen den Herzen ein genauer, guter Kontakt entstanden wäre, der einem irgendwie seine Freude und seine Verzweiflung bewußt machte. Man konnte den Reichtum und die Leere im Leben dieses Fremden fühlen.

Der Bahnbeamte kam herein und schwenkte eine Laterne, die er plötzlich mitten im Schwung anhielt. Mit verlegenem und dann fast ärgerlichem Gesichtsausdruck näherte er sich den Taubstummen, gestikulierte wild mit einem Arm und zuckte mit den Schultern.

Albert und Ellie Morgan waren entsetzlich erschrocken. Die Frau sah einen Augenblick lang ganz hoffnungslos aus. Aber der kleine Mann – man war über den kühnen Ausdruck in seinem Gesicht überrascht.

In der Bahnstation sagte der rothaarige Mann laut – doch zu sich selbst: „Sie haben ihren Zug verpaßt!“

Als ob er sich schnell entschuldigen wollte, stellte der Bahnbeamte seine Laterne neben Alberts Fuß ab und eilte fort.

Und wie um einen Kreis zu schließen, ging auch der rothaarige Mann hinüber und stellte sich schweigend in die Nähe der Taubstummen. Die Frau warf ihm einen vorwurfsvollen Blick zu und nahm ihren Hut ab.

Sie fingen wieder an, sich schnell hin und her zu verständigen, fast als wären sie eine Person. Ihre eingefahrenen Gefühle herrschten wieder vor. Vielleicht, so konnte man annehmen, wenn man ihre Ähnlichkeit betrachtete – auch ihr Haar war gelb – waren sie Geschwister –, vielleicht sogar Geschwisterkinder, die in der gleichen Weise behindert waren, und von zu Hause in eine staatliche Anstalt geschickt worden waren ... Es war wie eine Verschwörung. Und sie holten zum Gegenschlag gegen die Verschwörung der Dinge aus, die sie außerhalb ihres Wissens und ihrer Art, sich zu verständigen, bedrückten. Es war deutlich zu sehen, daß es der Frau das größte Vergnügen bereitete. Aber man fragte sich, wenn man Albert sah, den das Reden ziemlich durcheinander zu bringen schien, ob das Ganze nicht die Fortsetzung eines groben und brutalen Spiels war, das Ellie als die Ältere und Stärkere ihm beigebracht hatte.

„Was, glaubst du, will er?“ fragte sie Albert und nickte in Richtung des rothaarigen Mannes, der leicht lächelte. Und wie ihre Augen glänzten! Wer könnte jemals wissen, wie tief das Mißtrauen gegen die ganze Welt in ihrem Herzen saß, wie weit es sie getrieben hatte!

„Was er will?“ Albert antwortete schnell. „Den Schlüssel!“

Natürlich! Und wie schön es gewesen war, hier zu sitzen und den Schlüssel vor dem Fremden und auch vor seiner Frau versteckt zu halten, die nicht gesehen hatte, wo er ihn hingesteckt hatte. Er tastete mit seiner Hand heimlich nach dem Schlüssel, der in einer Tasche in der Nähe seines Herzens liegen mußte. Er nickte sanft. Der Schlüssel war ihm plötzlich, aber nicht ganz unerwartet auf dem Boden des Warteraumes unter die Augen gekommen. Alles, was einem passiert, geschieht auf solche Weise. Aber Ellie verstand das nicht.

Nun saß sie so still wie möglich da. Es war nicht nur die Hoffnungslosigkeit ihrer Reise. Sie hatte zweifellos auch ihre eigenen Gefühle über den Schlüssel, unabhängig davon, was sie gesagt oder was er ihr erzählt hatte. Er hatte ihn beinahe mit ihr geteilt – das hatte man bemerkt. Er zog die Stirn hoch, und fast gleichzeitig lächelte er. Es gab etwas – etwas, an das er sich fast, aber doch nicht ganz erinnerte –, das ihm erlauben würde, den Schlüssel für immer zu behalten. Er wußte das, und er würde sich später daran erinnern, wenn er alleine war.

„Hab keine Angst, Ellie“, sagte er, und ein stilles kleines Lächeln hob seine Lippen. „Er liegt sicher in einer Tasche. Niemand kann ihn finden, und es ist auch kein Loch da, durch das er durchfallen könnte.“

Sie nickte, doch sie hatte immer ihre Zweifel und war immer ängstlich. Man konnte ihre beunruhigten Hände sehen. Wie schrecklich das war, wie seltsam, daß Albert den Schlüssel mehr liebte als Ellie! Es machte ihm nichts aus, daß sie den Zug versäumt hatten. Das sah man an jeder Falte, jeder Bewegung seines Körpers. Der Schlüssel lag ihm näher – näher. Die ganze Geschichte fing an, sie beide jetzt zu erleuchten, als ob die Flamme der Laterne höhergedreht worden wäre. Ellies ängstlicher, schwankender Körper hüllte ihn so sanft wie eine Wiege ein, aber die geheime Bedeutung, das machtvolle Zeichen, die Vergewisserung, nach der er sich so sehr sehnte, die er so unbedingt verdiente – die war nie gekommen. Etwas fehlte Ellie.

Hatte Ellie, mit ihrem Mißtrauen gegen alles, auf ihre Weise auch solche Dinge erfahren? Wie leer und nervös ihre rotgeschrubbten Hände wirkten, wie verzweifelt sie sprechen wollten! Ja, ja, sie mußte es für ein Unglück halten, was zwischen ihnen lag, mehr als nur Leere. Sie machte sich Sorgen darüber und mußte darüber sprechen. Man konnte sich vorstellen, wie sie zu buttern aufhörte und zu seinem Stuhl auf der Veranda trat, um ihm zu sagen, daß sie ihn liebte und immer für ihn sorgen würde, und wie sie das mit ihren Fingern sagte, von denen die saure Milch heruntertropfte. Man versuche nur, ihr zu sagen, daß reden sinnlos und daß Fürsorge unnötig sei ... Und früher oder später würde er immer antworten, irgend etwas sagen, zustimmen, und sie würde wieder weggehen ...

Und Alberts Gesicht, das so gut staunen konnte, war zu entnehmen, daß es gar nicht so einfach war, mit Ellie zu sprechen. Bis man nämlich mit ihr redete, das drückten seine runden braunen Augen aus, konnte man zufrieden sein und zuversichtlich, daß sich alles von selbst erledigen würde. Solange man den Dingen ihren Lauf läßt, geht alles friedlich vonstatten, wie ein ereignisloser Tag auf der Farm. Man hat Arbeiten zu verrichten, die Frau arbeitet im Haus, man selbst auf dem Feld, das Getreide wächst so gut, wie man es erwartet, die Kuh gibt Milch, und der Himmel liegt wie eine Decke über all dem – so daß man selbstgenügsam ist wie ein Füllen, nichts braucht und nicht gebraucht wird. Aber wenn man die Hände hebt und zu sprechen anfängt, läuft diese Sicherheit davon und läßt einen im Stich, wenn man nicht sehr aufpaßt. Man sagt etwas, macht eine Bemerkung, nur um auf die Sorgen der Frau etwas zu antworten, und alles gerät durcheinander, verwirrt sich, liegt aufgerissen da wie der Boden hinter dem Pflug, und man selbst läuft hinterher.

Aber Glück, das wußte Albert, ist etwas, das ganz plötzlich zu einem kommt, das für einen bestimmt ist, etwas, nach dem man die Hand ausstreckt und es aufhebt und an seiner Brust versteckt, ein glänzendes Ding, das einen an etwas Lebendiges und Hüpfendes erinnert.

Ellie saß still wie eine Maus da. Sie hatte ihre Tasche geöffnet und eine kleine Postkarte mit einem Bild der Niagarafälle herausgenommen.

„Versteck ihn vor dem Mann", sagte sie. Sie mißtraute ihm wirklich! Der rothaarige Mann war nähergekommen. Er beugte sich herunter und sah, daß es ein Bild von den Niagarafällen war.

„Siehst du das kleine Geländer?" fing Albert zärtlich an. Und Ellie schaute ihn so gern an, wenn er ihr das erzählte; sie legte die Hände zusammen und fing zu lächeln an und zeigte dabei ihren schiefen Zahn. Sie sah jung aus: so hatte sie als Kind ausgesehen.

„Darauf hat die Lehrerin mit ihrem Zeigestab auf dem Bild der Laterna magica gedeutet – auf das kleine Geländer. Man steht genau da. Man lehnt sich fest an das Geländer. Dann kann man die Niagarafälle hören."

„Wie hört man sie?" bettelte Ellie und nickte mit dem Kopf.

„Man hört sie mit dem ganzen Wesen. Du hörst sie mit deinen Armen und deinen Beinen und deinem ganzen Körper. Danach wirst du nie mehr vergessen, was Hören ist."

Er mußte ihr das in seiner Fügsamkeit schon hundertmal erzählt haben, und doch lächelte sie dankbar und starrte tief, tief in das kolorierte Bild des Wasserfalls hinein.

Sie sagte gerade: „Jetzt wären wir dort, wenn wir den Zug nicht verpaßt hätten."

Sie hatte keine Ahnung, daß der Wasserfall viele Meilen und ganze Tage entfernt lag.

Dann blickte sie den rothaarigen Mann mit ihren von Krähenfüßen umgebenen Augen an, und er schaute schließlich weg. Er sah den Staub auf ihrem Hals und eine Nadel, die an ihrem Kragen steckte, die sie vergessen hatte. Ein Faden hing noch daran – die kleinsten

Einzelheiten. Ihre Hände waren verkrampft und von der Anspannung ganz faltig. Unter dem Rock schwenkte sie ihren Fuß in den neuen Schuhen mit den verstärkten Fußspitzen leicht hin und her.

Auch Albert wandte sich ab. Man hätte meinen können, daß er jetzt ängstlich daran dachte, daß sie in genau diesem Augenblick die Niagarafälle hören würden, wenn sie nicht den Zug versäumt hätten. Vielleicht würden sie dort zusammen stehen, gegen das kleine Geländer gepreßt, aneinandergepreßt, während das Leben sie durchpulste und veränderte... Und woher wußte er, wie das sein würde? Er senkte den Kopf und versuchte, seine Frau nicht anzuschauen. Er konnte nichts sagen. Einmal schaute er zu dem Fremden auf, mit einem fast flehenden Blick, als wollte er sagen: „Möchten Sie mit uns kommen?"

„So viele Jahre arbeiten, und dann den Zug versäumen", sagte Ellie.

Man sah ihrem Gesicht an, daß sie unerschrocken staunte, unzufrieden, und auf die Zukunft wartete.

Und man wußte, daß sie jetzt dasitzen und genauso über diese Geschichte nachgrübeln würde wie über ihre gemeinsamen Gespräche, wie über jede Unterhaltung, manchmal sogar über eine Übereinkunft, die schon längst getroffen war – selbst über die geheime und schickliche Trennung zwischen Mann und Frau, das, was sie zu dem macht, was sie sind, ihr geheimes Leben, ihre Erinnerung an die Vergangenheit, ihre Kindheit, ihre Träume. Dies alles bedeutete für Ellie Unglücklichsein.

Als sie ein kleines Mädchen war, hatte man ihr erzählt, daß es unter frisch verheirateten Paaren Brauch ist, die Hochzeitsreise zu den Niagarafällen zu machen, um dort ihr gemeinsames Glück zu beginnen; und darauf setzte sie ihre ganze Hoffnung. Deshalb sparte sie Geld. Sie arbeitete härter als er, was man feststellen konnte, wenn man ihre Hände verglich, arbeitete in guten und in schlechten Jahren mehr, als es einer Frau guttut. Jahr um Jahr setzte sie sich ihre Hoffnung zum Ziel.

Und er – irgendwie hatte er nie geglaubt, daß diese Zeit einmal kommen würde, daß sie diese Reise wirklich unternehmen würden. Er schaute nie so weit und so tief wie Ellie – in die Zukunft, in die Veränderung und Verschmelzung ihres gemeinsamen Lebens, wenn sie endlich bei den Niagarafällen ankommen würden. Ihm kam es immer wie etwas Aufgeschobenes vor, wie die Abzahlung einer Hypothek.

Doch als er hier im Bahnhof saß, den gepackten Koffer zu seinen Füßen, war ihm langsam aufgegangen, daß diese Reise tatsächlich stattfinden könnte. Der Schlüssel hatte sich materialisiert, um ihm die Größe dieses Unternehmens klarzumachen. Und nach seinem anfänglichen Schock und dem Stolz hatte er den Schlüssel einfach behalten. Er hatte ihn in seiner Tasche versteckt.

Sie schaute ohne mit den Augen zu zwinkern in das Laternenlicht auf dem Boden. Ihr Gesicht sah kräftig und erschreckend aus, ganz beleuchtet und dem seinen sehr nah. Aber es war keine Freude darin. Man spürte, daß sie sehr tapfer war.

Albert schien zu schrumpfen, sich zurückzuziehen... Seine zitternde Hand fuhr noch einmal unter die Jacke und berührte die Tasche, in der der Schlüssel abwartend lag. Würde er sich jemals an seine schwer zu erfassende Bedeutung erinnern oder jemals sicher sein, was er wirklich symbolisierte?... Seine Augen, die sich schnell verschleiern konnten, wurden träumerisch. Vielleicht hatte er sogar entschieden, daß der Schlüssel nicht ein Symbol für das Glück mit Ellie war, sondern für etwas anderes – etwas, das er allein besitzen konnte, ganz für sich selbst, in Frieden, etwas Seltsames und Unerwartetes, das ihm zustoßen würde...

Der rothaarige Mann nahm einen zweiten Schlüssel aus der Tasche und legte ihn mit einer einzigen, gezielten Bewegung in Ellies gerötete Handfläche. Es war ein Schlüssel mit einem großen dreieckigen Stück Pappe, auf dem deutlich geschrieben stand „Star Hotel, Zimmer Nr. 2".

Er wollte nichts mehr sehen und ging unvermittelt in die Nacht hinaus. Er blieb einen Augenblick lang stehen und holte eine Zigarette heraus. Als er das Streichholz nah vor sein Gesicht hielt, schaute er geradeaus, und in seinen Augen, in denen plötzlich etwas Wildes und zugleich Suchendes lag, spiegelte sich neben dem einfachen Mitleid ganz eindeutig auch noch etwas zugleich Rastloses und Müdes, dem Komik nicht fremd war. Man konnte sehen, daß er das, was er getan hatte, verachtete und die Zwecklosigkeit seines Handelns einsah.

KEELA, DAS AUSGESTOSSENE INDIANERMÄDCHEN

An einem Morgen im Sommer, als alle seine Söhne und Töchter zum Pflaumenpflücken fortgegangen waren und Little Lee Roy ganz allein auf der Veranda saß und nur den Zwergohreulen unten im Wald lauschte, erlebte er eine Überraschung.

Zuerst hörte er weiße Männer reden. Er hörte, daß zwei weiße Männer den Pfad von der Landstraße heraufkamen. Little Lee Roy zog den Kopf ein und hielt den Atem an; dann tastete er überall hinter sich nach seinen Krücken. Alle Hühner kamen unter dem Haus hervor und warteten aufmerksam auf der Treppe.

Die Männer kamen näher. Es war der junge Mann, der das Gespräch bestritt. Aber als sie durch den Zaun kamen, unterbrach ihn Max, der ältere Mann. Er klopfte ihm auf den Arm und deutete mit dem Daumen auf Little Lee Roy.

Er sagte: „Bruder? Da ist er."

Aber der jüngere Mann sprach mit erklärender Stimme einfach weiter.

„Bruder?" sagte Max noch einmal. „Schau mal, Bruder, da drüben ist der einzige kleine Nigger mit Klumpfuß, den es je in Cane Springs gab. Ist das der Mann?"

Sie kamen immer näher auf Little Lee Roy zu, hielten dann an und blieben mitten im Hof stehen. Aber der junge Mann war so aufgeregt, daß er nicht zu bemerken schien, daß sie irgendwo angekommen waren. Er war erst an die zwanzig Jahre alt und sehr braun gebrannt. Er sprach unaufhörlich und machte dabei nur eine Geste – er hob steif die Hand und bewegte sie dann leicht zu einer Seite hin.

„Sie haben ihn in ein rotes Kleid gesteckt, und er fraß lebendige Hühner", sagte er. „Ich verkaufte Eintrittskarten und dachte, daß das wirklich die zehn Cent wert ist, ehrlich. Sie gaben mir ein Stück Papier, auf dem geschrieben stand, was ich sagen sollte. Das war leicht. ‚Keela, das ausgestoßene Indianermädchen!' ruf ich durch einen Schalltrichter aus Pappe. Und jedesmal, wenn er dabei war, ein lebendiges Huhn zu fressen, blies ich draußen in die Sirene."

„Sag mir nur eins, Bruder", sagte Max und ruhte sich auf den Absätzen seiner mit kleinen Löchern verzierten beigeweißen Sportschuhe aus. „Ist das der Nigger? Ist es der, der da sitzt?"

Little Lee Roy hockte zwinkernd da und lächelte über sein ganzes Gesicht... Aber der junge Mann schaute nicht in seine Richtung.

„Ich hab den Job damals nur so angenommen. Ich wollte gar nicht – ich meine, ich wollte eigentlich nach Port Arthur, weil mein Bruder dort auf einem Schiff war", sagte er. „Ich heiße Steve, Mister. Aber ich hab bei diesem Zirkus drei Monate lang Karten verkauft, und ohne diesen Mann da hätt ich nie gewußt, was wirklich dahintersteckt." Er unterbrach seine Geste.

„Na, welcher Mann?" fragte Max mit hoffnungsloser Stimme.

Little Lee Roy schaute von dem einen weißen Mann zum anderen und war so aufgeregt, daß er sein respektvolles Schweigen kaum aufrechterhalten konnte. Er zitterte am ganzen Körper, und in seinen Augen blitzten Überraschtheit und plötzliche Lebendigkeit auf.

„Es war vor zwei Jahren", sagte Steve ungeduldig. „Wir fuhren mit diesen alten Lastwagen durch Texas. – Verstehn Sie, der Grund, warum niemand schon vorher in seine Nähe kam, war der, daß sie ihm so 'ne lange Eisenstange gegeben hatten. Und ihm gesagt ham, wenn irgend jemand in die Nähe kommt, soll er ganz bös die Stange schwingen, so. Aber er sollte nix sagen. Es kam raus, daß sie ihm gesagt hatten, daß er nie auch nur irgendwas mit jemand reden darf, also grunzte und knurrte er nur wie ein Tier."

„Hi! Hi!" kam es leise von Little Lee Roy.

„Sag's mir noch mal", sagte Max, und man konnte ihm ansehen, daß jeder den alten Max kannte. „Ich kapier das nicht ganz. Is das der Kerl? Is dieser kleine Nigger da dieselbe Person wie Keela, das ausgestoßene Indianermädchen?"

Von der Veranda herunter schaute Little Lee Roy Max belustigt an und beugte sich dann auf die andere Seite, um Steves nächste Worte aufzuschnappen.

„Wenn jemand nur in seine Nähe kam oder mit der Schulter das Seil streifte, dann knurrte er, packte seine Eisenstange und schüttelte sie.

Wenn er die lebenden Hühner fraß, dann grunzte er ganz entsetzlich – Sie hätten's hören müssen."

„Hi! Hi!" Ein leises, fast ungläubiges Lachen kam aus Little Lee Roys fest verschlossenem Mund, ein kleines, fröhliches Miauen.

„Die warfen ihm dieses Huhn vor, und er faßte danach und packte es. Dann rieb er irgendwie mit seinem Daumen das Huhn am Hals und drückte fest zu, und dann biß er ihm den Kopf ab."

„Okay", sagte Max.

„Er riß die Federn und das ganze Zeug vom Hals ab und saugte das Blut aus. Aber alle sagten, daß es noch lebendig war." Steve trat näher an Max heran und blickte ihm mit seinen hellen, unruhigen Augen ins Gesicht.

„Okay."

„Dann rupfte er es, und das ging leicht und säuberlich und furchtbar schnell, und er knurrte die ganze Zeit, stöhnte fast, und dann fing er an, das ganze helle Fleisch zu fressen. Ich bin hin und hab's angeschaut. Ich wette, ich hab's tausendmal gesehen."

„Und das warst du, mein Junge?" fragte Max ganz unerwartet Little Lee Roy.

Aber Little Lee Roy brachte nur „Hi! Hi!" heraus. Der kleine Mann oben auf der Treppe, auf der die Hühner saßen, eines auf jeder Stufe, bildete mit den beiden Männern unten, die einander anschauten, eine Pyramide.

Steve bat mit einer Handbewegung um Ruhe. „Sie sagten – das heißt, ich sagte es, draußen durch den Schalltrichter, ich sagte es selbst, daß er nichts außer lebendem Fleisch aß. Er sollte nämlich 'ne Indianerin sein, verstehn Sie, in diesem roten Kleid und diesen Strümpfen. Er hatte keine Schuhe an, und da konnte jeder sehn, wie er seinen Fuß nachzog... Als er zum Herz von dem Hühnchen kam, aß er das auch, richtig schnell, und das Herz zuckte noch!"

„Moment mal, Bruder", sagte Max kurz angebunden. „Sag mal, mein Junge, ist der weiße Mann da vielleicht verrückt?"

Little Lee Roy brach in hysterisches, entschuldigendes Gekicher aus. Er sagte: „Nee Sir, glaub ich nich." Er versuchte einen Blick von Steve aufzufangen, weil er Zustimmung suchte, und rief: „Nee Sir, glaub nich, daß er verrückt is, Mister."

Steve packte Max am Arm. „Warten Sie! Warten Sie!“ schrie er ängstlich. „Sie hören ja nich zu. Ich will's Ihnen erzählen. Sie haben meinen Namen nich mitgekriegt – Steve. Sie haben nie was von diesem kleinen Nigger gehört – was ihm alles zugestoßen is? Der in Cane Springs, Mississippi, gewohnt hat?“

„Bruder“, sagte Max und machte sich los, „ich hör von gar nix was. Ich hab 'ne Musikbox, verstehste, da brauch ich nix zu hören.“

„Aber schaun Sie – ich war's wirklich“, sagte Steve jetzt geduldiger, aber so nervös, als hätte er Stück für Stück eine schlechte Nachricht gebracht. Er ging auf dem sauber gefegten Boden vor Little Lee Roys Veranda auf und ab, und das Beet mit purpurnem Amarant und Hornkraut entlang. Little Lee Roy drehte den Kopf und schaute ihm jedesmal nach. „Ich bin's gewesen, das will ich Ihnen nur sagen.“

„Stell dir mal vor, wenn ich mir das anhör'n würd, was jeder Spinner zu sagen hat, der in Maxens Stube kommt, dann würd ich ja verrückt“, sagte Max.

„Ich war's, verstehn Sie“, sagte Steve. „Das weiß ich. Ich hab schuld, daß es immer so weiter und weiter und weiter ging und daß keiner was merkte – so was Schreckliches. Ich war's, der es draußen durch den Schalltrichter ansagte.“

Er blieb stehen und schaute Max voller Verzweiflung an.

„Schau mal“, sagte Max. Er saß auf der Treppe, und die Hühner hüpften herunter. „Ich weiß, daß ich nur der Max bin. Mir gehört Maxens Stube. Ich führ bloß diese Wirtschaft, verstehste, fünfzig Meter weiter unten an der Landstraße. Schnaps hab ich in sieben Meter Entfernung vom Grundstück vergraben und hab noch keine Schwierigkeiten gekriegt. Ich war noch nie hier oben. Ich behaupte auch nich, daß ich irgendwo gewesen bin. Die Leute kommen zu mir. Na bitte. Du bist der Tramper. Du erzählst mir was, verstehste? Du sagst, daß du 'ne Menge weißt. Wenn ich's nich versteh, dann versteh ich's nich, und ich beklag mich nich darüber. Aber ich glaub, du bist verrückt, hab's von Anfang an geglaubt. Ich bin nur mit dir hier raufgekommen, weil ich dich für übergeschnappt halte.“

„Vielleicht glauben Sie nich, daß ich mich auch jetzt noch an jedes Wort erinnern kann“, sagte Steve sanft. „Ich denke nachts daran – daran und an das Getrommel auf der Hauptstraße. Haben Sie jemals

Trommeln auf der Hauptstraße gehört?“ Er machte eine Pause und schaute Max und Little Lee Roy höflich an.

„Jawoll“, sagte Max.

„Macht Sie das nich traurig? Ich erinner mich, wie die Trommeln schlugen und wie ich schrie: ‚Meine Damen und Herren! Versuchen Sie nicht, Keela anzufassen, das ausgestoßene Indianermädchen – sie wird Ihnen nur mit ihrer Eisenstange das Hirn einschlagen und Sie lebend auffressen!‘“ Steve winkte langsam mit seinem Arm, und Little Lee Roy wich zurück und quietschte. „‚Kommen Sie nich in ihre Nähe, meine Damen und Herren! Ich warne Sie!‘ Das tat auch niemand. Keiner ist je in ihre Nähe gekommen. Bis auf diesen Mann.“

„Klar“, sagte Max, „dieser Kerl.“ Er schloß die Augen.

„Nachdem er so mutig raufgekommen war, erinnerte ich mich wieder, daß ich ihn gesehen hatte, wie er die Eintrittskarte gekauft hatte und ins Zelt gegangen war. Ich vergeß den Mann nich, solang ich lebe. Für mich war er so was wie ein – nun –“

„Held“, sagte Max.

„Schade, daß ich mich nich dran erinnern kann, wie er aussah. Scheint ein größerer Mann mit so ’nem weißen Gesicht gewesen zu sein. Scheint schlechte Zähne gehabt zu haben, aber vielleicht täusch ich mich. Ich erinner mich, daß er oft die Stirn hochzog. Die ganze Zeit lang. Jedesmal, wenn er sich ’ne Eintrittskarte kaufte, zog er die Stirn hoch.“

„Haste ihn seitdem mal wiedergesehn?“ fragte Max vorsichtig, immer noch mit geschlossenen Augen. „Haste ihn je aufgestöbert?“

„Nein, nie“, sagte Steve. Dann fuhr er fort: „Er zog die Stirn hoch und kaufte jeden Tag eine Eintrittskarte, solang wir in diesen zwei kleinen stinkenden Städten in Texas waren, manchmal drei-, viermal am Tag, ob er nun ein Huhn fraß oder nich.“

„Okay, er geht also ins Zelt“, sagte Max.

„Ja, schließlich ging der Mann bis ganz vorne zu der Tribüne, wo der da angebunden war, und legte seine Hand mit der Handfläche nach oben auf die Bretter der Plattform. Er legte einfach seine Hand mit der Handfläche nach oben dort hin und sagte: ‚Komm her‘, ganz leise und schnell – eben so.“

Steve legte seine Hand mit der Handfläche nach oben auf Little

Lee Roys Veranda und ließ sie dort so liegen, während er vor Konzentration die Brauen runzelte.

„Ich versteh“, sagte Max. „Er hatte begriffen, daß es Betrug war.“

Steve richtete sich auf. „Da schrien alle, er soll weg gehn, weg gehn“, fuhr er fort und erhob seine Stimme, „weil sie immer weiter knurrte und immer weiter die Eisenstange schüttelte, wie ihr's gesagt worden war. Als ich den ganzen Krawall hörte – mein lieber Freund! Ich hab mich vielleicht erschreckt.“

„Du wußtest ja nich, daß es ein Betrug war.“

Steve war einen Augenblick lang still, und Little Lee Roy hielt die Luft an aus Angst, daß jetzt alles vorbei wäre.

„Schaun Sie“, sagte Steve schließlich mit bebender Stimme. „Ich glaub, ich sollte mich schlecht fühlen, und nicht Sie. Ich sollte nicht mit diesem Boot von Port Arthur auslaufen und all das. Und das andere passierte mir – nicht Ihnen. Ich fühlte mich verantwortlich. Für Sie wird alles okay sein, Mister, aber für mich nich. Ich fühl mich deswegen noch furchtbar schlecht. Dieser arme kleine alte Kerl.“

„Schau doch, da ist er ja“, sagte Max schnell. „Siehst du ihn? Schau mal richtig hin. Er ist doch okay, oder? Sieht für mich ganz okay aus. Es liegt nur an dir. Du bist verrückt, das ist alles.“

„Wissen Sie – als dieser Mann seine Hand mit der Handfläche nach oben auf die Bretter legte, na ja, da ließ er einfach die Eisenstange los“, fuhr Steve fort, „ließ sie einfach so fallen – und tat so, als wüßte er nich, was er tun soll. Dann schleppte er sich da hin, wo dieser Mann stand, und beugte sich runter und klammerte sich an die Hand von diesem Weißen, so fest wie er nur konnte, und weinte wie ein kleines Kind. Er wollte ihn nich schlagen!“

„Hi! Hi! Hi!“

„Wirklich Sir, er wollte ihn nich schlagen. Wissen Sie, was er wollte?“

Max schüttelte den Kopf.

„Er wollte seine Hilfe. Da sagte der Mann: ‚Willst du hier raus, wer du auch bist?‘ Und er gab keine Antwort – niemand von uns wußte, daß er sprechen konnte –, aber er ließ die Hand von diesem Mann einfach nich los. Er hängte sich dran und weinte wie 'n kleines Kind. Da sagte der Mann: ‚Wart, bis ich zurückkomm.‘“

„So?“ sagte Max.

„Er ging weg und kam mit dem Sheriff zurück. Brachte uns alle ins Gefängnis. Aber nur der Mann, dem der Zirkus gehörte, und sein Sohn kamen ins Kittchen. Mich ließen sie laufen. Ich hab ihnen immer wieder gesagt, daß ich nich wußte, daß er mich nich mit der Eisenstange schlagen würde, und hab ihnen immer wieder gesagt, daß ich nich wußte, daß er verstand, was man ihm sagte.“

„Ja, das hast du ihnen gesagt“, sagte Max.

„Da hab ich mich schon mies gefühlt. Hab mich seitdem immer mies gefühlt. Halt's in keinem Job mehr aus und kann für nix in der Welt an einem Ort bleiben. Sie behielten ihn im Gefängnis, weil sie rauskriegen wollten, ob er sprechen konnte oder nich, und in der ersten Nacht hat er nix gesagt. Er weinte 'ne Zeitlang. Und sie zogen ihn aus und merkten, daß er ganz und gar keine ausgestoßene Indianerfrau war. 's war 'n kleiner klumpfüßiger Nigger.“

„Hi! Hi!“

„Es war also dieser Kerl hier – ja. Er war's.“

„Wuschen ihm das Gesicht ab, da war Farbe drauf, deshalb sah's so rot aus. Kam alles runter. Und er konnte sprechen – so gut wie ich oder Sie. Aber sie sagten ihm, er sollte nich, also tat er's nie. Sie sagten ihm, wenn irgend jemand ihm nah kommt, würden sie ihn verprügeln – und daß er schnell mit dieser Eisenstange zuschlagen und dabei knurren sollte. So kam keiner in seine Nähe – bis auf diesen Mann. Ich schrie da draußen, daß sie wegbleiben sollten, wegbleiben. Man konnte sehen, daß sie ihn verprügelt hatten. Sie mußten ihn prügeln, damit er all diese Hühner fraß. Er war furchtbar verdreckt. Sie ließen ihn dann nach Hause gehen, dorthin, wo sie ihn hergeholt hatten. Sie mußten ihm die Fahrkarte von Little Oil, Texas, nach Cane Springs, Mississippi, bezahlen.“

„Du hast 'n gutes Gedächtnis“, sagte Max.

„Wie's *anfing*, das war so“, sagte Steve mit nachdenklicher Stimme, „der Zirkus fuhr grad mit alten Lastern durchs Land, und da sahen sie diesen kleinen verkrüppelten Nigger auf 'nem Zaun sitzen und nahmen ihn einfach mit. Er konnte nix dagegen tun.“

Little Lee Roy warf sehr vergnügt seinen Kopf nach hinten.

„Ich hab später alles rausgefunden. Ich war mit einem von den

Jungs im Riesenrad – und da oben kamen wir ins Gespräch, es war so friedlich und so still –, und er sagte, daß das mit ihm einfach so passiert wär. Wie ein Wirbelsturm auch einfach so passiert: Man kann nix dagegen machen. Er wurde einfach mitgenommen." Steve wurde unter seiner sonnengebräunten Haut plötzlich blaß. „Und Sie fanden raus, daß er zu Haus in Mississippi ein paar klimperkleine Krücken hat und damit rumlaufen konnte!"

„Und da sind se auch", sagte Max.

Little Lee Roy hielt eine Krücke hoch und schwenkte sie herum und riß sie dann wie ein Affe zurück.

„Aber ohne den Mann hätt ich's bis heut nich gewußt. Wenn er nich so mutig gewesen wär. Wenn er nich gewußt hätt, was er tut."

„Erinnerste dich an den Mann, von dem dieser Bursche hier spricht, mein Junge?" fragte Max und schaute Little Lee Roy scharf an.

Little Lee Roy schüttelte zögernd und schüchtern leicht den Kopf.

„Nee Sir, kann ich nich sagen, daß ich mich an den Mann erinner, Sir", sagte er leise und schaute zu Boden, wo gerade ein Spatz auf seinem Kinderschuh landete. Als sei ihm ein Licht aufgegangen, fügte er glücklich hinzu: „Aber an *den* Mann da, an den erinner ich mich."

Steve schaute nicht auf, aber als sich Max vor lautlosem Gelächter schüttelte, schien ihn Angst wie ein plötzliches Seitenstechen zu überfallen. Er ging wie gequält fort und stand ein paar Minuten im Schatten und lehnte seinen Kopf an eine Platane.

„Als wär der Mann dahintergekommen und wußte, daß irgendwas nicht stimmte", sagte er plötzlich, und seine Stimme klang noch entfernter als zuvor. „Aber ich wußt es nich. Wenn ich was seh, bin ich nie sicher, was es is. Das weiß ich erst hinterher. Dann versteh ich, wie es war."

„Ja, aber du bist ja auch verrückt", sagte Max freundlich.

„Sie hätten's auch nich gewußt!" schrie Steve plötzlich abwehrend in einem knabenhaften Zornausbruch. Dann trat er unter dem Baum hervor und stand wieder fast flehentlich in der Sonne und schaute Max an, der unter Little Lee Roy auf der Treppe saß. „Sie hätten's auch immer weiter mitangeschaut, wenn sie ihn solche Sachen machen ließen – genau wie ich."

„Ich wette, ich hätt aber einen Mann von einer Frau und einen Indianer von einem Nigger unterscheiden können", sagte Max.

Steve schob den Staub mit seinen abgetragenen Schuhen zu kleinen Haufen zusammen. Die Hühner liefen endlich aufgescheucht auseinander.

Little Lee Roy schaute strahlend von einem Mann zum anderen und preßte grinsend die Hände über den Mund, dessen Zahnfleisch zu sehen war.

Dann seufzte Steve, holte aus, als ob er nicht wüßte, wie er sich anders helfen könnte, und versetzte Max ohne Vorwarnung einen Kinnhaken. Max fiel die Treppe hinunter.

Little Lee Roy saß plötzlich so stumm und dunkel da wie eine Statue und schaute zu.

„Verstehen Se! Verstehen Se!" schrie Steve. Er zupfte schüchtern an Max herum, der, als wolle er pfeifen, mit gespitzten Lippen auf dem Boden lag, und trat dann zurück. Er sah entsetzt aus. „Wie geht's?"

„Mies", sagte Max nachdenklich. „Laß mich in Frieden." Er stützte sich auf einen Ellbogen auf, lag da und schaute sich um, schaute die Hütte an, Little Lee Roy, der mit übergeschlagenen Beinen auf der Veranda saß, und Steve mit seiner ausgestreckten Hand. Schließlich stand er auf.

„Ich versteh nich, wie ich so 'nen athletischen Typ wie Sie zusammenschlagen konnte. Ich mußt es machen", sagte Steve. „Aber ich glaub, Sie verstehen das nich. Ich mußte Ihnen eins draufgeben. Zuerst ham Sie mir nich geglaubt, und dann, dann war's Ihnen ganz egal."

„Alles okay, halt die Klappe", sagte Max und fügte hinzu: „Irgendein Idiot legt mich immer wegen irgendwas rein, aber das ist das erste Mal, daß einer sich so was geleistet hat. Ich muß besser aufpassen."

„Ich hoff, daß der blaue Fleck bald vergeht", sagte Steve.

„Ich muß jetzt los", sagte Max. Aber er wartete ab. „Was willst du mit Keela? Du bist von weither gekommen, um ihn zu sehn." Er starrte Steve jetzt mit weit geöffneten Augen interessiert an.

„Ich wollt ihm Geld geben oder so, wenn ich ihn je gefunden hätt, nur jetzt hab ich keins", sagte Steve abweisend.

„Okay“, sagte Max. „Da ist ’n bißchen Kleingeld für dich, mein Junge. Nimm’s nur. Geh zurück ins Haus. Geh!“

Little Lee Roy nahm das Geld wortlos an, stützte sich dann auf seine gelben Krücken und hüpfte mit unglaublicher Schnelligkeit durch die Tür. Max starrte einen Augenblick lang hinter ihm her.

„Und was dich betrifft“ – Er klopfte sich ab, wandte sich an Steve und sagte dann: „Wann hast du zum letzten Mal was gegessen?“

„Das kann ich Ihnen sagen“, sagte Steve.

„Nicht hier“, sagte Max. „Ich bin nicht hergekommen, um dich was zu fragen. Komm nur mit. In Maxens Stube gibt’s was zu essen, und ich laß die Musikbox spielen. Du ißt was, und ich hör der Musikbox zu.“

„Na gut . . .“, sagte Steve. „Aber wenn’s kühler wird, muß ich sehen, daß mich jemand irgendwohin mitnimmt.“

„Heute, als ihr alle weg wart und keine Menschenseele im Haus“, erzählte Little Lee Roy abends am Eßtisch, „da kamen zwei weiße Männer hier ans Haus. Wollten aber nich reinkommen. Aber sprachen mit mir über die alten Zeiten, als ich noch beim Zirkus war.“

„Ach sei still, Pappi“, sagten die Kinder.

WARUM ICH AUF DEM POSTAMT WOHNE

Ich kam mit Mama, Papa-Daddy und Onkel Rondo gut zurecht, bis meine Schwester Stella-Rondo sich einfach von ihrem Mann trennte und nach Hause zurückkam. Mr. Whitaker! Ich bin natürlich zuerst mit Mr. Whitaker gegangen, als er hier in China Grove auftauchte und seine gestellten Photos machte. Stella-Rondo brachte uns auseinander. Sagte ihm, ich sei ungleich. Auf der einen Seite dikker als auf der anderen, was eine ganz bewußte, kalkulierte Lüge ist: ich bin überall gleich. Stella-Rondo ist auf den Tag genau zwölf Monate jünger als ich, und deshalb ist sie so verwöhnt.

Sie konnte immer alles auf der Welt haben, was sie nur wollte, und dann schmiß sie es weg. Als sie acht Jahre alt war, schenkte ihr Papa-Daddy diese wunderschöne Halskette, zu der man eine Perle nach der anderen dazugeschenkt kriegt und auffädelt, und als sie neun war, schmiß sie sie beim Baseball-Spielen einfach weg, mit nur zwei Perlen dran.

Und kaum war sie verheiratet und von zu Hause weggezogen, hat sie sich auch schon getrennt! Von Mr. Whitaker! Diesem Photographen mit den Glubschaugen, der ihr Vertrauen einflößte, wie sie sagte. Kam nach Hause zurück aus einer dieser Städte in Illinois und brachte zu unserer totalen Überraschung dieses zweijährige Kind mit.

Mama sagte, im ersten Augenblick hätte sie ihr den Tod gewünscht. „Da hast du also dieses wundervolle blonde Kind, und deiner Mutter hast du nicht mal ein Sterbenswörtchen davon geschrieben“, sagte Mama. „Ich schäme mich richtig für dich.“ Aber das stimmte natürlich nicht.

Stella-Rondo nimmt einfach in aller Seelenruhe diesen *Hut* ab, ich wünschte, Sie könnten ihn sehen. Sie sagt, „Aber warum denn, Mama, Shirley-T. ist adoptiert, das kann ich beweisen.“

„Wie bitte?“ sagt Mama, aber ich sage nur „Hm!“ Da stand ich am heißen Herd und versuchte, zwei Hühner für fünf Leute zu strecken, und für ein völlig unerwartetes Kind dazu, und das ohne jede Vorwarnung.

„Was heißt das schon wieder – ‚Hm!'", sagt Stella-Rondo, und Mama sagt, „Ich hab's auch gehört, Sister."

Ich sagte, oh, ich hätte nichts damit gemeint, nur eben daß Shirley-T., wer immer sie auch war, Papa-Daddy wie gespuckt ähnlich sehe, wenn er nur seinen Bart abschneiden würde, was er natürlich für nichts in der Welt jemals tun würde. Papa-Daddy ist Mamas Papa und meistens schlecht gelaunt.

Da wurde Stella-Rondo vielleicht wütend! Sie sagte, „Sister, ich brauch dir nicht erst sagen, daß du mir ganz schön auf die Nerven gehst, genau wie früher, und ich wäre dir dankbar, wenn du dir in Zukunft jede Anspielung auf mein Adoptivkind verkneifst."

„Ist ja gut", sagte ich. „Ist ja gut, ist ja gut. Natürlich habe ich sofort gemerkt, daß sie auch Mr. Whitaker ähnlich sieht. Dieses Stirnrunzeln. Sie sieht aus wie eine Kreuzung zwischen Mr. Whitaker und Papa-Daddy."

„Also, dazu kann ich nur sagen, daß sie es *nicht* ist."

„Für mich sieht sie haarscharf wie Shirley Temple aus", sagt Mama, aber Shirley-T. rannte einfach von ihr weg.

Das erste, was Stella-Rondo bei Tisch machte, war, Papa-Daddy gegen mich aufzubringen.

„Papa-Daddy", sagt sie. Er versuchte gerade, sein Fleisch aufzuschneiden. „Papa-Daddy!" Ich fiel wie aus allen Wolken. Papa-Daddy ist ungefähr eine Million Jahre alt, und er hat diesen ewig langen Bart. „Papa-Daddy, Sister sagt, sie versteht einfach nicht, warum du dir nicht den Bart abschneidest."

Da legt Papa-Daddy ganz langsam sein Messer und seine Gabel hin. Er ist furchtbar reich. Mama sagt, er ist es. Er sagt, er ist es nicht. Und er sagt, „Hab ich richtig gehört? Du kannst nicht verstehen, warum ich meinen Bart nicht abschneide?"

„Aber", sage ich, „Papa-Daddy, na klar versteh ich das, ich habe nichts dergleichen gesagt, was für eine Idee!"

Er sagt, „Du freches Ding!"

Ich sage, „Papa-Daddy, du weißt doch, ich würde genausowenig wollen, daß du deinen Bart abschneidest, wie wenn das der Mann im

Mond täte. Nichts läge mir ferner! Stella-Rondo sitzt einfach da und hat sich das bei ihrer Hühnerbrust ausgedacht."

Aber er sagt, „Das Postfräulein kann also nicht verstehen, warum ich meinen Bart nicht abschneide. Was du nur durch meine guten Verbindungen zur Regierung geworden bist. ‚Vogelnest' – so nennst du das?"

Dabei ist es das zweitkleinste Postamt im ganzen Staat Mississippi.

Ich sag, „Oh, Papa-Daddy", sag ich, „Ich hab niemals so was gesagt, ich hab nicht mal im Traum dran gedacht, es wäre ein Vogelnest, ich war immer sehr dankbar dafür, auch wenn es das zweitkleinste Postamt in Mississippi ist, aber es gefällt mir gar nicht, daß mein eigener Großvater mich ein freches Ding nennt."

Aber Stella-Rondo sagt, „Doch, das hast du auch gesagt. Jeder auf der ganzen Welt, der Ohren hat, hätte das hören können."

„Jetzt aber Schluß", sagt Mama, und sie schaut *mich* an.

Da schob ich meine Serviette in den Serviettenring und stand vom Tisch auf.

Kaum war ich aus dem Zimmer, sagt Mama, „Ruf sie zurück, sonst verhungert sie", doch Papa-Daddy sagt, „Das ist der Bart, den ich mir schon mit fünfzehn wachsen ließ, als ich an der Küste war." Er hätte noch bis zum Einbruch der Dunkelheit so weitergeredet, wenn Shirley-T. nicht die Schokolade rausgekotzt hätte, die sie in Cairo gegessen hat.

Also sagt Papa-Daddy, „Ich gehe jetzt raus und leg mich in die Hängematte, und ihr könnt alle hier sitzen bleiben und an meine Worte denken: Ich schneid mir den Bart mein Lebtag lang nicht ab, nicht mal einen Zentimeter, und das find ich überhaupt nicht nett von euch." Er ging in der Diele an mir vorbei und direkt raus und legte sich in die Hängematte.

Es war ein Feiertag. Keine fünf Minuten später erschien Onkel Rondo plötzlich in einem von Stella-Rondos fleischfarbenen Kimonos in der Diele, so einen schräggeschnittenen, was Mr. Whitaker wahrscheinlich hinreißend fand.

„Onkel Rondo!" sag ich. „Ich hab dich gar nicht gleich erkannt! Wo gehst du hin?"

„Sister", sagt er, „Laß mich durch, ich bin vergiftet."

„Wenn du vergiftet bist, dann geh nicht zu nah an Papa-Daddy ran“, sag ich. „Leg dich nicht zu ihm in die Hängematte. Papa-Daddy haut dir sicher eins auf den Kopf, wenn du näher als einen Kilometer an ihn rankommst. Er glaubt, daß ich das extra gesagt hab, daß er seinen Bart abschneiden soll, nachdem er mich ins Postamt gebracht hat, dabei hab ich geredet und geredet und geredet, und er tut so, als ob er mich nicht hört. Papa-Daddy muß plötzlich stocktaub geworden sein.“

„Da hat er sich einen schönen Tag für ausgesucht“, sagt Onkel Rondo, und bevor man bis drei zählen konnte, schoß er schon raus in den Garten.

Er hatte einfach wieder mal so 'ne Flasche von seiner Medizin getrunken. Das macht er todsicher an jedem vierten Juli, und es ist schrecklich teures Zeug. Dann fällt er in die Hängematte und schnarcht. Also lief er weiter im Zick-Zack raus, direkt auf die Hängematte zu, und sah dabei aus wie ein Halbidiot.

Papa-Daddy wachte mit diesem schrecklichen Schrei auf und versuchte auf der Stelle, einfach so, Onkel Rondo gegen mich aufzuhetzen. Ich hörte jedes einzelne Wort. Also, er erzählte Onkel Rondo, daß ich erst mit acht Jahren lesen gelernt hätte und daß er auf den Tod nicht verstehen könnte, wie ich es schaffe, die Briefe im Postamt zu sortieren, und noch viel weniger, wie ich sie alle lesen kann, und er sagte, daß Onkel Rondo sich kaum vorstellen könne, wieviel Räder er habe in Gang setzen müssen, bis ich diesen Job bekommen hätte! Und er sagte, was andererseits Stella-Rondo seiner Meinung nach für einen guten Kopf hätte, und daß es schon beachtlich wäre, daß sie aus dieser Stadt rausgekommen sei. Die ganze Zeit lag er einfach da und schaukelte in der Hängematte gut gelaunt hin und her, zwirbelte an seinem Bart herum, und der arme Onkel Rondo *flehte* ihn an, langsamer zu schaukeln, weil ihm beim Zuschauen richtig schwindlig wurde. Aber genau das mag Papa-Daddy an Hängematten. Und so war Onkel Rondo für dieses Mal zu schwindlig, um gegen mich aufgehetzt zu werden. Er ist Mamas einziger Bruder, und er ist ein gutes Beispiel für einen Fachidioten. Das wird jeder bestätigen. Er ist ein studierter Apotheker.

Genau da hörte ich Stella-Rondo oben das Fenster hochziehen.

Während ihrer Ehe hatte sie sich eingebildet, daß es kühler sei, wenn die Fenster geschlossen sind. Deshalb muß sie das Fenster erst aufmachen, damit irgend jemand sie draußen hören kann.

Sie schiebt also das Fenster hoch und sagt, *„Oh!"* Es klang, als wäre sie tödlich verwundet.

Onkel Rondo und Papa-Daddy schauten noch nicht mal hoch, sondern machten ganz einfach weiter. Ich mußte lachen.

Ich rannte die Treppe rauf und riß die Tür auf! Ich sage, „Was in aller Welt ist los, Stella-Rondo? Bist du tödlich verwundet?"

„Nein", sagt sie, „ich bin nicht tödlich verwundet, aber tu mir doch den Gefallen und schau da zu dem Fenster raus und sag mir, was du siehst."

Ich mach mir also mit der Hand Schatten für die Augen und schau zum Fenster raus.

„Ich seh den Garten", sag ich.

„Siehst du gar keine menschlichen Wesen?" fragt sie.

„Ich seh Onkel Rondo, der versucht, Papa-Daddy aus der Hängematte rauszukriegen", sage ich. „Sonst nichts. Ist ja auch klar, es ist dermaßen stickig heiß im Haus, bei all den geschlossenen Fenstern, daß jeder, dem seine geistige Gesundheit am Herzen liegt, nach draußen gehn und sich in die Hängematte legen muß, bevor der vierte Juli um ist."

„Fällt dir an Onkel Rondo gar nichts auf?" fragt Stella-Rondo.

„Wieso, nein, außer daß er irgendwelches gräßliches fleischfarbenes Zeugs anhat, das ich ums Verrecken nicht anziehen würde", sag ich.

„Schon gut, du brauchst es auch ums Verrecken nicht anziehen, denn es gehört zu meiner Aussteuer, und Mr. Whitaker hat mich ein paar dutzendmal damit photographiert", sagt Stella-Rondo. „Was um alles in der Welt *denkt* sich eigentlich Onkel Rondo, daß er ein Stück von meiner Aussteuer am hellichten Tag anzieht, ohne ein Wort zu sagen, wo er doch *weiß*, daß ich nach meiner Trennung erst heute morgen nach Hause zurückgekommen bin und diesen Morgenmantel einfach so aus lauter Nervosität an die Badezimmertür gehängt hab?"

„Ich hab nicht die geringste Ahnung, was erwartest du von mir?" frag ich. „Daß ich aus dem Fenster springe?"

„Nein, ich erwarte von dir nichts dergleichen. Ich stelle nur fest, daß Onkel Rondo in dem Mantel wie ein alter Esel aussieht, sonst nichts", sagt sie. „Mir wird ganz übel, wenn ich das seh."

„Naja, er sieht so gut aus, wie er kann", sag ich. „So gut, wie nur irgend jemand in so was aussehen kann." Ich war ganz auf Onkel Rondos Seite, das muß man zugeben. Und ich sagte zu Stella-Rondo, „An deiner Stelle wäre ich mal lieber nicht so kritisch, wenn ich mit einem zweijährigen Kind nach Hause käme, das ich nie auch nur mit einem Wort erwähnt hab, und ohne jede vernünftige Erklärung, was meine Trennung betrifft."

„Im Augenblick, wo ich dieses Haus betrat, bat ich dich darum, nicht noch einmal auf mein adoptiertes Kind anzuspielen, und du hast es mir hoch und heilig versprochen", – das war alles, was Stella-Rondo sagte, und dann fing sie an, mit einer billigen Pinzette jedes einzelne Haar aus ihren Augenbrauen herauszuzupfen.

Als Antwort schlug ich einfach die Tür hinter mir zu und ging runter und legte grüne Tomaten ein. Irgendwer mußte es ja machen. Mama hatte natürlich beiden Negern gleichzeitig freigegeben; sie sagt immer, daß ohnehin keine irdische Macht jemanden am vierten Juli zurückhalten könne, deshalb würde sie es gar nicht erst versuchen. Es stellte sich dann heraus, daß Jaypan in den See fiel und um ein Haar ertrunken wäre.

Da kommt Mama rein. Hebt den Deckel hoch und sagt, „Hm! Das ist nicht grade gut für deinen Onkel Rondo in seinem bedenklichen Zustand, muß ich sagen. Und für die arme kleine adoptierte Shirley-T. Du solltest dich schämen."

Da reichte es mir aber. Ich sag, „Also, Stella-Rondo hat Schwein gehabt, daß sie es war, und nicht ich, die mit diesem merkwürdigen Kind hier ankam. Denn wenn ich von Illinois hierhergekommen wär mit diesem sehr merkwürdig aussehenden zweijährigen Kind, dann schaudert's mich bei dem Gedanken, was für einen Empfang ich bekommen hätte, oder wenn ich an die Mienen denke, wenn ich der ganzen Familie das Menü vorgeschrieben hätte."

„Aber du mußt bedenken, Sister, daß nicht du Mr. Whitaker geheiratet hast und mit ihm nach Illinois gezogen bist", sagt Mama und fuchtelt mit einem Löffel vor meinem Gesicht herum. „Wenn ja, wäre ich genauso überglücklich gewesen wie bei Stella-Rondo, wenn du mit deinem kleinen adoptierten Mädchen nach deiner Trennung heimgekommen wärst."

„Wärst du nicht", sag ich.

„Widersprich nicht ständig, ich wär's gewesen", sagt Mama.

Aber ich sagte ihr, daß sie mich nie im Leben davon überzeugen könnte, obwohl sie redete, bis sie schwarz war. Dann sagte ich, „Und außerdem weißt du genausogut wie ich, daß dieses Kind nicht adoptiert ist."

„Selbstverständlich ist sie adoptiert", sagt Mama und steht steif wie ein Schürhaken da.

Ich sage, „Aber Mama, es ist ganz todsicher Stella-Rondos Kind, sie ist nur zu hochnäsig, um das zuzugeben."

„Also Sister", sagte Mama. „Ich hab mich auf einen gemütlichen vierten Juli gefreut, und du fängst ständig wieder an und glaubst kein Wort von dem, was deine eigene kleine Schwester dir erzählt!"

„Genau wie unsere Cousine Annie Flo. Die fuhr in die Grube, ohne jemals den Realitäten des Lebens ins Gesicht zu schauen", sag ich zu Mama.

„Ich hab dir gesagt, wenn du jemals Annie Flos Namen erwähnst, kriegst du eine Ohrfeige", sagt Mama und gibt mir eine Ohrfeige.

„Schon gut, dann wart's nur ab", sag ich.

„Ich", sagt Mama, „*Ich* zieh es vor, meinen Kindern zu glauben, wenn's im Rahmen des Menschenmöglichen liegt." Sie müßten Mama sehen, sie wiegt fast zwei Zentner und hat so winzige Füße.

Und da fiel mir was absolut Gräßliches ein.

„Mama", sag ich, „Kann das Kind denn reden?" Ich mußte einfach flüstern! „Mama, ich frag mich, ob das Kind vielleicht nicht ganz – du weißt schon – nicht ganz richtig ist? Ist dir eigentlich klar", sag ich, „daß sie bis jetzt noch nicht einmal ein einziges Wort zu irgend jemand gesagt hat? Und sie schaut so komisch", sag ich, und ich schaute genauso komisch.

Na ja, Mama und ich standen da und starrten einander an. Es war einfach entsetzlich!

„Ich weiß noch genau, daß Joe Whitaker oft wie ein Loch gesoffen hat", sagt Mama. „Ich hätte schwören können, daß er *Chemikalien* runterschüttete." Und ohne ein weiteres Wort marschiert sie zur Treppe und ruft Stella-Rondo.

„Stella-Rondo? Hallo! Stella-Rondo!"

„Was gibt's?" ruft Stella-Rondo von oben. Macht sich nicht mal die Mühe, vom Bett aufzustehn.

„Kann dein Kind eigentlich sprechen?" fragt Mama.

Stella-Rondo sagt, „Ob sie was kann?"

„Sprechen!" sagt Mama. „Plapper, plapper, plapper!"

Da schreit Stella-Rondo zurück, „Wer behauptet, daß sie nicht sprechen kann?"

„Sister behauptet das", sagt Mama.

„Das hättest du gar nicht zu sagen brauchen, ich weiß schon, wessen Wort in diesem Haus keinen Pfifferling wert ist", sagt Stella-Rondo.

Und gleich darauf grölt die lauteste Yankeestimme, die ich mein Lebtag gehört habe, „Ich bin Glo-o-otzaug der Matro-o-ose!" Und dann springt jemand in der oberen Diele immer wieder in die Luft. Gleich würde das Haus zusammenstürzen.

„Sie kann nicht nur sprechen, sie kann sogar steppen!" ruft Stella-Rondo herunter. „Also mehr, als gewisse Leute, deren Namen ich nicht nennen will."

„Ach, was für ein herziges kleines Ding!" sagt Mama vollkommen überrascht. „Wie klug sie doch ist!" und fängt auch gleich an, Babysprache zu reden. Dann geht sie auf mich los. „Sister, du solltest dich schämen! Geh sofort nach oben und entschuldige dich bei Stella-Rondo und Shirley-T."

„Und für was?" sag ich. „Ich hab nur überlegt, ob das Kind ganz normal ist, sonst nichts. Jetzt, wo sie's bewiesen hat, hab ich weiter nichts dazu zu sagen."

Als Antwort machte Mama auf dem Absatz kehrt und rauschte wütend hinaus. Sie ging sofort nach oben und umarmte das kleine Mädchen. Sie glaubte daran, daß es adoptiert war. Stella-Rondo hatte nichts weiter getan, als sie dort oben gegen mich einzunehmen, während ich hilflos unten am heißen Herd stand. Jetzt also waren Mama, Papa-Daddy und das kleine Mädchen auf Stella-Rondos Seite.

Als nächstes kam Onkel Rondo dran.

Ich muß schon sagen, daß sich Onkel Rondo in der Vergangenheit ein paarmal ganz prima mir gegenüber verhalten hat, und ich rechnete überhaupt nicht mit dem, was dann kam, daß ich nämlich aus der Haut fahren würde. Einmal hat ihm Stella-Rondo was Entsetzliches angetan – sie unterbrach einen Kettenbrief aus Flanders Field –, und er nahm ihr das Radio weg, das er ihr geschenkt hatte, und gab es mir. Stella-Rondo war stinkwütend! Sechs Monate lang mußten wir sie alle Stella nennen, statt Stella-Rondo, sonst gab sie keine Antwort. Ich war immer der Meinung, daß Onkel Rondo der einzige in der ganzen Familie war, der Grips hatte. Einmal ließ er mich zur Mammuthöhle in Kentucky fahren und zahlte alles.

Aber heute war der Tag, an dem er diese Medizin trank, der vierte Juli.

Beim Abendessen ergreift Stella-Rondo also das Wort und sagt, sie finde, Onkel Rondo solle doch versuchen, wenigstens eine Kleinigkeit zu essen. Also willigte Onkel Rondo schließlich ein, ein Stück Toast mit Ketchup zu probieren, aber sonst nichts. Also brachte *sie* es ihm.

„Hältst du es eigentlich für klug, in Stella-Rondos fleischfarbenem Kimono mit Ketchup herumzukleckern?“ sag ich. Das war einfach nur rücksichtsvoll von mir! Wenn Stella-Rondo nicht auf ihre Aussteuer aufpaßte, mußte es doch jemand tun.

„Hast du was dagegen?“ fragt Onkel Rondo und verkleckert gerade das ganze Ketchup.

„Onkel Rondo, mach dir nichts aus dem, was sie sagt“, sagt Stella-Rondo. „Sister hat den ganzen Nachmittag lang aus meinem Fenster hinausgeschaut und sich darüber lustig gemacht, wie du aussiehst.“

„Wie bitte?“ sagt Onkel Rondo. Onkel Rondo kann die allerschlimmsten Wutanfälle kriegen. Er kann wegen der kleinsten Kleinigkeit in die Luft gehen, wenn ihm was in die falsche Kehle gerät.

Und Stella-Rondo ruft, „Sister sagt, ‚Onkel Rondo sieht in diesem rosa Kimono wie ein Esel aus!‘“

Man erinnere sich daran, wer das in Wirklichkeit gesagt hat!

Onkel Rondo verschüttet das ganze Ketchup, springt von seinem Stuhl hoch, reißt sich den Kimono vom Leib, schmeißt ihn auf den schmutzigen Boden und trampelt mit den Füßen darauf herum. Er mußte bis nach Jackson in die Reinigung gebracht und dort neu plissiert werden.

„Das ist also deine Meinung von deinem Onkel Rondo, ja?“ sagt er. „Ich sehe aus wie ein Esel, richtig? Jetzt reicht's mir aber. Den ganzen Tag im Haus und nichts zu tun, und dann hören müssen, daß du hinter meinem Rücken so etwas über mich sagst!“

„Ich hab nichts dergleichen gesagt, Onkel Rondo“, sag ich, „und ich verrate auch nicht, wer es in Wirklichkeit gesagt hat. Ich finde nämlich, du siehst ganz prima aus. Nimm dich nur ein bißchen zusammen und sprich und iß nicht zur gleichen Zeit“, sag ich. „Ich finde, du solltest dich jetzt besser hinlegen.“

„Den Teufel werd ich tun“, sagt Onkel Rondo. Daraus hätte ich schließen sollen, daß er etwas wirklich Scheußliches vorhatte.

Aber an diesem Abend machte er nichts mehr, bei dem bedenklichen Zustand, in dem er war – er spielte nur Casino mit Mama und Stella-Rondo und Shirley-T., und er schenkte Shirley-T. ein Fünfcentstück mit einem Kopf auf beiden Seiten. Sie fühlte sich höllisch geschmeichelt und nannte ihn „Papa“. Aber am nächsten Morgen um halb sieben warf er ein ganzes Fünfcentpaket von unverkauften Riesenknallfröschen aus seinem Laden mit aller Kraft in mein Zimmer, und jeder einzelne ging los. Kein einziger Blindgänger war dabei. Bei jedem anderen wäre mindestens ein Knallfrosch dabeigewesen, der nicht explodierte.

Nun bin ich aber schrecklich empfindlich gegen jede Art von Lärm, der Arzt hat mir immer gesagt, daß ich der sensibelste Mensch bin, der ihm in seinem ganzen Leben begegnet ist, und ich war einfach fix und fertig. Ich konnte nichts essen! Die Leute sagen, daß sie es sogar bis zum Friedhof gehört haben, und die alte Tante Jep Patterson, die sich so gut hält, glaubte, das Jüngste Gericht wäre angebrochen, und sie würde ihre ganze Familie wiedersehen. Es ist normalerweise so ruhig hier.

Und ich sage Ihnen, ich brauchte nicht länger als eine Minute, bis ich wußte, was jetzt zu tun war. Alle im Haus waren auf Stella-Rondos Seite und gegen mich. Aber wenn ich irgendwas habe, dann Stolz.

Deshalb beschloß ich ganz einfach, sofort in die Post zu ziehen. Dort gibt's hinten mehr als genug Platz, sag ich mir.

Na ja! Ich strengte mich nicht an, die Familie über meine Pläne im unklaren zu lassen. Ich versuchte nicht einmal, es heimlich zu machen.

Als erstes ging ich zu ihnen hinein, wo sie alle Karten spielten, und zog den Stecker vom Ventilator heraus, und es wurde gleich brütend heiß im Zimmer. Dann zog ich das Kissen mit meiner Kreuzstickerei direkt hinter Papa-Daddy vom Sofa weg. Er stöhnte „Oh je!" Dann prügelte ich Stella-Rondo die Treppen hoch und fand schließlich mein Glücksarmband in ihrer Schreibtischschublade unter einem Bild von Nelson Eddy.

„So also stehen die Aktien", sagt Onkel Rondo. Da stand er nun und quatschte weiter. „Also, Sister, ich stifte dir mit größtem Vergnügen mein Feldbett, wenn du irgendwo ein Plätzchen hast, um es aufzustellen, vorausgesetzt, du verläßt noch in dieser Minute das Haus, damit ich endlich meinen Frieden habe." Onkel Rondo ist nämlich in Frankreich gewesen.

„Herzlichen Dank für das Feldbett, und ‚Friede' ist kaum das Wort, das ich in den Mund nehmen würde, wenn ich morgens um halb sieben Knallfrösche im Zimmer von einem jungen Mädchen losgelassen hätte", geb ich ihm zurück. „Und was meine neue Wohnung betrifft, so scheinst du zu vergessen, daß ich das Postfräulein von China Grove, Mississippi, bin", sage ich. „Ich hab noch immer das Postamt."

Na, da waren sie alle auf einmal hellwach.

Ich ging raus in den Vorgarten und fing an, ein paar Wunderblumen auszugraben, um sie ums Postamt herum anzupflanzen.

„Nanana!" sagt Mama und schiebt das Fenster hoch. „Das sind zufälligerweise meine Wunderblumen. Alles, was in diesem Beet wächst, gehört mir. Du hast noch nie im Leben eine Pflanze gezogen."

„Schon gut", sag ich. „Aber den Farn nehm ich mit. Mama, nicht einmal du kannst abstreiten, daß ich den Farn immer gegossen habe. Und ich weiß auch ganz zufällig, wohin man den Kartondeckel schikken muß, damit man ein Paket mit tausend gemischten Samen geschickt bekommt, kostenlos, und alle verschieden."

„Ach, wo gibt's denn das?" will Mama wissen.

Aber ich sage, „Zu spät. Du kümmer dich um dein Haus, und ich kümmer mich um meins. So Sachen hört man andauernd, aber man muß dafür natürlich Radio hören können. Tolle Angebote. Man kann alles kostenlos kriegen, was man nur will."

Ich sag Ihnen, ich marschierte also ins Haus zurück und nahm dieses Radio, und sie wären fast vor Wut geplatzt, ganz besonders Stella-Rondo, der es vorher gehört hat, aber sie wußte ganz genau, daß sie es nie zurückbekommen würde, weil ich es zur Not eingeklagt hätte. Und dann nahm ich – sehr höflich – den Motor aus der Nähmaschine heraus, den ich fast ganz bezahlt hatte, als wir ihn Mama 1929 zu Weihnachten schenkten, und ich nahm einen großen schönen Kalender mit Erste-Hilfe-Ratschlägen darauf. Das Thermometer und die Ukulele aus Hawaii waren natürlich mein rechtmäßiges Eigentum, dann stieg ich auf die Stehleiter und nahm alle meine eingemachten Wassermelonen herunter und alles von mir eingeweckte Obst und Gemüse, jedes einzelne Glas, das ich hochgestellt hatte. Dann fing ich an, die Ziernägel aus den auf Stoff gemalten Schmuckvasen rauszuziehen, die im bogenförmigen Durchgang zum Eßzimmer an die Wand genagelt sind.

„Wer hat Ihnen gesagt, daß Sie die haben können, Fräulein Raffzahn?" sagt Mama und fächelt sich, so gut es geht, Luft zu.

„Ich hab sie gekauft, und ich behalt sie auch", sag ich. „Ich will sie links und rechts vom Postschalter annageln, und du kannst sie anschauen, wenn du kommst, um mich nach deiner Post zu fragen, wenn du so wild darauf bist, sie zu sehen."

„Ich doch nicht! Ich werde das Postamt nie im Leben mehr betreten, und wenn ich hundert Jahre alt werde", sagt Mama. „Undankbares Kind! Und das nach all dem Schulgeld, das wir für dich bezahlt haben."

„Ich auch nicht", sagt Stella-Rondo. „Du kannst meine Post meinetwegen dort liegen lassen, bis sie *verrottet*. Ich werde nie hinkommen und auch nur einen einzigen Brief abholen."

„Das wird mir grad was ausmachen", sag ich. „Und übrigens, wer glaubst du denn, setzt sich hin und schreibt dir all diese dicken Briefe und all diese Postkarten? Mr. Whitaker? Nur weil er der einzige Mann war, den es nach China Grove verschlagen hat, den du dir mit miesen Tricks geschnappt hast, nur deshalb glaubst du, daß er sich hinsetzt und mit dir eine lange Korrespondenz anfängt, nachdem du nach

Hause zurückgekommen bist, ohne irgendeinen Grund für deine Trennung anzugeben und ohne die Existenz von diesem Kind zu erklären? Es mag ja sein, daß ich nicht so erzschlau bin wie du, aber das sehe ich noch nicht kommen."

Daraufhin sagt Mama, „Sister, ich hab dir schon tausendmal gesagt, daß Stella-Rondo ganz einfach Heimweh hatte und daß dieses Kind viel zu groß ist, um von ihr zu sein", und sie sagt, „Na, wie ist es denn, warum setzen wir uns nicht alle hin und spielen Casino?"

Und dann streckt mir Shirley-T. auf diese ekelhafte Weise die Zunge heraus. Sie hat kein bißchen bessere Manieren als irgendein dahergelaufener Fratz. Ich sagte ihr, daß ihre Augen eines Tages stehen bleiben würden, wenn sie weiter so schielte.

„Jetzt könnt ihr mich nicht mehr aufhalten", sag ich. „Das hättet ihr gestern versuchen sollen. Ich ziehe ins Postamt, und ihr kriegt mich nur dann zu sehen, wenn ihr mich dort besucht."

Da sagt Papa-Daddy, „Ich werd niemals dieses Postamt betreten, selbst wenn es mir einmal einfallen sollte, jemandem einen Brief zu schreiben." Er sagt, „Ich werd grad zulassen, daß du mit einer Schere aus diesem kleinen alten Fenster rauslangst und mir den Bart abschneidest. Dafür bin ich viel zu schlau!"

„Das sind wir alle", sagt Stella-Rondo.

Aber ich sage, „Wenn du so schlau bist, wo ist denn dann Mr. Whitaker?"

Und dann sagt Onkel Rondo, „Ich wär dir dankbar, wenn du von jetzt an aufhörst, alle Bestellungen zu lesen, die ich auf Postkarten bekomme, und es dann jedem in China Grove erzählst und deinen Kommentar darüber abgibst." Und ich sage, „Ich ziehe meine eigenen Schlußfolgerungen und werde das auch in Zukunft so halten." Ich sage, „Wenn Leute ihre intimsten Geheimnisse auf billigen Postkarten ausbreiten wollen, dann kannst du überhaupt nichts dagegen tun, Onkel Rondo."

„Und wenn du glaubst, daß wir *jemals* noch eine Postkarte schreiben werden, dann bist du schwer auf dem Holzweg", sagt Mama.

„Dann schneidet ihr euch nur ins eigene Fleisch", sag ich. „Aber wenn ihr alle so fest entschlossen seid, nichts mehr mit der Post der Vereinigten Staaten zu tun zu haben, bedenkt doch eines: was wird

Stella-Rondo tun, wenn sie Mr. Whitaker sagen will, daß er sie zurückholen soll?"

„Uhh!" schreit Stella-Rondo. Ich wußte, sie würde anfangen zu heulen. Und sie bekam mitten in der Küche einen hysterischen Anfall.

„Es wird interessant sein zu sehen, wie lange sie das durchhält", sag ich. „Und jetzt – gehe ich."

„Auf Wiedersehn", sagt Onkel Rondo.

„Ach je", sagt Mama, „allein der Gedanke, daß sich meine Familie am vierten Juli oder dem Tag danach in die Haare kriegt, weil Stella-Rondo den alten Mr. Whitaker verlassen hat und das süßeste kleine Adoptivkind mitbringt! Wir sollten doch alle froh darüber sein!"

„Uuhh!" schreit Stella-Rondo und bekommt noch einen hysterischen Anfall.

„*Er* hat *sie* verlassen – denkt an meine Worte", sag ich. „So ist Mr. Whitaker. Ich kenne Mr. Whitaker. Schließlich und endlich hab ich ihn zuerst gekannt. Ich hab von Anfang an gesagt, daß er sie eines Tages verlassen wird. Ich habe jede Einzelheit vorausgesagt, die jetzt passiert ist."

„Wo ist er denn hin?" fragt Mama.

„Vielleicht zum Nordpol, wenn er überhaupt weiß, was gut für ihn ist", sag ich.

Aber Stella-Rondo kreischte nur und sagte kein einziges Wort. Sie flüchtete in ihr Zimmer und schlug die Tür hinter sich zu.

„Jetzt schau nur, was du angerichtet hast, Sister", sagt Mama. „Geh hin und entschuldige dich."

„Ich hab keine Zeit mehr, ich geh jetzt", sag ich.

„Ja, auf was wartest du denn noch?" fragt Onkel Rondo.

Da nahm ich einfach die Küchenuhr ab und rauschte hinaus, sagte nicht mal „Ihr könnt mich mal" oder irgend so was, und verabschiedete mich auch nicht von Stella-Rondo.

Vor dem Haus ging gerade ein Mädchen mit einem kleinen Handwagen vorbei.

„Kind", sage ich, „Komm, hilf mir, diese Sachen den Berg runterzuschaffen, ich zieh ins Postamt."

Sie mußte mit ihrem Blitzwägelchen neunmal fahren. Onkel Rondo kam auf die Veranda und warf ihr ein Fünf-Cent-Stück zu.

Und seitdem habe ich keinen von meiner Familie mehr gesehn, noch hat einer von meiner Familie mich gesehn, seit fünf ganzen Tagen und Nächten. Stella-Rondo erzählt vielleicht die gräßlichsten Geschichten über Mr. Whitaker, aber ich habe sie nicht gehört. Ich sage jedem, daß ich meine eigenen Schlüsse ziehe.

Und, ich mag es wirklich hier. Es ist einfach ideal für mich, wie ich schon gesagt habe. Wissen Sie, ich habe mir alles genau so eingerichtet, wie ich es mag. Können Sie das Radio hören? Alle Kriegsmeldungen. Radio, Nähmaschine, Bücherstützen, Bügelbrett und diese herrliche große Klavierlampe – meinen Frieden, den hab ich gern. Die ganze Hausfront entlang, da wo die Schnüre gespannt sind, hab ich Butterbohnen gepflanzt.

Natürlich kommt nicht viel Post. Meine Familie gehört eben zu den wichtigsten Leuten in China Grove, und wenn sie, gemessen an den Briefen, die sie bekommen oder selber schreiben, auf dieser Welt so gut wie nicht mehr existieren, dann werd ich darüber kein Wort verlieren. Manche von den Leuten hier in der Stadt sind auf meiner Seite, und manche sind gegen mich. Ich weiß, auf welcher Seite jeder steht. Es gibt immer Leute, die aufhören sich Marken zu kaufen, nur um auf der Seite von Papa-Daddy zu sein.

Aber ich bin hier, und ich bleibe hier. Die ganze Welt soll wissen, daß ich glücklich bin.

Und wenn Stella-Rondo jetzt auf den Knien ankäme und auch nur *versuchen* würde, mir ihre Ehegeschichte mit Mr. Whitaker zu erklären, dann würde ich ganz einfach meine Finger in die Ohren stecken und mich weigern zuzuhören.

DIE SIRENE

Es wurde Nacht. Die Dunkelheit war so dünn wie ein fadenscheiniges Kleid, das viele Winter lang getragen wurde und durch das die Kälte bis in die Knochen zieht. Dann ging der Mond auf. Eine Farm lag, gut sichtbar, wie ein weißer Stein im Wasser, zwischen den tiefen Wäldern mit ihrem farblosen toten Laub. Einem näheren und neugierigeren Blick als dem des Mondes wäre nichts entgangen, was den Mortons gehörte – selbst die winzigen Tomatenpflanzen nicht, die in säuberlichen Reihen nah am Haus wuchsen, grau und wie gefiedert, und in ihrer großen Zartheit ganz entsetzlich ausgeliefert. Das Mondlicht lag überall, auch auf dem dunkelsten Umriß, dem Farmhaus, in dem die Lampe gerade gelöscht worden war.

Drinnen lagen Jason und Sara Morton unter den Decken auf der Lagerstatt, die sie nah am offenen Kamin aufgeschlagen hatten. Hinter dem Gitter züngelte noch ein kleines Feuer und gab hin und wieder ein verschlafenes Geräusch von sich. Mattes Licht flatterte wie ein Vogel, der aus dem Zimmer entkommen will, die Wände hinauf und hinunter, über die Dachsparren und das dunkle Strohlager, wo die alten Leute lagen.

Außer dem Flackern des Feuers waren nur die gedehnten, erschöpften Atemzüge von Jason zu hören. Seine Gestalt zeichnete sich länglich wie eine Bohne unter der Decke ab, er lag auf der Seite, das Gesicht der Tür zugewandt. Im Dunkeln öffneten sich seine Lippen, und er atmete ein und aus, ein und aus, langsam steigend und fallend, immer wieder, wie ein Gespräch oder ein Märchen – eine Frage und ein Seufzer.

Sara lag mit weit geöffnetem Mund auf dem Rücken, still, doch ohne zu schlafen. Sie starrte zu den dunklen Stellen zwischen den Balken hoch, wo man nichts mehr erkennen konnte. Ihre Augen wirkten zu weit geöffnet, die Lider angestrengt und schlaff, gleich überdehnten Öffnungen, die ihre Form verloren haben und zu nichts mehr taugen. Einmal stand eine zischende gelbe Flamme steil auf dem alten

Holzklotz und beleuchtete, blaue Schatten werfend, einen Augenblick ihr kleines Gesicht und ihr farbloses Haar und eine Hand, die den Rand der Decke festhielt. Dann zog sie sich die Decke ganz über den Kopf.

Jede Nacht lagen sie vor Kälte zitternd nebeneinander, doch in ihrem Elend so wenig verbunden wie die Flügel eines sturmgepeitschten Fensterladens. Manchmal vergingen Tage und sogar Wochen ohne jedes Wort. Sie waren nicht wirklich alt – sie waren erst fünfzig; und doch war ihr Leben angefüllt mit Müdigkeit, geprägt von dem kaum mehr vorhandenen Bedürfnis, miteinander zu sprechen, und von einer Armut, die sie wie ein Verhängnis hätte wortlos aneinander binden können, die sie aber statt dessen trennte und keinen Wunsch nach des anderen Anteilnahme zurückließ. Vielleicht hatte das lange, nun zur Gewohnheit gewordene Schweigen vor Jahren im Zorn oder in einer heftigen Gemütsbewegung begonnen. Wer konnte das jetzt noch sagen?

Während das Feuer immer niedriger wurde, wurden Jasons Atemzüge schwer und feierlich, und er schlief so tief, daß er nicht einmal mehr träumte. Saras ganz bedeckter Körper war so leicht wie ein Stück Schilfrohr und zeichnete sich kaum unter der Decke ab, unter der sie lag. Manchmal kam es Sara so vor, als ob ihre Leichtigkeit daran schuld sei, daß ihr nie richtig warm wurde.

Die Kälte machte sie so müde! Sonst konnte sie nichts mehr anrichten – nur sie müde machen. Jahr für Jahr hatte sie aufs neue das Gefühl, sie würde sterben, bevor die Kälte endlich vorbei wäre. Jetzt war es Frühling, dem Kalender nach... Aber Jahr für Jahr war es immer wieder dasselbe. Die Pflanzen wurden wie immer zu früh in die Beete draußen umgesetzt, und dann kam ein Frost... Wann waren sie zum letzten Mal groß und üppig geworden, wann war die Kälte ausgeblieben, wann hatte es eine Ernte gegeben?

Wie in einem Traum, der nie in Erfüllung geht, begann Sara, an den Frühling und an den Sommer zu denken. Zuerst dachte sie ganz einfach an Dinge, an die Farben Grün und Rot, an den warmen Geruch der Sonne auf dem Boden, wie die Blätter sich anfühlten, und an die warmen, reifenden Tomaten. Dann, eingehüllt in ihre Decke, stellte sie sich die Stadt Dexter während der Erntezeit vor. In ihrer Erinnerung wuchs das staubige kleine Dexter zu einem Schauplatz für geradezu märchenhafte Festlichkeiten heran, zu einem richtigen Vergnügungsort. Auf jeder Straße, die in den Ort hineinführte, brachten lachende Farmer Wagen voll der herrlichsten Tomaten heran. Die Versandschuppen am Bahnhof von Dexter waren alle schön geschmückt – nein, es schien nur einfach die Maisonne darauf. Die große, gestikulierende Gestalt von Mr. Perkins stand mitten im Trubel – er kaufte, ordnete an, schwenkte gelbe Blätter, die Telegramme sein mußten, und schrie mit großartiger Ungeduld herum. Und er war es schließlich, dem jetzt ihre Farm gehörte. Ein Güterzug nach dem anderen stand wartend da und wurde dann beladen. War es möglich, daß trotz der bedrohlichen Kälte so viele Tomaten gereift waren? Jawohl, denn hier marschierte eine wunderbare Parade von Obstpakkern aus Florida auf, sogar aus Florida waren sie gekommen, sonnengebräunt und ohne Strümpfe, manche von ihnen tätowiert. Im Café gegenüber spielte die Musikbox, und der verkrüppelte Mann, der wie eine Ente watschelte, war wieder da und photographierte die jungen Leute Wange an Wange für zehn Cent. Unter Triumphgeschrei betranken sich die Männer, und hier und da ging ein Revolver los. Im Schatten vergnügten sich die Kinder mit Tomatenschlachten. Ein starker süßer Geruch hing über allem und stieg einem zu Kopf. Was für eine Aufregung! Laßt die Packer sich ausruhen, wenn auch nur für einen Augenblick, dachte Sara. Laßt sie sich, verschwitzt wie sie sind, unter dem schattigen Baum ausstrecken, und einer mag Gitarre spielen. Die jungen Packerinnen hören bei der Arbeit zu. Was für kleine braune Hände, rot vom Saft! Ihre Gesichter sind immer schläfrig und gerötet; sie lachen, wenn die Männer etwas zu ihnen sagen... Und auch Jason und Sara stehen dort, stehen in der heißen Sonne nahe am ersten Schuppen, geben ihre eigene Ladung ab, schauen zu, wie ihre eigenen Tomaten verarbeitet werden – sortiert, eingewickelt, verladen und in einem Güterwagen auf die Reise geschickt werden – und alles so schnell... Mr. Perkins streckt seine harte, flinke Hand aus. Man muß sie schnell schütteln! Wie schnell ist alles vorbei!

Sara, federleicht unter der Decke, sah das Erntefest in Dexter mit all seinen reifen Tomaten wie eine Vision nur Augenblicke lang vor sich, wie das kurze Aufflackern des kleinen Feuers. Sonst dachte sie nur an die Kälte, die Kälte davor und die Kälte danach. Sie konnte der eisigen Kälte hier einfach nicht entkommen, zwar dachte sie nicht daran, zitterte aber in der Dunkelheit.

Sie hustete geduldig und drehte den Kopf auf die eine Seite. Sie spähte kurz über den Rand der Decke und sah, daß das Feuer nun doch ausgegangen war. Nur noch ein unförmiger Klotz glühte, stumm, rot und gekrümmt wie einer von Jasons Socken, den er irgendwo zum Flicken hingeworfen hatte. Mit diesem Gedanken als einzigen Trost schloß Sara die Augen und schlief ein.

Nun lag das Ehepaar ganz reglos in dem dunklen Zimmer, und Jasons heiseres, langsames Atmen, das so klang, als versuche ein plumper, alter Bär auf einen Baum hinaufzuklettern, wurde von niemandem gehört.

Mit jeder Stunde wurde es noch kälter. Während der langen Nacht stieg der Mond leuchtend und weiß wie Schnee, der hier nicht fällt, höher in den Himmel und weiter von der Erde weg. Die Farm sah so winzig und reglos wie eine Muschel aus, das Haus war ein kleiner Höcker, bogenförmig umringt von den Furchen der Tomatenbeete. Die Kälte drückte wie eine weiße Hand herab und legte sich über die Muschel.

In Dexter gibt es eine große Sirene, die ertönt, wenn ein Kälteeinbruch droht. Sie wird überall Mr. Perkins' Sirene genannt. Jetzt heulte sie durch die klare Nacht, immer wieder. Überall im Umkreis ging in den Fenstern der Farmhäuser das Licht an. Männer und Frauen rannten hinaus auf die Felder und bedeckten ihre Pflanzen mit allem, was sie hatten, während Mr. Perkins' Sirene immer weiter aufheulte.

Jason wachte von der großen Sirene nicht auf. Er schlief weiter, und sein Atem brauste aus seinem Hals heraus wie aus einem hohlen Baum. Mitten im tiefsten Traum hatte er seine rechte Hand von sich geschleudert, sie lag auf dem kalten Fußboden ausgestreckt mitten in einem Flecken Mondlicht, der durch das Zimmer gewandert war.

Sara fühlte, daß sie aufwachte. Sie wußte, daß Mr. Perkins' Sirene heulte und was das bedeutete – und daß ihr nun nichts anderes übrig blieb, als Jason zu wecken und auf das Feld hinauszugehen. Eine sanfte Trägheit, eine Vorstellung von Wärme zog eigensinnig durch ihren Körper, und für ein paar wenige Augenblicke blieb sie noch ruhig liegen.

Dann setzte sie sich auf, packte ihren Mann an den Schultern und rüttelte ihn, ohne ein Wort zu sagen. Sie brauchte ihre ganze Kraft, um ihn zu wecken. Er hustete, sein Geschnaufe hörte auf, und er setzte sich auf. Auch er sagte nichts, und beide saßen mit gebeugten Köpfen da und horchten auf die Sirene. Nach einer kurzen Stille heulte sie wieder los, mit einem langen, anschwellenden Ton.

Jetzt standen Sara und Jason auf. Wegen der Kälte waren beide völlig bekleidet und mußten nur noch die Schuhe anziehen. Jason zündete die Laterne an, und Sara raffte das Bettzeug zusammen und folgte ihm nach draußen.

Alles war weiß, und alles kam ihnen beim Gehen über das gefrorene Feld riesengroß und unermeßlich weit vor. Weiß ragte aus einer schattendunklen Mulde die alte Hirsemühle, die nur im Sommer benutzt wurde, mit ihrer lang vorstehenden Deichsel und der kerbigen Achse wie eine Maschine aus einem Traum.

Jason und Sara beugten sich zu den kleinen Pflanzen hinunter und berührten sie und den Erdboden prüfend. Ihre Hände bestätigten ihnen aus Erfahrung, daß alles stimmte – die Kälte, die Richtigkeit der Warnung, die Notwendigkeit zu handeln. Über die Stöcke, die zwischen den Pflanzen steckten, breiteten sie eine Decke nach der anderen langsam und fachmännisch aus. Jason zog seinen Mantel aus und legte ihn über die kleinen zarten Pflanzen nahe am Haus. Dann schaute er zu Sara hinüber, und sie langte hinunter und zog sich das Kleid über den Kopf. Dabei löste sich ihr hochgestecktes Haar, fiel hinunter, und sie fing heftig zu zittern an. Zum Glück war ihr Kleid lang und weit und bedeckte den Rest der Pflanzen.

Dann standen Sara und Jason einen Augenblick lang nur so da und starrten fast versonnen das Feld und den Himmel an.

Es war windstill. Nur der Mond schickte sein weißes Licht herab. Warum fuhr diese stille Kälte in sie hinein wie die Zähne einer Falle? Sie gingen schweigend und gebeugt zurück ins Haus.

Im Zimmer war es nicht viel wärmer. Sie hatten vergessen, die Tür hinter sich zu schließen, als die Sirene so laut heulte. Sie setzten sich hin, um auf den Morgen zu warten.

Dann machte Jason etwas Ungewöhnliches, sehr Seltsames. Obwohl noch lange nicht Morgen war, goß er Kerosin über ein paar Späne Feuerholz und zündete es an. Sie hockten sich nah davor, rückten langsam enger zusammen, und so saßen sie, ohne sich zu rühren, bis alles heruntergebrannt war. Auch dann bewegte sich Sara nicht. Jason ging im Unterhemd und seiner langen blauen Hose hinaus und brachte noch einen Armvoll herein, und außerdem den großen Klotz Kirschholz, den sie für das Ende des Winters hatten aufbewahren wollen.

Die verschwenderische Wärme des Zimmers versetzte Sara in eine unbestimmte Erregung, ganz ähnlich wie es die Erinnerungen an Dexter während der Erntezeit getan hatten. Sie hockte zusammengekauert in einem langen braunen Baumwollunterrock da und hielt die Schnur fest, die um die Taille herum gebunden war. Ihr mausfarbenes Haar, das an den Schläfen noch fahler war, hing offen auf ihre Schultern hinab, ganz wie die festliche Frisur eines Kindes. Sie drückte ihre Knie gegen ihre herunterhängenden kalten Brüste und starrte mit weit geöffneten Augen ins Feuer.

Von seinem Platz am Kamin aus schaute auch Jason in das brennende Feuer. Er atmete leicht, schnell und geräuschlos, als ob er für eine kurze Zeit lang seine Erschöpfung verbergen oder abwehren wolle. Er hob die Arme und hielt seine abgearbeiteten Hände ans Feuer.

Schließlich war das letzte Stück Holz verbrannt. Jetzt verbrannte der Kirschholzklotz zu Asche.

Und plötzlich war Jason wieder auf den Beinen. Und er trug doch tatsächlich den Stuhl mit dem Riß in der Sitzfläche zum Kamin. Er schlug ihn zu Kleinholz ... Der Stuhl brannte gut und lichterloh. Sara sagte kein einziges Wort. Sie rührte sich nicht...

Dann kam der Küchentisch an die Reihe. Allein der Gedanke, daß ein so solider, fester vierbeiniger Tisch wie dieser, der seit dreißig Jahren immer hier gestanden hatte, in so kurzer Zeit völlig verbrennen konnte! Sara starrte fast gierig in die züngelnden Flammen.

Als auch das vorbei war, saßen Jason und Sara im Dunkeln, dort, wo ihr Bett gewesen war. Und es war kälter als jemals zuvor. Das Feuer, das der Küchentisch abgegeben hatte, kam ihnen ganz wunderbar vor – als ob das, was sie niemals ausgesprochen hatten und was nicht sein durfte, letzten Endes doch ein eigenes Leben besäße.

Aber Sara zitterte und drückte ihre harten Knie wieder gegen die Brust. Mit der Rückkehr des Winters und der nächtlichen Kälte gewann etwas Seltsames Gewalt über sie, etwas wie Angst oder Abhängigkeit, ein Gefühl vollständiger Hilflosigkeit. Ohne den Kopf zu wenden, fing sie plötzlich zu sprechen an.

„Jason ..."

Stille. Aber nur einen Augenblick lang.

„Horch", sagte die unsichere Stimme ihres Mannes.

Sie saßen wie zuvor ganz still, mit gebeugten Köpfen, da.

Draußen heulte wieder die Sirene, als wollte sie noch etwas von ihrem Leben fordern.

DIE TRAMPER

Tom Harris, ein dreißigjähriger Vertreter für Büroartikel, verließ Victory kurz nach Mittag, besuchte ein paar Kunden in Midnight und Louise und fuhr dann nach Memphis weiter. Dort war sein Stützpunkt, und er hatte Lust, an diesem Abend etwas zu unternehmen.

Gegen Abend hielt er irgendwo mitten im Deltagebiet an und nahm zwei Tramper mit. Der eine stand einfach still am Straßenrand und hatte ein Bein wie eine knorrige Wurzel ausgestreckt, der andere aber spielte auf einer gelben Gitarre, die in der Abendsonne aufblitzte, als sie in einer langen Bahn über die Felder kam.

Harris wurde beim Autofahren normalerweise müde. Er reagierte auf der Straße oft wie im Traum. Und beim Anblick von Trampern, die vor dem Hintergrund des Himmels am Straßenrand warteten, überkam ihn plötzlich eine ganz bestimmte Erregung, die er schon als Kind gekannt hatte: immer dann, wenn er ganz allein und still dastand, sich groß vorkam und plötzlich unter den Füßen spürte, daß die Welt rund ist und wie sie durchs Weltall rast und wirbelt. Bei dieser Vorstellung fühlte er sich gefährdet und sehr einsam. Er öffnete die Wagentür.

„Guten Abend."

„Guten Abend."

Harris schlug Trampern gegenüber einen fast förmlichen Ton an. Als er nun wieder schneller fuhr, rückte er auf seinem Sitz noch etwas zur Seite. Hinten im Auto konnte niemand sitzen. Der Mann mit der Gitarre hatte sein Instrument zwischen den Beinen aufgestellt. Harris langte hinüber und stellte das Radio an.

„Prima! Musik!" sagte der Mann mit der Gitarre. Er begann zu lächeln. „Tja, wir sind den ganzen Tag hier gestanden", sagte er leise. „Haben gesehen, wie die Sonne über den Himmel ging. Wir ham auch 'ne Zeitlang unter dem Baum da gelegen und hams uns gutgehn lassen."

Dann fuhren sie weiter ohne zu reden, während die Sonne zwischen roten Wolken unterging und das Radioprogramm ein paarmal wechselte. Harris stellte die Scheinwerfer an. Einmal sang der Mann mit der Gitarre ein Lied mit, „Die letzte Rose, die mir noch im Herzen blüht", das die Aloha Boys im Radio spielten. Dann wurde er verlegen und hörte auf, aber seine schmutzige schwielige Fingerkuppe hinterließ eine Spur auf der Radioskala.

„Ich find die großen E-Gitarren toll, die manche haben", sagte er. „Wo wollt ihr denn hin?"

„Nach Norden, scheint's."

„Wir fahren nach Norden", sagte Harris. „Rauchen Sie?"

Der andere Mann streckte seine Hand aus.

„Ja... hin und wieder", sagte der Mann mit der Gitarre.

Bei diesem unerwarteten Ausdruck zuckte es in Harris' Backe, und er reichte seine Zigaretten hinüber. Alle drei zündeten sich eine an. Der schweigsame Mann hielt seine Zigarette vor sich wie eine Münze, zwischen Daumen und Zeigefinger. Harris sah, daß er nicht rauchte, sondern zuschaute, wie sie langsam abbrannte.

„Mein Gott! Schon wieder Nacht", sagte der Mann mit der Gitarre in einem Ton, der je nach Bedarf mehr oder weniger erstaunt klingen konnte.

„Schon was gegessen?" fragte Harris.

Der Mann zupfte an einer tiefen Saite und warf ihm einen schnellen Blick zu.

„Brombeeren", sagte der andere Mann. Das war alles, was er von sich gab, und er sprach langsam und bedächtig.

„Ein nettes kleines Kaninchen is vorbeigekommen", sagte der Mann mit der Gitarre und stieß Harris leicht in die Seite, „is aber wieder abgehaun."

Der andere Mann war so versunken in wortloser Wut, daß Harris sich vorstellen konnte, wie er dem Kaninchen in einem Baumwollfeld nachsetzte. Da mußte er lächeln, drehte sich aber nicht um.

„Jetzt wird ein Platz zum Schlafen gesucht – richtig?" fragte er weiter.

Wieder wurden die Saiten gezupft, und der Mann gähnte.

Sie näherten sich einer kleinen Stadt; man konnte die Lichter auf dem flachen Land schon in zwanzig Meilen Entfernung sehen.

„Ist das Dulcie?“ Harris gähnte auch.

„Ich wett, Sie ham keine Ahnung, wo ich schon überall geschlafen hab“, sagte der Mann, drehte sich und sprach Harris direkt an. Sein lachendes Gesicht sah in der Beleuchtung eines Verkehrsschildes merkwürdig spöttisch aus.

„Ich könnte einen Hamburger vertragen“, sagte Harris, machte eine nichtssagende Geste mit der Hand und schwenkte unter dem Verkehrsschild von der Straße ab. Er schaute durchs Fenster, und ein Mädchen in roten Hosen sprang auf das Trittbrett.

„Dreimal und drei Bier?“ fragte sie lächelnd und streckte ihren Kopf hinein. „Hallo“, grüßte sie Harris.

„Wie geht's?“ antwortete Harris. „Stimmt.“

„So was“, sagte der Mann mit der Gitarre. „Rote Matrosenhosen.“ Harris lauschte auf einen Gitarrenton, aber es kam keiner. „Aber nich schön“, sagte er.

Die Schwingtür des Lokals quietschte, und die Stimme eines Mannes rief: „Kommt rein, Jungs, hier gibt's Mädchen.“

Harris stellte das Autoradio ab, und sie hörten der Musikbox zu, die in der Kneipe spielte und das Fenster blau, rot und grün beleuchtete.

„Hallo“, sagte die Kellnerin wieder, als sie mit dem Tablett herauskam. „Sieht aus, als ob's bald regnet.“

Sie aßen die Hamburger schnell und ohne zu sprechen. Ein Mädchen schaute, den Kopf in die Hand gestützt, zum Kneipenfenster hinaus. Ein Pärchen tanzte immer wieder hinter ihr vorbei. Eine flotte Musik spielte eine Swingversion von „Love, Oh Love, Oh Careless Love“.

„Überall die gleichen Songs“, sagte der Mann mit der Gitarre leise. „Ich komm vom Land... wir hatten Eulen als Hühner und Füchse als Hunde, aber singen, das konnten wir.“

Fast immer, wenn der Mann etwas sagte, zuckte es in Harris' Backe. Er war leicht zu amüsieren. Er bemerkte auch sofort jeden Versuch von vertraulicher Annäherung, auf den garantiert ein hastiger Rückzieher erfolgte. Und je mehr jemand erzählte, um so größer wurde seine Bereitschaft zum Zuhören. Ich werd ihn auch noch Gitarre spielen hören, dachte er. Das war schon eine feste Angewohnheit von ihm, bei Tag und bei Nacht, dieses fast automatische Zuhören, ganz so wie seine Hand in der Hosentasche verschwand, um Geld herauszuholen.

„Das is ja fast 'ne Ballade", sagte der Mann und leckte sich Senf vom Finger ab. „Meine Mama, die war die Richtige für Balladen. Hatte 'ne Wespentaille, aber 'ne Mordsstimme. Hatte 'ne Menge Lieder drauf. Is schon lange tot. Wenn Papa besoffen wie 'n Bierkutscher von der Stadt heimkam, setzte sie sich einfach auf die Vordertreppe, schaute zum Berg rüber und legte los. Sie sang alles runter, was sie nur kannte. Tot und begraben, und das Haus abgebrannt." Er nahm einen großen Schluck Bier und klopfte ein paar Takte mit dem Fuß.

„Und das da", sagte Harris und berührte einen der Wirbel an der Gitarre. „Kannst du nicht irgendwo hier bleiben und spielen und damit Geld verdienen?"

Er hatte natürlich gleich an der Gitarre gemerkt, daß sie nicht normale Anhalter waren. Es waren Landstreicher, mit Leib und Seele. Alle beide. Aber als er sie berührte, dämmerte ihm, daß es diese gelbe Gitarre war, dieses auffallende und fröhliche Ding im Arm des Trampers, das ihn dazu gebracht hatte, anzuhalten und die beiden mitzunehmen.

Der Mann schlug mit der flachen Hand darauf.

„Dieser Kasten? Ich spiel nur für mich selbst."

Harris lachte vergnügt, hatte aber irgendwie Lust, den Mann zu provozieren, damit er sich zu seinem Vagabundentum bekennen mußte. „Du würdest nicht bleiben und irgendwo spielen, so wie hier? Zum Tanzen? Wenn du doch die ganzen Lieder kennst?"

Jetzt lachte der Bursche laut heraus. Er wandte sich an Harris und sprach, als ob der andere Mann ihn nicht hören könnte. „Na ja, schon, aber jetzt ist *er* dabei."

„Er?" Harris starrte geradeaus.

„Er würde meckern. Er mag keine Trödelei. Er will immer weiter. Jeder Kumpel hat eben 'ne besondere Meise."

Der andere Landstreicher rülpste. Harris hupte.

„Kommt bald mal wieder", sagte das Mädchen, öffnete eine herzförmige Tasche über ihrem Herzen und steckte das Trinkgeld geziert hinein.

„Aw river!“ sang der Mann mit der Gitarre aus voller Kehle.

Als sie zurück auf die Straße fuhren, hob der andere Mann langsam eine Bierflasche hoch und schaute, noch kauend, den Mann mit der Gitarre eindringlich an.

„Fahrn Sie zurück, Mister. Sobby hat vergessen, ihr die Flasche zurückzugeben. Fahrn Sie zurück.“

„Zu spät“, sagte Harris nachdrücklich, fuhr schnell auf Dulcie zu, und dachte dabei, Ich war drauf und dran, mich von ihm rumkommandieren zu lassen.

Harris hielt auf dem Platz vor dem Dulcie Hotel an.

„War nett von Ihnen“, sagte der Mann und nahm seine Gitarre hoch.

„Wartet hier.“

Sie standen auf dem Bürgersteig, der eine im Licht der Straßenbeleuchtung, der andere im Schatten der Statue des Konföderationssoldaten. Beide standen mit gebeugten Schultern da, rochen nach Staub und fügten sich mit einem Seufzer.

Harris ging durch den Vorgarten und über die eine Stufe ins Hotel.

Mr. Gene, der Besitzer, ein weißhaariger Mann mit vielen kleinen dunklen Sommersprossen auf Gesicht und Händen, hob den Kopf und streckte gleichzeitig seinen Arm aus.

„Da ist er wieder.“ Er grinste. „Fast auf den Tag genau ein Monat – das hab ich grad gesagt.“

„Mr. Gene, ich muß gleich weiter, aber ich hab da draußen zwei Burschen. Also, die wissen nicht, wo sie heute nacht schlafen sollen, und Sie haben doch da hinten die kleine Veranda.“

„Aber es ist doch ’ne herrliche Nacht!“ bellte Mr. Gene und lachte leise in sich hinein.

„In Ihren Betten bekämen sie nur Flöhe“, sagte Harris und zeigte auf seinen Handrücken. „Aber Sie wissen doch, diese alte Veranda. Die ist gar nicht so schlecht. Ich hab auch mal da draußen geschlafen, warum, weiß ich nicht mehr.“

Der Hotelbesitzer lachte dröhnend. Dann wurde er ganz plötzlich wieder ernst.

„Na klar. Okay“, sagte er. „Einen Moment noch – Mike ist krank. Komm her, Mike, es ist der alte Harris, auf der Durchreise.“

Mike war ein bejahrter Collie. Er erhob sich von einer Decke bei der Tür und kam steifbeinig, wie ein wandelnder Tisch, über den quadratischen braunen Teppich heran, schob sich zwischen die beiden Männer und drehte den langen Kopf von Mr. Genes Hand zu der von Harris, wo er ihn schwer und ohne weitere Bewegung senkte, so daß seine Schnauze in Harris' Hand ruhte.

„Biste krank, Mike?" fragte Harris.

„Der stirbt an Altersschwäche, das isses!" stieß der Hotelbesitzer wie im Zorn heraus.

Harris fing an, den Hund zu streicheln, aber die alte Vertrautheit stellte sich nicht ein, weil er zögerte und seine Hand langsamer wurde. Mike schlug die Augen auf und schaute zu ihm hoch.

„Seine Lebensgeister sind weg, sehn Sie?" sagte Mr. Gene mit Anteilnahme.

„Hallo!" ertönte eine Stimme vom Eingang her.

„Komm her, Cato, schau dir den armen alten Mike an", sagte Mr. Gene.

„Ich wußte doch, das ist Ihr Auto, Mr. Harris", sagte der Junge. Er versuchte nervös, sein Bing-Crosby-Hemd wie ein richtiges Hemd in die Hose zu stopfen. Dann schaute er auf und sagte: „Die ham versucht, Ihr Auto zu klauen, und dann hat der eine dem andern 'n großes Loch mit 'ner Flasche in den Kopf geschlagen. Den Krach hätten Sie eigentlich hören müssen. Alle sind draußen. Ich hab gesagt, das ist das Auto von Mr. Tom Harris, mit dem fremden Nummernschild und dem ganzen Zeug, das er immer bei sich hat, und alles voll Blut."

„Er ist aber nicht tot", sagte Harris, der auf dem Sitz seines Autos kniete.

Es war der Mann mit der Gitarre. Die kleine Deckenlampe war angeknipst worden. Blut strömte aus seinem zertrümmerten Kopf, er war vornüber auf die Gitarre gesunken, seine Arme und Beine umschlangen sie, sein ganzer Körper hing schlaff da, in der Haltung eines Mannes, der ein ungesatteltes Pferd reitet. Harris war sich bewußt, daß das andere Gesicht keinen Meter entfernt war: Der Mann, den der Gitarrenspieler Sobby genannt hatte, stand am Randstein, und zwei Männer hielten ihn ganz unnötigerweise fest. Er sah mehr als alle anderen wie ein Zuschauer aus, außer daß er die Bierflasche immer noch in der rechten Hand hielt.

„Wenn er ihn schon verdreschen wollte, hätte doch *er ihm* eins mit der Gitarre überziehen können", sagte jemand. „Das ist doch das Ding dafür. Peng!"

„So wie ich das versteh", sagte eine durchdringende Stimme, die klang, als würde eine Frau die ganze Geschichte ihrem Mann erklären, „waren die beiden hier allein. Also – der da wollte mit dem Auto abhauen – das ist also der Schlimme. Und der Gute sagt, ‚Nein, das dürfen wir nicht'."

Oder war es gerade andersherum? dachte Harris wie im Traum.

„Und der andere sagt Bumm! Bumm, und gab ihm eins über den Schädel. Noch dazu, wo die Leute gerade aus dem Kino rauskommen."

„Wer hat meine Autoschlüssel?" wiederholte Harris immer wieder. Ohne es zu bemerken, hatte er die Gitarre weggestoßen, die den Mann stützte; und mit irgend etwas hatte er das Blut zum Stillstand gebracht.

Niemand brauchte ihm zu sagen, wo das baufällige Krankenhaus war – er war schon einmal dort gewesen, auf einer Reise durch das Deltagebiet. Mit dem Polizisten, der anfangs hinter ihm her gehastet war und dann auf dem Trittbrett mitfuhr, die Brille vorsichtig in einer Faust, mit der anderen Hand den gefesselten Sobby nachschleifend, mit einem langen Schwanz Jungen in geblümten Hemden, die ihn auf Fahrrädern begleiteten, mal vom Lichtkegel des Scheinwerfers erfaßt, mal nicht, mit dem Regen, der vor ihm niederprasselte, und mit Mr. Gene, der ihnen vom Hotel irgendwas flehentlich nachrief, und mit Mike, der wie ein Echo in das Bellen der anderen Hunde einfiel – so fuhr Harris sehr vorsichtig die lange, von Bäumen beschattete Straße hinunter, die feuchte Hand ständig auf der Hupe.

Der alte Arzt kam ihnen auf der Straße entgegen, beugte sich in das Auto und faßte den Gitarrenspieler vorsichtig bei den Schultern.

„Der stirbt wahrscheinlich doch", sagte ein schwarzes Kind mit trauriger Stimme. „Wer wohl seine Gitarre kriegt?"

In einem Zimmer in der oberen Etage des zweistöckigen Hotels zog sich Harris frische Kleider an, während Mr. Gene mit Mike quer über seinem Bauch auf dem Bett lag.

„Hat Ihnen die Weihnachtskrawatte ruiniert, die Sie anhatten." Der Hotelbesitzer sprach kurzatmig. „Hat Mike ganz schön mitgenommen, kann ich Ihnen sagen." Er seufzte. „Das erste Mal, daß er gebellt hat, seit Bud Milton diesen Chinesen zusammengeschossen hat." Er hob den Kopf und nahm einen großen Schluck von dem hoteleigenen Whisky, und Tränen stiegen ihm in seine warmen braunen Augen. „Stellen Sie sich mal vor, wenn das auf der Veranda passiert wär."

Das Telephon klingelte. „Na, sehen Sie, alle wissen schon, daß Sie hier sind", sagte Mr. Gene.

„Ruth?" sagte er, als er den Hörer abnahm. Seine Stimme klang beinahe zerknirscht.

Aber es war für den Hotelbesitzer.

Als er aufgehängt hatte, sagte er: „So ein Schwachkopf – der lernt's doch nie. Der Polizist. Hat schon 'nen Nigger eingelocht und rennt jetzt rum und sucht 'nen Platz für diesen Kerl mit der Flasche, und da fällt ihm verdammt noch mal nix als mein Hotel ein!"

„Soll der vielleicht die Nacht über bei mir sein?"

„Na ja, nicht ganz. Auf der anderen Seite vom Flur. Der andere stirbt vielleicht. Außer der Bank gibt's nur hier was zum Abschließen, sagt er."

„Wieviel Uhr ist es?" fragte Harris plötzlich.

„Ach, es ist noch gar nicht spät", sagte Mr. Gene.

Er öffnete die Tür für Mike, und die beiden Männer gingen langsam hinter dem Hund die Treppe hinunter. Auf dem Treppenabsatz brannte kein Licht. Harris schaute durch das halbgeöffnete Fenster aus buntem Glas hinaus.

„Regnet's?"

„Es regnet schon, seit es dunkel ist, aber man merkt nichts davon – das ist bei uns ein Sprichwort." Beim Empfang hielt er ein braunes Päckchen in die Höhe. „Da. Ich hab Cato weggeschickt, um Memphis-Whisky für Sie zu holen. Man mußte ihn beschäftigen."

„Danke."

„Bis später. Ich glaube nicht, daß Sie morgen sehr früh hier wegkommen. Tut mir wirklich leid, daß sie's in Ihrem Auto gemacht haben, wenn sie's schon unbedingt vorhatten."

„Schon gut", sagte Harris. „Nehmen Sie besser was hiervon."

„Das da? Das würde mich umbringen", sagte Mr. Gene.

Von einem Drugstore aus rief Harris Ruth an, eine Frau, die er hier kannte. Sie war zu Hause und gab gerade eine Party.

„Tom Harris! Dich schickt der Himmel!" schrie sie. „Ich wußte nicht, was ich mit Carol machen soll – sie ist so ein *Baby*!"

„Was ist denn mit ihr?"

„Sie ist solo."

Ein paar andere Leute, die auf der Party waren, wollten ihn begrüßen. Er hörte eine Zeitlang zu und sagte dann, er würde kommen.

Dadurch verzögerte sich sein Anruf im Krankenhaus. Er warf noch eine Münze ein ... Es gab nichts Neues über das Befinden des Gitarrenspielers.

„Wie ich Ihnen schon erklärte", sagte der Arzt, „wir sind nicht darauf eingerichtet, Bluttransfusionen zu machen, und er ist ganz schön herumgeschubst worden, auch wenn Sie ihn nicht bis nach Memphis gebracht haben."

Er ging zu Fuß zur Party, um sein Auto nicht benutzen zu müssen; seine Schritte waren das einzige Geräusch auf der dunklen, nassen Straße, und die undeutlichen Formen der Häuser, die sich nur durch ihre sanft schimmernden Lünetten unterschieden, nahm er kaum wahr. Während der Regen wie feuchter Nebel durch die Bäume fiel, vergaß er fast, in welcher Stadt und zu welchem Haus er unterwegs war.

Ruth, in einem langen dunklen Kleid, lehnte an einer offenen Tür und lachte. Von drinnen erklang ein Duett, das mindestens zwei Personen auf dem Klavier spielten.

„Typisch, er ist einfach losgegangen und natürlich ganz naß geworden!" rief sie über die Schulter ins Zimmer hinein. Sie griff nach hinten und lehnte sich zurück. „Ist was mit deinem kleinen blauen Auto? Hoffentlich hast du uns was mitgebracht."

Er ging mit ihr hinein, begann, Hände zu schütteln, und stellte die Flasche in der Papiertüte auf einen Tisch.

„Er vergißt es nie!" rief Ruth aus.

„Whisky!" Alle sprachen wieder durcheinander.

„Das ist also der berühmte ‚Er', von dem alle die ganze Zeit reden", sagte ein Mädchen in einem weißen Kleid schmollend. „Ist er ein Vetter von dir, Ruth?"

„Kein Verwandter; ein Vagabund, weiter nichts", sagte Ruth, nahm Harris an der Hand und führte ihn in die Küche.

Ich wünschte, sie würden mich direkt ansprechen, wenn ich schon hier bin, dachte er müde.

„Hier ist 'ne ganze Menge passiert", sagte sie und erzählte ihm alle Neuigkeiten, während er die Gläser nachfüllte. Als sie ihm keinerlei Vorwürfe machte und ihn keiner Rücksichtslosigkeit oder Mißachtung ihrer Gefühle beschuldigte, war er ziemlich sicher, daß sie nichts von dem Anschlag in seinem Auto gehört hatte.

Sie schaute ihn prüfend an. „Wieso bist du so braun?"

„Ich mußte letzte Woche beruflich an die Küste", sagte er.

„Was hast du dort gemacht?"

„Immer dasselbe." Er lachte und fing an, ihr eine komische Geschichte aus Bay St. Louis zu erzählen, wo ihn ein durchgebranntes Liebespaar im Wohnviertel angehalten und ihm gedroht hatte, miteinander Schluß zu machen, wenn er sie nicht in die nächste Stadt führe. Dann fiel ihm ein, was für ein Gesicht Ruth machte, wenn er ihr von Orten erzählte, in denen er auf seinen Reisen Station machte.

Irgendwo im Haus schrillte das Telephon, und er ertappte sich dabei, wie er aufsprang. Niemand ging hin.

„Ich dachte, du trinkst nicht mehr", sagte sie und nahm die Flasche.

„Mal trink ich, mal trink ich nicht", sagte er, nahm ihr die Flasche aus der Hand und goß sich was ein. „Wo ist die, mit der ich heut abend verabredet bin?"

„Ach, die ist noch in Leland", sagte Ruth.

Alle zusammen fuhren in zwei Autos hin, um sie abzuholen.

Sie war ein schmächtiges, kleines Ding und hatte ihr Nachthemd in einem kleinen Beutel dabei. Sie kam heraus, als sie hupten, noch bevor er sie abholen konnte...

„Los, wir schrei'n was von der Brücke runter", schlug jemand im vorderen Wagen vor.

Sie fuhren auf einer kleinen Schotterstraße ein paar Meilen durch neblige Felder und kamen schließlich in einer völlig abgelegenen Gegend an die Brücke.

„Komm, wir tanzen", sagte einer von den Burschen. Er schnappte Carol um die Taille, und sie legten einen Tango auf die Bohlen.

„Hast du mich vermißt?" fragte Ruth. Sie blieb neben ihm auf der Straße stehen.

„Huhh – huuuhh!" schrien die anderen.

„Ich möchte wissen, wo das Echo herkommt", sagte ein Mädchen. „Ist doch weit und breit nichts zu sehn. Ein paar von meinen Leuten können's noch nicht mal hören."

„Ja, komisch", sagte Harris und behielt die Zigarette im Mund.

„Manche Leute sagen, es käme von einem alten Dampfer, der hier irgendwo abgeblieben ist."

„Könnte sein."

Sie fuhren ziellos umher und bummelten, um zu sehen, ob es aufhören würde zu regnen.

Als sie wieder in Ruths hell erleuchteter Wohnung waren, bemerkte er, daß Carol, seine Partnerin, ihm einen seltsamen kurzen Blick zuwarf. Er brachte ihr gerade einen Drink vom Tablett.

„Sind Sie derjenige, über den sich alle den Mund fransig reden?" fragte sie, bevor sie ihre Hand ausstreckte.

„Ja", sagte er. „Ich komm von weither." Er reichte ihr mit großer Geste den stärksten Drink vom Tablett.

„Komm wieder her!" rief Ruth.

In der Anrichte kam Ruth zu ihm und blieb stehen, während er neue Gläser auf das Tablett stellte. Dann folgte sie ihm in die Küche. Interessierte sie sich denn für ihn? fragte er sich. Einen Augenblick lang, als sie nah beieinander standen, öffneten sich ihre Lippen, und sie starrte ins Leere. Die Eifersucht schien sie verlassen zu haben. Der feuchte Wind, der zur Veranda hereinwehte, fuhr ihr durchs Haar.

Als hätte er sich alles nur eingebildet, setzte er das Tablett ab, und erzählte ihr von den beiden Trampern.

Ihre Augen blitzten auf.

„Was für eine – dumme Geschichte!" Wütend griff sie nach dem Tablett, als er es hochnehmen wollte.

Das Telephon klingelte wieder. Ruth starrte ihn wütend an.

Es war, als hätte er die Tramper schon einmal getroffen.

Alle kamen ihnen an der Küchentür entgegen.

„Aha“, schrie Jackson, einer der Männer. „Er wollte den Unschuldigen spielen, Mädchen. Jemand hat gerade angerufen, Ruth, wegen dem Mord in Toms Auto.“

„Ist er gestorben?“ fragte Harris, ohne sich zu bewegen.

„Ich hab schon alles gewußt!“ schrie Ruth mit hochroten Backen. „Er hat mir alles haarklein erzählt. Sein Auto ist total versaut. Stimmt's?“

„Daß er in so 'ne üble Geschichte reinrutscht, ist doch typisch!“

„Weil er eben ein Engel ist“, sagte Carol, das Mädchen, das seine Partnerin war, mit hohl klingender Stimme, weil sie gerade ihr Whiskyglas angesetzt hatte.

„Wer hat angerufen?“ fragte Harris.

„Die alte Mrs. Daggett, diese alte Schachtel, ungefähr tausend Jahre ist sie alt. Andauernd ruft sie an. Sie war dabei.“

Harris rief zu Hause beim Doktor an und weckte seine Frau auf. Das Befinden des Gitarrenspielers war immer noch unverändert.

„Das ist ja vielleicht spannend, erzähl's uns ganz genau“, sagte ein dicker junger Mann. Harris wußte, daß er fünfzig Meilen flußaufwärts wohnte und hergefahren war, weil er glaubte, daß hier eine Partie Bridge gespielt würde.

„Die haben sich halt geprügelt.“

„Ach, der erzählt euch doch nichts, der sagt nie was. Ich werd's euch erzählen“, sagte Ruth. „Schenkt euch um Himmelswillen was ein.“

So wurde der Vorfall zu einer Geschichte. Harris war die ganze Sache leid.

„Es ist einfach toll, wie er immer jemanden trifft, und dann passiert auch gleich was“, sagte Ruth, und ihre Augen wurden ganz dunkel.

„Ach, ich schwärm richtig für ihn“, sagte Carol, und sie verließ das Zimmer und stellte sich auf die Veranda.

„Vielleicht bist du morgen auch noch da“, sagte Ruth zu Harris und faßte ihn am Arm. „Kann es sein, daß du hierbleiben mußt?“

„Wenn er stirbt“, sagte Harris.

Er verabschiedete sich.

„Kommt, wir fahren alle nach Greenville und trinken noch eine Cola“, sagte Ruth.

„Nein“, sagte er. „Gute Nacht.“

„‚Aw river‘“, sagte das Mädchen mit dem weißen Kleid. „Hat das nicht der kleine Mann gesagt?“

„Ja“, sagte Harris und trat in den Regen hinaus. Er wollte weder die Nacht über hierbleiben noch mit einem Auto ins Hotel zurückgebracht werden.

In der Halle, die mit Geweihen geschmückt war, schlief Mr. Gene vornübergesunken unter einer Lampe neben dem Telephon. Seine Sommersprossen wirkten im Schlaf noch dunkler als sonst.

Harris weckte ihn auf. „Gehen Sie schlafen“, sagte er. „Was soll das? Ist irgendwas passiert?“

„Ich wollte Ihnen nur sagen, daß der kleine Halunke in Zimmer Nr. 202 ist. Doppelt eingeschlossen, mit Handschellen ans Bett gefesselt, aber ich wollt's Ihnen doch sagen.“

„Das ist sehr liebenswürdig von Ihnen.“

„Mehr kann ein Gentleman nicht tun“, sagte Mr. Gene. Er war betrunken. „Nur Sie warnen, wer mit Ihnen unter einem Dach schläft.“

„Danke“, sagte Harris. „Es wird bald Tag. Da, schauen Sie.“

„Der arme alte Mike kann nicht schlafen“, sagte Mr. Gene. „Er schnauft immer so. Ist der andre Kerl abgekratzt?“

„Ist noch bewußtlos. Unverändert“, sagte Harris. Er nahm den Schlüsselbund, den der Hotelbesitzer ihm reichte.

„Behalten Sie ihn nur“, sagte Mr. Gene.

Da sah Harris, daß seine Hand zitterte, und er hielt sie fest.

„Ein Mörder!“ flüsterte Mr. Gene. Seine Sommersprossen leuchteten. „Er kam hier herein ... sagte nicht ein Wort ...“

„Ein Mörder ist er noch nicht“, sagte Harris und versuchte ein Lächeln.

Als er an Zimmer 202 vorbeiging, fiel ihm wieder ein, was Sobby gesagt hatte, als er in Handschellen vor dem Krankenhaus gestanden und niemand ihm zugehört hatte. „Ich hatt es einfach satt, seine Angeberei, und sein Geschwätz wegen jedem Dreck.“

In seinem Zimmer legte sich Harris angezogen aufs Bett, ohne das Licht auszumachen. Er war zu müde, um schlafen zu können. Geblendet von der nackten Glühbirne starrte er auf die unverputzten Gipswände und auf den ebenso weißen Spiegel über der leeren Kommode. Er stand schließlich auf und stellte den Ventilator an der Decke an, damit sich etwas bewegte und es nicht ganz so still im Zimmer war. Der Ventilator war nicht in Ordnung und knackte bei jeder Umdrehung. Er lag völlig reglos darunter, immer noch angezogen, und paßte seinen Atem unwillkürlich dem Rhythmus des Ventilators an.

Er machte ganz plötzlich die Augen zu. Als sie geschlossen waren, spürte er in der rötlichen Finsternis, wie er alle Geduld verlor. Es war wie das Erwachen von Sehnsucht. Er erinnerte sich daran, wie das Mädchen Geldstücke in ihre herzförmige Tasche fallenließ, und er erinnerte sich an eine verwirrend besitzergreifende Geste, die aber nichts weiter bedeutete, an Ruth, wie sie sich auf ihre Hände stützte. Er wußte, daß nichts von all dem ihn zu halten vermochte. Es war fast eine Erleichterung, als er voller Mitleid an die beiden Landstreicher dachte, an ihren Streit, an den plötzlichen Ausbruch von Brutalität, als er ihnen den Rücken kehrte. Wie würde es ausgehen? Wenn er so angespannt war wie jetzt, dann fiel es ihm leichter, die Hilflosigkeit seines eigenen Lebens zu ertragen.

Alles an diesem Abend war unverzeihlich. Aber er war zu sehr wie andere Abende auch, diese Stadt war zu sehr wie andere Städte, als daß er sich, der immer noch angezogen auf dem Bett lag, hätte erheben können, und sei es, um Trost zu finden oder gar in Verzweiflung zu fallen. Selbst der Regen – es regnete oft, es gab oft eine Party, und es hatte Gewalttätigkeiten gegeben, in die er nicht verwickelt gewesen war – Schlägereien, nicht ganz so grundlose wie diese hier, aber eben auch Schlägereien in seinem Auto; Schlägereien und unvermittelte Bekenntnisse, plötzliche Liebesakte – und an nichts davon hatte er teil, nichts davon konnte er festhalten, denn es gehörte zu den Menschen in diesen Städten, durch die er kam, entsprang ihrer Vergangenheit und ihren lachhaften Eskapaden, entsprang ihrer Zeit. Er selbst lebte außerhalb jeder Zeit. Er war frei; hilflos. Er hätte gern gewußt, wie es dem Gitarrenspieler ging, ob er noch bewußtlos war, ob er Schmerzen hatte.

Er setzte sich im Bett auf, dann erhob er sich und ging zum Fenster.

„Tom!“ sagte eine Stimme draußen im Dunkeln.

Er antwortete automatisch und horchte. Es war ein Mädchen. Er konnte sie nicht sehen, aber sie mußte auf dem schmalen Grasstreifen stehen, der das Hotel umgab. Nasse Füße, Lungenentzündung, dachte er. Und er war so müde, daß er an ein Mädchen aus einer anderen Stadt dachte.

Er ging nach unten und schloß die Tür auf. Sie lief bis in die Mitte der Halle. Es war Carol von der Party.

„Du bist ja ganz naß“, sagte er. Er berührte sie.

„Es regnet immer noch.“ Sie schaute zu ihm hoch und trat einen Schritt zurück. „Wie geht's Ihnen?“

„Ganz gut“, sagte er.

„Ich hab mir Sorgen gemacht“, sagte sie nervös. „Ich wußte, daß das Ihr Licht war. Hoffentlich hab ich niemand aufgeweckt.“ Er fragte sich, ob der alte Sobby wohl schlief.

„Willst du was trinken? Oder willst du ins All-Nite auf 'ne Cola?“

„Es ist offen“, sagte sie und hob ihre Hand. „Das All-Nite hat auf – ich bin grad dran vorbeigekommen.“

Sie gingen hinaus in den Frühnebel, und sie zog auf der dunklen Straße mit leisem Protest seine Jacke über, nicht wie eine Betrunkene, sondern wie eine richtige Frau.

„Sie haben mich auf der Party nicht wiedererkannt“, sagte sie und blickte nicht auf, als er verwundert etwas sagte. „Alle sagen, daß Sie sich an jeden erinnern. Jetzt weiß ich, daß sie sich jedenfalls hier täuschen.“

„Sie täuschen sich oft“, sagte er und fragte dann schnell: „Wer bist du denn!“

„Wir waren jeden Sommer an der Küste im Manning Hotel – ich war noch jung. Carol Thames. Wir tanzten zusammen, sonst nichts, aber Sie hatten gerade als Handelsvertreter angefangen, es war auf einer von Ihren Reisen, und Sie – Sie sprachen in der Pause mit mir.“

Er lachte kurz auf, aber sie sagte noch:

„Sie sprachen nur von sich.“

Sie gingen an der hohen, nassen Kirche vorbei, und ihre Schritte hallten wider.

„Es ist noch nicht so lange her – erst fünf Jahre", sagte sie. Unter einer Magnolie streckte sie die Hand aus und hielt ihn an, schaute mit ihrem Kindergesicht zu ihm hoch. „Aber als ich Sie heute abend wiedersah, wollte ich gern wissen, wie es Ihnen geht."

Er antwortete nicht, und sie fuhr fort.

„Sie haben immer Klavier gespielt."

Sie kamen unter einer Straßenlaterne vorbei, und sie blickte auf, als ob sie nach dem Zucken in seiner Wange sehen wollte.

„Draußen auf der großen Veranda wurde getanzt", sagte sie und ging weiter. „Lampions..."

„Das hab ich völlig vergessen, das stimmt", sagte er. „Vielleicht bin ich gar nicht der, den du meinst. Ich hab 'ne Menge Vettern, die alle Klavier spielen."

„Sie setzen Ihre FInger so auf die Tasten, als wollten Sie sagen, ‚jetzt sollt ihr mal sehen, wie's wirklich geht'", rief sie und drehte den Kopf weg. „Ich glaub, ich war furchtbar in Sie verknallt."

„In mich verknallt?" Er zündete ein Streichholz an und steckte sich eine Zigarette zwischen die Zähne.

„Nein – ja, und jetzt auch noch!" rief sie scharf, als ob sie ihm widersprechen müßte.

Sie kamen an dem kleinen Bahnhof vorbei, wo eine rastlose Rangierlokomotive zischte, und überquerten die dunkle Straße. Hier trifft die Vergangenheit mit der Gegenwart zusammen, dachte er, das hab ich nicht oft erlebt, und ich erlebe es wahrscheinlich nicht noch mal. Er faßte sie am Arm und führte sie durch die schmutzige Schwingtür ins All-Nite hinein.

Er wartete an der Theke, während sie schon Platz nahm und sich das Gesicht gründlich mit ihrem Taschentuch abrieb. Er brachte den schwarzen Kaffee selbst an den Tisch und lächelte sie beim Näherkommen an. Sie saßen unter einem Kalender, mit einem Bild, auf dem Mammutbäume gefällt wurden.

Sie sprachen nicht viel. Eine Fliege belästigte Carol. Als sie den Kaffee getrunken hatten, setzte er sie ins Taxi, einen alten Cadillac, der immer vor dem Bahnhof stand.

Bevor er die Taxitür zuschlug, sagte er mit hochgezogenen Brauen: „Hat mir Spaß gemacht... du bist richtig süß."

Da zerriß sie ihr Taschentuch. Sie hielt es hoch und fing an zu schluchzen. „Was ist schon süß an mir?" Er würde sich immer an ihren bestürzten Gesichtsausdruck erinnern.

„Daß du einfach so rausgekommen bist – im Regen – hierher..." Er schlug die Türe zu, auch weil er müde war.

Sie hielt den Atem an. „Ich hoffe, daß Ihr Freund nicht stirbt", sagte sie. „Ich hoffe so sehr, daß Ihr Freund wieder gesund wird."

Aber als er am nächsten Morgen aufwachte und im Krankenhaus anrief, war der Gitarrenspieler tot. Er war gestorben, während Harris im All-Nite gesessen hatte.

„Er war *doch* ein Mörder", sagte Mr. Gene und zog an Mikes Ohren. „Es war ganz einfach Mord. Ausgeschlossen, daß jemand das ein Kavaliersdelikt nennen könnte."

Der Mann, der Sobby hieß, weigerte sich nicht, ein Geständnis abzulegen. Er stand aufrecht da, drehte seinen Kopf leicht zur Seite und schaute fast lächelnd all die Männer an, die gekommen waren, um ihn in Augenschein zu nehmen. Mr. Gene, der mit Harris gekommen war, warf einen Blick auf ihn, ging dann hinaus und warf die Türe hinter sich zu.

Ob er nun in der Nacht geschlafen oder wachgelegen hatte, so war Sobby nur wenig eingefallen, was er sagen konnte. „Na klar, ich war's", sagte er zu dem Vorfall. „Ham's nicht alle gesehn, oder sind se vielleicht blind?"

Sie fragten ihn nach dem Mann, den er getötet hatte.

„Heißt Sanford", sagte er und stand, einen Fuß vorgestreckt, so still da, als versuche er, sich an etwas ganz Bestimmtes zu erinnern. „Aber er hatte keinen Pfennig und auch keine Familie. Genau wie ich. Wir beide, wir haben uns vor zwei Wochen zusammengetan." Er schaute ihnen wie hilfesuchend ins Gesicht. „Aber er war hochnäsig. Ein echter Aufschneider. Er lief mit 'ner Gitarre rum." Er wimmerte. „War seine Idee, mit dem Auto abzuhaun."

Harris war gerade vom Friseur zurück und stand an der Tankstelle, wo sein Wagen gewaschen wurde.

Ein Kreis kleiner Jungen in hellen Hemden, die ihnen aus der Hose heraushingen, umringten ihn und sein Auto. Hinter ihnen standen ein paar farbige Jungen.

„Ham se alles Blut vom Sitz und vom Steuerrad abgekriegt, Mr. Harris?"

Er nickte. Sie rannten weg.

„Mr. Harris", sagte ein kleiner farbiger Junge, der dageblieben war. „Wollen Sie den Kasten da?"

„Den was?"

Er deutete auf die Gitarre, die bei den Musterkoffern auf dem Rücksitz lag. „Die Gitarre von dem armen toten Mann. Nicht mal die Polizei wollte sie haben."

„Nein", sagte Harris und gab sie ihm.

EINE ERINNERUNG

Als ich noch ein Kind war, lag ich an einem Sommermorgen nach dem Schwimmen im kleinen See des Parks auf dem Sand. Die Sonne brannte herab – es war kurz vor Mittag. Das Wasser glänzte metallisch und unbewegt, nur hinter einem entfernten Schwimmer lief eine gefiederte Welle her. Von meinem Platz aus schaute ich auf ein hell leuchtendes Viereck, das richtig blendete, mit Sonne, Sand, Wasser, einem kleinen Pavillon, ein paar vereinzelten, reglosen Menschen, und eingefaßt wurde all dies von dunklen, kugelförmigen Eichen, die an die gravierten Gewitterwolken erinnerten, von denen Illustrationen in der Bibel umrahmt werden. Seit ich Zeichenunterricht nahm, hatte ich angefangen, mit den Fingern alles einzurahmen, was ich betrachtete.

Da es ein Vormittag mitten in der Woche war, waren die einzigen Personen, die es sich leisten konnten, im Park zu sein, entweder Kinder, die nichts zu tun hatten, oder jene alten Leute, deren Leben dunkel, unregelmäßig und in dem Bewußtsein, zu nichts mehr nütze zu sein, verläuft: Diese Beobachtung hielt ich damals fest. Ich war in einem Alter, wo ich mir über jeden Menschen, den ich traf, und jedes Ereignis, das ich miterlebte, ein Urteil bildete, und das, obwohl ich leicht einzuschüchtern war. Wenn ein Mensch oder ein Vorfall meinen vorgefaßten Meinungen oder gar meiner Hoffnung oder den Erwartungen nicht zu entsprechen schien, überfiel mich eine Schreckensvision von Verlassenheit und Wildheit, die mir wie ein Gefühl tiefer Trauer aufs Herz drückte. Meine Eltern, die glaubten, ich bekäme von der Welt nur das zu sehen, was ordentlich gezogen war wie ein Weinstock am Spalier in unserem Garten, wären tief beunruhigt gewesen, wenn sie geahnt hätten, wie oft ich Schwaches, Minderwertiges und seltsam Verzerrtes als ein Beispiel dafür nahm, was auf mich zukommen würde.

Selbst heute weiß ich noch nicht, was ich zu sehen erwartete; aber damals war ich fest davon überzeugt, daß ich es an jeder Ecke um ein

Haar gesehen hätte. Alles um mich herum genau zu beobachten, das hielt ich streng und sehr eigensinnig für ein wahres *Bedürfnis*. Diesen ganzen Sommer lang hatte ich am Ufer des kleinen Sees im Sand gelegen, mit den Händen meine Augen umrahmt, wobei sich meine Fingerspitzen berührten, und durch diesen einfachen Trick alles gesehen: Es schien eine Art Bild zu sein. Es war mir nicht wichtig, was ich betrachtete; aus jeder Beobachtung folgerte ich, daß sich mir ein großes Geheimnis des Lebens fast erschlossen hätte – denn ich war besessen von der Vorstellung des Verborgenen, und die kleinste Drehung eines Fremden bedeutete für mich eine Mitteilung oder eine böse Vorahnung.

Dieses Hochgefühl steigerte sich noch oder wurde überhaupt erst durch die Tatsache hervorgerufen, daß ich damals zum ersten Mal verliebt war: Ich hatte die Liebe sofort als solche erkannt. Es ist wahr, daß seitdem keine Leidenschaft, die ich empfunden habe, so hoffnungslos in meinem Inneren begraben blieb, oder sich nach außen hin so grotesk verzerrt darstellte. Es ist merkwürdig, daß ich mich selbst heute noch manchmal glasklar an einen bestimmten Vormittag erinnere, als ich (wie aus Versehen, und er tat so, als hätte er es nicht bemerkt) meinen Freund am Handgelenk berührte, während wir auf der Schultreppe aneinander vorbeigingen. Ich muß hinzufügen, und das ist wiederum nicht so merkwürdig, daß ich mit dem Jungen nicht wirklich befreundet war. Wir hatten nie ein Wort miteinander gewechselt oder uns auch nur zugenickt; aber ich dachte in diesem Jahr immer und immer wieder an diese kurze und flüchtige Begegnung auf der Treppe, bis sie ganz plötzlich und überwältigend schön vor meinem inneren Auge dastand, wie eine Rose, die für einen wichtigen Anlaß zum verfrühten Blühen gebracht wird.

Meine Liebe hatte irgendwie den strengen Blick noch verschärft, mit dem ich alles beobachtete, was um mich herum vorging. Durch die Intensität meiner Beobachtungen und meiner Träume führte ich fast ein Doppelleben. Es war mir sehr wichtig, daß sich alle Ereignisse, denen ich zuschaute, in Einklang mit meinen Vorstellungen von ihnen befanden. Das Ergebnis war, daß ich den ganzen Tag lang in der Schule ängstlich angespannt erwartete, daß sich etwas völlig Unpassendes ereignen würde. Die Langeweile und Regelmäßigkeit des Schultages bedeuteten mir Schutz, aber ich erinnere mich noch klar an die Lateinstunde, in der sich der Junge, den ich liebte (und den ich pausenlos beobachtete) plötzlich nach vorne beugte und sein Taschentuch ans Gesicht preßte. Ich sah, wie rotes – scharlachrotes – Blut über sein Taschentuch und seine eckige Hand floß; er hatte Nasenbluten. Ich erinnere mich noch genau an den Augenblick: Ein paar der älteren Mädchen kicherten wegen der Aufregung und des Durcheinanders; der Junge verließ eilig den Raum; die Lehrerin ermahnte uns scharf. Aber dieses kleine Mißgeschick, das meinen Freund getroffen hatte, war für mich ein Riesenschock; es war nicht vorherzusehen gewesen, aber zugleich hatte ich so etwas befürchtet; als ich dies schlagartig erkannte, stützte ich mich plötzlich schwer auf meinen Arm und wurde ohnmächtig. Ist das eine Erklärung dafür, warum ich seit jenem Tag kein Blut mehr sehen kann?

Ich erfuhr nie, wo dieser Junge wohnte oder wer seine Eltern waren. Dies verursachte während des Jahres, in dem ich ihn liebte, eine ständige Unruhe. Es war ein unerträglicher Gedanke für mich, daß sein Haus verwahrlost und ungestrichen sein könnte, hinter hohen Bäumen versteckt, daß seine Mutter und sein Vater knauserig – verlogen – verkrüppelt – oder tot sein könnten. Ich malte mir endlos die Gefährlichkeit des Hauses aus, in dem er wohnte. Manchmal stellte ich mir vor, daß dort nachts ein Feuer ausbrechen und er umkommen könnte. Wenn er am nächsten Morgen ins Klassenzimmer kam, zerstörte der Ausdruck von Sorglosigkeit oder sogar Blödheit in seinem Gesicht meinen Traum. Aber meine Ängste wurden durch seine Ahnungslosigkeit noch verstärkt, denn ich empfand, daß ihn ein Geheimnis umgab, das noch abgrundtiefer war als jede Gefahr. Ich beobachtete alles, was er tat, und versuchte, es zu verstehen, für mich zu übersetzen und auf seine Richtigkeit hin zu überprüfen. Ich könnte Ihnen noch heute die dicken Maschen, den genauen Farbton seines verwaschenen blauen Pullovers beschreiben. Ich sehe noch, wie er in seiner Bank immer mit dem Fuß schlenkerte – ganz zart und fast ohne den Boden zu berühren. Selbst heute kommt mir das nicht wie etwas Alltägliches vor.

Als ich an diesem sonnigen Morgen am Seeufer lag, dachte ich an meinen Freund und schmückte mir wieder einmal in aller Ruhe aus, wie meine Finger über sein Handgelenk gefahren waren. Das war der Stoff für eine sehr lange Geschichte. Aber wie eine Nadel, die sich auf und ab durch meine Gedanken stichelte, waren da die über den Sand rennenden Kinder, die ausladenden Eichen über dem neuen spitzen Dach des weißen Pavillons und die trägen Erwachsenen, die der Stadt entflohen waren und lachend lang ausgestreckt am Rand des Wassers lagen. Ich könnte noch immer nicht sagen, was wirklicher war – der Traum, den ich nach eigener Lust und Laune ausspinnen konnte, oder der Anblick der Badenden. Ich gebe beides so wieder, als hätte es sich gleichzeitig abgespielt.

Ich hatte nicht bemerkt, wie die Badenden hierhergekommen waren, so dicht neben mich. Vielleicht war ich wirklich eingeschlafen, und sie waren währenddessen angekommen. Jedenfalls räkelte sich ganz in meiner Nähe eine Gruppe lauter, durch irgendeinen Zufall bunt zusammengewürfelter Leute, die es verrückterweise darauf abgesehen zu haben schienen, einander zu beleidigen, und die das für ein Riesenvergnügen hielten, was mich zutiefst erstaunte. Es waren ein Mann, zwei Frauen und zwei kleine Jungen. Sie sahen braungebrannt und verwildert aus, waren aber keine Ausländer. Als ich ein Kind war, wurden solche Leute „gewöhnlich" genannt. Sie trugen alte und verschossene Badeanzüge, die weder die Energie noch die Schlaffheit ihrer Körper verdeckten, sondern sie ganz deutlich zeigten.

Die Jungen müssen Brüder gewesen sein, denn beide hatten weißblondes, glattes Haar, das im rötlichen Sonnenlicht wie Distelköpfe glänzte. Der ältere Junge war zu schnell gewachsen – er mußte auf Schritt und Tritt an seiner Hose herumzerren. Seine Backen waren wie Luftballons aufgeblasen. Seine Augen verschwanden dahinter, aber es fiel mir leicht, seinen blitzschnellen, verschlagenen Blicken zu folgen, während er schwerfällig um die anderen herumlief und sie mit Knüffen, Stößen und idiotischen Geräuschen plagte. Der kleinere Junge war dünn und frech, seine hellen Simpelfransen klebten an der Stirn, weil er immer wieder kopfüber in den See sprang, wenn das ältere Kind hinter ihm herlief, um ihn zu drangsalieren.

Der Rest der kleinen Gruppe, der Mann und die beiden Frauen, lagen mit ineinander verschränkten Beinen da. Der Mann sah aus, als hätte er sich der Hitze und der blendenden Sonne völlig hingegeben; sein entspannter Blick schweifte manchmal stillvergnügt über das blitzende Wasser und den heißen Sand. Seine schwammigen Arme bewegten sich nicht. Er lag auf die Seite gedreht da und häufte von Zeit zu Zeit einen lockeren Berg Sand auf die Beine der älteren Frau.

Die starrte auf seine langsamen, ungleichmäßigen Bewegungen und lag vollkommen still da. Sie war unnatürlich weiß und war sich ihrer Fülle bewußt; der Badeanzug, den sie trug, stand ihr überhaupt nicht. Fett hing an ihren Oberarmen wie ein abgefangener Erdrutsch an einem Hügel. Ich befürchtete, daß sie bei der ersten Bewegung in sich zu einem grauenhaften Haufen zusammensacken würde. Ihre Brüste hingen wie pralle Birnen in ihren Badeanzug hinein. Sie hatte ihre ausgestreckten Beine wie schattige Bollwerke übereinandergeschlagen, ungleichmäßig und nackt, und darauf türmte sich aus der Hand des Mannes der Sand immer höher, wie eine scherzhafte Drohung, daß er sie ganz begraben und vergessen würde. Ein träges, anhaltendes Geräusch, das ich, ohne darauf zu achten, schon lange gehört hatte, erkannte ich jetzt als fortwährendes Lachen, das aus dem reglos geöffneten Mund der Frau wie aus einem Beutel herauskam.

Das junge Mädchen, das zu Füßen des Mannes lag, hatte sich eng zusammengerollt. Es trug einen leuchtend grünen Badeanzug, aus dem es, das fühlte ich, wie aus einer Flasche mit einer zischenden Rauchsäule herausplatzen könnte. Ich spürte eine geradezu geisterhafte Wut in seiner schmalen Gestalt, als es gleichzeitig vorwärts zu kriechen und still zu liegen schien, während es beobachtete, wie der Mann in seiner sorglosen Art Sand auf den dicken Beinen der älteren Frau aufhäufte. Die zwei kleinen Jungen rannten in Ellipsenbahnen um die anderen herum, zwickten sie wahllos und warfen dem Mann Sand in seine wilde Mähne, als hätten sie keine Angst vor ihm. Die Frau lachte ständig weiter, ganz als summe sie einen lästigen Ohrwurm. Ich erkannte, daß sie sich gegenseitig mit ihrer Frechheit und Häßlichkeit abgefunden hatten.

Die Leute hatten kein Wort miteinander gesprochen, aber ich ahnte einen Verlauf, einen regelrechten Kreislauf von Antworten, die sie einander auf ihre eigene, wortlose Art an den Kopf warfen, eine

Mischung aus Gemeinheit und Haß, die zwischen ihnen waberte wie der Dunst, der aus dem feuchten Sand aufstieg. Ich sah, wie der Mann seine mit brockigem Sand gefüllte Faust hob, sie vor der lachenden Frau hin- und herschüttelte, und ihr den Kloß in den Badeanzug zwischen die knolligen, herabhängenden Brüste fallen ließ. Da hing er, braun und ungestalt, und brachte alle zum Lachen. Selbst das schlechtgelaunte Mädchen lachte, mit einer hartnäckigen Heiterkeit, die es zum Aufspringen zwang und auf seinen steifen, verkrampften Beinen hopsend und staksend am Ufer herumscheuchte. Die kleinen Jungen deuteten mit dem Finger und stießen ein Geheul aus. Der Mann lächelte, wie hechelnde Hunde zu lächeln scheinen, und streifte sie alle und den See mit einem gleichgültigen Blick. Er schaute sogar mich an und bezog mich mit ein. Als ich seinen Blick entgeistert erwiderte, wünschte ich ihnen allen den Tod.

Aber in diesem Augenblick raste das Mädchen in dem grünen Badeanzug plötzlich wieder zurück. Es streckte die steifen Arme nach den kreischenden Kindern aus und verfolgte sie in einer sinnlosen Jagd. Der kleinere Junge sprang kopfüber ins Wasser, und der größere sauste mit seinem aufgeschossenen Körper durch die blaue Luft auf eine kleine Bank zu, von der ich noch nicht einmal gewußt hatte, daß sie dastand! Er rief den anderen spöttisch etwas zu, die daraufhin lachten, als er schwerfällig und grotesk über die Lehne der Bank sprang und sich ziemlich übertrieben auf dem Sandboden dahinter abrollte. Die dicke Frau beugte sich über den Mann und grinste hämisch, und das Kind deutete schreiend mit dem Finger auf sie. Dann raste das Mädchen in Grün auf die Bank zu, als wollte es sie umwerfen, und sprang mit einem Ungestüm, der mir den Atem nahm, hoch in die Luft und über die Bank hinweg. Aber niemand außer dem kleinen Jungen schien das überhaupt zu bemerken, der aus dem Wasser angerannt kam, und ihr halb anerkennend, halb spöttisch die Finger in die Seite bohrte. Sie warf ihn ärgerlich in den Sand.

Ich schloß die Augen, um sie und ihre Streitigkeiten nicht sehen zu müssen, aber ich sah sie trotzdem noch groß und fast metallisch glänzend, mit aufgemaltem Lächeln, in der Sonne. Ich lag dort mit zusammengekniffenen Augen und lauschte ihrem Gemecker und ihrem wüsten Geschrei. Es kam mir so vor, als ob ich auch den dumpfen

Aufprall hören konnte, mit dem ihre häßlichen, dicken Leiber aufeinanderklatschten. Ich versuchte mich in meinen liebsten Traum zurückzuziehen, der davon handelte, wie ich den Jungen, den ich liebte, auf der Treppe am Handgelenk berührt hatte. Ich spürte, daß der Schauder meiner Sehnsucht die Dunkelheit hinter meinen geschlossenen Augen wie Laub erzittern ließ; ich empfand die schwere Süße, die bei dieser Erinnerung immer aufkam; aber die Erinnerung selbst stellte sich nicht ein.

Ich lag dort und öffnete und schloß die Augen. Das grelle Licht und die darauffolgende Dunkelheit waren wie die abwechselnden Erfahrungen von Tag und Nacht. Die Süße meiner Liebe schien mir das Dunkel zu bringen und mich sanft in ihren schwebenden Luftströmen zu wiegen; ich sank in die vertrauten Gefühle zurück; aber die Geschichte meiner Liebe, die lange Erzählung von dem Ereignis auf der Treppe, war spurlos verschwunden. Ich kannte nicht mehr die Bedeutung meines Glückes; es hielt mich ohne Erklärung umfangen.

Einmal, als ich aufschaute, stand die dicke Frau dem lächelnden Mann gegenüber. Sie beugte sich vor, zog mit herablassender Gebärde das Oberteil von ihrem Badeanzug herunter und stülpte es nach außen, so daß der Klumpen von zusammengepreßtem Sand herausfiel. Mein Entsetzen war am Höhepunkt angelangt, so als wären ihre Brüste selbst zu Sand geworden, so als wären sie ohne jede Bedeutung, und sie schere sich einen Dreck darum.

Als ich schließlich wieder aus der Geborgenheit meines Traumes auftauchte, aus diesem unbestimmten Ernst meiner Liebe, öffnete ich die Augen und sah das verschwimmende Bild eines leeren Strandes vor mir. Die Gruppe der Fremden war fortgegangen. Nur ich lag noch dort und fühlte mich verletzt beim Anblick der unvollendeten Bollwerke, zu denen sie den feuchten Sand um ihre Körper herum aufgehäuft und geformt hatten. Der Strand war dadurch wie nach einem Sturm ganz zerstört. Ich sah nicht mehr hin und empfand plötzlich für den nächsten Gegenstand, den meine Augen erkannten, den kleinen verwitterten weißen Pavillon, ein so großes Mitleid, daß ich in Tränen ausbrach.

Dies war mein letzter Vormittag am Strand. Ich weiß, daß ich noch länger dort liegen blieb, durch den viereckigen Rahmen meiner Finger schaute und versuchte, mir die Zeit des Schulanfangs im Winter vorzustellen. Ich stellte mir vor, wie der Junge, den ich liebte, ins Klassenzimmer hereinkam, und wie ich ihn beobachtete. Diese Stunde am Strand würde zu meinem wiedererstandenen Traum gehören und meine Liebe noch verstärken. Ich konnte sogar vorhersehen, wie er mich wortlos und unschuldig anstarren würde, ein mittelgroßer Junge mit blondem Haar, und wie seine ahnungslosen Augen über mich hinweg zum Fenster hinausschauen würden, ganz einsam und schutzlos.

CLYTIE

Es war spät an einem Nachmittag mit schweren silbernen Wolken, die größer als Baumwollfelder aussahen, und es fing gerade zu regnen an. Noch vom Sonnenlicht beschienen, fielen große runde Tropfen auf die heißen Blechschuppen und machten Flecken auf die weißgetünchten falschen Fassaden der Ladenreihe in der Kleinstadt namens Farr's Gin. Eine Glucke rannte kopflos über die Straße, die gelben Küken wie aufgefädelt hinterher. Der Staub wurde flußbraun, und Vögel flogen herunter, drückten kleine Wannen in den Staub und nahmen darin ein Bad. Die Hühnerhunde erhoben sich in den Ladeneingängen, schüttelten sich bis hinunter zur Schwanzspitze und legten sich drinnen wieder hin. Die wenigen Menschen warfen lange Schatten auf der ebenen Straße und gingen hinüber ins Postamt. Ein kleiner Junge stieß seinem Maulesel die nackten Füße in die Flanken, und das Tier trottete langsam aus der kleinen Stadt heraus.

Nachdem alle anderen Schutz gesucht hatten, blieb Miss Clytie Farr naß wie die kleinen Vögel auf der Straße stehen und starrte in ihrer kurzsichtigen Art geradeaus.

Normalerweise trat sie nachmittags um diese Zeit aus dem alten großen Haus und eilte durch die Stadt. Sie rannte unter dem einen oder anderen Vorwand herum. Eine Zeitlang gab sie mit sanfter Stimme Erklärungen von sich, die niemand verstehen konnte, und dann begann sie Rechnungen auszustellen, die, wie das Postfräulein meinte, ebensowenig bezahlt werden würden wie die von allen anderen Leuten auch, selbst wenn die Farrs sich zu gut dünkten, um mit anderen Umgang zu pflegen. Aber jetzt lief Clytie jeden Tag ziellos herum. Keiner sprach mehr mit ihr; sie war in so großer Eile, daß sie niemanden mehr erkannte. Und jeden Samstag warteten sie darauf, daß sie überfahren würde, so wie sie bei all den Pferdefuhrwerken und Lastautos auf die Straße hinausschoß.

Die Frauen, die in der Tür standen, um die Kühle zu genießen, meinten, daß Miss Clytie vielleicht ganz einfach den Verstand verloren hatte, ganz wie es bei ihrer Schwester gewesen war. Jetzt wartete sie da draußen nur darauf, nach Hause geschickt zu werden. Sie würde alles, was sie am Leib trug, auswringen müssen – die Bluse und den Kleiderrock und die langen schwarzen Strümpfe. Auf ihrem Kopf saß einer von diesen Strohhüten aus dem Möbelladen, aufgeputzt mit einem alten schwarzen Satinband, damit er wie ein besserer Hut aussah, und unter dem Kinn festgebunden. Die Frauen konnten beobachten, wie der Hut jetzt im Regenguß langsam auf beiden Seiten heruntersackte, bis er noch absurder und kläglicher aussah, wie eine alte Haube auf einem Pferdekopf. Und tatsächlich stand Miss Clytie fast mit der Geduld eines Tieres da draußen im Regen und streckte ihre langen, dünnen Arme leicht seitlich von sich ab, als ob sie darauf wartete, daß etwas die Straße entlang käme und sie zu einem Schutzdach fahren würde.

Kurz darauf donnerte es.

„Miss Clytie! Gehn Sie aus dem Regen, Miss Clytie!“ rief jemand.

Die alte Jungfer schaute sich nicht um, sondern ballte ihre Hände zu Fäusten zusammen und steckte sie unter die Achseln. Dabei streckte sie die Ellenbogen wie zwei Hühnerflügel von sich und rannte weg, wobei ihr der armselige Schlapphut um die Ohren schlug.

„Na ja, da läuft Miss Clytie“, sagten die Damen, und eine von ihnen hatte eine böse Vorahnung.

Sie rannte im strömenden Regen nach Hause, durch den schmalen Hohlweg unter den vier triefenden schwarzen Zypressen, die so bitter rochen wie Rauch.

„Wo zum Teufel hast du gesteckt?“ rief ihre ältere Schwester Octavia aus einem Fenster im oberen Stock.

Clytie schaute hinauf und sah gerade noch, wie der Vorhang zurückfiel.

Sie ging ins Haus und wartete zitternd im Flur. Er war dunkel und leer. Es fiel nur etwas Licht auf das weiße Laken, mit dem das einzige Möbelstück abgedeckt war, ein Harmonium. Die roten Vorhänge an der Salontür, von Elfenbeinhänden zusammengehalten, wirkten in dem ungelüfteten Haus so bewegungslos wie Baumstämme. Alle Fenster waren geschlossen und alle Jalousien heruntergelassen, und trotzdem konnte man draußen den Regen hören.

Clytie ging mit Streichhölzern zum Treppenpfosten, auf dem eine Bronzestatue von Hermes eine Gaslampe hochhielt. Und direkt darüber, beleuchtet und reglos, als wäre sie eines der anderen bewegungslosen Relikte im Haus, stand Octavia wartend auf der Treppe.

Sie stand felsenfest auf dem Treppenabsatz vor dem Fenster aus violettem und zitronengelbem Glas, und ihre runzligen, rastlosen Hände fingerten an der Diamantbrosche in Form eines Füllhorns herum, die wie immer am Ausschnitt ihres langen schwarzen Kleides steckte. Das Streicheln des Füllhorns war eine ihr ganz eigene, immer wieder frische, großartige Bewegung.

„Es ist anscheinend nicht genug, daß wir hier warten – hungrig", sagte Octavia, während Clytie unten wartete. „Aber du mußt dich natürlich fortschleichen und antwortest nicht, wenn ich dich rufe. Du läufst davon und treibst dich auf den Straßen herum. Gewöhnlich – einfach gewöhnlich!"

„Ist ja gut, Schwester", brachte Clytie heraus.

„Aber du kommst immer zurück."

„Natürlich ..."

„Gerald ist schon wach, Papa auch", sagte Octavia mit derselben rechthaberischen Stimme – einer lauten Stimme, die es gewohnt war, zu schreien.

Clytie ging in die Küche und zündete das Reisig im Holzofen an. Sie stand vor dem offenen Türchen, als ob sie im Juni vor Kälte fröre, und bald erhellte ein lebendiger freudiger Ausdruck ihr Gesicht, das in den letzten Jahren trotz des Strohhutes vom Wetter gegerbt worden war. Jetzt spann sie ihren Traum weiter aus. Auf der Straße hatte sie an das Gesicht eines Kindes gedacht, das sie gerade gesehen hatte. Das Kind, das ein anderes gleichaltriges Kind mit einer Spielzeugpistole verfolgte, hatte sie so offen, heiter und vertrauensvoll angeschaut, als sie vorbeigegangen war! In Gedanken an dieses kleine, friedvolle Gesicht versunken, das rosig war wie diese Flamme, ganz wie eine Inspiration, die alle andern Gedanken verscheucht, hatte Clytie sich selbst vergessen und mußte dort mitten auf der Straße einfach stehenbleiben. Aber es hatte zu regnen begonnen, und jemand hatte ihr etwas zugerufen, und es war ihr nicht gelungen, ihre Betrachtung zu Ende zu führen.

Es war jetzt schon lange her, seit Clytie damit angefangen hatte, Gesichter genau zu beobachten und über sie nachzudenken.

Jeder hätte einem sagen können, daß Farr's Gin nicht mehr als 150 Einwohner zählte, „Neger mitgerechnet". Und doch waren es für Clytie unzählbar viele Gesichter. Sie verstand es jetzt, ein Gesicht langsam und vorsichtig zu betrachten; sie war davon überzeugt, daß es unmöglich sei, alles auf einmal wahrzunehmen. Das erste, was ihr immer an einem Gesicht auffiel, war die Tatsache, daß sie es noch nie gesehen hatte. Als sie damit anfing, auf die wirklichen Mienen von Menschen zu achten, gab es auf der Welt nichts Vertrautes mehr für sie. Der tiefgründigste, der allerbewegendste Anblick auf der ganzen Welt mußte ein Gesicht sein. War es möglich, die Augen und Münder anderer Menschen zu verstehen, die weiß der Himmel was verbargen und die insgeheim nach noch mehr Unbekanntem fragten? Das geheimnisvolle Lächeln des alten Mannes, der an der Kirchentür Erdnüsse verkaufte, kam ihr wieder in den Sinn; sein Gesicht schien sich einen Augenblick lang auf der eisernen Ofentür auszuruhen, versenkt in die Mähne des Löwen. Andere Leute meinten, daß Mr. Tom Bates Boy, wie er sich nannte, ausdruckslos und blank wie ein Melonenkern in die Gegend starrte, aber für Clytie, die Sandkörner in seinen Augen und auf seinen alten gelben Lidern entdeckte, hätte er ebensogut wie ein Ägypter aus einer Wüste auftauchen können.

Aber während sie an Mr. Tom Bates Boy dachte, kam ein furchtbarer Windstoß, der sie zurückwarf, und sie drehte sich um. Die lange grüne Jalousie am Fenster blähte sich und fiel wieder in sich zusammen. Das Küchenfenster stand weit offen – sie selbst hatte es geöffnet. Sie schloß es vorsichtig. Octavia, die für nichts in der Welt ganz die Treppe herunterkam, hätte ihr ein offenes Fenster niemals verziehen, wenn sie davon gewußt hätte. Regen und Sonne bedeuteten in Octavias Vorstellungen Ruin. Clytie ging durch das ganze Haus und überprüfte, ob alles dicht war. Es war nicht so, daß der Ruin als solcher Octavia störte. Ruin oder gar der Diebstahl unbezahlbarer Schätze und erst recht Armut erschreckten sie nicht; es war ganz einfach das verstohlene Hereinspähen, das sie nicht ertragen konnte. All dies konnte man von ihrem Gesicht ablesen.

Clytie bereitete auf dem Herd drei Mahlzeiten zu, denn alle wollten etwas anderes essen, und richtete die drei Tabletts her. Sie mußte sie in einer bestimmten Reihenfolge die Treppe hochtragen. Sie runzelte vor Anstrengung die Stirn, denn es war schwer, die Gerichte auseinanderzuhalten, damit zum Schluß alles stimmte, was für die alte Lethy ein Leichtes gewesen war. Sie hatten der alten Köchin schon vor langer Zeit kündigen müssen, als ihr Vater seinen ersten Schlaganfall hatte. Ihr Vater hatte die alte Lethy gerngehabt, sie war früher sein Kindermädchen gewesen, und sie war sogar wieder vom Land angereist gekommen, um ihn zu besuchen, als sie hörte, daß es mit ihm zu Ende ging. Die alte Lethy hatte an die Hintertür geklopft. Und wie üblich bei jeder Störung, egal ob vorn oder hinten am Haus, hatte Octavia hinter dem Vorhang gestanden, hinuntergespäht und geschrien „Geh weg, geh weg! Was zum Teufel willst du hier?“ Und obwohl die alte Lethy und ihr Vater darum gebettelt hatten, einander sehen zu dürfen, hatte Octavia genauso geschrien wie immer und den Eindringling weggeschickt. Clytie hatte wie gewöhnlich wortlos in der Küche gestanden, bis sie schließlich ihrer Schwester nachplapperte „Lethy geh weg“. Aber ihr Vater war nicht gestorben. Statt dessen war er gelähmt und blind, konnte nur unverständliche Laute ausstoßen und ausschließlich flüssige Nahrung zu sich nehmen. Hin und wieder kam Lethy noch immer an die Hintertür, aber sie ließen sie nie herein, und der alte Mann hörte und verstand nicht mehr genug, um zu bitten, sie zu sehen. Nur ein einziger Besucher durfte sein Zimmer betreten. Jede Woche einmal kam der Friseur zu einer bestimmten Stunde, um ihn zu rasieren. Dabei sprach niemand auch nur ein Wort.

Clytie ging zuerst ins Zimmer ihres Vaters und stellte das Tablett auf dem kleinen Marmortisch ab, der neben seinem Bett stand.

„Ich will Papa füttern“, sagte Octavia und nahm ihr die Schüssel aus der Hand.

„Du hast ihn letztes Mal gefüttert“, sagte Clytie.

Sie ließ die Schüssel los und schaute hinunter auf das spitze Gesicht auf dem Kissen. Morgen war Rasiertag, und die spitzen schwarzen Stoppeln, die niemals länger wurden, staken wie Nadeln überall aus den eingefallenen Backen heraus. Der alte Mann hielt seine Augen halb geschlossen. Es war unmöglich, herauszufinden, was er empfand. Er sah so aus, als ob er sich ganz weit weg befände, vernachlässigt, frei ... Octavia fing an, ihn zu füttern.

Ohne die Augen vom Gesicht ihres Vaters abzuwenden, fing Clytie plötzlich an, hastig und bitter auf ihre Schwester einzureden, und dabei benützte sie die schlimmsten Worte, die ihr nur einfielen. Aber bald begann sie zu weinen und rang nach Luft wie ein kleines Kind, das von den großen Buben ins Wasser gestoßen worden ist.

„Jetzt reicht's", sagte Octavia.

Aber Clytie konnte die Augen nicht vom unrasierten Gesicht und dem immer noch offenstehenden Mund ihres Vaters abwenden.

„Und ich füttere ihn auch morgen, wenn ich Lust dazu habe", sagte Octavia. Sie stand auf. Ihr dickes Haar, das nach einer Krankheit wieder gewachsen und fast purpurrot gefärbt war, fiel nach vorn. Die langen Ziehharmonikafalten ihres Kleides, die am hochgeschlossenen Ausschnitt entsprangen und die ganze Länge hinunterliefen, öffneten und schlossen sich beim Atmen über ihrer Brust. „Hast du Gerald vergessen?" fragte sie. „Und ich bin auch hungrig."

Clytie ging in die Küche zurück und brachte ihrer Schwester das Abendessen.

Dann brachte sie ihrem Bruder das Essen.

Geralds Zimmer war dunkel, und sie mußte sich durch die übliche Barrikade hindurcharbeiten. Der Geruch nach Whisky hing überall; er verpuffte sogar in der Streichholzflamme, als sie die Gaslampe anzündete. „Es ist schon dunkel", sagte Clytie gerade.

Gerald lag auf dem Bett und schaute sie an. Bei der schlechten Beleuchtung sah er seinem Vater ähnlich.

„Es ist noch mehr Kaffee in der Küche", sagte Clytie.

„Kannst du ihn mir bringen?" fragte Gerald. Er starrte sie ernst und erschöpft an.

Sie beugte sich nach vorn und stützte ihn. Er trank den Kaffee, während sie sich mit geschlossenen Augen über ihn beugte und sich dabei etwas ausruhte.

Jetzt schubste er sie weg und fiel aufs Bett zurück und fing zu erzählen an, wie schön es gewesen war, als er unten an der Straße ein eigenes kleines Haus gehabt hatte, ganz neu, mit allem Komfort, Gasherd, elektrisches Licht, als er mit Rosemarie verheiratet war. Rosemarie – sie hatte einen Job in der benachbarten Stadt aufgegeben, nur um ihn zu heiraten. Wie war es nur dazu gekommen, daß sie ihn so schnell verlassen hatte? Es hatte doch nichts bedeutet, daß er ihr immer gedroht hatte, sie zu erschießen, es war doch nicht so schlimm, daß er das Gewehr auf ihre Brust gerichtet hatte. Sie hatte es falsch verstanden. Er wollte ihr damit nur zeigen, wie gut es ihm ging. Es war nur als ein Spiel gemeint. In gewissem Sinn hatte er ihr damit nur sagen wollen, daß er sie auch über den Tod hinaus liebte.

„Über den Tod hinaus", wiederholte er und schloß die Augen.

Clytie antwortete nichts. Octavia hingegen mußte immer das letzte Wort haben, und diese Szenen endeten mit einem Tränenausbruch Geralds.

Vor dem geschlossenen Fenster fing eine Spottdrossel zu flöten an. Clytie hielt den Vorhang auf und preßte ihr Ohr an die Scheibe. Es hatte aufgehört zu regnen. Der Vogelgesang tropfte hell durch die pechschwarzen Bäume und die Nacht herunter.

„Scher dich zum Teufel", sagte Gerald. Sein Kopf steckte unter dem Kissen.

Sie nahm das Tablett und verließ Gerald mit seinem versteckten Gesicht. Sie brauchte ihre Geschwister nicht mehr anzuschauen. Ihre Gesichter schoben sich sowieso immer dazwischen.

Sie eilte hinunter in die Küche und fing zu essen an.

Die Gesichter schoben sich zwischen ihr Gesicht und ein anderes. Es waren Gesichter, die sich schon vor langer Zeit vorgedrängt und dadurch ein Gesicht verdeckt hatten, das zu ihr herübergeschaut hatte. Und jetzt fiel es ihr schwer, sich daran zu erinnern, wie es aussah, oder wann sie es zum ersten Mal gesehen hatte. Es mußte in ihrer Jugend gewesen sein. Ja, es war in einer Art Laube, hatte sie nicht gelacht und sich vorgebeugt... Und dann diese Vision eines Gesichtes – es sah etwa wie all die anderen Gesichter aus, wie das des treuherzigen Kindes, wie das des arglosen alten Reisenden, sogar wie das des habsüchtigen Friseurs und das Lethys und auch wie die Gesichter der vorbeiziehenden Hausierer, die der Reihe nach an der Tür klopften, ohne eine Antwort zu erhalten – und doch war das Gesicht ganz anders, und viel, viel mehr – dieses Gesicht war ihr einmal sehr nahe gewesen, fast vertraut, fast erreichbar. Und dann drängte sich Octavias Gesicht dazwischen, und ein andermal das vom Schlaganfall zerstörte Gesicht ihres Vaters und das Gesicht ihres Bruders Gerald und das Gesicht ihres Bruders Henry mit dem Einschußloch in der Stirn... Einzig wegen ihrer Ähnlichkeit mit dieser Vision betrachtete sie prüfend die geheimnisvollen, rätselhaften, unverwechselbaren Gesichter, die ihr auf der Straße von Farr's Gin begegneten.

Aber immer gab es eine Unterbrechung. Wenn jemand etwas zu ihr sagte, dann floh sie. Wenn sie kommen sah, daß sie jemandem auf der Straße begegnen würde, dann konnte es geschehen, daß sie hinter einen Strauch huschte und sich einen kleinen Zweig vor das Gesicht hielt, bis der andere vorbeigegangen war. Wenn jemand sie bei ihrem Namen rief, wurde sie zuerst rot, dann blaß, und sah, wie eine der Damen im Laden bemerkte, irgendwie *enttäuscht* aus.

Sie wurde auch immer ängstlicher. Das erkannten die Leute daran, daß sie sich nie mehr herausputzte. Jahrelang erschien sie immer mal wieder in „großer Garderobe", ganz in Jagdgrün, mit einem Hut, der wie ein Eimer über ihr Gesicht gestülpt war, mit einem grünen Seidenkleid, sogar mit grünen spitzen Schuhen. Sie lief in dieser Garderobe mit allem Drum und Dran einen Tag lang herum, wenn es ein schöner Tag war, und am nächsten Morgen steckte sie wieder in ihrem verwaschenen Kleiderrock und hatte ihren alten Hut unter dem Kinn festgebunden, als ob die große Garderobe nur ein Traum gewesen wäre. Aber jetzt war es schon lange her, daß Clytie sich so herausgeputzt hatte, daß man sie gleich sah, wenn sie daherkam.

Wenn eine Nachbarin sie manchmal aus Freundlichkeit oder nur aus Neugier nach ihrer Meinung zu irgend etwas fragte – etwa zu einem Häkelmuster –, dann rannte sie nicht weg, sondern sagte mit einem dünnen, verlegenen Lächeln und kindlicher Stimme „es ist schön". Aber die Damen fügten immer hinzu, daß nichts auf die Dauer schön blieb, wenn es dem Farr'schen Haus irgendwie zu nahe kam.

„Der ist schön", sagte Clytie, als ihre alte Nachbarin ihr den blühenden Rosenbusch zeigte, den sie gerade gepflanzt hatte.

Aber keine Stunde später kam sie aus dem Haus gelaufen und schrie: „Meine Schwester Octavia sagt, daß Sie diesen Rosenbusch umpflanzen müssen! Meine Schwester Octavia sagt, daß Sie diesen Rosenbusch umpflanzen müssen, weg von unserem Zaun! Wenn Sie das nicht machen, dann bring ich Sie um! Weg damit!"

Und auf der anderen Seite von den Farrs wohnte eine Familie mit einem kleinen Jungen, der immer in seinem Gärtchen spielte. Octavias Katze kroch oft unter dem Zaun durch, und dann hob er sie hoch und hielt sie im Arm. Dabei sang er der Farr'schen Katze ein bestimmtes Lied vor. Clytie kam aus dem Haus geschossen und brannte darauf, Octavias Botschaft auszurichten. „Laß das sein, laß das sein!" rief sie kummervoll. „Wenn du das noch einmal machst, dann muß ich dich umbringen!"

Und sie rannte zu den Gemüsebeeten zurück und fing zu fluchen an.

Das Fluchen war neu, und sie fluchte leise, wie eine Sängerin, die ein Lied zum ersten Mal probiert. Aber sie konnte nicht aufhören damit. Worte, die Clytie am Anfang noch entsetzten, kamen jetzt in einem breiten, hellen Strom aus ihrer Kehle. Trotzdem fühlte sie sich bald darauf merkwürdig entspannt und ausgeruht. Sie fluchte ganz allein im friedlichen Gemüsegarten vor sich hin. Alle meinten mit mißbilligendem Unterton, daß sie ja nur ihre ältere Schwester nachäffte, die vor Jahren in denselben Teil des Gartens gegangen und genauso geflucht hatte, aber mit auffallend lauter, kommandierender Stimme, die bis in das Postamt zu hören war.

Manchmal spitzte Clytie mitten in ihrem Wortschwall zu Octavia hoch, die von ihrem Fenster aus auf sie hinunterschaute. Wenn sie den Vorhang schließlich fallen ließ, blieben Clytie die Worte weg.

Dann lief sie mit einer Sanftmütigkeit, die aus Schrecken und Erschöpfung und Liebe bestand, einer überwältigenden Liebe, durch das Tor hinaus und durch die Stadt und ging allmählich immer schneller, bis sich ihre langen Beine geradezu lächerlich flink bewegten. Niemand in der ganzen Stadt hätte mit Miss Clytie mithalten können, sagten sie, wenn sie gleichzeitig losgegangen wären.

Sie aß auch immer hastig ganz allein in der Küche, wie jetzt gerade. Sie zog das Fleisch gierig von der schweren Silbergabel ab und nagte am kleinen Hühnerknochen herum, bis er ganz blank und weiß war.

Auf halber Treppe erinnerte sie sich an Geralds zweite Kanne Kaffee und lief zurück, um sie zu holen. Nachdem sie die anderen Tabletts heruntergetragen und das Geschirr abgewaschen hatte, vergaß sie nicht, alle Türen und Fenster zu überprüfen, um sicher zu gehen, daß alles fest abgeschlossen war.

Am nächsten Morgen biß sich Clytie lächelnd auf die Lippen, während sie das Frühstück zubereitete. Weit weg sah sie durch das heimlich geöffnete Fenster einen Güterzug, der im Sonnenlicht die Brücke überquerte. Ein paar Neger gingen die Straße entlang zum Fischen, und Mr. Tom Bates Boy, der auch vorbeiging, drehte sich um und schaute sie durch das Fenster an.

Gerald war schon angezogen und mit der Brille auf der Nase erschienen und hatte verkündet, daß er heute ins Geschäft gehen wolle. Das alte Textilgeschäft der Farrs ging jetzt sehr schlecht, und die Kunden vermißten Gerald kaum, wenn er nicht kam; tatsächlich konnten sie kaum bemerken, ob er da war oder nicht, wegen der dikken Stiefel, die an einem Draht aufgehängt waren und den Blick ins käfigartige Büro fast verdeckten. Ein kleines Schulmädchen bediente jeden, der hereinkam.

Jetzt betrat Gerald das Eßzimmer.

„Wie geht's dir heute morgen, Clytie?“ fragte er.

„Sehr gut, Gerald, und dir?“

„Ich geh ins Geschäft“, sagte er.

Er setzte sich steif hin, und sie legte ein Gedeck vor ihn auf den Tisch.

Von oben schrie Octavia herunter: „Wo zum Teufel ist mein Fingerhut, du hast meinen Fingerhut gestohlen, Clytie Farr, du hast ihn weggeschafft, meinen kleinen silbernen Fingerhut!“

„Jetzt geht's los“, sagte Gerald angespannt. Clytie sah, wie seine feingeschwungenen, schmalen, fast schwarzen Lippen sich verzogen. „Wie kann ein Mann nur in einem Haus mit Frauen zusammenleben? Wie kann er das?“

Er sprang auf und riß seine Serviette in zwei Teile. Er verließ das Eßzimmer, ohne sein Frühstück auch nur angerührt zu haben. Sie hörte, wie er wieder hinauf in sein Zimmer ging.

„Mein Fingerhut!" schrie Octavia.

Clytie wartete einen Augenblick. Als wäre sie ein kleines Eichhörnchen, verzehrte sie gierig über den Herd gebeugt einen Teil ihres Frühstücks, bevor sie die Treppe hinaufging.

Um neun klopfte Mr. Bobo, der Friseur, an die vordere Tür.

Ohne abzuwarten, denn sie reagierten niemals auf sein Klopfen, ging er hinein und schritt wie ein kleiner General den Flur entlang. Da stand das alte Harmonium, das nie abgedeckt oder gespielt wurde, außer bei Beerdigungen, zu denen niemand eingeladen wurde. Er ging weiter, unter dem ausgestreckten Arm der männlichen Statue vorbei, die auf Zehenspitzen stand, und dann die dunkle Treppe hoch. Dort oben standen sie aufgereiht, und alle schauten ihn voll Widerwillen an. Mr. Bobo war überzeugt, daß jeder einzelne von ihnen nicht ganz richtig im Kopf war. Gerald hatte sogar schon um neun Uhr morgens etwas getrunken.

Mr. Bobo war klein geraten und war sein Lebtag lang immer stolz darauf gewesen, bis er angefangen hatte, einmal pro Woche in dieses Haus zu kommen. Aber es machte ihm keinen Spaß, von unten herauf zu diesen weichen langen Hälsen aufzuschauen, den kalten, angeekelten, scharfkantigen Gesichtern dieser Farrs. Er konnte sich nur ausmalen, was eine von diesen Schwestern täte, wenn er sich bewegen würde. (Als ob er das vorhätte!) Sobald er oben ankam, gingen sie alle fort und ließen ihn allein zurück. Er schob sein Kinn nach vorn, stand mit seinen weit gespreizten dicken Beinen da und schaute herum. Der obere Flur war völlig leer. Nicht einmal ein Stuhl stand dort, auf den man sich hätte setzen können.

„Entweder sie verkauften ihre Möbel mitten in der Nacht", sagte Mr. Bobo zu den Einwohnern von Farr's Gin, „oder sie sind einfach zu dumm, um sie zu benutzen."

Mr. Bobo stand da und wartete darauf, gerufen zu werden, und wünschte, er hätte nie damit angefangen, in dieses Haus zu kommen und den alten Mr. Farr zu rasieren. Aber es hatte ihn so sehr überrascht, als er in der Post einen Brief fand. Der Brief war auf so altes, vergilbtes Papier geschrieben, daß er zuerst dachte, er müsse vor tausend Jahren geschrieben und niemals abgeschickt worden sein. Er war mit „Octavia Farr" unterschrieben und fing an, ohne ihn auch nur „Lieber Mr. Bobo" zu nennen. Der Inhalt lautete: „Kommen Sie bis auf weiteres jeden Freitagmorgen um neun Uhr in dieses Haus, um Mr. James Farr zu rasieren."

Er dachte, er würde einmal hingehen. Und jedesmal danach dachte er, daß er nie mehr hingehen würde – besonders da er nie wußte, ob sie ihm jemals etwas bezahlen würden. Natürlich war es schon etwas, der einzige Mensch in Farr's Gin zu sein, der das Innere des Hauses betreten durfte (ausgenommen den Leichenbestatter, der hineingegangen war, als sich der junge Henry erschossen hatte, der aber bis zum heutigen Tag niemals davon gesprochen hat). Es war auch gar nicht so einfach, einen Mann zu rasieren, der so schlecht dran war wie Mr. Farr – ganz und gar nicht so einfach wie das Rasieren einer Leiche oder eines betrunkenen, streitsüchtigen Feldarbeiters. Wenn sie in einer solchen Lage wären, würde Mr. Bobo sagen: Halten Sie still; strecken Sie das Kinn nach vorn, oder straffen Sie Ihren Kiefer, oder sogar: machen Sie die Augen zu, wenn das Rasiermesser nahekommt. Die Schwierigkeit mit Mr. Farr war, daß sein Gesicht dem Rasiermesser keinen Widerstand leistete. Sein Gesicht gab ganz einfach nach.

„Ich geh nie mehr dorthin", sagte Mr. Bobo immer zu seinen Kunden. „Nicht einmal, wenn sie mir etwas dafür bezahlen. Ich hab die Nase voll."

Aber da war er wieder und wartete vor der Tür des Krankenzimmers.

„Das ist das letzte Mal", sagte er. „Bei Gott!"

Und er wunderte sich, warum der alte Mann nicht starb.

In diesem Augenblick kam Miss Clytie aus dem Zimmer. Sie kam mit ihrem komischen, schrägen Gang heran, und je näher sie kam, um so langsamer bewegte sie sich.

„Jetzt?" fragte Mr. Bobo nervös.

Clytie schaute in sein kleines, von Zweifeln zerrissenes Gesicht. Wie angstvoll blickten seine kleinen grünen Augen! Und sein mitleiderregendes, gieriges kleines Gesicht – wie traurig sah es aus, wie das von einem streunenden Kätzchen. Was war es nur, das dieser gierige kleine Kerl so dringend brauchte?

Clytie ging zum Fenster hin und blieb stehen. Statt ihm zu sagen, daß er hineingehen und ihren Vater rasieren könne, streckte sie ihre Hand aus und berührte mit großer Zartheit sein Gesicht.

Danach stand sie einen Augenblick lang da und schaute ihn fragend an, und er stand da wie eine Statue, wie die Statue von Hermes.

Dann stießen beide einen verzweifelten Schrei aus. Mr. Bobo drehte sich um und floh, das Rasiermesser im Kreise herumschwenkend, die Treppe hinunter und zur Vordertür hinaus. Und Clytie, bleich wie ein Gespenst, stieß sich am Geländer. Der gräßliche Geruch nach Fusel, nach Haarwasser, das schreckliche feuchte Kratzen eines unsichtbaren Bartes, die trüben, grünen Glubschaugen – was hatte sie mit ihrer Hand angefaßt! Sie konnte den Gedanken an dieses Gesicht kaum ertragen.

Hinter der geschlossenen Tür des Krankenzimmers hörte sie Octavia schreien.

„Clytie! Clytie! Du hast Papa das Regenwasser nicht gebracht! Wo zum Teufel ist das Regenwasser, um Papa zu rasieren?“

Clytie lief gehorsam die Treppe hinunter.

Ihr Bruder Gerald stieß seine Zimmertür auf und rief ihr nach: „Was ist denn jetzt los? Das ist ein Irrenhaus! Jemand ist an meinem Zimmer vorbeigerannt, ich hab's gehört. Wo hältst du deine Männer versteckt? Mußt du sie denn nach Hause bringen?“ Er schlug die Tür wieder zu, und sie hörte, wie er die Barrikade vorschob.

Clytie ging unten durch den Flur und dann zur Hintertür hinaus. Sie stand neben der alten Regentonne und fühlte plötzlich, daß diese Tonne jetzt ihr Freund war, gerade zur rechten Zeit, und sie umarmte sie mit ungeduldiger Dankbarkeit. Die Regentonne war randvoll. Es ging ein dunkler, schwerer, durchdringender Geruch von ihr aus, wie von Eis und Blumen und nächtlichem Tau.

Clytie schwankte etwas und schaute in das Wasser, das sich leicht bewegte. Sie glaubte, ein Gesicht dort zu sehen.

Natürlich. Es war das Gesicht, nach dem sie gesucht hatte, das Gesicht, von dem sie getrennt worden war. Wie um ein Zeichen zu geben, hob sich der Zeigefinger einer Hand, um die dunkle Wange zu berühren.

Clytie beugte sich weiter vor, wie sie sich hinabgebeugt hatte, um das Gesicht des Friseurs zu berühren.

Dies war ein verschwommenes, unergründliches Gesicht. Die Augenbrauen waren schmerzhaft zusammengezogen. Die Augen waren groß, eindringlich, fast gierig, die Nase war häßlich und wie vom Weinen gerötet, der Mund war alt und seit langem verstummt. An beiden Seiten des Kopfes hing dunkles Haar liederlich und wild herunter. Alles an diesem Gesicht erschreckte und schockierte sie, besonders der Ausdruck von ewigem Warten und ewigem Leid.

Zum zweiten Mal an diesem Morgen schreckte Clytie zurück, und gleichzeitig fuhr die andere ganz genauso zurück.

Aber es war zu spät, und sie erkannte das Gesicht. Sie stand da mit gebrochenem Herzen, als ob sie von ihrer armseligen, nur undeutlich erinnerten Vision schließlich betrogen worden sei.

„Clytie! Clytie! Das Wasser! Das Wasser!" ertönte Octavias gewaltige Stimme.

Clytie tat das einzige, was ihr einfiel. Sie beugte ihren eckigen Körper noch weiter hinunter und tauchte den Kopf in die Tonne, unter Wasser, durch die glitzernde Oberfläche hindurch in die freundliche, gestaltlose Tiefe, und hielt ganz still.

Als die alte Lethy sie dort fand, war sie kopfüber in die Tonne gefallen, und ihre armen, damenhaften, schwarzbestrumpften Beine staken verkehrt herum heraus, aufgespreizt wie eine Zange.

DER ALTE MR. MARBLEHALL

Der alte Mr. Marblehall machte nie irgend etwas, nicht einmal geheiratet hat er, ehe er sechzig war. Sie können ihn sehen, wenn er spazierengeht. Wenn Sie genau hinschauen, können Sie sehen, für wie kostbar sich alte Leute halten – sie gehen leicht vorgebeugt, wie Verschwörer, sehr auf ihre Schonung bedacht. Sie stehen lange an den Ecken herum, aber ungeduldiger als jeder andere, als ob sie erwarteten, daß der Verkehr auf sie aufmerksam würde, daß man die Pferde zügeln und auf die Bremsen treten würde, damit sie dahin gehen können, wohin sie wollen. So ist Mr. Marblehall. Er hat kurze weiße Stirnfransen und ein Löwenmäulchen im Knopfloch. Er geht mit einem großen, glänzenden Spazierstock, einem Geschenk. Und das denken die Leute über ihn. Jeder sagt ihm ins Gesicht, „Wie rüstig Sie sind!", und hinter seinem Rücken sagen sie fröhlich, „mit einem Fuß im Grab". Er trägt seinen dicken, herrlichen Mantel aus mattglänzendem Stoff – Tweed, aber er sieht so selbstzufrieden darin aus wie ein Tier in seinem eigenen knisternden Fell. Er trägt ihn nämlich auch im Sommer, weil er immerzu friert. Er sieht sonderbar geheimnisvoll und für alles gewappnet aus, wenn er genießerisch die Catherine Street entlanggeht.

Seine Frau, die zu Hause im Salon herumsteht, um nachzudenken, ist eine füllige, groß geratene alte Frau mit elektrisch wirkenden Haaren und geschwungenen Lippen. Sie hat ihr Leben lang versucht, aus dem salonähnlichen Rachen ihrer Gehemmtheit zu entfliehen. Die späte Eheschließung hat ihren Nerven zugesetzt wie ein Spürhund, der draußen im Wald in den alten, toten Blättern herumschnüffelt. Wenn sie im Zimmer umhergeht, sieht sie entrückt und verwirrt aus, als wohne sie am Rande menschlicher Behausungen, und so, als ob sie brutal abgerichtet worden sei – denn sonst könnte sie nicht so naheliegende und praktische Dinge tun wie das Telephon abnehmen oder einen Hut aufsetzen. Aber sie ist noch weitergegangen, als man ihr zutrauen würde: Sie erledigt ehrenamtliche Aufgaben. Mit anderen Frauen, die sich passender ausdrücken können als sie, gehört sie zu den *Töchtern der Amerikanischen Revolution* und den *Vereinigten Töchtern der Konföderation* und besucht Teegesellschaften. Ihre hoch aufragende, rastlose Gestalt wirkt im Kerzenlicht der Häuser anderer Frauen wie zufällig dorthin geraten. Bei jeder möglichen Gelegenheit türmt sie ihr Haar auf, daß es dem Horn eines Einhorns gleicht. Sie singt sogar und wird darum gebeten. Ja, sie schreibt sogar einige der Lieder, die sie singt („Bäume im Abendlicht"). Ihre Stimme verursacht den anderen Damen Schwindelgefühle wie ein Orgelton und amüsiert die Männer wie ein Hallo, das man in einen Brunnenschacht hinunterruft. In ihrer Stimme klingen hohl tönender Wind und Echo mit, die sich durch ihren hoffnungsvoll bebenden Mund herauswinden. Ahnen die Leute etwas von ihrer ständigen Verwirrtheit? Das fragt sie sich, zurückgekehrt in ihre häusliche Sicherheit, und ihr wirres Haupt erzittert in den dunklen Räumen. Sie denkt daran, wie alle Leute von Natchez in ihrer Gegenwart plötzlich verstummen. Die alte Mrs. Marblehall, Mr. Marblehalls Frau: Sie geht sogar im Regen spazieren, was die Frauen im Süden mehr als alles andere verabscheuen, in großen, anständigen, biskuitfarbenen Galoschen, die sie in einem Katalog bestellt hat. Sie schaut nur herum – die beflissene, unfrohe, schläfrige, kostspielige, gequälte Mrs. Marblehall, die all ihre Gedanken wie mit spitzer Nadel auf die Diät ihres Mannes geheftet hat. Sie möchte ihn in Versuchung führen, sagt sie. Was hätte er denn am liebsten, von dem, was ihm erlaubt ist?

Dies ist das Haus, das Mr. Marblehall geerbt hat. Es ist nicht überwältigend groß – das Haus hat nur vier Säulen –, aber man schaut trotzdem immer hin, wie man in einen Tunnel hineinschaut, ohne etwas zu sehen. Jetzt ist der Fluß hinter ihm her, und der kleine Hintergarten wurde schon teilweise weggeschwemmt, aber der Irrgarten aus Buchsbaumhecken am Rande steht noch da, wie um den Mississippi in eine Falle zu locken. Die Vordertür wartet ab, tief in die rote Hauswand eingelassen – eine schwere Tür, ungeheuer solide, aus einem Stück, dunkles Mahagoni ... Und sehen Sie – immer geht einer *von ihnen* hinein. An der Tür ist ein Klopfer befestigt, der wie ein nach Luft schnappender Fisch aussieht. Man hat allen Grund, sich das Innere des Hauses als dunkel und mit altem Kram vollgestopft vorzustellen. Es gibt viele große, zerschlissene Gobelins, faltig und dünn, viele S-förmige Sofas. Brokatvorhänge stehen steif gerafft vor den Fenstern, gewaltig wie die bösen Königinnen aus italienischen Märchen. Alles ist selbstverständlich drapiert und verhüllt und geschützt, lieblos zwar, aber dafür perfekt. Was für rosige Lampen! Das einzige Geräusch wäre das Anhauchen von geschliffenem Glas, das leise Klirren des Kronleuchters. Es erinnert an alte Augenlider, wenn sich die Rolläden der Fenster in sorgfältig eingehaltener Reihenfolge langsam öffnen. Dann kommt der kleine Sohn vorsichtig heran und starrt hinaus wie ein Kätzchen, mit Knopfnase, spitzen Ohren und einem Pelzchen seidiger Haare über der Stirn.

Der Sohn ist das Allerschlimmste. Mr. und Mrs. Marblehall hatten ein Kind! Als beide schon schrecklich alt waren, bekamen sie diesen kleinen, erstaunlichen, faszinierenden Sohn. Man kann direkt sehen, wie die Leute befremdet sind, wie sie zusammenzucken und ihre Arme in die Luft werfen, wenn sie auch nur daran denken. Zumindest Mr. Marblehall weiß das ganz genau. Er glaubt, daß die Einwohner von Natchez nichts selbst auf die Beine stellen, aber in Wirklichkeit haben die meisten dasselbe getan oder könnten es wenigstens tun. Dieser Sohn ist jetzt sechs Jahre alt. Aus der Nähe besehen hat er den Blick eines Äffchens, einen sehr stechenden Blick. Er hat dünnes glattes Haar wie ein Japaner, winzig kleine perlweiße Zähne und lange, dünne, welke Finger. Jeden Tag wird er sorgfältig und teuer angezogen und in die katholische Schule gebracht. Er sieht still und auf bösartige Weise absurd aus, wenn er neben dem alten Mr. Marblehall oder der alten Mrs. Marblehall hergeht und seinen zierlichen gestiefelten Fuß auf eine kleine grüne Raupe setzt, während sie anhalten und etwas an ihm zurechtzupfen. Jeder, der vorbeikommt, denkt, er sehe genauso aus, als denke er insgeheim, seine Eltern hätten ihn nur bekommen, um zu beweisen, daß sie dazu imstande sind. Sie sehen, es wird ganz schön kompliziert, und die üble Nachrede schießt ins Kraut.

Doch nun, während Mr. Marblehall so flott wie nur möglich auf den Fluß zugeht, wo es sonnig ist, müssen Sie sich von ihm wieder ein ebenso verschwommenes Bild machen, wie es die gesellige Kleinstadt hat, in der er lebt. Was gibt es überhaupt an ihm zu sehen? Es hat schon immer einen alten Mr. Marblehall in Natchez gegeben, seit der erste Anno 1818 hier ankam – mit einer Aufführung von Otways *Venedig*, die mit *Ein lächerlicher Zweikampf zwischen zwei blinden Geigern* endete – ein Schauspieler also! Mr. Marblehall ist nicht so wichtig. Er gehört zu den besseren Leuten der Stadt, man lebt in Frieden mit ihm, aber niemand schert sich im geringsten um so einen alten Mr. Marblehall. Ihretwegen hätte er ruhig sterben können; manche Leute sagen sogar: „Was, der lebt immer noch?" Mr. Marblehall geht unbeirrbar weiter spazieren, und dann und wann wird er in seiner alten, fransengeschmückten Kutsche herumgefahren, die Wagenlaternen vorne wirken wie leere Augenhöhlen. Aber ja doch, angeblich muß er aus gesundheitlichen Gründen viele Reisen unternehmen. Und warum sollte man seine Abwesenheit überhaupt bemerken? Es gibt keinen anderen Ort außer Natchez, und selbst wenn es einen gäbe, würde sich Mr. Marblehall dort kaum verändern, auch wenn es von ihm verlangt würde. Eine Riesenhand könnte ihn von der Esplanade hochheben und durch die Luft entführen, wobei sich seine alten Beine weiter in einem gemessenen Schlenkerschritt bewegten, und ihn dann irgendwo absetzen, im Osten oder im Westen oder im himmlischen Königreich, wo er dann gleich den alten Spaziergang durch Natchez wieder aufnähme. Nichts könnte dem alten Mr. Marblehall jetzt mehr etwas anhaben. Eine Woche oder zwei würden in Natchez verstreichen, und dann würde Mr. Marblehall wieder die Catherine Street entlanggehen, immer noch genauso unverdrossen am Leben und genauso alt wie zuvor.

Den Leuten wird es natürlich langweilig. Sie sagen: „Na ja, er hat mit dem Heiraten gewartet, bis er sechzig war, und wozu hat er dann bloß geheiratet?", als ob das, was er getan hat, die Entschuldigung für ihre Langeweile und ihre Teilnahmslosigkeit wäre. Selbst die Vorstellung, er könnte während der Wallfahrtswoche direkt vor einem der alten Pilgerhäuser einen Schlaganfall erleiden, entlockt ihnen nichts als einen Seufzer, als wollten sie sagen, es sei nur sein eigener Fehler, wenn seine Gesundheit so lästigen Schwankungen unterliege. Er sollte einen kleinen schwarzen Boy haben, der ihm auf Schritt und Tritt folgt. Ach, seine kostbare alte Gesundheit, die früher nie Gesprächsstoff geliefert hat! Mr. Marblehall sieht sehr förmlich und zugleich vorwurfsvoll aus, wenn er an den Straßenecken steht und Anstalten trifft, sich in den Verkehr hinauszuwagen, um die Straße zu überqueren. Er sieht so aus, als ob er gern seinen Stock hin- und herschütteln und sagen möchte: „Ja, schaut nur her! Man sieht, daß ich's geschafft habe, oder?" Aber in Wirklichkeit achtet niemand darauf, wie er aussieht. Er ist für die anderen einfach nur einer von vielen. Er hätte jede Nacht mit einer Heerschar von Engeln im Paradies tanzen können, und ihnen wäre nichts Besonderes aufgefallen. Wahrscheinlich findet nie jemand heraus, daß er ein Doppelleben führt.

Das Lustige ist, daß er erst vor kurzem mit diesem Doppelleben angefangen hat. Er wartete, bis er sechzig Jahre alt war. Ist er nicht verrückt? Vorher hat er nichts getan. Er wußte nicht, was er hätte tun sollen. Alles auf dieser Welt kam ihm vor wie seine erste Party. Er stand herum, blätterte in den Büchern seines Vaters, und vor langer Zeit reiste er einmal nach Frankreich, aber es gefiel ihm dort nicht.

Wenn man auf irgendeiner dieser Straßen am Fuß der Hügel hinaus fährt, weiß man nicht mehr, wo man ist. Man kommt an Dutzenden von kleinen Häusern mit Veranden vorbei, die alle fast gleich aussehen. Man sieht unter den ausladenden Dächern vergilbende Seifenbäume, runde Blumenbeete in den Vorgärten, als wären sie aus dem Rasen herausgebissen, man hört das Wimmern von Fliegentüren, die sich vorbeischleppenden Eiswagen, das Gekicher von Kindern. Keiner schaut je nach, wer in einem solchen Haus lebt. Die Leute kommen zu dieser Tageszeit aus dem Haus und spritzen mit einem Schlauch die Straße ab, damit der Staub sich legt, und danach setzen sie sich auf die Veranda, gehen wieder zurück ins Haus, und für die nächsten zwei Stunden hört man das Radio. Es klingt, als beklagte und beweinte es sie. Sie gehen früh schlafen.

Nun ja. Es ist leicht möglich, daß man sieht, wie der alte Mr. Marblehall neben der Reihe Zinnien steht, die den Weg zum kleinen Haus einrahmen, wie er sich vorbeugt, unendlich vorsichtig, um sich nur ja nicht zu übernehmen, und die Blumen anstarrt. Natürlich hat er sie gepflanzt! Sie sind mit etwas Braunem überzogen – in jedem der herzförmigen Blütenblätter sammelt sich Staub an. Sie müssen wissen, daß die Blumen nach überhaupt nichts riechen. Es ist Abenddämmerung, verdichtet durch das Geschrei der Zikaden; niemand kann irgend etwas erkennen. Warum sich Mr. Marblehall über die Zinnien beugt, schon das allein ist ein Geheimnis, aus welchem Blickwinkel man es auch immer betrachtet. Aber da steht er, durchaus sichtbar, lebendig und alt, und führt sein Doppelleben.

Er hat noch eine andere Frau. Sie steht auf der nachtübergossenen Veranda neben einem eingetopften Farn und schreit zu einer Nachbarin hinüber. Diese Frau ist im Grunde noch schlimmer als die erste. Sie ist kompakter, dicker und kürzer geraten, ist weniger häßlich und sieht witziger aus. Sie sieht wie ein witziges Möbelstück aus – wie ein schmuckloser Treppenpfosten in einem dieser kleinen Häuser durch ihren kleinen, langweiligen, kugelrunden dummen Kopf – oder manchmal wie ein Holzschnitt von einer bayrischen Hexe, mit ausgestrecktem Zeigefinger und Kratzern in der Luft um sie herum. Aber von ihren massigen Schultern über ihr walzenförmiges braunes Kleid bis hinunter zu den kurzen, plumpen Hausschuhen ist sie so unbeweglich, daß sie sich kaum vom Fleck rührt. Sie steht reglos da und schreit zu den Nachbarn hinüber.

Diese Ehefrau glaubt, Mr. Marblehall heiße Mr. Bird. Sie sagt: „Da hab ich Mr. Bird doch ausdrücklich gesagt, er soll ins Bett gehen, aber schauen Sie ihn an! Ich kann ihn nicht verstehen!" Ihre aufopfernde Liebe ist leicht entflammbar und verpufft in Verzweiflung. Diese Frau erzählt alles, was sie weiß. Nachdem sie es allen Nachbarn erzählt hat, wird sie es Mr. Marblehall erzählen. Sie hat zimbelförmige Brüste und füllt das Haus mit den Klageliedern einer Ehefrau. Sie schreit: „Und wenn ich Mr. Bird endlich im Bett hab, was macht er dann? Er liegt einfach da, in voller Montur, und hat kein Sterbenswörtchen zu sagen. Wissen Sie, was es macht?"

Und während ihr Mann sich über die Zinnien beugt, fährt sie fort mit der Schilderung, was Mr. Marblehall (oder Mr. Bird) im Bett macht. Es ist die volle Wahrheit. Er liest *Horrorgeschichten* und *Gespenstergeschichten*. Sie kann ihnen nichts abgewinnen: Diese Geschichten erschrecken sie zu Tode. Sie handeln von gräßlichen und unglaublichen Sachen, die nackten Frauen und Wissenschaftlern zustoßen. In einer von ihnen findet der Held, während er eine Schreibtischschublade öffnet, ein Frauenbein, mit Strumpf und Strumpfband. Da mußte Mrs. Bird den Roman ganz einfach zuklappen. „Die klebrigen Schatten“, so heißt es in diesen Geschichten, „das rotäugige, vor sich hinmurmelnde alte Weib“, „das Mondlicht auf ihren Schenkeln“, „ein alter Kult von Sonnenanbetern“, „ein Altar mit verdächtigen Flecken ...“ Mr. Marblehall findet das alles gar nicht entsetzlich, sondern liest immer weiter. Er schlägt die Zeit tot. Der Lesestoff ist sättigend, doch ohne jeden Geschmack, ganz wie das Essen an manchen Feiertagen. Als die Uhr Mitternacht schlägt, klingt es so, als ob eine reife Frucht aufspringt – und dann tickt sie leise, ganz leise weiter. Das Verstreichen der Zeit kommt ihm vor wie ein kleiner Käfer in seinem Ohr. Und obendrein, Mr. Bird – er will noch nicht einmal einen Schirm auf seiner Nachttischlampe, klagt seine Frau in ehrbarem Ton. Er liest unter einer nackten Birne. Sie kann ein Lied davon singen, wie er in einem Rutsch einen Stapel Zeitschriften in sich hineinfrißt. „Er könnte genausogut gar keine Familie haben“, sagt sie jedesmal am Schluß, zu Unrecht, und rollt zurück ins Haus, als hätte sie die ganze Zeit auf kleinen Rädern gestanden.

Aber der Schlimmste von allen ist der andere kleine Junge. Noch ein kleiner Junge, genau wie der erste. Er streicht im Haus umher, den Kopf voll kleiner Komplotte und Streiche. Ein vorderer Schneidezahn ist ihm herausgefallen, und deshalb sieht er etwas anders als Mr. Marblehalls anderer kleiner Junge aus – schockierender. Aber sonst könnte man sie kaum auseinanderhalten, selbst wenn man es wollte. Beide sehen aus wie durchtriebene kleine Jongleure, die auffallend klein im Lichtkegel eines Scheinwerfers stehen und sich, vertieft und stillvergnügt, selbst amüsieren. Beide Kinder bekommen plötzliche Wutanfälle und Zornausbrüche, die ihre Mütter und Mr. Marblehall zu Tode erschrecken. Dann können sie alles kriegen, was sie nur wollen. Aber dieser kleine Junge, der seinen Vorderzahn verloren hat, ist der schlauere von beiden. Er war lange Zeit der Meinung, seine Mutter sei durch und durch massiv, bis hinunter zu den feisten gespreizten Fußknöcheln. Aber wenn sie dort auf der Veranda steht und zu den Nachbarn hinüberschreit, erinnert sie ihn an eine dieser Fackeln, die ihm so gut gefallen, die man nachts auf der Straße brennen läßt – an den dunklen soliden Schaft, dann, wie eine Zunge, die böse, gelbe, stete, fesselnde Flamme am Fackelschacht. Er weiß, was sein Vater denkt.

Vielleicht wird dieser kleine Junge eines Tages, wenn Mr. Marblehall dort steht und sich vorsichtig über die Zinnien beugt, auf einen Zaun schreiben: „Papa führt ein Doppelleben." Er kommt hinter Dinge, hinter die man nicht so leicht kommt. Er ist ein Äffchen.

Eines Abends wird er Mr. Marblehall (oder Mr. Bird) folgen, wenn der das Haus verläßt. Wie üblich hat Mr. Marblehall verkündet, daß er wieder mal zur Kur fährt. Er gehört zu diesen korrekten alten Herren, die nach wie vor Gesundbrunnen aufsuchen und von den Heilquellen trinken – genau wie sein Vater, der verstorbene Mr. Marblehall. Aber warum macht er sich zu Fuß auf die Reise? Das wird dem kleinen Jungen verdächtig vorkommen.

Deshalb wird er seinem Vater folgen. Er wird ihm quer durch die ganze Stadt folgen. Er wird sehen, wie der glänzende Fluß eine Biegung macht. Er wird das Haus sehen, durch dessen schmiedeeisernes Gartentor Mr. Marblehall geht. Er wird eine große stumme Frau heraustreten und ihn durch die schwere Tür hineingeleiten sehen. Auch jene rosigen Lampen hinter den reich gefältelten Vorhängen an den Fenstern werden ihm nicht entgehen. Er wird um die Springbrunnen und um die Kamelienbüsche herumlaufen, vorbei an der steinernen Figur des bezopften Höflings, der auf einer Ziege reitet, bis hin zur Rückseite des Hauses. Von dort aus kann er gut in die merkwürdigen Zimmer des oberen Stockwerks hineinschauen. An einem der Fenster wird wie eine Riesin die andere Frau in einem langärmligen, gefältelten Nachthemd stehen und ihr elektrisches Haar kämmen, das jedesmal knistert, wenn sie den Kamm durchzieht. Vom nächsten Fenster wird der andere kleine Junge verstohlen hinaus in die Nacht schauen und ihn sehen – oder auch nicht. Das wäre interessant, ein Augenblick merkwürdiger Telepathie. (Mr. Marblehall kann sich das gut vorstellen.) Dann wird im Eckzimmer plötzlich die helle, nackte Birne aufleuchten. Aha! Der Vater! Mr. Marblehalls kleiner Sohn wird behend auf einen Baum klettern und ins Zimmer hineinschauen. Dort wird Mr. Marblehall ausgestreckt auf einem großen Ehebett mit Eckpfosten und geschnitzten Greifen liegen und unter der grellen Birne ohne Lampenschirm *Horrorgeschichten* lesen.

Dann wird alles herauskommen.

Zuerst wird es keiner glauben.

Oder vielleicht wird der Polizist sagen: „Halt! Wie kannst du es wagen!"

Vielleicht aber, und das wäre noch besser, wird Mr. Marblehall seinen Betrug selbst eingestehen – wie er zwei völlig voneinander getrennte Leben geführt hat, mit völlig verschiedenen Familien und zwei Söhnen statt einem. Was für ein erstaunliches, unglaubliches, umwerfendes Bekenntnis das wäre, und wie seine beiden Frauen zusammenklappen, wie seine Söhne sich winden würden! Von den meisten sechsundsechzigjährigen Männern ganz zu schweigen. Damit tröstet sich Mr. Marblehall.

Und was wäre, wenn nichts dergleichen geschähe? Was wäre, wenn es nicht einmal in diesem erstaunlichen Leben einen Höhepunkt gäbe? Angenommen, der alte Mr. Marblehall bliebe einfach am Leben, würde langsam immer älter und pendelte weiter in aller Heimlichkeit hin und her?

Niemand schert sich darum. Keinen einzigen Einwohner von Natchez, Mississippi, kümmert es, ob er vom alten Mr. Marblehall hinters Licht geführt wird. Und es kümmert auch keinen, daß Mr. Marblehall zu guter Letzt noch den Anschluß an das gefunden hat, was seiner Meinung nach Menschen im Leben leisten sollten. Nämlich dies: etwas im Inneren aushalten – eine Zeitlang heimlich; dann eine Vergangenheit mit all den Erinnerungen aufbauen; und auf diese Weise Leben ansammeln. Das hat er getan; bemerkenswerterweise hat er sein Leben durch eine Täuschung sogar verdoppelt; und indem er sich immer tiefer hineinversenkt, spekuliert er über einen glorreichen Abschluß, über einen Riesenknalleffekt von Enthüllungen ... über die Zukunft.

Aber noch muß er Zeit totschlagen und die uhrendurchtickten Nächte hinter sich bringen. Oder er träumt, daß er ein großer loderndbunter Schmetterling ist, der ein Netz flickt; aber das ist schierer Unsinn.

Der alte Mr. Marblehall! Er hat vielleicht noch Jahre vor sich, in denen er unter der nackten Glühbirne im Bett hochfahren wird mit klopfendem Herzen, und mit einem wilden Ausdruck in den tränenden alten Augen wird er sich vorstellen, wie die Leute tot umfallen würden, erführen sie von seinem Doppelleben.

BLUMEN FÜR MARJORIE

Er war einer von den Bescheidenen, Schüchternen mit sandfarbenem Haar – einer von denen, die es immer vorgezogen hätten, abseits zu warten... Wo er zu Boden blickte, sah er neben seinen Füßen andere Füße in Reih und Glied. Davor stand der mit einer Inschrift versehene Sockel eines Trinkwasserbrunnens, der unruhig rauschend in das gleißende Tageslicht emporschoß. Alle Fußpaare standen V-förmig da und bewegten sich nicht. Dann fing ein Fuß am Ende der Bank an, sanft auf den Boden zu klopfen. Der Fuß winkte einem vorbeifliegenden, zartrosa Kaugummipapier zu. Er schaute nicht auf. Als das Kaugummipapier heranflog und an seinem Fuß hängenblieb, spuckte er aus, als ob er etwas Anbiederisches empfände, und kickte es weg. Er hatte einen Zahnstocher im Mund.

Jemand sagte etwas. „Gehste um zwei zur Demonstration?"

Howard hob den Blick nicht höher als bis zu den ausgebeulten Cordsamtknien, die direkt vor ihm standen.

„Demonstration...?" Der Zahnstocher, der nach nichts schmeckte, klebte an seiner Lippe; er sprach undeutlich.

Aber dann knickte er den Zahnstocher mit den Zähnen und spuckte ihn aus, so daß er im Gras landete wie ein kleines Zelt. Er war über diesen Anblick verdutzt und auch darüber, wie geschickt er den Zahnstocher aus dem Mund geblasen hatte. Und dieses kleine Ding scheuchte alle Tauben auf. Wie sie alle auf einmal herumflatterten, als würden sie von einem großen Löffel im Sonnenlicht umgerührt, taten ihm die Augen weh. Er schloß sie vor den schillernden Flügeln.

Und als er die Augen geschlossen hatte, mußte er an Marjorie denken. Der Gedanke an sie kam jetzt immer, ähnlich wie wenn er etwas auf die lange Bank schob, gleich einer Woge an, die ihn überrollte, wenn er müde war, die, während er im Park herumsaß, unheilvoll aus seiner Lustlosigkeit und seinem Abscheu aufstieg, über seinem Kopf zusammenschlug, ihn tosend überrollte, sich wieder senkte, zerfloß und nichts unversehrt zurückließ.

Er stand auf, schaute nach dem Sonnenstand und machte sich langsam auf den Weg zu ihr zurück.

Er keuchte vom Hochsteigen der vier Treppen, und seine Hand tastete im dunklen Flur nach dem Türgriff. Sobald er die Tür geöffnet hatte, zuckte er die Achseln und warf den Hut aufs Bett, nur damit Marjorie ihn nicht fragen würde, wie es mit dem Job am Columbus Circle stünde; denn heute war er gar nicht hingegangen, um sich danach zu erkundigen.

Keiner sagte etwas, und er saß eine Zeitlang auf dem Sofa, die Hände auf den Knien. Bevor er ihrem Blick begegnete, schaute er den Stuhl im Zimmer an, den keiner von beiden benützte, auf dem jetzt Marjories Mantel mit einer Blume im Knopfloch lag. Er brach in ein lautloses, verzweifeltes Lachen aus, das in Husten überging.

Marjorie sagte: „Ich bin einmal um den Block gegangen – schau, was ich gefunden habe." Auch sie schaute, voller Stolz, nur auf das Stiefmütterchen.

Es war leuchtend gelb. Howard dachte, sie hat es nur gefunden; aber er zuckte innerlich zusammen, als hätte sie damit ihre geistige Kraft zur Schau gestellt. Er mußte einfach mit den Händen in den Taschen dasitzen und sie anstarren. Er spielte mit einem Streichholz.

Marjorie saß auf dem großen Koffer am Fenster, ihr rundlicher Arm lag auf dem Fensterbrett, ihre weichen, kurzgeschnittenen Haare wehten und flogen wie Bänder über ihre geschlossene Hand, auf die sie den Kopf stützte. In dieser Stadt mit ihren dunklen, nervösen, laut sprechenden Frauen war es schwer, sich daran zu erinnern, daß in Victory, Mississippi, alle Mädchen wie Marjorie waren – und daß Marjorie wiederum wie sein Zuhause war... War sie es wirklich? Es gab Zeiten, wo sich Howard in diesem einen kleinen Zimmer ganz verloren vorkam. Marjorie war jetzt oft weit weg, oder vielleicht war das strotzende Leben in ihrem anschwellenden Leib daran schuld, daß sie das vereinzelte und einsame Leben direkt vor ihr nicht mehr bemerkte, das sehr bedürftige Leben ganz nah von ihr. Er konnte sie nur noch anschauen... Ihr Atem kam ein wenig pfeifend aus ihren geöffneten Lippen hervor, und sie bewegte sich leicht, um ein kurzfristiges Unbehagen loszuwerden.

Howard senkte den Blick und schaute wieder auf das Stiefmütterchen. Da drüben leuchtete es, eine weitgeöffnete gelbe Blume mit dunkelroten Adern und Rändern. Auf dem Himmelblau von Marjories altem Mantel verlor die Blüte für Howards angstverzerrten Blick ihre eigentliche Größe und wurde zu einem langsam ansteigenden, weit geschwungenen Berg am Horizont einer Wüste, die Adern wurden zu tiefen Einschnitten, die zarten Ränder zu den riesigen, verwitterten Lippen eines ruhenden Vulkans. Sein Herz schlug bis zum Hals...

Er zog das Stiefmütterchen aus Marjories Mantel, riß die Blütenblätter ab, warf sie auf den Boden und trampelte darauf herum.

Marjorie schaute ihm schweigend zu, und langsam wurde ihm klar, daß er gar nichts getan, daß er nur einen furchtbaren Tagtraum gehabt hatte. Das Stiefmütterchen leuchtete noch auf dem Mantel, genauso wie die Tauben immer noch im Park herumgeflogen waren, als er vom Hunger geplagt wurde. Er lehnte sich auf dem Sofa zurück, zitternd vor Sehnsucht und Mitleid, und fragte barsch: „Wie lang dauert's noch?"

„Ach, Howard."

„Ach, Howard" – so war Marjorie eben. Ihre Sanftmut, ihre Vorwürfe – wie könnte er die jemals abstellen?

„Was hast du gesagt?" fragte er.

„Ach, Howard, kannst du dir die Zeit nicht merken? Fragst mich immer wieder..." Sie holte tief Luft und sagte: „Noch drei Monate – Ende August."

„Jetzt haben wir Mai", sagte er... Er sagte es fast warnend. „Jetzt haben wir Mai."

„Mai, Juni, Juli, August." Sie ratterte ihm die Monate herunter.

„Und du weißt es genau – du bist ganz sicher, daß es dann kommt?" Er starrte sie an.

„Aber natürlich, Howard, so was passiert immer pünktlich. Nichts in der Welt hält mich davon ab, das Baby zu kriegen, das ist mal sicher." Ihre Augen füllten sich langsam mit Tränen.

„Nicht weinen, Marjorie!" schrie er sie an. „Nicht weinen, nicht weinen!"

„Auch wenn du's nicht willst", sagte sie.

Er schlug mit der Faust auf das alte dunkelrote Tuch, das über dem

Sofa lag. Er fühlte, wie Erregung merkwürdig schnell und perfekt in seinem Körper aufstieg. Er schloß hilflos die Augen.

„Howard, ich hoffe doch, daß du vorher Arbeit findest", sagte sie.

Er stand wie verzaubert auf: Sollte es nur so kommen, wie sie es sagte. Er schaute sich suchend im Zimmer um, von Zärtlichkeit überwältigt, und zog das Stiefmütterchen vorsichtig aus dem Knopfloch.

Mit der Blume in der ausgestreckten Hand ging er zu ihr hinüber und ließ sich feierlich neben ihr auf dem Boden nieder. Seine Augen waren weit geöffnet. Er gab ihr die Blume.

Sie flüsterte ihm zu: „Wir waren so lange nicht mehr zusammen." Sie legte ihre ruhige, warme Hand auf seinen Kopf, über seinen Scheitel und drückte ihn an sich, und er atmete den kleeartigen Geruch ihrer straffen Haut und ihrer fülligen Schenkel ein.

Das ist doch nicht möglich! dachte er. Der billige Wecker tickte immer lauter, während er sein Gesicht an ihrem Leib barg und jeden Augenblick neu Verzweiflung in der von der Zeit gezeichneten Zartheit ihres pulsierenden, schützenden Körpers spürte.

Aber sie redete.

„Wenn sie dich nur für diese drei Monate beim Straßenbau anstellen würden, könnten wir so viel zusammenkratzen, daß wir uns dann vielleicht ein Kindermädchen leisten könnten, nur für die erste Zeit nach der Geburt –"

Er sprang auf, seine Muskeln spannten sich bei ihren Worten so stark an, als hätte er in diesem Augenblick eine Spitzhacke ins Pflaster des Columbus Circle gehauen. Seine scharfen Worte übertönten ihre leise Stimme. „Arbeit?" fragte er hart und entfernte sich von ihr, redete von der Zimmermitte aus laut weiter, fast so, als ahme er die Haltung und die Stimmen der Volksredner im Park nach. „Wann hab ich je Arbeit gehabt? Vor einem Jahr... vor einem halben Jahr... noch in Mississippi... ich hab's vergessen! Die Zeit läßt sich nicht so einfach errechnen, wie du glaubst! Ich wüßte gar nicht, was ich machen würde, wenn ich jetzt Arbeit bekäme. Ich hab's vergessen! Das ist jetzt alles vorbei... und ich glaub's auch nicht mehr – daß sie mir jetzt eine Arbeit geben – nie im Leben –"

Er war still, und einen Augenblick lang leuchtete sein Gesicht auf, als ob er eine Vision hätte. Vielleicht sah er eine Zukunft vor sich mit klarer Unterscheidung von Tag und Nacht, eine Zeit, in der es am Morgen Frühstück gab. Dann lachte er leise und trat noch weiter zurück, bis er an der Wand stand, soweit wie möglich von Marjorie entfernt, als wäre sie untreu und fremd, mit anderen Mächten verbündet.

„Mein Gott, Howard, du hast ja nicht mal mehr die Hoffnung, Arbeit zu finden", flüsterte sie.

„Nur weil du ein Kind kriegst, nur weil das etwas ist, was ganz bestimmt passiert, nur weil du nicht ewig mit einem Kind im Bauch rumlaufen kannst und weil es wirklich zur Welt kommt – heißt das noch lange nicht, daß auch alles andere passiert und alles sich ändert!" Er schrie sie in seiner Verzweiflung an, lehnte an der Wand. „Es heißt noch lange nicht, daß ich Arbeit finden werde! Es heißt noch lange nicht, daß wir nicht verhungern werden." Mit einer verzweifelten Bewegung zog er sein kleines ledernes Portemonnaie aus der Tasche und schwenkte es wild hin und her. „Vielleicht ist es dir nicht klar, aber du bist das Einzige in der Welt, das noch nicht still steht!"

Das Portemonnaie in seiner Hand schwang immer langsamer, wie ein kleines Pendel. Er starrte sie an, und dann senkten sich seine angespannten Mundwinkel, und er stand da und hielt das Portemonnaie so still wie möglich in seinen Händen.

Aber Marjorie saß völlig unerschrocken auf dem Koffer und schaute ihn mit schräg geneigtem Kopf an. Ihr fülliger Leib schien seinen Körper nie berührt zu haben. Aus der Entfernung, mit dem Rükken an der Wand, überdachte er ihre Welt der Sicherheit, der Fruchtbarkeit und des Wohlbehagens, die sich für immer von seiner Welt entfernt hatte, die sich sicher und hoffnungsvoll fortpflanzte, und es erschien ihm merkwürdig, daß diese andere Welt nicht auch leiden sollte.

„Hast du was gegessen?" fragte sie ihn.

Er staunte über sie; und dann haßte er sie. Wie sie es wagte, sich aus ihrer Sicherheit heraus nach seinem Hunger und seiner Schwäche zu erkundigen! Er schleuderte das Portemonnaie zu Boden, wo es weich wie der Körper eines abgeschossenen Vogels landete. Es war leer.

Howard ging unruhig hin und her und blieb beim Ofen stehen. Er hob eine kleine, blankgeputzte verbeulte Pfanne hoch und setzte sie wieder ab. Sie hatten sie bei jedem Umzug mitgenommen, von einem Zimmer ins nächste. Seine Hand tastete von einem Gegenstand auf dem Bord zum nächsten, als wäre er blind. Er ergriff das Tranchiermesser. Er hielt es vorsichtig in der Hand und drehte sich zu Marjorie um.

„Howard, was hast du vor?“ murmelte sie mit geduldiger Stimme, die an ein Wiegenlied erinnerte, mit der sie ihn so oft etwas gefragt hatte.

Beide waren jetzt ganz weit voneinander entfernt, Welten voneinander getrennt. Schnell wie der Blitz packte er das Messer anders an und stieß es ihr in die Brust.

Das Blut rann über den Griff und tropfte gleichmäßig in ihre offene Hand, die in ihrem Schoß lag. Wie seltsam! dachte er erstaunt. Sie stützte sich noch immer auf ihren anderen Arm auf, aber sie mußte sich wohl zu stark auf ihn gelehnt haben, denn kurz darauf senkte sich der Kopf langsam, und ihre Stirn berührte das Fensterbrett. Ihr Haar wehte nach vorn, und nach ein paar Minuten hatte sie eine andere Frisur. Ihr Arm ruhte immer noch aufgestützt auf dem Fensterbrett. Ihre Finger sahen so entspannt aus, als ob sie gerade etwas losgelassen hätte. Auf ihren Fingernägeln waren kleine weiße wolkenähnliche Flecken. Ein perfektes Gleichgewicht, dachte Howard, während er auf ihren Arm starrte. Deshalb kippte Marjories Arm nicht um. Als er schließlich hinunterschaute, war alles voll Blut; ihr Schoß war wie eine Schale.

Ja, natürlich, dachte er. Denn das war alles ganz unmöglich gewesen. Er ging sich die Hände waschen. Die Uhr tickte grauenhaft, und er warf sie zum Fenster hinaus. Erst nach langer Zeit hörte er, wie sie unten im Hof aufschlug.

Als er sich nach dem Portemonnaie bückte, hatte er plötzlich dröhnende Kopfschmerzen. Er ging hinaus und schloß leise die Tür.

In der Stadt fiel die Sonne schon schräg in die Straßen hinein. Sie schien auf eine dünne graue Katze, die vor einem bunten Friseurladenschild saß und alles beobachtete; als Howard vorbeiging, putzte sie sich gründlich und schaute ihm nach. Er rückte seinen Hut gerade und ging durch eine Gruppe von Kindern, die um ein Springseil herum tobten, mit weit geöffneten Mündern sangen und ihn umtanzten. Er überquerte eine Straße, und ein Botenjunge fuhr mit dem Fahrrad in ihn hinein, aber es tat ihm nicht weh.

Er ging im Schatten der Hochbahn die Sixth Avenue hinauf und rückte seinen Hut immer wieder gerade. Kleine Windstöße versuchten ihn abzureißen und davonfliegen zu lassen. Wie weit müßte er ihm dann nachrennen! ... Er kam zu einer Gruppe von Leuten, die einer Maschine in einem Schaufenster zusahen. Ganz langsam kamen Krapfen aus ihr heraus. Er ging zum nächsten Schaufenster, in dem viele bunte Drucke der Jungfrau Maria ausgestellt waren und fast alle Tiere, und darunter war ein Bord voll kleiner grauer Pappschachteln, in denen Scherzartikel lagen, winzige Toiletten und Nachttöpfe. In der mittleren Schachtel war eine Glühbirne an einen langen Schlauch angeschlossen, und auf einem Schildchen stand: „Palpitator – das Kunstherz. Zeig ihr deine Liebe." Ein Leierkastenmann nahm gerade seinen Hut ab und spielte „Valencia".

Er ging weiter und sah von einem Eingang aus, wie sich ein Auktionator sehr vertraulich nach vorne beugte und mit zwei goldenen Kerzenhaltern vor ein paar paffenden Männern herumfuchtelte, die den Rauch steil nach oben gegen ihre Hutkrempen bliesen. Er kam an einem anderen Laden vorbei, wo die gleichen Marienbilder an die Tür genagelt waren, für den Fall, daß sie auf den ersten Blick übersehen worden wären. Auf einem staubigen Tisch lag ganz nah ein Briefbeschwerer in Form einer Glaskugel. Er streckte schüchtern und froh seine Hand aus und berührte sie leicht. Sie war so klein und so rund. Drinnen war ein Bild aus farbigen Teilchen zusammengesetzt. Es war eine heitere Landschaft unter Glas. Er wäre gern dort gewesen. Er mußte lächeln: Es war wie alles, was klein und leuchtend und blühend war, wirklich schön klein. Fast automatisch drehte er die Kugel um und sah voller Bestürzung und Bedauern, wie die Landschaft in einem kleinen Schneegestöber versank. Er stand einen Augenblick lang völlig gebannt da, stellte, als er sich plötzlich an seine wirkliche Größe erinnerte, den Briefbeschwerer dahin zurück, wo er ihn gefunden hatte, und stand zitternd in der Tür. Ein Mann ging vorbei und ließ ein Zehn-Cent-Stück in seine offene Hand fallen.

Dann war er im Tunnel einer Untergrundbahn. Die ganze Kachelwand entlang stand da, wo er vorbeiging, viermal geschrieben: „Gott sieht mich, Gott sieht mich, Gott sieht mich, Gott sieht mich." Er las die Schilder „Eingang" und „Ausgang". Jemand hatte in Druckbuchstaben „Idioten!" unter beide Worte geschrieben. Er schaute sich im Spiegel eines Kaugummiautomaten an und rückte seinen Hut gerade, bevor er die U-Bahn bestieg.

Im Waggon schaute er die Werbeplakate über den Köpfen der Leute an und sah darauf viele lächelnde Pärchen, die sich umarmten. Ein Bettler kam mit einem Stock vorbei und sang wie ein Blinder „Ich will dich Schätzchen nennen", und auch er bekam ein Zehn-Cent-Stück. Beim Aussteigen ermahnte ein Schaffner Howard zur Vorsicht. Er hielt seinen Hut fest. Der Wind wehte auch in den U-Bahn-Schächten und pfiff auf den Gleisen hinter den Zügen her. Er stieg zwischen zwei alten betuchten Jüdinnen die Treppe hoch.

Oben ging er in eine Bar und trank einen Whisky. Er konnte ihn zwar nicht bezahlen, aber er hatte von der U-Bahn-Fahrt noch fünf Cent über. Er hörte, wie im Hintergrund an einem Geldautomaten gespielt wurde. Er ging hin, stand eine Zeitlang zwischen zwei freundlichen Männern herum und warf dann die Fünf-Cent-Münze ein. Von den vielen Münzen, die rasselnd zum Loch herausstürzten, wurde ihm ganz übel. Sie fielen auf seine Füße, und er trat zurück, bis zum staubigen roten Vorhang dahinter. Sein Hut fiel zu Boden. Alle versuchten schnell, ihn aufzuheben, und ein paar Männer reichten ihm ganze Hände voll Münzen und kauften ihm mit dem Rest etwas zu trinken. Einer von ihnen sagte: „Mann, hau doch nicht so auf den Putz." Es war ein Südstaatler. Howard zahlte eine Runde und war damit einverstanden, daß sein Geld ihnen allen zusammen gehörte.

Aber nachdem er draußen eine Zeitlang herumgelaufen war, wußte er noch immer nicht, wohin er gehen sollte. Er beschloß, es bei Miss Ferguson im Arbeitsamt zu versuchen. Miss Ferguson kannte ihn. Es war eine alte Gewohnheit, dorthin zu gehen und sie zu besuchen.

Er ging in das erste Büro hinein. Durch die Tür konnte er Miss Ferguson sehen, die wie immer tippte.

„Hallo, Miss Ferguson!" rief er leise und beugte sich zuversichtlich nach vorn. Er hob die Hand, um seinen Hut zu lüpfen, aber sie tippte einfach weiter. „Hallo, Miss Ferguson!"

Eine Frau, die ihn überhaupt nicht kannte, kam ins Zimmer.

„Haben Sie eine Karte bekommen, daß Sie sich melden sollen?" fragte sie.

„Miss Ferguson", sagte er wieder und schaute an ihrem roten Arm vorbei, um die Schreibmaschine im Auge zu behalten.

„Miss Ferguson hat zu tun", sagte die rothaarige Frau.

Wenn er Miss Ferguson nur alles erzählen könnte, sein ganzes Leben! dachte Howard. Dann käme alles ins reine, und Miss Ferguson würde eine Notiz auf eine kleine Karte schreiben, sie ihm geben und ihm ganz genau sagen, wohin er gehen und was er tun konnte.

Als die rothaarige Frau das Büro verließ, versuchte Howard, Miss Ferguson zu gewinnen. Sie konnte so teilnahmsvoll sein.

„Jemand sagte mir, daß Sie tippen können", rief er leise und mit höflicher Stimme zu ihr hinüber.

Miss Ferguson schaute auf. „Ja, das stimmt, ich kann tippen", sagte sie und tippte weiter.

„Ich muß Ihnen etwas sagen", sagte Howard. Er lächelte sie an.

„Ein andermal", antwortete Miss Ferguson beim Klappern der Schreibmaschine. „Ich habe viel zu tun. Sie gehen besser nach Hause und schlafen sich gut aus, oder?"

Howard ließ seine Hand fallen. Er wartete ab und dachte verzweifelt nach, was er darauf antworten könnte. Er starrte in den Behälter mit gekühltem Wasser, in dem winzige Luftbläschen hochschwammen. Aber es fiel ihm nichts ein.

Er lüpfte seinen Hut mit einer merkwürdig flotten Bewegung, die seinen Stolz verriet.

„Auf Wiedersehen, Miss Ferguson!"

Dann war er wieder auf der Straße.

Er ging immer weiter. Als er in einen hohen Arkadengang einbog, war es schon spät, und als er jemandem durch ein Drehkreuz folgte, trat eine Frau auf ihn zu und sagte: „Sie sind der zehnmillionste Besucher der Radio City Music Hall. Sie werden heute abend um sechs, westliche Ortszeit, über den bundesweiten rot-blauen Sender im Rundfunk zu hören sein. Ich bitte um Ihren Namen, Ihre Adresse und

Ihre Telephonnummer. Sind Sie verheiratet? Darf ich Ihnen diese Rosen und den Schlüssel der Stadt überreichen."

Sie reichte ihm einen großen, schweren Schlüssel und einen Armvoll leuchtend roter Rosen. Zuerst versuchte er, sie ihr zurückzugeben, aber sie war schon weg. Männer mit falkenartigen Gesichtern umringten ihn, richteten ihre Kameras auf ihn und photographierten ihn unter Blitzlichtgewitter.

„Was machen Sie beruflich?"

„Sind Sie verheiratet?"

Ein Riesenweib in einem langhaarigen Pelz und mit einer kleinen braunen Spange über einem Zahn kroch förmlich in ihn hinein und hörte zu, und hinter ihr warteten noch andere.

Er suchte einen Spalt in dem Gedränge, und als gerade niemand schaute, schlüpfte er durch und rannte davon.

Geschüttelt von Entsetzen lief er, so schnell er nur konnte, die Sixth Avenue hinunter. Die Rosen in seinem Arm nickten wie Köpfe, der Schlüssel stieß ihn in die Seite. Mit seiner freien Hand hielt er entschlossen den Hut fest. Toreinfahrten und Kreuzungen flogen vorbei. Ein hell erleuchtetes Restaurant tauchte neben ihm auf, aber es war jetzt zu spät, um hungrig zu sein. Er wollte nichts als nach Hause. Er sah alles verschwommen, aber der Verkehr schien anzuhalten, wo er vorbeistürmte. Pferde blieben unter der Hochbahn stehen, und Laster schrumpften vor ihm freundlich zusammen, als wären sie Ballons. Die Fußgänger schienen weg zu schmelzen, wenn er nahte. Er dachte, daß er vielleicht tot sei und daß sich jetzt alles und jeder vor ihm fürchte.

Als er seine Straße erreichte, war er ganz außer Atem. Die Kinder spielten. Sie hatten Angst vor ihm und ließen ihn vorbei. Er rannte in den Hof und hielt an.

Auf dem Gehweg lag der Wecker.

Er lag auf dem Zifferblatt, und ringsherum waren kleine Räder, Federn und Glasstücke verstreut. Er bückte sich und schaute die winzig kleinen Stücke an.

Schließlich stieg er die Treppe hinauf. Er versuchte, die Tür mit dem Schlüssel der Stadt aufzuschließen. Aber die Türe war nicht abgeschlossen, und als er drinnen war, schaute er zum Fenster, wo

Marjorie auf dem kleinen Koffer saß. Die Rosen verströmten einen starken Duft. Er fuhr über ihre zarten Blätter. Marjories Arm war heruntergefallen. Die Balance war zerstört, und jetzt hing ihre Hand zum Fenster hinaus, als ob sie den Wind fangen wollte.

Da wußte Howard ganz sicher, daß alles zu Ende war. Es war genau so, wie er es befürchtet hatte, genauso, wie er es geträumt hatte. Ein Traum war in Erfüllung gegangen.

Langsam ging er rückwärts, bis er aus dem Zimmer war. Dann rannte er die Treppe hinunter.

Der erste Mensch, den er an der Straßenecke sah, war ein Polizist, der den fliegenden Tauben zuschaute.

Howard ging hin und stand eine Zeitlang neben ihm.

Schließlich fragte er: „Wissen Sie, was in dem Zimmer da oben los ist?" Es war ihm peinlich, einen Polizisten etwas zu fragen und so herrliche Blumen im Arm zu halten.

„Was denn?" fragte der Polizist.

Howard beugte den Kopf und begrub Augen, Nase und Mund in den Rosen. „Eine tote Frau. Marjorie ist tot."

Obwohl das Verkehrsschild, das die Kreuzung anzeigte, direkt über ihnen hing und in der Luft, wo die Tauben herumflogen, das Glockenspiel einer Turmuhr sechs schlug, schien sich selbst der Polizist einen Moment lang der Zeit und des Ortes nicht sicher zu sein und mußte seine eigene Uhr und den Inhalt seiner Taschen befragen.

„Oh!" und „So, so!" sagte er immer wieder, während Howard ganz verwundert umherblickte. Der Polizist schaute ihn sich genau an und prägte sich für alle Zeit die unauffällige, staubbedeckte Gestalt mit den weit aufgerissenen grauen Augen und dem sandfarbenen Haar ein. „Und vermutlich sind die roten Flecken auf Ihrer Hose auch keine Rosenblätter, oder?"

Schließlich packte er den vor sich hinstarrenden Mann am Arm. „Nur keine Angst, mein Junge. *Ich* geh mit rauf", sagte er.

Sie drehten sich um und gingen nebeneinander los. Als die Rosen Howard aus der Hand rutschten und mit den Köpfen nach unten auf den Bürgersteig fielen, kamen die kleinen Mädchen verstohlen an und steckten sie sich ins Haar.

EIN VORHANG AUS GRÜN

Einen Sommer lang regnete es in Larkin's Hill jeden Tag ein wenig. Der Regen fiel regelmäßig, ungefähr um zwei Uhr nachmittags.

Eines Tages schien auch noch kurz vor fünf die Sonne. Es sah fast so aus, als drehte sie sich in einem schmalen Graben am blankpolierten Himmel, und unten in den Baumalleen und den Blumengärten der Stadt reflektierte jedes Blatt das Sonnenlicht wie eine harte Spiegeloberfläche. Fast alle Frauen saßen am geöffneten Fenster, fächelten sich Kühlung zu, seufzten und warteten auf den Regen.

Mrs. Larkins Garten war ein großer, dichtbewachsener Streifen Land, der sich den Hügel hinab hinter dem kleinen weißen Haus erstreckte, das sie jetzt nach dem Tod ihres Mannes allein bewohnte. Die Sonne und der Regen, der in diesem Sommer so heftig niederging, hatten sie nicht davon abgehalten, jeden Tag im Garten zu arbeiten. Jetzt hob das grelle Sonnenlicht ihre schwerfällige kleine Gestalt, die in einem alten Männeroverall mit aufgekrempelten Ärmeln und Hosenbeinen steckte, wie mit einer Pinzette heraus, trennte sie deutlich von dem dichten Laub und ließ sie merkwürdig gelb aussehen, wie sie da mit einer Hacke hantierte – übereifrig, unansehnlich und ganz sorglos.

Innerhalb der Hecke, die so hoch wie eine Mauer war, mußte dieser schräg abfallende, wild durcheinanderwuchernde Garten, in den man nur aus den oberen Fenstern der Nachbarhäuser hineinschauen konnte und der in immer wilderer Fülle strotzte, für Mrs. Larkin so vertraut geworden sein, daß es ihr wahrscheinlich unmöglich war, sich einen anderen Garten auch nur vorzustellen. Seit dem Unfall, der ihren Mann das Leben gekostet hatte, war sie kein einziges Mal mehr woanders gesehen worden. Jeden Morgen konnte man beobachten, wie sie langsam, fast zögernd aus dem weißen Haus heraustrat, in ihrem schmuddeligen Overall, oft mit herunterhängenden, wirren Haaren, wenn sie sich nicht gekämmt hatte. Zuerst strich sie unsicher zwischen den Pflanzen umher, naß vom Tau, und streckte noch nicht einmal die Hand aus, um etwas zu berühren. Und dann kam eine Art von Derbheit zum Zug und machte sie stark. Sie stand einen Augenblick lang still, als ob ihr eine Binde von den Augen genommen würde, und dann kniete sie sich zwischen die Blumen und fing an zu arbeiten.

Sie arbeitete pausenlos, den ganzen Tag lang, fast unsichtbar zwischen den dicht wuchernden, unregelmäßigen und schräg abfallenden Beeten untergetaucht. Das Hausmädchen rief sie zum Abendessen, und sie gehorchte; aber erst wenn es stockdunkel war, hörte sie wirklich zu arbeiten auf, erschien gebeugt, fast unterwürfig am Haus und öffnete langsam die kleine niedrige Hintertür. Selbst der Regen bedeutete ihr nur eine Unterbrechung. Sie zog sich unter den schützenden Birnbaum zurück, der in der Mitte des Gartens stand und dessen glänzendes Laub jetzt, Mitte April, bis fast auf den Boden herunterhing.

Es schien, daß die übergroße Fruchtbarkeit ihres Gartens für Mrs. Larkin sowohl eine Sorge als auch eine Herausforderung war. Nur durch unablässiges Arbeiten konnte sie mit dieser schweren schwarzen Gartenerde fertigwerden. Nur durch Zurückschneiden, Trennen, Ausdünnen und Hochbinden konnte sie verhindern, daß die dichten Stauden, Büsche und Weinstöcke sich unmäßig ausbreiteten und sich sinnlos vermehrten. Die täglichen sommerlichen Regenfälle konnten ihre Aufmerksamkeit und ihren sowieso schon großen Tatendrang nur noch verstärken. Und doch kam es selten vor, daß Mrs. Larkin etwas zurückschnitt, trennte oder hochband... Bis zu einem gewissen Grad schien sie Ordnung gar nicht anzustreben, sondern Verwilderung zuzulassen, als wollte sie sich ganz bewußt immer etwas weiter, etwas tiefer in das Leben im Garten hineinwagen.

Sie pflanzte alle Blumen, die sie nur finden oder in einem Katalog bestellen konnte – pflanzte sie dicht und hastig, ohne zwischendurch nachzudenken, ohne zu berücksichtigen, auf welche Vorstellungen ihre Nachbarn sich in ihrem Club hinsichtlich einer schönen Aussicht geeinigt hatten, oder wie der Eindruck von Frieden oder auch nur eine Harmonie der Farben zu erzielen sei. Die Nachbarn konnten nicht verstehen, warum Mrs. Larkin eigentlich so angestrengt in ihrem Garten arbeitete. Natürlich schenkte sie ihnen niemals auch nur eine einzige ihrer herrlichen Blumen. Auch wenn jemand von ihnen krank würde und stürbe, würde sie ihnen nie eine Blume schikken. Und wenn sie überhaupt jemals an *Schönheit* dachte (sie schenkten ihrem schmuddeligen Overall große Beachtung, der jetzt beinahe die Farbe von altem Laub hatte), dann strebte sie jedenfalls in ihrem Garten nicht danach. Es war einfach unmöglich, einen derartigen Ort gern anzuschauen. Den Nachbarn, die aus ihren Fenstern im oberen Stockwerk herunterstarrten, kam er wie eine Art Urwald vor, in dem die schmächtige, sorglose Gestalt seiner Besitzerin jeden Tag untertauchte.

Am Anfang, nach dem Tod von Mr. Larkin – nach dessen Vater die Stadt immerhin benannt worden war –, hatten sie die Witwe noch in angemessenen Abständen besucht. Aber, wie sie einander bestätigten, Mrs. Larkin hatte es nicht zu schätzen gewußt. Jetzt schauten die Nachbarn hin und wieder aus ihren Schlafzimmerfenstern hinunter, während sie morgens ihre Haare eifrig bürsteten. Sie entdeckten Mrs. Larkin im Garten und stellten aus der Entfernung fast neugierig fest, wo sie sich befand, so wie man mit dem Finger auf einer fremdländischen Landkarte eine Stadt findet, und vergaßen sie dann wieder.

Am frühen Morgen hatten sie jemand im Larkin'schen Garten pfeifen gehört. Sie hatten Jameys Melodie erkannt und ihn zwischen den Blumen neben Mrs. Larkin knien sehn. Es war der schwarze Junge, der hier in der Nachbarschaft tageweise arbeitete. Man sagte, daß Mrs. Larkin selbst Jamey nur hin und wieder ertrug...

Den ganzen Nachmittag lang hatte sie immer wieder aufgeschaut, um zu sehen, wie schnell er mit dem Umpflanzen vorwärts kam. Sie mußte ihn dazu bringen, fertig zu werden, bevor es zu regnen anfing. Sie hackte fleißig und jätete das letzte Fleckchen unbebauten Bodens, um ein paar Sträucher zu pflanzen. Sie bückte sich in der vollen Sonne und hackte mit kurzen, schnellen, unermüdlichen Schlägen. Einmal legte sie den Kopf weit zurück und starrte in den gleißend hellen Himmel hinauf. Sie zwickte ihre stumpfen Augen zusammen, wie staunend oder ungeduldig. Ihr Mund war schmal zusammengekniffen. Die Leute sagten, daß sie nie ein Wort sprach.

Aber die Erinnerung suchte sie oft heim, ohne jede Vorwarnung, ohne jede Verzweiflung. Und dann sah sie unvermittelt, als ob ein Vorhang sehr unsanft vor einer kleinen Bühne aufgerissen würde, die vordere Veranda des weißen Hauses, davor die schattige Straße und das blaue Auto, in dem ihr Mann von der Arbeit nach Hause kam. Es war ein Sommertag im vorigen Jahr. Sie wandte froh den Kopf, eine Bewegung, die sie jetzt beim Hacken zwanghaft wiederholte, und sah wieder den Baum, der gerade umstürzte. Es hatte keinerlei Vorwarnung gegeben. Aber der riesige Baum, ein duftender Seifennußbaum, schwankte plötzlich dunkel und zögernd wie eine Wolke und fiel auf ihren Mann. Von ihrem Platz auf der Veranda aus hatte sie mit sanfter Stimme, inniger als jemals zuvor, zu ihm gesagt: „Du darfst nicht verletzt sein." Aber der Baum war gerade so auf den Wagen gestürzt, daß er ihn totgequetscht hatte. Sie hatte noch eine Zeitlang reglos auf der Veranda abgewartet – in einem Zustand des tiefen Erinnerns –, als würde sie in längst Abgelebtes hinabgreifen und die schützende Formel heraufholen, um sie noch einmal auszuprobieren ... und damit das Geschehnis rückgängig machen. Dieser Unfall war nicht zu fassen, da ihre Liebe ihren Mann doch beschützte.

Sie hackte die Erde weiter auf und jätete das kräftige Unkraut. Sie bemerkte bald, daß sie die einzige war, die sich an diesem trägen Ort bewegte. Es war jetzt vollkommen windstill. Das Kreischen der Vögel war verstummt. Die Sonne schien seitlich am Himmel verankert zu sein. Alles war wieder zum Stillstand gekommen: Die Stille hatte die Pflanzenstengel gebannt, und die Blätter wurden mit einem Mal undurchdringlich. In der Mitte des Gartens lag der Schatten des Birnbaums wie erschlagen auf dem Boden. Auf der anderen Seite des Gartens kniete Jamey bewegungslos.

„Jamey!" rief sie ärgerlich.

Aber ihre Stimme war in dem wuchernden Garten kaum zu hören. Sie fühlte sich plötzlich von Entsetzen gepackt, als ob eine Macht von außerhalb mit dem Finger die Hecke spaltete und auf ihre Einsamkeit deutete. Einen Augenblick lang legte sie die Hand auf die Brust. Ein seltsames Flattern darin ängstigte sie, als ob die Macht ihr zumurmelte: „Der Vogel, der dein Herz durchflattert, könnt nicht zerteilen diesen Dunst"... Sie starrte ausdruckslos in den Garten. Sie klammerte sich an die Hacke und starrte durch die grünen Blätter hinüber zu Jamey.

Wie er so zwischen den Pflanzen kniete, krümmte sich der Rücken des farbigen Jungen fast unterwürfig, und das machte sie wütend. Sie ging in seine Richtung und ließ die Hacke hinter sich durch die Blumen schleifen. Sie zwang sich dazu, ihn anzuschauen, und faßte ihn zum ersten Mal ganz nah ins Auge – er sah aus wie ein Kind. Als er den Kopf leicht zur Seite drehte und mit seinem gelben Finger nachlässig durch die Erde fuhr, entdeckte sie, aufgefressen von Argwohn und Gier, ein kleines, mißbilligendes Lächeln auf seinem Gesicht; er war in einen eigenen unmöglichen Traum vertieft, während er die kleinen Ableger umpflanzte. Er pfiff nicht einmal mehr. Selbst damit hatte er aufgehört.

Sie ging näher auf ihn zu – er mußte wohl taub sein! – und näherte sich beinah verstohlen seiner trägen Selbstversunkenheit, als wäre der Anblick seines Profils, dieses abgewandte Lächeln, eine unschuldige, schimmernde und wunderbare Vision – eine Illusion ihrer angestrengten, umherschweifenden Augen.

Aber ein Gefühl von Verkrampftheit, von Hoffnungslosigkeit, das fast an Raserei grenzte, stieg beängstigend schnell in ihr auf. Als sie direkt hinter ihm war, stand sie einen Augenblick ganz still, in einer merkwürdig in sich zurückgezogenen Art, genauso wie am Morgen, bevor sie mit der Gartenarbeit begonnen hatte. Dann hob sie die Hacke über den Kopf. Die weitgeschnittenen Ärmel rutschten zurück und entblößten die zarte, ungebräunte Blässe ihrer Arme, die erschreckend jugendlich aussahen.

Sie packte den Griff fest, so fest, als sei sie davon überzeugt, daß er dies fühlen und daß sie ihm mit all ihrer Kraft weh tun könne. Jameys gebeugter Kopf unter ihr kam ihr geistlos, erschreckend, wunderbar und beinahe unerreichbar vor, doch auch so, als sei er durch seine große Nähe zur Vernichtung bestimmt, mit seinen geschneckten Büscheln von erhitztem, wolligem Haar, seinen wie zerknautscht aussehenden glänzenden Ohren, dem verzweigt herabrinnenden braunen Schweiß, dem geneigten Kopf, der so offensichtlich und so verhängnisvoll in seinem lächerlichen Traum befangen war.

So einen Kopf durfte sie mit voller Absicht abschlagen. Ganz tief war ihr bewußt, daß die Gefährdung und die Sterblichkeit der Menschen der Grund dafür war, daß sie so schnell vergessen wurden. Und sie war so hilflos, zu hilflos, um sich dem unergründlichen Wirken der Zufälle und Unberechenbarkeiten im Leben und beim Sterben zu widersetzen... Leben und Tod, dachte sie und packte die schwere Hacke fester, Leben und Tod. Beides bedeutete ihr jetzt nichts mehr, aber sie fühlte sich ständig gezwungen, die Hacke mit beiden Händen hochzuschwingen und sich unablässig zu fragen: Wäre es nicht möglich, auszugleichen? Zu bestrafen? Zu protestieren? Ein mattes Dunkel verdeckte einen Augenblick lang das Sonnenlicht, wie ein schmales Blatt, das ein Windstoß durch den Garten blies.

In diesem Augenblick fing es zu regnen an. Der erste Tropfen fiel auf ihren erhobenen Arm. Sie hörte leise, nahe Geräusche und spürte die Kühle.

Seufzend ließ Mrs. Larkin die Hacke zu Boden sinken und legte sie vorsichtig zwischen die Pflanzen. Sie stand nah bei Jamey, ganz still, und horchte auf den fallenden Regen. Er fiel so sanft herab. Es erfüllte sie ganz – das Geräusch, das das Ende des Wartens bedeutete.

Im Lichte des Regens, das ganz anders war als das Sonnenlicht, schien alles ohne Widerspiegelung aus sich heraus zu leuchten, im stillen Bogen seiner Eigenart. Das Grün der kleinen Zinniensetzlinge war ganz klar, fast glühend. Nacheinander leuchteten all die kleinen Pflanzen auf, sobald der Regen sie erreichte, und dann die verästelten Weinstöcke. Der Birnbaum rauschte leise wie die Flügel eines Vogels, der gerade landete. Hinter sich spürte sie das weißleuchtende Haus wie eine helle Lampe in der Nacht. Dann wandte Jamey ihr sein rundes Gesicht zu, wie im Schock des Erkennens, daß es zu regnen begonnen hatte. Fragen und Freude verstärkten sein Lächeln, und er richtete seinen erwachenden Körper auf und streckte sich. Schüchtern stammelte er ein paar unzusammenhängende Worte.

Sie antwortete Jamey nicht und bewegte sich auch nicht. Sie spürte nichts außer dem Regen, der niederfiel. Sie lauschte auf die einzelnen, sanften Tropfen zwischen Jameys Worten, wie sie leise die Speerblätter der Iris berührten, und auf den klaren glockenartigen Ton, als der Regen in den Krug fiel, den die Köchin auf die Türstufe gestellt hatte.

Schließlich stand Jamey so ruhig da, als warte er auf sein Geld, und versuchte sich die Verwirrung mit der Hand aus dem Gesicht zu wischen. Es hatte sich eingeregnet. Ein starker, feuchter Geruch schlug ihr entgegen.

Dann überschwemmte eine Zärtlichkeit, die im täglichen Umgang mit dem Regen schon oft aufgekommen und wieder vergangen war, ihren eingefallenen Körper mit voller Macht.

Er ist gekommen, dachte sie ohne zu überlegen, hob den Kopf und schaute mit verständnislosem Blick zum Himmel auf, der sich bewegte und mit weich zerfließenden Wolken näher kam. Es war fast dunkel geworden. Bald würde der rauschende, sanfte Nachtregen fallen. Er würde auf das steile Dach des weißen Hauses trommeln. Sie würde drinnen im Bett liegen und dem Regen zuhören. Es würde immer weiterregnen, es würde trommeln und klatschen. Die Tagesarbeit im Garten wäre vorbei. Sie würde im Bett liegen, die Arme in reglosem Frieden müde neben sich ausgestreckt: Gegen den Unerschöpflichen gab es keinen Widerstand.

Dann sank Mrs. Larkin mit einer einzigen Bewegung in die Blumen und lag ohnmächtig im Regen. Umrahmt von Pflanzen war ihr Gesicht ganz nach oben gewandt, das Haar fiel ihr aus der Stirn, und ihre offenstehenden Augen schlossen sich, als der Regen hineinfiel. Langsam sprangen ihre Lippen auf. Sie schien sich leicht zu bewegen, so wie sich ein Schlafender ahnungslos zurechtlegt.

Jamey sprang herbei, kauerte bei ihr nieder und hielt die Luft an, als er sah, wie er die Blumen unter seinen Füßen zertrat und wie die formlose, reglose Gestalt am Boden lag. Dann beruhigte er sich wieder, trat ein Stück zurück und betrachtete scheu das bewußtlose Gesicht, das ganz weiß und entspannt im prasselnden Regen lag. Er erinnerte sich daran, wie er innerlich ruhig geworden war, als er gefühlt hatte, daß sie hinter ihm stand und zu ihm hinabblickte, und daß er sich in diesem Augenblick um nichts in der Welt umgeschaut hätte. Er erinnerte sich die ganze Zeit über an das krachende Geräusch, das er überhört hatte, mit dem die Fenster im Nachbarhaus geschlossen worden waren, als es angefangen hatte zu regnen ... Aber jetzt war er es, der hier, wo niemand hinschaute, die arme Mrs. Larkin betrachtete.

Er beugte sich hinunter und fing an, sie mit entsetzter, kläglicher, flehender Stimme bei ihrem Namen zu rufen, bis sie sich schließlich bewegte.

„Miss Lark'! Miss Lark'!" Dann sprang er leichtfüßig auf und rannte aus dem Garten.

EIN WOHLTÄTIGKEITSBESUCH

Es war mitten am Vormittag – ein sehr kalter, heller Tag. In einem Vorort sprang ein vierzehnjähriges Mädchen mit einem Blumentopf bewaffnet vor einem Altersheim für Damen aus dem Bus. Sie trug einen roten Mantel, und ihr glattes blondes Haar fiel locker unter der weißen Zipfelmütze hervor, die in diesem Jahr alle Mädchen trugen. Sie blieb kurz vor einem der stachligen dunklen Büsche stehen, mit denen die Stadt das Altersheim verschönert hatte, und ging dann langsam auf das weißgetünchte Gebäude aus Ziegelstein zu, in dem sich die Wintersonne wie in einem Eisklotz spiegelte. Während sie unsicher die Treppe hochstieg, hielt sie den kleinen Blumentopf einmal in der einen, dann in der anderen Hand. Dann mußte sie ihn absetzen und ihre Fausthandschuhe ausziehen, um die schwere Tür öffnen zu können.

„Ich bin Pfadfinderin ... ich muß eine alte Dame besuchen", sagte sie der Schwester in der Pforte. Die Frau trug eine weiße Tracht und sah aus, als ob sie fröre. Sie hatte kurzgeschnittene Haare, die sich oben auf ihrem Kopf wie eine Woge aufbäumten. Marian, das Mädchen, verriet ihr nicht, daß ihr dieser Besuch nur das Minimum von drei Pluspunkten einbringen würde.

„Kennst du jemanden hier?" fragte die Schwester. Dabei zog sie eine Augenbraue hoch und sprach wie ein Mann.

„Eine der alten Damen? Nein – aber – das heißt, jede ist mir recht", stotterte Marian. Mit der freien Hand streifte sie ihr Haar hinter die Ohren, wie sie es immer machte, wenn sie Naturkunde lernen mußte.

Die Schwester zuckte mit den Achseln und stand auf. „Du hast aber eine hübsche *Multiflora Cineraria* mitgebracht", sagte sie, als sie im Flur mit all den geschlossenen Türen voranging, um eine alte Dame auszusuchen.

Der Boden war mit losem, buckligem Linoleum bedeckt. Es kam Marian so vor, als ob sie auf Wellen ginge, aber die Schwester beachtete es nicht weiter. Es roch im Flur wie in einem Uhrgehäuse. Es war ganz still, bis sich eine alte Frau hinter einer der Türen räusperte, ein Geräusch wie ein blökendes Schaf. Das half der Schwester, sich zu entscheiden. Sie blieb plötzlich stehen, streckte zuerst den Arm aus, winkelte ihn an, beugte sich aus den Hüften nach vorne – und das alles nur, um auf die Uhr zu schauen, die sie um das Handgelenk trug; dann pochte sie zweimal laut an die Tür.

„In jedem Zimmer sind zwei“, sagte die Schwester über die Schulter.

„Zwei was?“ fragte Marian, ohne nachzudenken. Bei dem blökenden Geräusch hätte sie sich fast umgedreht und wäre weggelaufen.

Eine alte Frau machte die Tür mit kurzen, ruckartigen Bewegungen auf, und als sie die Schwester sah, zog ein merkwürdiges Lächeln ihr altes Gesicht gefährlich schief. Als nächstes sah Marian, die plötzlich von dem kräftigen, ungeduldigen Arm der Schwester nach vorne gezogen wurde, das Profil einer zweiten, noch älteren Frau, die mit einer Haube und einer bis zum Kinn hochgezogenen Steppdecke ausgestreckt im Bett lag.

„Besuch“, sagte die Schwester und verschwand nach einem weiteren Schubs im Flur.

Marian stand da und konnte nicht sprechen. Mit beiden Händen hielt sie den Blumentopf fest. Die alte Frau – das schrecklich schiefe Lächeln (das ein Lächeln der Begrüßung sein sollte) noch immer fest in ihrem knochigen Gesicht – wartete ab... Vielleicht sagte sie etwas. Die alte Frau im Bett sagte überhaupt nichts und schaute auch nicht herüber.

Plötzlich sah Marian, wie eine Hand so schnell wie eine Vogelklaue in die Luft hochfuhr und ihr die weiße Mütze vom Kopf zog. Gleichzeitig wurde sie von einer zweiten Klaue ganz ins Zimmer hineingezogen, und im nächsten Augenblick schloß sich die Tür hinter ihr.

„Ja so was, ja so was“, sagte die alte Dame neben ihr.

Marian stand eingeengt zwischen einem Bett, einem Waschtisch und einem Stuhl – das winzige Zimmer war vollgestopft mit Möbeln. Alles roch feucht, sogar der nackte Fußboden. Sie hielt sich an der geflochtenen Stuhllehne fest, die sich weich und klamm anfühlte. Ihr Herz schlug immer langsamer, ihre Hände wurden immer kälter, und sie hörte nicht, ob die alten Frauen etwas sagten oder nicht. Sie konnte sie auch nicht deutlich sehen. Wie dunkel es hier war! Der Rolladen am Fenster war heruntergelassen, und die einzige Tür war geschlossen. Marian schaute zur Decke hoch . . . es war, als wäre man in einer Räuberhöhle gefangen und würde gleich getötet.

„Bist du hergekommen, um eine Zeitlang unser kleines Mädchen zu sein?“ fragte der erste Räuber.

Dann wurde etwas aus Marians Hand gerissen – der kleine Blumentopf.

„Blumen!“ kreischte die alte Frau. Sie hielt den Topf unentschlossen hoch. „Schöne Blumen“, fügte sie hinzu.

Dann räusperte sich die alte Frau im Bett und sagte sehr bestimmt, und immer noch ohne herüberzuschauen: „Sie sind nicht schön.“

Marian stieß plötzlich gegen den Stuhl und setzte sich.

„Schöne Blumen“, beharrte die erste alte Frau. „Schön – schön . . .“

Marian wünschte sich den kleinen Topf zurück, nur für einen Augenblick – sie hatte ganz vergessen, die Pflanze anzuschauen, bevor sie sie verschenkte. Wie sah sie aus?

„Stinkeblumen“, sagte die andere alte Frau scharf. Sie hatte eine beulige weiße Stirn und rote Augen wie ein Schaf. Die richtete sie jetzt auf Marian. Ihre Kehle schien wieder rauh zu werden, und sie blökte: „Wer – bist – du?“

Zu ihrer Überraschung wußte Marian ihren eigenen Namen nicht mehr. „Ich bin eine Pfadfinderin“, sagte sie schließlich.

„Nehmt euch vor den Bazillen in acht“, blökte die alte Frau wie ein Schaf und sprach niemanden direkt an.

„Vorigen Monat kam eine, uns zu besuchen“, sagte die erste alte Frau.

Ein Schaf oder eine Bazille? dachte Marian wie im Traum und hielt sich am Stuhl fest.

„Stimmt nicht!“ schrie die andere alte Frau.

„Stimmt doch! Sie las uns was aus der Bibel vor, das hat uns gefallen!“ kreischte die erste.

„Wem hat's gefallen!“ sagte die alte Frau im Bett. Ihr Mund war unerwartet klein und kummervoll, wie bei einem Haustier.

„Uns hat's gefallen“, behauptete die andere. „Dir hat's gefallen – mir hat's gefallen.“

„Uns allen hat's gefallen", sagte Marian, ganz ohne zu merken, daß sie etwas gesagt hatte.

Die erste alte Frau hatte die Pflanze gerade oben auf den Kleiderschrank geschoben, wo sie von unten kaum noch zu sehen war. Marian wunderte sich darüber, wie sie die Pflanze jemals dort hinaufgebracht hatte, wie sie überhaupt so hoch hinaufreichen konnte.

„Du darfst die alte Addie nicht beachten", sagte sie jetzt zu dem Mädchen. „Es geht ihr heut' nicht gut."

„Bist du wohl still?" sagte die Frau im Bett. „Stimmt ja gar nicht."

„Du bist mir vielleicht eine."

Plötzlich sagte Marian: „Ich kann nur ganz kurz bleiben – wirklich nur ganz kurz." Sie schaute auf den feucht schimmernden Boden und dachte, daß sie sie fortlassen müßten, wenn es ihr jetzt hier schlecht würde.

Die erste alte Frau ließ sich umständlich in einem Schaukelstuhl nieder – noch ein Möbelstück! – und fing zu schaukeln an. Sie fingerte mit der Hand an einer sehr schmutzigen Kamee-Brosche auf ihrer Brust herum. „Und wie geht's in der Schule?" fragte sie.

„Ich weiß nicht..." sagte Marian. Sie versuchte sich zu erinnern, aber es gelang ihr nicht.

„Aber die Blumen sind ganz herrlich", flüsterte die alte Frau. Sie schien schneller und schneller zu schaukeln; Marian verstand nicht, wie jemand überhaupt so schnell schaukeln konnte.

„Sind häßlich", sagte die Frau im Bett.

„Wenn wir Blumen mitbringen –", begann Marian und verstummte. Sie hätte fast gesagt, daß Pfadfinderinnen, die Blumen ins Altersheim mitbrachten, einen Extrapunkt bekamen, und wenn sie eine Bibel auf die Busfahrt mitnahmen, dann zählte es doppelt. Aber die alte Frau hatte sowieso nicht zugehört. Sie schaukelte und beobachtete dabei die andere, die sie ihrerseits vom Bett aus beobachtete.

„Es geht der armen Addie gar nicht gut. Sie muß Medizin einnehmen – siehst du?" sagte sie, deutete mit einem verhornten Finger auf eine Reihe Medizinflaschen auf dem Tisch und schaukelte so hoch, daß sich ihre schwarzen Pantoffeln wie bei einem kleinen Kind vom Boden abhoben.

„Ich bin auch nicht kränker als du", sagte die alte Frau im Bett.

„Doch, das bist du!"

„Ich bin nur etwas vernünftiger als du, das ist alles", sagte die andere alte Frau und nickte mit dem Kopf.

„Sie widerspricht einfach immer, wenn *ihr* kommt", sagte die erste alte Frau plötzlich sehr vertraulich. Sie brachte den Schaukelstuhl mit einem kurzen Auftreten ihrer Füße zum Stehen und beugte sich zu Marian. Sie streckte die Hand nach ihr aus – sie fühlte sich wie ein Betunienblatt an, haftend und leicht klebrig.

„Bist du wohl still! Bist du wohl still!" schrie die andere.

Marian lehnte sich steif im Stuhl zurück.

„Als ich so klein war wie du, ging ich auch zur Schule", sagte die alte Frau mit der gleichen vertraulich-drohenden Stimme. „Aber nicht hier – in einer anderen Stadt..."

„Sei still!" sagte die kranke Frau. „Du bist nie zur Schule gegangen. Du bist nie gekommen und nie gegangen. Du warst nie irgendwas – nur hier. Du wurdest nie geboren! Du hast von nichts eine Ahnung. Dein Kopf ist leer, dein Herz und deine Hände und deine alte schwarze Geldbörse sind ganz leer, selbst diese kleine alte Schachtel, die du mit hierhergebracht hast, war leer – du hast sie mir ja gezeigt. Aber trotzdem quatschst und quatschst und quatschst du die ganze Zeit, bis ich glaube, daß ich verrückt werde! Wer bist du denn? Eine Fremde – eine vollkommen Fremde! Weißt du nicht, daß du für mich eine Fremde bist? Ist es möglich, daß sie jemandem tatsächlich so was antun – ihm eine Fremde reinsetzen, die redet und schaukelt und ihre ewig lange Lebensgeschichte runtererzählt? Glauben die im Ernst, daß ich das aushalten kann, tagein, tagaus, nachtein, nachtaus, für alle Zeiten mit derselben gräßlichen alten Frau in einem Zimmer zu leben?"

Marian sah, wie die Augen der alten Frau aufleuchteten und sich ihr zuwandten. Diese Alte schaute sie mit einem verzweifelten und berechnenden Ausdruck an. Ihre schmalen Lippen öffneten sich plötzlich und entblößten ein Halbrund falscher Zähne mit beigem Zahnfleisch. „Komm mal her, ich will dir was sagen", flüsterte sie. „Komm her!"

Marian zitterte, und ihr Herz stand einen Augenblick lang still.

„Aber, aber, Addie", sagte die erste alte Frau. „Das ist nicht sehr höflich. Weißt du, was heut mit der alten Addie in Wirklichkeit los ist?“ Auch sie schaute Marian an. Eines von ihren Augenlidern hing herunter.

„Los?“ wiederholte das Kind etwas dümmlich. „Was ist mit ihr los?“

„Also, sie hat schlechte Laune, weil heute ihr Geburtstag ist!“ sagte die erste alte Frau, fing wieder zu schaukeln an und krächzte leise, als hätte sie ihr eigenes Rätsel gelöst.

„Stimmt gar nicht, stimmt gar nicht!“ schrie die alte Frau im Bett. „Heut hab ich nicht Geburtstag, niemand außer mir weiß, wann ich Geburtstag hab, und willst du jetzt bitte den Mund halten und nichts mehr sagen, sonst werd ich glatt verrückt!“ Sie richtete ihre Augen wieder auf Marian und sagte mit ihrer leisen, undeutlichen Stimme: „Wenn es hier ganz schlimm zugeht, dann läute ich diese Glocke, dann kommt die Schwester.“ Sie zog eine Hand unter der geflickten Steppdecke hervor – eine magere kleine Hand mit riesigen schwarzen Altersflecken. Mit zitterndem Finger deutete sie auf eine kleine Glocke, die zwischen den Arzneiflaschen auf dem Tisch stand.

„Wie alt sind Sie?“ hauchte Marian. Jetzt konnte sie die alte Frau im Bett ganz nah und deutlich sehen und plötzlich auch von allen Seiten, wie in einem Traum. Sie war verwundert über sie – einen Augenblick lang so verwundert, als gäbe es nichts anderes auf der Welt, über das man sich wundern konnte. So etwas passierte Marian zum ersten Mal.

„Sag ich nicht!“

Das alte Gesicht auf dem Kissen wurde langsam immer faltiger und fiel dann in sich zusammen. Ein leises Gewimmer kam aus dem kleinen offenstehenden Mund. Es klang nach einem Schaf – einem kleinen Lamm. Marians Gesicht kam ganz nah heran, ihr blondes Haar hing nach vorne.

„Sie weint!“ Sie wandte ihr lebhaftes, glühendes Gesicht der ersten alten Frau zu.

„Typisch Addie“, sagte die alte Frau giftig.

Marian sprang auf und lief zur Türe. Zum zweiten Mal berührte die Klaue fast ihr Haar, aber sie war nicht schnell genug. Das Mädchen setzte die Mütze auf.

„Na, das war mal ein richtiger Besuch“, sagte die alte Frau und folgte Marian durch die Tür bis auf den Gang hinaus. Dann packte sie das Mädchen plötzlich von hinten mit ihren scharfen, kleinen Fingern. Mit gekünstelter, hoher Stimme rief sie: „Ach, kleines Mädchen, hast du einen Penny für eine arme, alte Frau, die überhaupt nichts hat? Wir haben rein gar nichts – keinen einzigen Penny für Bonbons – rein gar nichts! Kleines Mädchen, nur fünf Cent – einen Penny –"

Marian stieß die alten Hände kräftig zurück, bevor sie endlich frei war. Dann rannte sie den Flur entlang, ohne sich umzublicken und ohne die Schwester anzuschauen, die an der Pforte saß und *Feld und Strom* las. Nachdem die Schwester wieder mit einer dreifachen Bewegung auf ihre Armbanduhr geschaut hatte, stellte sie automatisch die Frage, die allen Besuchern in solchen Institutionen gestellt wird: „Wollen Sie nicht hierbleiben und *mit uns zu Abend essen*?"

Marian antwortete nicht. Sie stieß die schwere Tür in die kalte Luft hinaus auf und rannte die Treppe hinunter.

Unter dem stachligen Busch hielt sie an und holte, ohne daß jemand es sah, schnell einen rotbäckigen Apfel heraus, den sie dort versteckt hatte.

Ihr blondes Haar unter der weißen Mütze, ihr scharlachroter Mantel und ihre nackten Knie glänzten im Sonnenlicht auf, als sie losrannte, um den großen Bus zu erwischen, der auf der Straße angefahren kam.

„Ich will mit!" schrie sie. Wie auf höheren Befehl blieb der Bus ächzend stehen.

Sie sprang auf und biß kräftig in den Apfel.

DER TOD EINES HANDLUNGSREISENDEN

R. J. Bowman, der vierzehn Jahre lang als Vertreter einer Schuhfirma durch Mississippi gereist war, fuhr mit seinem Ford einen ausgefahrenen Weg entlang. War das ein langer Tag! Die Zeit schien die Hürde des Mittags nicht nehmen zu wollen, um in den sanften Nachmittag überzugehen. Die Sonne, die hier auch im Winter kräftig herunter brannte, blieb hoch oben am Himmel stehen, und jedesmal, wenn Bowman den Kopf aus dem eingestaubten Auto streckte, um auf die Straße zu schauen, war es ihm, als greife ein langer Arm herab und schlage ihn durch seinen Hut hindurch auf den Kopf – wie's ein alter Hausierer zum Spaß machen würde, der schon lang unterwegs war. Da fühlte er sich noch ärgerlicher und hilfloser. Er fieberte, und er war nicht ganz sicher, ob er richtig fuhr.

Nach einer lang dauernden Grippe war er heute zum ersten Mal wieder unterwegs. Er hatte sehr hohes Fieber gehabt, wilde Träume und war immer noch ganz schwach und sah bleich aus, so sehr, daß er es selbst im Spiegel sehen konnte, und er konnte nicht klar denken ... Den ganzen Nachmittag lang hatte er in seiner schlechten Laune ohne jeden Grund an seine tote Großmutter denken müssen. Sie war so eine gute alte Seele gewesen. Wieder einmal wünschte sich Bowman, daß er in das dicke Federbett fallen könnte, das in ihrem Zimmer gestanden hatte ... Dann vergaß er sie wieder.

Dieses trostlose Hügelland! Und er fuhr anscheinend in die falsche Richtung – es kam ihm vor, als fahre er zurück, weit zurück. Kein einziges Haus war zu sehen ... Es nützte auch gar nichts, wenn er sich zurück ins Bett wünschte. Mit der Bezahlung des Hotelarztes hatte er seine Wiederherstellung bestätigt. Er hatte es noch nicht einmal bedauert, als sich die hübsche Krankenschwester von ihm verabschiedete. Er konnte Krankheiten nicht leiden, er mißtraute ihnen, so wie er dieser Straße ohne Wegweiser mißtraute. Es machte ihn wütend. Er hatte der Krankenschwester ein wirklich teures Armband geschenkt, nur weil sie ihren Koffer gepackt hatte und weggegangen war.

Aber jetzt – was nützte es, wenn er in seinen vierzehn Reisejahren keinmal krank gewesen war und keinen Unfall gehabt hatte? Dieser Rekord war jetzt hin, und er hatte ihn schon selbst in Frage gestellt ... Mit der Zeit war er in den größeren Städten in immer besseren Hotels abgestiegen, aber warum waren alle im Sommer muffig und im Winter zugig? Und Frauen? Er konnte sich nur an kleine Zimmer zwischen anderen kleinen Zimmern erinnern, wie ineinandergeschachtelte chinesische Döschen, und wenn er an eine Frau dachte, sah er die zerschlissene Einsamkeit, aus der die Möbel in diesem Zimmer zu bestehen schienen. Und er selbst – er war ein Mann, der immer ziemlich breitkrempige schwarze Hüte trug und in den welligen Hotelspiegeln ungefähr wie ein Stierkämpfer aussah, wenn er auf dem Weg zum Abendessen einen unvermeidlichen Augenblick lang auf dem Treppenabsatz stehenblieb ... Er lehnte sich wieder aus dem Auto, und wieder traf ihn die Sonne auf den Kopf.

Bowman hatte Beulah bei Einbruch der Dunkelheit erreichen wollen, um früh zu Bett zu gehen und seine Müdigkeit auszuschlafen. Er erinnerte sich daran, daß Beulah fünfzig Meilen von der letzten Stadt entfernt an einer Schotterstraße lag. Dies hier war nur ein Landwirtschaftsweg. Wie war er nur hierher geraten? Mit einer Hand wischte er sich den Schweiß vom Gesicht und fuhr weiter.

Er war schon einmal in Beulah gewesen. Aber diesen Hügel oder diesen sich in der Landschaft verlierenden Weg hatte er noch nie gesehen – und diese Wolke auch noch nicht, dachte er scheu, indem er hochschaute und dann schnell wieder den Blick senkte –, ebensowenig wie er diesen Tag kannte. Warum gab er nicht zu, daß er sich ganz einfach verfahren hatte, schon seit vielen Meilen? ... Er hatte nicht die Angewohnheit, fremde Leute nach dem Weg zu fragen. Diese Leute wußten ja nie, wo die Straßen, an denen sie lebten, genau hinführten; außerdem war niemand nah genug gewesen, daß er ihm etwas hätte zurufen können. Die wenigen Leute, die auf den Feldern oder oben auf einem Heuhaufen standen, waren zu weit entfernt, sie sahen wie schrägstehende Stöcke oder Halme aus, drehten sich nach ihm um, wenn sein Wagen mit einsamem Gebrumm durch ihre Gegend fuhr, und schauten zu, wie die fahle Wintererde hinter ihm in dicken Klumpen, die an Kürbisse erinnerten, auf die Straße zurückfiel. Die stierenden Blicke dieser weit entfernten Menschen hatten ihn verfolgt, undurchdringlich und massiv wie eine Mauer, hinter der sie sich wieder abwandten, nachdem er vorbeigefahren war.

Die Wolke dort glitt auf die Seite, ganz wie das Kopfkissen auf dem Bett seiner Großmutter. Sie schwebte über die Hütte am Rand eines Hügels, wo zwei kahle Seifennußbäume in den Himmel griffen. Er fuhr durch einen Haufen aus totem Eichenlaub, und als die Räder die leichten Blätter aufwirbelten, ertönte ein silbrig-melancholisches Pfeifen, während der Wagen hindurchfuhr. Noch kein Auto war vor ihm in diese Richtung gefahren. Dann sah er, daß er an den Rand eines Grabens kam, der rötlich und zerklüftet abfiel, und daß hier die Straße tatsächlich zu Ende war.

Er trat auf die Bremse. Aber der Wagen kam nicht zum Stehen, obwohl er mit seiner ganzen Kraft bremste. Der Wagen neigte sich schon nach vorn und rollte noch immer etwas weiter. Er würde bestimmt gleich über den Rand kippen.

Er stieg in aller Ruhe aus, als hätte ihm jemand übel mitgespielt und er müßte seine Würde bewahren. Er hob Tasche und Musterkoffer aus dem Wagen, stellte sie ab, trat etwas zurück und schaute zu, wie der Wagen über den Rand rollte. Er hörte etwas – nicht das Krachen, das er erwartete, sondern ein eher langsames, unauffälliges Knacken. Widerstrebend ging er nach vorn und schaute hinunter und sah, daß sein Wagen in ein dichtes Gewirr von riesigen, armdicken Weinstökken gerutscht war. Die fingen ihn auf und hielten ihn fest, wiegten ihn wie ein monströses Kind in einer dunklen Wiege und ließen ihn, während Bowman zusah, irgendwie besorgt, daß er nicht mehr darin saß, sanft zu Boden gleiten.

Er seufzte.

Wo bin ich nur? dachte er plötzlich tief erschrocken. Warum hab ich nichts unternommen? All seine Wut schien von ihm abgefallen zu sein. Da hinten auf dem Hügel stand ein Haus. Er nahm eine Tasche in jede Hand und ging mit geradezu kindlicher Bereitwilligkeit darauf zu. Aber er atmete schwer und mußte stehenbleiben, um sich auszuruhen.

Es war eine hochgelegene Jagdhütte, die aus zwei Zimmern mit einem offenen Durchgang dazwischen bestand. Das ganze Häuschen stand schräg. Das Gewicht der schweren Weinstöcke lastete darauf, die so hell und grün über das Dach wucherten, als hätte sie der Sommer vergessen. Eine Frau stand in dem Durchgang.

Er blieb stehen. Dann spielte sein Herz ganz plötzlich verrückt. Es ging los wie eine Rakete, sprang mit unregelmäßigen Schlägen bis hoch in seinen Kopf, und er konnte nicht mehr klar denken. Aber beim Hochjagen und Abstürzen machte es kein Geräusch. Es schoß mit großer Kraft fast heiter in die Höhe und fiel dann sanft herab, wie ein Akrobat ins Netz fällt. Es begann stark zu pochen, setzte daraufhin gewissenlos aus und schlug dann mit einer Art von innerem Spott zuerst gegen seine Rippen, dann gegen seine Augen, dann gegen seine Schulterblätter und gegen seinen Gaumen, als er versuchte, „Guten Tag, Madame" zu sagen. Aber er konnte sein Herz nicht hören – es war so still wie herabrieselnde Asche. Das beruhigte ihn; trotzdem war es ein Schock für Bowman, daß er sein Herz überhaupt schlagen spürte.

Stocksteif vor Verwirrung ließ er sein Gepäck einfach fallen, das langsam und anmutig herabzuschweben und sich auf dem grauen, niedergetretenen Gras nah bei der Tür hinzuducken schien.

Er sah sofort, daß die Frau, die dort stand, alt war. Da sie sein Herzjagen unmöglich hören konnte, beachtete er es nicht weiter und schaute sie aufmerksam und in seiner Verwirrtheit zugleich träumerisch mit offenem Mund an.

Sie putzte gerade die Lampe und hielt sie, halb rußig und schon halb sauber, vor sich in der Hand. Er sah sie gegen den dunklen Durchgang. Sie war eine stattliche Frau mit einem vom Wetter gegerbten, aber faltenlosen Gesicht. Sie preßte ihre Lippen fest aufeinander und schaute ihm mit merkwürdig matt glänzenden Augen ins Gesicht. Er schaute auf ihre Schuhe, die wie zusammengeschnürte Bündel aussahen. Im Sommer ging sie wohl barfuß ... Bowman, der das Alter einer Frau automatisch nach ihrem Aussehen schätzte, hielt sie für fünfzig. Sie trug ein sackartiges Kleid aus einem grauen, groben Stoff, das vom Trocknen nach der Wäsche noch ganz steif war und aus dem ihre Arme rötlich und unerwartet rund hervorschauten. Als sie nichts sagte und in ihrer stummen Haltung die

Lampe weiter vor sich hielt, war er von ihrer körperlichen Kraft überzeugt.

„Guten Tag, Madame“, sagte er.

Ob sie ihn oder die Luft um ihn herum anstarrte, konnte er nicht sagen, aber im nächsten Augenblick senkte sie den Blick und bedeutete ihm damit, daß sie alles anhören würde, was er zu sagen hatte.

„Vielleicht ist es interessant für Sie –“ Er fing noch einmal an. „Ein Unfall – mein Wagen ...“

Ihre Stimme klang tief und wie aus der Ferne, über einen See herübergesprochen. „Sonny is nich da.“

„Sonny?“

„Sonny is grad nich da.“

Das ist ihr Sohn – ein Kerl, der meinen Wagen wieder hochschaffen kann, fiel ihm erleichtert ein. Er deutete hügelabwärts. „Mein Wagen liegt da unten im Graben. Ich brauche Hilfe.“

„Sonny is nich da, aber er kommt wieder.“ Jetzt konnte er sie besser verstehen, und ihre Stimme klang kräftiger, und Bowman bemerkte, daß sie sehr einfältig war.

Die immer größere Verzögerung und Umständlichkeit seiner Reise überraschte ihn jetzt kaum mehr. Er holte Luft und hörte, wie seine Stimme über das lautlose Pochen seines Herzens hinweg sagte: „Ich war krank. Ich bin immer noch geschwächt ... darf ich hereinkommen?“

Er bückte sich und legte seinen großen schwarzen Hut über den Griff der Reisetasche. Es war eine demütige Geste, fast eine Verbeugung, und es kam ihm plötzlich ganz absurd vor, so als gebe er damit seine ganze Schwäche preis. Er schaute zu der Frau auf, der Wind fuhr ihm durchs Haar. Er hätte noch lange in dieser ungewöhnlichen Haltung verharren können; er war nie ein geduldiger Mann gewesen, aber während seiner Krankheit hatte er es gelernt, fügsam in seine Kissen zu sinken und auf seine Arznei zu warten. So verharrte er jetzt vor der Frau.

Dann schaute sie ihn mit ihren blauen Augen an, drehte sich um und hielt ihm die Tür auf, und einen Augenblick später stand Bowman aufrecht da, als ob er von seinem Handeln ganz überzeugt wäre, und folgte ihr ins Haus.

Drinnen berührte ihn die Dunkelheit wie die fachkundige Hand eines Arztes. Die Frau stellte die halbgeputzte Lampe auf einem Tisch mitten im Zimmer ab und deutete, ebenfalls sehr fachkundig, wie eine Fremdenführerin, auf einen Stuhl, der mit gelbem Rindsleder bezogen war. Sie selbst hockte sich an den Herd und zog die Knie unter ihrem sackartigen Kleid hoch.

Zuerst fühlte er sich voller Hoffnung und sicher. Sein Herz schlug wieder gleichmäßiger. Das Zimmer war mit düster wirkenden Kiefernbrettern getäfelt. Er konnte auf der anderen Seite des Durchgangs in das zweite Zimmer hineinschauen und bemerkte die Füße einer eisernen Bettstatt. Das Bett war mit einer rotgelben Flickendecke abgedeckt, die wie eine Landkarte oder wie ein Bild aussah, und sie erinnerte ihn in den Farben an das Gemälde, das seine Großmutter als kleines Mädchen vom brennenden Rom gemalt hatte.

Er hatte sich sehr nach Kühle gesehnt, aber in diesem Raum war es kalt. Er starrte zum Herd mit den verglühten Kohlen und den in die Ecken geschobenen Eisentöpfen. Der Herd und der rußgeschwärzte Kamin waren aus dem Stein gemauert, den er die Hügel hatte rippenartig durchziehen sehen, zum größten Teil Schiefer. Warum brennt kein Feuer? fragte er sich.

Und es war so still. Das Schweigen der Felder schien hereinzuschweben und ganz vertraut durch das Haus zu ziehen. Der Wind wehte durch den offenen Durchgang. Er fühlte, daß er sich in einer geheimnisvollen, stillen, kühlen Gefahr befand. Was sollte er tun? ... Reden.

„Ich habe eine schöne Kollektion von preiswerten Damenschuhen ...", sagte er.

Aber die Frau antwortete: „Sonny kommt bald. Er is stark. Wird Ihr Auto schon rausziehn."

„Wo ist er denn?"

„Arbeitet für Mr. Redmond."

Mr. Redmond. Mr. Redmond. Das war einer, den er nie würde treffen müssen, und darüber war er froh. Irgendwie gefiel ihm der Name nicht... In einem Anfall von angespannter Empfindlichkeit wollte Bowman selbst die Erwähnung von Männern und deren Farmen, die er nicht kannte, vermeiden.

„Leben Sie beide hier allein?“ Es überraschte ihn, daß er mit seiner altgewohnten Stimme, schwatzhaft, vertraulich und nur darauf aus, Schuhe zu verkaufen, nach etwas fragte, das er gar nicht wissen wollte.

„Ja. Wir zwei leben allein.“

Ihn überraschte die Art, wie sie antwortete. Es hatte lang gedauert, bis sie das herausgebracht hatte. Sie hatte dabei auch tiefsinnig mit dem Kopf genickt. Er erwog unangenehm berührt, ob sie ihn mit einer Art Vorahnung belasten wollte. Oder wollte sie ihm ganz einfach nicht helfen, indem sie mit ihm redete? Denn er war nicht kräftig genug, um die Anforderungen ungewohnter Situationen auszuhalten, ohne sich durch kleine Gespräche zu erleichtern. Einen Monat lang hatte sich nichts außer in seinem Kopf und in seinem Körper ereignet – ein fast unsichtbares Leben, das aus Herzklopfen und wiederkehrenden Träumen bestand, aus Fieber und völliger Zurückgezogenheit, ein empfindsames Leben, das ihn bis an den Rand von – was? vom Bettelngehen gebracht hatte. Der Pulsschlag an seinem Handgelenk sprang hoch wie eine Forelle in einem Bach.

Er überlegte sich immer wieder, warum die Frau die Lampe nicht weiter säuberte. Was brachte sie dazu, dort drüben zu hocken und ihm schweigend ihre Anwesenheit zu schenken? Er begriff, daß es für sie jetzt nicht die richtige Zeit war, um kleine Hausarbeiten zu erledigen. Ihr Gesicht wirkte ernst; sie fand, daß sie sich ganz richtig verhielt. Vielleicht war es auch nur reine Höflichkeit. Folgsam hielt er die Augen weit geöffnet. Er starrte auf die Hände der Frau, die sie zusammendrückte, als hielte sie darin den Faden, an dem seine Augen befestigt waren.

Dann sagte sie: „Da kommt Sonny.“

Er selbst hatte nichts gehört, aber ein Mann ging am Fenster vorbei und stapfte dann, von zwei Hunden begleitet, durch die Tür herein. Sonny war ein kräftig gebauter Mann. Sein Gürtel saß ihm tief auf den Hüften. Er war mindestens dreißig Jahre alt. Er hatte ein erhitztes, rotes Gesicht, das dennoch Ruhe ausstrahlte. Er trug schmutzige blaue Hosen und einen fleckigen, geflickten alten Militärmantel. Aus dem Weltkrieg? überlegte Bowman. Großer Gott, das war noch ein Mantel aus der Konföderation. Weit zurückgeschoben auf seinen hellen Haaren saß ein großer, schmieriger, schwarzer Hut, der eine Beleidigung für Bowmans eigenen Hut zu sein schien. Er stieß die Hunde von seiner Brust weg. Er war stark und bewegte sich schwerfällig und würdevoll ... Er sah seiner Mutter ähnlich.

Sie standen nebeneinander ... Er mußte den Grund für sein Hiersein noch einmal erklären.

„Sonny, dieser Mann, dem sein Wagen is über die Böschung gekippt, und er will wissen, ob du ihn wieder hochholen kannst", sagte die Frau nach ein paar Minuten.

Bowman konnte nicht einmal seine eigene Sache vertreten.

Sonnys Augen ruhten auf ihm.

Er wußte, er sollte Erklärungen abgeben und Geld anbieten – oder wenigstens schuldbewußt oder autoritär auftreten. Aber er brachte nur ein leichtes Achselzucken zustande.

Sonny streifte ihn, als er, von den ungeduldigen Hunden gefolgt, zum Fenster trat und hinausschaute. Sogar die Art, wie er schaute, wirkte angestrengt, so als werfe er seine Blicke aus wie ein Seil. Ohne sich umzudrehen, wußte Bowman, daß er selbst nichts gesehen hätte: Es war zu weit weg.

„Hab 'n Maultier draußen und 'ne Winde", sagte Sonny gewichtig. „Ich *könnt* mein Maultier schon einfangen und die Seile holen, und ich *könnt* Ihr Auto schon bald aus dem Graben rausziehn."

Er schaute sich wie versunken im ganzen Zimmer um, seine abwesenden Augen schweiften umher. Dann preßte er die Lippen fest, aber doch schüchtern aufeinander, senkte den Kopf und schritt, die Hunde diesmal vor sich, zur Tür hinaus. Die harte Erde dröhnte unter seinem kraftvollen Schritt – eine Art schwankendes Stapfen.

Bei diesen Geräuschen fing Bowmans Herz wieder unheilvoll zu jagen an. Es schien in ihm herumzulaufen.,

„Sonny wird's schon machen", sagte die Frau. Sie wiederholte es noch einmal, sagte es fast wie ein Lied her. Sie saß an ihrem Platz beim Herd.

Ohne hinauszuschauen, hörte er ein paar Rufe, hörte die Hunde bellen und das Geklapper von Hufen über dem Hügel. Ein paar Minuten später ging Sonny unter dem Fenster vorbei. Er hatte ein Seil und ein braunes Maultier mit bebenden, purpurrot glänzenden Ohren bei sich. Das Maultier schaute sogar zum Fenster herein. Unter den Wimpern richtete es seine Augen, die aussahen wie Zielscheiben, auf ihn. Bowman drehte den Kopf und sah, wie die Frau das Maultier heiter betrachtete, und ihr Gesicht strahlte nichts als Zufriedenheit aus.

Sie sang fast flüsternd weiter. Es kam ihm so vor, und das fand er ganz wunderbar, daß sie nicht wirklich mit ihm sprach, sondern sich eher von dem leiten ließ, was mit den Worten hochtrieb, die sie ohne viel Nachdenken sagte – auch deshalb sah sie so aus.

Darum sagte er nichts, und als er diesmal nicht antwortete, fühlte er, wie ein seltsames, starkes Gefühl, das nichts mit Angst zu tun hatte, in ihm hochstieg.

Diesmal schien, wenn sein Herz in die Höhe sprang, etwas anderes – seine Seele – mitzuspringen, wie ein junges Fohlen, das zum Stall herausgelassen wird. Er starrte die Frau an, während ihm von der rasenden Lebhaftigkeit dieses Gefühls fast schwindlig wurde. Er konnte sich nicht bewegen; er konnte überhaupt nichts tun, außer vielleicht diese Frau umarmen, die ihm dort alternd und formlos gegenübersaß.

Aber er wollte aufspringen und ihr sagen, ich war krank, und da erkannte ich – erst dann –, wie einsam ich bin. Ist es zu spät? Mein Herz führt in mir einen Kampf, und vielleicht haben Sie gehört, wie es sich gegen die Leere auflehnt... Es sollte ganz voll sein, wollte er in aller Eile fortfahren und stellte sich dabei sein Herz als einen tiefen See vor, es sollte voller Liebe sein, wie andere Herzen auch. Es sollte vor lauter Liebe überfließen. Es wäre an einem warmen Tag im Frühling... komm zu mir und wohn in meinem Herzen, wer immer du auch sein magst. Ein ganzer Fluß würde deine Füße umspülen und höhersteigen, und kleine Wirbel würden deine Knie umspielen und dich hinunterziehen, deinen ganzen Körper, auch dein Herz.

Aber er legte seine zitternde Hand über die Augen und schaute zu der gelassen dahockenden Frau hinüber. Sie saß so reglos wie eine Statue. Er fühlte sich beschämt und erschöpft bei dem Gedanken, daß er nur einen Augenblick später mit Hilfe einfacher Worte und einer Umarmung versucht haben könnte, ihr etwas ganz Seltsames mitzuteilen – etwas, das ihm bisher immer ganz knapp mißlungen war...

Sonnenlicht traf den hintersten Topf auf dem Herd. Es war später Nachmittag. Morgen um diese Zeit wäre er irgendwo auf einer guten Schotterstraße und steuerte seinen Wagen – schneller, als sie sich abspielten – an Geschehnissen vorbei, die den Menschen zustießen. Als er an den nächsten Tag dachte, freute er sich darauf und wußte, daß es jetzt nicht die richtige Zeit war, um eine alte Frau zu umarmen. In seinen pochenden Schläfen spürte er, daß sich sein Blut nach Bewegung sehnte und nichts wie weg wollte.

„Jetzt hat Sonny Ihr Auto schon festgezurrt", sagte die Frau. „Bald wird er's aus dem Graben raushaben."

„Prima!" rief er mit berufsmäßiger Begeisterung.

Aber dennoch zog sich die Zeit in die Länge. Es begann dunkel zu werden. Bowman saß angespannt auf seinem Stuhl. Jedermann wußte, daß man beim Warten am besten aufstand und hin- und herging. Diese schweigsame Reglosigkeit wirkte irgendwie schuldbewußt.

Aber statt aufzustehen, lauschte er ... Mit angehaltenem Atem, die Augen kraftlos in die sich vertiefende Dunkelheit gerichtet, horchte er angespannt auf ein unheilvolles Geräusch und vergaß vor lauter Vorsicht, was es sein könnte. Bald hörte er etwas – leise, andauernd, einschläfernd.

„Was ist das für ein Geräusch?" fragte er, und seine Stimme drang ins Dunkel. Dann packte ihn die Angst, daß es sein Herz war, das so laut in diesem stillen Zimmer schlug, und daß sie ihm dies sagen würde.

„Vielleicht hören Sie den Fluß", sagte sie widerwillig.

Ihre Stimme klang näher. Sie stand am Tisch. Er wunderte sich, warum sie nicht die Lampe anzündete. Sie stand dort im Dunkeln und machte kein Licht.

Bowman würde jetzt nie mit ihr sprechen, die Zeit dafür war vorbei. Ich schlafe im Dunkeln ein, dachte er und bedauerte sich in seiner Verwirrtheit selbst.

Sie ging schwerfällig bis zum Fenster. Sie hob ihren undeutlich weißen Arm ausgestreckt vor ihrem vollen Leib hoch und deutete hinaus in die Dunkelheit.

„Der weiße Fleck da ist Sonny", sagte sie zu sich selbst.

Er drehte sich unwillig um und schaute über ihre Schulter. Er wußte nicht so recht, ob er aufstehen und sich neben sie stellen sollte. Seine Augen versuchten, das Zwielicht zu durchdringen. Der weiße Fleck glitt wie ein Blatt auf einem Fluß sanft auf ihren Finger zu und wurde im Dunkeln immer weißer. Es war, als ob sie ihm einen geheimen Teil ihres Lebens gezeigt hätte, aber ohne ihm eine Erklärung dafür anzubieten. Er schaute fort. Er war fast zu Tränen gerührt und hatte grundlos das Gefühl, daß sie ihm eine Erklärung gegeben hatte, die seiner eigenen ebenbürtig war. Seine Hand lag abwartend auf seiner Brust.

Dann erschütterten Schritte das Haus, und Sonny stand im Zimmer. Bowman fühlte, wie die Frau ihn allein ließ und zu dem anderen Mann hinging.

„Hab Ihr Auto hochgeschafft, Mister", erklang Sonnys Stimme im Dunkeln. „Steht und wartet auf der Straße, schon in Richtung von da, wo's her is."

„Herrlich!" sagte Bowman und versuchte, laut zu sprechen. „Ich bin Ihnen sehr verbunden – ich hätte das alleine nie geschafft – ich war krank ..."

„Für mich war's ganz leicht", sagte Sonny.

Bowman spürte, wie die beiden im Dunkel warteten, und er hörte die Hunde im Hof hecheln, bereit zu bellen, wenn er ginge. Er fühlte sich merkwürdig hilflos und verärgert. Jetzt, wo er wegfahren könnte, wäre er am liebsten dageblieben. Um was wurde er betrogen? Sein wild schlagendes Herz erschütterte seine ganze Brust. Diese Leute hüteten hier etwas, das er nicht sehen konnte, sie enthielten ihm ein uraltes Versprechen aus Nahrung und Wärme und Licht vor. Sie waren miteinander verschworen. Er dachte an die Art, wie sie sich von ihm entfernt und zu Sonny gegangen war, sie war zu ihm hingeglitten. Er zitterte vor Kälte, er war müde, und das Ganze war ungerecht. Schamhaft und doch ärgerlich steckte er seine Hand in die Tasche.

„Ich will selbstverständlich alles bezahlen –"

„Für so was nehmen wir kein Geld", sagte Sonny feindselig.

„Ich möchte gern etwas zahlen. Aber Sie können noch etwas tun ... Lassen Sie mich hierbleiben – über Nacht ..." Er ging einen Schritt weiter auf sie zu. Wenn sie ihn nur sehen könnten, dann würden sie verstehen, wie ernst er es meinte, wie nötig er es hatte! Er sprach weiter: „Ich bin noch nicht ganz bei Kräften, ich kann noch nicht weit gehen, vielleicht noch nicht mal bis zu meinem Wagen zurück, ich weiß nicht – ich weiß auch nicht genau, wo ich eigentlich bin –"

Er hielt inne. Er hatte das Gefühl, daß er gleich in Tränen ausbrechen würde. Was würden sie von ihm denken!

Sonny kam zu ihm und berührte ihn. Bowman spürte, wie seine Hände (auch sie waren fachkundig) ihm über die Brust fuhren, über seine Hüften. Er fühlte, wie Sonnys Blick ihn im Dunkeln musterte.

„Sie sind auch bestimmt kein Steuerbeamter, der hier rumschnüffelt, Mister, und haben auch keine Kanone?"

Hier am Ende der Welt! Und doch, *er* war hierhergekommen. Er antwortete mit vollem Ernst: „Nein".

„Sie können hierbleiben."

„Sonny!" sagte die Frau. „Du mußt Feuer holen."

„Ich werd's von den Redmonds holen", sagte Sonny.

„Was?" Bowman beugte sich weit vor, um sie zu verstehen.

„Unser Feuer, es ist ausgegangen, und Sonny geht welches holen, weil's dunkel und kalt is", sagte sie.

„Aber Streichhölzer – ich habe Streichhölzer –"

„Wir brauchen keine", sagte sie ganz stolz. „Sonny holt sich sein eigenes Feuer."

„Ich geh zu den Redmonds", sagte Sonny gewichtig und ging hinaus.

Nachdem sie eine Zeitlang gewartet hatten, schaute Bowman durchs Fenster und sah, wie sich ein Licht über den Hügel bewegte. Es sah aus wie ein kleiner Fächer. Es kam im Zickzack eilig sausend über das Feld heran, ganz und gar nicht wie Sonny... Bald darauf stolperte Sonny herein und hielt mit einer Kohlenzange einen brennenden Stock fest. Die Flamme züngelte hinter ihm her und erhellte alle Winkel des Raumes.

Die Frau nahm die Fackel und sagte: „Jetzt machen wir Feuer."

Als sie das getan hatte, zündete sie die Lampe an. Man sah die helle und die verrußte Seite. Das ganze Zimmer leuchtete goldgelb wie eine Blume, und die Wände dufteten danach und schienen im stillen Lodern des Feuers und im Flackern des brennenden Dochtes zu beben.

Die Frau schob die eisernen Töpfe herum. Sie ließ glühende Kohlen mit der Zange auf die eisernen Topfdeckel fallen. Sie riefen, ganz wie eine weit entfernte Glocke, ein leises Beben hervor.

Sie blickte auf und schaute zu Bowman, aber er konnte nichts sagen. Er zitterte...

„Was zu trinken, Mister?“ fragte Sonny. Er hatte einen Stuhl aus dem anderen Zimmer hereingeholt und saß rittlings darauf, die Arme über der Lehne gefaltet. Jetzt können wir uns alle sehen, dachte Bowman und rief: „Ja Sir, und wie gern, danke!“

„Dann kommen Sie hinter mir her und machen Sie genau, was ich mach“, sagte Sonny.

Es war wieder ein Ausflug in die Dunkelheit. Sie gingen durch den offenen Flur, verließen das Haus durch die Hintertür und kamen an einem Schuppen und einem überdachten Brunnen vorbei. Sie kamen zu einem dichten Gestrüpp.

„Auf die Knie runter“, sagte Sonny.

„Waaas?“ Auf seiner Stirn brach ihm der Schweiß aus.

Er verstand erst, als Sonny durch eine Art Tunnel kroch, der durch die herabhängenden Büsche am Boden entstanden war. Er folgte ihm und schreckte unwillkürlich zusammen, wenn ein kleiner Zweig oder ein Dorn ihn sanft und lautlos berührte, sich an ihm festhakte und schließlich wieder von ihm abließ.

Sonny hielt an und fing zusammengekauert an, mit beiden Händen in der Erde zu graben. Bowman zündete schüchtern Streichhölzer an und leuchtete damit. Nach ein paar Minuten hob Sonny einen großen Krug herauf. Er goß etwas Whisky in die Flasche um, die er in seiner Manteltasche hatte, und dann vergrub er den Krug wieder. „Man kann ja nie wissen, wer mal an die Tür klopft“, sagte er und lachte. „Und jetzt zurück“, sagte er beinahe förmlich. „Wir müssen ja nich draußen saufen, wie die Ferkel.“

Am Tisch beim Feuer saßen Sonny und Bowman sich in ihren Stühlen gegenüber und tranken aus der Flasche, die sie einander zuschoben. Die beiden Hunde schliefen; einer von ihnen zuckte im Traum.

„Das tut gut", sagte Bowman. „Das ist genau das, was ich gebraucht hab." Es kam ihm vor, als schlucke er das Feuer aus dem Herd.

„Er brennt ihn selbst", sagte die Frau mit ruhigem Stolz.

Sie schob die Kohlen von den Töpfen, und der Geruch nach Maisbrot und Kaffee zog durch das Zimmer. Sie stellte alles vor die Männer auf den Tisch. Ein Messer mit einem Horngriff stak in einer Kartoffel und spaltete ihr goldgelbes Inneres. Dann stand die Frau eine Minute lang groß und füllig da und schaute sie an. Sie beugte sich leicht zu ihnen herab.

„Ihr könnt jetzt essen", sagte sie und lächelte plötzlich.

Bowman hatte zufällig gerade zu ihr hingeschaut. In ungläubigem Protest setzte er die Tasse ab. Seine Augen schmerzten. Er sah jetzt, daß sie keine alte Frau war. Sie war jung, noch immer jung. Er wußte nicht, wieviel Jahre er ihr gegeben hätte. Sie war so alt wie Sonny, und sie gehörte zu ihm. Sie stand da, mit der tiefen, dunklen Zimmerecke hinter sich, der goldene Lichtschein huschte über ihren Kopf und ihr graues, formloses Kleid, zitterte auf ihrem schweren Leib, als sie sich in plötzlichem Einverständnis über die beiden beugte. Sie war jung. Ihre Zähne schimmerten, und ihre Augen glänzten. Sie drehte sich um, schritt langsam und schwerfällig aus dem Zimmer, und er hörte, wie sie sich auf das kleine Bett setzte und dann hinlegte. Das Muster der Steppdecke bewegte sich.

„Sie kriegt ein Kind", sagte Sonny und steckte einen Bissen in den Mund.

Bowman konnte nicht sprechen. Ihm verschlug das Wissen, was wirklich in diesem Haus los war, die Sprache. Eine Ehe, eine fruchtbare Ehe. So etwas Einfaches. Jedermann konnte das haben.

Irgendwie fühlte er sich außerstande, empört zu sein oder zu protestieren, obwohl ihm mit Sicherheit eine Art Streich gespielt worden war. Hier gab es nichts Abwegiges oder Geheimnisvolles – nur etwas sehr Privates. Das einzige Geheimnis war die uralte Verständigung zwischen zwei Menschen. Aber die Erinnerung daran, wie die Frau ganz still am kalten Herd gewartet hatte, wie der Mann eigensinnig eine Meile weit gegangen war, um Feuer zu holen, und wie sie schließlich ihr Essen und Trinken aufgetischt hatten und das ganze Zimmer stolz mit allem gefüllt hatten, was sie vorzuzeigen hatten, trat ihm plötzlich so überwältigend klar vor Augen, daß er nicht darauf reagieren konnte...

„Sie sind ja gar nicht so hungrig, wie Sie aussehen", sagte Sonny.

Als die Männer fertig gegessen hatten, kam die Frau aus dem Schlafzimmer herüber und aß ihr Abendbrot, während ihr Mann friedlich ins Feuer starrte.

Dann ließen sie die Hunde hinaus und gaben ihnen die Essensreste.

„Ich glaub, ich schlaf hier beim Feuer auf dem Boden", sagte Bowman.

Er hatte das Gefühl, betrogen worden zu sein, und daß er es sich jetzt leisten konnte, großzügig zu sein. Obwohl er krank war, würde er sie nicht um ihr Bett bitten. Jetzt, wo er verstand, was hier los war, würde er in diesem Haus um keinen Gefallen mehr bitten.

„Gut, Mister."

Aber ihm war noch nicht klar, wie langsam von Begriff er eigentlich war. Sie hatten gar nicht vorgehabt, ihm ihr Bett anzubieten. Nach einer kleinen Weile standen beide auf, schauten ihn ernst an und gingen in das andere Zimmer.

Er lag beim Feuer ausgestreckt, bis es niederbrannte und ausging. Er schaute zu, wie jede Flamme noch einmal hochzüngelte und dann erlosch. „Die Preise für alle Schuhe werden den ganzen Januar über stark reduziert", hörte er sich leise sagen, und dann lag er mit fest geschlossenen Lippen da.

Wie viele Geräusche in der Nacht zu hören waren! Er hörte den Bach rauschen und das Feuer verglimmen, und er war jetzt ganz sicher, daß er auch sein Herz unter seinen Rippen schlagen hörte. Er hörte den Mann und seine Frau im Zimmer auf der anderen Seite des Flures tief und gleichmäßig atmen. Und das war alles. Aber allmählich stieg ein Gefühl in ihm auf, und er wünschte sich, das Kind wäre seines.

Er mußte wieder dahin zurück, wo er vorher gewesen war. Er stand schwach vor den rotglühenden Kohlen und zog seinen Mantel an. Er lastete ihm schwer auf den Schultern. Im Hinausgehen sah er, daß die Frau die Lampe noch immer nicht fertig geputzt hatte. Ohne nachzudenken steckte er fast etwas prahlerisch alle Scheine aus seinem Portemonnaie unter den geriffelten Glasboden der Lampe.

Er schämte sich, zuckte dann die Achseln und erschauerte. Dann nahm er sein Gepäck und ging hinaus. Die kalte Luft schien seinen Körper in die Höhe zu heben. Der Mond stand am Himmel.

Am Abhang fing er zu laufen an, er konnte nicht anders. Als er auf die Straße kam, wo der Wagen wie ein Boot im Mondlicht lag, fing sein Herz an, laut wie ein Gewehr zu knallen, peng peng peng.

Voller Angst sank er auf die Straße, sein Gepäck fiel neben ihm zu Boden. Er hatte das Gefühl, als ob er das alles schon einmal erlebt hätte. Er bedeckte sein Herz mit beiden Händen, damit niemand dieses Tosen hören konnte.

Aber niemand hörte es.

POWERHOUSE

Powerhouse spielt!

Er ist hier auf Tournee, aus der Stadt gekommen – „Powerhouse und sein Klavier“ – „Powerhouse und seine Tasmanier“ – denk nur, was er sich alles nennt! Auf der ganzen Welt ist niemand so wie er. Man kann unmöglich sagen, wo er herkommt. „Ein Schwarzer?“ – Er sieht mehr wie ein Asiate, ein Affe, ein Jude, ein Babylonier, ein Peruaner, ein Fanatiker, ein Teufel aus. Er hat blaßgraue Augen, schwere Lider, vielleicht verhornt wie bei einer Eidechse, aber seine Augen sind groß und leuchten, wenn sie offen sind. Er hat riesige afrikanische Füße, er stampft mit beiden gleichzeitig neben den Pedalen auf. Er ist nicht kohlrabenschwarz – eher hellbraun –, mit geschlossenem Mund sieht er wie ein Prediger aus, aber wenn sein Mund offensteht – riesig, obszön. Und sein Mund bewegt sich ständig wie bei einem Affen, der etwas sucht. Wenn er improvisiert und eine leichte, kindliche Melodie spielt – schmatz –, dann liebkost er sie richtig mit seinem Mund.

Ist er das denn wirklich? So denkt man, wenn er einem was vorspielt. Menschen auf der Bühne – ganz besonders Menschen mit dunklerer Haut – können ja so wunderbar, so erschreckend sein.

Heute ist ein Tanzabend für Weiße. Powerhouse ist nicht so ein Angeber wie die jungen Kerle aus Harlem, er ist nicht betrunken, spielt nicht verrückt – er ist in Trance; er birst vor Lebenslust, er ist ein Fanatiker. Während er spielt, hört er genauso intensiv zu, auf seinem Gesicht spiegelt sich ein starkes, fast abstoßendes Entzücken. Wenn er spielt, dann gehn Klavier und Hocker drauf, er verschleißt sie einfach so. Jeden Augenblick ist er in Bewegung – was könnte anstößiger sein? Da ist er mit seinem Riesenkopf, mit seinem fetten Bauch, mit seinen kurzen Stampferchen und seinen langen, gelb verfärbten kräftigen Fingern, die ungefähr so groß sind wie Bananen, wenn sie stilliegen. Natürlich kennt man seinen Sound – man kennt ihn ja von Platten –, aber man muß ihn trotzdem sehen. Er ist andauernd in Bewegung, als wäre er auf der Schlittschuhbahn oder in einem Ruderboot. Deshalb drängeln sich alle hier in dieser grell ausgeleuchteten Halle mit den Stahlverstrebungen, wo die Poster von Nelson Eddy hängen, die wie Rosen aussehen, und das fünfhundertfach vergrößerte handschriftliche Gutachten über das Pferd, das Gedanken lesen kann. Dann legt er ganz still einen Finger auf eine Taste, mit der gleichen verheißungsvollen Gelassenheit, mit der eine Sybille das Buch berührt.

Powerhouse ist so toll, daß man alles andere drüber vergißt. Wenn irgendeine Gruppe, wenn irgendwelche Artisten in die Stadt kommen – gehen die Leute etwa nicht hin, lungern und hängen dort herum, als ob sie dazugehörten, um rauszukriegen, was an denen eigentlich dran ist? Und was ist es? Hört zu. Erinnert euch, wie es mit den Akrobaten war. Schaut ganz genau hin, achtet auf das kleinste Wörtchen, ganz besonders darauf, was sie einander in einer fremden Sprache sagen – laßt sie euch nicht entwischen; nur jetzt ist Zeit zum Träumen, zum letzten Mal. Sie können nicht bleiben. Morgen um diese Zeit sind sie schon an einem anderen Ort.

Powerhouse arbeitet so viel wie möglich mit Zeichen. Jeder reicht ihm früher oder später einen Zettel mit einem Wunsch hoch und lacht dabei, als müsse er eine Schwäche verbergen. Powerhouse liest alle Zettel mit geheimnisvoller Miene: Dann sieht sein Gesicht wie eine Maske aus – ganz unpersönlich; und irgendwann entscheidet er sich dann. Dann blitzen seine Augen auf, und er sagt „92!" Oder eine andere Zahl – niemals einen Namen. Bevor er eine Zahl nennt, spielt die Band völlig verrückt, sie toben herum, rempeln sich wie Kinder im Klassenzimmer, und er ist der Lehrer, der für Ruhe sorgt. Mit seinen Händen auf den Tasten sagt er streng: „Seid ihr soweit? Seid ihr soweit? Jetzt geht's aber richtig los!", – wartet ab – dann: *Stampf.* Stille. Und zum zweiten Mal: *Stampf.* Das ist das letzte Zeichen. Dann kommen ein paar rhythmische Schläge auf den Boden, um das Tempo vorzugeben. Und dann, großer Gott!, sagen die weit aufgerissenen Augen hinter den Trompeten Hallo und Ade, und alle stürzen sich in den ersten Ton wie in einen Wasserfall.

Dieser Ton bedeutet das Ende jeder normalen Disziplin. Powerhouse scheint sie alle in dem Song zu verlassen – er selbst wirkt völlig verloren – er brüllt vom Grund seines Songs wie jemand in einem Strudel – er führt sie nicht – er feuert sie nur an. Aber er weiß, was er tut. Er schreit, aber er weiß genau, wie man das macht. „Um Gotteswillen! ... Ganz genau! ... Jaaaa!“ Und dann läßt er’s laufen, hört zu – „Wo is’n der Drummer?“ – will mehr vom Schlagzeug hören, taucht wieder auf und läßt’s raus mit der größten Freude und der größten Brutalität. Und bei den langsamen Stücken, wie er uns alle aus den Augenwinkeln heraus anschaut! Er schaut uns allen so wohlwollend ins Gesicht und flüstert uns den Text zu. Und wenn ihr ihn jetzt nur hören könntet in „Marie, der Tag bricht an!“ Ein paar Finger laufen in mies routinierten Triolen die Tasten rauf, immer höher, und dann schaut er über den Rand vom Flügel wie über eine Klippe. Aber nicht um sich in Szene zu setzen – der Song bringt ihn dazu.

Er mag es auch, wie die anderen spielen – die in seiner Nähe. Die von der Band, die weiter weg sind, die sind furchtbar eifrig, die tragen alle Brillen, alle – die zählen nicht. Nur die nah um Powerhouse spielen, nur die sind die echten. Er hat einen Bassisten aus Vicksburg, pechschwarz, der heißt Valentine, der spielt mit geschlossenen Augen und spricht zu sich selbst, ist noch ganz jung. Powerhouse muß ihm andauernd Mut zusprechen: „Weiter so, nur so weiter, laß los, laß es raus!“ Wenn man das auf den Schallplatten hörte, glaubte man kaum, daß er das wirklich ernst meinte.

Er fordert Valentine heraus, ein Solo zu spielen.

„Was willst du spielen?“ Powerhouse schaut freundlich über den Flügel herüber. Er macht den Mund auf und läßt seine Zunge sehen, er hört zu.

Valentine schaut auf den Boden, gegen sein Instrument gelehnt, und sagt, ohne die Lippen zu bewegen: „Honeysuckle Rose“.

Er hat einen Klarinettenspieler, der Little Brother heißt, und er hört ihm immer gern zu. Dann lächelt er und sagt „wunderbar!“. Little Brother tritt, wenn er spielt, einen Schritt vor und steht dann direkt an der Rampe, und seine Augäpfel glänzen wie schwimmende Fische. Als er einmal einen tiefen Ton spielte, murmelte Powerhouse ein schnodderiges Lob: „Da mußte er aber in ’n Keller, bis er den erwischt hat.“

Nach langer Zeit zeigt er mit den Fingern an, wie viele Chorusse noch gespielt werden sollen – meistens fünf. Seine Anweisungen gibt er ausschließlich mit Zeichen.

Draußen ist schlechtes Wetter. Es ist ein Tanzabend für Weiße, und niemand tanzt außer ein paar herumspringenden Swing-Enthusiasten und zwei älteren Paaren. Alle anderen stehen einfach bei der Band und beobachten Powerhouse. Manchmal werfen sie sich verstohlene Blicke zu, als ob sie sagen wollten, na ja, man weiß ja, wie das mit *denen* ist – Schwarze – Bandleader – die würden ganz genauso spielen, die würden auch dann alles geben, wenn nur ein Mensch zuhörte ... Wenn jemand, ganz egal wer, alles gibt, dann schämen sich die Leute für ihn.

Spät nachts spielen sie auf Wunsch den einzigen Walzer, den sie überhaupt spielen, „Heidnisches Liebeslied". Der Kopf von Powerhouse kreist und rollt wie ein Gewicht zwischen seinen wippenden Schultern. Er stöhnt, und seine Finger greifen schwer in die Tasten, ziehen die Töne in die Länge, setzen sie immer wieder neu an. Es ist ein trauriges Lied.

„Wißt ihr, was mir passiert is?" sagt Powerhouse.

Valentine summt eine Antwort, träumt am Baß.

„Hab'n Telegramm gekriegt, meine Frau is tot", sagt Powerhouse, und seine Finger laufen über die Tasten.

„Hmm?"

Er formt mit den Lippen ein entsetztes O, während seine Finger unwillig drei Oktaven höher klettern.

„Gypsy? Warum stirbt sie denn, haste nich nachts gestern abend noch mit ihr telephoniert?"

„Im Telegramm steht – wortwörtlich: Ihre Frau ist tot." Er wechselt vom Dreiviertel- zum Viervierteltakt.

„Nur die vier Worte?" fragt der Schlagzeuger, ein mißtrauischer, unbeliebter Verrückter namens Scoot.

Powerhouse schüttelt seine dicken Backen. „Was wollte sie nur? Was hatte sie vor?"

„Wer hat unterschrieben, wenn's ein Telegramm war?" Scoot läßt seine Besen tanzen.

Little Brother, der Klarinettenspieler, der nichts sagen kann, starrt nur vor sich hin und lehnt sich zurück.

„Es ist mit Uranus Knockwood unterschrieben." Powerhouse hebt die Augenlider. „Je was von ihm gehört?" Eine kleine Blase saust auf seine Lippen wie ein Teller auf eine Theke.

Valentine schlägt mit der flachen Hand langsam den Takt und zupft die Saiten mit seinen langen bläulichen Fingernägeln. Er mag Walzer gern. Powerhouse unterbricht ihn.

„Ich kenn ihn nicht. Weiß nich, wer er ist." Valentine schüttelt mit geschlossenen Augen den Kopf.

„Wie heißt er noch mal?"

„Uranus Knockwood."

„Der is nich von der Lenox Avenue."

„Auch nich vom Broadway."

„Hab den Namen noch nie gedruckt gesehn, nich mal bei 'nem Pferderennen."

„Mann, das ist doch so'n Star, oder?" Die Becken dröhnen.

„Verdammt, was hat 'se vorgehabt?" Powerhouse zuckt zusammen. „Sagt mir's, sagt mir's, sagt mir's doch!" Er spielt Triolen und fängt einen neuen Chorus an. Er hält drei Finger hoch.

„Du sagst, du hast ein Telegramm gekriegt." Valentine, geduldig und schläfrig, fängt wieder davon an.

Powerhouse erzählt ausführlich. „Ja, als ich rausgeh, bin ich ganz die Treppe runter und einen langen Kor-ri-dor entlang, wo sie uns einquartiert haben. Als ich den Kor-ri-dor wieder zurückgeh: kommt einer und gibt mir 'n Telegramm: Ihre Frau ist tot."

„Gypsy?" Der Schlagzeuger sitzt wie eine Spinne über seinen Becken.

„Ahhh!" schreit Powerhouse und wirft seine kräftigen Arme drei ganze Takte lang in die Luft, um die Muskeln zu strecken, und knetet dann einen Teig aus tiefen Tönen. Seine Augen glitzern. Manchmal spielt er Klavier, als wäre es eine Trommel – warum auch nicht?

„Gypsy? Eine Tänzerin wie die?"

„Warum hast du's nich direkt von deinem Agenten gehört? Warum nich von der Zentrale? Wie kommt's, daß du im *Korridor* Telegramme kriegst, von niemand unterschrieben?"

Alle lachen. Ende des Chorus.

„Wieviel Uhr is es?“ ruft Powerhouse. „Was is’n das überhaupt für’n Lokal? Wo is meine Uhr und meine Kette?“

„Hab ich dir doch umgehängt“, wimmert Valentine. „Da isse doch.“

Da baumelt sie auf Powerhouses riesigem Bauch, da unten, wo er sie niemals sehen kann.

„Hab doch vorhin ’ne Uhr zwölf schlagen hören. Muß *Mitternacht* sein.“

„Wir machen Pause“, erklärt Powerhouse und hebt seinen Finger mit dem Siegelring.

Er führt den Chorus zu einem Ende. Er zieht ein großes Hotelhandtuch aus der tiefen Tasche in seiner weiten, spezial angefertigten Smokinghose und reibt sich die Stirn damit ab.

„Und wenn sie sich umgebracht hat?“ sagt er, sein Gesicht im Handtuch vergraben. „Wenn sie aus diesem Fenster rausgesprungen is!“ Er steht auf, leicht zur Seite gedreht, das Handtuch um den Kopf geschlungen.

„Ha, ha!“

„Du Pascha!“

„Das wird se doch nie machen.“ Little Brother setzt seine Klarinette wie eine wertvolle Vase ab und schickt sich an, etwas zu sagen. Er sieht immer noch wie eine indische Prinzessin aus, unnachgiebig, göttlich, mit Schlangen behängt. „Man kann doch nich glauben, was die Leute einem auf die Entfernung mitteilen.“

„Kommt!“ brüllt Powerhouse. Er ist schon an der Hintertür, hat sie weit aufgerissen und atmet mit wildem Gesichtsausdruck und hochgezogener Stirn die schreckliche Nachtluft ein.

Powerhouse, Valentine, Scoot und Little Brother treten in den strömenden Regen hinaus.

„Na, das schüttet ja wie aus Eimern“, sagt Powerhouse mit sanfter Stimme. Auf der Straße streckt er seine Hände aus und dreht die hellen Handflächen wie Siebe nach oben.

Hundert dunkelhäutige, abgerissene, stille, begeisterte Schwarze sind unter dem Vordach der Halle hervorgekommen und folgen ihnen überall hin.

„Paß auf, Little Brother, daß du nicht schrumpfst“, sagt Powerhouse. „Jetzt haste grad die richtige Größe, die Klarinette saugt dich nich rein. Hast ne trockne Kehle, Little Brother, bist in der Wüste?“ Er faßt in seine Tasche und zieht eine Tüte Pfefferminzbonbons heraus. „Lutschen – nicht kauen. Meine Vorräte sind begrenzt.“

„Wir gehn auf'n Bier in die Kneipe da“, sagt Scoot, der vorausgeht.

„Bier? Bier? Weißte, was Bier is? Was behaupten se denn, daß es is? Was is Bier? Wo bin ich überhaupt?“

„Da drüben, wo ‚Weltcafe‘ steht – in Ordnung?“ Sie sind jetzt im Negerviertel.

Valentine stapft hin und hält eine verzogene Schwingtür auf, die wie eine Muschel aussieht und in der Nässe bitter riecht, und sie treten ein, hinterlassen Fußstapfen und sehen vom Regen dunkler aus. Drinnen umgeben staubtrockene Gerüche wie spanische Wände einen Tisch mit einem rotkarierten Tuch, und mitten auf dem Tisch kleben Fliegen an der Ketchupflasche, die wie ein Obelisk geformt ist. An den mitternachtsdunklen Wänden hängen überall Schilder mit der warnenden Aufschrift „Wir übernehmen keine Haftung“ kreuz und quer zwischen rauchvergilbten Kalendern mit schwarzen Zahlen herum. Im Raum herrscht eine abwartende, stumme, lasche Atmosphäre. Eine wie ausgebrannt aussehende Musikbox steht da, und direkt daneben an der Wand hängt ein langhalsiger Apparat mit der Aufschrift „Geschäftstelephon. Fassen Sie sich kurz“. Überall sind umrandete Telephonnummern hingeschrieben. An einem Bindfaden hängt eine zerrupfte Pfauenfeder von einer alten rosa Glühbirne aus dünnem Glas herunter und dreht sich langsam im Kreis, wenn jemand pustet.

Eine Kellnerin schaut ihnen zu.

„Komm her, du lebendiges Standbild du, und schreib die große Bierbestellung auf, die wir machen wollen.“

„Hab euch noch nirgends gesehen.“ Die Kellnerin setzt sich in Bewegung, kommt heran, und langsam sieht man kleine Blättchen und Ranken aus Gold auf ihren Zähnen. Sie zieht die Schultern und die Brust hoch. „Wie soll ich denn wissen, wer ihr seid? Einbrecher? Kommt mitten in der stockdunklen Nacht hier reingeschneit und macht euch an meinem Tisch breit?“

„Wir sind Musiker", sagt Powerhouse und öffnet so langsam die Augen, als säßen sie in einer Höhle.

Das Mädchen stößt einen leisen Schrei des Entzückens aus. O Gott, sie mag einen Schwatz und Nervenkitzel, auch wenn ihr angst und bang dabei wird.

„Wo willste genug Bier herholen, für hier auf'n Tisch?"

Sie saust leichtfüßig und mit angewinkelten Armen in die Küche.

„Hier is 'ne Menge Kleingeld", sagt Powerhouse, holt die Hand aus der Tasche und streut Fünf-Cent-Stücke auf den Tisch. Nur die letzte Münze läßt er wie ein Zauberer wieder verschwinden.

Valentine und Scoot gehen mit dem Geld zur Musikbox, die so mitgenommen aussieht wie ein Spielautomat, und lesen die Titel der Platten laut vor.

„‚Tuxedo Junction' von wem?" fragt Powerhouse.

„Das weißt du doch."

„Musikbox, ich bitte dich, den ‚Empty Bed Blues' zu spielen, von Bessie Smith."

Schweigen: Sie schweigen wie im Takt.

„Bring mir das ganze Kleingeld zurück", sagt Powerhouse. „Wo sind wir hier noch mal?"

„Schwof für Weiße, Wochentag, Regen, Alligator, Mississippi, weit weg von zu Haus."

„Oh."

„Hab dich gestern gerufen, und du kommst erst heut", läuft gerade.

Die Kellnerin stellt das Tablett mit Bier auf einen Tisch weiter hinten und kommt aufgeregt und ängstlich wie ein Huhn heran. „Die in der Küche sagen, haben durch 'n kleines Loch geschaut, sagen, daß Sie Mr. Powerhouse sind..."

„Die sehn ganz richtig, er is es", sagt Little Brother.

„Sind Sie's wirklich?"

„Wie er leibt und lebt", sagt Scoot.

„Willst 'n anfassen?" fragt Valentine. „Weil, er beißt nämlich nich."

„Auf der Durchreise?"

„Jetzt haste's kapiert."

Sie wartet ab wie ein Tropfen und hat die Hände vorne verschränkt.

„Na, Kleine, bringste mal das Bier?"

Sie bringt es, stellt sich hinter die Kasse, lächelt herüber und dreht sich hierhin und dorthin. Die kleine Goldfüllung in ihrem Mund blitzt.

„Der Mississippi is hier“, sagt sie einmal.

Jetzt drängen sich alle Neger mit glänzenden Augen vorsichtig zur Tür herein, so viel nur drinnen Platz haben. Ein kleiner Junge mit einem ganz mit Aluminiumfarbe angemalten Strohhut ist dabei.

Powerhouse, Valentine, Scoot und Little Brother trinken Bier, und ihre Augen fallen ihnen fast wie Vorhänge zu. Sie werden eingerahmt von den Wänden und dem Regen und der bescheidenen, schönen Kellnerin, die sie bedient, und den anderen Schwarzen, die sie anschauen.

„Hört mal zu!“ flüstert Powerhouse, schaut in die Ketchupflasche und spreizt seine Musikerhände langsam auf dem feuchten, faltigen, rotkarierten Tischtuch. „Hört mal zu, so is es. Meine Frau vermißt mich. Gypsy. Sie geht zum Fenster. Sie schaut raus und sieht – na, ihr wißt schon was. Die Straße. Das Hotelschild. Vorbeigehende Leute. Jemand schaut hoch. Ein alter Mann. Sie schaut runter aus dem Fenster. Und dann? ... *Ssssst! Patsch!* Was macht se? Springt raus, und ihr Hirn spritzt überall hin.“

Er macht die Augen auf.

„So is es“, meint Valentine. „Du hast ’n Telegramm gekriegt.“

„Klar vermißt se dich“, sagt Little Brother.

„Nein, es is am Abend.“ Wie leise er spricht! „Klar, es is Abend. Sie sagt, was hör ich da? Schritte im Flur? Ist das er? Die Schritte gehn vorbei. Ich bin’s nicht. Ich bin in Alligator, Mississippi, und sie is ganz außer sich. Zittert am ganzen Körper. Horcht so angestrengt, bis ihr die Ohren wachsen, so groß wie Grammophontrichter, hört aber trotzdem nix. Da sagt sie, auch gut, dann spring ich eben zum Fenster raus. Hat ihr Nachthemd an. Ich kenn’s, und auch was sie denkt. Sagt einfach Hoppla und springt zum Fenster raus. Sie is wütend auf mich! Sie is verrückt! Sie läßt kein *Garnichts* zurück!“

„Ganz genau!“

„Hirn und Innereien überall, oh, Gott, oh, Gott!“

Die zuschauenden Schwarzen zappeln vor Wonne, und zu ihrem noch größeren Vergnügen sagt er gefühlvoll: „Hört mal! Hier gibt’s Ratten!“

„So wird's wohl sein, Boss."

„Aber, Powerhouse, nein, das is nich wahr. Das klingt *zu* schlimm."

„Ja? Ich weiß sogar, wer sie findet", schreit Powerhouse, „dieser nichtsnutzige, schmalzige Leisetreter, der immer hinter mir herschleicht, der wie eine Klette an mir hängt, der mir alles nachmacht und alles versaut, was bei mir gut ist. Wettet mit meinen Zahlen, singt meine Lieder, rückt meinem Agenten auf den Pelz. Wenn ich geh, dann kommt er. Jetzt hab ich ihn! Ich hab ihn erkannt."

„Weißte, wer's is?"

„Na klar, dieser alte Uranus Knockwood!"

„Ganz genau!"

„Ja, und jetzt kommt er und findet Gypsy. Da is er, kommt grad um die Ecke, und Gypsy segelt grad runter, oh, weh, oh, weh, paß auf! *Sssst! Patsch!* Schaut, da is se in ihrem alten Nachthemdchen, und ihre Innereien und ihr Hirn spritzt überall hin."

Ein Seufzer geht durch den Raum.

„Sag nix mehr über ihr Hirn. Sag nix mehr über ihre Innereien."

„Ganz genau! Du sprichst von ihrem Hirn und ihren Innereien – alter Uranus Knockwood", sagt Powerhouse, „schau mal runter und sag Jesus Maria! Und er sagt, schau mal her, in was ich da rumlauf!"

Alle lachen brüllend los. Das Gesicht von Powerhouse sieht wie ein großer glühender Eisenofen aus.

„Und dann hebt er sie hoch und trägt sie weg!" sagt er.

„Ganz genau!"

„Trägt sie um die Ecke *zurück*..."

„Oh, Powerhouse!"

„Ihr kennt ihn ja."

„Uranus Knockwood!"

„Jaa!"

„Er stiehlt unsere Frauen, wenn wir weg sind!"

„Er kommt, wenn wir weggehn!"

„Jaa!"

„Er geht weg, wenn wir kommen!"

„Jaa!"

„Er steht hinter der Tür!"

„Der alte Uranus Knockwood!"

„Ihr kennt ihn ja."
„Mittelgroß."
„Mit 'nem Hut."
„Das is er."
Alle Leute im Raum seufzen vor Vergnügen. Der kleine Junge mit dem schönen Silberhut öffnet eine Tüte und teilt mit seinen Freunden ein süßes Hörnchen.
Und aus dem atemlosen Zuschauerkreis tritt einer geduckt hervor, zieht einen großen, stämmigen Schwarzen mit hervorquellenden Augen hinter sich her und sagt: „Das hier is Sugar-Stick Thompson, der bis auf den Grund vom Juli-Bach getaucht is und all diese ertrunkenen Weißen hochgeholt hat, die aus'm Boot gefallen sind. 's war im letzten Sommer, vierzehn hat er hochgeholt."
„Hallo", sagt Powerhouse, dreht sich um und schaut sie alle an, bis sie fast keine Luft mehr kriegen.
Sugar-Stick, ihr Werkzeug, bringt nichts heraus. Er schaut sich nur zu den anderen um.
„Der kann nich mal schwimmen. Hat einfach die Luft angehalten", sagt der Typ, der den Helden nach vorne gezogen hat.
Powerhouse schaut ihn an.
„Bin sein Halbbruder", sagt der Typ.
Sie treten zurück.
„Gypsy sagt", fängt Powerhouse leise wieder an und schaut zu *ihnen* hin, „‚was soll's? Ich spring so weit raus – so weit . . .' Ssssst –!"
„Nein, Boss, nich noch mal", sagt Little Brother.
„Es is schrecklich", sagt die Kellnerin. „Ich hasse diesen Mr. Knockwood. Is das alles wahr?"
„Willste 's Telegramm sehn, das ich von ihm gekriegt hab?" Powerhouses Hand verschwindet in seiner großen Tasche.
„Laß es, laß es doch, Boss!"
Alle beobachten ihn.
„Es muß wirklich die Wahrheit sein", sagt die Kellnerin und saugt an ihrer Unterlippe, und ihre leuchtenden Augen schweifen traurig zu den Fenstern hin.
„Nein, Baby, es is nich wahr." Er zieht die Augenbrauen hoch, und er flüstert mit seinem Riesenmaul auf sie ein. Seine Hand bleibt in der

Tasche. „Die Wahrheit is noch schlimmer, ich hab noch nich gesagt, was wirklich los war. Ich weiß es selber noch nich, aber ich werd's schon noch rauskriegen. Und wenn ich's weiß, soll ich's dir dann sagen?" Plötzlich schnaubt er, öffnet die Augen und verdreht sie, fast zu sehr. Er lächelt ganz verträumt.

„Nein, Boss, nein Powerhouse!"

„Oh!" schreit die Kellnerin.

„Macht, daß ihr rauskommt", bellt Powerhouse, zieht seine Hand aus der Tasche und schlägt ihr auf das rote Kleid.

Der Kreis der Zuschauer bricht auseinander und löst sich auf.

„Da *seht* mal! Die Pause is um", sagt Powerhouse.

Er steckt einen gefalteten Geldschein unter ein Glas, und nachdem sie rausgegangen sind, beugt sich Valentine noch mal hinein und steckt ein Fünf-Cent-Stück in die Musikbox. Sie blinkt auf und fängt „The Goona Goo" zu spielen an. Die Feder schwebt immer noch herum.

„Er kriegt 'n Telegramm!" schreit Powerhouse plötzlich in den Regen hoch, der auf die Straße niederfällt. „Er kriegt 'ne Antwort. Also, wie hieß er noch?"

Die anderen sind der Sache etwas müde.

„Uranus Knockwood."

„Mußt du doch wissen."

„So? Buchstabier's mir."

Sie buchstabieren den Namen auf jede erdenkliche Weise. Davon bekommen sie herrlich gute Laune.

„Und das is die Antwort, ich weiß sie schon genau. ‚Wovon sprichst du, zum Teufel noch mal? Aber egal: Ich weiß, wer du bist.' Unterschrift: Powerhouse."

„Und das kriegt er, Powerhouse?" Valentines Stimme klingt sehr mütterlich.

„Ja, na klar."

Auf der dunklen Straße folgen ihm die Neger schweigend in einiger Entfernung und sehen wie alte, naßgeregnete schwarze Gespenster aus. Sie fürchten, daß sie vor Lachen tot umfallen.

Powerhouse wirft seinen riesigen Kopf im dampfenden Regen in den Nacken, und hoffnungsvolle Sehnsucht strömt wie Dunst aus seinen aufgeblähten Nasenlöchern heraus, zieht über sein Gesicht und verschleiert seine Augen.

„Das erreicht ihn, das kommt bei ihm an."

„Genau, Powerhouse, genau. Jetzt hast du ihn."

Powerhouse stößt einen tiefen Seufzer aus.

„Warum gehst du nicht zurück und rufst Gypsy an, wie gestern abend in der andern Stadt? Ich hab'n Telephon gesehn ... nur so, um zu sehen, ob sie zu Hause ist?"

Einen Takt lang herrscht Schweigen. Diesem verrückten Schlagzeuger wird eines Tages noch das Genick gebrochen.

„Nein", brummt Powerhouse. „Nein! Wieviel tausendmal muß ich heut abend noch nein sagen?"

Er hebt im Regen seinen Arm.

„Du läßt deine Stimme irgendwann dermaßen raus, daß sie dich da oben hören kann", sagt Little Brother bestürzt.

Sie gehen weiter die Straße entlang und schütteln sich wie Vögel den Regen ab.

Als sie wieder im Tanzsaal sind, spielen sie „San" (99). Die Swingtänzer legen wie Windmühlen los, und die älteren Paare tanzen mit alter Geschmeidigkeit unbeirrt und würdevoll ihre Figuren um sie herum – einen Kreis, noch einen Kreis, eine lange Gerade und eine Zickzacklinie.

Als Powerhouse nach der Pause zurückkam, wie sie sagten, ganz eindeutig vollgelaufen mit Bier, stimmte er die Band wieder auf seine Art. Er schlug nicht auf die Klaviertasten, um die Töne anzugeben – er öffnete einfach den Mund und heulte Falsettöne – ein A, ein D und so weiter, und sie stimmten ihre Instrumente danach. Dann griff er nach dem Flügel, als sähe er ihn zum ersten Mal in seinem Leben und probierte aus, was rauszuholen war. Er trommelte auf den tiefen Tasten herum, spielte eine Oktave mit seinem Ellenbogen, hob den Deckel hoch und schaute hinein und lehnte sich mit all seinem Gewicht dagegen. Er setzte sich hin, spielte ein paar Minuten lang mit seiner ganzen Kraft und bekam das Instrument in seine Gewalt – zuerst Baßtöne, so tief und rauh wie ein Fischernetz –, und dann spielte er etwas Glitzerndes und Zartes und lächelte dabei. Und wer konnte jemals etwas von dem behalten, was er sagt? Es sind einfach kleine anfeuernde Bemerkungen, die wie Rauch aus seinem Mund herausquellen.

„Somebody loves me" wurde gewünscht, und er hat schon zwölf- oder vierzehnmal einen Chorus gespielt, und niemand versteht, wie er sie aufbaut, und es ist ein Wunder, wenn er jemals durchfindet. Hin und wieder ruft und schreit er. „Somebody loves me! Jemand liebt mich, weiß nur nich, wer!" Sein Mund ist wie ein einziger Vulkan. „Weiß nur nich wer!"

„Vielleicht..." Er braucht seine ganze rechte Hand für einen Triller.

„Vielleicht..." Er zieht seine gespreizten Finger zurück und schaut sich im Saal um. Eine ungeheure, unpersönliche und dennoch ausgelassene Grimasse verwandelt sein schweißnasses Gesicht.

„...Vielleicht bist du's!"

EIN AUSGETRETENER PFAD

Es war im Dezember – früh morgens an einem klaren Frosttag. Weit draußen auf dem Land kam eine alte Negerin einen Pfad durch den Kiefernwald entlang, einen roten Lappen um den Kopf gewickelt. Sie hieß Phoenix Jackson. Sie war sehr alt und klein und ging langsam durch den dunklen Kiefernschatten, wiegte sich mit der ausgewogenen Mischung aus Schwere und Leichtigkeit wie ein Pendel in einer Großvateruhr sanft beim Gehen hin und her. Sie hielt einen dünnen, kurzen Stock in der Hand, der von einem Regenschirm herstammte, und schlug damit auf die gefrorene Erde vor ihren Füßen. Das machte in der stillen Luft ein feierliches und stetiges Geräusch, das in sich zu ruhen schien wie das Gezwitscher eines einsamen kleinen Vogels.

Sie trug ein dunkel gestreiftes Kleid, das ihr bis auf die Schuhspitzen herunterfiel, und eine ebensolange Schürze aus gebleichten Zuckersäcken mit einer vollen Tasche. Alles war anständig und sauber, aber bei jedem Schritt hätte sie über die Bändel ihrer unverschnürten Schuhe stolpern können. Sie schaute geradeaus. Ihre Augen hatten vom hohen Alter einen bläulichen Schimmer. Auf ihrer Haut bildeten zahllose, verästelte Falten ein ganz eigenes Muster, als stünde mitten auf ihrer Stirn ein kleiner Baum, doch darunter lag ein goldener Farbton, und ihre Backenknochen wurden von einem gelblichen Leuchten erhellt, das unter der dunklen Haut hervorschien. Unter dem roten Tuch fiel ihr das Haar in dünnen Ringeln bis auf die Schultern hinab; es war noch schwarz und schimmerte fast wie Kupfer.

Hin und wieder bewegte sich etwas im Dickicht. Die alte Phoenix sagte: „Aus dem Weg, ihr Füchse, Eulen, Käfer, Eselhasen, Waschbären und wilden Tiere! ... Kommt mir nicht in die Quere, ihr kleinen Wachteln ... Macht, daß die riesigen wüsten Wildschweine nicht meinen Weg kreuzen, laßt keines auch nur in meine Richtung rennen. Ich hab's noch weit."

Unter ihrer kleinen, schwarzgesprenkelten Hand schlug das

Stöckchen, biegsam wie eine Reitgerte, an die Büsche, wie um verborgene Tiere aufzuscheuchen.

Und sie ging weiter. Der Wald war tief und still. Die Kiefernnadeln glänzten dort oben, wo sie vom Wind hin- und hergeschaukelt wurden, so hell in der Sonne, daß man kaum hochschauen konnte. Die Zapfen schwebten leicht wie Federn zu Boden. Im hohlen Stamm saß eine Trauertaube – sie fand es noch nicht zu spät zum Brüten.

Der Pfad lief einen Hügel hoch. „Kommt mir vor, als ob ich Ketten an den Füßen hab, wenn ich bis hierher gekommen bin", sagte sie redselig, wie eben alte Menschen mit sich selbst sprechen. „Irgendwas hält mich auf diesem Hügel immer zurück – bittet mich, doch hierzubleiben."

Oben angelangt, drehte sie sich um und schaute noch einmal genau und ernst den Weg an, den sie heraufgekommen war. „Durch Kiefern rauf", sagte sie schließlich, „und jetzt durch Eichen wieder runter."

Sie öffnete die Augen so weit wie möglich und machte sich vorsichtig auf den Abweg. Aber bevor sie noch ganz den Hügel hinuntergegangen war, blieb ihr Kleid in einem Busch hängen.

Ihre Finger waren fleißig ganz bei der Sache, aber ihre Röcke waren so weit und so lang, daß sie sich schon wieder woanders verfingen, bevor sie sich noch freigemacht hatte. Das Kleid durfte nicht zerreißen. „Ich im Dornenbusch", sagte sie. „Ihr Dornen, ihr macht ja nur, was ihr müßt. Wolltet nie jemand vorbeilassen, nein, mein Herr. Die alten Augen dachten, du wärst ein hübscher kleiner *grüner* Busch."

Als sie sich schließlich befreit hatte, zitterte sie am ganzen Körper, und nach einem Augenblick wagte sie, sich nach dem Stöckchen zu bücken.

„So hoch steht die Sonne schon!" rief sie aus, beugte sich zurück und schaute nach oben, während ihr dicke Tränen aus den Augen quollen. „Wieviel Zeit geht hier verloren."

Am Fuße des Hügels führte ein Baumstamm über den Bach hinüber.

„Jetzt kommt's drauf an", sagte Phoenix.

Sie streckte ihren rechten Fuß vor, stieg auf den Baumstamm und machte die Augen zu. Sie schürzte ihre Röcke, balancierte grimmig mit ihrem Stock und begann wie ein Teilnehmer einer Parade hinüber zu marschieren. Dann öffnete sie die Augen wieder und war sicher am anderen Ufer.

„Ich bin doch nicht so alt, wie ich immer glaube“, sagte sie.

Aber sie setzte sich hin, um etwas auszuruhen. Sie breitete ihre Röcke um sich herum auf der Uferböschung aus und verschränkte die Hände über den Knien. Über ihr wuchs ein Baum, der in eine perlenbesetzte Wolke von Misteln eingehüllt war. Sie wagte nicht, die Augen zu schließen, und als ihr ein kleiner Junge einen Teller mit einem Stück Marmorkuchen brachte, sprach sie mit ihm. „Ich bin so frei“, sagte sie. Aber als sie es nehmen wollte, sah sie nur ihre eigene Hand in der Luft.

Sie verließ diesen Baum und mußte durch einen Stacheldrahtzaun hindurch. Sie mußte kriechen und krabbeln, ihre Knie spreizen und ihre Finger wie ein Baby ausstrecken, das eine Treppe hochsteigen will. Aber sie sagte laut zu sich selbst: Sie könne sich ihr Kleid nicht jetzt zerreißen lassen, so spät am Tag, und sie könne es nicht bezahlen, sich den Arm oder das Bein absägen zu lassen, wenn sie sich hier verfinge.

Endlich war sie sicher durch den Zaun gelangt und richtete sich in der Lichtung wieder auf. Große abgestorbene Bäume standen wie schwarze einarmige Männer zwischen den purpurroten Strünken des vertrockneten Baumwollfeldes. Dort saß ein Bussard.

„Auf wen hastes abgesehn?“

Sie ging die Furche entlang.

„Ich bin froh, daß es jetzt keine Stiere gibt“, sagte sie und schaute zur Seite, „und daß der liebe Gott sich die Schlangen für den Winterschlaf zusammenringeln läßt. ’n Glück, daß ich keine Schlange mit zwei Köpfen um den Baum da kommen seh, wie schon mal. Hat ganz schön lang gedauert vorbeizukommen, im Sommer.“

Sie ging durch das Baumwollfeld und kam in ein abgestorbenes Maisfeld. Es flüsterte und bebte und reichte ihr über den Kopf. „Und jetzt durchs Dickicht“, sagte sie, weil da kein Weg war.

Dann war da aber etwas Großes, Schwarzes, Dünnes, das sich vor ihr bewegte.

Zuerst hielt sie es für einen Menschen. Es hätte ein Mann sein können, der im Feld tanzte. Aber sie blieb stehen und horchte, und die Gestalt gab keinen Ton von sich. Sie war so lautlos wie ein Geist.

„Du Geist", sagte sie scharf, „wem sein Geist bist du? Ich hab nämlich von keinem Toten hier gehört."

Aber es kam keine Antwort – nur das zerlumpte Getanze im Wind.

Sie machte die Augen zu, streckte die Hand aus und berührte einen Ärmel. Sie fand einen Mantel und innen drin Leere, so kalt wie Eis.

„Du Vogelscheuche du", sagte sie. Ihr Gesicht hellte sich auf. „Ich gehör eingesperrt", sagte sie lachend. „Ich bin nich mehr ganz dicht. Viel zu alt. Kenn niemand, der älter is als ich. Auf geht's, du alte Vogelscheuche", sagte sie, „wenn ich schon mit dir tanz."

Sie schwang ein Bein über die Furche und schüttelte mit offenstehendem Mund ein paarmal den Kopf. Ein paar Maisblätter flogen herunter und verfingen sich in ihren Röcken.

Dann ging sie weiter und bahnte sich mit ihrem Stock durch das raschelnde Feld einen Weg. Schließlich kam sie an den Rand, wo Silbergras zwischen den tief eingegrabenen roten Radspuren wehte. Die Wachteln liefen wie putzige Küken herum, als wären sie unsichtbar.

„Lauft nur hübsch herum", sagte sie. „Hier geht's leicht. Hier läßt sich's leicht leben."

Sie ging den Weg weiter, der sich durch die stillen kahlen Felder schlängelte, an kleinen Baumreihen entlang, deren totes Laub silbrig glänzte, und an silbrig verwitterten Holzhütten mit zugenagelten Türen und Fenstern vorbei, die wie alte verhexte Weiber dahockten. „Ich stör ihren Schlaf", sagte sie und nickte heftig mit dem Kopf.

Sie kam in eine Senke, wo eine Quelle leise durch einen hohlen Baumstamm floß. Die alte Phoenix beugte sich hinunter und trank. „Harz macht das Wasser süß", sagte sie und trank noch mehr. „Niemand weiß, wer den Brunnen da gemacht hat. Er war schon da, als ich geboren wurde."

Der Weg führte durch sumpfiges Gelände, wo Bartflechte von allen Ästen wie weiße Spitze herunterhing. „Schlaft nur weiter, ihr Alligatoren, und macht eure Blasen." Dann mündete der Weg in die Straße ein.

Sie führte tief eingeschnitten zwischen den hohen grünen

Böschungen entlang. Über ihrem Kopf wuchsen die immergrünen Eichen zusammen, und es war so dunkel wie in einer Höhle.

Ein schwarzer Hund sprang mit heraushängender Zunge aus dem Unkraut am Graben. Sie war in Gedanken versunken und nicht auf ihn gefaßt, und als er auf sie zukam, schlug sie nur leicht mit ihrem Stock nach ihm. Sie sank wie der Flaum einer Distel in den Graben.

Dort unten verlor sie die Besinnung. Sie versank in einen Traum und streckte ihre Hand in die Höhe. Aber nichts reichte herunter, um sie hochzuziehen. So lag sie da und fing schließlich zu sprechen an. „Du alte Frau", sagte sie zu sich selbst, „der schwarze Hund da is aus dem Unkraut gekommen, um dich aufzuhalten, und jetzt sitzt er da auf seinem schönen Schwanz und grinst dich an."

Schließlich kam ein Weißer vorbei und fand sie – ein Jäger, ein junger Mann, der seinen Hund an der Leine führte.

„Na, Oma!" lachte er. „Was machst du denn da?"

„Lieg hier auf'm Rücken wie 'n Maikäfer, der umgedreht werden will, Mister", sagte sie und streckte ihre Hand aus.

Er zog sie hoch, schwang sie durch die Luft und setzte sie ab. „Was gebrochen, Oma?"

„Nein, Sir, das tote Unkraut is ganz schön weich", sagte Phoenix, als sie etwas verschnauft hatte. „Dank auch für die Mühe."

„Wo wohnst du denn, Oma?" fragte er, während die beiden Hunde sich anknurrten.

„Weit da hinten, Sir, hinter dem Berg da. Man kann's von hier aus nich sehn."

„Bist du auf dem Heimweg?"

„Nein Sir, auf'm Weg zur Stadt."

„Das ist doch viel zu weit! Da geh ich hin, wenn ich was verkaufen will, und ich bekomme einen Lohn für meine Mühe." Er klopfte auf die volle Tasche, die er trug. Eine kleine, eingezogene Vogelklaue hing heraus. Es war eine Wachtel. Ihr traurig verdrehter Schnabel verriet, daß sie tot war. „Und jetzt geh wieder heim, Oma!"

„Muß in die Stadt, Mister", sagte Phoenix. „Es ist an der Zeit."

Er lachte noch einmal, so laut, daß es in der ganzen Gegend zu hören war. „Ich kenn euch, ihr alten schwarzen Leute! Geht um jeden Preis in die Stadt, um den Weihnachtsmann zu sehen!"

Aber etwas ließ die alte Phoenix wie angewurzelt stehenbleiben. Die tiefen Falten in ihrem Gesicht verzogen sich und wirkten angespannt. Sie hatte gesehen, wie ein leuchtendes Fünf-Cent-Stück ganz plötzlich aus der Tasche des Mannes zu Boden gefallen war.

„Wie alt bist du, Oma?" fragte er.

„Kann ich nich sagen, Mister", sagte sie, „kann ich nich sagen."

Dann stieß sie einen kleinen Schrei aus, klatschte in die Hände und sagte: „Hau ab, Hund! Schaun Sie! Schaun Sie, was für ein Hund!" Sie lachte bewundernd. „Der fürchtet sich vor niemand. Ein großer schwarzer Hund." Sie flüsterte: „Faß ihn!"

„Paß auf, wie ich den Köter loswerde", sagte der Mann. „Faß ihn, Pete, faß ihn!"

Phoenix hörte, wie die Hunde kämpften, und hörte, wie der Mann umherrannte und mit Stöcken warf. Sie hörte sogar einen Schuß. Aber da beugte sie sich gerade langsam nach vorn, immer weiter, mit geschlossenen Augen, als täte sie es im Schlaf. Ihr Kinn stieß fast an ihre Knie. Ihre gelbliche Handfläche kam aus einer Schürzenfalte hervor. Ihre Finger glitten so anmutig und vorsichtig den Boden entlang und nach unten unter das Geldstück, als holte sie ein Ei unter einer brütenden Henne hervor. Dann richtete sie sich langsam wieder auf, stand gerade da, und das Fünf-Cent-Stück lag in ihrer Schürzentasche. Ein Vogel flog vorbei. Ihre Lippen bewegten sich. „Gott schaut mir immer zu. Jetzt bin ich eine Diebin."

Der Mann kam zurück, und sein Hund hechelte um sie herum. „Nun, für diesmal hab ich ihn verscheucht", sagte er, und dann lachte er und zielte mit dem Gewehr auf Phoenix.

Sie stand aufrecht da und schaute ihn an.

„Hast du keine Angst vor dem Gewehr?" sagte er, das Gewehr noch im Anschlag

„Nein, Sir, ich hab zu meiner Zeit viele noch näher als das losgehen sehn, und für weniger als das, was ich getan hab", sagte sie und rührte sich nicht.

Er lächelte und schulterte das Gewehr. „Na ja, Oma", sagte er, „du mußt an die hundert sein und fürchtest dich vor nichts. Ich würde dir zehn Cent geben, wenn ich Geld bei mir hätte. Aber laß dir raten und bleib zu Haus, dann passiert dir nichts."

„Ich muß weitergehn, Mister", sagte Phoenix. Sie senkte ihren in den roten Lappen eingewickelten Kopf. Dann gingen sie in verschiedene Richtungen, aber sie hörte immer wieder Gewehrschüsse hinter dem Hügel.

Sie ging weiter. Die Schatten hingen wie Vorhänge von den Eichen auf die Straße hinunter. Dann roch sie den Rauch von Holzfeuer, roch den Fluß und sah einen Kirchturm und Hütten mit steilen Treppen. Dutzende von kleinen schwarzen Kindern wimmelten um sie herum. Vor ihr lag Natchez und strahlte. Die Glocken läuteten. Sie ging weiter.

Die gepflasterten Straßen der Stadt waren weihnachtlich geschmückt. Überall hingen Girlanden aus roten und grünen Glühbirnen und leuchteten am hellen Tag. Die alte Phoenix hätte sich verlaufen, wenn sie ihren Augen nicht mißtraut und sich auf ihre Füße verlassen hätte, die wußten, wo es langging.

Auf dem Bürgersteig blieb sie kurz stehen, und Leute überholten sie. In der Menge kam eine Dame vorbei, die grün und silbern verpackte Geschenke im Arm hielt. Sie verströmte einen Duft wie rote Rosen im Hochsommer, und Phoenix hielt sie an.

„Bitte, Miss, können Sie mir den Schuh zubinden?" Sie streckte ihren Fuß in die Höhe.

„Was willst du, Großmutter?"

„Schaun Sie mal, mein Schuh", sagte Phoenix. „Auf dem Land is das in Ordnung, aber säh komisch aus in 'nem großen Haus."

„Dann steh still, Großmutter", sagte die Dame. Sie setzte ihre Pakete auf dem Bürgersteig ab und band ihr beide Schuhe fest zu.

„Mit dem Stock kann ich sie nich zubinden", sagte Phoenix. „Danke, Miss, macht mir nix aus, 'ne nette Dame darum zu bitten, mir die Schuh zuzubinden, wenn ich auf die Straße geh."

Langsam und leicht schwankend betrat sie das große Gebäude und das turmhohe Treppenhaus. Sie stieg und stieg immer höher, bis ihre Füße wußten, daß sie angekommen war.

Sie trat durch eine Türe, und dort sah sie das Dokument an der Wand hängen, mit goldenem Siegel und goldenem Rahmen, das mit dem Traum übereinstimmte, der ihr immer im Kopf herumschwebte.

„Da bin ich", sagte sie. Ihr Körper versteifte sich vor Ehrfurcht.

„Ein Sozialfall, richtig?“ sagte eine Beamtin, die am Schreibtisch vor ihr saß.

Aber Phoenix schaute über sie hinweg. Schweiß stand auf ihrem Gesicht, und ihre Falten glänzten wie ein helles Netz.

„Sprich nur, Oma“, sagte die Frau. „Wie heißt du? Weißt du, wir müssen deine Personalien aufnehmen. Warst du schon einmal hier? Was hast du auf dem Herzen?“

Das Gesicht der alten Phoenix zuckte nur, als würde sie von einer Fliege belästigt.

„Bist du denn taub?“ schrie die Beamtin.

Aber da kam die Krankenschwester herein.

„Ach, da ist ja die alte Tante Phoenix“, sagte sie. „Sie will nichts für sich – sie hat einen kleinen Enkelsohn. Sie macht den Gang hierher so regelmäßig wie ein Uhrwerk. Sie wohnt da hinten, ein Stück abseits vom Alten-Natchez-Pfad.“ Sie beugte sich herunter. „Nun, Tante Phoenix, warum machst du dir's nicht bequem? Nach dem langen Fußmarsch mußt du bei uns nicht stehen!“ Sie bot ihr einen Stuhl an.

Die alte Frau setzte sich kerzengerade hin.

„Und wie geht's dem Jungen?“ fragte die Krankenschwester.

Die alte Phoenix sagte nichts.

„Wie's dem Jungen geht!“

Aber Phoenix saß nur abwartend da und starrte mit feierlichem, entrücktem Gesicht geradeaus.

„Geht's seinem Hals jetzt besser?“ fragte die Krankenschwester. „Tante Phoenix, hörst du mich nicht? Geht's dem Hals von deinem Enkel besser, seit du das letzte Mal hier warst und Medizin geholt hast?“

Mit den Händen auf den Knien wartete die alte Frau ab, schweigend, sehr aufrecht und bewegungslos, als stecke sie in einer Rüstung.

„Du darfst uns nicht so aufhalten, Tante Phoenix“, sagte die Krankenschwester. „Erzähl uns geschwind, wie's deinem Enkel geht, dann hast du's hinter dir. Er ist doch nicht gestorben, oder?“

Endlich huschte ein Aufleuchten über ihr Gesicht, und sie fing zu sprechen an.

„Mein Enkel. Das hatt' ich ganz vergessen. Da saß ich und hatt' vergessen, warum ich so weit hergekommen bin."

„Vergessen?" fragte die Krankenschwester und zog die Brauen hoch. „Nach diesem weiten Weg?"

Dann war Phoenix wie eine alte Frau, die um Entschuldigung dafür bittet, daß sie nachts vor Angst aufgewacht ist. „Ich war nie in der Schule, ich war bei der Waffenstreckung schon zu alt", sagte sie mit leiser Stimme. „Ich bin eine ungebildete alte Frau. Mein Gedächtnis hat mich im Stich gelassen. Mein kleiner Enkel, dem geht's noch genauso schlecht, das hab ich auf dem Weg ganz vergessen."

„Die Kehle will nicht heilen, oder?" sagte die Krankenschwester mit lauter, fester Stimme zur alten Phoenix. Sie hielt jetzt ein Karteikärtchen in der Hand, auf dem etwas geschrieben stand, eine kleine Aufstellung. „Tja. Lauge getrunken. Das war wann? Im Januar vor zwei oder drei Jahren –"

Jetzt sprach Phoenix, ohne daß man sie fragen mußte. „Nein, Miss, er is nicht tot, is noch gleich schlecht dran. Andauernd schwillt sein Hals zu, und er kann nich schlucken. Auch nich atmen. Er kann nix machen. Also mach ich mich auf'n Weg und hol wieder die Medizin, die ihm hilft."

„Gut so. Der Arzt hat gesagt, so lang du kommst und sie holst, kannst du sie kriegen", sagte die Krankenschwester. „Es ist ein hartnäckiger Fall."

„Mein kleiner Enkel, der sitzt ganz allein da im Haus, ganz eingemummt und wartet", fuhr Phoenix fort. „Wir zwei sind ganz allein auf der Welt. Ihm geht's nich gut, aber das is ihm egal. Er sieht ganz herzig aus. Er wird's schon überleben. Er is in 'ne kleine Steppdecke eingewickelt, da spitzt er raus mit offenem Mund, sieht aus wie'n kleiner Vogel. Jetzt weiß ich's wieder ganz genau. Werd ihn nich mehr vergessen, nie mehr. Ich würd ihn herauskennen, aus der ganzen Schöpfung raus."

„Schon gut." Jetzt versuchte die Schwester, sie zum Schweigen zu bringen. Sie gab ihr eine Flasche mit Medizin. „Sozialhilfe", sagte sie und hakte in einem Buch etwas ab.

Die alte Phoenix führte die Flasche nah an ihre Augen heran und steckte sie dann sorgfältig in die Tasche.

„Vielen Dank“, sagte sie.

„Es ist Weihnachtszeit“, sagte die Beamtin. „Darf ich ihr ein paar Pennies geben?“

„Fünf Pennies sind fünf Cent“, sagte Phoenix steif.

„Da ist ein Fünf-Cent-Stück für dich“, sagte die Beamtin.

Phoenix stand vorsichtig auf und streckte die Hand aus. Sie nahm das Geldstück in Empfang, fischte dann das andere aus ihrer Tasche und legte es dazu. Sie starrte mit schiefgelegtem Kopf in ihre offene Hand.

Dann klopfte sie mit ihrem Stock auf den Boden.

„Jetzt weiß ich, was ich mach“, sagte sie. „Ich geh in ’n Laden rein und kauf mei’m Kind ’n kleines Windrädchen, was es da gibt, aus Papier. Er wird’s nich glauben, daß es so was gibt auf der Welt. Dann geh ich wieder heim, wo er wartet, und halt das Windrad hoch mit dieser Hand.“

Sie hob ihre freie Hand, nickte leicht, drehte sich um und verließ das Sprechzimmer. Dann stieg sie langsam Stufe für Stufe die Treppe hinab.

DAS GROSSE NETZ
UND ANDERE ERZÄHLUNGEN
1943

Für meine Mutter
Chestina Andrews Welty

ERSTE LIEBE

Was auch immer passierte, es passierte zu einer außergewöhnlichen Zeit in einer Jahreszeit zum Träumen, und in Natchez herrschte gerade der härteste Winter seit Menschengedenken. In einer Januarnacht des Jahres 1807 blies der Nordwind mit einer solchen unnachgiebigen Kraft, als wollte er den Siedlern nachjagen, und er brauste die Biegungen des Flusses hinunter, um sie noch weiter zu treiben. Danach fiel der Schnee wie in einer seltsamen Betäubung herab. Als die Sonne aufging, zersplitterte die Luft in Tausende von Prismen, nah wie das Aufblitzen von Möwenschwingen. Noch lange Zeit danach war es so kalt, daß nächtliche Reisende den kleinen Mond des Sirius deutlich am Himmel sehen konnten, und die Venus schien auch am Tag und zog ihre Bahn über den ungewöhnlich durchsichtigen Himmel.

Der Mississippi erschauerte und stieg aus seinem Bett, getrieben wie ein Schlafwandler, den es immer weiter treibt; das Eis erstreckte sich weit über die Wellen. Flache Boote und Flöße fuhren weiterhin flußabwärts, mit reglosen Passagieren beladen, unterwürfig und zusammengeduckt, wie gebündelte Stöcke. Am Ufer wurden Wetten abgeschlossen, ob sie lebendig seien oder tot, aber es war unmöglich, das eine oder das andere zu beweisen.

Am Morgen hingen vereiste Bartflechten in blau glänzenden Girlanden von den Bäumen herunter, die an den veränderten Straßen wuchsen. Die Stadt der kleinen Veranden bestand jetzt nur aus schneebedeckten Dächern und aus Stille. Da Natchez sich so plötzlich verändert hatte, schien es allmählich, als müsse die ganze Welt sich ebenfalls wandeln. Den einzigen Lärm machten die Tiere, die in ihren Ställen Not litten, oder die Wildkatzen, die jede Nacht schreiend in dem froststarren Rohr engere Kreise zogen. Aus weiter Entfernung waren die Indianer zu hören, in größerer Anzahl, als man vermutet hatte. In ununterbrochenen Tanzzeremonien schickten sie flehentliche, aber stolze Botschaften zur Sonne empor. Diejenigen, die in dem verzauberten Dunkel der eingefrorenen Stadt abwarteten, konnten Tag und Nacht den Widerschein ihrer Feuer sehen. Die Menschen wurden von der Kälte geradezu eingefangen, sie gingen der Stille in die Falle. Grüppchen von Reisenden rückten näher zusammen, wenn sie mit verstärkter Vorsicht durch die gläsern vereisten Tunnel des Alten-Natchez-Pfades gingen, denn alle Proportionen hatten sich verschoben, und sie folgten einander wie Insekten, die sich in der Morgendämmerung durch das dichte Gras kämpfen. Die Einwohner von Natchez drehten sich schweigend um, wenn ein Mensch, den niemand je zuvor gesehen hatte, gefunden und durch die Straßen getragen wurde, in der Stellung erfroren, in der er sich in einem hohlen Baum zusammengekauert hatte, grau und in Hockstellung wie ein Eichhörnchen, ein kleines Bündel Habseligkeiten an sich gedrückt.

Joel Mayes, ein tauber zwölfjähriger Junge, sah, wie der Mann vorbeigetragen wurde, und wußte, daß er tot war, aber er hielt Ausschau nach etwas anderem, nach etwas Wunderbarem. Er sah, wie der Atem den Mündern der Leute entströmte, und auf seinem dunkelhäutigen Gesicht, das gerade jetzt etwas von seiner Zartheit verlor, war eine heimliche Sehnsucht abzulesen. Er fand es wunderbar, wenn die unendlich vielfältigen Redefiguren sich sichtbar in der Luft niederschlugen, und er beobachtete mit einer scheuen Ehrfurcht, die in Zärtlichkeit überging, wenn sich Menschen auf der Straße trafen und im Vorübergehen ein paar Worte austauschten. Er ging alleine, mit dem festen und doch traumverlorenen Schritt eines Waisenkindes, langsam durch die Stille, ließ seinen eigenen Atem den Lippen entströmen, blies ihn in die Luft hinaus, und jedes Wort nahm die Form eines Turmes an. Das freute ihn so sehr wie eine kleine Unterhaltung. Am Ende der Straße, wo er das Wirtshaus betrat, senkte er immer den Kopf und ging schneller, als wäre es jetzt aus mit allem Leichtsinn, denn hier war er als Schuhputzer angestellt.

Er war irgendwann im Sommer nach Natchez gekommen. Und das hieß durch unermeßliche Blätterwelten; den ganzen Weg von Virginia her hatte er wie im Traum zurückgelegt, wie es nur Kinder können. Er war für sich geblieben: zuerst völlig für sich, und später auch – in der Begleitung von Old Man McCaleb, der ihn mitnahm, als seine

Eltern im Wald verschwanden, von ihm abgeschnitten wurden und trotz seines letzten Umblickens immer weiter zurückblieben. Zielstrebige Arme zogen ihn vorwärts durch das harte Gebüsch, und Blätter schlugen ihm ins Gesicht, bis er endlich die Hände ausstreckte, um sie abzuwehren. Jetzt wo er ein Schuhputzer war, dachte er nur noch selten, flüchtig, fast wie versteinert an diese lange Zeit... Bis vor kurzem Old Man McCaleb wieder in dem Wirtshaus aufgetaucht war, auf dem Weg nach irgendwohin, und sein Bart war wie der Bart von alten Männern in Träumen gewesen, und während Joel ihm die Stiefel putzte, die ungewöhnlich schwer und schmutzverkrustet waren, stieß er wieder auf einen Bruchteil des alten Abenteuers, denn hier stand es vor ihm, dunkel und verkrustet... Er stieß wieder darauf und erlebte es noch einmal...

Beim Polieren fiel ihm der Tag ein, nachdem seine Eltern ihn verlassen hatten, der Tag, an dem sie sich vor den Indianern verstecken mußten. Das strenge Gesicht von Old Man McCaleb hellte sich ganz unerwartet auf, und er hatte sie, die ganze Gruppe, in dichtes Schilf getrieben, weit ab vom Alten-Natchez-Pfad, dort wo es am dichtesten stand, so ineinander verkeilt wie das Gebiß eines wilden Tieres. Dort kauerten sie sich hin, und jeder einzelne von ihnen, Mann, Frau und Kind, schaute aus seinem Versteck, welches das allerunsicherste zu sein schien, zu den anderen hin, lauerte aus einem heftigen, wilden Instinkt heraus auf eine Bewegung oder witterte einen Verrat. Hinter seinem Büschel zusammengekauert hatte Joel geweint; ganz plötzlich verließ ihn jegliches Verständnis dieser Situation, und da er nicht hören konnte, konnte er auch nichts Vertrautes sehen oder anfassen oder finden, überhaupt nichts. Er weinte, und Old Man McCaleb erschlug zuerst den erregten Hund mit dem stumpfen Ende seiner Axt, und dann wandte er ihm sein wutverzerrtes Gesicht zu und schwang die Axt hoch in die Luft, als wollte er in einer Art Ekstase die Stille beschützen, die sie wahrten. Joel hatte einen Ton von sich gegeben... er keuchte und drückte seinen Mund schneller, als er denken konnte, auf die Erde hinunter. Er stopfte sich Blätter in den Mund... In der langen Zeit, während er bewegungslos mit den Männern und Frauen im Schilfdickicht lag, hatte er begriffen, was Stille für andere Menschen bedeutet. Im Angesicht der Gefahr hatte er die Nähe seiner Gefährten deutlich, ja sogar mit Schrecken empfunden, wie eine ganz unvermittelte, wortlose Umarmung, eine machtvolle, überwältigende Einigkeit. Dann waren die Indianer vorbeigegangen, gefolgt von einer alten Frau – feierlich, einer hinter dem anderen, ganz unbekümmert trotz der vergifteten Pfeile, die in ihren Köchern steckten, und sie hielten Schnüre in der Hand, an denen ein paar Fische hingen, Welse. Die alte Frau gähnte, und als sie damit fertig war, waren sie auch schon vorüber. Dann mußten sich McCalebs Schützlinge einer nach dem anderen erheben und aus dem Versteck herauskommen. Sie sprachen nur wenig miteinander, schämten sich irgendwie und wichen einander aus. Sobald sie Natchez erreicht hatten, löste sich die kleine Gruppe ganz auf. Zum Abschied hatte der alte Mann jeden lange und ziemlich verloren angeblickt und war fortgegangen, genauso tief in Gedanken versunken wie eh und je. Joel schaute zu dem Mann, der sein Leben gerettet hatte, mit dem sanften, fast gleichgültigen Gesichtsausdruck eines Kindes auf, das um nichts gebeten hat. Jetzt erinnerte er sich an die weißen Möwen, die hinter dem Kopf des alten Mannes über den Himmel geflogen waren.

Joel war im Wirtshaus abgesetzt worden, und er konnte nirgendwo anders hin, weil es den Endpunkt des langen Weges darstellte, und dahinter war der Fluß. Also blieb er da. Es war eine ganz unverbindliche Abmachung: Er bezahlte nie etwas für Kost und Logis, und er bekam nie etwas für seine Arbeit. Die Zeit verging, und er gehörte ganz allmählich zu dem Ort, an dem er wohnte. Er bekam ein kleines eigenes Zimmer. Das lag zu ebener Erde hinter dem Ausschank und war ein dunkler, kleiner Raum mit Steinfliesen und nur mannshoch, mit gebogenen Deckenbalken. Es gab einen offenen Kamin und ein Fenster zum Hof hinaus, in dem Tag und Nacht Pferde stampften. Er rollte sich jede Nacht auf einer Bank mit hoher Lehne zusammen. Wenn es kalt war, bekam er ein paar alte Mäntel zum Zudecken, und der Raum gehörte so ausschließlich ihm allein, wie er einem streunenden Kätzchen gehört hätte, das jede Nacht dorthin gekommen wäre. Er achtete allmählich darauf, daß sein Kerzenhalter immer blankpoliert war, er stellte ihn genau in die Mitte des rohgezimmerten Tisches, und nachts, wenn die Kerze brannte, traten all die kleinen Liebesworte, die dort auf spanisch mit einem Messer tief eingekerbt waren, in schwarzem Relief hervor, für jedermann zu lesen, der die Sprache verstand.

Spät nachts, schon eher gegen Morgen, nachdem die Reisenden ihre Stiefel ausgezogen hatten, um ins Bett zu fallen, wachte er immer auf und ging, die Kerzenflamme mit der Hand schützend, die Treppe hoch, durch die Gänge und Räume und sammelte die Stiefel ein. Wenn er sie alle hinunter an seinen Tisch gebracht hatte, setzte er sich hin und putzte sie in aller Ruhe, und das Feuer warf einen sanften Schein auf die Fliesen. Es kam ihm dann so vor, als hätte sich sein ganzes Leben so warm und sicher im Schlaf der anderen niedergelassen wie ein Vogel auf einem Ast, und er war auf eine ihm sehr angenehme Art allein. Ihm waren Stiefel durchaus nicht zuwider – er hatte gelernt, damit umzugehen; unter seinen Händen erhoben sie sich und nahmen wieder eine gute Form an. Es war weder eine Sklavenarbeit noch die eines Kindes. Sie hatte Würde: denn es war gefährlich, zwischen schlafenden Männern hindurchzugehen. Mehr als einmal hatte ihn ein Mann gepackt und ihm fast die Seele aus dem Leib gerüttelt, wenn er schwitzend vor Argwohn oder aus einem Alptraum hochfuhr. Aber er ging beweglich wie ein Tier mit der Gewalttätigkeit und den jähen Ausbrüchen der Männer um, die noch halb träumten. Es kam ihm so vor, als ob alle Welt nur ganz leicht schliefe und daß die kleinste Bewegung bestimmt jeden aufwecken würde; so trat er also leise auf, wich aus und stieg über sie hinweg und kam in sein Zimmer zurück. Einmal hatte eine Klapperschlange ihren Kopf aus einem Stiefel gestreckt, als er ihn hochheben wollte; aber so etwas würde in tausend Jahren nicht noch einmal passieren.

In der Nacht, als es zum ersten Mal schneite, begann in seinem eigenen Zimmer ein neues Abenteuer für ihn. Sehr spät nachts, schon gegen Morgen, fuhr Joel in seinem Bett auf, saß kerzengerade da und sah, als er die Augen öffnete, daß das ganze Zimmer hell wie ein wasserreicher See in der Sonne glänzte. Er dachte keinen Augenblick lang an seine Stiefel, sondern erstarrte. Die Kerze brannte im Leuchter, ein großes Feuer loderte im Kamin, und vor dem Fenster leuchtete ein wildes Geflimmer, das er zuerst nicht einmal als den fallenden Schnee erkannte. Joel lag im dunklen Teil des Zimmers, und vor ihm saßen mitten im seltsam verstärkten Licht zwei Männer in schwarzen Umhängen an seinem Tisch. Sie saßen im Profil da, groß unter den niedrigen Balken, schauten sich über seinen guten Tisch hinweg an, den er für alles benutzte, und redeten miteinander. Sie waren nicht aus Natchez, und ihr Name stand nicht in der Liste der Reisenden. Bei jedem der beiden glänzte etwas weiß auf den Stiefeln – es war Schnee; ihre Umhänge waren vorn geschlossen, und in den dunklen Falten fingen die Schneeflocken gerade zu schmelzen an.

Joel hatte nie das Klopfen an einer Tür hören können und wußte trotzdem, wie es war. Und er ahnte, daß diese Männer nicht geklopft hatten, nicht einmal leise, bevor sie sein Zimmer betraten. Als er begriff, daß irgendwann zwei Männer ohne sein Wissen und ohne seine Zustimmung anscheinend aus den Wolken auf die beiden Stühle an seinem Tisch heruntergefallen waren und sich alles zu eigen gemacht hatten, bewahrte er nicht die Ruhe, mit der er alle Männer, angefangen mit Old Man McCaleb, angeschaut hatte, der oben schnarchte.

Er ließ sich nicht gleich anmerken, wie verletzt er sich fühlte. Statt dessen saß er immer noch kerzengerade da und schaute mit dem Hochgefühl eines heimlichen Betrachters ihre Gesichter an – das eine Auge, das er von jedem sehen konnte, die Wangen, die nur zur Hälfte sichtbaren Münder – die Gesichter waren vom Feuerschein erhellt und entrückt durch eine gemeinsame Erinnerung oder das gemeinsame Nachdenken... Vielleicht stieß er keinen Schrei aus, weil er wußte, daß das gehört werden würde. Dann ließ ihn eine Armbewegung von einem der Männer erstarren.

Einer der beiden hob seinen rechten Arm – mit einer angespannten, aber trotzdem zarten und leichten Bewegung –, und der dunkle, nasse Mantel fiel nach hinten zurück. Es kam Joel wie die erste Bewegung vor, die er jemals gesehen hatte, als wäre die Welt bis zu dieser Nacht ganz leblos gewesen. Es war wie ein Zeichen, um irgendein Tor oder ein Schloß zu öffnen, und zu seiner grenzenlosen Überraschung eröffnete sich ein weiter Ausblick in seinem eigenen Kopf, und er wußte sofort, daß er niemals darüber würde sprechen können – es war nichts als lauter Helligkeit, so hell wie der Moment, als er die Augen geöffnet hatte. In seinem Zimmer gab es noch einen anderen

Innenraum, nämlich diese Zusammenkunft inmitten all dieser Helligkeit, und darin schwebte noch ein Geheimnis, nämlich alles, was da gesprochen wurde. Vor dem lodernden Feuer neigten sich die Köpfe der Männer einander zu, ihre Haare wirkten so leicht, als schwebten sie. Ihre Ellenbogen ruhten auf den Bohlen der Tischplatte und schoben die Krümel beiseite, die von Joels Brötchen übriggeblieben waren. Er hatte nicht die leiseste Ahnung, wie lang sie dagewesen waren, als sie aufstanden, ihre Arme streckten und durch die Türe hinausgingen, nachdem sie die Kerze ausgeblasen hatten.

Als Joel beim hellen Tageslicht wieder erwachte, dachte er zuerst an Indianer, dann an Gespenster, dann sah er alles wieder vor sich, was geschehen war. Er steckte eine kleine Tracht Prügel ein, weil er vergessen hatte, die Stiefel zu putzen, aber das vergaß er schnell. Er überlegte, wie lang die Männer wohl in seinem Zimmer gewesen waren, während er noch schlief, und ob sie ihn überhaupt gesehen hatten, und was sie ihm vielleicht antun würden, ob sie ihn bei den Armen packen und ihn fortschleppen würden, weiter durch die Blätter. Er versuchte sich den ganzen gestrigen Abend vorzustellen, und es gelang ihm, dann den gestrigen Tag, und in einer langen, tiefen Träumerei versunken rieb er viel zu spät an einem Stiefel herum. Sein Gedächtnis arbeitete so, wie ein Lasso ausgeworfen wird, um ein wildes Pferd einzufangen. Es reichte zurück und blieb zitternd bei dem grauenhaften Augenblick hängen, als er von seinen Eltern getrennt worden war, und dann kam es wieder in die Gegenwart zurück und hätte sich, wenn er es zugelassen hätte, auch ein Bild von der Zukunft gemacht. In der Zwischenzeit maß er den ganzen Tag lang allem, was passierte, auch dem kleinsten Geschehnis, die allergrößte Bedeutung bei. Er witterte jede Veränderung im Haus – je nachdem, wie weit die Türen offenstanden, je nachdem, wie hoch die Feuer brannten, und auch daran, ob die Holzscheite von einem Stiefel umgestoßen worden oder von allein in einem leeren Zimmer umgefallen waren. Das Geheimnis packte ihn und ließ ihn nicht mehr los. Er wartete auf die Nacht. In seinem Zimmer schwebte nun um den Kerzenleuchter auf dem Tisch herum das Wunder, daß er in seiner Abwesenheit von unbekannten Händen angefaßt worden und, während er schlief, gesehen worden war.

Es geschah, als er wieder Stiefel putzte, daß ihm plötzlich einfiel, wer die Männer waren. In seiner tiefen Versunkenheit wußte er auf einmal ihre Namen. Er rannte auf die Straße hinaus. Das neue Wissen tobte in seinem Kopf, und er erinnerte sich jetzt wieder an den Aufruhr, der das kältestarre Natchez aufgestört hatte, als einige Leute spektakulären Einzug hielten, einen Aufruhr, der den Ort aus der Reglosigkeit des fallenden Schnees herausgerissen hatte, und jetzt wurde ihm auch klar, warum der Boden unter den eiligen Füßen erzittert war und warum fahrige Hände ihn an der Bar beiseite geschoben hatten. Niemand sagte ihm, daß die Männer Aaron Burr und Harman Blennerhassett waren, aber er wußte es trotzdem. Niemand hatte ihm einen Hinweis darauf gegeben, wer der eine und wer der andere war, aber er wußte es dennoch: Burr hatte die Hand gehoben.

Sie kamen jede Nacht in sein Zimmer, und Joel hatte auch nicht erwartet, daß es bei dem einen Besuch bleiben würde. Es kam ihm nie in den Sinn, daß das erste Zusammentreffen der Männer in seinem Zimmer nicht auch der Anfang von etwas Neuem sein könnte. Es dauerte immer eine Zeitlang, bis der Schnee auf ihren Umhängen weggeschmolzen war – denn es schneite in dieser Zeit unaufhörlich. Joel saß mit weit aufgerissenen Augen im Schatten da und schaute wie ein einsamer Zuschauer bei einer Feuersbrunst zu. Das Zimmer erwärmte sich von der Hitze aus dem kleinen Kamin, aber außerdem lag in allem, was geschah, etwas Feuriges. Der Funke ging von Aaron Burr aus, schien durch bestimmte Worte und die unvermutet edlen Gesten über den Tisch zu springen und Blennerhassett zu erfassen. Doch die Atemwolke ihrer Worte war nicht so klar geformt wie der Schein der Kerze zwischen ihnen. Joel sah sie immer nur im Profil, aber er erkannte doch, daß es sich um ein ungeheuer schwieriges Geheimnis handelte, und nach zwei Nächten war es klar, daß niemals alles erzählt werden könnte. Was immer sie auch sagten, ihre Unterhaltung war doch nie zu Ende. Sie mußten sich stets aufs neue treffen. Der Siegelring, den Burr trug, fing immer wieder das Licht des Feuers ein und versprühte es in den komplizierten Verschlingungen seiner Gravierung. Noch schneller und glänzender aber waren seine Augen, die überall hinschauten, jedoch nie zu Joel. Ihre Augen hatten sein Zimmer niemals richtig wahrgenommen... den sorgsam polierten

Kerzenleuchter, die saubere Tischplatte, von der er die Krümel abgewischt hatte, die hölzerne Bank, auf der er lag und von der aus er – etwas leichtsinnig – seine Hand ausstreckte … Alles im Raum war Eroberung, alles wurde zum Traum von Freude und Macht jenseits seiner Wände … Burrs Haar glänzte im Licht auf und fiel ihm in die eckige Stirn, seine Wangen strafften sich, er lächelte plötzlich, sein Atem fuhr zwischen den Lippen hindurch. Der Gesichtsausdruck des anderen Mannes mit dem stummen Mund – denn er hörte nur zu – wechselte von Leidenschaft zu Schwermut und wieder zu Leidenschaft … Joel saß still da und schaute von dem einen Mann zum anderen.

Zuerst glaubte er, daß er nicht entdeckt worden sei. Doch dann wußte er, daß sie seine Anwesenheit irgendwie bemerkt hatten und daß sie sich nicht davon stören ließen. Das bestürzte ihn irgendwie … Sie wußten, daß sie sich ewig in seinem Zimmer unterhalten könnten, wenn nur er dabei war. Dann legte er es sich so aus, daß sie ihn wohl akzeptierten. In der Nacht, als ihm dies zum ersten Mal klar wurde, kam ihm seine Taubheit wie eine Art Gastfreundschaft vor. Freude überfiel ihn, eine große Heiterkeit; er fühlte, wie sein Geist sich regte, und er verließ sein Versteck und ging ein paar Schritte auf sie zu. Schließlich hielt er es nicht mehr aus: Er drang in ihre Unterhaltung ein und stellte Essen und Trinken aus der Küche zwischen sie auf den Tisch. Seine Hände zitterten, und sie schauten ihn wie aus großer Entfernung an, aber sie waren nicht überrascht, und er konnte den vertrauten Geruch, den die dunklen, feuchten Kleider von Reisenden an sich haben, im Schein des Feuers dampfend von ihnen aufsteigen sehen. Danach saß er ganz still auf dem Boden, und Burrs Umhang hing direkt neben seiner eigenen Schulter herab. In solchen Augenblicken fühlte er sich schwindlig, als hülle ihn das Cape in ein großes Wunder ein, aber Aaron Burr wandte ihm das Gesicht zu und schaute ihn mit großem Ernst an und hatte die Brauen über seinen stets wachen Augen hochgezogen.

Auch in seinem sanftesten Blick war Überlegenheit zu erkennen. Wenn er hereinkam und sich auf einen Stuhl warf, um zu reden, wenn das Feuer aufflackerte und der Widerschein der eingeschneiten Welt grell aufleuchtete, dann schien sogar der rohgezimmerte Tisch sich zu verwandeln und zum Teil einer Zeremonie zu werden. Burr hätte auch in einer anderen Sprache reden können, die ausschließlich aus Beschwörungsformeln bestand. Wenn man ihn so deutlich vor sich sah, schienen all seine Bewegungen und seine Blicke einer Hingabe zu entspringen, die sonderbar geduldig war und vor allem den Anschein von Weisheit erweckte. Seine Augen leuchteten auf wie die Feuer von Reisenden weit draußen am Fluß. Er sprach unausgesetzt, seine Rede war seine Erscheinung, als ob es keine Augen, keine Nase, oder keinen Mund an ihm zu erinnern gäbe; sein Gesicht war empfindlich und ausdrucksstark, besaß aber keine eigentlichen Züge, keine Freundlichkeit, denn ihm fehlte jedes Bewußtsein von Gegenwart. Als Joel vom Boden aus zu seinem sprechenden Gesicht aufblickte, erkannte er plötzlich ein Geheimnis, das mit großer Versuchung und großer Qual zu tun hatte, das nach diesem Gesicht griff wie eine zupackende Hand. Er hätte sich von Burr überall mit hinnehmen lassen, wohin dieser auch immer gehen wollte.

Nachts glaubte Joel manchmal zu spüren, wie ihre Augen auf ihm ruhten, und er meinte, daß sie gekommen seien; aber das war nur ein Traum, und wenn er sich auf seiner Bank aufsetzte, sah er oft nur den reglosen Widerschein des Feuers auf dem leeren Boden, und ihn überkam ein seltsames Gefühl von Verlassenheit und Verlorenheit, das er so in seinem Leben noch nie empfunden hatte. Sie kamen wahrscheinlich erst in der Morgendämmerung.

Wenn sie da waren, war er beruhigt, obwohl sie ihm nicht mehr Beachtung schenkten als dem Feuer. Er brachte ihnen so viel Essen, wie er nur auftreiben konnte; er hob etwas von seinen eigenen Mahlzeiten auf, und in einer Nacht stahl er eine Truthahnpastete. Er hätte ihr Beschützer sein können, wie er so still dasaß und sie manchmal ansah wie ein Vater seine spielenden Kinder. Er wünschte sich nie auch nur einen Augenblick lang, daß sie gehen sollten, obwohl er sich so sehr nach Schlaf sehnte, daß er sie schließlich staunend mit aufgerissenen Lidern anstarrte. Sie sprachen oft die ganze Nacht hindurch. Blennerhassetts breites, verschwommenes Gesicht sah zuerst hingebungsvoll und schließlich erschöpft aus. Aber Burr streckte immer seine Hand über den Tisch und faßte ihn an der Schulter, als wolle er ihn aus einem trägen Dösen aufrütteln, und sein eigenes

Gesicht leuchtete im Lauf der Zeit immer stärker auf. Joel saß ruhig da und wartete auf die Offenbarung dieser Zusammenkünfte. Seine ganze Liebe gehörte den beiden sprechenden Männern. Er hätte nicht gewußt, wie er diese Liebe in sich zurückhalten sollte.

An den müßigen Vormittagen, wenn er das Bedürfnis hatte, sich draußen umzusehen, ging er die Esplanade entlang und stand unter den Bäumen, die tief zu ihm herabhingen. Mit hochgezogener Stirn schaute er über die vereiste Rennbahn und über den Fluß hinweg. Zu einer bestimmten Zeit hatte das Wasser eine rauchige Farbe, als ob es mehr ein Teil des Waldes sei und nicht ein eigenes, machtvolles Element. Es sah so aus, als gehöre der Fluß zum Wald, als sei er sanft und behütet, ein angeleintes, grasendes Lieblingstier des Waldes. Und dann, wenn das Licht heller wurde und die Welt in Farben tauchte, schnellte der Fluß plötzlich zwischen dem glänzenden Eis an seinen Ufern hervor, seine mächtige Flut erwachte zum Leben, und seine Gewalt und sein wirbelnder Lauf hielten Joel gefangen, und er schaute ihm so gebannt zu wie dem nächtlichen Zauber in seinem Zimmer. Wenn er auch nicht mit dem Fluß sprechen konnte, und das konnte er ja nicht, so versuchte er dennoch, aus seinem blau-violetten Gestrudel eine Erklärung des bedeutungsvollen Ereignisses herauszulesen. Es war schwer zu begreifen. Zerbrach denn jedes Vorhaben eines Menschen, wie sicher und geheim es auch geplant sein mochte, im Verlauf seiner Verwirklichung? Eines Tages sah er voller Schmerz, wie ein Floß in der Mitte des Flusses auseinanderbrach und wie die Menschen ins Wasser stürzten. Darauf verwandelte sich alles, was sein Herz beim Anblick des unergründlichen Flusses bewegte, in Hoffnung für die beiden Männer und ihren Genius, den er in seinem Zimmer barg.

Als er in das Wirtshaus zurückkam, wurde ihm eine Bekanntmachung gegeben, die er an den Spiegel im Schankraum kleben sollte, welche ankündigte, daß der Hochverratsprozeß gegen Aaron Burr Ende des Monats in Washington, der Hauptstadt von Mississippi, auf dem Gelände des Jefferson College stattfinden würde, wo genügend Platz für die Zuschauermenge wäre. In der Zwischenzeit werde die Ankunft der vollständigen, bewaffneten Flottille erwartet, und der Whiskypreis würde in dieser Bar nicht erhöht, der Preis für ein Bett im ersten Stock hingegen leicht heraufgesetzt, je nachdem, wieviele Personen darin schliefen.

Der Monat verging, und jetzt war Vollmond. Spät nachts erstrahlte der ganze Himmel, als wäre die Mondoberfläche so nah herangerückt wie eine Wange. Die leuchtenden Wolkengruppen streckten sich hintereinander in einer himmlischen Ordnung aus. Sie schienen die Straßen zu sein, auf denen Joel durch die Stadt ging. Die Leute erleuchteten jetzt ihre Häuser für ihre Feste so hell, als ob sie es dem Himmel nachmachten. Burr stand immer im Mittelpunkt, tanzte mit den Frauen und unterhielt sich mit den Männern. Sie folgten ihm und formten bunte Tanzfiguren um ihn herum, der sie bedrohte oder verlockte, und ihre Menuette sprangen durch die Nächte wie ein gekonnt geworfener Stein über die Wasseroberfläche. Joel beobachtete, wie sie Partei ergriffen, er beobachtete die Auseinandersetzungen, mit all den gezierten Bewegungen und den Trinksprüchen, und er dachte, daß sie es entscheiden müßten, ob Burr gut oder böse sei. Aber die ganze Zeit, wenn er Burr vorbeitanzen sah, glaubte Joel, daß ihn das überhaupt nicht berührte. Joel wußte, daß seine Augen dort nichts wahrnahmen und daß er in Gedanken ganz woanders war, obwohl er meistens die schönste Frau im Arm hielt, wenn die Tanzgruppe sich auflöste. Manchmal fuhren sie ihn in ihren Kutschen auf die Esplanade und zeigten ihm als Abschluß des Abends den Mond. Da saßen sie und zeigten Aaron Burr alles und wiesen mit einer Würde, die fast an Erschöpfung erinnerte, zur Eisfläche, die den Fluß etwas westlich des Natchez-Pfades wie eine unglaubliche Brücke überspannte. Und so sanft und so nah wie Regen fiel ein Glanz auf ihre Hände und Gesichter und auf die dampfenden Nüstern der Pferde, und sie waren so leutselig und stolz wie Burr.

Jeden Tag, den der Prozeß näherrückte, wurden die Gespräche der Männer an den Straßenecken hitziger, und die Schankstube im Wirtshaus dröhnte von den Debatten; jeden Abend wurde Burr zu einer noch rauschenderen und noch längeren Ballnacht eingeladen; und Joel wartete. Er wußte, daß Burr die freie und unbehelligte Zeit bis zum Morgengrauen für konspiratorische Zusammenkünfte mit einem beinahe schon ausdrücklichen Einverständnis zugebilligt wurde, so daß er sein Geheimnis bewahren und weiter ausarbeiten konnte. Joel eignete sich dieses Wissen an, indem er selbst überall war; das Wissen löste in ihm ein geheimes Leid aus, das mit vielen persönlichen Vorbedeutungen einherging.

Eines Tages wollte er alles wissen. Am Morgen hatte er eine kleine Fellmütze geschenkt bekommen, und er setzte sie auf und ging los. Er wanderte auf dem schmutzigen, niedergetrampelten Schnee den Natchez-Pfad entlang bis nach Bayou Pierre. An diesem Tag fingen große Bäume an, unter der Schneelast zusammenzubrechen. Das Krachen erfüllte die stille Luft; Joel kam es vor, als hätte ein riesiger Fuß auf die Erde gestampft. Und zuerst glaubte er, er habe das Ziel aller Gerüchte und Verheißungen gesehen – die Flottille, die gerade um die Flußbiegung herumkam, und er wußte nicht, ob er Entsetzen oder Stolz empfand. Aber dann erkannte er, daß der Fluß von einer Reihe riesiger, wunderbar gewachsener Bäume bedeckt war, die stromabwärts trieben, die dalagen wie erschlagene Riesen und Kriegshelden – schwarze Zedern und marmorweiße Platanen, Magnolien, deren schwere Blätter glänzten wie zur Blütezeit, eine lange Prozession. Dann packte ihn das Entsetzen.

Er ging weiter. Er war nicht der einzige, der hinausgepilgert war, um die alte Flottille anzuschauen, die Burr abgenommen worden war. Es waren noch viele andere da: Etwas weiter entfernt stand Old Man McCaleb... Joel paßte auf, daß man ihm seine erwartungsvolle Erregtheit nicht anmerkte, bahnte sich einen Weg durch ein paar Grüppchen, die ganz versunken hinter dem Militärlager auf der schneebedeckten Klippe standen, und schaute ins Wasser hinunter.

Es war keine Galeere zu sehen. Es waren neun kleine Boote da, die am Ufer festgebunden waren. Sie sahen so klein und zerbrechlich aus, daß er bestürzt war, und er sah in die Gesichter der Umstehenden, die den Blick kühl erwiderten. Es waren keine Waffen zu sehen, weder auf den Booten noch sonstwo, außer in den Händen der Wachen. Fässer voll Molasse und Whisky rollten umher und stießen wie Ertrunkene aneinander, und in einem der Boote lag seitlich an einem dunklen Platz eine merkwürdige kleine Ansammlung von Decken, ein silbernes Zaumzeug mit Glöckchen, ein von Wasser aufgequollenes Buch und eine kleine Flöte, auf der sich ein schmaler

Schneegrat auftürmte. Unterhalb von Joels Standort lagen die Boote in Dreiergruppen im Wasser, so klein wie Wasserrosen in einem stillen Altwasser. Ein Kanu mit merkwürdig vermummten Indianern fuhr ziemlich nah vorbei, und alle Indianer lachten mit weit geöffneten Mündern.

Aber die Soldaten waren mürrisch wegen der Kälte und sehr ernst oder wütend, und Old Man McCaleb war da, sein Bart flog, und er deutete mit seinem Finger prophetisch flußaufwärts. Ein paar Soldaten und alle Frauen nickten eifrig mit den Köpfen, als wären sie von allem überzeugt, und eine Frau drückte ihr Kind fest an sich. Joel zitterte. Zwei junge Männer, die sich über den Rand der Klippe beugten, umarmten sich in einem plötzlichen Ausbruch von Heiterkeit, und ein wilder Ausdruck trat auf ihre Gesichter.

Als Joel wieder in den Straßen von Natchez war, traf er auf einen Teil der Miliz und trat mit rasend pochendem Herzen zur Seite, als sie, die leuchtenden Gewehre geschultert, in der frostkalten Luft vorbeimarschierten. Hinter ihnen schleiften zwei Soldaten einen jungen Dandy mit, der alles um sich herum wütend anstarrte. Während sie ihn festhielten, versuchte er immer wieder, Aaron Burrs Haltung nachzuahmen, aber das überzeugte niemanden.

Joel ging im ganzen dreimal zum Militärlager am Bayou Pierre, zum letzten Mal am Tag, bevor der Prozeß beginnen sollte. Jenseits der Weiden hielt ein Soldat in einem Ruderboot nach Norden hin einsame Wacht.

Joel ging auf dem hartgefrorenen Weg zum Wirtshaus zurück, stolperte in sein Zimmer und wartete darauf, daß Burr und Blennerhassett kommen und miteinander reden würden. Sein Kopf tat weh ... All das Herumwandern führte zu nichts. Wo lernten die Leute bestimmte Dinge? Wohin gingen sie, um sie zu erfahren? Wie weit?

Burr und Blennerhassett sprachen über den Tisch hinweg miteinander, und in dieser letzten Nacht wurde es spät. Dann stand Blennerhassetts Frau in Reithosen und mit einer Geige in der Hand in der Tür, um ihren Mann nach Hause zu holen. Sie hatte die Geige einfach mitgenommen, als sie durch den Wirtshausflur ging, und Joel glaubte nicht, daß sie irgend etwas sagen wollte. Sie stand, fast noch ein Kind, wartend vor dem Feuer und war mit ihrem Mann so innig verbunden, daß die unwillkürlichen Bewegungen der beiden einander ähnelten und zur gleichen Zeit erfolgten. Sie standen im Feuerschein wie zwei Wesen, die gemeinsam auf einem Floß balancieren, und dann hob sie den Geigenbogen und fing zu spielen an.

Joel starrte das Mädchen an, das nicht viel älter war als er. Sie schmiegte ihre Wange an die Geige. Er hatte sich nie eine Geige genauer angeschaut, und als sie zu spielen begann, erschreckten und bestürzten ihn ihre insektenhaften Bewegungen, ihre wohlbedachten Armschwünge, ihr maskenhafter Gesichtsausdruck. Sie zwinkerte beim Spielen keinmal mit den Augenlidern. Ihre Beine, die in den Reithosen ganz seltsam wirkten, hatte sie leicht gespreizt, und sie schwang ihren Körper mit leicht angewinkelten Knien vor und zurück, als ob sie die Melodien mit ihrem Körper webte. Der scharfe Geruch nach Whisky zog hinter ihr her. Die Schlitze ihrer Augen glänzten milchweiß. Es kam ihm so vor, als ob die Lieder, die sie spielte, weder einen Anfang noch ein Ende hätten, sondern von vielen Hügeln und Tälern und Seenketten erzählten. Sie kannte einen Ort, genau wie die Männer auch ... Alle sprachen von einem bestimmten Land.

Und zu seiner großen Überraschung sah Joel etwas vor sich, das er fast vergessen hatte. Statt des Feuers im Kamin stand dort ein blühender Mimosenbaum. Er wuchs auf dem kleinen Feld hinter seinem Elternhaus in Virginia, und seine Mutter führte ihn an der Hand. Duftig und zart erhob sich der Baum wie eine Wolke auf seinem blassen Stamm und breitete seine langen, geraden Äste aus. Seine Mutter deutete auf den Baum. Zwischen dem zitternden Laub erfüllten die gefiederten Blättchen der süß duftenden Blüten den Baum, als hätten sich Tausende von Paradiesvögeln zur gleichen Zeit darauf niedergelassen. Er kannte die Geschichte von der Prinzessin Labam, denn seine Mutter hatte sie ihm erzählt. Sie strahlte so hell, daß sie nachts auf einem Dach saß und die ganze Stadt erleuchtete. Es mußte der Mimosenbaum sein, der den Garten erhellte, denn sein Glanz und sein Geruch überstrahlten alles andere. Dieser Baum erduldete aus reiner Gnade ihre Anwesenheit und überschüttete ihn und seine Mutter mit seiner ganzen Pracht. Seine Mutter deutete noch einmal auf den Baum, und der Duft schwankte, als ob die asiatische Prinzessin auf den rosafarbenen Stufen seiner Äste auf- und abstiege. Dann war die Erscheinung verschwunden. Aaron Burr saß vor dem Feuer, Blennerhassett saß ihm gegenüber, und Blennerhassetts Frau spielte Geige.

Was diese Frau tat, war ohne jedes Mitgefühl, das wußte er – es bestand aus nichts als aus einer beängstigenden, unerbittlichen Verlockung. Wie sehr er sich auch bemühte, so konnte er diese Verlokkung dennoch nicht verstehen, obwohl sie doch so bewußt eingesetzt war. Statt dessen verspürte er einen stechenden Schmerz in den Fingerspitzen. Zuerst wurde ihm nicht klar, daß er die Klänge ihres Liedes gehört hatte, das einzige, was er jemals gehört hatte. Als sie dann den erhobenen Bogen einen Augenblick still hielt, stockte ihm der Atem wegen dieser Unterbrechung, aber er fragte sich nicht mehr nach ihrer Absicht, sondern senkte den Kopf und lauschte auf den Ton, den sie ihnen aufspielen würde. Und er kam so sanft, daß er ganz überrascht darüber war. Er erinnerte ihn an Tiere, die auf ihren weichen Pfoten schlafen.

Einen Augenblick lang gewann seine Liebe wie ein Ton ein millionenfaches Leben und verteilte sich auf alle Menschen in seinem Zimmer. Beim Zuhören war Burrs Ausstrahlung irgendwie verringert, oder die der anderen hatte sich verstärkt, und sie waren alle gleich. Eines zeigte sich in allen Gesichtern, und es war die weite Entfernung von ihrer Heimat, die weite Entfernung von allem, was sie kannten. Joel legte die Hand über sein Gesicht und verbarg sein Mitleid vor ihnen, während sie den endlosen Melodien lauschten.

Aber dann hörte sie zu spielen auf. Ihr ganzer Körper schien plötzlich von Schlaf überwältigt zu werden. Sie legte die Geige zur Seite und nahm Blennerhassett bei den Händen. Auch er schien müde zu sein, müder, als Gespräche ihn jemals machen konnten. Er ließ sich von ihr hinausführen. Sie waren in einen Mantel eingehüllt, und er hatte den Arm um sie gelegt.

Burr entfernte sich nicht gleich. Zuerst schritt er vor dem Feuer hin und her. Jedesmal, wenn er wieder umkehrte, schien seine Heftigkeit nachgelassen zu haben, und Licht und Schatten schienen immer, wenn er seinen Mantel herumschwang, sanfter zu werden. Dann blieb er stehen. Das flackernde Licht des Feuers huschte über sein Gesicht. Er hatte niemand, mit dem er sprechen konnte. Seine Stiefel rochen nach der Nähe des Feuers. Natürlich hatte er Joel vergessen, er schien ganz allein zu sein. Schließlich ging er mit einer seltsamen Selbstverständlichkeit fast hinkend zum Tisch und streckte sich seiner ganzen Länge nach darauf aus.

Er lag auf dem Rücken. Joel wunderte sich. So wurden die Männer hingelegt, die im Hof des Wirtshauses bei einem Duell getötet wurden; und sie wurden auf diesen Tisch gelegt.

Burr schlief sofort ein, so schnell, daß Joel das Gefühl hatte, er dürfe nie alleingelassen werden. Er schaute das schlafende Gesicht Burrs an, und er vergaß Zeit und Ort und alles, was Burr gesagt und was er selbst zu erraten versucht hatte – er kannte nichts mehr auf der Welt als dieses schlafende Gesicht. Es war ruhig. Die Augen waren fest geschlossen, unter den Lidern waren nur dunkle Schatten zu sehen. Er hatte eine kleine Narbe auf der Wange. Die Lippen waren geöffnet. Joel dachte, ich könnte sprechen, wenn ich es wollte, oder ich könnte hören. Einmal konnte ich beides... er lauschte noch immer... und es kam ihm so vor, als ob alles, was in dieser Welt sprechen wollte, auch zuhörte. Burr war still; er forderte nichts, gar nichts... ein Junge oder ein Mann konnte in seinem Herzen so allein sein, daß er noch nicht einmal eine Frage stellen konnte. In einem solchen Schweigen, das einen einsamen Mann überfällt, liegt ein kindliches, inständiges Bitten, und alle Arme möchten sich ihm öffnen, aber es fallen keine Worte. Es war Burrs letzte Nacht: Joel wußte es. Dies war der Augenblick, kurz bevor er wegreiten würde. Warum zerbrach Abwesenheit einem das Herz? Joel kannte den Grund: Weil nichts gesagt worden war. Das Herz bewahrt sein Geheimnis, auch wenn der Augenblick gekommen ist, von dem es geträumt hat, ein Augenblick, in dem eine Enthüllung hätte stattfinden können... Joel stand bewegungslos da; er schaute von Burrs Gesicht weg und starrte ins Leere... Wenn Liebe etwas Heimliches tut, dann sucht sie sich gern eine zurückliegende Zeit, die niemand mehr kennt – und erfindet eine Geschichte aus dem Leid und dem Traum, dem sie in einem Augenblick der Hellsichtigkeit nachsann. Joel spürte ein starkes Verlangen, laut auszusprechen, was er vor sich sah, aber er hätte

Namen für die Orte in seinem Herz und eine Zeit für die dunklen und tragischen Ereignisse dort erfinden müssen, und sie schienen von großer Bedeutung zu sein, heroisch, schrecklich und herrlich, wie die Bilder, die aus der Seele aufsteigen. Aber da er nicht wußte, wie er sich ausdrücken sollte, würden die Schranken zwischen ihm und den anderen bestehenbleiben – allen anderen, bis er stürbe.

Jetzt fing Burr an, den Kopf herumzuwerfen und zu schreien. Er redete, sein Gesicht verzerrte sich immer wieder zu furchtbaren Grimassen. Er hörte nicht zu reden auf. Joel fürchtete sich vor diesen Worten und befürchtete, daß jemand sie belauschen könnte. Was er auch sagte, seine Worte entsprangen gewaltsam seinem Traum. Voller Entsetzen streckte Joel die Hand aus. Er hätte sie Aaron Burr nie im Leben über den Mund legen können, aber er stieß sie in Aaron Burrs Hand mit den gespreizten Fingern. Sie schlossen sich um seine Hand und ließen sie nicht wieder los. Der Druck war so fest, daß es seiner Hand weh tat, aber er sah, daß Burr nicht mehr redete.

Als hätte eine ruhige Liebe ihm gezeigt, was er alles Neues lernen könnte, so besaßen Joels Finger jetzt die Weisheit, die er nur in diesem langen Monat hatte erwerben können. Er wußte, wie zart er diese glühende Hand halten mußte. Er empfing mit dem ganzen Ernst seiner Seele den wilden Händedruck, der aus dem Traum des Mannes kam. Schließlich zog Burr den Arm zu seinem stillen Kopf zurück, und seine Hand hing wie die eines schlafenden Kindes erlöst im Vergessen herab.

Am nächsten Morgen mußte Joel eine Mitteilung an den Spiegel im Schankraum kleben, daß in der Wirtschaft gegen Vorauszahlung jeden Tag Kutschen für die Fahrt nach Washington zum Prozeß von Mr. Burr zu mieten seien. Dann ging Joel hinaus, stellte sich an eine Straßenecke und schloß sich einer Gruppe junger Männer an, die hinter der Miliz hergingen.

Es war warm – ein „falscher Frühlingstag". Die kleine Prozession von Leuten aus Natchez zog lächelnd und mit allem geschmückt, was sie besaßen oder geliehen und gemietet hatten, in großer Pracht durch die Straßen und weiter den Pfad entlang. Joel, der irgendwo mitmarschierte, kam es so vor, als ob die blaue Luft, die zwischen den hohen Böschungen lag, alles in zartgetönten Dunst einhüllte, die flatternden Fransen am Dach einer Kutsche, ein paar wehende Fahnen, ein Schwert, das aufblitzte, als es ein Kavalier mit großer Geste schwang. Ein paar Männer hoch zu Roß trugen ihre Uniformen aus der Revolutionszeit, als wollten sie daran erinnern, daß Aaron Burr einst als Held an ihrer Seite gekämpft hatte.

Unter den weitausladenden immergrünen Eichen fing in Washington der Prozeß wie ein Fest an. Es waren Bänke da wie im Theater und eine Promenade. Unter den Bäumen waren Verkaufsstände aufgebaut, und bunte Bänder wurden verkauft und gläserweise Whisky ausgeschenkt. Joel saß irgendwo in der Menge. Der Wind fuhr durch die gelben und violetten Kleider, daß sie flatterten, Pferde stampften, und um ihn herum drängten sich die Menschen und wirkten noch realer als die Menschen in Träumen, und trotzdem erinnerte ihr Gebärdenspiel an Chöre und Schauspielertruppen, deren Bewegungen wie brandende Wogen aussehen. Dann war ein Hammerschlag zu hören, plötzlich war die Aufmerksamkeit aller Zuschauer geweckt, und Joel spürte, wie sich ihr Schweigen verdichtete.

Er hatte sich vor dem Anblick Burrs gefürchtet. Er hatte gedacht, der Angsttraum hätte irgendeine Spur oder eine Entstellung zurücklassen können. Aber all seine Anmut war wieder da, und er begrüßte lächelnd die aufmerksamen Gesichter, die ihn betrachteten. Vor ihren hellen Reihen erhoben sich zuerst andere Männer, die abwechselnd Reden hielten, und dann stand Burr auf.

Er schritt gleich auf und ab, sein Schatten fiel auf das Gras und auf die Schneeflecken. Er sprach wieder, und jetzt sprach er sehr höflich alle an. Sonnenlicht und Schatten huschten über sein Gesicht.

Da begriff Joel. Burr vertuschte und beschönigte alles, was er einmal für so wichtig gehalten hatte, daß er es gefürchtet hatte. Er schritt elegant in der Sonne hin und her, drehte sein Handgelenk in dem rüschenbesetzten Hemd und machte sich über seinen Traum lustig, der ihn so sehr entsetzt hatte. Und um das zu sehen, waren alle gekommen. Alle um Joel herum atmeten schwer, lächelten, nahmen sich am Arm, nickten mit den Köpfen. Auf den Gesichtern der Frauen lag ein sanftes Lächeln. Schließlich lagen sie Aaron Burr zu Füßen und erfuhren, worin ihre Überlegenheit bestand. Sie ließen sich jetzt dazu herab, ihn zu lieben. Sie beugten sich nach vorn, ganz entzückt über das Schauspiel, das er bot. Und als es für diesen Tag beendet war, schüttelten sie einander die Hände, und man konnte Old Man McCaleb sehen, wie er in Erwartung eines weiteren Tages, der so gut verlaufen würde wie dieser hier, auf den Boden spuckte.

In dieser Nacht kam Blennerhassett nicht.

Burr kam sehr spät. Er trat durch die Tür und schaute zu Joel herunter, der mitten zwischen seinen Stiefeln saß, bückte sich plötzlich und nahm ihm den schmutzigen Lappen aus der Hand. Er drückte ihn schnell an sein Gesicht und rieb ihn an seiner Haut ab. Joel sah, daß seine Kleider schmutzig und zerrissen waren. Zuletzt setzte er sich eine kleine Kappe aus Truthahnfedern auf den Kopf. Dann ging er hinaus.

Joel folgte ihm, vorbei an den dunklen Häusern und durch eine Schlucht. Burr schlug den Weg zum Halfway Hill ein. Joel folgte ihm und sah, wie Burr langsam hinaufstieg und oben das große schwere Tor öffnete.

Er sah, daß er bei einem großen Kamelienbusch, der so mächtig wirkte wie ein Turm, stehenblieb, um eine der gefrorenen Knospen aufzuheben, die überall auf dem Boden verstreut lagen. Er hielt sie einen Augenblick lang auf seiner Handfläche und ging dann weiter. Joel, der ihm folgte, tat das gleiche. Er hielt die Knospe in der Hand und betrachtete in der blassen Morgendämmerung die erfrorenen Ränder der zusammengefalteten Blütenblätter. Die Knospe zerfiel in seiner Hand, die Deckblätter wie kleine samtene Muscheln, die noch schillerten, darunter die zusammengefaltete Knospe. Er hielt sie zart und doch scheu in der Hand und schämte sich fast, als läge nun alles Unglück offen vor seinen Augen ausgebreitet da.

Er erkannte das Mädchen, mit dem Burr oft unter den runden Kerzenlüstern getanzt hatte, als sie eingehüllt in einen Mantel über den dunklen Hügel herankam. Burr stand still und voller Anmut da, wie er es als ihr Ballpartner immer getan hatte. Joel spürte einen stechenden Schmerz, als sie sich zuerst mit der dunklen Gestalt vereinigte und sich dann von ihr löste. Der Mond, der spät aufgegangen und schon im Abnehmen begriffen war, kam hinter den Wolken hervor. Dort drüben deutete Aaron Burr nach Westen, wo rote Wolken still am Himmel standen, und als Joel ihn im Mondlicht anschaute, sah er das, was auch sie gesehen haben mußte, nämlich wie grotesk seine Kleidung und die Federn auf seinem Kopf wirkten. Mit einem merkwürdigen Rachegefühl beobachtete er, wie sie sich umdrehte, sich in ihrem Umhang verkroch und fortging.

Burr kam den Hügel herunter und ging nah am Kamelienbusch vorbei, an dem Joel stand. Er ging ganz steif in seiner Indianerverkleidung und der Schuhcreme im Gesicht. Auch das kleinste Kind in Natchez hätte gewußt, daß es ein bedeutender und wunderbarer Mann war, der sich hier durch eine Verkleidung demütigte.

Burr hielt auf einer Lichtung an und erhob seine Hand noch einmal. Aus dem schattigen Dunkel führte ein Sklave ein wunderbares Pferd heraus, dessen Silbergeschirr im Mondlicht glänzte. Burr stieg über die Hand des Sklaven auf, zeigte dabei seine wahre Eleganz und blieb einen Augenblick lang unbeweglich im Sattel sitzen. Dann knallte er mit der Peitsche und ritt davon.

Joel folgte ihm zu Fuß zur Liberty Road. Als er durch die Straßen von Natchez ging, überfiel ihn eine merkwürdige Traurigkeit, weil er wußte, daß Burr nie mehr hier vorbeikommen würde. Wenn er sich auch verkleidet davongemacht hatte, so war der durstige Ausdruck in seinem Gesicht doch derselbe wie eh und je. Er hatte sich dem Urteil entzogen, das war alles, was er getan hatte, und Joel war froh darüber, obwohl er noch immer zitterte. Er würde jetzt nie den wahren Verlauf oder das Ende eines Traumes erfahren: das war alles, was er fühlte. Aber er ging auf dem gefrorenen Pfad weiter in die Wildnis hinein, immer weiter. Er konnte es sich nicht vorstellen, jemals zurückzukehren und wieder Schuhputzer in dem Wirtshaus zu sein.

Er wußte nicht, wie weit er schon auf der Liberty Road gegangen war, als hinter ihm eine Polizeistreife angeritten kam und ihn überholte. Er ging weiter. Er sah, daß erfrorene Vögel aus den Bäumen gefallen waren, und er warf sich hin und weinte um seinen Vater und seine Mutter, denen er nicht Lebewohl gesagt hatte.

DAS GROSSE NETZ

Diese Erzählung ist John Fraiser Robinson gewidmet

Hazel, die Frau von William Wallace Jamieson, erwartete ein Kind. Aber nun war Oktober, und es würde erst in sechs Monaten kommen, doch sie führte sich gerade so auf, als käme es schon morgen. Wenn er ins Zimmer kam, sprach sie nicht mit ihm, sondern blickte mit glühenden Augen geradeaus ins Leere. Wenn er sie nur zart berührte, streckte sie ihm die Zunge heraus oder lief hinter den Tisch. Deshalb ging er eines Abends mit zwei Burschen, die in derselben Straße wohnten, aus und blieb die ganze Nacht über fort. Aber das war das Allerschlimmste, denn als er am frühen Morgen nach Hause kam, war Hazel verschwunden. Er lief durch das ganze Haus und traute seinen Augen nicht. Um nicht zu schwanken, stützte er sich mit beiden Händen ab, seine blonde Schmachtlocke stand in die Höhe, er durchsuchte die ganze Küche, aber es half auch nichts. Als er dann in das vordere Zimmer zurückging, sah er, daß sie ihm einen kleinen Brief in einem Umschlag dagelassen hatte. Das hatte sie hinter seinem Rücken getan. Er zog den Brief heraus, entfaltete ihn und hielt ihn sich in einiger Entfernung vor die Augen... Nachdem er einen Blick darauf geworfen hatte, scheute er sich, ihn ganz zu lesen, und knüllte ihn sofort zusammen. In dem Brief stand aber, daß sie es nach dem, was geschehen war, nicht mehr mit ihm aushalten würde, und daß sie zum Fluß ginge, um sich zu ertränken.

„Sich ertränken... aber sie hat doch eine Heidenangst vor dem Wasser!"

Er rannte zur Vordertür hinaus. Sein Gesicht war so rot wie die Pflaumen, die dort in den Büschen hingen, und auf der Straße rief er laut nach Virgil Thomas, der selber gerade sein Haus betrat, daß er wieder herauskommen sollte. Er konnte Virgil gerade noch sehen, er war schon fast im Haus, ein Fuß von ihm war schon in der Tür verschwunden.

Sie trafen sich auf halbem Weg zwischen den beiden Farmen unter dem Schattenbaum.

„Hast du immer noch nicht genug gehabt heut nacht?“ fragte Virgil. Da standen sie, ihre Hosen waren ganz von Staub und vom Tau bedeckt, den dritten Mann hatten sie zwischen sich flach ausgestreckt nach Hause tragen müssen.

„Ich hab Hazel verloren, sie ist verschwunden, sie ist weg, um ins Wasser zu gehn.“

„Was, das sieht ihr aber nicht ähnlich“, sagte Virgil.

William Wallace griff nach vorne und schüttelte ihn. „Du hast nich verstanden. Weißt du nich, daß wir den Fluß absuchen müssen?“

„Jetzt sofort?“

„Du hast doch bis zum Frühling nix zu tun.“

„Laß mich für ’nen Sprung ins Haus, mit meiner Mutter reden und ihr ’ne Geschichte erzählen, und dann komm ich zurück.“

„Dafür brauchen wir das große Netz“, sagte William Wallace. Er runzelte die Stirn und sprach zu sich selbst.

„Wie kommt's, daß Hazel so was macht?“ fragte Virgil, als sie losgingen.

William Wallace sagte: „Ich nehm an, sie hat sich allein gefühlt.“

„Das kapier ich nich – ins Wasser gehn, weil man sich allein fühlt. Meine Mutter fühlt sich auch allein.“

„Na ja“, sagte William Wallace. „Für Hazel is es halt ’n Grund.“

„Wie lang seid ihr jetzt verheiratet?“

„Also, das is jetzt ’n Jahr her.“

„Kommt mir noch gar nich so lang vor. Ein Jahr!“

„War um die Zeit letztes Jahr. Kommt einem länger vor“, sagte William Wallace, wunderte sich selbst und brach einen Zweig von einem Baum ab. Sie gingen weiter und kickten nach den Blumen am Straßenrand. „Ich erinner mich noch an den Tag, an dem ich sie zum ersten Mal gesehen hab, und das kommt mir lang her vor. Sie kam die Straße runter und hielt ein kleines Hähnchen – grade richtig für den Spieß – von ihrer Großmutter unterm Arm, und sie hielt es ganz fest. Ich sprach sie höflich an. Wir wußten, wie wir hießen, na klar, hatten nur noch nie was miteinander geredet. Ich sage, ‚wo bringste das Brathähnchen hin?‘, und sie sagt, ‚benehmen Sie sich gefälligst‘, und ich sprech einfach weiter, bis sie sagt, ‚wenn Sie mich nach Hause begleiten wollen, müssen Sie kleinere Schritte machen'. Das ließ ich mir nicht zweimal sagen. Es waren nur vier Meilen übers Feld, und es gab viele Brombeeren, und als wir auf dem Hügel oben waren, lag Dover unter uns, so stattlich und sauber zwischen den beiden Kirchen ausgestreckt. Beim Runtergehen sag ich zu ihr, ‚was für Wasser hat der Brunnen da?', und sie sagt, ‚das beste Wasser von der ganzen Welt'. Also zog ich einen Eimer hoch, nahm eine Schöpfkelle, und sie trank was, und ich trank was. Ich fand es zwar nicht so besonders, aber das sagte ich ihr nicht."

„Und an dem Abend?" fragte Virgil.

„Wir haben das Hähnchen gegessen", sagte William Wallace, „und es war zart. Natürlich hatten se mehr als nur das. An dem Abend hab ich ihre Küche ausprobiert, und ich sag dir, der Tisch bog sich vor lauter guten Sachen. Ihre Mama und ihr Papa saßen an den Tischenden, und wir schauten uns quer rüber ins Gesicht, und ich weiß noch, es stand ein Klacks Butter zwischen uns. Sie hatten echte süße Butter, mit einem reingestempelten Bäumchen drauf, richtig vornehm. Ihre Mama langt zu wie ein Mann. Ich hatte ihr 'nen ganzen Hut voll Beeren mitgebracht, und sie bot sie ihrem Mann noch nich mal an. Die Hazel sprang immer auf, nahm einen Krug frische Milch und füllte die Gläser nach. Ich hatte schon gehört, daß in der Kirche kein Chorsingen stattfand, ohne daß sie sich wegen ihr in die Haare kriegten."

„Ja, sie is 'n hübsches Mädchen", sagte Virgil. „Schad für solche Mädchen wie sie, daß sie alt werden und so wie ihre Mütter sind."

„Und dann wird ihre Mutter Wind von der Sache kriegen und mir die Hölle heißmachen", sagte William Wallace.

„Ihre Mutter frißt dich mit Haut und Haaren", sagte Virgil.

„Sie hat nur drauf gewartet", sagte William Wallace. „Warum bin ich nur die ganze Nacht weggeblieben."

„Is einfach über dich gekommen."

„Zuerst war's einfach der Rummel in Karthago, und die anderen mußten raten, wie schwer ich bin ... und dann ..."

„War schön mit dir im Graben zu sitzen und zu singen", fiel Virgil ein, „im Mondschein. Und wie du Mundharmonika spielen kannst."

„Selbst wenn Hazel zu Hause rumsitzt und weiß, daß ich betrunken bin, davon stirbt se doch noch nich“, sagte William Wallace. „Was se weiß, hat se noch nie umgebracht... Sie is nämlich klug, für ein Mädchen“, sagte er.

„Sie is viel schlauer als ihre Kusinen in Beulah“, sagte Virgil. „Und ganz besonders Edna Earle, die nie das geworden ist, was man ein helles Köpfchen nennt. Edna Earle könnte den ganzen Tag drüber nachgrübeln, wie das kleine Schwänzchen vom ‚C‘ durch das ‚L‘ im Coca-Cola-Zeichen gekommen is.“

„Hazel *is* schlau“, sagte William Wallace. Sie gingen weiter. „Du solltest mal das Regal in der Speisekammer sehn, man glaubt, da stehn hundert Gläser, wenn man die Tür aufmacht. Ich kann's nich glauben, daß sie sich einfach umdreht und in den Fluß springt.“

„Is 'n Weibertrick.“

„Ich hab mich immer gut benommen. Bis auf die eine Nacht – gestern abend.“

„Genau, bis auf die eine Nacht“, sagte Virgil. „Und darauf hat se nur gewartet.“

„Sie sprang in den Fluß, weil se 'ne Höllenangst vor dem Wasser hat, und das macht alles doppelt schlimm“, sagte er. „Sie dachte dran, wie ich sie hochheben mußte und über die kleine Brücke tragen, diesen Eichenbalken, wie sie die Augen zumachte und sich schwermachte und meinen Hals umklammerte, und das alles nur wegen 'nem kleinen Bach. Ich versteh nich, wie se reinspringen konnte.“

„Is rückwärts gesprungen“, sagte Virgil. „Schaute nich hin.“

Als sie abbogen, war es auf den rosafarbenen und grünen Feldern noch sehr früh. Die Morgennebel stiegen unter ihren Schritten süß und bitter auf. Insekten summten leise, noch mit verhaltener Kraft; Schmetterlinge flatterten durch die Luft, Richtung Osten, und die Vögel flogen sorglos umher und fingen piepsend zu singen an und brachen wieder ab, ganz anders als am Abend, wenn sie ihre langen, schlaftrunkenen Melodien flöten.

„Ganz bestimmt 'n schöner Tag“, sagte William Wallace. „'n schöner Tag dafür.“

„Ich seh überhaupt kein Anzeichen, daß sie hier vorbeigegangen is“, sagte Virgil.

„Na ja“, sagte William Wallace. „Sie läßt nix fallen. Ich kenn kein Mädchen, die weniger Spuren hinterläßt als sie.“

„Nich mal ’nen Pflaumenkern“, sagte Virgil und kickte mit dem Fuß ins Gras.

In dem Wäldchen war es so still, daß William Wallace zusammenzuckte, als habe er deutlich gehört, wie sehr er sich sorgte und fragte, wohin sie wohl verschwunden sein mochte. Im dichtesten Wald überfiel ihn plötzlich ein Anfall von Kraft, und er raste hinter einem Kaninchen her und fing es mit den Händen.

„Kaninchen ... Kaninchen ...“ Er tat so, als wolle er es an sich drükken, hochhalten und mit ihm sprechen. Er legte ihm seine Hand auf das pochende Herz. „Schon gut ... is ja schon gut ...“

„Laß es laufen, William Wallace, laß es laufen.“ Virgil kaute auf einem Holunderholzpfeifchen herum, das er gerade gemacht hatte, stand dicht bei ihm und sagte: „Was willste denn mit einem lebenden Kaninchen?“

William Wallace beugte sich vor und setzte das Kaninchen auf den Boden, aber er hielt es noch fest. Es war ein kleines, altes, braunes Kaninchen. Es regte sich nicht. „Siehste?“

„Laß es laufen.“

„Kann’s ja, wenn’s will, aber ’s will ja nich.“

Er hob vorsichtig seine Hand. Das runde Auge blitzte ihn in der grünen Dämmerung von der Seite her an.

„Jeder, der will, kann ein *Kaninchen* hypnotisieren“, sagte Virgil. Plötzlich pfiff er schrill auf seiner Pfeife, und das Kaninchen raste davon. „Wolltest du eigentlich Karnickel fangen oder deine Frau?“ sagte er und schlug den Weg in die offenen Felder ein. „Ich bin mitgekommen, damit du bei der Suche bleibst.“

„Wen können wir noch dazuholen?“ Sie standen auf einem Hügel, und William Wallace schaute sich prüfend um. „Ein paar von den Malones?“

„Die waren mir nie ganz geheuer, die Malones“, sagte Virgil. „Es sind einfach zu viele.“

„Heute bin ich dran mit dem Netz, und sie müssen sich in acht nehmen“, sagte William Wallace. „Ich find, ein paar Malones und ein paar

Doyles, das reicht. Die sechs Doyles und ihre Hunde, und du und ich, und zwei kleine Negerjungen sind genug, und dann nur noch ein paar Malones.“

„Das sollte genug sein“, sagte Virgil, „egal wofür.“

„Ich bring die Malones her, und du bringst die Doyles her“, sagte William Wallace, und sie trennten sich an der Quelle.

Als William Wallace zurückkam und eine Reihe von Malones gerade hinter ihm auf der Hügelkuppe erschien, war Virgil schon mit den zwei kleinen Rippenjungs da, diese feierlich aussehenden kleinen Flachsköpfe. Als er näherkam, hob Grady, der vordere, seine Hand, um seinen Bruder Brucie, der hinter ihm zufrieden und unbekümmert herumkeuchte, zum Stillsein und zur Vorsicht anzuhalten.

Brucie ging unter William Wallaces leichtem Klaps nach unten und warf ihm aus seinen runden Augen, die grünweiß wie Kleeblüten waren, einen vertrauensvollen Blick zu. William Wallace schenkte ihm fünf Cents. Grady ließ den Kopf hängen; hinten in seiner Nackengrube lag ein kleines weißblondes Schwänzchen.

„Lassen wir sie mitkommen“, sagte Virgil.

„Gut, sie können mit, aber wenn wir alle mitgehen lassen, dann werden’s zu viele“, sagte William Wallace.

„Da freun sie sich, die kleinen Kerlchen“, sagte Virgil. Brucie hielt mit ausgestrecktem Arm einen langen roten Faden hoch, an dessen Ende eine verbogene Nadel festgebunden war. Und der Ausdruck eines hilflosen, angespannten Interesses zog Gradys Gesicht zusammen wie ein Gummiband – seine Augen, von denen eines von einem Gerstenkorn entzündet war, glänzten flehentlich unter seinen blonden Stirnfransen hervor, und er öffnete den Mund, um etwas zu sagen ... „Ihr Papa ist im Pearl River ertrunken“, sagte Virgil.

Aus dem Tal ertönte ein Ruf.

„Da kommen die Malones, und zwar alle“, schrie William Wallace. „Ich hab vier von ihnen gebeten, zu kommen, aber der Rest der Familie hat sich selbst eingeladen.“

„Hast du’s jemals anders erlebt“, sagte Virgil. „Und aus der anderen Richtung kommen die Doyles, noch mit Brotkrumen auf ihren Backen, ich wette, sie haben nix zu tun als zu essen, genau wie ihre Mutter es sagt.“

„Wenn jetzt noch zwei kleine Nigger kämen, oder ein großer Nigger", sagte William Wallace. Und er hatte das kaum ausgesprochen, als zwei kleine Negerjungen daherkamen, auf dem Weg nach irgendwo hin, einer hinter dem anderen, und so munter und fröhlich in ihren Overalls daherstapften, als wateten sie bis zur Taille in Honig.

„Kommt her, Jungs. Wie heißt ihr?"

„Sam und Robbie Bell."

„Kommt mit uns, wir fischen den Fluß ab."

„Hast du das gehört, Robbie Bell?" sagte Sam. Sie lächelten.

Die Doyles kamen geräuschlos heran, nur ihre Hunde machten Radau. Die Malones, acht Riesen mit langen schwarzen Augenwimpern, stampften schon auf den Boden und teilten einander Knüffe aus, weil sie losgehen wollten. Alle gingen mit zum Doktor.

Dem alten Doktor gehörte das große Netz. Er hatte ein Haus oben auf dem Hügel und saß in einem Schaukelstuhl auf der vorderen Veranda und schaute ihnen entgegen.

„Steigt den Hügel rauf und kommt rein!" schrie er ins Tal hinunter. „Die Ernte ist vorbei ... hat uns alle angeschmiert ... das Getreide ist eingefahren, die Schweine sind gemästet ... das Gras ist geschnitten ... die Molasse ist fertig ... die große Aufregung ist vorbei, die Aufseher sind gewählt, manche freut's, manche nicht ... man sagt, daß es Krieg gibt!"

Als sie näher herankamen, sagte er: „Die Erweckungsbewegung hat viele gerettet, zweiundzwanzig letzten Sonntag, darunter ein Doyle, der zählt für zwei. Ich hoff, daß sie für die Gemeinde von Dover ein Segen sein werden, nicht nur ein glänzender Stern am Himmel. Was gibt's?" fragte er, denn sie waren jetzt angekommen und standen vor der Treppe.

„Wenn niemand Ihr großes Netz braucht, können wir's dann haben?" fragte William Wallace.

„Ihr habt's doch grad vor einem Monat gehabt", sagte der Doktor. „Ihr seid nicht schon wieder dran."

Virgil stieß William Wallace am Arm und räusperte sich. „Diesmal is was Besonderes los", sagte er. „Wir haben allen Grund zu glauben, daß William Wallaces Frau Hazel im Fluß ertrunken ist."

„Was für einen Grund habt ihr zu glauben, daß sie im Fluß ertrunken ist?“ fragte der Doktor. Er zog seine alte Pfeife heraus. „Ich frage den Ehemann.“

„Weil sie nich im Haus ist“, sagte William Wallace.

„Verschwunden?“ Und er klopfte seine Pfeife aus.

„Glatt verschwunden.“

„Natürlich können ihr tausend Sachen passiert sein“, sagte Doc, und er zündete sich die Pfeife an.

„Gib ihm den Brief, William Wallace“, sagte Virgil. „Wir können doch nicht ewig und drei Tage auf das Netz warten, während Doc hier sitzt und nachdenkt.“

„Ich hab ihn zerrissen, und zwar sofort“, sagte William Wallace. „Aber ich kann ihn auswendig. Es stand drin, daß sie in den Pearl River springt und daß es mir leid tun würde.“

„Und was hast du damit zu tun, Virgil?“ fragte Doc.

„Ich war auch dort, wo sich William Wallace vollaufen ließ, und hab genau das gleiche gemacht wie er und bin zur gleichen Zeit wie er nach Haus gekommen.“

„Ihr habt also alle gefeiert, und da mußte Lady Hazel in den Fluß springen, richtig? Ursache und Wirkung? Will sich irgend jemand mit mir streiten? Und was haben diese anderen damit zu tun, Doyles, Malones, und wer sonst noch?“

„Doc ist der klügste Mann hier“, sagte William Wallace und wandte sich an die ruhig abwartenden Doyles, „aber es dauert halt.“

„Die hier haben sich versammelt, damit wir den Fluß abfischen und sie suchen können“, sagte Virgil.

„Natürlich werde ich nicht jetzt schon zu Protokoll geben, daß *ich* glaube, daß sie ertrunken ist“, sagte Doc und blies blauen Rauch aus.

„Glauben Sie ...“ William Wallace stieg eine Stufe hoch und ballte die Fäuste. „Glauben Sie, daß sie *entführt* wurde?“

„Genau, so muß man an die Sache herangehen, sie von allen Seiten betrachten“, sagte der Doktor schnell. „Aber von wem?“

Einer der Malones pfiff, aber man konnte nicht sagen welcher.

„In der Gegend um Dover herum gibt es keinen Kerl, der junge verheiratete Frauen verschleppt“, stellte der Doktor fest.

„Sie hat immer Angst vor den Zigeunern gehabt.“ William Wallace lief dunkelrot an. „Sie hat immer ihren Ring am Finger rumgedreht, wenn sie an einem vorbeigekommen ist, und in die andere Richtung geschaut, damit sie nicht sehn konnten, wie hübsch sie war, und sie mitnahmen. Sie kommen am Ende vom Sommer."

„Ja, es gibt Zigeuner, und sie sind Kidnapper, seit es die Welt gibt. Aber hättest du denn ein dickes Lösegeld zahlen können?" fragte der Doktor. Er zeigte mit seinem Finger auf ihn. Da lachten alle über die Klugheit vom alten Doktor und klopften William Wallace auf den Rücken. Aber das artete zu einer Balgerei aus, und sie fielen hin.

„Hört sofort damit auf, oder ihr kriegt das Netz nicht", sagte der Doktor. „Ihr verschreckt mir ja die Hühner von meiner Frau."

„Es is Zeit, daß wir losgehn", sagte William Wallace.

Die großen Hunde bellten, sprangen hoch und legten den Männern die Vorderpfoten auf die Brust.

„Mein Rat ist weiterhin, immer langsam voran", sagte Doc. „Wie dieser rätselhafte Fall auch immer ausgehen mag, er hat eine Frau eine Zeitlang am Schwatzen gehindert. Aber immerhin ist Lady Hazel das hübscheste Mädchen in Mississippi, ihr habt nie ein hübscheres gesehen und werdet auch nie eins sehen. Ein goldblondes Mädchen." Mit einer Behendigkeit, die jeden überraschte, sprang er auf die Füße und sagte: „Ich komme mit."

Sie gingen den Alten-Natchez-Pfad entlang. Er führte durch den tiefen Wald und unten an den Pearl River, wo sie anfangen wollten, diesen flußaufwärts bis in die Nähe von Dover mit dem Netz abzufischen. Mit William Wallace in der Mitte gingen sie schweigsam voran, ließen ihn nichts tragen, aber das Netz war schwer, und die Eimer klapperten an einem Ort, der so dunkel und so still war wie dieser hier, besonders laut.

Einmal kamen sie durch einen Gurkenmagnolienwald und stiegen einen Bergrücken hoch. Grady und Brucie, die immer vorausliefen, blieben plötzlich stehen. Eine Lokomotive hatte gepfiffen, und weit unten, weit entfernt fuhr ein langer Güterzug vorbei. Er sah aus wie eine kleine, festliche Prozession und bewegte sich mit der Langsamkeit von Gleichmut oder wie im Traum von einem Ort in der Ferne zu einem anderen, und die kleinen, rosa und grau bemalten Waggons sahen aus wie geheimnisvolle Schachteln. Grady zählte die Waggons leise für sich, als ob er jeden einzelnen klar sehen könnte, und Brucie beobachtete still und verstohlen seine Lippen, ganz wie er einen Vogel beim Trinken beobachtet hätte. Plötzlich stiegen Grady Tränen in die Augen, aber das konnte nur damit zusammenhängen, daß ein winziger Mann oben über das Dach des Zuges entlangging, sich auf dem fahrenden Zug entlangbewegte.

Sie gingen wieder hinab, und bald breitete sich kühl und geheimnisvoll der Geruch des Flusses im Wald aus. Jeder Schritt, den sie durch das Dickicht aus Kletterpflanzen und Passionsblumen machten, scheuchte ein kleines Leben auf, schlug irgendein kleines Tier in die Flucht.

„Jetzt kommt die Übergangszeit", sagte der Doktor. „Es kann jeden Tag losgehen. Dann hört die Hitze auf, und es wird kalt, und wir können das gemästete Schwein schlachten und haben wieder frisches Fleisch. Kommt mal an einem der nächsten Abende vorbei, dann gehen wir hierher und jagen ein schönes Opossum. Väterchen Frost steht vor der Tür. Der Hickorybaum da wird bald gelb, der Gummibaum rot, Hickory gelb, Hartriegel rot, Platane gelb." Beim Weitergehen klopfte er mit seinen Handknöcheln an die Baumstämme. „Magnolien und immergrüne Eichen sterben nie. Merkt euch das. Bald werden die Dattelpflaumen reif, und überall in den Wäldern hier wird es Nüsse regnen. Und renn weg kleine Wachtel, renn weg, denn hinter dir sind wir auch her."

Sie gingen weiter, und plötzlich lichtete sich der Wald, und sie kamen an den Fluß. Alle blieben stehen, aber der Doktor redete weiter, als wäre nichts geschehen. „Nur heute", sagte er, „heute, in der Oktobersonne, sieht alles golden aus – der Himmel und die Bäume und das Wasser. Bevor der Winter kommt, sieht alles aus wie aus Gold."

William Wallace schaute zu Boden, als dächte er an Hazel mit den leuchtenden Augen, wie sie zu Hause saß und vor sich hinstarrte, wie ein Stück reinstes Gold, das man vor lauter Kostbarkeit nicht anfassen konnte.

Unter ihnen schimmerte der Fluß, schmal, sanft und hautfarben, und stand fast still. Glänzende Trauerweiden hingen hinein. Das alte und abgenützte Netz, das sie jetzt ausbreiteten, sah ebenfalls golden aus, wie aus goldenen Fäden geknüpft.

Die anderen warteten auf ein Zeichen von William Wallace, aber der stand bewegungslos am Ufer und fragte plötzlich mit einer ganz überraschten Stimme: „Wie heißt dieser Fluß?"

Sie schauten ihn an, als ob er verrückt wäre, daß er nicht den Namen des Flusses wußte, in dem er sein Leben lang gefischt hatte. Aber eine tiefe Falte lief über seine Stirn, als verlange man von ihm, er solle überlegen, warum die Leute diesen Fluß so genannt hatten, oder er solle glauben, hinter dem Namen dieses Flusses, den sie alle so gut kannten, stecke ein Geheimnis, als wäre er ein ferner, wilder Sturzbach, der irgendwo durchs Gebirge toste, oder sogar ein Fluß in einem Traum, dessen Namen sie ihm nicht nennen konnten.

„Jeder weiß, daß der Pearl River Pearl River heißt", sagte der Doktor.

Ein plötzlicher, kecker Vogelruf war wie ein Stein, der ins Wasser geworfen wird, um dessen Tiefe auszuloten.

„Hier ist es tief", sagte Virgil und stieß William Wallace an. „Erinnerst du dich?"

William Wallace stand da und schaute in den Fluß, als ob er immer noch ein Rätsel für ihn bedeutete. Unter seinen Füßen, die über die Uferböschung hinausstanden, sah es durchsichtig und gelb aus wie eine alte Flasche, die angefüllt mit Licht in der Sonne liegt.

Der Doktor klapperte mit seiner Ausrüstung.

Dann stoben die Malones ganz plötzlich auseinander und sprangen und schlitterten die Böschung hinunter. Sie stießen ihren lauten Familienschrei aus. Der kleine Brucie lief hinter ihnen her und schaute zurück.

„Glaubst du, daß sie reingesprungen is?" fragte Virgil William Wallace.

II

Wenn das Netz ganz ausgebreitet war, war es so groß, daß es von einem Ufer des Pearl Rivers zum anderen reichte, und die Gewichte zogen es bis hinunter auf den Grund. Dumpfe Töne flogen durch die

Luft, die so klangen, als kämen sie aus einem Krug, Wasserspritzer glänzten im Sonnenlicht auf, und die Gruppe setzte sich flußaufwärts in Bewegung. Schwer keuchend schwammen die Malones am Ufer entlang und zogen dabei das Netz mit, und die Doyles schwammen hinterher und schoben, und Virgil sagte ihnen, wie sie es am besten machen sollten. Grady und Brucie mit seinem Faden und der Nadel daran trotteten über die Sandbänke und schleppten schwer an Eimern und Leinen. Sam und Robbie Bell zogen nackt und glänzend das alte Ruderboot, das keine Ruder mehr hatte und immer ans Ufer zurücktrieb. Hoch aufgerichtet saß der Doktor darin, den Hut auf dem Kopf – er fuhr mit, ohne jemals mit dem Wasser in Berührung zu kommen und ohne jemals seine Augen von dem Netz abzuwenden. William Wallace machte überall mit, aber meistens war er nicht zu sehen, weil er unter Wasser schwamm oder tauchte, und er hatte nichts mehr zu sagen.

Die Hunde tollten herum, sprangen ins Wasser und wieder hinaus, in den Wald und wieder hinaus.

„Paßt auf, daß es nicht zu schwer wird, Jungs", sagte der Doktor alle paar Minuten, „sonst läßt es nichts mehr durch."

„Sonst läßt es nichts mehr durch, sonst läßt es nichts mehr durch", sangen Sam und Robbie Bell, der eine vor und der andere hinter dem Doktor.

Die Sandbänke vor ihnen bestanden aus rosa oder violettem Treibsand. Von einem Ufer zum anderen wandernd fiel das Licht in blattförmigen Flecken, die leicht erzitterten, auf den dunklen, ruhig dahinfließenden Fluß. Die Weiden beugten sich unter der Last von Fuchsreben, und ihre langen Blätter hingen wie Wasserfälle in der Morgenluft. Was man für Stille halten konnte, muß wohl das endlos an- und abschwellende Zirpen aller Grillen und Heuschrecken der Welt gewesen sein.

Jedesmal, wenn William Wallace einen langen Aal zu fassen bekam, der durch das Netz schlüpfte, schrien alle Malones: „Ring mit ihm, Junge!"

„Paßt auf, daß das Netz nicht zu schwer wird, Jungs", sagte der Doktor.

„Das ist schlimm für den Wels", sagte William Wallace einmal.

Sie fingen große und kleine Fische, dunkle und helle, gute und schlechte, die gleichen wie immer.

„Das sind mehr Schuhe, als ich jemals in einem Laden gesehen hab“, sagte Virgil, als sie das Netz bis auf den Grund ausleerten. „Los geht's!“ rief er gleich darauf.

Die kleinen Rippens, die im Wald vorausgelaufen waren, liefen auch am Fluß voraus. Brucie führte sie alle an und machte beim Laufen kleine Sprünge und Hopser, manchmal auf einem Fuß, manchmal auf dem anderen.

Der sich dahinwindende Fluß sah manchmal alt aus, wenn er gekräuselt an den hohen Uferböschungen entlangfloß, von denen Baumwurzeln herunterhingen, und manchmal schien er nur ein kleiner Bach zu sein, in dem sich die Farben der wilden Blumen spiegelten. Manchmal lagen Sandbänke in der Form von Fischen Nase an Nase quer, und weit und breit war kein Vogel zu sehen.

„Da kommen ein paar Alligatoren“, sagte Virgil. „Kommt, wir lassen sie vorbei.“

Sie zogen das Netz auf der schattigen Seite des Flusses aus dem Wasser, und drei große Alligatoren und vier von mittlerer Größe schwammen in aller Ruhe vorbei.

„Schaut mal ihre großen alten Zähne!“ rief eine schrille Stimme. Es war Grady, der zum ersten Mal etwas ausrief, aber die Zähne der Alligatoren waren überhaupt nicht zu sehen.

„Damit fressen sie die Leute auf“, sagte der Doktor von seinem Boot aus und schaute ihn ganz ernsthaft an.

„Doc, Sie müssen alles erklären, was Sie wissen!“ sagte Virgil.

Als sie das Netz wieder weiterzogen, war ihr erster Fang ein kleiner Alligator.

„Der hat uns grade gefehlt!“ schrien die Malones.

Sie setzten den kleinen Alligator auf eine Sandbank, und er hielt ganz still; sie bemerkten kaum, als er anfing, sich zu bewegen. Mit angespannten Gesichtern beobachteten sie seine unglaublichen Bewegungen, während die Hunde nach kurzem Bellen neugierig und demütig abseits warteten, bis er blinzelte.

„Er gehört uns!“ riefen die Malones alle. „Wir nehmen ihn mit nach Haus!“

„Er ist doch nur ein Baby", sagte William Wallace.

Darauf spotteten die Malones, daß er vielleicht nur ein Baby sei, daß er aber wie die älteste und gemeinste Eidechse aussähe.

„Was habt ihr mit ihm vor?" fragte Virgil.

„Ihn behalten."

„Ich wäre an eurer Stelle vorsichtiger, was ich aus diesem Netz rausfische", sagte der Doktor.

„Fesselt ihn und werft ihn in den Korb", sagten die Malones, und der Doktor sagte: „Aber kommt nicht zu mir gerannt und fragt, was ihr machen sollt, wenn er groß wird."

Sie fingen immer mehr Fische, es war kein Ende abzusehen.

„Schaut mal, eine Halskette von einer Frau", sagte Virgil. „Hier, Sam und Robbie Bell."

Sam legte sich die Kette um den Kopf, der Knoten lag auf seiner Stirn und zwei Schlingen liefen um seine Ohren herum, und Robbie Bell ging hinter ihm her und starrte die Kette an.

An einer schattigen Stelle flog etwas Weißes auf. Es war ein Reiher, und er verschwand über den dunklen Baumwipfeln. William Wallace folgte ihm mit den Augen, und Brucie klatschte in die Hände, aber Virgil seufzte, als ob er wüßte, daß alles ein Vorzeichen ist, wenn man nach etwas Verlorenem sucht.

Ein Aal schlüpfte aus dem Netz heraus.

„Gib's ihm, Junge!" kreischten die Malones. Sie schwammen wie die Teufel.

„Den Malones geht es nur um die Fische", sagte Virgil.

Gegen Mittag raschelte es am Ufer.

„Wer ist das da drüben?" fragte Virgil und deutete auf einen kleingewachsenen Mann mit kurzen Beinen und einem kleinen Strohhut mit Band; er folgte ihnen am anderen Ufer des Flusses.

„Hab ihn noch nie gesehen, kenn auch seinen Bruder nicht", sagte der Doktor.

Niemand hatte ihn jemals gesehen.

„Wer hat dich denn eingeladen?" schrie Virgil ärgerlich. „Halloo! Halloo!"

Und er versuchte, durch Zeichen die Aufmerksamkeit des kleinen Mannes auf sich zu lenken, aber der schaute nicht herüber.

„Sieht von hier aus wie ein Irrer", sagten die Malones.

„Beachtet ihn einfach nicht, dann geht er vielleicht wieder weg", riet der Doktor.

Aber Virgil war schon hinübergeschwommen und die Uferböschung hochgeklettert. Man konnte sehen, wie er und der Fremde ein paar Worte austauschten, und dann streckte Virgil so die Hand aus, als wollte er ein Kind tätscheln, und der Fremde ging zu Boden. Aber der kleine Mann stand ebenso schnell wieder auf, zuckte mit den Achseln, drehte sich um und ging mit tief in die Stirn gezogenem Hut davon.

Als Virgil zurückkam, sagte er, daß er so harmlos sei wie ein Baby. „Ich sagte ihm, er soll sich hier an diesem Fluß in gar nix einmischen."

„Wie sah er aus der Nähe aus?" fragte der Doktor.

„Ich hab ihn nicht studiert", sagte Virgil. „Aber ich kann's überhaupt nicht leiden, wenn mich jemand anschaut, den ich nich kenn." Und er schrie: „Weiter geht's!"

„Das geht alles viel zu schnell", sagte der Doktor.

Brucie rannte voraus und guckte in alle Büsche hinein, hob die Zweige hoch und schaute darunter.

„Kein einziger von den Doyles hat auch nur ein Wort geredet", sagte Virgil.

„Sie reden ja nie viel", sagte der Doktor.

William Wallace tauchte den ganzen Tag lang bis zum Grund hinunter. Einmal sank er tiefer und tiefer in das dunkle Wasser hinunter, wo es so still war, daß nichts sich bewegte, noch nicht einmal ein Fisch, und wo es so dunkel war, daß nicht mehr die schlammige Welt der Flußoberfläche herrschte, sondern die dunkle, klare Welt der Tiefe, und er glaubte, daß das die tiefste Stelle vom ganzen Pearl River war, und wenn sie nicht hier war, dann würde sie nirgendwo sein. Er war so lange verschwunden, daß die anderen ganz gebannt auf die Wasseroberfläche starrten, wo Blasen von unten aufstiegen. Hatte er so tief da unten und ganz allein etwa Hazel gefunden? War er dort unten dem Geheimnis des echten, wahren Kummers auf der Spur, den Hazel hatte und den Worte in einem Brief nicht ausdrücken konnten ... Wie sie (wer konnte das schon wissen?) bis in die Fingerspitzen erfüllt war von dem Hochgefühl, an das sie sich alle wie an ein eigenes Geheimnis erinnerten, dieses Hochgefühl, das durch große Hoffnungen und große Veränderungen hervorgerufen wird, manchmal auch nur durch die Erntezeit; dieses Gefühl, das seine eigene Richtung nimmt, ganz wie eine Melodie, die einem im Kopf herumgeht, und sie konnte nichts dagegen tun – das wußten sie –, und deshalb war es jetzt dazu gekommen? Es konnte nur dieser alte Kummer sein, dem William Wallace auf der Spur war, als er in dieser tiefen Dunkelheit herumtastete.

„Schau mal da runter", sagte Grady leise zu Brucie.

Er deutete auf die Wasseroberfläche, wo ihre Spiegelbilder farblos und unbewegt nebeneinander lagen. Er berührte seinen Bruder sanft, als wolle er ihm Eindruck machen.

„Das bist du und ich", sagte er.

Brucie schwankte gefährlich über der Uferböschung, und Grady packte ihn am Hosenboden seines Overalls. Brucie schaute hin, schien aber nichts zu erkennen. Statt dessen trat er zurück, wirkte auf einmal unbeteiligt und lustlos und rieb mit dem Fünf-Cent-Stück, das William Wallace ihm in die Hand gedrückt hatte, auf seiner Haut herum. Gradys entzündete Augen ruhten auf dem braunen Wasser. Ganz plötzlich sah er etwas ... vielleicht schien das Bild im Fluß sein ertrunkener Vater zu sein – mit weit geöffneten Armen, offenen Augen, offenem Mund ... Grady starrte hin und blinzelte, und wieder zog ihm etwas sein Gesicht kraus.

Und als William Wallace vom Tauchen erschöpft wieder hochkam, schien es eine Qual des Blutes und sogar des Herzens gewesen zu sein, so kummervoll sah er aus. Er starrte ganz erstaunt in die Runde, als wäre er lange Zeit fern von der blassen Welt gewesen, wo das bräunliche Licht der Sonne und der Fluß und die kleine Gruppe, die ihn anschaute, vor seinen Augen zitterten.

„Was hast du denn mit hochgebracht?" rief jemand – war es Virgil?

Mit der einen Hand hielt er eine Pflanze fest, wie ein kleines grünes Bändchen, mit Wurzeln und allem. Darüber war er selbst ganz überrascht und ließ sie fallen.

Es war nachmittags. Die Bäume breiteten sanft ihre Äste aus, die Wolken hingen dunstig und leicht getönt am Himmel. Ein Bussard zog ein paar langsame Kreise am Himmel und schraubte sich nach oben. Die Hunde spazierten an den Uferböschungen entlang.

„Es ist Zeit, daß wir Fisch essen", sagte Virgil.

Auf einer breiten Sandbank, auf der Muscheln herumlagen, zogen sie ihren Fang an Land und machten ein Feuer.

Eingehüllt von Duft und Rauchschwaden brieten und aßen sie, alle außer dem Doktor halbnackt, einen Wels nach dem anderen. Sie aßen, bis die Malones stöhnten und sich alle Doyles flach auf dem Bauch ausstreckten, obwohl Sam und Robbie Bell noch lange danach an ihrem eigenen kleinen Tisch saßen, einem Zypressenstumpf, und immer weiter aßen. Sie waren alle ganz still und schliefen einer nach dem anderen ein.

„Gibt nix Besseres als Fisch", murmelte William Wallace. Er lag auf dem Rücken im Geglitzer des zertrampelten, mit kleinen Schatten getupften Sandes. Seine sonnenverbrannte Stirn und seine Wangen glühten wie Feuer. Die Augen fielen ihm zu. Der Schatten eines Weidenzweiges glitt über ihn hinweg. „Nix auf der ganzen Welt ist so gut wie ... Fisch. Fisch vom Pearl River." Langsam fing er zu lächeln an. Er war eingeschlafen.

Aber er sprang fast im selben Augenblick wieder hoch, und einer nach dem anderen in der Runde setzte sich auf und schaute ihn an, denn es war unmöglich, am Fluß zu bleiben und zu schlafen.

„Du fühlst dich ja so gut wie gestern abend", sagte Virgil und ließ seinen Kopf auf eine Seite fallen.

„Es ist der gleiche Ausflug, ob einer nun auszieht, um seinen Kummer zu suchen oder seine Freude", sagte der Doktor.

Aber William Wallace antwortete niemandem auch nur irgend etwas. Er sprang überall herum, über sie und das Festmahl und die übriggebliebenen Gräten hinweg, stampfte im Sand auf und nieder und führte einen so tollen Tanz auf, als müßte er im nächsten Augenblick tot umfallen. Er nahm einen großen Wels und band ihn an seine Gürtelschnalle und hüpfte damit auf und ab, daß alle johlten, und als ihm vor Lachen die Tränen über die Wangen liefen, hob er die Hand, und sein zwei Tage alter Bart sträubte sich leuchtend rot.

Aber plötzlich ertönte ein noch lauterer Schrei, fast ein Gejubel, das alle gleichzeitig ausstießen, und sie wandten ihre ausgestreckten Finger von William Wallace ab und deuteten damit auf den Fluß. Dort streckte sich im Mittelpunkt von drei zartgoldenen Ringen zuerst ein eisgraues Haupt aus dem Wasser („es hat einen Schnurrbart!“ rief jemand), und dann tauchte in einer wellenartigen Bewegung, Berg und Tal, Berg und Tal, ein langer dunkler Leib auf, bis ein Dutzend Ringe sich wie eine Halskette über den ganzen Fluß ausspannten.

„Der Schlangenkönig!“ schrien die Malones wie aus einem Mund und standen dicht beisammen.

„Der Schlangenkönig“, sagte der Doktor mit seinem tiefen Baß. „Er hat dir ins Auge geschaut.“

William Wallace hielt dem Blick des Schlangenkönigs mit aller Kraft stand.

Dann stürzte Brucie mit seinem Faden und der daranhängenden Nadel zum Wasser hin.

„Das ist der Schlangenkönig!“ schrie Grady, der immer auf ihn aufpaßte.

Dann tauchte die Schlange unter.

Der kleine Junge blieb mit einem Bein in der Luft stehen, drehte sich auf dem anderen herum und sank zu Boden.

„Steh auf“, flüsterte Grady. „Es war ganz einfach der Schlangenkönig. Steh auf. Es war doch nur der Schlangenkönig.“

Brucie öffnete seine grünen Augen, steckte die Zunge heraus und sprang auf. Seine Füße waren schwer, sein Kopf leicht, und er stieg auf wie eine Blase, die an die Oberfläche kommt.

Dann brach der Donner los wie ein Stein und rollte die Uferböschung hinab.

Alle standen unwillig auf der Sandbank und hielten das Netz fest. Am östlichen Himmel standen die vertrauten Burgen und die runden Türme am Himmel, die sie gewohnt waren, grau, rosa und blau, die sich verdunkelten und mit Donnergrollen anfüllten. In der Sonne zuckten Blitze an ihren dicken Mauern entlang. Aber im Westen schien die Sonne mit einer solchen Kraft, daß der Himmel wie durch einen langen Blitzstrahl erleuchtet wurde und schwarz und weiß wirkte. Die Welt hatte keine Farbe mehr, die goldene Tönung von allem war wie eine Erinnerung, und nur die Hitze legte sich wie ein drückender Zauber auf ihre Köpfe. Auf der anderen Seite des Flusses wurden die dicken Bäume von meilenlangen silbernen Windstößen gebürstet, und Wind fuhr jedem der Männer an die Stirn. Zur selben Zeit fing hinter ihnen ein lang ausgedehntes Donnergrollen an, das über Berge und Täler von Luft hinauf- und hinunterstieg und über ihre Köpfe hinweg flog, während sie still lauschten. Ganz in der Nähe folgte der zarte Ruf einer Spottdrossel, und die kleinen weißen Streifen auf ihrem Gefieder glänzten über den Weiden.

„Wir kommen jetzt in ein Gewitter", sagte Virgil. „Wir müssen hierbleiben, bis es vorbei is."

Sie zogen sich ein paar Schritte zurück, und schwere Tropfen fielen auf die ledernen Blätter um ihre Schultern und Köpfe herum.

„Magnolien machen im Sturm den größten Lärm", sagte der Doktor.

Dann veränderte das Licht die Farbe des Wassers, und die Wälder ringsherum schienen im aufkommenden Wind noch zu wachsen und sich aufeinander zu zu beugen. Plötzlich wurden sie ganz dunkel. Der Regen prasselte herab. Ein riesiger Schweif schien durch die Luft zu peitschen, und der Fluß brach in einer silbernen Wunde auf. Alle duckten sich stumm zusammen und hockten sich neben den Stamm eines riesigen Baumes, dessen Duft und unbeugsame Kraft sich im Ansprung des Sturmes noch verstärkten. Vor ihrem Baum sahen sie noch einen Baum, und davor war noch einer und noch einer, bis ganz hinunter zur Uferböschung, und alle ragten bedrohlich auf und verdunkelten sich im Sturm.

„Die äußere Welt widersteht dem Unwetter", sagte der Doktor, „sie widersteht."

Robbie Bell und Sam hatten sich gleich von Anfang an zusammen niedergekauert und umarmt.

„Das liegt bei uns in der Familie, vom Blitz erschlagen zu werden", sagte Robbie Bell. „Der Blitz hat uns'rem Opa 'ne Mistgabel auf die Backe gebrannt, die hatt er bis zu seinem Tod. Unser Pappi wurde von ein paar Blitzen getroffen, und er war drei Tage lang tot, so tot wie die Axt da."

Blitz und Donner folgten aufeinander.

„Diesmal erwischt es dich oder mich“, sagte Sam. „Da kommt ein kleiner Käfer. Wenn er nach links krabbelt, bin ich dran, und nach rechts du.“

Aber beim nächsten Blitzschlag fing ein großer Baum auf dem Hügel vor ihren Augen Feuer, jeder Ast, jeder Zweig und jedes Blatt, und über ihm hing eine purpurrote Wolke.

„Hast du diesen Knacks gehört?“ fragte Robbie Bell. „Das waren seine Knochen.“

„Warum schwatzt ihr kleinen Nigger so viel!“ sagte der Doktor. „Niemand hat was davon.“

„Wir reden immer so viel“, sagte Sam, „aber jetzt, wo alle so still sind, hört man's nur besser.“

Der große Baum fiel, gespalten und lichterloh brennend, laut krachend zu Boden. Im gleichen Augenblick fiel ein ähnlicher Baum auf der anderen Seite des Ufers in zwei Teile zersplittert um.

„Ich hoff nur, daß kein Feuerball über das Wasser gerollt kommt und alle Fische mitsamt ihren Schuppen röstet“, sagte Robbie Bell.

Das Wasser im Fluß hatte sich violett verfärbt und schoß in plötzlichen Stromschnellen und Strudeln dahin. Die niedrigen Weiden beugten sich fast bis zum Wasser hinunter, neigten sich eine nach der anderen am Ufer entlang und zersplitterten fast im Sturm. Ein Windstoß fegte einen riesigen Vorhang nasser Blätter vor sich her, der auf all die Menschen niederfiel.

„Jetzt haben wir Schuppen“, jammerte Sam. „Wir sind Fische.“

„Seid still, ihr kleinen Negerjungen“, sagte Virgil. „So benimmt man sich nicht, wenn einen jemand mitnimmt, 'nen Fluß abzufischen.“

„Der arme Geist von der Lady, der hat sicher noch mehr Angst als wir“, sagte Sam.

„Ich hoff nur, daß wir se nich finden!“ schrie Robbie Bell.

William Wallace beugte sich hinunter und stieß ihre Köpfe zusammen. Danach klammerten sie sich schweigsam aneinander, und ihre beiden schwarzen Köpfe ruhten mit aufgeblasenen Backen und zusammengekniffenen Augen einer über dem anderen, bis der Sturm vorüber war.

„Dort drüben ist Dover“, sagte Virgil. „Wir sind am Ziel. William

Wallace, du bist auf 'nen spitzen Stein getreten und hast dir den Fuß aufgeschnitten."

III

In Dover hatte es geregnet, und die Stadt sah irgendwie ganz neu aus. Am späten Nachmittag kam die Hitze in Wellen vom Wasserreservoir herunter und legte sich auf alles wie ein glänzendes Moskitonetz. Der große gepflasterte Platz, der mit Teerflecken ausgebessert war, war mit Verschlüssen von Coca-Cola-Flaschen übersät. Von den alten Zirkusplakaten hingen nur noch ein paar Fetzen am Laden, Schneeflokken von weißen Pferden, die an der Mauer klebten. Man konnte beinahe zuschauen, wie die Purpurwinden über die Dächer wucherten und sich an die Bahnschwellen klammerten, wo sich Blauhäher auf den Gleisen niederließen. Die schirmartig gewachsenen Seifenbäume hingen schwer über der Stadt, und es tropfte von Zeit zu Zeit auf die Blechdächer herunter.

Das Grüppchen der Flußfischer ging durch die Stadt, jeder mit seinen Fischen abgezählt an einer Schnur. In der Nähe des Stadtbrunnens stand das Haus von Hazels Mutter, die aber keine Anstalten machte, herauszukommen. Alle tranken eine Schöpfkelle Wasser, und immer noch war keine Menschenseele auf der Straße. Sogar die Bank vor dem Laden stand leer, abgesehen von einer kleinen Puppe aus einem Maiskolben.

Aber irgendwie merkten sie doch, daß jemand gekommen war, denn einen Augenblick später schauten Leute aus dem Laden und aus dem Postamt heraus. Alle Hühnerhunde wachten auf und sahen, daß die Hunde von den Doyles und eine große Anzahl von Männern und Jungen plötzlich mit reichem Fischfang erschienen waren, und sie liefen ihnen bellend entgegen. Die Hunde der Doyles bellten vergnügt zurück. Die Blauhäher flatterten kreischend über der Stadt und sausten durch ihre Tunnel in den Seifenbäumen. Im Café klimperte ein Fünf-Cent-Stück in einer Musikbox, und ein Liebeslied fing an. Die ganze aus Holz und Blech gebaute Stadt Dover fing wie ein altes, müdes Herz heftig zu schlagen an, als die Männer sie wieder einmal durchschritten, um die Ecke bogen und mit den Fischen die Straße entlangkamen, so durchnäßt, erschöpft und verschmutzt, daß jedermann sie einfach bewundern mußte.

William Wallace ging durch die Stadt, als ob er weder sehen noch hören könnte. Aber er hielt seine lange Schnur mit den Fischen so hoch, daß alle sie sehen konnten. Als nächster kam Virgil, und er machte es ganz genau wie William Wallace. Dann folgten die bescheidenen Doyles, und dahinter drängelten sich die Malones, die ihren Alligator hochhielten und ihn sogar in die Luft warfen, wie ein Vater sein Kind hochwirft. Hinter ihnen lief der Doktor und zeigte mit dem Finger gebieterisch auf sie. In seinem Kielwasser schwatzten Sam und Robbie Bell immer noch. Grady und Brucie hüpften hin und wieder aus der kleinen Prozesssion heraus und dann wieder hinein. Grady humpelte mit eingezogenem Kopf und steif wie ein Stock und sah böse und unnahbar aus. Er murmelte vor sich hin: „Spring, du schönes Gerstenkorn, spring nach links, nach rechts, nach vorn, spring in alle Augen rein, nur mein Auge laß allein." Er ging mit hochgezogenen Schultern weiter und schaute seinen kleinen Bruder unablässig an, wachsam und gleichzeitig stolz, als hielte er einen fliegenden Maikäfer an einer Schnur. Brucie stieß zischende Laute aus und rannte wieder nach vorne, und er schoß wie ein Pfeil überall hin, rannte begeistert und ungeduldig um William Wallace herum und deutete auf seine Fische. Freudenfalten gruben sich wie der Abdruck eines Vogelfußes zwischen seinen hellen Augenbrauen ein, und er trottete in einem unbekannten Reich der Wonne dahin.

„Habt ihr jemals so viele Fische gesehn?" sagten die Leute von Dover.

„Was kosten Ihre Fische, Mister?"

„Verkaufen Sie Ihre Fische?"

„Habt ihr den Pearl River leergefischt?"

„Für wieviel verkauft ihr die? Alle?"

„Da habt ihr sie, gratis", sagte William Wallace plötzlich ganz laut. Die Malones stürzten sich schreiend auf ihn, aber es war zu spät. „Ich will sie nich mehr haben. Ich will meine Frau!" schrie er gerade, als Hazels Mutter aus der Türe trat.

„Ihre Mutter kannst du nich verscheuchen", sagte Virgil. „Da kommt sie in all ihrer Pracht."

„Was hast du mit meinem Kind angestellt?“ rief Hazels Mutter.

Aber William Wallace drehte ihr und den anderen den Rücken zu, das war alles, was er tat, und damit löste sich die Gesellschaft auf.

Gerade als die Sonne unterging, stieg der Doktor die hintere Treppe zu seinem Haus hinauf, setzte sich in seinen Stuhl auf die hintere Veranda, wo er immer am Abend saß, und zündete seine Pfeife an. William Wallace hängte das Netz zum Trocknen auf und kam zurück, und Virgil wartete auf ihn, damit sie dem Doktor noch einen guten Abend wünschen konnten.

„Alles in allem“, sagte der Doktor, als sie heraufkamen, „hab ich noch nie ein besseres Abfischen mitgemacht oder besseres Benehmen gesehen. Wenn man durch Welsfangen den Felsen von Gibraltar versetzen könnte, dann glaube ich, daß es dieser Mannschaft gelingen würde.“

„Na ja, aber wir haben Hazel nich gefangen“, sagte Virgil.

„Was sagst du?“ fragte der Doktor.

„Er hört gar nicht richtig zu“, sagte Virgil. „Ich sagte eben, wir haben Hazel nich gefangen.“

„Wer behauptet eigentlich, daß Hazel überhaupt zu fangen war?“ fragte der Doktor. „Sie war nicht drin. Mädchen können Wasser nicht leiden – vergeßt das nie. Die hauen nicht einfach ab und springen in den Fluß, um sich an ihren Männern zu rächen. Das machen sie ganz anders.“

„Ham Sie nie geglaubt, daß sie drin ist?“ fragte William Wallace. „Die ganze Zeit nich?“

„Keinen Augenblick lang“, sagte der Doktor.

„Er tut nur so schlau“, sagte Virgil und legte seine Hand auf William Wallaces Arm. „Nur weil wir sie nich gefunden haben, hat er sie gar nich gesucht.“

„Trotzdem vielen Dank für das Netz“, sagte William Wallace.

„Du kannst's dir gern mal wieder ausleihen“, sagte der Doktor.

Auf dem Heimweg sagte Virgil immer wieder: „Beruhig dich, beruhig dich, William Wallace.“

„Wenn er nich so 'n altes Knochengestell wär, hätt ich ihm den

Hals rumgedreht", sagte William Wallace. „Er hatte doch nichts bei uns zu suchen."

„Er is einfach 'n Klugscheißer", sagte Virgil. „Niemand kann alles wissen. Und alles nur, weil ihm das Netz gehört. Warum muß es ihm auch gehören?"

„Wenn man zu alten Leuten nicht höflich sein müßte, hätt ich ihm das Fell über die Ohren gezogen", sagte William Wallace.

„Ich möcht wetten, daß er in Wirklichkeit überhaupt nichts von Frauen versteht, wo seine Frau doch taub is", sagte Virgil.

„Er kennt Hazel nich", sagte William Wallace. „Ich bin der einzige Mann, der Hazel wirklich kennt: Würde sie in den Fluß springen oder nicht? Und ich sage, sie würde es tun. Sie ist reingesprungen, weil ich besoffen im Graben lag und gesungen hab, und es war ganz richtig, was se gemacht hat. Der Doktor hat kein Recht, darüber was zu sagen."

„Beruhig dich, beruhig dich doch, William Wallace", sagte Virgil.

„Wenn du so geredet hättest wie der, hätt ich dir jeden Knochen im Leib gebrochen", sagte William Wallace. „Fang nur damit an. Du bist genauso alt und genauso groß wie ich."

„Aber ich red nich solches Zeug", sagte Virgil. „Ich hab doch die ganze Zeit lang nix andres gemacht, als aufzupassen, daß wir mit dem Flußabfischen vorwärts kamen und daß alles glatt ging und nichts hängen blieb. Du hättest den Fluß nicht einen halben Meter ohne mich abfischen können."

„Was sagst du da! Ohne wen?" schrie William Wallace. „Das war nich dein Flußabfischen! Das war nich deine Frau!" Er sprang auf Virgil zu, und sie fingen zu kämpfen an.

„Laß mich los." Virgil atmete schwer.

„Sag, daß es meine Frau war. Sag, daß es mein Flußabfischen war."

„Deine!" Virgil lag am Boden, und William Wallace stopfte ihm mit einer Hand Erde in den Mund.

„Sag, daß es mein Netz war."

„Dein Netz!"

„Dann kannste aufstehn."

Sie gingen weiter, atmeten tief und sogen den abendlichen Duft der Sumpfazaleen ein. Von einem Hügel schaute William Wallace ins Tal hinunter, aus dem süße Klänge von Musik heraufwehten, die unter freiem Himmel gespielt wurde. Auf dem Gelände einer alten weißen Kirche, die man weit unten an einer Straßenkreuzung schimmern sah, sang der „Heilige-Harfe-Chor". William Wallace starrte hin, als ob er alles ganz genau sähe, als sähe er eine Dame in Weiß, die eine geblümte Decke vom Harmonium nahm, das auf einem kleinen Abhang im Schatten aufgestellt worden war, als sähe er, wie sie die Tasten abstaubte, den Blasebalg bediente und zu spielen begann... Er lächelte leise, so wie er seiner Mutter zulächeln würde und Hazel und all den singenden Frauen in seinem Leben, und das eine junge Mädchen, das dort unten unter den Bäumen stand und die ältesten und längsten Balladen sang, die es gab, erinnerte ihn an alle.

Virgil sagte ihm Gute Nacht und ging in sein Haus, die Türe fiel hinter ihm zu.

Als er zu seinem eigenen Haus kam, bemerkte William Wallace zu seiner Überraschung, daß es hier überhaupt nicht geregnet hatte. Aber über dem Dach wölbte sich ein Bogen, etwas, das er, solang er sich zurückerinnern konnte, noch niemals gesehen hatte, ein Regenbogen in der Dunkelheit. Im Licht des Mondes, der wieder aufgegangen war, sah er klein und wie aus Gaze aus, wie das Sommerkleid einer Frau, ein blasser Schleier, durch den man die Sterne sehen konnte.

Er stieg zur Veranda hinauf und ging ins Haus hinein, und als er ganz erschöpft durch das Vorderzimmer und durch die Küche ging, hörte er, wie sein Name gerufen wurde. Da lächelte er, als könne nichts, was er sich in seinen wildesten Träumen je ersehnt hatte, so schön sein wie das: zu hören, wie im Haus sein Name gerufen wurde. Die Stimme kam aus dem Schlafzimmer.

„Was willst du?" schrie er und blieb wie angewurzelt stehen.

Dann öffnete sie die Schlafzimmertür, die wie immer ächzend knarrte, und stand vor ihm. Sie hatte sich kein bißchen verändert.

„Wie fühlst du dich?" fragte er.

„Ganz gut. Nicht allzu gut", sagte Hazel mit einem rätselhaften Blick.

„Ich hab mich in den Fuß geschnitten", sagte William Wallace und zog seinen Schuh aus, damit sie das Blut sehen konnte.

„Wie in aller Welt hast du das geschafft?" schrie sie und trat einen Schritt zurück.

„Beim Flußabfischen. Aber es tut schon nicht mehr weh."

„Du solltest vorsichtiger sein", sagte sie. „Das Abendessen ist fertig, und ich hab mir überlegt, ob du jemals wieder nach Hause kommst, oder ob es genauso wird wie letzte Nacht. Geh und mach dich frisch, damit man dich anschaun kann", sagte sie und lief fort.

Nach dem Abendessen saßen sie noch auf der Vordertreppe.

„Wo warst du heut morgen, wie ich heimkam?" fragte William Wallace, als sie gerade ins Haus zurückgehen wollten.

„Ich hatte mich versteckt", sagte sie. „Ich hatte grad den Brief geschrieben. Und dann hast du ihn zerrissen."

„Hast du mich gesehn, wie ich ihn gelesen hab?"

„Ja, du hättest bloß deinen Arm ausstrecken müssen, um mich anzufassen. So nah war ich."

Aber er biß sich in die Lippen, gab ihr einen kleinen Klaps, drehte sie dann um und verhaute sie.

„Machst du das noch mal?" fragte er.

„Ich erzähl meiner Mutter, was du getan hast!"

„Machst du's noch mal?"

„Nein!" schrie sie.

„Dann geh runter von meinem Knie."

Es war genauso, als ob er sie gejagt und wieder gefangen hätte. Sie lag lächelnd in seiner Armbeuge. Letzten Endes war es dasselbe wie jede andere Jagd auch.

„Ich mach's wieder, wenn es mir einfällt", sagte sie. „Aber das nächste Mal stell ich's anders an."

Dann wollte sie hineingehen und stand auf und schaute von der obersten Stufe in ihren Garten, wo der Seifenbaum stand, und dahinter auf die dunklen Felder, wo die Glühwürmchen leuchteten. Auch er stand auf, stellte sich neben sie und versuchte mit gerunzelter Stirn ihrem Blick zu folgen. Und ein paar Minuten später nahm sie ihn bei der Hand und führte ihn ins Haus, und sie lächelte dabei etwas von oben herab.

EIN AUGENBLICK DER STILLE

Lorenzo Dow ritt sehr schnell auf einem Rennpferd den Alten-Natchez-Pfad entlang, und sein Ruf, der Ruf des Wanderpredigers, „ich muß Seelen haben! Seelen muß ich haben!“ klang ihm in den eigenen windgepeitschten Ohren. Er ritt, als wollte er nie mehr anhalten, auf den Ort seiner abendlichen Versammlung zu. Die Sonne ging gerade unter. Alle Seelen, die er gerettet, und alle, die er nicht gerettet hatte, nahmen in dem Nebel, der zwischen den hohen Böschungen aufstieg, eine düstere Gestalt an. In ihrer großen Anzahl und Dichte schienen sie ihm den Weg zu versperren und machten keine Anstalten, sich aufzulösen oder sich wieder in Nebel zurückzuverwandeln, so daß er befürchtete, das letzte Stück seiner Reise werde schwierig bleiben. Die armen Seelen, die nicht gerettet waren, waren dunkler und erbarmungswürdiger als die geretteten, und es war noch nichts von dem Glanz vorhanden, den er in so einer Gemeinde zu sehen hoffte.

„Werdet Licht, im Namen Gottes!“ rief er im Schmerz seiner Enttäuschung aus.

Da tanzte sofort ein ganzer Schwarm von Glühwürmchen um ihn herum, auf und nieder, hin und her, ein goldenes Licht nach dem anderen, und leuchtete ohne die Müdigkeit, die die Seelen noch hemmte. Dies war ein Zeichen Gottes, daß er den versammelten Glanz der geretteten Seelen nicht gesehen hatte, weil er dazu nicht fähig war, und daß seine Augen eher in der Lage waren, die Glühwürmchen des Herrn zu sehen, als seine verklärten Seelen.

„Herr, gib mir die Stärke, daß ich die Engel sehe, wenn ich im Paradies bin“, sagte er. „Laß meine Augen nicht immer hinter meinem liebenden Herzen zurückbleiben!“

Er hielt keuchend an. Der Pferdekauf heute war so schwierig gewesen, daß er sich schließlich ein spanisches Rennpferd eingehandelt hatte, für das er im November das Geld aus Georgia schicken mußte. Er ritt immer schneller auf dem wilden Tier, bis er das Gefühl hatte zu fliegen, und schickte gleichzeitig mit derselben Geschwindigkeit Gedanken der Liebe an seine Frau Peggy in Massachusetts. Es kostete ihn keine Mühe, aus der Entfernung zu lieben. Er konnte die blühenden Bäume betrachten und Peggy aus ganzem Herzen lieben, genauso wie er seine Visionen sehen und Gott lieben konnte. Und Peggy, mit der er nicht gesprochen hatte, bis er schicksalhafte Worte an sie richten konnte („würde sie ein solches Subjekt wie ihn erhören können?"), Peggy, seine Braut, mit der er nur ein paar Stunden verbracht hatte, erklärte in einem Brief, ihrem ersten, in dem sie eine kleine, runde Handschrift verriet, daß sie ebenso empfinde wie er und daß sie nie eine Trennung fürchte, sondern nur den Tod.

Lorenzo wußte sehr gut, daß es der Tod war, der sich unter seinen Füßen auftat, der in der Nacht vorbeiplätscherte, der die Stille war, in der die Vögel zwitscherten. Er war dem Tod nah, näher als jedes Tier, jeder Vogel. Auf dem Rücken eines Pferdes nach dem anderen, die er alle bis zur Erschöpfung trieb, ritt er immer auf ihn zu oder von ihm weg, und der Herr schickte ihm Anweisungen zu seinem Schutz.

In diesem Augenblick ritt er in eine Gruppe von Indianern hinein, die mit ihren neuen Gewehren auf ihn zielten. Einer trat vor und nahm das Pferd am Zügel, das sofort stillstand, und die anderen umringten ihn, mit den Gewehren im Anschlag.

„Neig dich nach vorn!" sagte die innere Stimme streng und wie immer blitzartig schnell.

Lorenzo beugte sich ganz weit vor und legte seinen Kopf an die seidige Mähne des Pferdes, seinen Körper an den Leib des Pferdes, bis eine ihm zugedachte Kugel das Pferd in Gefahr gebracht und seinen Tod wertlos gemacht hätte. Liegend ritt er aus dem Kreis der Indianer heraus, und sein Gehorsam der Stimme gegenüber machte ihn beinah furchtlos, beinah leichtsinnig vor Freude.

Aber als er sich aufrichtete und vorwärts raste, holte ihn die Sorge wieder ein. Indem er wie ein heidnischer Zentaur halb Tier und halb Gott gewesen war, war er dem Tod wieder einmal entkommen. Aber sollte er immer nur durch eine Verwandlung seiner selbst entkommen, durch eine Demütigung seines Glaubens, durch ein Zugeständnis an Stärke und Auseinandersetzung, und nicht durch seine

Schwäche? Jedesmal wenn er so handelte, folgte er einem Instinkt, den er sofort als das Wort eines Engels empfand, bis es zu spät war, bis er erkannte, daß es das Wort des Teufels war. Er hatte Indianer wie ein Tiger angebrüllt, er war im Wasser untergetaucht und hatte schreckliche Blasen ausgestoßen wie die Alligatoren, und so machten sie einen Bogen um ihn. Er hatte sich totgestellt und damit Bären getäuscht. Dabei hätte Gott ihn immer auf seine Weise beschützt, weniger überstürzt, eben göttlicher.

Selbst jetzt sah er, wie eine Schlange den Pfad überquerte und ihm wissende Blicke zuwarf.

Er schrie, „ich kenne dich jetzt!", und die Schlange schaute ihn mit Augen an, aus denen alles Feuer gewichen war, und verschwand mit zwei Windungen im Gebüsch.

Er ritt voller Erwartung weiter, und aus den Kehlen der wilden Tiere kamen Stimmen, die Worte bildeten, er wußte nicht wie. „Lobe Gott", sagten sie. „Befreie uns voneinander." Besonders Vögel sangen von der göttlichen Liebe, die aus unaufhörlichem Schutz bestand. „Frieden, in Frieden", sangen sie so oft aus dem Gebüsch, mit angenehmem Ton, und er wandte sein Gesicht allen Geschöpfen zu, die auf Zweigen saßen, und eiferte mit seiner Güte der ihren nach.

Er ritt an den kleinen Pfaden vorbei, die seinen Weg kreuzten, und ließ sich von Stimmen und von Lichtern leiten. Meistens hörte er Schlachtgeräusche, die ihn antrieben, aber manchmal auch den Ozean, einen rhythmischen Wellenschlag, der sein Herz so gewaltig wie die Brandung zum Schlagen und Sinken brachte, und wieder packte ihn die Verzweiflung über sein Scheitern in Irland, als er, nachdem er die Seereise auf sich genommen hatte, mit dem Rücken gegen die Tür den Katholiken predigte und wie er dann davongelaufen war, als sie schrien „hütet euch vor der weißen Mütze!" Aber als er dann ein Singen hörte, waren es nicht die militanten, scharfen Töne von Wesley's Hymnen, sondern eine sanfte, endlose und zärtliche Melodie, die keinen Anfang und kein Ende hatte, die leise aus der Ferne klang, und er hatte den Herrn angefleht, ihm zu sagen, ob das alles von Übel sei, hatte aber keine Antwort erhalten.

Bald würde es Nacht sein, und der Platz der Lagerversammlung würde sich mit Sündern füllen wie der Himmel mit Sternen. Wie er sich nach ihnen sehnte! Mit seinem inneren Auge blickte er in sehnsüchtiger Liebe auf die wartende Menge, während die Flammen der Fackeln ihre Gesichter in einem fort veränderten. Wie konnte er ihnen nur genug schenken, wenn er ihnen nicht die göttliche Liebe brachte und sie ausreichend vor all dem warnte, was sie bedrohte? Er ritt schneller. Er war einer, der Verabredungen einhielt, und er hatte deren mehr und mehr einzuhalten, bis seine Reisen durch die gesamte Schöpfung nichts anderes waren als ein Hin und Her auf den üppigen Feldern seiner Vision. Er war aus eigener Wahl heimatlos, irgendwann mußte er überall sein und irgendwo sehr bald. Während er auf seinem fliegenden Pferd so durch die Wildnis raste, erteilte er der von nächtlichen Fackeln beleuchteten Menge schon im voraus seinen Segen, denn er konnte es kaum erwarten. Er breitete die Arme aus, der Sicherheit halber nur immer einen, und er hoffte, wären sie nur erst vom Ton seiner Blechtrompete versammelt, wären nur erst die inspirierten Worte über ihre Köpfe weggegangen, daß er dann über das ganze leidenschaftliche Leben der weiten Welt nachsinnen und den ihm gemäßen Platz darin einnehmen könnte.

Er spähte nach vorn. „Ihr Bewohner der Zeitlichkeit! Diese Wildnis gleicht ganz euren Seelen hier auf Erden!" rief er zu den Baumwipfeln empor. „Schaut euch um, wenn ihr den Zustand eures Geistes betrachten wollt, den der gute Gott hier ausgebreitet hat, damit ihr ihn erkennt und euch auch vor ihm fürchtet. Diese öde Wildnis und diese Pfade schrecklicher Einsamkeit liegen nirgends, nirgends als in eurem eigenen Herzen."

Ein dunkelhaariger Mann, der geächtete James Murrell, kam auf seinem Pferd aus dem Röhricht geritten und hielt sich neben Lorenzo, ohne ihn anzuschauen. Er trug das abwechselnd stolze und gekränkte Aussehen eines Menschen zur Schau, der glaubt, das Werkzeug in den Händen einer Macht zu sein, und als er jung war, sagte er Fremden ohne alle Umschweife, daß das Böse sich seiner bediene, oder er hielt manchmal einen Reisenden an und rief: „Halt! Ich bin der Teufel!" Aber jetzt ritt er redend dahin und schmückte seine Erzählungen aus, und etwas in seiner Stimme verlangsamte allmählich das Tempo von Lorenzos Pferd, bis beide Pferde ruhig dahintrotteten. Er hätte sich darüber gewundert, daß der andere nichts von all dem hörte, was er sagte, da er nicht wußte, daß Lorenzo nur auf Stimmen hörte, von deren himmlischem Ursprung er stärker überzeugt war.

Murrell ritt mit seinem ausgewählten Opfer weiter, und wenn er ritt, dann redete er. Er erzählte seine langen Geschichten, in denen es immer große Entfernungen und lange Zeitspannen gab, und alle kreisten um einen schweigsamen Mann. In jeder Geschichte hatte der schweigsame Mann vor langer Zeit eine Untat begangen, einen Raubüberfall oder einen Mord, und alles lief am Ende auf die Enthüllung hinaus, daß der schweigsame Mann Murrell selbst war und daß die lange Geschichte sich gestern zugetragen hatte, und zwar *hier* – auf dem Natchez-Pfad. Und plötzlich gingen dem Opfer die Augen auf, und es sah, daß es sich hier schon in der nächsten Geschichte befand und daß es sich beim Zuhören hatte hineinziehen lassen und nun ebenfalls im Begriff stand, für irgendeinen Zuhörer einen Zeitrutsch in die Vergangenheit mitzumachen (wo das Entsetzen vergessen war) und für diesen Zuhörer in längst vergangenen Zeiten zu leben. Zerstöre die Gegenwart! – Das mußte die erste Regung in Murrells Herz gewesen sein. Der jetzige Augenblick und der in ihm lebende Mensch müssen zuerst zugrunde gehen, bevor du weiterleben kannst. Er hatte die Angewohnheit, seine Reise – die tagelang dauern konnte – mit einer Art Zeremonie zum Abschluß zu bringen. Er würde sich schließlich umdrehen und seinem Opfer ins Gesicht schauen, denn er hatte es bisher noch nie gesehen. Dann würde er sich plötzlich zu der vollen Größe eines Mannes aufrichten, der nicht mehr der Geschichtenerzähler, sondern die stille Hauptperson ist, nun endlich schweigend, dem Helden etwas ähnlicher. Dann würde er den Mann umbringen.

Aber es fing immer wieder von vorne an. Dieser vorwärtsreitende Mann ging in seinen Gesprächen zurück. Er sah nichts und beobachtete nichts um sich herum. Die beiden Enden seiner Reise zerrten immer an ihm und hielten ihn in einem Nirgendwo gefangen, halb schlafend, lächelnd und voller Witz, seine unangenehme Lage in der Schwebe belassend. Er war ein Mörder, der seinen tödlichen Schlag zu lange hinauszögerte, der in seinem Inneren die größte Trägheit überwinden mußte, um zu handeln, als ob die ganze Wildnis, in der er geboren war, eine Hemmung für ihn bedeutete. Aber hinter sich und vor sich nahm er ein Opfer aufs Korn, er sah einen Mann bewegungslos im Anblick des Todes – mochten die Augen des Mannes dies auch leugnen, ein Opfer, das die Hände ausstreckte, als ob es zum ersten Mal nach dem Leben griffe. Verachtung! Das war alles, was Murrell für diesen Mann empfand.

Wenn Lorenzo nicht so in Eile gewesen wäre, hätte er vielleicht verstanden, daß Murrell sich eines Menschen bemächtigte, um das Geheimnis seines Daseins zu lösen. Es war, als ob andere Menschen, alle außer Murrell selbst, den Griff, mit dem sie dieses Geheimnis umklammert hielten, bei einem Anschlag auf ihr Leben lockern und es im Augenblick des Todes freigeben würden. In seiner Gewalttätigkeit war es ihm nur um dieses Geheimnis zu tun. Die Gewalttätigkeit erschütterte seinen eigenen Körper zuerst wie eine geballte Kraft, und nun drehte er sich im Sattel um.

Lorenzos Verzweiflung mußte wie seine Ekstase geweckt werden und konnte ohne diese Erweckung nicht über ihn kommen. Vor dem ehrfurchtsvollen Augenblick, wenn die Gesichter unter den Fackeln aufblickten, als ob sie ein Engel am Kinn gefaßt hätte, hatte er nicht die leiseste Ahnung, ob er die Predigt traurig oder freudig beginnen würde. Aber in diesem Augenblick wandte sich das Gesicht Murrells ihm endlich mit einem Ausdruck großer Einsamkeit zu, und Lorenzo hätte den Mann sofort an seinem schwarzen Mantel gepackt und ihn wie eine verlorene Seele geschüttelt, so sicher war er auf einmal, daß in seinem Herzen das falsche Feuer brannte und nicht das wahre. Doch Murrell, der schnell war, wenn es darauf ankam, streckte seine Hand aus, eine abwehrende Hand, und legte sie auf den wendigen Leib des spanischen Rennpferdes, das unter der Berührung bebte und erschauderte.

Sie waren an eine große immergrüne Eiche am Rand eines flachen Sumpfes gekommen. Die glühende Sonne hing tief am Himmel wie ein Kopf, der auf verschränkten Armen ruht, und über den sich weithin erstreckenden violetten Bäumen schien der Abend wie in Gedanken still zu stehen. Lorenzo kannte den Platz, denn er hatte ihn schon unter vielen anderen in seinen Träumen erblickt, und er blieb bereitwillig stehen. Er stieg ab, und Murrell stieg ab, er machte einen

Schritt, und Murrell war auch da. Lorenzo wunderte sich nicht über seine Nähe, auch nicht darüber, daß Murrell in seinem dunklen Mantel und mit seinem dunklen Gesicht, das sich noch mehr verdüsterte, wie ein Bruder neben ihm stand, der Erleuchtung suchte.

Doch plötzlich hielten an dem großen gegabelten Baum statt zwei Männern drei an.

Aus weiter Ferne war Audubon, ein Student, mit so leichten Schritten in dieser Wildnis herangekommen, daß sein Tritt nichts aufstörte. Der schöne, lange Tag hatte ihn so weit hergeführt. Ein Schwarm Purpurfinken, die er zuerst zu zählen versuchte, flog über seinen Kopf hinweg. Er buchstabierte das zarte *Tock* des Kaiserspechts. Er sagte sich in einem fort: erinnere dich daran.

Als er auf den Pfad kam, schaute er die hohen Zedern an, die azurblau und reglos im fernen Dunst über ihm schwebten, und ihre silbrigen Wurzeln, die sich hier auf dem Boden entlangtasteten wie Geäder in der Tiefe, und er notierte sich im Geist eine wichtige Tatsache – daß von dieser Erde, die zwar verwittert, aber nicht verklebt oder abrutscht oder zu Staub zerfällt, daß von dieser Erde behauptet wird, es gäbe sie nur noch an einer einzigen anderen Stelle auf der Welt, nämlich in Ägypten – und dann vergaß er es wieder. Er schritt leise dahin. Auf diesem Pfad spielte sich das ganze Leben ab, und er sah gern, wie sich die Tiere auf ihrer geraden, selbstvergessenen Reise darauf fortbewegten, denn sie hatten den Pfad gemacht, Büffel und Reh und die kleinen laufenden Geschöpfe, schon lange bevor der Mensch wußte, wohin er gehen sollte, und Vögel flogen spiegelbildlich darüber entlang. Als Audubon unter ihnen dahinwanderte, fiel ihm ein, daß er in den Städten genau diese Vögel in seiner Phantasie gesehen hatte und daß er sie, wann immer er das wollte, heraufbeschwören konnte, sogar in den strengen, glänzenden Vorzimmern, in denen einem Künstler, wenn er nur unterwürfig genug war zu warten, eine müßige Hand das versprochene Geld entgegenstreckte. Er schritt leicht dahin, so behutsam, wie er an diesem Morgen um zwei Uhr aufgebrochen war, nachdem er Bleistift und Papier, sein Gewehr und eine kleine Flasche Alkohol eingesteckt hatte. *(Notiz: „Die Spottdrosseln sind so zahm, daß sie einem kaum aus dem Weg gehen.")* Er schaute sich sorgsam um. Die reiche Fülle regte ihn nicht mehr auf, und jetzt vermochte er die Dinge einzeln anzuschauen. In Natchez hatte man ihm von vielen seltenen und herrlichen Vögeln erzählt, die hier zu finden wären. Ihre Beschreibung war ganz exakt gewesen, vollständig und so widersprüchlich, daß er sie für Erfindungen hielt und glaubte, sie würden wie alle weltlichen Dinge, die aus Natchez kamen, verworfen und verachtet, sobald jemand nur eine Exkursion in die wirkliche Natur unternahm.

Im Tal tauchte er unter dem Baum auf, ein selbstsicherer Mann, ein sehr selbstsicherer und zärtlicher Mann, als ob er durch die Berührung mit der Erde und dem blumenreichen Moor so geworden sei.

Lorenzo begrüßte ihn und schaute ihn liebevoll an. Die Hoffnung, Menschen in Engel zu verwandeln, trieb ihn durch die ganze Welt, ließ ihn keine Versammlung verpassen und schob ein Wiedersehen nie lange auf. Diese Hoffnung spaltete sein Leben in zwei Teile, in Reisen und Rasten. Weder Tag noch Nacht, weder Liebe noch Verzweiflung, weder Sehnsucht noch Erfüllung konnten in der einzigartigen Ekstase, die diese abwechselnde Betätigung bei ihm hervorrief, irgendwelche Trennlinien ziehen. Alle Dinge waren Sprache.

„Gott schuf die Welt", sprach Lorenzo, „und sie ist vorhanden, um Zeugnis abzulegen. Das Leben ist die Zunge: Sprich."

Aber statt der Rede kam ein Augenblick tiefsten Schweigens.

Audubon sagte nichts, weil er tagelang ohne ein Wort zu sprechen gewandert war. Er glaubte nicht, daß er seine Gedanken über die Tiere beim ersten Austausch gleich in Worte kleiden könnte. Sein langes Flötenspiel entsprang nicht dem Bedürfnis eines Selbstgesprächs. Statt einen Befehl auszusprechen oder etwas zu beschreiben, zeichnete er lieber gleich ein Reh, das er durchstrich, um einem Indianer seinen Wunsch nach Wildbret mitzuteilen. Er hatte dann erst Worte gefunden, als er entdeckte, daß viel verlorenging, wenn man die Dinge nicht am selben Tag aufschrieb, und jetzt schrieb er oft Tagebuch, weil er nicht mehr wollte, daß ihm etwas verlorenging, wie so oft in der Vergangenheit, und er schrieb über einen Tag, „nur traurig, daß die Sonne untergeht".

Murrell, der mit seiner betrogenen Hand das Gewehr versteckte, blieb nichts anderes übrig, als Lorenzo weiter anzulächeln, aber er erinnerte sich boshaft daran, daß er sich einmal als Wanderprediger verkleidet hatte, und die letzten Worte, die er seinem Opfer gesagt hätte, wären folgende gewesen: „In einer meiner Verkleidungen war ich das, was du bist."

Dann entdeckte Audubon in Murrell das, was er als „erworbenen Kummer" bezeichnete – diese Schwerfälligkeit und Düsternis, von der der nackte Indianer, der genauso daherkam, wie Gott ihn erschaffen hatte, so vollkommen frei war. Er bemerkte die Augen – sie waren von der düsteren Art, die gern durch Ritzen spähen, und er sah weder Nähe noch Wärme, weder Licht noch Schatten, weder Verwunderung noch Vertraulichkeit darin. Sie waren verengt, als wollten sie das Herz zusammenkrampfen, verengt, wie um etwas zu verhindern. Audubon kannte die feinsten Sehnen des Körpers und ihre Wirkung, denn er hatte sie berührt, deshalb nahm er an, daß die Vergrößerung des Auges während des Betrachtens bei den Menschen eine Bewegung in den Händen auslöst, um etwas zu machen, und daß die Verengung des Auges andererseits die Hand hemmt und das Herz verkrampft. Jetzt folgten Murrells Augen einer Ameise auf einem Grashalm, den Halm hinauf und hinab, viele Male in einem Augenblick. Audubon hatte einmal die Cave-In-Rock-Höhle erforscht, die einem Räuber als Versteck gedient hatte, und die Luft in der Höhle war die gleiche Höhlenluft, die diesen Mann umgab, der gleiche Geruch nach Stein und Dunkelheit. Oh, geheimes Leben, dachte er – ist es denn wahr, daß sich das Geheimnis der wirklichen Enthüllung entzieht und daß der Mensch ein Höhlenmensch ist und daß die Offenheit, die ich sehe, die Wege durch die Wälder, die von Licht glitzernden Flüsse, die geschwungenen Flugbahnen der Vögel, nur Träume von Freiheit sind? Wenn ich schon nichts über meine Herkunft weiß, soll mir auch mein Ende unbekannt bleiben? Ist der helle Glanz, den ich sehe, denn nichts als ein Zwischenraum zwischen zwei Finsternissen, könnte er nicht beide erhellen und schließlich enthüllen – obwohl es nicht in Worte gefaßt werden kann –, was wir versteckt und verloren glaubten?

In diesem stillen Augenblick landete nicht weit von ihnen ein einsamer, schneeweißer Reiher und fing an, im sumpfigen Wasser nach Nahrung zu suchen.

Als das Rennpferd diesen Landeflug sah, stellte es die Ohren auf, und in den Augen beider Pferde spiegelte sich das sanfte Licht des Sonnenuntergangs, das sich gleich darauf auch in den Augen der Männer spiegelte, als sie alle nach Westen zu dem Reiher hinschauten, und in allen Augen blitzte etwas Wildes auf.

Lorenzo warf dem Vogel einen triumphierenden Blick zu, so wie ein Mensch seine eigene Vision betrachten würde, und dachte, Seine Nähe ist nah, sie ließ sich nieder in einem Sumpfgebiet und sucht im Sonnenuntergang nach Nahrung. Gelobt sei der Herr, denn Seine Liebe ist sichtbar geworden.

Murrell, der mißtrauisch alle Blicke verfolgte, blinzelte in den Dunst und sah bloß etwas Weißes, das im Dunkel versteckt war, als wäre es eine kleine leuchtende Muschel, die das Auge auf sich zieht und festhält. Als er die Augen mit der Hand beschattete, sah er die in seinen Daumen tätowierten Buchstaben „H. T.", und er schaute den Vogel an, während die Ziele der Mystischen Rebellion ihn erstrahlen ließen, als seien sie die Reflexion der hellen Lichtstrahlen, und er stand stolz da, der künftige Anführer aller Sklaven, Banditen und Geächteten des ganzen Gebietes um Natchez herum, und Pläne, Daten, Landkarten brannten wie Fackeln in seinem Hirn, und er sah sich schon, wie er stolz im Augenblick einer Prophezeiung Reihe um Reihe der sich vor ihm verneigenden Sklaven abschritt, um ein entsetzliches, großes Bild vom Teufel auf einer Fahne zu entrollen und es stolz zu schwenken.

Audubons Augen streichelten den Vogel in der Ferne, und er betrachtete ihn so sorgfältig, als hielte er ihn in seiner Hand. Es war ein schneeweißer Reiher, der abseits von den anderen stand. Audubon beobachtete ihn die ganze Zeit und achtete genau auf seine einzelnen Bewegungen. Beim Fressen wird das Wasser durch das Scharren seiner Füße schlammig... es war so, als ob jede Einzelheit, die den Reiher betraf, sich ganz langsam und nur ein einziges Mal vollzöge. Wieder einmal erstaunte ihn das Wunder des Lebens – welche Struktur hatten die Schuppen des Reptils und das Gefieder des Reihers gemeinsam? Auch dieses Wissen war verlorengegangen. Er beobachtete ihn, ohne sich zu bewegen. Der Vogel konnte sich in der Welt nicht verteidigen und besaß nichts als die Intensität seines Lebens, und Audubon überlegte, wie die Hitze seines Blutes und die

Geschwindigkeit seines Herzens ihn verteidigen könnten. Dann dachte er – immer wieder so, als wäre es ganz neu und unglaublich –, daß nichts in Raum und Zeit seinen Flug verhindern konnte. Und er wartete ab, weil er wußte, manche Vögel warten darauf, daß die Menschen sie sehen, bevor sie wegfliegen.

Der Reiher stand mit seinem rein weißen Profil in diesem flüchtigen Augenblick da, einen Federbusch auf dem Kopf, seine Brustfedern strahlenförmig gespreizt, und fraß ruhig allerlei kleine Wassertiere. Zwischen den Männern, die überwältigt dastanden, klaffte je ein kleiner Zwischenraum. Niemand hätte sagen können, daß die drei sich jemals begegnet wären oder daß dieser Augenblick, als ihre Wege sich kreuzten, niemals in ihrem Leben stattgefunden oder daß seine Verheißung sich erfüllt hätte. Aber vor ihnen ruhte sich der weiße Reiher auf dem Gras aus, eingebettet in den Abend, leichter und heiterer als der Abend, seine Flugkunst eingeschlossen in seinem Körper, geschlossen der Stromkreis seiner Schönheit, ein Vogel, der gesehen worden und trotzdem noch ein Vogel war, und seine Bewegungen waren ruhig wie ein Angebot: Nehmt meinen Flug...

Jeder von den dreien hatte einfach *alles* gewollt. Alle Seelen retten, alle Menschen zerstören, alles Leben dieser Erde sehen und beschreiben – alles, alles –, aber jetzt schien für einen Augenblick lang eine einzige zarte Sehnsucht von den drei Männern auszugehen und sich bis zu dem einen schneeweißen scheuen Vogel im Moor hinzustrekken. Es war, als hätten sich drei Wirbelwinde in einem Mittelpunkt vereint und dort einen friedlich fischenden schneeweißen Reiher gefunden. Sein eigener langsam kreisender Flug konnte ihn entfernen, wann immer er das wollte, aber für kurze Zeit hielt er die Männer in der Stille fest, breitete Ruhe über sie aus, und einen Augenblick lang fiel ihre Last von ihnen ab...

Murrells Maske war sein Gesicht, ein Gesicht, das wachte, wenn er schlief, ein Gesicht, das für ihn beobachtete, das für ihn horchte, wachsam und fast brutal, der Wächter eines Menschen, der Pläne hat. Er war äußerlich schnell, damit er innerlich träge sein konnte, er zögerte die Zeit hinaus, er wanderte umher und schmiedete Pläne, und trotzdem steigerte sich sein Verlangen, als es auf das Ende zuging (war das das Ende – der Anblick eines Vogels, der in der

Abenddämmerung nach Futter sucht?), den Augenblick der Beichte. Seine vielen Missetaten bedrängten sein Herz, er warf sich zu Boden und dachte ermattet, wenn all diese Bäume gefällt sind und der Alte-Natchez-Pfad nicht mehr besteht, dann wird meine Verschwörung, die sich noch ausbreiten muß, ans Licht kommen, und all diese mit Steinen beschwerten Leichen von ermordeten Menschen werden ausgegraben, und überall wird jeder den armen Murrell kennen. Sein Blick heftete sich auf Lorenzo, der nach oben starrte, und auf Audubon, der sein Gewehr in die Hand nahm. Er schaute sie mit zusammengekniffenen Augen flehentlich an, als wollte er sagen: „Wann darf ich sprechen, wann werdet ihr Mitleid mit mir haben?" Dann schaute er wieder zu dem Vogel hin, und er dachte, wenn der Reiher ihn ansähe, würde sein Blick ihn durchbohren und sein Herz erfüllen und erfreuen.

In allem was er tat, war sich Audubon seiner geheimnisvollen Herkunft bewußt, die er halb verheimlichte und halb herauszufinden versuchte. Unterwegs fragten ihn die Leute auf ihre freundliche oder grobe Art, ob es wahr sei, daß er als Prinz geboren und der verschollene Dauphin sei, und manche meinten, dies sei sein Geheimnis, und andere, daß es dies sei, was er vor seinem Tode noch herausfinden wollte. Aber wenn es seine Identität war, die er finden wollte, oder das, was der Mensch jenseits davon begreifen muß, versuchte er es durch unaufhörliches Forschen herauszufinden, durch die Aufmerksamkeit für jeden Vogel, der an ihm vorbeiflog, und für jede Schlange, die unter seinen Füßen aufglänzte. Nichts war ihm genug; er forschte immer tiefer, immer weiter, so als suche er nach einem ganz besonderen Tier oder nach einem legendären Vogel. Manche Menschen blickten beharrlich nach außen, wenn sie Innenschau halten wollten, und zu ihrer Freude lag dort die erstaunliche Welt unter dem Himmel ausgebreitet. Wenn ein Mensch es endlich schaffte, in eine spiegelnde Fläche zu schauen, blickte ihm die Welt immer noch entgegen, und wenn er länger hinschaute, immer näher und näher, was war dann? Der nach außen gerichtete Blick muß unermüdlich geschult werden, damit er unbesiegbar wird. Er muß so langsam sehen können wie Murrells Ameise im Gras, und so gründlich wie Lorenzos göttlicher Engel, und dann, so träumte Audubon und dachte an seinen feinen

Pinsel, muß er es auf diese Weise sehen, und er drückte auf den Abzug des Gewehres und schoß, und seine Augen schlossen sich. In seiner Erinnerung bestand der Reiher aus all seiner Einsamkeit, aus all seiner Schönheit. Seine weiße Gestalt konnte von allen Seiten gleichzeitig gesehen werden, seine reinen Federn waren wie abgezählt und bekannt, und ihre Anordnung übereinander würde niemals verlorengehen. Aber er konnte nicht aus dem Gedächtnis malen.

Als er die Augen wieder öffnete, trafen ihn Lorenzos blitzende Augen ganz aus der Nähe, und das Grauen blickte ihn daraus an wie Feuer in einem Abgrund, und er sah es hier zum ersten Mal. Er hatte noch nie unverhülltes, klares Grauen gesehen, und erblickte es jetzt in diesen leuchtend blauen Augen. Er ging hin und hob den Vogel auf. Er hatte angenommen, daß es ein Weibchen sein würde, genauso wie man mit dem Mond die Vorstellung des Weiblichen verbindet; so war es auch. Er steckte den Vogel in seine Tasche und ging fort. Aber Lorenzo war schon losgeritten. Er saß schief auf seinem Pferd, das langsam davontrabte.

Murrell blieb allein zurück, aber er war stolz auf den Aufbruch der anderen, als ob er ihn veranlaßt hätte, als ob er immer gewußt hätte, daß drei Männer nicht einfach zusammen sein und etwas zusammen unternehmen können, weil sie sich in ihrem Starrsinn gegenseitig demütigen. Jeder muß alleine fortgehen, jeder die anderen allein wegschicken. Er selbst war mit Absicht in der ödesten Gegend der Welt geblieben und wollte den einsamsten Weg finden. Er schaute sich zufrieden um und versteckte sich. Er dachte, daß Reisende immer unschuldig waren: Daran glaubte er. Er lauerte ihnen auf. Er glaubte an die Unschuld und wußte von der Zerstörung; waren diese Werte jetzt durcheinander geraten? Gab es etwas, das sich seinem Zugriff entzog? Wie eine Wolke die Sonne verhüllt, so stürzten sich seine Gedanken auf ihn und hüllten ihn ein. Er entwarf Pläne für große Taten, und sie klangen in seinen Ohren, als vernähme er eine dunkle Stimme, die aufstieg, um die Stimme der Wildnis zu übertönen, oder die eins mit ihr war. Bald würde die Nacht kommen, und der Tag lag hinter ihm.

Audubon ging bespritzt und durchnäßt mit dem noch warmen Reiher in der Hand in die Wildnis zurück, und sein Kopf war noch leicht wie in einer Trance. Es war nicht zu leugnen, daß ihm seine Zeichnungen, wenn er sie manchmal sonntagsmorgens durchblätterte, wegen der Dramatik des dargestellten Konfliktes oder wegen der großen Genauigkeit sehr schön vorkamen. Seine Zeichnung und das, was er gesehen hatte, wurden dann einen Augenblick lang ein und dasselbe für ihn. Aber er erkannte sehr bald, offenbar in einem Augenblick mit Lorenzos Grauen und dem Schuß, daß nicht einmal der Anblick des Reihers, den sicher nur er allein genießen konnte, ihm ganz allein gehörte, und daß niemals irgendeine Vision oder selbst ein einfacher Anblick ihm oder sonst irgend jemandem allein gehören würden. Er wußte, daß das Beste, was er leisten konnte, sofort, wenn er es aus der Hand legte, etwas Totes und nichts Lebendiges mehr wäre, niemals das ganze Wesen, sondern nur die Summe der Teile; und daß es immer dem Anblick eines Fremden ausgesetzt wäre, nie eins sein würde mit der Vorstellung von Schönheit im Kopf irgendeines anderen Menschen auf der Welt. Da er den Vogel am allerreinsten im Augenblick seines Todes wahrgenommen hatte, begriff er, daß sich seine langen Bemühungen, die äußere Welt sorgfältig zu betrachten, in fataler Weise dort am deutlichsten offenbarten, wo sie an ihre Grenzen stießen. Er war geschult, im Dunkeln gut zu sehen, und ging immer noch behutsam tiefer in das Dickicht des Waldes hinein, sah und hörte alles und war, während er dahinging, doch leiser als jedes Geräusch.

In den Wäldern, deren Echo ihm noch in den Ohren klang, schaute sich Lorenzo beim langsamen Reiten um. Seine Haare sträubten sich, und seine Hände fingen vor Kälte zu zittern an, und plötzlich war es ihm, als ob Gott selbst erst in diesem Augenblick den Gedanken der Trennung hatte. Denn vorhin, als sich der kleine weiße Reiher zum Fressen niederließ, hatte Er bestimmt noch nicht daran gedacht. Er konnte verstehen, daß Gott zuerst die Trennung schuf und dann erst die Liebe, die ihre Wunden heilte. Aber Gott hatte dies umgekehrt und die Liebe zuerst und dann die Trennung geschaffen, als wäre es Ihm gleichgültig, was als erstes kam. Vielleicht spielte die Zeit für Gott überhaupt keine Rolle; Lorenzo achtete auf die Zeit, dies bedeutete für ihn ein Werk der Liebe. Gott dachte nicht an die Zeit. Kannte Er sie überhaupt? Wie konnte man Zeit und Trennung Gott erklären, der nie daran gedacht hatte, der die ganze Welt in einem einzigen Augenblick in Verzweiflung stürzen konnte?

Lorenzo verschränkte seine kalten Hände und starrte aus der Ferne dorthin, wo der Vogel gestanden hatte, als sähe er ihn immer noch; als könnte ihm wirklich nichts nehmen, was er erlebt hatte, den wunderschönen Anblick des fressenden Vogels. Diese Schönheit war größer gewesen als Lorenzos Fähigkeit, sie zu rechtfertigen. Vor Verzückung rann ihm der Schweiß von der Stirn, und er schrie in das Moor hinaus.

„Versucher!"

Er beugte sich im Sattel nach vorn und trieb das Pferd an. Der Versammlungsplatz war noch weit weg, obwohl sie jetzt schon anfangen würden, die Fackeln anzuzünden und zusammenströmten, so daß er zur verabredeten Zeit in ihrer Mitte erscheinen konnte, um seine Predigt über das Thema „Der Tag, an dem sich alle Herzen öffnen werden" zu halten.

Dann versank die Sonne hinter den Bäumen, und der neue Mond hing schmal und weiß im Westen.

ASPHODILL

Es war ein wolkenloser Tag – über eine Hügelkuppe strichen warme Winde. Es war Mittag, und schattenlos stieg die Säulenreihe aufrecht aus den grünen Ranken auf. Die Luft bebte von Vogelgezwitscher. Eine kleine Gruppe von drei Frauen stand wie angewurzelt auf dem Hang vor der Ruine, und sie trugen zusammen ein paar Weidenkörbe. Sie waren nicht mehr jung. Auf ihren Gesichtern lag der gleiche Ausdruck frischer Trauer. Wind wehte von den Säulen her, und der weiße Stoff flatterte um ihre Ellenbogen.

„Schaut mal –"

„Asphodill."

Es war eine goldene Ruine: sechs dorische Säulen, die ersten beiden mit noch erhaltenem Quergebälk, standen dem Aufgang direkt gegenüber. Der Himmel spannte sich rein, durchsichtig und rund wie eine Muschel über dem Hügel.

Die drei Frauen kamen näher, und an ihrer ruhigen Haltung waren noch der hilfreiche Beistand und die Trauerprozession abzulesen.

„Das ist Asphodill", wiederholten sie und schauten zurückhaltend zu dem sonnenbeschienenen, bunten Fries mit jungen Mädchen hoch, vor dem der belaubte Zweig eines Baumes zitterte.

„Wenn es auf dieser Erde einen Ort gibt, wo Miss Sabina uns nie suchen würde, dann ist es Asphodill", sagten sie. „Sie hat uns verboten, hierher zu kommen", sagten sie tugendhaft. „Sie hätte uns nie erlaubt, hierher zu kommen, zu Mr. Don McInnis' Haus Asphodill, oder auch nur seinen Namen auszusprechen."

„Ihr Begräbnis war gestern, und wir haben uns die Augen ausgeweint", sagte eine von den dreien. „Und was das Aussprechen von Mr. Dons Namen betrifft, so ist er natürlich auch schon tot." Und sie schauten sich an – Cora, Phoebe und Irene, drei alte Jungfern in leichten baumwollenen Sommerkleidern mit Picknickkörben. Der Weg war so schmal, daß sie im Einspänner gekommen und dann zu Fuß weitergegangen waren.

Kein Schatten war da. Es war Mittag. Ein Christusdorn neigte sich über ihre Köpfe und summte von Bienen, die seine bienenartigen Blüten umschwärmten.

„So einen Tag könnte man richtig essen!" rief Cora begeistert aus.

Sie gingen einen Schritt weiter. Ein kleiner Bach sprang von Stein zu Stein, quer über den Aufgang. Und schon waren ihre Schuhe ausgezogen, und ihre schmalen Jungfernfüße traten zitternd in das plätschernde Wasser. Der Wind hatte ihr graues, schütteres Haar gezaust. Sie lächelten sich an.

„Ich hab mich früher immer vor Lichtungen gefürchtet", sagte Phoebe. „Ich dachte immer, daß irgend etwas, etwas Wildes, herausbrechen und mich verschleppen würde."

Dann lachten sie plötzlich frei heraus und trockneten ihre Füße auf der anderen Seite des Baches ab. Die Spottdrosseln schienen in der mittäglichen Luft Flöten nachzuahmen. Das Pferd, das sie ausgespannt hatten, graste auf dem Hügel und blieb immer in Sichtweite – ein altes Pferd, das aussah, als wollte es losgaloppieren; seine Mähne zitterte im Licht, und sein Schweif flatterte so stolz wie ein Schmuck, den es gerade erst angelegt hatte.

Dann wurden die Körbe geöffnet, und schmackhafter Schinken und Hühnchen, Gewürze und Gelees, frisches Brot und Kuchen, Pfirsiche, Bananen, Feigen, Granatäpfel, Trauben und eine schmale dunkle Flasche mit Brombeerlikör wurden auf dem Tischtuch ausgebreitet.

„Es ist noch ein Korb im Wagen", sagte Irene, die nur ungern teilte. „Ich hebe gern noch etwas auf."

Die Frauen ließen sich neben dem warmen, mächtigen Sockel zu ihrem Mahl nieder. Die sechs Säulen über ihnen schienen in der stillen Mittagszeit zu schweben, erfüllt von den Atemzügen des Sommers.

Sie tupften sich den Granatapfelsaft vom Mund ab. Und dann fingen sie an, sich mit ruhigen, einander ähnelnden Stimmen Miss Sabinas Geschichte vorzuerzählen: wie sie ausgesehen hatte, daß sie damals, als sie noch jung war, eine bekannte Schönheit gewesen war, von dem Haus, in dem sie geboren worden war, und was sich darin ereignet hatte, und wie sie dann wurde, als sie alt war, und ihr Siegeszug und das traurige Ende, als sie sich an einem langweiligen Ort, den sie geringschätzte und von dem sie nichts wissen wollte, zu Tode stürzte.

„Miss Sabinas Haus stand hoch oben auf dem höchsten Hügel", sagte Cora, und die Lippen der anderen bewegten sich mit ihren mit. Es war wie ein altes Lied, das sie auswendig konnten, diese Geschichte der beiden Häuser, die durch eine lange, gewundene, gefährliche und unbefahrene Straße – ein Stück des Alten-Natchez-Pfades – voneinander getrennt waren, die aber in Wirklichkeit, einander völlig verborgen wie Reliefs auf den entgegengesetzten Seiten einer Vase, fast Rücken an Rücken auf der Hügelkette lagen.

„Das Haus beherrschte die Stadt, die zu seinen Füßen entstand. Es war quaderförmig, aus Stein und Marmor, und die Vorderfront unter den Magnolienbäumen war pechschwarz. Kein Grashalm wuchs auf dem harten grünen Boden, aber an manchen Stellen ragte eine Wurzel wie eine Schlange empor. Innen war das ganze Haus aus Holz, aus dunklem, geschnitztem und kanneliertem Holz, es gab lange Flure, breite Nußbaumtreppen, Ebenholzbetten, die fast das ganze Zimmer ausfüllten, sogar an den Decken Mahagonirosetten, von denen die Kronleuchter wie Früchte aus rotem Glas herunterhingen. Es gab im Inneren einen Raum, der überhaupt kein Licht hatte. Das Haus war ein Labyrinth, das mit Statuen – Venus, Hermes, Demeter – und mit rauschenden Ozeanmuscheln auf drapierten Postamenten dekoriert war.

Miss Sabinas Vater brachte Mr. Don McInnis nach Hause mit und schlug ihm die Heirat vor. Für einen Freier war sie nicht mehr jung genug, und sie wurde angewiesen, sich zu fügen. Am Hochzeitsabend strahlte das Haus im Lichterglanz und leuchtete über der Stadt und den Hochzeitsgästen, die den Hügel hinaufkamen. Wir waren dort. Goldene Vasen, goldene Becher, Dianastatuen wurden geschenkt... Und die Braut... Wir hatten das steife weiße Hochzeitskleid, das sie trug, nicht vergessen, das wir gestern aus der Truhe herauszogen! Es raschelte nicht, als sie ihm die Hand reichte. Es war Frühling, und die Blumenkörbe waren mit roten Hyazinthen und weißen Lilien gefüllt, die in der Hitze welkten, so daß man ihre blauen Adern sehen konnte. Ein paar Damen wurden von dem Duft ohnmächtig; die Herren waren ohne Ausnahme betrunken, und Mr. Don McInnis, der seinen Kopf schnell wie ein Tier hin und her bewegte, öffnete seinen Mund und lachte."

Irene sagte: „Ein großer gottloser Mann wie alle McInnis von Asphodill – dieser Mr. Don McInnis. Er war der letzte seines Geschlechts, so wie auch sie die letzte war. Man setzte alle Hoffnung auf ihn, und er wußte es. Er brach ganz plötzlich in rasendes Gelächter aus, und dabei fuhren seine blonden Augenbrauen spitz in die Höhe, und sein Gesicht veränderte sich. In dieser Nacht stand er angeberisch da ... In allen Räumen, vor den Gästen, den Lichtern, der Braut und ihrem Vater, dessen Gesicht purpurrot angelaufen war. ‚Was, Miss Sabina?' brüllte er, obwohl sie kein Wort gesagt hatte, kein einziges Wort – sondern in dem gesteiften Kleid wartete, das an diesem Abend den Geruch der brennenden Wachskerzen annahm. Wir vergaßen das nicht, dieses Gebrüll, dieses ‚Was, Miss Sabina?', und wir flüsterten es später, als wir gemeinsam stickten, einander zu, als ob es ein Rätsel wäre, das junge Mädchen nicht lösen konnten. Er schien nie irgend etwas anderes zu ihr gesagt zu haben. Er war in dieser ersten Nacht gefährlich, wie er vor Trunkenheit schwankte, die zerstreuten Blumen zertrampelte und Miss Sabina, die ganz erstarrt an seiner Seite stand, vor unser aller Augen zum Traualtar führte. Er war ein McInnis, ein Mann, der einer Fackel glich, die man in ein Haus brachte."

Die drei alten Jungfern, die wie eine verwelkte Girlande am Fuß der Säulen lagen, schwiegen friedlich. Als Phoebe in ihrer zarten und sanften Art den Faden wieder aufnahm, gehörte die Erzählung nur noch der Erinnerung an, und Anfang und Ende schienen verflochten und in die blaue Luft des Hügels freigelassen zu sein.

„Sie gebar drei Kinder, zwei Knaben und ein Mädchen, und sie starben eines nach dem anderen, als sie gerade erwachsen wurden. Da war Minerva, und sie ertrank – kurz vor ihrem Hochzeitstag geschah es. Da war Theo, der gerade als frischgebackener Jurist von der Universität kam und beim Sturz von einem wilden Pferd starb, das er reiten wollte. Und da war Lucian, der Jüngste, der sich betrunken am hellichten Tag in aller Öffentlichkeit auf den Stufen des Gerichtsgebäudes erschoß.

Was nicht alles auf dieser Welt passiert!" sagte Phoebe und blickte gelassen zum nichtssagenden Himmel hoch.

„Und all das machte Miss Sabina noch stolzer denn je zuvor", sagte Irene. „Sie war von Geburt an anspruchsvoll und herrisch, und jetzt war nur noch Mr. Don da, dem sie ihren Willen aufzwingen konnte. Aber er war ein McInnis. Er besaß diese Wildheit, die wir am ersten Abend alle bewunderten, da wir ihn ja nicht lieben konnten. Er war untreu – vielleicht immer – vielleicht einmal –"

„Wir erzählten es ihr", sagte Cora. „Wir gingen zusammen den Hügel hinauf und in das Haus hinein, weinten und jammerten und wagten kaum, seinen Namen auszusprechen oder was er getan hatte."

„Es war in der großen Halle mit den Statuen der vier Jahreszeiten, und sie stand auf und hörte uns bis zum Ende zu", flüsterte Irene. „Sie rührte sich nicht – sie zuckte nicht mit der Wimper. Und wir standen da im Halbkreis und wagten es nicht, näher zu kommen. Dann streckte sie beide Arme aus, als ob sie uns umarmen wollte, aber sie ballte ihre Hände zu Fäusten, daß die scharfen Ringe ihr ins Fleisch schnitten, und verfluchte alle – ihn und die Frau und die toten Kinder und uns. Dann ging sie hinaus, und die Tür des Schlafzimmers schloß sich hinter ihr."

„Wir rannten fort", sagte Phoebe mit matter Stimme. „Wir rannten die Treppe hinunter, durch den Buchsbaumgarten, um den Brunnen herum, aneinandergeklammert, als ob wir verfolgt würden, und dann weinend die Straße entlang. Sie vergoß keine einzige Träne, was auch immer passierte, aber wir weinten genug für alle."

Cora sagte: „Zu der Zeit war ihr Vater schon tot, und es war niemand da, der die Schmach vergelten konnte. Und Mr. Don – er blühte geradezu auf. Sommer und Winter trug er weiße Leinenanzüge. Sie erklärte, daß ihn der Blitz treffen würde wegen des großen Unglücks, das er über sie gebracht hatte, aber der Blitz traf ihn nie. Sie tat keine Nacht ein Auge zu, so verletzt und vernichtet war sie. Niemand konnte sie dazu bringen, einen Bissen zu sich zu nehmen. Wir trugen ihr alles mögliche hinauf – Suppen, Geflügel, Wein, Gefrorenes, kalte Schalen, eine nach der anderen. Aber sie schob sie nur weg. Man konnte glauben, daß das Leben mit diesem Untier das einzige auf der Welt war, nach dem sie sich sehnte. Aber sie sagte immer wieder: ‚Wie kann ich ihn nur genug hassen? Wie kann ich ihm nur zeigen, wieviel Haß ich für ihn empfinde?' Sie flehte uns an, es ihr zu sagen."

„Wir hörten, daß er nach Asphodill flüchtete und diese Frau mitnahm", sagte Irene. „Und als wir hingingen und es Miss Sabina erzählten, wollte sie nicht länger auf die Strafe Gottes warten, obwohl wir sie packten und sie so lange festhielten, bis sie uns wegstieß."

„Sie jagte Mr. Don aus dem Haus", sagte Cora, der jetzt der Likör gereicht wurde. „Sie jagte ihn am hellichten Tag mit einer Peitsche hinaus. Es war ein Tag wie heute – im Sommer – ich erinnere mich noch an die Magnolien, die die Luft so schwer und mit Schlaf anfüllten. Es war gerade nach dem Mittagessen, und alle Bewohner kamen heraus und schauten hilflos zu, wie im Traum. Sie sprang wie eine Furie zur Tür heraus und lief die lange Eisentreppe hinunter, und sie trieb ihn vor sich her mit der Wagenpeitsche, die eine rote Quaste hatte. Er ging aufrecht vor ihr, als würde er nachgeben, er hatte seinen weißen Hut abgenommen und hielt ihn in der Hand."

„Wir folgten ihr in einiger Entfernung, falls sie ohnmächtig würde", sagte Phoebe. „Aber dabei fielen wir fast in Ohnmacht, als sie sich ins Tor stellte, durch das sie ihn getrieben hatte, und aus vollem Halse schrie, daß die Frau herauskommen solle. Sie wollte sie auf der Stelle durchpeitschen. Aber es ließ sich niemand blicken. Sie schwor, daß wir diese elende Kreatur versteckten und beschützten, daß wir alle unter einer Decke steckten. Miss Sabina verwünschte die ganze Stadt."

„Als Asphodill in dieser Nacht brannte", sagte Cora, „und wir alle das lodernde Feuer am Himmel sahen, rannten wir zu ihr hin und erzählten es ihr, und sie hörte es voller Genugtuung – doch von dem Augenblick an distanzierte sie sich von uns und gab sich vornehm. Und sie verlangte, daß wir den Namen Don McInnis und den Namen Asphodill nie mehr aussprechen sollten..."

Die gewaltigen Säulen leuchteten herab und schienen im zarten Sommerlicht zu beben, das sie von allen Seiten wie mit einer gleichmäßigen, schattenlosen Flamme umgab. Beim Flug der Vögel schienen sie zu flackern.

„Miss Sabina", sagte Irene, „schritt für den Rest ihres Lebens durch das Tor und die Straße hinunter, um den Leuten ihren Willen aufzuzwingen."

„Sie war geschminkt, damit ihr Gesicht schön und schrecklich zugleich aussah, ganz dunkel um die Augen herum", sagte Phoebe, „wie es die vornehmen Damen in den Südstaaten tun, wenn sie alt werden. Sie trug eine schöne pechschwarze, sehr große Perücke, denn sie hatte all ihre Haare durch Krankheit oder Aufregung verloren. Sie trug die schweren Brokatkleider aus den Familientruhen, und sie drapierte sie mit einer Art von verbitterter Gleichgültigkeit. Sie tat nichts weiter, als sie nach ihrer Figur festzustecken und zusammenzubinden. Durch so viel schwere Stoffe im Gehen behindert, stießen ihre Knie nur mühsam vor, aber sie kam doch voran. Wenn sie jemandem begegnete, setzte sie einen herausfordernden Blick auf, und nur Miss Sabina mochte wissen, warum es unter friedfertigen Leuten solche Zusammenstöße geben mußte. *Wir* wußten, daß sie sehr schön gewesen war. Sie hatte kleine Hände, die sich unter den scharfen Diamantringen so heiß anfühlten wie die eines Kindes. Eine Hand, ihre rechte, krümmte sich um einen Ebenholzstock, dessen Knauf aus einem goldenen Löwenkopf bestand."

„Sie nahm ihren Stock, ging die Straße entlang und übte ihre Macht aus", sagte Cora. „Ihre Macht erstreckte sich über die ganze Bevölkerung – Weiße und Schwarze, Männer und Frauen, Kinder, Idioten und Tiere –, sogar über Fremde. Sie zwang uns ihren Willen auf, ihre Reichtümer wurden unter uns verteilt. Wir bekamen ein Museum und ein Denkmal und das Wasserwerk. Und wir fürchteten sie, alt und jung und Leute wie wir. Wenn sie beim Maifest vorbeiging, gerieten alle Maibäume hoffnungslos durcheinander, einer nach dem anderen. Ihr Wohlwollen und ihre Mißbilligung unterschieden sich so deutlich voneinander wie ein Schimmel von einem Rappen. Alle Neuigkeiten wurden zuerst ihr zugetragen, und sie unterbrach jeden, der sie überbrachte: ‚Das müssen Sie mir nicht erzählen, ich weiß es schon. Die Frau ist tot. Das Kind ist geboren worden. Der Mann ist des Diebstahls überführt.' Eine Zeitlang erschien sie vor der Tür eines jeden Hauses und klopfte mit ihrem Stock an. Sie beherrschte jedes Fest, sie setzte das Datum für Hochzeiten und Beerdigungen fest, sogar für Geburten – und sie bestimmte die Namen der Kinder. Sie mischte sich in jedes Leben ein, ließ Leute von einem Teil der Stadt in einen anderen umziehen, brachte sie zusammen oder trennte sie, und machte all das mit der mystischen, unerbittlichen Hingabe einer Priesterin aus alten Geschichten; und sie sagte alle Dinge voraus. Sie prophezeite ein Unglück und schickte Neger mit Brot und Suppe in alle Häuser, in denen es ausbrach. Und sie erwartete, daß man die Rezepte, die sie einem mitteilte, bis in alle Ewigkeit verwendete, und keine anderen. Das hier ist auch ein Kuchen von Miss Sabina..."

„Aber am Ende der Straße war eine Tür, durch die Miss Sabina nie eingetreten ist", sagte Phoebe. „Die Tür vom Postamt. Sie tat so, als ob das Postamt gar nicht existierte, oder sie nannte es ein schmieriges, kleines Loch, dessen Tür weit offenstehe und die Fliegen hereinlasse. Als sie alt war, galt aller Haß, der noch in ihr steckte, einem kleinen weiß getünchten Haus mit vier Eckpfosten, und das war das Postamt. Es lag außerhalb ihres Machtbereichs. Dort konnten wir uns immer noch einem Traum hingeben, und sie wußte nicht, welchem."

„Aber zum Schluß kam sie herein", sagte Irene.

„Wir waren dabei", sagte sie. „Die Post war gerade gekommen, und jeder von uns hielt einen Brief in der Hand. Wir hörten, wie sie zum Ende der Straße kam, wie die schwere, schwankende Gestalt laut den Stock aufstieß. Sofort waren wir alle still. Wenn Miss Sabina an der Tür erscheint, gibt es keinen anderen Platz auf der Welt als den, auf dem du stehst, und keinen anderen Nachmittag als diesen hier, weder in der Vergangenheit noch in der Zukunft. Wir hielten unsere Briefe fest und alles, was in diesem Augenblick weit entfernt oder belanglos war, unsere geheimen Hoffnungen oder Freuden und auch unsere Verzweiflung, die sie uns abverlangen könnte."

„Als sie eintrat", sagte Cora, „und sich mitten im Raum aufstellte, erkannte sie ein kleiner Hund und trottete hinaus, und die Stäubchen in der Luft zitterten wie beim Feueralarm, und der überfüllte Raum schien zu schwanken und zu beben. Wir schauten uns an und hatten größere Angst vor ihr als jemals zuvor in unserem Leben, und wir wären weggelaufen oder hätten sie angesprochen, wenn wir nicht eine Vorahnung gehabt hätten, daß dies das letzte Mal wäre, daß diese Forderung die letzte sein würde."

„Es war, als ob jetzt auch noch der kleinste Bereich vereinnahmt würde, der uns so lange überlassen geblieben war, weil für die Tyrannin die Zeit zum Sterben gekommen war", sagte Phoebe.

Die drei alten Jungfern seufzten leise. Das Licht schien durch die Trauben, die sie in den Händen hielten, so daß die kleinen schwarzen Kerne zu sehen waren.

„Aber als Miss Sabina sprach", sagte Irene, „forderte sie: ‚Gebt mir meinen Brief!' Aber Miss Sabina hatte in ihrem ganzen Leben keinen einzigen Brief bekommen. Sie kannte außerhalb der Stadt keinen einzigen Menschen. Wir sagten ihr, daß kein Brief für sie da sei, aber sie schrie wieder ‚gebt mir meinen Brief!' Wir antworteten, es sei keiner für sie da, und kamen näher heran und wollten ihr beistehen. Aber sie sagte: ‚Her damit.' Und sie nahm uns unsere Briefe aus der Hand. ‚Von euren Liebhabern!' sagte sie und riß die Briefe entzwei. Wir ließen sie gewähren. Aber sie war noch nicht zufrieden.

‚Aufmachen!' befahl sie dem Postfräulein und hämmerte gegen die kleine Verbindungstür. Das Postfräulein mußte öffnen, und Miss Sabina ging hinein. Wir kamen alle nach. Wir schauten uns an, und unsere Augen glänzten wie die Augen von Verhexten, denn sie war auf Zerstörung aus."

„Wut und Lust schienen in ihr aufzusteigen und wie Blitze aus ihren Händen zu fahren", sagte Cora. „Sie warf ihren Stock weg und ging mit leeren Händen weiter. Sie stürzte sich auf alles, was sie vor sich sah, und zerfetzte es. Sie schleifte die Säcke und die Papierkörbe herum und verstreute den Inhalt wie Schneeflocken. Sie warf sogar das Stempelkissen an die Wand, und es hinterließ einen purpurroten Flecken wie von Weintrauben, der nie mehr verschwindet.

Sie tobte vor unseren Augen wie eine Besessene, wie noch nie zuvor. Sie schaukelte von einer Seite auf die andere, sie tanzte. Miss Sabina schwenkte ihre Arme wie ein Schnitter im Feld, um alles zu zerstören, was sich in dem kleinen Raum befand. In ihrer Raserei zerfetzte sie alle Briefe, stopfte sich sogar Papierstücke in den Mund, als wollte sie sie verschlingen.

Dann stand sie in dem kleinen Zimmer ganz still. Sie war am Ende. Wir hatten uns noch nicht gerührt, da lag sie schon auf dem Boden, ihre Perücke war abgefallen, und ihr Gesicht war verzerrt wie eine Maske.

‚Ein Schlaganfall', sagten wir, weil wir nicht wußten, mit welchem Wort wir das Ende ihres Lebens bezeichnen sollten..."

Hier im hellen Sonnenschein, wo die drei alten Jungfern bei ihrem kleinen Festmahl saßen, war Miss Sabinas Geschichte alt und abgeschlossen. Sie erzählten sie, wie berauscht von Zeit und Ort, und kamen ans Ende. Jetzt lagen sie seitlich ausgestreckt auf dem Boden, ihre Sommerkleider ausgebreitet, sie lächelten leicht und hatten die Augen halb geschlossen, Phoebe hatte ein sanftes grünes Blatt zwischen den Zähnen. Über ihnen ruhten wie in einem Traum die leuchtenden Säulen von Asphodill, ein Traum, der wie die Kehrseite ihrer Klagen war.

Plötzlich erzitterten die Ranken, die zwischen den Säulen emporkletterten. Ein bärtiger Mann trat, einen Fuß vorgestellt, in das glänzende Licht. Er stand so bewegungslos wie eine der Säulen da und hielt seine Augen unverwandt auf die drei Frauen gerichtet. Er war so wild und golden wie ein Löwe. Er machte nichts und sagte nichts, während die Vögel weitersangen. Aber er war nackt.

Das weiße Picknicktuch schien sich von selbst bewegt, die angebissenen Früchte zerstreut und die Weinflasche zerschlagen zu haben, während die drei alten Jungfern erst knieten, dann dastanden und sich schreiend aneinander klammerten. Es war, als ob sie in der vibrierenden Stille ein Geräusch hörten, das sie zwang, im Augenblick der Flucht noch abzuwarten. Sie stießen im Chor leise Schreie aus, warteten und blickten mit ausgestreckten Armen über ihre Schultern. Dann ließen sie ihre Schuhe zurück, und die drei liefen der Reihe nach durch den Bach und auf einem Pfad, der sich zwischen den wilden Heckenrosenbüschen aufgetan hatte, über das Feld. Sie hatten sich so plötzlich wie Vögel im gleichen Augenblick auf den Boden gepreßt und waren wie durch Zauberei auf der anderen Seite des Zaunes neben einem Schild, auf dem „Durchgang verboten!" stand, wieder hochgekommen.

Sie standen wortlos da, zupften und klopften an ihren Kleidern herum, während das alte Pferd ihnen über die Weide, die es noch gar nicht kannte, langsam entgegentrabte.

Der bärtige Mann hatte sich keinmal bewegt.

Cora sprach: „Das war Mr. Don McInnis."

„Das war er nicht“, sagte Irene. „Es war eine Ranke, die sich im Wind bewegt hat.“

Phoebe beugte sich herunter, um einen Dorn aus ihrem nackten Fuß zu ziehen.

„Aber wir dachten doch, daß er tot wäre.“

„Das war Mr. Don, so wahr ich hier stehe“, sagte Cora, „und ich würde das auch vor Gericht beschwören.“

„Er war nackt“, sagte Irene.

„Er war splitternackt“, sagte Cora. „Er war so nackt wie ein alter Ziegenbock. Er muß so alt sein wie die Hügel hier.“

„Ich hab nicht hingeschaut“, erklärte Phoebe. Aber sie stand abseits da und bückte sich und zitterte wie nach einer schicksalhaften Begegnung.

„Deshalb brauchst du noch lange nicht zu weinen, Phoebe“, sagte Cora. „Wenn es Mr. Don ist, ist es eben Mr. Don.“

Sie trösteten einander, spannten das Pferd an, warteten dann immer noch eng beieinander stehend ab und blickten sich um.

„Was Miss Sabina dafür gegeben hätte, ihn zu sehen!“ rief Cora schließlich aus. „Was sie ihm nicht alles gesagt hätte, was sie ihm nicht alles angetan hätte!“

Aber in diesem Augenblick, als ihre Blicke noch auf der Ruine ruhten, tauchte eine Gruppe von Ziegen zwischen den Säulen von Asphodill auf und sprang hüpfend den Hügel hinab. Ihre unruhigen kleinen Hufe erfüllten die Luft mit Zittern und Beben.

„Auf den Wagen!“

Mit erhobenen Schwänzen sprangen die Ziegen über den Zaun, als gäbe es nichts, was sie lieber täten.

Cora, Irene und Phoebe saßen in dem offenen Wagen, und die Peitsche wurde über dem alten Pferd geschwungen.

„Da kommen immer mehr“, schrie Irene.

Es kamen Ziegenböcke und Mutterziegen, alte und junge, eine ganze stattliche Herde. Ihre kleinen Bärte wehten verspielt im Wind, der durch ihr Vorwärtsrasen entstand.

„Sie holen uns bestimmt ein“, rief Irene.

„Wirf ihnen etwas zu“, sagte Cora, die die Zügel fest in der Hand hielt.

Zu ihren Füßen stand der Korb, der aufgespart worden war, und obenauf lagen in einer Serviette Brot und Speck.

„Hier, ihr Ziegenböcke!“ riefen sie.

Sie beugten sich seitlich aus dem Wagen heraus, ihre Ärmel flatterten, und sie warfen mit beiden Händen Brot nach hinten.

„Hier, ihr Ziegenböcke!“ schrien sie, aber die kleinen Ziegen sprangen so nah heran, daß ihre neugierigen Nasen fast in die Speichen der Räder kamen.

„Das hält sie nicht auf“, sagte Phoebe. „Das macht sie gar nicht zufrieden, es macht sie nur noch neugieriger.“

Cora stand aufrecht in dem offenen Wagen und kutschierte wie ein griechischer Wagenlenker. „Dann gebt ihnen eben das kleine Brathuhn“, sagte sie. Sie warfen es hinter sich.

Die kleinen Ziegen blieben stehen, ihre Köpfe waren auf der einen Seite gesprenkelt, und ihre Hörner stießen über der Beute zusammen.

Nach einer Biegung war Asphodill außer Sicht. Die Straße führte in eine Schlucht und schlängelte sich in den Schatten hinein...

„Wir sind davongekommen“, sagte Cora.

„Ich bin dankbar dafür, daß Miss Sabina uns nicht sehen konnte“, sagte Irene. „Sie hätte sich für uns geschämt – wie wir barfuß wegrannten. Sie hätte den kleinen Picknickkorb nie geopfert, den wir aufgehoben hatten.“

„Er dürfte nicht frei herumlaufen“, rief Cora aus. Sie sprach dem alten Pferd, dessen Flanken immer noch zitterten, gut zu und sagte dann: „Ich würde ihn am liebsten anzeigen!“

Hoch oben auf dem Hügel vor ihnen stand das große Haus, in dem Miss Sabina gelebt hatte.

Aber in der nächsten Kurve lachte Phoebe laut heraus. Ihre Stimme war sanft, und sie schien noch immer in einem zärtlichen Traum und in einer Feier zu stecken – als sei das Picknick nicht schon rauh in die Vergangenheit gerückt, sondern wäre dauernde, berauschende Gegenwart, noch immer ein Wunder, der goldene Tag.

DER STURM

Als Josie nachts aufwachte, dachte sie zuerst, daß die großen Mädchen aus der Stadt mit dem Heuwagen herumfuhren. Im Chor gesungene Lieder und Freudenschreie drangen zu ihr herein. Sie sah im Geist sofort, wo das herkam, vom Alten-Natchez-Pfad, der am Stadtrand vorbeiführte – eine düstere Gegend, wo die jungen Leute hingingen, eine Gegend, die zwei Namen hatte, Alter-Natchez-Pfad und Liebesgäßchen. Sie wurde ganz aufgeregt und sah in ihrer Vorstellung die schräg liegende Fuhre herankommen, die langen weiß bestrumpften Beine der großen Mädchen hingen wie Fransen auf der einen Seite herunter – und dann, als die Pferde umkehrten, standen die schwarzen Strümpfe der Jungen auf der anderen Seite heraus.

Doch während ihr Herz dieser Wonne sehnsüchtig entgegenschlug, griffen Hände unter sie, und sie wurde aus dem Bett gehoben.

„Hab keine Angst", flüsterte ihr der Vater ins Ohr, als erzählte er ihr ein Geheimnis.

Bin ich schon groß genug? Bin ich eingeladen? fragte sie sich beklommen.

Der Chor schien sie einzuhüllen, aber es war nur das dünne Nachthemd ihres Vaters, gegen das sie sich im Dunkeln lehnte.

„Ich finde, wir hätten die Kinder doch nicht wecken sollen." Das war die Stimme ihrer Mutter von der Tür her, die trotz der späten Nachtstunde merkwürdig streitsüchtig klang.

Dann bewegten sie sich alle in ihren Nachthemden durch die aufgewühlte Dunkelheit, sie und ihr Bruder Will wurden von ihrer Mutter und ihrem Vater geführt, die ihrerseits eine Hand nach vorne streckten, als ob sie von etwas Unsichtbarem geleitet würden. Sie gingen von der Schlafveranda in die Zimmer im Hausinneren. Die Rufe und das Lachen der älteren Kinder näherten sich, und Josie dachte, daß all ihre Stimmen sich jetzt gleich vereinigen und ihr Lieblingslied singen würden: „Ruder, ruder deinen Kahn sanft den Fluß hinab – lustig lustig lustig lustig –"

„Macht kein Licht an", sagte ihr Vater, als wollte er den Flur und die Ecken im geheimnisvollen Dunkel belassen. Sie kamen an den vorderen Schlafzimmern vorbei. Sie merkte es an dem nach Verbenen duftenden Riechkissen ihrer Mutter und an dem taillenartig geschwungenen Spiegel, der im Dunkel schimmerte. Aber sie gingen nicht hinein. Ihr Vater legte ihnen kleine Mäntel um, aber es waren nicht die richtigen. Sie schien geträumt zu haben, daß alle Fenster oben und unten geschlossen worden waren. Aus dem Gästezimmer kamen Geräusche wie von einem Nest junger Mäuse im Heu. Josie empfand freudigen Stolz, als sie entdeckte, daß es das leere Bett war, das auf quietschenden Rädern herumrollte. Dann fiel direkt neben ihnen etwas mit einem leisen, angenehmen Ton auf den Boden, und sie erkannte das Geräusch. Es war Wills Spielzeugturm, der zusammenfiel, und die hölzernen Rollen und Klötze purzelten durcheinander.

„Oh je!" rief Will, streckte schlaftrunken seine Arme in die Höhe und drehte sich um. „Das Haus stürzt ein!"

„Sei still", sagte ihre Mutter und fing ihn auf.

„Ist schon gut", sagte ihr Vater und strich Josie übers Haar, aber er sprach über ihren Kopf hinweg. „Wir gehen hinunter."

Noch nie schien es in ihrem Haus so spät gewesen zu sein wie jetzt, da sie langsam und unsicher die Treppe hinunterstieg. Josie dachte wieder an das Liebesgäßchen. Die Treppe gab wie eine Kette nach, das Pendel zitterte in der Wanduhr.

Sie gingen in das Wohnzimmer. Die Sommermatten lagen zerschlissen auf dem Fußboden und warfen kleine Falten unter ihren Sandalen. Sie rochen nach Flecken und nach Staub, nach dünnem, grünem Lack und nach ihrer Herkunft aus China. Das Notenblatt auf dem Klavier hatte sich, während sie schliefen, einwärts gewölbt und leuchtete in dem seltsam fließenden Licht sanft wie eine Muschel auf. Josies Zeichnung der Gipsstatue von der Jungfrau von Orleans, die sie den ganzen Sommer über für ihre Mutter gemacht hatte, hatte sich auf dem Schreibtisch wie ein Diplom zusammengerollt. Werden sie alle weggehen und es zurücklassen? Sie liefen kurze Zeit getrennt herum und schauten die Korbstühle an, als sähen sie sie zum ersten Mal. Die Cretonnekissen rochen wie nasse Steine. Draußen stiegen die flehentlichen Schreie an, verebbten und kamen wieder näher. Die Vorhänge hingen fast reglos an den Fenstern herunter, wie ausgegossene Sahne, aber auf dem Tisch fielen ganz plötzlich alle Blütenblätter von den Rosen in einer Schale ab. Dann schien der wilde, fröhliche Chor fast ihre Straße zu erreichen, obwohl er immer noch Abstand hielt, genauso wie der rollende Wagen, auf dem die großen Mädchen und Jungen in der Nacht saßen.

Will stand in seinem kurzen Hemd mit geschlossenen Augen aufrecht wie ein Kreisel da.

„Er schläft durch", sagte ihre Mutter. „Nimm du ihn, und ich nehme das Mädchen." Mit einem kleinen Schubs trennte sie die Kinder. Sie war ganz anders als sonst. Dann setzten sich die Eltern einander gegenüber in die Korbstühle. Sie warteten.

„Ist das ein Picknick bei Mondschein?" fragte Josie.

„Es ist ein Sturm", sagte ihr Vater. Er beantwortete ihre Fragen immer sehr höflich, unabhängig von der Tages- oder Nachtzeit. „Heute ist Tagundnachtgleiche."

Da sprang Josie auf und rannte zum Vorderfenster und schaute hinaus.

„Josie!"

Sie hielt nach dem großen Mädchen Ausschau, das in dem Doppelhaus auf der anderen Straßenseite wohnte. Sie sah jetzt zum ersten Mal einen merkwürdig fließenden Blitz, der die Luft violett und rosa erfüllte, ohne Donner, und die Augen des Doppelhauses schienen sich mit ihm zu öffnen und zu schließen.

„Josie, komm zurück."

„Ich seh Cornella. Ich seh Cornella da draußen mit ihren hochhackigen Schuhen zur Tagundnachtgleiche."

„Unsinn", sagte ihr Vater. „Unsinn, Josie."

Aber sie stand mit dem Rücken zu den anderen da, schaute hinaus und sagte: „Ich seh Cornella."

„Wie oft hab ich dir schon gesagt, daß du dich nicht um diese – Cornella zu kümmern brauchst!" Der Ton, in dem ihre Mutter den Namen aussprach, war jetzt nicht milder.

„Ich seh Cornella. Sie ist draußen, Mama, draußen im Sturm, in der Tagundnachtgleiche."

Aber ihre Mutter antwortete nicht.

„Josie, verstehst du nicht – ich möchte, daß wir nah beisammen sind", sagte ihr Vater. Sie schaute sich nach ihm um. „Einmal", sagte er vorsichtig über den schlafenden Will hinweg, „wurde ein kleines Mädchen in einem Sturm zur Tagundnachtgleiche von ihrem Vater fort und in einen Heuhaufen auf einer Wiese geweht."

„Der Wind wird Cornella holen", sagte Josie.

Aber er rief sie zurück.

Das Haus zitterte, als würde eine große Trommel auf der Straße geschlagen.

Ihre Mutter seufzte. „Der Sommer ist vorbei."

Josie rückte näher an sie heran und fühlte sich getröstet. Der dunkle Zopf ihrer Mutter war so warm wie ihr Arm, und sie zog daran. Während dieser glitzernden Blitze, dem Schreien und den rufenden Stimmen der Tagundnachtgleiche wandte sich der Sommer in die Vergangenheit. Ins Es–war–einmal...

„Was ist die Tagundnachtgleiche?" fragte sie.

Der Vater erklärte es ihr. „Der Wechsel der Jahreszeiten, verstehst du, Josie – wie der Sturm, den wir im Winter hatten. Du erinnerst dich doch daran."

„Nein", sagte sie. Sie klammerte sich an ihre Mutter.

„Sie konnte sich am nächsten Morgen nicht daran erinnern", sagte ihre Mutter und schaute zu Will hinüber, der, die Hände zu kleinen Fäusten geballt, an seinen Vater angelehnt schlief.

„Brauchst keine Angst zu haben, Josie", sagte ihr Vater noch einmal. „Ich verspreche dir, das ist ein gutes, festes Haus." Er hatte es bauen lassen, bevor sie geboren wurde. Aber im Tagundnachtgleichesturm blieb Josie bei ihrer Mutter, obwohl der Blitz das Muster des Morgenmantels ihres Vaters in das Zimmer warf.

Beim Zucken der Blitze war das breite Vorderfenster öfter hell als dunkel, und die andauernde Beleuchtung schien ganz langsam etwas zu wecken, das länger schlief, als Josie geschlafen hatte, denn ihr zitternder Körper drehte sich unter den Händen ihrer Mutter um.

„Sei ruhig", sagte ihre Mutter. „Es ist bald vorbei."

Sie schauten einander an, Eltern und Kinder, wie durch ein sich drehendes Rad aus Licht, während sie in ihren verschiedenen Haltungen abwarteten, an die Schnörkel der Rohrstühle und an die blumengemusterten Bezüge gelehnt. Als der Sturm noch stärker wurde, sagten Vater und Mutter auf einmal nichts mehr, Wills Augen öffneten sich, und alle schauten einander an. Dann versank Wills Gesicht mit einem einzigen Zucken wieder im Schlaf. Das Haus schaukelte so sanft wie ein Boot, in das man gerade eingestiegen ist.

Josie glitt davon, während sie im Stuhl lag, und sie glitt durch die Sommerzeit, den Weg der Vergangenheit entlang...

Sie fand, sie hätte für den Mann mit dem Affen mehr Zeit haben sollen – für ihre Ahnung, für den aus der Entfernung erklingenden Leierkasten, für die Aufregung im Haus, „ist oben oder unten ein Penny?", für den Kreis der hinterherlaufenden Kinder, für ihre in Ekstase gesenkten Augen und für die kalte bettelnde Hand des kleinen Affen.

Sie wachte nur auf, um nach Spuren von Elfen zu suchen, und zählte nur solche Fußspuren, die kleiner waren als Vogelklauen. Der ganze Sandhaufen wurde zu einem Schloß, und es war ein feierlicher Brauch, daß sie sich auf den Bauch legte, den Mund nahe am Tor: „Oh, meine Königin!", und die Sandkörnchen im Inneren wurden von der kühlen Atemluft ihres Flüsterns bewegt. Auf dem Boden lagen die Platanenblätter erwartungsvoll ausgebreitet und Wills Fellteppiche mit Pfoten, Kopf und Schwanz. „Ich bin ewig dein, meine Königin, will dir immer dienen und will für immer durch deine Liebe glücklich sein." Es war herrlich, beide Augen zu schließen und eine Zeitlang abzuwarten. Und dann sagte sie, wenn etwa eine Spottdrossel im Baum sang: „Mein erster Wunsch ist, die Sprache der Vögel zu verstehn." Sie riefen sie zurück, weil sie keinen Sinn für Zauberei mehr hatten. Selbst ein Junikäfer konnte, wenn er gefangen und wieder freigelassen wurde, zu einem echten Wesen werden, aber das vergaß man bei der Art, wie Leute einander riefen.

Wenn sie die dunkle Standuhr im Flur polierte, als ob die Zeit durch ihre Pflege weiterginge, sang die Köchin mit ihrem Turban: „Auf 'n Grund vom Meer, da is a Loch." „Wie alt werd ich, Johanna?" fragte sie, als sie durch das Haus rannte. „Achtundneunzig." „Wie alt wird Will?" „Neunundneunzig." Dann war sie zur Tür hinaus. Ihr Fahrrad war die goldene Prinzessin, der Name stand vorne verschnörkelt geschrieben. Sie nahm sie so früh wie möglich mit hinaus. Um nichts zu berühren, um im frühen Morgen keine Spur zu hinterlassen, fuhr sie ohne Hände, ohne Füße, berührte nur eine einzige Stelle, fuhr in die Blätter hinein, die schwankenden dunklen Bohlen des betauten Weges entlang. Sie riefen sie zurück. Sie hängte sich an die vier runden Pfeiler der Veranda, die warm waren und sich schwer anfühlten, und umkreiselte sie einen nach dem anderen. Grüne gebogene Farne breiteten sich auf den Gestellen wie tiefe Atemzüge aus. Die Säulenveranda war tief und breit und weiß angestrichen, hatte eine blaue Decke, und auch die Schaukel, die wie eine Kiste mit drei Seiten aussah, hing weiß an ihren langen, stillen Ketten. Sie rannte und hüpfte, mit dem sicheren Gefühl, daß das Haus ihnen gehörte und eins mit ihnen war – dieses blasse, glatte Haus, das sich keinem Ereignis zu beugen schien, mit dem traumhaft gebogenen Dach über dem Eingang, das wie die geschweifte Linie ihrer Oberlippen aussah.

Alle Kinder kamen angerannt und sprangen heraus. Sie ging mit, kaute Stengel von Kapuzinerkresse, sog den Honig aus Wunderblumen und suchte Feigen und Granatäpfel. Sie ließ ein Rosenblatt trokken durch ihren Mund schwimmen und saugte an den Schößlingen des Geißblatts und an den Blüten des roten Klees. Sie setzte sich Kronen auf. Im Lauf des Morgens kamen Blumenketten dazu, dann Armbänder, sie klebte sich Abziehbilder auf die Stirn, auf die Arme und Beine – ein Korb voll Rosen, eine Windmühle, die Schiffe von Kolumbus, die Ruinen von Athen. Doch abseits im Schatten, ohne sie je zu beachten, lagerten sich die großen Mädchen, preßten ihre Blumen in einem Buch oder füllten ganze Backpulverbüchsen mit vierblättrigen Kleeblättern, die sie gefunden hatten.

Und von Anfang an, während der Morgen verging, schaute das Doppelhaus allem zu. Dieses abgewohnte alte Haus war irgendwie verrufen, als wäre es von Anfang an so gewesen und könnte nichts daran ändern. Und das tat Josie leid, und es tat ihr leid, daß es wie ein Gesicht aussah, mit seinen weit auseinanderstehenden oberen Fenstern, der nasenartigen Teilung zwischen den beiden halb zusammengefallenen Veranden, den Kaminen, die auf beiden Seiten wie Horchrohre in die Höhe standen, und dem Dach, auf dem die Vögel saßen. Das Haus schaute zu, und weil es nicht so war, wie es hätte sein sollen, war es rätselhaft. Aus seinem Innern war immer ein Geräusch der Enttäuschung zu hören – ein Seufzer, ein dumpfer Schlag, etwas, das zu Boden fiel. Es gab im ganzen acht Kinder dort, die herauskamen – in allen Größen, alle flachsköpfig, als ob sie unter diesem Dach alle irgendwie miteinander verwandt wären, und sie hatten die Angewohnheit, sich in dem öden Hof wie die Orgelpfeifen aufzustellen und über die Straße zu den Nachbarn hinüber zu starren – als ob sie in ihrer groben Art damit sagen wollten „das sind wir". Alle wurden grausam daran gehindert, mit den Kindern aus dem Doppelhaus zu spielen, ganz unabhängig davon, wie sie sich in ihrer Bescheidenheit auch verändern mochten – im Laufe des Sommers entstand eine ganz neue Gruppe, durch die Ein- und die Auszüge, obwohl es irgendwie immer genau acht waren. Cornella, die fast erwachsen und durch ihr Alter verändert war, konnte nicht einfach zu den verbotenen Spielgefährten gezählt werden – doch manchmal, als wollte sie gerade dies sein, rannte sie hinter ihnen her oder stand in der Mitte, während sie um sie herumliefen.

Am Morgen war die Zeit, wo Cornella sich vorbereitete. Sie war andauernd damit beschäftigt, sich fertig zu machen. Große Mädchen tun normalerweise überhaupt nichts, aber Cornella bleichte, beschäftigt wie ein Kind, ihr Haar eifrig in der Sonne, oder sie hatte es gerade gewaschen und kam heraus, um es fleißig zu trocknen. Es war hellblond, wunderbar seidig und lang, und dann beugte sie ihren Hals und warf das Haar über ihren Kopf nach vorn, und es fiel ihr wie ein Wasserfall über das Gesicht. Und ihr Haar war etwas so Beständiges wie ein Wasserfall für Josie, unter deren Augen alleine er herunterfiel. Cornella, Cornella, laß dein Haar herunter, der Königssohn wird daran hinaufklettern.

Josie schaute ihr zu, denn sonst war niemand da, der sehen konnte, wie sie es schüttelte und damit spielte und jetzt anfing, es wieder und wieder zu bürsten, ganz öffentlich. Aber unter den Haaren hindurch schaute sie ständig über die Straße hinaus. Josie, die ihrem Blick folgte, empfand die Leere der Straße ebenfalls und verstand nicht, warum in einem solchen Augenblick niemand so viel Mitleid empfinden konnte wie der alte Mann, der langsam mit seinem Wägelchen vorbeifuhr, und kein Lied konnte so traurig klingen wie seines:

Milch, Milch,
Buttermilch!
Süße Kartoffeln – irische Kartoffeln –
grüne Erbsen –
und Buttermilch!

Doch anstatt von diesem traurigen Augenblick berührt zu sein, in dem Josies Liebe sich ihr zuwandte, stampfte Cornella mit dem Fuß auf. Sie war wütend, wütend. Wenn Josie sie dann sah, fühlte sie sich für lange Zeit niedergeschlagen. Als sie zum Essen gerufen wurde, bevor sie das alles verstand, fühlte sie eine Gewißheit: Ich werde sie nie einholen. Ganz egal wie alt ich werde, ich werde Cornella niemals einholen. Sie fand, daß ihr Mut und ihre Art, alles zu riskieren, zu nichts führten. Nie wieder würde sie eine giftige wilde Erdbeere in den Mund nehmen in der Hoffnung, das Geheimnis und die Strafe der Welt kennenzulernen, denn Cornella, die sie lieben könnte, hatte mit dem Fuß aufgestampft und hatte ihr damit so gut wie zu verstehen gegeben „du holst mich niemals ein". Alles, hinter dem sie den ganzen Sommer lang hergelaufen war, wurde vor Josies Augen im Moment des Abschieds lebendig und beflügelte ihre Phantasie. Alles, was sie gefangen oder zu fangen beabsichtigt hatte, bevor es zu spät dafür war – Junikäfer in den Bananenstauden, die sie vor dem Frühstück an einem Faden fliegen ließ, Glühwürmchen, die einen bitteren Geruch auf der Handfläche zurückließen, Schmetterlinge mit ihren gräßlichen und anmaßenden Gesichtern, Bienen in einem Einmachglas, all das hinderte sie am Essen ihres Abendbrotes. Während sie rannte, schien sie von einem stürmischen Summen und Fliegen umgeben zu sein, und sie schien sich nie bewegt zu haben, ohne die Hand nach etwas auszustrecken, das vor ihr hergeflogen war...

„Da schau her! Ich dachte, du hättest geschlafen", sagte ihr Vater.

Sie drehte sich in ihrem Sessel um. Das Haus hatte sich bewegt.

„Zeig mir ihre Spuren", murmelte Will. „Zeig mir einfach ihre Spuren."

Als ob der Sturm in Lieder zurückverwandelt würde, schien Josie „Schönes Ohio" zu hören, das in C-Dur langsam durch den heißen Nachmittag herankam. Das war Cornella. Hinter den gerafften Vorhängen ihrer Wohnzimmer hüpften die anderen großen Mädchen umher, tanzten mit ausgestopften Frisuren und Spitzeneinsätzen in ihren weißen Kleidern immer wieder den einen abgedroschenen kleinen Walzer, die Straße auf und ab, denn sie nahmen Unterricht.

„Komm, bleib den ganzen Tag bei mir." „Komm, wir probieren, ob wir eine Banane essen können, ohne zwischendurch zu atmen." Das waren Josie und ihre beste Freundin, die sich angrinsten.

Sie liefen unter ihren eigenen Sonnenschirmen umher. Auf dem abgeernteten Feld stand mitten im Sommer ein Seifenbaum, der am hohen Mittag dunkel wie eine Wolke aussah. Seine zarten Blüten oder seine bitteren gelben Früchte lagen immer zertreten auf dem Boden darunter. Ein kleiner Pfad führte durch die Büsche zu diesem Baum hin, und um den halben Stamm herum war eine niedrige Bank gebaut, auf der meistens irgendein vergessenes Spielzeug lag. Hier standen neben den Kindermädchen die kleinen Kinder und starrten geradeaus auf die Rosetten an ihren Strumpfbändern.

„Guten Tag."

„Guten Tag."

„Ich erinnere mich an euch. Wo geht ihr denn hin?"

„Das müssen wir euch nicht sagen."

Sie gingen in den Drugstore und luden sich gegenseitig ein. Es war vor der Trennwand, hinter der Arzneimittel verkauft wurden. Wie gut sie die aus Pappe ausgeschnittenen Weintrauben kannte, deren Farbe etwas verwischt war. Ihre Ellbogen rutschten zart über den kalten, feuchten Marmor, der nach Hyazinthen roch. „Du bist zuerst dran." – „Nein, du. Verliebt, verlobt, verheiratet, geschieden." Wenn sie sich mit Süßigkeiten vollgestopft hatten, war es für den langen Heimweg nie zu spät. Sie rannten durch den Park und tranken aus dem Brunnen. Die Tauben mit ihren breiten, staubigen Rücken bewegten sich langsam wie das Sonnenlicht über das Gras. Sie hielten an, machten eine Kette aus Kleeblüten und hängten sie einer Statue um. Sie suchten im Schmutz unter dem Musikpodium nach verlorenen Münzen, aber als sie einen toten Vogel fanden, dessen Federn so kühl wie Regentropfen waren, liefen sie in die Sonne hinaus. Der alte Biddy Felix kam daher, um eine Rede zu halten, er stellte sich auf und schrie, ohne daß jemand zuhörte – „die Zeit rast, die Zeit rast!" –, und sein

Arm und seine Hand flogen wie eine Fledermaus in dem zerschlissenen Ärmel herum. Während sie über die Wippe balancierte, hielt sie die Luft für ihn an. Sie ließen Magnolienblütenblätter in der Pferdetränke schwimmen oder übernahmen selbst die Rolle von Wind und Wellen, und sie erinnerten sich plötzlich wieder daran, wer sie waren. Sie drängten sich um den Mann, der heiße Hackfleischküchlein verkaufte, und richteten ihre erschrockenen Augen auf seine Laterne und auf seine Narben.

Josie kam nie hierher oder ging wieder weg, ohne den Drachen zu berühren – eine chinesische Figur, die in der Ecke des Gartens stand und in deren weit aufgerissenem Rachen sich Regenwasser ansammelte. Und niemals schien der Drache so still zu sein, so gänzlich aus Stein, als wenn alle Kinder sich verabschiedeten, wie sie es immer in dieser Ecke taten, und sie allein mit ihm zurückblieb. Steinerne Drachen rissen ihr Maul auf und wollten den Tag verschlucken, und sie fraßen so gern den Sommer auf. Es tat direkt weh, daran zu denken, daß sogar Ponyfahrten verschlungen wurden, wie alle Kinder sie machten, jedes Kind (außer denen aus dem Doppelhaus) in den Wagen gestopft, mit hochgestreckten Köpfen wie kandierte Mandeln auf einem Plätzchen. Sie ging vom Drachen den ganzen Weg rückwärts nach Hause zurück.

Aber sie brauchte sich in ihren Träumereien nur das Doppelhaus vorzustellen, dann sah sie Cornella vor sich. Dein Name ist Korn, und du bist wie das reife Korn, schöne Cornella. Nach kurzer Zeit tauchte Cornellas Gestalt ganz bestimmt auf. Sie sauste aus einer der alten Gittertüren des Doppelhauses heraus, gefolgt von dem aufdringlichen Geruch von kochendem Kohl. Sie hatte gerade gebadet und sich angezogen, denn sie brauchte so lange dazu, und ihr helles Haar war in Röllchen und Locken gelegt und hinten mit einer Schleife zusammengebunden.

Cornella war auf ihrer Seite des Hauses nicht einmal eine Tochter, sondern bloß eine Nichte oder eine Kusine, und sie wurde dort nur gerade eben geduldet. Diesen empfindlichen Status sah man ihr an, sie kam ohne Hut heraus, ohne irgend etwas. Zwischen dem Doppelhaus und dem nächsten Haus war der stärkste Zaun, der überhaupt gebaut werden konnte, und kein einziger Ball war jemals zurückgekommen, der hinübergeflogen war. Er reichte bis ganz zur Straße hin. Deshalb konnte Cornella nie sehen, ob jemand kam, außer sie ging bis zum Bürgersteig und schaute um den Zaun herum. Josie wußte, wie sie das machte, und trotzdem war es immer wieder neu für sie. So wie die Tür aufging, rasten die kleinen Flachsköpfe heraus, sausten bis zur anderen Seite der Abtrennung und verschwanden wie auf Verabredung. Dann kam Cornella leichtfüßig die Treppen und den Weg hinunter, wiegte sich geheimnisvoll hin und her, ihr Rock wippte, und der Bürgersteig hallte leise von ihren Pumps mit den kleinen Absätzen wider. Wenn sie dann ganz allein war, drehte Cornella sich um und schaute die Straße hinunter, als ob sie weit, weit in die Ferne blicken könnte, und führte eine kleine Pantomime der Hoffnung und der Vorahnung auf, in die Josie nicht eingreifen durfte.

Aber der Augenblick kam, daß sie ganz unabsichtlich sanft die Hand hob und Cornella ein Zeichen machte. Sie sprach fast ihren Namen aus.

Und Cornella – was hatte sie nur über die Straße zurückgerufen, welches blitzartige Wort, so wütend und doch so zerbrechlich und dünn? Es war sogar noch wütender als ihr Fußaufstampfen, ein einziges Wort.

Josie ließ ihre Hand sinken. In bettelnder Demut stand sie da und ertrug ihre Scham darüber, daß sie um Cornella warb. Cornella selbst stand ganz still da, hochmütig still, und wartete stolz ab, bis eine alte, brüchige Stimme sie vom Fenster im oberen Stockwerk rief, „Cornella, Cornella!“ Und dann mußte sie sich umdrehen und zu der alten Frau hineingehen, und ihr Haarband und ihre Schärpe hingen ihr in blassen Schleifen den Rücken hinunter.

Dann stach die Sonne auf die Stirnfransen Josies, und ihr Mitleid mit Haarbändern brachte sie dazu, wilde Luftsprünge zu machen, die in einem Purzelbaum endeten.

Will erwachte mit einem Schrei wie ein wilder Indianer.

„Komm, laß mich ihn halten“, sagte seine Mutter. Ihre Stimme war ganz sanft geworden; Zeit war vergangen. Sie nahm Will auf den Schoß.

Josie öffnete die Augen. Die Blitze strömten wie das Meer, und die

Schreie schlugen wie Wellen an die Tür. Die Gesichter ihrer Eltern setzten sich aus Hunderten von sehr stillen Augenblicken zusammen.

„Tomahawks!" schrie Will.

„Mutter, laß ihn nicht –", sagte Josie angespannt.

„Warum nicht. Du sprichst auch im Schlaf", sagte ihre Mutter.

Das versetzte ihr eine Art Schock, einen kleinen Schock der Entfremdung, wie in der Filmvorführung, als eine kleine, unscharfe Aufnahme des Sommerfestes auf die Leinwand geworfen wurde und sie selbst da stand, mit einem Band in der Hand, das sie einmal nach innen und einmal nach außen schwenkte, mit einem innigen und zugleich verlorenen Ausdruck im Gesicht, als ob niemand in der ganzen Welt sie jemals sehen würde.

Ihre Mutter streckte die Hand nach ihr aus, aber Josie riß sich los. Sie vergrub ihr Gesicht im Kissen ... Der Sommertag dehnte sich aus und schillerte im Zwielicht. Der beruhigende, träge Geruch von Kuhmist kam ihr langsam entgegen, als sie durch das hintere Tor auf die Weide hinausging, zwischen den wilden Rosenbüschen. Sie mußte nur einmal „Daisy" sagen, mit ihrer leisesten Stimme, denn sie fühlte sich der Kuh sehr nah. Da ging sie und fraß nicht einmal – Daisy, die kleine, zarte Jerseykuh mit ihrem weichen, violetten Maul, da kam sie an und schob ihr die warme Flanke hin. Josie beugte sich vor und legte ihren Kopf an sie. Hier konnten ihre Tränen über Daisys glänzendes, rauhes Fell rollen, und Daisy bewegte sich nicht und sagte nichts, sondern hielt geduldig still, ganz still vor lauter Mitgefühl ...

„Du hast keine Angst mehr oder, Josie?" fragte ihr Vater.

„Nein", sagte sie, ihr Gesicht vergrabend ... Sie dachte an den Abend, den Sonnenuntergang und an das feierliche Spiel, das sie an der blühenden Hecke spielten, wenn das abgeerntete Feld ihnen gehörte. „Da kommt der Herzog geritten, geritten, geritten ... Was reitest du hierher, hierher?", während der harte, eiserne Glockenklang der katholischen Kirche im Zwielicht für unbekannte Leute schlug. „Du bist die Schönste hier" ... „Die London-Brücke stürzt herab" ... „Herr Mond, Herr Mond, zeig deinen Schuh" ... „Ich mess meine Liebe und zeige sie dir" ... wie klein waren die Kinder unter den glühenden Fenstern. „Fuchs am Morgen! – Gans am Abend! – Wie viele hast du erwischt? – Mehr als du jemals fangen kannst!“ Auch die Kinder waren rosenfarben. Verklingende, hohle Rufe warfen lange, liegende Schatten hinter sich, und sie stand still, um ihnen zuzuschauen. Über allem hing am dunstig blauen Himmel der weiße Vollmond. Also ist er wirklich rund, dachte sie, und während sie wartete, schien eine Hand um sie herumzufassen und unter ihr lose herunterhängendes Haar zu greifen, und Worte kamen ihr in den Sinn, ganz als wären es Weintrauben in ihrem Hals. Sie fühlte sich allein. Sie hielt einen Läufer an. „Hast du gewußt, daß der Mond rund ist?“ „Ja. Annie hat es mir im vorigen Sommer gesagt.“ Das Spiel ging weiter. Aber ich muß alles über den Mond herauskriegen, dachte Josie im Ernst dieses Abends. Der Mond und die Gezeiten. Oh, Mond! Oh, Gezeiten! Ich frage euch. Ich frage euch. Wo steigt ihr und wo sinkt ihr? Als ob es dieses Wissen wäre, dem sie erlaubte, in ihr Herz einzuziehen, für das sie einen Platz freigehalten hatte, und als ob es der Mond wäre, der bekanntlicherweise rund ist, der für immer durch ihre Träume ziehen und sie niemals verlassen würde, so schaute sie unablässig zu ihm hoch. Und der Mond schaute auf sie herab, und die ganze einsame Zeit lag vor ihr.

Als es dunkel wurde, wurde es Zeit, ihren wertvollsten Besitz zu holen, das Dampfschiff, das sie aus einer Schuhschachtel gebastelt hatte. Als Fenster waren in alle Schiffe der Vollmond, der Halbmond und der Neumond auf jeder Seite hineingeschnitten, und durch das Seidenpapier schien das flackernde Kerzenlicht von innen durch. Sie kannte die Reise schon im voraus, als hätte sie längst stattgefunden, das beruhigende Geräusch, daß das Boot machte, wenn es an der Schnur über die Ziegelsteine gezogen wurde, den Sprung, den es über die dreieckige, verwunschene Stelle bei der Wurzel machen mußte, den sich ausdehnenden Geruch nach warmem Wachs am Abend und die Erinnerung an die Farben des Sonnenuntergangs. Ein anderes Schiff kam dem Schiff leuchtend wie von allein dahingleitend entgegen.

Die Kinder grüßten einander verträumt in der Dämmerung.

„Schu – schuuh!“

„Schu – schuuh!“

Und danach brachte sie irgend etwas dazu, sich umzudrehen und zu schauen, wie Cornella dastand und zu ihnen herüberblickte, ganz in Flor gekleidet; sie sah so aus, als ob die Straße ein Fluß wäre, der zwischen ihnen vorbeifloß, und sie sagte überhaupt nichts. Josie verstand: Sie *konnte* einfach nicht. Während sie ihr warm leuchtendes Boot unter dem aufgehenden Mond lenkte, kam es ihr so vor, als ob sich Cornella dort im Vorgarten des Doppelhauses in einen Baum verwandelt hätte, wenn es ihr möglich gewesen wäre, und daß man in die Mitte des Baumstammes hineinschauen müßte, bevor sie ihr Herz enthüllte, das so unerschrocken und so hoffnungsvoll war...

„Ich schieß dich tot!" schrie Will.

„Sei still", sagte ihre Mutter.

Ihr Vater hob seine Hand und sagte: „Horcht!"

Dann packte der Sturm ihr Haus und nahm es sich vor.

Josie lag still wie ein Tier da und dachte voller Panik an die Zukunft... an den Tag, der ihr klar vor Augen stand, an dem sie aus dem Feld angelaufen käme, die zerfetzten Stengel hastig abgerissener Goldruten in der Hand, die sich danach drängten, verschenkt zu werden. Die Zukunft war sie selbst, wie sie Geschenke machte, in der Zeit des Gebens. Wann würde der Tag kommen, an dem sich der Wind legen und sie schweigend auf dem Brunnenrand sitzen würden, wenn ihr Spiel zu Ende wäre und die Jungen mit ihren Schuhabsätzen Nüsse aufknacken würden? Wenn die Zeit noch einmal käme, würde sie kein einziges der Geschenke verlieren, sie würde die Nüsse sammeln wie ein Eichhörnchen.

Sie dachte zum ersten Mal in ihrem Leben, ob dieselben Wunder wohl nie wieder kommen? War jedes Wunder einzigartig und einsam wie eine Sternschnuppe? Und wenn sie herunterfiel, fuhr sie dann an einer anderen Stelle in den Boden, wo man sie nicht suchte? Sollte sie darauf hoffen, es noch einmal schneien zu sehen und dabei zu sein, wie die Lehrerin wieder zum Fenster lief, es öffnete und ihr schwarzes Cape heraushielt, um darauf Schneeflocken einzufangen, und wie sie dann schnell, ganz schnell im Klassenzimmer auf und ab ging, um sie ihnen zu zeigen?...

„Mama, wo ist mein Muff aus Marshall Field?"

„Ich habe ihn weggepackt, er war ein Geschenk von deiner Großmutter." (Aber er stammte doch aus diesem weit entfernten Ort.) „Träumst du?" Ihre Mutter fühlte ihr die Stirn.

„Ich möchte meinen kleinen Muff haben." Sie sehnte sich danach. „Mutter, gib ihn mir."

„Sei still", sagte ihre Mutter leise.

Ihr Vater kam herüber und gab ihr einen Kuß, und als ob ein Kuß eine Erinnerung wecken könnte, erinnerte sie sich an die Nacht... es war genau diese Nacht. Wie hatte sie nur vergessen und fast fortlassen können, was ihr am allernächsten war?...

Den ganzen Weg entlang, während sie nach dem Abendessen langsam an den Häusern vorbeigingen und der feuchte Dunst von den gesprengten Rasenflächen geisterhaft durch die Straßen zog, füllten die Zikaden den Abend mit ihrer alten Verzückung, dem ansteigenden und wieder ersterbenden Ton.

Als sie in das große Zelt kamen, war durch das Loch oben ein vertrautes kleines Sternbild zu sehen, aber die leinenen Seitenwände ächzten und flatterten, und von draußen klopfte ein verknotetes Seil dagegen. Überall, wo sich die Erwachsenen aufhielten, war Krieg, und auf der Bühne vor dem verschlossenen Vorhang standen in Vasen Bündel von Fähnchen an Stöcken, die herabsanken und vor ihren Augen wie Blumen verwelkten. Josie und Will saßen erwartungsvoll auf dem Brett in der ersten Reihe, ihre Füße hingen in die duftenden Wolken aus Sägemehl hinab. Der Vorhang ging auf. Dahinter wartete schon mit erhobenen Händen eine Gruppe, und neben ihnen stand ein Schild mit der Aufschrift „Das Trio". Es waren Frauen, die eine in Rot, die andere in Weiß und die dritte in Blau, und nach einem Lächeln, das bei allen im selben Augenblick entstand, wie wenn ein Streichholz vor ihren Gesichtern aufgeleuchtet hätte, fingen sie an, auf einem Klavier, einem Kornett und auf einer Geige zu spielen.

In der leichten Enttäuschung, die sich in den ersten Augenblicken im Zelt ausbreitete, war die Musik spärlich und dürr gewesen wie eine löchrige Hecke, durch die man jeden sehen kann, der sich dahinter versteckt. Aber dann, als die Hoffnung schon aufgegeben worden war, hatte die Musik in eine andere Tonart übergewechselt, und die Frau mit dem Kornett war nach vorne getreten und hatte ihr Instrument gehoben.

Wenn aus dem Horn Purpurwinden statt dieser Töne gekommen wären, hätte Josies erstauntes Entzücken nicht größer sein können. Das Vergnügen ging ihr durch und durch. Die vibrierenden Töne, die mühsam von den Lippen gebildet wurden, waren ihr willkommen und kamen ihr süß vor. Zwischen ihr und dem erhobenen Kornett gab es keine Absperrung, sondern nur die verbrauchte, erwartungsvolle Luft im Zelt. Die Kornettistin war schön. Von weit hergekommen war sie in das feurig-glänzende und doch irgendwie schattenhafte Licht dort vorne getreten, und das ganze Alter der Welt schien sie zu umwehen. Sie war wie eine Königin in üppiges, bläulich schimmerndes Weiß gehüllt und stand angespannt, den Blick nach oben gerichtet da, eine Galionsfigur an einem Wikingerschiff. Als das Lied zu Ende ging, konnte Josie sehen, wie auf ihrer Wange langsam eine kleine Ader hervortrat. Als sie den höchsten Ton blies, schienen ihre geschlossenen Augenlider fast zu schwirren und trotzdem bewegungslos zu ruhen wie die Flügel eines Kolibris. Sie holte beängstigend tief Luft, und irgendein kleines Medaillon hob sich jedesmal auf ihrer Brust. Josie lauschte mit wachsender Teilnahme und Erwartung, als ob die Vorstellung sie in eine Richtung entführte – als ob ihr ein Ziel gezeigt würde.

Und dort saß nicht weit entfernt, mit wildem Gesichtsausdruck, Cornella und hörte auch zu, immer noch allein. Josie schaute sich schnell nach ihren Eltern um, aber sie waren weit hinten in der Menge; sie sahen sie nicht, und sie hörten nicht zu. Sie fühlte sich frei, wandte sich wieder der Kornettistin zu, die von ihrem Instrument ganz gebannt war, beugte sich leicht nach vorne und faltete ihre Hände über den Knien.

„Josie!“ flüsterte Will und stieß sie an.

„So heiß ich.“ Aber sie wollte nicht mit ihm reden.

Sie war müde, wie im Traum nach Hause gekommen. Aber nachdem das Licht auf der Schlafveranda ausgemacht worden war und ihre Familie sie auf die Wange geküßt hatte, war sie nicht eingeschlafen. Sie konnte von der hohen Veranda aus sehen, daß die Stadt im

Dunkeln lag, nur dort drüben, jenseits der entferntesten Bäume, sah die alte Baumwollsamenfabrik mit ihrem feuerspeienden Schornstein und ihren Lichtern immer wie ein Binnenschiff aus, das auf die Rückkehr des Meeres wartete. Es fiel ihr auf, daß die Schönheit der Welt in dieser Nacht durch ihre Stadt gewandert war. Und es schien ihr, als ob die Kornettistin mit dem letzten hohen Ton, bei dem ihr Gesicht vor Leidenschaft erstarrt war, eine Verkündigung ausgestoßen hätte, und daß es danach für denjenigen kein Warten und keine Zeit mehr geben würde, der diesen Ruf nicht beachtete und ihm nicht folgte...

Ein krachendes Geräusch ertönte, der erste Donnerschlag.

„Siehst du!" sagte ihr Vater. Er legte seine Hände aufeinander, und es donnerte wieder. „Es ist vorbei."

„Zurück ins Bett, allesamt", sagte ihre Mutter, als ob alles nur geschehen wäre, um sie zu ärgern, und ihr Widerstand jetzt gesiegt hätte. Sie knipste ein Licht an und wieder aus.

„Peng!" schrie Will, stürzte sich in die Arme seines Vaters und wurde die Treppe hochgetragen.

Von da an hörte man nur noch das sanfte Rauschen des Regens.

Josie wurde in ihr Winterbett gelegt. Sie glaubten, daß sie schliefe, denn alle hatten einander wie im Triumph für den Rest der Nacht geküßt. Der Regen war das Geräusch eines Schlafenden. Sie lauschte eine Zeitlang auf ein Klopfen an ihrem Fenster, das wie eine Bitte von draußen klang... Von wem? Sie wußte es nicht. Cornella, die wunderbare Sommerzeit, der kleine schwarze Affe, der arme Biddy Felix, die Dame mit dem Horn und den geöffneten Lippen? Hatten sie sie doch um etwas gebeten? Dort draußen war alles Wilde und Geliebte und Seltsame und alles, was sie locken und verlassen würde, und alles, was schön war. Sie wollte ihnen folgen, und durch irgendeine Verwandlung würde sie sie in sich aufnehmen – alle – jeden einzelnen...

Am nächsten Morgen rannte Josie als erstes hinaus, um zu sehen, welche Spuren der Sturm der Tagundnachtgleiche hinterlassen hatte. Die Sonne schien. Will war schon draußen, rief sie schroff zur Ordnung und grub an seinem alten Loch nach China weiter. Das Doppelhaus auf der anderen Straßenseite sah aus, als ob sein Alter es nun doch überwältigt hätte. In den Fenstern war niemand zu sehen, und kein Kind war in der Nähe. Die ganze Fassade sackte zusammen und gab im zarten Morgenlicht nach wie das Gesicht einer alten Frau, die in der Kirche eingeschlafen ist. Von allen Bäumen in allen Gärten fielen die Blätter langsam ab, eins nach dem anderen, als puste man sie ab.

Etwas lag zu Josies Füßen auf der Veranda. Es war ein gefaltetes Stück Papier, feucht und blaß und dünn, das in der Luft zitterte und sich an den Sockel der Säule schmiegte, als sei es von einer großen Welle zurückgeblieben, die den Felsen überrollt und sich dann bis zum nächsten Mal zurückgezogen hatte. Es war ein Stück eines Briefes. Er war nicht ordentlich mit Tinte, sondern mit wasserfestem Bleistift geschrieben, deshalb war der Inhalt des Briefes nicht fortgewaschen, wie es hätte sein können.

Josie kniete sich hin und nahm das Blatt in beide Hände, und ohne sich zu bewegen, las sie alles, was darauf stand. Dann ging sie in ihr Zimmer und legte es in ihr bestes Versteck, den kleinen mit einer Schnur verschließbaren Beutel, in dem ihre Tanzschuhe lagen. Der Name Cornella stand darauf, und der Inhalt des Briefes lautete: „Ach mein Liebling, ich habe so lang auf dich gewartet, wann holst du mich ab? Ich frage mich jeden Tag und jede Nacht: Wann? Wann? Wann?“...

DER PURPURROTE HUT

Es war in einer Bar, in einer ruhigen kleinen Nische. Es war vier Uhr nachmittags. Draußen vor der offenen Tür fiel Regen, so dunkel wie das Meer, vom Himmel, der das Sonnenlicht noch nicht durchließ. Die feuchte Spiegelung des Regens erhellte den Raum, so wie ein Raum ein Mauseloch hätte erhellen können. Es war in New Orleans.

Ein Barkeeper war da, dessen Mund und Augen sich von der Trennungslinie seiner babyrosa Nase abwärts bogen, als ob er sie wie seine Haare heruntergekämmt hätte; er sagte nie ein Wort. Seine Barhocker waren schwarze, wachstuchbespannte Knöpfe, abgewetzt und glatt und einander so ähnlich wie sechs Kieselsteine am Strand. Trotzdem hatten sich die beiden Gäste die Knöpfe, auf denen sie sitzen wollten, sehr sorgfältig ausgewählt. Sie waren getrennt aus der Nässe hereingekommen und hatten sich jeder einen Hocker am Rand ausgesucht und saßen jetzt da, die Länge der kleinen Theke zwischen sich. Der Barkeeper kannte offenbar keinen der beiden. Er ruhte seine Augen aus, indem er sie schloß...

Der dicke Gast, der ziemlich umgänglich aussah, bestellte einen Whisky. Der unrasierte junge Mann mit den zitternden Händen starrte, obwohl er als erster hereingekommen war, nur ängstlich auf einen Punkt auf der Theke vor sich, bis der Barkeeper einen Drink genau dorthin stellte, als hätte er ein stummes Gebet erhört.

Der dicke Mann nahm einen Schluck und sah sofort gemütlich und erfolgreich aus. Er schien Lust auf ein Gespräch zu haben, wenn der richtige Moment nur käme...

Ein leiser Donner war zu hören, als ob sich die gewohnten Regenwolken über der Royal Street verlagerten.

„Ob es regnet oder nicht", sagte der dicke Mann, „sie ist immer da."

Der Barkeeper hörte auf, die Theke abzuwischen, als hätte der Lappen ein lautes Geräusch gemacht, und wartete ab.

„Na, im Palast der Freude", sagte der dicke Mann. Er war nicht eigentlich dick, eher schwer und massig.

Der Barkeeper beugte sich, auf eine Hand gestützt, leicht nach vorne.

„Die Dame ist immer im Palast der Freude", sagte der Dicke mit seiner schläfrigen Stimme. „Die Dame mit dem purpurroten Hut."

Dann drehte sich der Dicke auf dem schwarzen Hocker um, stützte seinen Ellenbogen auf die Theke und legte seine Wange in die Hand, so daß er die ganze Bar überblicken konnte. Einen Augenblick lang schienen seine Augen über seine Hand zu tanzen, die so kurz und so plump war, daß man immer die Finger nachzählen wollte... Eine wirklich hilflos aussehende Hand für so einen riesigen Mann.

Der junge Mann erwiderte ohne viel Neugier seinen Blick und starrte das leutselige Gesicht an, wie man eine kleine Bahnstation anstarrt, an der gerade der Zug vorbeifährt. Seine Hand fand sein kleines Glas ganz von allein.

„Also, der Hut, den sie trägt, das ist eine echte Kreation", sagte der dicke Mann beinahe träumerisch, ohne jedoch seine Augen von dem jungen Mann abzuwenden. Es war schon merkwürdig, daß er kein einziges Mal den Barkeeper anschaute, der immerhin so freundlich gewesen war, ihm ein oder zwei höfliche Fragen zu stellen oder wenigstens die erste noch einmal zu wiederholen. „Es ist ein großer, alter und schmieriger purpurroter Hut."

Über ihnen donnerte es noch einmal. Sie schienen gerade den Teil der Welt zu bewohnen, der direkt unterhalb vom Donner lag. Der dicke Mann wartete ab und hob seinen kleinen Finger wie ein Pianist. Dann fuhr er fort.

„Klar, sie ist eine der unzähligen Frauen mittleren Alters, die jeden Tag in den ‚Palast' kommen und sich von nichts in der Welt davon abhalten lassen würden... Die meisten von ihnen sind eher langweilig, alles farblose alte Gestalten, wie sie mit ihren großen schwarzen Handtaschen hereinkommen, die sie so müde am Handgriff tragen wie einen Koffer, der für eine Reise gepackt ist. Niemand ist jemals dahintergekommen, wie diese alten Frauen einfach so von zu Hause wegkönnen, um dem Spiel zu frönen... Was ihre Männer denken... Wer das Haus in Ordnung hält... Wer die Rechnungen zahlt...

Jedenfalls ist sie ganz genau so eine, bis auf den Hut, und bis auf den jungen Mann, mit dem sie sich dort immer trifft, Jahr für Jahr ... Ich glaube nämlich, sie ist ein Gespenst."

„Ein Gespenst!" sagte der Barkeeper – unverbindlich und ganz so, wie er eine Bestellung wiederholen würde.

„Ganz genau", sagte der dicke Mann.

Seine Stimme nahm einen versonnenen Tonfall an, der den schweigsamen dünnen jungen Mann aufhorchen ließ. Er setzte an, nach der Flasche zu greifen. Aber der Barkeeper war schon dabei, sein Glas nachzufüllen.

„Sie hat sich in dreißig Jahren nicht verändert", sagte der dicke Mann. „Und an ihrem Hut hat sich auch nichts geändert. Großer Gott, wie die Motten hinter diesem Hut hergewesen sein müssen. Aber er prangt immer noch in voller Blüte auf ihrem Kopf, dieses Monstrum – purpurrot, als ob sie obendrein auch noch schön wäre. Sie ist nicht gealtert, sondern sieht immer noch wie eine Frau mittleren Alters aus. Aber der junge Mann muß sich verändert haben – ich bin sogar sicher, daß es nicht immer derselbe junge Mann ist. Seit dreißig Jahren", sagte er, „trifft sie jeden Nachmittag um fünf einen jungen Mann am Spieltisch, ob es regnet oder ob die Sonne scheint, und spielt dann bis Mitternacht und verabschiedet sich von ihm, und trotzdem sieht es so aus, als ob es immer derselbe junge Mann ist – immer jugendlich, vielleicht ein bißchen verbraucht, ein bißchen müde ... nur so eine Andeutung von Kottletten ... Sie findet Männer, ja wirklich, sie gabelt sie auf. Ich weiß allerdings nicht wo, es sei denn, New Orleans wäre, und das habe ich schon immer vermutet, der Umschlagplatz für geborene Opfer."

„Wer sind denn Sie?" fragte der junge Mann. Er hatte die Art lahmer Stimme, die in einer ruhigen Bar manchmal ganz plötzlich losbrüllt.

„Im Palast der Freude gibt es einen kleinen Laufsteg unterhalb der Kuppel", sagte der dicke Mann. Er hatte kleine, traurige Lippen, wie dicke Männer sie oft haben, und sie verzogen sich jetzt zu einem vagen Lächeln. „Ich bin der Mann, dessen Auge über der Spielhalle wacht. Ich bin der bewaffnete Mann, von dem alle wissen, daß er sie beobachtet, und zwar alles, was sie tun. Ich glaube nicht, daß meine

Stellung einem regelrechten Beruf entspricht." Trotzdem sah er ziemlich selbstzufrieden aus. „Ich habe sie dreißig Jahre lang jeden Tag beobachtet, und ich glaube, sie ist ein Gespenst. Ich habe gesehen, wie sie zweimal ermordet wurde", sagte der dicke Mann.

Der Barkeeper hob seine traurigen schwarzen Augenbrauen, die so groß waren wie das Dach eines Kinderwagens, und man konnte seine runden Augen sehen.

Der dicke Mann hob die andere fette kleine Hand und betrachtete eingehend, besser gesagt: zeigte prahlerisch einen Rubinring, den er am kleinen Finger trug. „Dieser Teppich im Palast der Freude, wenn Sie jemals dort gewesen sind, ist rot, aber von oben her gesehen verändert er sich und glänzt auf den abgetretenen Kreuzungen der Durchgänge wie die Facetten bei einem gut geschliffenen Rubin", erklärte er, als hätte er nur auf eine Gelegenheit gewartet, diesen bewundernswürdigen Vergleich anzubringen. „Die Tische und die Kronleuchter sind tief unter mir, Punkte im Inneren ... das Leben im Rubin. Und trotzdem ist alles, was die Leute dort tun, irgendwie klar und durchsichtig und authentisch, als ob es durch die rote Linse vergrößert, nicht verkleinert würde. Ich kann alles auf der Welt von meinem Laufsteg aus sehen. Sie müssen nicht glauben, daß ich aufschneide ..." Plötzlich schaute er von seinem Ring auf und dem jungen Mann direkt ins Gesicht, das so leer und weiß war wie zuvor, ganz ausdruckslos. Da, wo er mit seinem Glas angestoßen war, rann ihm ein Tropfen Whisky die Wange hinunter.

„Ich habe diese alte widerliche Person mit ihrem purpurroten Hut jede Nacht gesehen, ganz eindeutig jeden Abend seit dreißig Jahren, und meiner Ansicht nach ist sie schon zweimal ermordet worden. Ich nehme an, es wird erst beim drittenmal klappen." Er kippte sein Glas genießerisch mit einem Zug.

Der Barkeeper beugte sich vor und füllte das Glas des jungen Mannes wieder nach.

„Nach einer Woche oder einem Monat kommt sie dann wieder zurück. Einmal wurde sie richtig niedergeschossen – das war das erste Mal. Der junge Mann war damals noch ein Hitzkopf. Ich sah, wie sie mit blutendem Gesicht hinausgetragen wurde. Solche Sachen vertuschen wir natürlich im Palast der Freude. Da gibt es hinterher keine Spuren, keine Unannehmlichkeiten... der weiche, rote Teppich... nach einem Monat war sie wieder da – und ihr junger Mann traf sie wie immer kurz nach fünf am Spieltisch."

Der Barkeeper legte seinen Kopf auf eine Seite.

„Das einzig Gute daran, daß sie erschossen wurde, war, daß eine Zeitlang Frieden herrschte", sagte der dicke Mann. „Wenn ich Sie wäre, würde ich mich übrigens nicht darüber lustig machen." Diese Art von Unterbrechung schien ihn leicht gereizt zu haben.

„Beim zweiten Mal spielte der Hut eine Rolle", fuhr er fort. „Und ich glaube, daß der junge Mann diesmal auf der richtigen Spur war, ihrem Geheimnis näherkam. Ich glaube, daß er irgendwas gelernt hat. Oder er wollte alles eher leise abwickeln, oder es war ein neuer..." Er schaute den jungen Mann am anderen Ende der Bar mit einem nachsichtigen, teilnahmsvollen Blick an, vielleicht war es aber auch nur, daß die Umrisse seiner runden Wangen zärtlich wirkten. „Jetzt ist es an der Zeit, daß ich Ihnen von dem Hut erzähle. Wirklich ein sehr besonderer Hut. Ein großer, breitkrempiger, hoher Hut, der keiner Mode entspricht, für den es auch gar keinen Wechsel der Mode gibt. Sie benutzt ihn, um im Sommer und im Winter auszugehen. Er ist mit alten Plüschblumen aufgeputzt – Rosen? Mohnblumen? Das ist gar nicht leicht zu sagen. Und wenn man ihr einfach so mit dem Hut begegnete, käme man nie drauf, daß ganz oben eine kleine Glasphiole den Hut verziert. Man kann es nur von oben sehen... Oder man müßte der junge Mann sein, der neben ihr am Spieltisch sitzt, wenn sie irgendwann am Abend den Hut abnimmt und ihn sich vorsichtig unter dem Tisch auf den Schoß legt... Dann könnte man die kleine Phiole bemerken und würde sich dafür interessieren und wünschen, man könnte sie abnehmen und auf der Toilette untersuchen – um zum Beispiel den Griff aus rotem Glas zu bewundern, der wie das Blütenblatt einer künstlichen Blume aussieht."

Der Barkeeper hob plötzlich seine Hand so zum Mund, als ob er ein Glas hielte, und gähnte hinein.

Der dünne junge Mann klopfte leise mit seinem Whiskyglas an die Theke.

„Sie nimmt sich aber noch mehr heraus", sagte der dicke Mann, und seine sanfte Stimme klang leicht verärgert. „Ich habe vielleicht noch nicht erzählt, daß sie auch eine Geliebte ist, oder hätten Sie das von ihr angenommen? Es ist schwer, das einem Mann klarzumachen, der noch nie im Palast der Freude war, der den ganzen Tag lang hinter einer Bar steht und Drinks serviert. Sehen Sie mal..." Und jetzt sprach er etwas leiser, wandte sich ganz absichtlich von dem jungen Mann ab und schaute keinmal mehr zu ihm hin. Aber der junge Mann schaute ihn an, ohne etwas zu trinken – als ob sogar von der Seite dieses Gesichts mit der runden, halb abgewandten Wange etwas Hypnotisches und Unwiderstehliches ausginge.

„Versuchen Sie sich das einmal vorzustellen", sagte der dicke Mann mit sanfter Stimme zum Barkeeper, der ihn anschaute. „Irgendwann am Abend nimmt sie immer ihren purpurroten Hut ab. Normalerweise ist es dann schon sehr spät... Kurz bevor sie weggeht. Der junge Mann, der zu dem Rendezvous gekommen ist, beobachtet sie, bis sie ihn abnimmt, und schaut sie mit hungrigem Blick an. Tut er das, um ihr Haar zu sehen? Nun, die meisten Gespenster, die Liebespaare sind, und die meisten Liebespaare, die Gespenster sind, haben langes, dickes, schwarzes Haar, ganz wie Sie es erwarten würden, und ihr Haar bildet da keine Ausnahme. Es ist natürlich hochgesteckt – sehr locker und nachlässig. Aber der junge Mann schaut es gar nicht an. Er ist in ihren Hut verliebt – ihren alten, verknautschten, wahnsinnigen Hut mit den gräßlichen Plüschblumen. Sie legt ihn unter der Tischplatte auf ihren ältlichen Schoß, und er streichelt ihn... Na ja, ich glaube, daß es in dieser Stadt noch seltsamere Formen der Liebe gibt, und welches Recht haben wir, den Leuten vorzuschreiben, auf welche Art sie lieben sollen? Wissen Sie, die Frau scheint damit vollkommen zufrieden zu sein. Und trotzdem kann sie ja gar nicht befriedigt sein, sie ist ja ein Gespenst... Aber spielt es eine Rolle, wie sie ihren Begierden nachgeht? Ich bin sicher, daß sie irgendwie schnurrt, wenn sie mit ihm redet, eben genau dieses Schnurren, mit dem man in diesem Raum spricht, und der junge Mann hat keine Ahnung, was sie von ihm will, und sie verführt ihn die ganze Zeit. Was sie zu ihm sagt? Ich weiß es nicht. Aber glauben Sie mir... sie verführt ihn..."

Der Barkeeper stützte sich auf eine Hand. Er sah jetzt merkwürdig gut gelaunt aus, als würde ihn das Anhören von seltsamen und traurigen Geschichten geradezu beleben.

„Wenn man sie anschaut, dann ist ihr Kopf ziemlich groß", sagte der dicke Mann und drückte mit seinem kurzen Finger an seiner Lippe herum. „Na ja, es ist eigentlich eher so, daß ihr Gesicht so riesig ist. Wie das vom Mond ... ich habe sie oft beobachtet, und ich kann nur sagen, daß ihre Gesichtszüge irgendwie auseinandergerutscht sind – sie haben sich ausgedehnt, wenn Sie verstehen, was ich meine." Er legte seine Hände zusammen und löste sie wieder.

Der Barkeeper lehnte sich näher herüber und starrte dem dicken Mann interessiert ins Gesicht.

„Aber ich kann Ihnen ja die Geschichte von dem Hut nie zu Ende erzählen!" rief der dicke Mann, und irgendwo im Raum ertönte ein leiser Seufzer, der so klang, als hätte ihn ein Kind ausgestoßen. „Um das Gewicht der schönen kleinen Glasphiole auszugleichen, ist auf der anderen Seite des Hutes natürlich etwas anderes hingesteckt – nichts geringeres als eine juwelenbesetzte Hutnadel. Und die Nadel ist natürlich dazu da, um den Hut zu befestigen! Jedesmal, wenn sie den Hut abnimmt, muß sie zuerst die Hutnadel herausziehen. Sie können ihr jeden Abend dabei zusehen. Es kommt eine richtig gleißende Nadel heraus, ungefähr zwanzig Zentimeter lang, und wenn sie den Hut abgenommen hat, steckt sie die Nadel wieder hinein."

Der Barkeeper verzog den Mund.

„Und als sie zum zweiten Mal umgebracht wurde? Haben Sie sich schon überlegt, wie das vor sich gegangen ist?" Der dicke Mann drehte sich wieder dem jungen Mann zu, der mit den Füßen unter seinem Stuhl scharrte. „Der junge Liebhaber hatte etwas gelernt oder hatte einen Schluß gezogen, verstehn Sie", sagte er. „Es war natürlich die ganze Zeit über klar, daß es möglich sein würde, das Schmuckstück *auf der anderen Seite* zu entfernen, wenn man die Krempe, die auf den nicht allzu empfindlichen alten Knien der Dame lag, ganz leicht herumdrehte. Es entstand nicht die leiseste Aufregung, kein Schrei ertönte, als die Nadel ihr zwischen die Rippen fuhr und das Herz durchbohrte. Niemand hat es gesehen ... außer mir natürlich – ich hatte mehr oder weniger so etwas erwartet. Die alte Person war unübertrefflich, sie sackte einfach zusammen wie ein Zirkuszelt, das nach der Vorstellung abgebaut wird, wenn Sie das jemals gesehen haben. Ich sah, wie sie wieder hinausgetragen wurde.

Man braucht jedesmal drei kräftige Burschen dazu, so schwer ist sie, und einer von ihnen besitzt immer die Geistesgegenwart, sie gottesfürchtig mit ihrem alten purpurroten Hut zu bedecken."

Der Barkeeper schloß angewidert die Augen.

„Wenn Sie jemals im Palast der Freude gewesen wären, wüßten Sie, daß sich das alles wie nebenbei abspielte – die Menschen an den Spieltischen drehen sich nie um", sagte der dicke Mann.

Der Barkeeper fuhr sich mit der Hand durch sein trauriges, glattes Haar.

„Sehen Sie, die Schwierigkeit", sagte der dicke Mann, „liegt bei dem jungen Liebhaber. Sagen wir mal, Sie wären an seiner Stelle ..." Aber er wandte sich von dem trinkenden jungen Mann ab und bat den Barkeeper, sich einen Augenblick in die Rolle des Liebhabers zu versetzen. „Wenn eine bestimmte Zeit vergangen ist und die Liebe so richtig aufgeblüht ist und der Hut, der purpurrote Hut Sie erregt, wenn Sie ihn mit der Hand berühren – dann können Sie nicht mehr sicher sein, was es mit der Phiole auf sich hat. Insgeheim finden Sie dort vielleicht heraus, daß sie leer ist. Es ist nur ihre Koketterie, verstehen Sie. Sie will Sie nur verführen. Sie sollen nie erfahren, ob ..."

Die Glocken der St.-Louis-Kathedrale läuteten mit nachtwandlerischem Klang. Es war fünf Uhr. Der junge Mann war irgendwie auf die Beine gekommen. Er verließ die Bar und verschwand in der verregneten Gasse. Auf dem Boden, wo seine Füße gestanden hatten, lagen Zigarettenkippen, die hin- und hergeschoben und in einem kleinen Kreis zusammengescharrt worden waren – eine Rosette, eine Uhr, ein Rad oder irgend etwas ...

Der Barkeeper korkte die Flasche zu.

„Ich muß auch gehen", sagte der dicke Mann.

Noch einmal hob der Barkeeper seine riesigen Augenbrauen. Einen Augenblick lang schauten sich die beiden an. Der dicke Mann zog eine dicke Rolle abgegriffener Geldscheine hervor. Er bezahlte alle Drinks und legte ein gutes Trinkgeld dazu.

„Da oben auf dem Laufsteg hat man manchmal das Gefühl, als könnte man die Welt verändern, wenn man nur den Finger ausstreckt." Er zog seine breiten Schultern hoch.

Der Barkeeper lehnte sich, die Hände voll Geld, ganz vertraulich über die Theke. „Ist sie wirklich ein Gespenst?" fragte er und flüsterte dabei.

Eine Pause entstand, die der Donner ausfüllte.

„Das erzähl ich Ihnen morgen", antwortete der dicke Mann.

Dann war auch er verschwunden.

LIVVIE

Solomon entführte Livvie einundzwanzig Meilen von ihrem Wohnort, als er sie heiratete. Er brachte sie über den Alten-Natchez-Pfad zu seinem Haus im tiefen Hinterland. Sie war damals sechzehn – noch ein Mädchen. Die Leute sagten einmal, er nehme wohl an, daß dort niemals jemand vorbeikommen würde. Er sagte ihr selbst, daß es schon lange her sei, und zu einer Zeit, die sie nicht kannte, daß diese Straße befahren war und *Leute* darauf kamen und gingen. Er war gut zu ihr, aber er fesselte sie an das Haus. Sie hatte nicht gedacht, daß sie nie mehr zurückkönnte. Dort, wo sie herkam, sagten die Leute, ein alter Mann wolle nicht, daß irgend jemand auf der Welt seine Frau finde, weil er Angst habe, man könnte sie ihm wegnehmen. Solomon fragte sie, bevor er sie mitnahm, ob sie glücklich sein würde – sehr würdevoll, denn er war ein Farbiger, der eigenes Land besaß und dessen Besitz auch verbrieft war; und sie sagte: „Ja“, denn er war ein alter Mann, und sie war jung und hörte einfach zu und gab Antwort. Er fragte sie, ob sie sich nach dem Frühling sehnen würde, wenn sie sich für den Winter entschied, und sie antwortete: „Wirklich nicht.“ Was sie auch immer sagte, so sagte sie es deshalb, weil er ein alter Mann war... Darüber vergingen neun Jahre. Er wurde immer älter, und er wurde schließlich so alt, daß er nicht mehr konnte. Schließlich verschlief er den ganzen Tag im Bett, und sie war immer noch jung.

Es war ein schönes Haus, sowohl von innen als auch von außen. Vor allem hatte es drei Zimmer. Das Vorderzimmer war mit einer Tapete mit Stechpalmenmuster geschmückt, und an den Wänden waren in genau gleichen Abständen grüne Zwergpalmen aus dem Moor befestigt. Auf dem Kaminsims lag eine neue Zeitung mit schön beschnittenen Rändern, an der leicht vergilbte Photographien von alten oder sehr jungen Männern lehnten – aus Solomons Verwandtschaft. Solomons Haus war voll möbliert. Im Vorderzimmer stand ein zweisitziges Sofa, ein großer gedrechselter Schaukelstuhl und ein

Harmonium, und all das war um einen dreibeinigen Tisch mit einer rosafarbenen Marmorplatte herum angeordnet, auf der eine Lampe mit drei goldenen Füßen neben einem Marmeladenglas mit hübschen Hühnerfedern darin stand. Hinter dem Vorderzimmer stand im anderen Zimmer das glänzende Eisenbett mit den polierten Knöpfen, das wie ein Thron aussah, in dem Solomon den ganzen Tag lang schlief. Am Fenster hingen schneeweiße Vorhänge aus harter Spitze, und eine Spitzenüberdecke gehörte auf das Bett. Aber die Decke, unter der der alte Solomon so tief schlummerte, war eine große, mit Federstich zusammengenähte Decke aus Flicken nach der Vorlage „Reise um die Welt", die aus einundzwanzig verschiedenen Farben bestand, aus vierhundertvierzig Flicken und fast tausend Meter Garn, und diese Decke war das wichtigste Lebenswerk von Solomons Mutter, und sie wurde erst fertig, als sie schon alt war. Auf einem Tisch lag die Bibel, und außerdem war ein Schrankkoffer mit einem Schlüssel da. An der Wand hingen zwei Kalender und ein Diplom von jemandem aus Solomons Verwandtschaft, und darunter war Livvies einziger Besitz angenagelt, ein Bild des kleinen weißen Babys der Familie, für die sie vor ihrer Ehe in Natchez gearbeitet hatte. Wenn man durch dieses Zimmer in die Küche weiterging, sah man dort einen großen Holzofen und einen großen runden Tisch, der immer feucht war und auf dem ein Marmeladenglas mit Messern und Gabeln und ein anderes mit Löffeln stand, dazwischen stand eine Essigflasche aus geschliffenem Glas und dahinter viele flache Töpfe mit eingemachten Pfirsichen, Feigenmarmelade, eingemachten Wassermelonen und Brombeermarmelade, die immer dort standen. Das Butterfaß stand in der Sonne, die Türflügel der Speisekammer waren immer geschlossen, und vier gespannte Mausefallen waren in der Küche aufgestellt, in jeder Ecke eine.

Auch von außen sah Solomons Haus nett aus. Es war nicht gestrichen, aber die Möbel auf der Veranda waren symmetrisch angeordnet. Auf jeder Seite schaute ein Lehnstuhl mit dicker Polsterung hervor, und über jedem hing ein Korb mit Farn von der Decke herunter, und vor den Stühlen standen zwei Spülschüsseln, in denen junge Zinnienpflanzen wuchsen. Bei der Tür war ein Rad eines Pfluges an die Wand genagelt, einfach ein hübscher Ring aus Eisen, und an der anderen Wand hing ein viereckiger Spiegel, an dessen Rahmen ein türkisblauer Kamm steckte, und darunter stand das Waschbekken. An der Tür gab es einen hölzernen Knopf mit einer Perle, und daran hing Solomons schwarzer Hut, wenn er im Haus war.

Vorne war ein sauberer Hof, von dessen nackter Erde jedes Gräschen geduldig gejätet worden war, und den Boden durchzogen tiefe Kratzer von Livvies Besen. Auf beiden Seiten der Treppe wuchsen je drei Rosenbüsche mit kleinen blutroten Rosen, die jeden Monat blühten. Auf der einen Seite stand ein Pfirsichbaum, auf der anderen ein Granatapfelbaum. Entlang des Weges, der von dem tief eingeschnittenen Alten-Natchez-Pfad heraufführte, stand eine Reihe kahler Indischer-Flieder-Bäume, und jeder Zweig steckte in einer bunten Flasche, grün oder blau. Von Solomons Lippen kam kein Wort der Erklärung, wofür sie gut sein sollten, aber Livvie wußte, daß Bäume oft verzaubert waren, und sie war Zeit ihres Lebens vertraut mit der Art, wie Flaschenbäume die bösen Geister daran hinderten, in das Haus einzudringen – indem man sie in die bunten Flaschen hineinlockte, aus denen sie nicht mehr herauskamen. Solomon hatte die Flaschenbäume im Lauf der neun Jahre mit seinen eigenen Händen gemacht, ein Baum hatte ihn etwa ein Jahr Arbeit gekostet, und er hatte es ohne jedes Anzeichen von Besorgtheit gemacht, denn er war so stolz auf diese Vorsichtsmaßnahmen gegen das Eindringen von Geistern in das Haus wie auf das Haus selbst, und manchmal sahen die Flaschenbäume im Sonnenlicht noch schöner aus als das Haus.

Es war ein hübsches Haus. Es stand an einer Stelle, wo die Tage unbemerkt vergingen und jeder erstaunt war, wenn sie vorbei waren. Das Lampenlicht und der Feuerschein leuchteten im Dunkeln durch die Tür ins Freie hinaus, über die stille, atmende Landschaft hin, beleuchteten die Rosen und die Flaschenbäume, und alles war ruhig.

Aber es war niemand da, überhaupt niemand, noch nicht einmal ein Weißer. Und wenn jemand dagewesen wäre, hätte Solomon Livvie nicht erlaubt, denjenigen anzuschauen, so wie er nicht erlaubte, daß sie einen Feldarbeiter oder daß dieser sie anschaute. Es war kein Haus in der Nähe außer den Hütten der Pächter, und so weit sie sich auf dem stillen, tief eingeschnittenen Natchez-Pfad davongestohlen hatte, gab es kein einziges Haus. Auf dem Pfad hatte sie das Gefühl, durch einen Fluß zu waten, denn das tote Laub auf dem Boden reichte ihr bis zu den Knien, und als sie ganz zerkratzt und blutig war, sagte sie, das sei keine Straße, die irgendwo hinführte. Als sie eines Tages die hohe Böschung hinaufgeklettert war, hatte sie einen Friedhof ohne eine Kirche gefunden, und Bandgras wuchs um den Fuß eines Engels (sie war hinaufgeklettert, weil sie Engelsflügel zu sehen geglaubt hatte), und in der Sonne schienen Bäume wie brennende Flammen durch die großen Raupengespinste, die sie einhüllten. Beängstigend hohe Disteln standen da wie die Propheten aus der Bibel in Solomons Haus. Über ihrem Kopf wuchs Kastilea, und die Trauertaube machte das einzige Geräusch in der Welt. Was hätte sie dafür gegeben, wenn die Blätter sich bewegt hätten, wenn die Kokons zerrissen wären! Aber nicht durch ein Gespenst, betete Livvie, und sprang die Böschung wieder hinunter. Nachdem Solomon das Bett nicht mehr verließ, ging sie nie mehr hinaus, bis auf ein einziges Mal.

Livvie wußte, daß sie jeden sehr nett bedienen konnte. Sie richtete das Essen auf dem Tablett wie eine Überraschung her. Sie konnte beim Bügeln das Singen unterlassen, sie konnte an einem Bett sitzen und die Fliegen verscheuchen und so still sein, daß sie ihren eigenen Atem nicht hörte. Sie konnte das Haus putzen und nie etwas hinfallen lassen, und sie ging ins Freie, um zu buttern, denn sie fand, daß das Geräusch beim Buttern wie Schluchzen klang, und ihr war nicht klar, daß sie und nicht Solomon davon heimwehkrank wurde.

Aber Solomon öffnete kaum noch die Augen, um sie anzuschauen, und kostete kaum noch sein Essen. Er war nicht krank oder gelähmt, und er klagte auch nicht über Schmerzen, aber sein Körper verfiel immer mehr, und was für gute warme Speisen Livvie ihm auch zu essen brachte, so schaute er sie sich jetzt nur noch an, als ob er die Hoffnung aufgegeben hätte, daß sie ihm noch guttun könnten. Bevor sie ihn bitten konnte, doch etwas zu essen, schlief er ein. Sie konnte ihm keine Überraschung mehr bereiten, wenn er nichts kosten wollte, und sie fürchtete, daß er überhaupt nie mehr irgend etwas kosten würde, was sie ihm brachte – wie sollte er dabei am Leben bleiben?

Doch eines Morgens kochte sie ihm zum Frühstück Eier mit Maisgrütze, trug alles auf einem Tablett zu ihm hinein und rief seinen

Namen. Er schlief fest. Er lag würdevoll mit seiner Uhr neben sich auf dem Rücken in der Mitte des Bettes. Mit einer Hand zog er die Steppdecke hoch, obwohl es der erste Tag im Frühling war. Durch die weißen Spitzenvorhänge wehte, wie aus dicken Backen herausgeblasen, ein leichter Wind herein. Die ganze Nacht lang hatten die Frösche im Sumpf so laut gequakt, als gäbe es einen Aufruhr hier mitten im Zimmer, aber er hatte sich nicht bewegt, obwohl sie hellwach dalag und „ksch, ihr Frösche!" flüsterte, aus Angst, sie würden ihn stören.

Er sah aus, als ob er jetzt gern noch etwas länger schlafen würde, deshalb stellte sie das Tablett zurück und wartete. Während sie auf Zehenspitzen herumlief und sich ruhig verhielt, gab sie sich einer kleinen Träumerei hin. Manchmal, wenn sie so still war, kam es ihr vor, als ob sie diese Stille für ein schlafendes Baby bewahrte, und daß sie ein Baby hatte und seine Mutter war. Wenn sie an Solomons Bett stand und zu ihm hinunterschaute, dachte sie „er schläft so gut", und sie hätte ihn niemals aufgeweckt. Und sie fürchtete sich auch noch aus einem anderen Grund, ihn aufzuwecken, weil er selbst in seinem Schlaf ein so strenger Mann zu sein schien.

Es gab zwar, an die Wand über dem Bett genagelt, ein Bild von ihm, als er noch jung war, aber sie vergaß immer wieder, wer das war. Damals trug er einen Haarkranz wie eine Königskrone über seiner Stirn. Jetzt lag sein Haar glatt am Kopf an, die Locken waren vergangen. Solomon hatte ein hellhäutiges Gesicht, die Haare seiner Augenbrauen wuchsen unregelmäßig, aber kräftig wie Liguster, er hatte scharfe, hellsichtige Augen, einen strengen Mund, und wenn er lächelte, blitzten seine Goldzähne auf. So sah er in seinen Kleidern aus, aber wenn er den Tag über im Bett lag, war er ein anderer, ein kleinerer Mann, auch wenn er hellwach war und die Bibel in der Hand hielt. Er sah aus wie ein Verwandter von sich selbst. Und manchmal während er schlief und sie bei ihm stand und die Fliegen wegfächelte, und das Licht hereinkam, dann war sein Gesicht wie neu, so glatt und durchsichtig wie ein Glas Gelee, das man gegen das Fenster hält, und sie konnte fast durch seine Stirn hindurchschauen und sehen, was er dachte.

Sie fächelte ihm Luft zu, und schließlich öffnete er die Augen und sagte ihren Namen, aber er wollte die guten Eier nicht probieren, die sie unter einem Deckel warmgehalten hatte.

Als sie wieder in der Küche war, aß sie herzhaft sein Frühstück und ihr eigenes auf und sah durch die offene Tür, was draußen vor sich ging. Den ganzen Tag und die ganze vergangene Nacht hatte sie gespürt, wie sich der Frühling in ihrer Nähe regte. Er war ebenso gegenwärtig im Haus wie ein junger Mann. Der Mond stand im letzten Viertel, und draußen wurde die grasige Erde umgegraben und Erbsen und Bohnen gepflanzt. Ein weißes Pferd und ein weißes Maultier zogen den Pflug hin und her über die roten Felder, über denen vom Verbrennen des Gestrüpps eine Rauchschwade hing, die aussah, als ob der Himmel einen kleinen Rock angezogen hätte. Hin und wieder drangen heisere Schreie durch die Luft und rüttelten sie wach, als hätte sie nachlässig im Schatten gedöst, und riefen ihr zu: „Spring auch!" Sie konnte sehen, wie zu Fuß oder auf Maultieren über jeden Feldstreifen Männer und Mädchen zogen, mit Hüten auf den Köpfen. Ihre langen Hacken und Mistgabeln glänzten, als ob sie Wimpel trügen und nach irgendwo hin unterwegs wären – und wie sie dann und wann auf irgendein Signal alle zusammen plötzlich anfingen zu rufen, zu brüllen, zu schmeicheln, einander zu rufen und zu antworten, zu laufen, einander anzuspringen und sich loszureißen, sich mit einem Schrei zu Boden zu werfen, um in der betäubenden Hitze um zwölf Uhr mittags bewegungslos liegen zu bleiben. Nur die alten Frauen kamen aus den Hütten und brachten ihnen das Essen, das sie für sie vorbereitet hatten, und dann arbeiteten sie alle zusammen, gleichmäßig über das Feld verteilt. Die kleinen Kinder kamen auch, überschwemmten wie ein hüpfender Strom die Felder und stürzten sich, unruhigen Vögeln gleich, auf die Männer, die Frauen, die Hunde und die welligen Erdfurchen, und ihre kleinen Stimmen klangen so hoch, daß man sie fast nicht hören konnte. In mittlerer Entfernung standen die Heuhaufen wie weißgoldene Türme da, und schwarze Kühe kamen heran und fraßen an den Rändern herum. Hoch über allem, über dem Rad aus Feldern, dem Haus, den Hütten und der tief eingeschnittenen Straße, die alles wie ein Graben umschloß und zusammenhielt, hing der wechselhafte Himmel, blau mit langgezogenen weißen Federwolken, heiter und still wie hochzüngelnde Flammen. Und im tiefen Schlaf versunken, während sich all dies rund um seinen Besitz herum abspielte, lag Solomon wie ein kleiner ruhender Punkt in der Mitte.

Sogar im Haus roch man den süßen Geruch der Erde. Solomon hatte Livvie nie weiter als bis zum Hühnerstall und zum Brunnen gehen lassen. Aber wie wäre es, wenn sie jetzt mitten in die Felder hineingehen und eine Hacke nehmen und arbeiten würde, bis sie triefend vor Anstrengung wie die anderen Mädchen hinfiele, und ihre Wange auf die aufgerissene Erde legen und den alten Mann mit ihrer Demut und mit ihrem Entzücken beschämen würde? Ihn beschämen! Ein grausamer Wunsch konnte ungebeten und so schnell ankommen, während sie zur Hintertür hinausschaute. Sie wusch das Geschirr ab und schrubbte den Tisch. Sie konnte das Blöken der jungen Lämmer hören. Ihre Mutter, die sie seit ihrem Hochzeitstag nicht mehr gesehen hatte, hatte einmal gesagt: „Lieber ein noch so schlechter Mann als eine gemeine Frau."

Also schmeckte sie den ganzen Morgen lang die Hühnerbrühe auf dem Herd ab, und als sie gut war, goß sie eine schöne Tasse voll. Sie trug sie zu Solomon hinein, der dalag und gerade träumte. Wovon träumte er wohl? Denn sie sah ihn so leise aufseufzen, als wolle er vermeiden, etwas zu stören, das seinen ganzen Geist rundum ausfüllte wie ein frisches Ei. So konnte sogar ein alter Mann von etwas Schönem träumen. Träumte er von ihr, während seine Augen geschlossen in ihren Höhlen lagen und seine kleine Hand mit dem Ehering sich im Schlaf um die Steppdecke schloß? Vielleicht träumte er, wieviel Uhr es wohl war, denn selbst in seinem Schlaf war er wie eine Uhr mit der Zeit beschäftigt und wußte, wieviel Zeit vergangen war, und wenn er aufwachte, wußte er, wo die Zeiger standen, noch bevor er auf die Silberuhr schaute, von der er sich niemals trennte. Er schlief mit der Uhr in der Hand und drückte sie sogar an seine Wange wie ein Kind sein liebstes Spielzeug. Oder er träumte vielleicht von Reisen und Dampferfahrten nach Natchez. Doch sie glaubte, daß er von ihr träumte. Aber während sie ihn forschend anschaute, schienen sich die Stäbe am Fußende des Bettes wie ein Zaun zwischen ihnen aufzurichten, und sie verstand, daß sich zwei Menschen nie einer Sache sicher sein können, solange der eine schläft und der andere wach ist. Es ängstigte sie etwas, ihn von sich träumen zu sehen, während er doch sterben konnte, so als ob er sie dadurch mitnehmen könnte, und sie wollte aus dem Zimmer laufen. Sie faßte nach dem Bett und hielt sich fest, und Solomon öffnete die Augen und rief ihren Namen, aber er wollte nichts haben. Er wollte die gute Brühe nicht einmal probieren.

Kurz danach, als sie zum letzten Mal in diesem Jahr die Asche im Vorderzimmer entfernte, hörte sie ein Geräusch. Jemand näherte sich. Sie zog die Vorhänge zu und schaute durch den Schlitz.

Eine weiße Dame kam den Pfad zwischen den Flaschenbäumen herauf. Zuerst sah sie jung aus, aber dann sah sie alt aus. Herrlich anzuschauen stand ein kleines Auto, dampfend wie ein Wasserkessel, auf dem Feldweg – es war ohne Straße hergekommen.

Livvie stand da und lauschte dem langen, wiederholten Klopfen an der Tür, und kurz darauf öffnete sie sie ein wenig. Die Dame trat durch den Türspalt ein, obwohl sie nicht dünn war und einen großen Hut trug.

„Ich heiße Miss Baby Marie", sagte sie.

Livvie starrte die Dame und ihren kleinen Koffer, den sie bis zum geeigneten Augenblick dicht bei sich am Griff hielt, respektvoll an. Die Dame schaute sich im Zimmer um, ihre Augen wanderten von einer Zwergpalme zur nächsten, aber sie sagte: „Ich lebe zu Hause ... außerhalb von Natchez ... ich fahre herum und zeige diese hübschen Kosmetikartikel weißen und auch schwarzen Damen ... überall ... seit Jahren ... alle Schattierungen von Puder und Rouge ... diese Art Arbeit kann eine Frau machen, ohne ganz von zu Hause fort zu sein ..." Je schärfer ihr Blick wurde, desto mehr redete sie. Plötzlich rümpfte sie die Nase und sagte: „Es ist nicht christlich und auch nicht hygienisch, Federn in eine Vase zu stecken", und dann zog sie einen goldenen Schlüssel aus dem Ausschnitt ihres Kleides und fing an, die Schlösser des Koffers aufzusperren. Ihr Gesicht leuchtete im Licht auf, weil es bedeckt war von intensivem Weiß und Rot und eine kleine weiße Kruste zwischen den Falten über ihrer Oberlippe hatte. Kleine Büschel von rotem Haar wippten unter den rostigen Drähten ihres breitkrempigen Hutes, während sie jetzt mit einem Ausdruck von Triumph und Heimlichtuerei ihren kleinen Koffer öffnete und ihm ein

Fläschchen nach dem anderen, ein Döschen nach dem anderen entnahm und auf dem Tisch, dem Kaminsims, dem Sofa und dem Harmonium abstellte.

„Haben Sie jemals in Ihrem Leben so viele Kosmetikartikel gesehen?“ rief Miss Baby Marie.

„Nein“, versuchte Livvie zu sagen, aber sie brachte keinen Ton heraus.

„Haben Sie schon mal Kosmetika benutzt?“ fragte Miss Baby Marie als nächstes.

„Nein“, stammelte Livvie.

„Dann schauen Sie her!“ sagte sie und packte den letzten Gegenstand aus. „Probieren Sie das mal!“ sagte sie. Sie öffnete ihre Hand, und ein goldener Lippenstift lag darin, der wie verzaubert aufsprang. Er duftete wunderbar, und Livvie rief plötzlich: „Seifenbaumblüten!“

Sie nahm den Lippenstift und wurde im Handumdrehen durch die Lüfte in den Frühling hinausgetragen, und als sie verträumt lächelnd von einer purpurroten Wolke herunterschaute, sah sie von oben einen Seifenblütenbaum, dunkel, glatt und hübsch belaubt, so hübsch wie ein Perlhuhn im Vorgarten, und dort war ja auch ihr Zuhause, das sie verlassen hatte. Auf der einen Seite des Baumes stand ihre Mama und hielt ihre gefüllte Schürze auf, und sie konnte sehen, daß sie voll reifer Feigen war, und auf der anderen Seite stand ihr Papa und hielt eine Angel über den Teich, der so durchsichtig war, daß sie die kleinen Fische bis zur Wasseroberfläche emporschwimmen sah.

„Oh, nein, keine Seifenbaumblüten – geheime Ingredienzen“, sagte Miss Baby Marie. „Meine Kosmetika enthalten geheime Ingredienzen – keine Seifenbaumblüten.“

„Er ist purpurrot“, hauchte Livvie, und Miss Baby Marie sagte: „Bedienen Sie sich nur. Tragen Sie ihn auf.“

Livvie ging auf Zehenspitzen zu dem Waschtisch auf der vorderen Veranda und malte sich die Lippen an. Im welligen Spiegel tanzte ihr Gesicht vor ihren Augen wie eine Flamme. Miss Baby Marie folgte ihr hinaus, begutachtete das Ergebnis und sagte: „Ganz genau.“

Livvie versuchte „Dankeschön“ zu sagen, ohne ihre geöffneten Lippen zu bewegen, auf denen die frisch aufgetragene Farbe lag.

Jetzt stand Miss Baby Marie hinter Livvie, schaute über ihre Schulter in den Spiegel und drehte ihre Haarbüschel hoch. „Den Lippenstift können Sie für nur zwei Dollar haben“, sagte sie nahe an Livvies Nacken.

„Meine Dame, ich hab aber kein Geld, hab nie welches gehabt“, sagte Livvie.

„Ach, Sie brauchen nicht gleich zu zahlen. Ich komme wieder vorbei, so mach ich das. Ich komme wieder – später einmal.“

„Oh“, sagte Livvie und tat so, als ob sie alles verstand, um der Dame zu gefallen.

„Aber wenn Sie den Lippenstift jetzt nicht nehmen, hab ich vielleicht zum letzten Mal Ihr Haus besucht“, sagte Miss Baby Marie scharf. „Es liegt ja am Ende der Welt, das kann ich Ihnen sagen. Hier in der Nähe gibt's ja überhaupt nichts.“

„Ja. Mein Mann, der hat das *Geld*“, sagte Livvie zitternd. „Er ist sehr streng. Er weiß nicht, daß *Sie* hierhergekommen sind – Miss Baby Marie!“

„Wo ist er denn?“

„Er schläft jetzt grade, da drüben, er ist ein alter Mann. Ich würd ihn nie um irgendwas bitten.“

Miss Baby Marie nahm den Lippenstift zurück und packte ihn ein. Sie sammelte die Töpfe für die farbigen und die weißen Damen ein und verstaute sie wieder im Koffer, aus dem sie sie ausgepackt hatte. Sie brach auf.

„Auf Wiedersehn“, sagte sie und versuchte, auch von hinten großartig auszusehen, aber im letzten Augenblick drehte sie sich in der Tür noch einmal um. Ihr alter Hut schwankte, und sie flüsterte: „Darf ich Ihren Mann sehen?“

Livvie ging gehorsam auf Zehenspitzen los und öffnete die Tür zum anderen Zimmer. Miss Baby Marie folgte ihr, stellte sich auf die Zehen und schaute hinein.

„Mein Gott, das ist ein winzig kleines altes, altes Männlein!“ flüsterte sie und schlug kopfschüttelnd die Hände zusammen. „Was für eine wunderbare Steppdecke! Was für ein winziges, uraltes Männchen!“

„So kann er den ganzen Tag lang schlafen“, flüsterte Livvie stolz.

Sie schauten ihm eine Zeitlang zu, während er fest schlief, und dann schauten sie einander plötzlich an. Es war irgendwie so, als ob sie ein Geheimnis zusammen hätten, denn er hatte sich keinmal bewegt. Dann schloß Livvie höflich, aber ganz unvermittelt die Tür.

„Na! Ich werde Ihnen selbstverständlich gerne einen Lippenstift dalassen!“ sagte Miss Baby Marie lebhaft. Sie lächelte in der Tür.

„Meine Dame, aber ich hab Ihnen doch gesagt, daß ich kein Geld hab, hab noch nie welches gehabt.“

„Und werden auch nie welches haben?“ Ringsum in der Luft und wie ein leuchtender Heiligenschein um den wippenden Kopf der weißen Dame herum herrschte ein echter Frühlingstag.

„Würden Sie Eier annehmen, meine Dame?“ fragte Livvie leise.

„Nein, ich habe massenhaft Eier – massenhaft“, sagte Miss Baby Marie.

„Ich hab aber trotzdem kein Geld“, sagte Livvie, und Miss Baby Marie nahm ihren Koffer und ging fort.

Livvie schaute ihr nach und spürte die ganze Zeit ihr Herz in der linken Seite pochen. Sie berührte die Stelle mit der Hand. Es war so, als ob ihr Herzklopfen und ihr leuchtend rotes Gesicht von der pulsierenden Farbe ihrer Lippen ausgingen. Sie setzte sich neben Solomon, und als er die Augen öffnete, sah er keine Veränderung an ihr. „Jetzt geht's aufs Ende zu“, sagte sie sich. Das war das Geheimnis. Dann ging sie aus dem Haus, um etwas Luft zu schöpfen.

Sie ging den Weg hinunter und den Natchez-Pfad entlang, und sie wußte nicht, wie weit sie gegangen war, aber es war nicht sehr weit, als sie plötzlich etwas sah. Sie sah einen Mann, der wie eine Erscheinung war – Livvie stand auf der einen Böschung des Alten-Natchez-Pfades und er auf der anderen.

Sobald der Mann sie sah, betrachtete er sich gründlich. Er begann unten bei seinen spitzen Schuhen, aufwärts blickend zog er seine über den Hüften weite und unten enge Hose höher, damit er seine hellen Socken ganz sehen konnte. Er öffnete seine lange, weite, laubgrüne Jacke wie die Flügel einer Tür, damit er seine hochgeschnittene, gelblich-braune Hose sehen konnte. Von den Spitzen seines Kragens an strich er mit den Händen an sich herunter und über die Hose. Er trug ein Hemd aus leuchtend rosafarbenem Satin. Zum Schluß strich er leicht über seinen breiten, tellerförmigen, pflaumenblauen Hut und berührte mit einem Finger die smaragdgrüne Feder, die im Frühlingswind wehte.

Wie immer sie auch aussah, sie konnte nie so gut wie er aussehen, und das tat ihr nicht leid, das freute sie sogar.

Mit drei Sätzen, einem hinunter und zweien hinauf, war er an ihrer Seite.

„Ich heiße Cash", sagte er.

Er hatte ein Meerschweinchen in seiner Tasche. Sie gingen zusammen los. Sie starrte ihn unverwandt an, als ob er eine mutige, aufsehenerregende Tat vollbrächte, anstatt nur neben ihr herzugehen. Es war nicht nur seine städtische Kleidung, warum sie ihn anschaute und eine anmaßende Hoffnung darin aufleuchten sah. Es war nicht nur die Art, wie er sich vorwärts bewegte und dabei Blumen zertrat, als könne er jedes Hindernis aus dem Weg räumen und alles in der Welt zerstören, warum ihre Augen zu glänzen anfingen. Wenn er nicht an *diesem* Tag aufgetaucht wäre, hätte es gut sein können, daß sie ihn nicht so genau angeschaut hätte, denn es spielt eine große Rolle, zu welcher Zeit jemand erscheint.

Sie gingen durch das stille Laub des Natchez-Pfades, Licht und Schatten fielen durch die Bäume rings umher, die weißen Irisblüten leuchteten wie Kerzen auf den Böschungen, und die jungen Farne glänzten wie grüne Sterne auf den Eichenästen. Sie kamen bei Solomons Haus heraus, mit den Flaschenbäumen und allem Drum und Dran. Livvie blieb stehen und ließ den Kopf hängen.

Cash fing an, ein kleines Lied zu pfeifen. Sie wußte nicht, wie es hieß, aber sie hatte es schon aus der Ferne gehört, und dann dämmerte es ihr: Cash war ein Feldarbeiter, sah aber ganz anders aus. Cash gehörte Solomon. Aber er hatte seinen Overall ausgezogen und dies hier angelegt. Er lachte dort vor Solomons Haus. Er hatte einen runden Kopf, ein rundes Gesicht, alles an ihm war jung, und er warf den Kopf zurück und rollte ihn mitsamt dem runden Hut gegen den Himmel mit den Federwolken und mußte ganz einfach lachen, als er Solomons Haus dort stehen sah. Livvie schaute hin, und da hing Solomons schwarzer Hut am Knauf an der Vordertür, das schwärzeste Ding von der Welt.

„War in Natchez“, sagte Cash und wackelte vor dem Hintergrund des Himmels mit dem Kopf. „Hab ’ne Reise gemacht, mir is schon nach Ostern zumut.“

Wie war es möglich, vor der Ernte so gut auszusehen? Cash mußte das Geld gestohlen, von Solomon gestohlen haben. Er stand auf dem Weg und hob seine Hand mit gespreizten Fingern hoch und ließ sie lachend immer wieder fallen. Er sprang in die Höhe. Sie fuhr leicht zusammen. Es war so, als ob Cash seine starken Hände fallenließ, um auf eine Trommel einzuschlagen oder um einen Mann zu verprügeln, so ausgelassen und böse klang sein Gelächter. Sie zog ihre Stirn in Falten und ging näher zu ihm hin. Sein schwingender Arm umfaßte sie sofort, und die Furcht wurde aus ihrem Körper herausgepreßt, so wie ein brennendes Streichholz von dem erstickt werden kann, was es entzündet. Sie raffte die Falten seiner Jacke hinter ihm zusammen, drückte ihre roten Lippen auf seinen Mund und war beeindruckt von sich, so wie er am Anfang von sich beeindruckt gewesen war.

In diesem Augenblick empfand sie etwas Unaussprechliches – daß Solomons Tod bevorstand und daß er ihr soviel bedeutete, als ob er schon tot wäre. Sie schrie auf, drehte sich um und rannte, kleine Schreie ausstoßend, auf das Haus zu.

Cash folgte ihr sofort, rannte hinter ihr her. Er kam näher, lachte und überholte sie auf halbem Weg. Er hob sogar einen Stein auf und warf ihn in die Flaschenbäume. Sie schützte ihren Kopf mit den Händen, und die Flaschenbäume klirrten, als ob sie laut gegen diese Unverschämtheit protestierten. Cash stampfte auf und raste, zickzack, die Treppe hoch und zur Tür hinein.

Als sie dort ankam, hatte er die Hände in die Taschen gesteckt und ging langsam im Vorderzimmer hin und her. Das kleine Meerschweinchen spitzte heraus. Die festgenagelten Zwergpalmen sahen so aus, als wäre ein träger grüner Affe die Wände auf und ab und ringsherum gelaufen und hätte grüne Abdrücke seiner Hände und Füße zurückgelassen.

Sie ging durch das Zimmer, seine Hände steckten noch immer in den Taschen, und sie fiel gegen die geschlossene Tür des anderen Zimmers und stieß sie auf. Sie lief zu Solomons Bett und rief: „Solomon! Solomon!“

Die kleine Gestalt des alten Mannes rührte sich nicht und war in die Steppdecke eingewickelt, als wäre noch Winter.

„Solomon!" Sie zog die Steppdecke weg, aber darunter war noch eine andere Decke, und Livvie fiel neben ihm auf die Knie. Er gab außer einem Seufzer keinen Laut von sich, und dann konnte sie die leichten, federnden Schritte von Cash hören, der im Vorderzimmer hin- und herging, und das Ticken von Solomons Silberuhr, das vom Bett her kam. Der alte Solomon war in tiefem Schlaf versunken, sein Gesicht sah klein, unnachgiebig und ehrfürchtig aus, als ob er sich irgendwo erginge, wo sie sich vorstellen konnte, daß es schneite.

Dann klang es so, als ob Hufe auf den Boden stampften, die Tür quietschte, und Cash erschien neben ihr. Als sie aufschaute, war Cashs Gesicht so schwarz, daß es direkt strahlte, es strahlte so ohne jedes Mitleid, daß es ihr schön erschien. Sie stand auf und hob den Kopf. Cash war so stark, daß seine Gegenwart ihr Kraft verlieh, auch wenn sie gar keine Kraft brauchte.

Solomon schlief unter ihren Blicken. Die Gesichter der Menschen erzählen im Schlaf von Geschehnissen und Orten, die derjenige, der sie betrachtet, nicht kennt, und während Solomon unter den Blicken von Livvie und Cash schlief, erzählte sein Gesicht ihnen ganz wie eine mythische Geschichte, daß er sich sein Leben lang Stück für Stück immer größeren Respekt erworben hatte. Ein Käfer hätte nicht fleißiger oder erfindungsreicher sein Schicksal bewältigen können. Als Solomon jung war, wie auf dem Bild über ihm, bedeutete Respekt für ihn alles, und der Respekt, den er sich erringen und in seinem Haus aufrechterhalten würde, war für ihn unbegrenzt. Er hatte ein einsam liegendes Haus errichtet, ganz so, wie er einen Käfig gebaut hätte, aber es wurde für ihn dasselbe wie eine große, monumentale Pyramide. Manchmal verhielt er sich in seiner Hingabe, es fertigzustellen, so wie einer der ägyptischen Sklaven, die den Ursprung und die Bedeutung der Sache, der sie ihre ganze körperliche Kraft und all ihre Tage opferten, vergessen oder nie gewußt hatten. Livvie und Cash sahen, daß er in seinem Bett lag wie ein Mann, der sich von seinem Lebenswerk ausruht, und sie hörten, wie er, eingewickelt in seine Steppdecke, genießerisch aufseufzte, während er im Traum eine

Ameise, ein Vogel, ein Ägypter sein mochte, der Steine sammelte, sie auf seinem Rücken trug und mit seinen Händen Mauern baute, oder ein alter Mann in Indien oder ein gewickelter Säugling, der mit seinem Lächeln alles vertreibt.

Dann riß Solomon ohne Vorwarnung die Augen unter den buschigen Brauen weit auf. Er war hellwach.

Sofort hob Cash seinen flinken Arm. Auf seinen Schläfen leuchtete der Schweiß. Aber er ließ den Arm nicht heruntersausen – er blieb in der Luft stehen, als würde er von irgend etwas festgehalten.

Es war nicht Livvie – sie bewegte sich nicht. Als ob irgend etwas „Warte“ gesagt hätte, stand sie abwartend da. Ihre Augen brannten unter den reglosen Lidern, ihre Lippen waren in einer maskenartigen Grimasse geöffnet, und sie stand mit steif angelegten Armen aufrecht und abseits von dem ausgestreckt daliegenden alten und dem keuchenden jungen Mann.

Die erste Bewegung, die aufkam, entstand in Solomons Gesicht. Es war ein altes und strenges Gesicht, ein ausgezehrtes Gesicht, aber dahinter leuchtete, wie ein verdecktes Licht, etwas Lebendiges auf, das Versteck spielen, das davonstürzen und fliehen konnte, das schon immer geflohen war. Ein Geheimnis wohnte in ihm und blitzte einladend in seinen Augen auf. Es war dieses Geheimnis, das Cash mit seinem linken Arm hätte fassen müssen und das Livvie am Weinen hinderte. Aber Cash stand nur mit erhobenem Arm da, obwohl, wenn er sich darüber im klaren gewesen wäre, schon ein Bruchteil seiner Kraft ausgereicht hätte, fast ein einziger Atemstoß, um den alten Mann über die Hürde zu befördern, die ihn vom Tod trennte.

„Junge Leute können nicht warten“, sagte Solomon.

Livvie zuckte zusammen, hob dann heftig weinend ein Glas Wasser auf und reichte es ihm, aber er sah sie nicht.

„Da kommt also der junge Mann daher, auf den Livvie wartet. War nich zu verhindern. Nich zu verhindern. Und jetzt, wo ich mir den jungen Mann anschau, ist es einer, den ich gut kenn, schon seit seiner Geburt in einem kleinen Baumwollfeld kenn ich ihn und hab die ganzen Jahre lang gesehen, wie er groß wurde, Cash McCord, wie er erwachsen wurde und schließlich in mein Haus kam – zerlumpt und barfuß.“

Solomon hustete unwillig. Dann schloß er energisch die Augen, und seine Lippen fingen an, sich wie die eines Kirchensängers zu bewegen.

„Als Livvie heiratete, war ihr Mann schon wer. Er hatte viel für sein Land bezahlt. An dem Tag, an dem er sie in sein Haus brachte, streute er Platanenblätter vom Wagen bis zur Haustür, damit sie nicht über die nackte Erde gehen mußte. Er trug sie über die Schwelle. Dann wurde er alt und konnte sie nich mehr tragen, und sie war noch immer jung."

Livvies Schluchzen folgte seinen Worten wie ein leises Lied, das alles wiederholte, was er sagte. Eine Zeitlang bewegten sich seine Lippen tonlos, oder sie weinte zu heftig, und ohne daß jemand es hörte, erzählte er vielleicht sein ganzes Leben, und dann sagte er: „Gott vergebe Solomon seine großen und kleinen Sünden. Gott vergebe Solomon, daß er ein zu junges Mädchen als seine Frau heimführte und sie von ihren Leuten und von allen jungen Leuten fernhielt, die sie hätten zurückverlangen können."

Dann streckte er seine rechte Hand zu Livvie empor, die neben dem Bett stand, und hielt ihr seine silberne Uhr hin. Er schwenkte sie vor ihren Augen hin und her, und sie hörte zu weinen auf. Einen Augenblick lang konnte man die Uhr ticken hören, wie immer in seiner stolzen Hand. Sie nahm sie entgegen. Dann hielt er sich an seiner Steppdecke fest, und dann war er auch schon tot.

Livvie verließ den toten Solomon und ging aus dem Zimmer. Verstohlen, fast lautlos, ging Cash neben ihr her. Er glich einem Schatten, aber seine glänzenden Schuhe bewegten sich wie Flitter über den Boden, und die grüne, flaumige Feder glänzte wie ein Licht an seinem Hut. Als sie im Vorderzimmer waren, packte er sie geschickt wie eine lange schwarze Katze an der Taille und wirbelte sie herum, während er sich im Kreis drehte, und sein Gesicht beugte sich zu ihrem herunter. Im ersten Augenblick hielt sie den einen Arm und die Hand steif und unbeweglich, in der sie Solomons Uhr hielt. Dann lockerten sich ihre Finger, sie wurde ganz nachgiebig, und die Uhr fiel irgendwo auf den Boden. Sie tickte im stillen Zimmer weiter, und plötzlich fing draußen ein Vogel aus voller Kehle zu singen an.

Sie wirbelten durch das Zimmer und in die Helligkeit bei der offenen Tür, und dort hielt er an und schüttelte sie einmal kräftig. Sie ruhte schweigend in seinem zitternden Arm, ohne Widerspruch, wie ein Vogel im Nest. Draußen flogen Dompfaffen, die Sonne leuchtete in allen Flaschen der vollgesteckten Bäume, und der junge Pfirsichbaum glänzte zwischen ihnen im blitzenden Licht des Frühlings auf.

AM LANDEPLATZ

In der Nacht, als Jennys Großvater starb, träumte er von Hochwasser.

Er kam in seinem Traum und stand direkt vor ihrer Zimmertür, sein kleines Kinn ragte wie das nackte Brustbein eines Huhnes nach oben.

„Es ist da", sagte der alte Mann und beschwerte sich. Jenny lag ganz still im Bett, jetzt noch stiller als gerade eben, als sie noch geschlafen hatte.

„Der Fluß ist zurückgekommen. Dieser Floyd war da, um es mir zu sagen. Die Sonne schien voll auf die Stirnseite der Kirche, und dieser Floyd kam um die Ecke, und ein großer, langer Wels hing ihm vom Handgelenk herunter. ‚Er kommt', sagte er. ‚Der Fluß.' Und wie er kam! Wie ein Kopf und ein Arm. Wie ein Pferd. Eine Mähne aus Zypressen fuhr darüber hinweg. Der Fluß hat sich auf uns gestürzt, er hat uns eingeschlossen. Dieser Floyd hat recht gehabt."

Er streckte seine Hand aus, als ob er ein Hindernis fortschieben wollte, das er dort vermutete – den Riegel, der zu Lebzeiten ihrer Mutter quer über die Tür lief. Das schien seine Kräfte zu übersteigen. Sie versuchte zu schreien, und er trat durch die Tür in ihr Zimmer. Der Gürtel mit der Quaste an seinem brokatenen Morgenmantel – den hatte er angezogen – schien seinen gebrechlichen Gang wie eine Kette zu beschweren, und doch schien er ihn sehr fest entschlossen zu tragen, so bestimmt setzte er seine kleinen Schritte auf und so pflichtbewußt schleppte er sich damit ab.

„Wie arme Leute, die endlich fliegen gelernt haben", sagte er, sich im Gehen dahinschleppend, mit leiser Mißbilligung in der Stimme. „Alle Leute vom Landeplatz, die allerverschiedensten Leute, treiben in der Dunkelheit davon. Die kleine Mandoline, auf der meine Tochter spielte – sie steigt wie eine Blase hoch und füllt sich mit Wasser."

„Opa!" schrie Jenny, und dann sprang sie auf und faßte ihren Großvater an seinen schmalen, harten Schultern. Im Licht des Mondes sah sie seine offenen Augen. „Wach auf, Opa!"

„Der Wels von diesem Floyd hat sich losgemacht", sagte er so vorsichtig, als mache er jemandem eine Mitteilung. „Und ganz plötzlich, meine Liebe – meine Lieben, holte er sich sein Flußleben zurück und schwamm so glitzernd durch den Glockenstuhl der Kirche und den Fluß hinab." Und nach diesen Worten klappte er seinen Mund fest zu.

Sie streckte ihre Arme aus, und er fiel zitternd gegen sie. Mit klopfendem Herzen trug sie ihn durch die dunklen Flure in sein Zimmer und legte ihn ins Bett. Er lag dort im Mondlicht, das über ihn hinwegglitt und -kroch wie über ein kleines abgefallenes verwelktes Blatt, und er bewegte sich nicht mehr und fragte nichts mehr, sondern lag nur ruhig da, als triebe er davon, als würde er fortgetragen, angezogen vom ziehenden Mond. Und das Herz schlug in Jennys Brust immer weiter, so unerwartet wie ein Vogellied mitten in der Nacht, bis der Morgen kam.

Unter der rauhen Klippe lag das Schwemmland in einem Strom von goldenem Dunst. Die Straße fiel wie ein Wasserfall vom Kamm zu der Stadt am Fuß des Berges ab und verlor sich dort im Gras. Es war Frühling. Die Gestalt eines sich langsam bewegenden Mannes mit einer Angel ging wie im Traum die leere Straße entlang und dann durch den weglosen Dunst auf den Fluß zu. Die Stadt wurde immer noch Landeplatz genannt. Der Fluß hatte sich vier Kilometer weiter außer Sicht- und Riechweite ein neues Bett gesucht, jenseits der dichten Bäume. Er kam nur bei Hochwasser zurück, und dann fuhren Boote über die Häuser.

Auf dem sonnengefleckten Hügel hatte der alte Mann mit seiner Enkelin immer in dem Haus mit den Veranden gelebt. Sie waren die Menschen, die am Landeplatz nur selten zu sehen waren. Der Großvater war zu alt, und das Mädchen war zu schüchtern, und beide waren sich zu gut – wie die alten Damen sagten –, um auszugehen, und so blieben sie im Haus.

Ihr ganzes Leben lang konnte die schüchterne Jenny, wenn sie im Wohnzimmer war, die beiden Bilder ihrer Mutter abwechselnd betrachten, „Der Vogelmarkt" und „Das Massaker von Fort Rosalie". Oder wenn sie ins Eßzimmer ging, konnte sie um den Tisch herumgehen oder sich nacheinander auf jeden der mit Petit-Point-Stickerei bespannten acht Stühle setzen, von denen jeder etwas anders aussah – ihre Mutter hatte den Stoff bestickt und die Stühle damit bezogen –, oder sie konnte die Teller zählen, die auf den Borden im Wandschrank standen. In der Bibliothek konnte sie auf dem völlig nackten Fußboden herumgehen und einen Tanz zu einem Lied erfinden, das sie sich ausgedacht hatte, alles in großer Stille, oder sie konnte die Bücherrücken ohne Titel anschauen – Bücher, die auf Schiffen und Ochsenkarren gewesen und durch Feuer und Wasser gegangen waren, die versengt und gebleicht, aufgeworfen und geschrumpft waren, die hoch oben und fast unerreichbar wie kostbare Gegenstände aufgestellt waren. Wo sie auch hinging, berührte sie fast immer ein Prisma. Das Haus war voll von Prismen. Sie hingen überall, in den düsteren Fluren und den sonnigen Zimmern, sie bewegten sich leicht unter den Hängelampen, sie tanzten und kreisten an den Gardinen. Zarte Töne erklangen, wenn ein Luftzug durchs Zimmer strich oder wenn sie nur vorbeiging und die Prismen aneinanderstießen. Sie hatte die Angewohnheit, sie nicht selbst zu berühren, sondern eine magische Berührung hervorzurufen, durch die von der Außenluft bewegten Gardinen, so daß sie sogar kleine Regenbögen erhielten. In den Fluren standen mit Landschaften bemalte Vasen, die sich endlos spiegelten, wenn sie schnell zwischen den beiden Spiegeln durchging. Sie hätte stehenbleiben, alles anfassen und die kleinen Bilder mit dem Finger nachzeichnen können. Das war nicht verboten. Doch die Berührungen, zu denen ihr der Mut fehlte, wären auf den Gegenständen so durchsichtig gewesen wie die eines Gespenstes. Ihre Ruhe war die eines Kindes, nicht eines Gespenstes. Aber wie ein entfernter Blitz den ganzen Himmel in leuchtende Farbe taucht, zitterte in ihr das geheime Wissen: Eines Tages würde sie die Freiheit haben, zu kommen und zu gehen. Nichts hielt sie jetzt in ihrem eigenen Zimmer mit dem großen Schrank, in dem sie sich manchmal gern versteckt hätte, dem großen thronartigen Bett und dem Baldachin darüber und dem kleinen Bild ihrer Mutter mit den nach oben gerichteten Augen an der Wand. Jenny ging von einem Zimmer ins nächste und zur Tür hinaus. Aber dann rief sie ihr Großvater mit seinem leisen Gemurmel zurück.

Bei Sonnenuntergang aßen der alte Mann und seine Enkelin im Pavillon auf dem Hügel zu Abend. Der Pavillon war einmal ein Aussichtspunkt gewesen, als der Fluß noch daran vorbeifloß. Dort wehte immer noch eine kleine Brise vom weit entfernten Fluß. Um den ganzen Pavillon herum rankte sich ein uralter dorniger Rosenstrauch wie ein verschnörkelter Anfangsbuchstabe in einem Gedichtbuch. Die Köchin kam heraus und bediente sie mit übertriebener Würde, so als schimpfte sie im Inneren des Hauses. Vielleicht bewahrten alle drei die Erinnerung an eine kleine Szene in ihrem Kopf. Der alte Mann und das junge Mädchen blickten über den runden Tisch, auf den die geschäftigen schwarzen Hände Schatten wie Blätter warfen, und lächelten einander aus alter Gewohnheit zu. Aber ihr Großvater konnte sie nicht ohne eine gewisse Nachdenklichkeit in seinen Augen anschauen, und mit den Blicken, die sie so liebevoll tauschten, verband sich die Erinnerung an Jennys Mutter. Es war seltsam, daß ihre Mutter jetzt schon so viele Jahre tot war und daß die wilde Sehnsucht, die sie zerrissen hatte, immer noch frisch war und immer noch etwas Unwichtiges zu sein schien. Es war die Sehnsucht, nach Natchez hinunter zu gehen. Alle Leute sagten, Natchez sei an Samstagen eine nette kleine Stadt, wenn viele Menschen dort herumspazierten.

Der Großvater rührte seinen schwarzen Kaffee um und lächelte Jenny an. Er lehnte Fieberanfälle als solche einfach ab, sah sie als Naturgewalt und hielt sie deshalb keiner Erwähnung wert. Und trotzdem – selbst jetzt noch, zu spät – wenn Jenny nur für sie bitten könnte...! In einem Fieberanfall rief man die Köchin, damit sie einen Fächer brachte, und als seine Tochter zum ersten Mal im Fieber phantasierte, läutete er eine Glocke und befahl der Köchin, sie fortzubringen und bei ihr zu bleiben, bis der Anfall vorbei war, aber schließlich starb sie daran. Und Jenny konnte nicht für sie bitten.

Ihr Großvater, der gebrechlich wie ein kleiner Vogel war, bestimmte, wann es Zeit war hineinzugehen. Er erhob sich langsam in seinem Morgenmantel aus Brokat, den er gewöhnlich trug, wenn er las, und hängte sein Gewicht, das gräßliche Gewicht einer Klaue, an Jennys Arm. Jenny gehorchte ihrem Großvater, wie sie jedem gehorcht hätte, auch einem Fremden auf der Straße, wenn einer dagewesen wäre. Sie machte nie auch nur das geringste für sich selbst, sie berührte noch nicht einmal die Prismen. Es schien, als ob nichts von ihrem eigenen Herzen ausging.

Es passierte nie etwas, wenn man von diesem Aussichtspunkt Ausschau hielt, außer daß Billy Floyd durch die Stadt ging. Fast niemand kannte ihn, und er hielt sich abseits. Wenn er überhaupt auftauchte, dann um diese Zeit des Tages. In den langen Schatten dort unten konnten sie seine Gestalt und den glitzernden Fisch sehen, den er trug. Er ging leuchtend wie eine Kerze über die Straße, die ihm allein gehörte, und verschwand in der blauen Ferne. In der Stadt namens Landeplatz schaute man jedem Menschen nach, bis er den Blicken entschwunden war, und dadurch entstand für jeden eine kleine Pause. Und wenn es jeden Tag einen Augenblick der Hoffnung geben muß, so war es in Jennys Tag der Augenblick, wenn der rohe, wilde Floyd mit seinem großen Fisch, den er gefangen hatte, durch die Stadt ging.

Unter dem blauen Himmel führten am Rande der Schlucht zwanzig Zypressen im Halbkreis zum Friedhof hin, ihre verwitterten Stämme hatten die Farbe roter und weißer Rosen. Hier ging Jenny hinauf, wenn sie die Erlaubnis bekam, um das Grab ihrer Mutter zu besuchen.

Der Friedhof lag auf einem dunklen Riff oberhalb der Stadt, wo früher der alte Landeplatz gewesen war und wo vor hundert Jahren Schiffe aus aller Welt angelegt hatten. Am äußersten Rand des Friedhofes, von dem aus die Klippe steil abfiel, lag ein altes tischartiges Grab mit einer halb verschobenen Grabplatte, die von wildem Wein überwuchert war. Die herabhängende Bartflechte und die aufrechten Grabsteine waren in jenen seltsamen Friedhofsschatten eingetaucht, in dem die Bartflechte ganz versteinert wirkte und die Grabsteine so, als wären sie Flechten.

Als Jenny eines Tages dort auf einem Zauntritt saß, schaute sie über den Graben hinweg und sah Floyd, der bewegungslos auf einer sonnigen Weide stand. Sie konnte ihn zwischen den Weinranken beobachten, die auf beiden Seiten des Zaunes gespannt wie Seile herabhingen und ihr die Sicht freigaben. Floyd hatte glattes, helles Haar, das ihm in die Stirn hing, denn er hatte keinen Kamm. Und da stand er ganz ruhig, groß und gedrungen und schaute sie an, während ein rostbraunes Pferd, das den Lockharts gehörte, neben ihm geräuschvoll auf der duftenden Weide graste.

Die alten Frauen sagten, daß er den ganzen Vormittag schlief, weil er die ganze Nacht lang fischte. Jenny saß steif da, ihre Füße standen auf der tieferen Sprosse, und sie sah aus wie ein Kind, das über die Stille und Härte der stillen, harten Welt entsetzt ist.

Schließlich seufzte sie, und als sie ihren Rock raffte, um zu gehen, sah sie wie im Traum Floyd über die Weide auf sie zugehen. Als er zu dem kleinen Graben kam und mit weit ausgebreiteten Armen wie in etwas Gefährliches hineinsprang, stand sie stumm auf dem Zauntritt und beobachtete ihn. Jetzt kam er näher, seine Füße traten auf die geknickten Farne an der Quelle. Der Wind zauste sein Haar, daß man es beinahe hören konnte.

„Geh zurück“, sagte sie. Sie wollte ihn zuerst noch länger beobachten, bevor er zu ihr kam.

Er blieb stehen, schaute ihr direkt ins Gesicht und neigte seinen kräftigen Nacken, als ob er sich voller Freude dem Wind hingäbe. Er senkte seine Arme und machte die Fäuste auf. Aber für sie waren seine Augen so hell und frisch wie die Sterne am Himmel. Dann wollte sie ihn fangen und aus der Nähe anschauen, aber ohne ihn anzufassen. Aber er stand da und beobachtete sie, als wollte er das verhindern. Sie waren so still und bewegungslos wie zwei Spottdrosseln, die gleich zu schnäbeln und zu tanzen anfangen.

Sie wartete, aber er lächelte, und dann kniete er sich hin und schöpfte sich Quellwasser mit den zusammengelegten hohlen Händen. Er trank lange, während sie mit ihrem im Winde flatternden Rock dastand und abwartete, wie lang er trinken konnte, ohne das Gesicht zu heben. Als er genug getrunken hatte, ging er zurück auf die Weide und warf sich gähnend ins Gras. Das Gras war dort so hoch, daß sie nur einen ausgestreckten Arm mit dem zerrissenen Ärmel sehen konnte, einen geraden, sonnengebräunten und bewegungslosen Arm.

An dem Tag, an dem sie ihn im Wald beobachtete, ahnte sie unklar, daß sie ihre Unschuld verloren hatte, da sie seine beobachten konnte. Sie konnte nur auf die Sprosse des Zauntritts sinken und die schwere Stirn in ihre Hand legen. Aber wenn sie ihre Unschuld verloren hatte, so wußte sie doch nicht, was danach kommen würde. Sie würde abwarten und ihm beim Aufwachen zuschauen.

Aber er schlief, schlief wie ein Toter, und sie mußte sich geschlagen geben. Sie kehrte zu ihrem Großvater zurück.

An einem anderen Tag gingen sie eine Weile nah nebeneinander her, pflückten Beeren und Blätter und steckten sie in den Mund, sie auf der einen und er auf der anderen Seite der kleinen Quelle. Die Weide, die Sonne und das grasende Pferd waren auf seiner Seite, die Gräber auf ihrer Seite, und jeder schaute zum anderen hinüber. Die ganze Welt schien voller Schmetterlinge zu sein. Bei jedem Schritt flatterten zwei schwarze Schmetterlinge ganz ähnlich über die Blumen hinweg und schwebten in der Luft, wobei einer den anderen umkreiste oder in einer sanften, wellenartigen Bewegung über den anderen hinweg die Seite wechselte. Sie waren blauschwarz und bewegten ihre Flügel so schnell, daß Jennys Augen es nicht sehen konnten. Sie blieben immer zusammen, als wäre einer der Schatten des anderen, und gingen zart und liebevoll miteinander um. Da erkannte Jenny, daß noch kein Mund die Liebe zart genug einem anderen Mund geschenkt hatte.

Jenny und Floyd hielten an und schauten eine Zeitlang den Schmetterlingen zu und berührten sich kein einziges Mal. Als Jenny Floyd dann doch berührte, am Ärmel berührte, zuckte er zusammen.

Er ging wie ein aufgescheuchtes Tier durch die Wiese. Das Pferd kam zu ihm, und als er es anfaßte, stand es mit aufgestellten Ohren neben ihm und lief dann wieder fort. Sie konnte über dem ganzen Landeplatz kein Geräusch hören. Es mochte sein, daß Floyd nichts in der Welt vermißte und daß er deshalb unzählige Dinge hören konnte. Plötzlich warf er den Kopf hoch. Sie wußte, daß er lächelte. Und ein Lächeln bedeutete immer eine Schranke.

Sie nannte ihn beim Namen, denn sie war ihm so nah. Es war das erste Mal.

Er bewegte sich noch immer nicht, und sie wußte, daß er abseits in einer Welt der Freude lebte. Aber es konnte ein merkwürdiger Glanz auf den Ort fallen, an dem er sich befand, und für sie konnte die Welt schwarz aussehen, wenn sie zurückgelassen wurde. Sie fühlte ein Entsetzen wie vor etwas Gnadenlosem.

Floyd hob den Fuß, stampfte auf den Boden, streckte seine sorglosen Arme aus, um das Pferd zu fangen, das er verschreckt hatte. Dann sprang er auf den nackten Rücken des Pferdes und galoppierte davon und stieß dabei laute Schreie aus, um jeden, der ihn hörte, zu erschrecken oder in Erstaunen zu versetzen. Sie warf sich ins Gras. Sie hatte noch nie gewußt, daß das Lockhart-Pferd so schnell galoppieren konnte. Floyd ritt so schnell wie bei einem Rennen, und in seinem zerlöcherten Hemd schien er – als sie ihn unter ihrem Arm hervor beobachtete – mit dem Wind dahinzufahren, und er umkreiste die steile Weide dreimal und ritt dann mit fliegenden blonden Haaren und einem verebbenden Schrei in den Wald hinein.

Wenn es möglich gewesen wäre, ihm zu folgen und ihn dann zu finden, wäre sie zu Fuß losgegangen. Aber sie wußte, was sie finden würde, wenn sie zu ihm hinkäme. Sie würde ihn genauso wirklich finden wie sich selbst – und könnte ihn dann nicht berühren. So wie sie lebendig und unverletzt war, so war er es natürlich auch, und wenn ihm das Vergnügen bereitete, wie konnte sie ihn etwas fragen? Sie ging in den Wald hinein und um die Gräber herum, und sie wußte von der Liebe, daß sie sich in der Welt ganz anders entwickeln würde, wenn sie das moralische Wissen eines Mysteriums verlöre, das sich im Herzen des anderen befindet. Nichts von dem, was sie an Floyd anzog, ängstigte sie, aber sie wußte sofort, daß sich in jedem Menschen, auch in ihr selbst, ein zerbrechliches Geheimnis befand. Sie wußte das, da es ja auch in Floyd war, und wußte, daß sie, was sie auch tun würde, diesem Geheimnis unweigerlich zu nahe treten und es verletzen würde, und das Geheimnisvolle am Leben war gerade das, was am meisten Angst machte. Als Floyd auf dem roten Pferd ritt, lag sie im Gras. Er hätte sogar über sie springen können. Aber die Prahlerei und die Demütigung der Liebe sagten ihr nichts – gar nichts.

Am nächsten Tag wartete Jenny auf dem Zauntritt und sah, wie Floyd am Morgen mit triefend nassem Haar die Straße heraufkam. Er hätte herkommen und sie hier finden können, aber er ging zuerst zum Lockhart-Haus.

Das Lockhart-Haus stand zwischen zwei leeren Grundstücken an der Straße. Es war geräumig, flach und windschief. Sein Dach, das an den Seiten von den beiden Schornsteinen gestützt wurde, bog sich wie eine Hängematte durch und war mit Rinde und kleinen bunten Schildern geflickt. Der Pegelstand des letzten Hochwassers lief wie ein schwarzer Gürtel um das Haus herum, und das allein schon schien es zu befestigen und zusammenzuhalten. Floyd stand da und starrte durch die Tür hinein, als ob weiß der Himmel was herauskommen könnte. Und die Tür war auch wunderschön anzusehen, mit ihrer Lünette und den Seitenfenstern, die allerdings blind waren von Schlamm. Die Tür war geschlossen, und die Eichhörnchen schliefen auf dem Boden des langen Käfigs, der die vordere Mauer entlanglief. Unter der nach vorn schräg abfallenden Veranda saßen die lehmfarbenen Hühner immer zwei und zwei in dem alten Ruderboot. Und während Floyd noch hinschaute, kam Mag heraus.

Dann spielte er mit Mag Lockhart, die ein Albino war. Mags kurzes weißes Haar hing ihr über den Kopf nach vorn, wenn sie schläfrig im Blumenbeet hockte, das sie den ganzen Tag lang mit einem Taschenmesser umgrub, und sie lachte schrill auf, wenn sie jemanden kommen sah. Jenny beobachtete von dem Zauntritt aus, wie sie sich balgten und miteinander spielten. Unter den eiligen Füßen der Eichhörnchen drehte sich die Tretmühle im Kreis herum.

Aus der Ferne war Mags Stimme durch den stillen Tag zu hören: „Bist du nicht!“ „Das stimmt nicht!“ „Bin ich nicht!“ schrie sie und sprang fort.

Floyd drehte sich auf dem Absatz um und zog die gute Mag vom Boden hoch. Mag rannte herum und packte ihn, puffte ihn und knisterte wie ein grünes Holzfeuer, und er lachte und fing sie. Sie streckte den Finger aus und schickte Floyd zum Wasserholen, und er ging hin und klapperte und schepperte für sie mit den Eimern am Brunnen, bis sie ihn bat, damit aufzuhören. Dann ging er einfach fort, und die gute Mag setzte sich auf die Vordertreppe zu den Hühnern und rieb sich die feuerroten Arme.

Und dann war Mag plötzlich verschwunden.

Jenny legte die Hände über die Stirn und rieb dann an ihren eigenen Armen herum. Sie glaubte, daß Mag hier gewesen war, weil sie alles gespürt hatte, was Mag gespürt hatte. Wenn das eine Erscheinung war, dann war es die erste in ihrem Leben. Und es machte ihr keine Angst. Sie wußte, daß sie die Erscheinung nur deshalb gehabt hatte, weil sie gefühlt hatte, was in einem anderen Herzen außer ihrem eigenen vor sich gegangen war. Aber es war Mags Herz gewesen, das sie zu verstehen lernte, während Floyd davongerannt war.

Sie legte sich ins Gras, und es flüsterte ihr etwas ins Ohr. Wenn Verzweiflung ein Land wäre, dann läge es auf dem Grund des Brunnens. Dort wollte sie hin, wollte anmutig und heiter in einem seltsamen, fremden Land ankommen und auf dem flachen Boden unter dem geheimnisvollen Himmel spazierengehen. Sie glaubte sich selbst zu sehen, flüchtig wie ein Spiegelbild, das in einem Atemzug verwunderten Abschiednehmens emporstieg und zu dem Brunnen der kleinen Mag hinging. Er war so gebaut, daß er Treppen hatte wie ein Zauntritt. Sie sah sich hochsteigen, oben stehen, herumschauen, und dann in den dunklen Schacht hineinsteigen.

Aber mein Großvater wird mich zurückrufen, dachte sie selbst noch in diesem tiefen Tagtraum. Dann muß ich zurückgehen. Er wird mich fragen, ob ich Blumen auf das Grab meiner Mutter gelegt habe. Und sie schaute zum Grabstein ihrer Mutter hinüber, auf dem ihr Ehename Lockhart eingemeißelt war.

Sie drückte das Ding in ihrer Hand, einen Grashalm, und hielt ihn fest. Da saß sie nun in der Sonne, spannte den Grashalm zwischen ihre Finger ein und hielt ihn an den Mund, weil die Welt sie immer wieder zurückrief. Sie blies auf den Grashalm. Er gab einen gedankenlosen, flötenartigen Ton von sich, und sie blies noch einmal.

II

Am Morgen nach dem Tod ihres Großvaters zog Jenny ein gestärktes weißes Kleid an und ging den Hügel hinunter in die Stadt. Von ihrem Handgelenk hing eine kleine gehäkelte Tasche an einem Band herunter, und sie hatte ein Fünf-Cent-Stück hineingelegt. Mit ihren guten schwarzen Sandalen schritt sie leichtfüßig durch den Staub. Sie wollte den Tod ihres Großvaters bekanntgeben, von dem die alten Damen gesagt hatten, daß er plötzlich sterben würde – *einfach so*. Und als sie sich bei jedem Schritt umblickte, sah sie, was für ein einsamer Ort es war, an dem das alles passierte.

Sie kam an einem Haus vorbei, das nur von Mäusen bewohnt war.

Sie ging an einem schwarzen, mit Brettern vernagelten Laden vorbei, in dem eine Eule mit all ihren nächtlichen Angewohnheiten hauste. Und dort untersuchte ein junges Kalb, das den Lockharts gehörte, mit der Schnauze die Räume, in denen schon Gras wuchs, bevor die Wände von den Negern fortgeschleppt und im Winter als Feuerholz verbrannt wurden. Vor der Reihe der Negerhütten war ein langer Zaun aus Teilen von alten Booten aufgerichtet, der den Fluß noch kurz zurückhalten sollte, wenn er kam, und der so wirkte, als wollten die Neger einen zerstörungswütigen Riesen unter irgendeinem dummen Vorwand aufhalten.

Am Ende der Straße stand ein baufälliges, zweistöckiges Gebäude, bei dem nur ein Teil der Veranda erhalten geblieben war, und hier war Jenny am Ziel. Der Laden und die Post waren in dem einzigen Raum, der benutzt wurde, untergebracht. Unter dem vorspringenden Blechdach hingen die Eiszapfen aus Bartflechte, die der Postbeamte als Weihnachtsschmuck dort angebracht hatte. Über der Tür hing ein vertrockneter Mistelzweig, und das Gewehr, mit dem er heruntergeschossen worden war, stand noch in der Ecke. Fünf alte Männer saßen auf Stühlen an die Vorderwand angelehnt, und einer von ihnen hielt die weiße Katze auf dem Schoß. Auf der Treppe spielte der Junge Alford auf seiner Mandoline, die Jennys Mutter gehört hatte und dann fortgegeben worden war. Er sang sein schnelles Lied.

„Sie ist süß
Sie ist schlau
Schau nicht zweimal
Zu der kleinen Frau
Alle lieben meine kleine Frau."

Sie nickten ihr zu, aber sie wußten, daß sie nicht mit ihnen sprechen sollte.

Sie ging hinein, und das erste, was sie sah, war Billy Floyd. Er stand im hinteren Teil des Raumes, und der Postbeamte sagte zu ihm: „Glaubst du, daß wir dieses Jahr Hochwasser kriegen?"

Sie hatte den Mann noch nie innerhalb von Wänden und unter einem Dach gesehen, und irgendwie wurde er dadurch ein ganz anderer als der, den sie von der Weide her kannte. Er stand in dem düsteren, schmuddeligen Laden mit einer Reihe verstaubter gläserner

Lampen und einem Paar Stiefel hinter seinem Kopf, und es war etwas Enges, etwas bedrückend Enges, etwas Abgenutztes und Weltliches an ihm.

„Dieser Schlamm ist genauso glitschig! Ihr wißt ja, wie ein Fisch ist", sagte der Postbeamte redselig zu beiden, als ob sie in irgendeiner Weise zusammengehörten. „So ist ein Haus, das unter Wasser gestanden hat. Das ist vielleicht ein Anblick, wenn die Nigger versuchen, das Haus sauber zu machen, wenn sie hinfallen und von hier bis zur Eingangstür schlittern und wieder zurück. Man muß den Schlamm nämlich gleich wegmachen, sonst geht es überhaupt nicht mehr. Der wäre bestimmt die beste Tünche in der ganzen Welt." Er lachte.

Es war etwas Abgenutztes und Verbrauchtes an Floyd, etwas, das so stark war wie ein Geruch, der Geruch der alten Spielkarten, den die alten Männer vom Landeplatz jeden Tag über ihren Tisch am Straßenrand hin- und herschoben.

„Glaubt ihr, daß wir dieses Jahr Hochwasser kriegen?" fragte der Postbeamte noch einmal. Er schaute von einem zum anderen.

Floyd sagte nichts, er hielt nur einen Penny in der Hand. Einen Augenblick lang dachte Jenny, daß er seinen erhobenen Kopf senken würde, weil er in diesem engen Raum in eine Falle geraten war, mit ihr zwischen sich und der Tür, was das gleiche bedeutet hätte, als vor einem Dritten zu behaupten, man könne ihn in der kurzen Zeit kennenlernen, wenn man ihn in einem kleinen Laden fing und in die Ecke drängte.

„Was möchten Sie heute, Miss Jenny?" fragte der Postbeamte. „Blumensamen?"

Aber es fiel ihr nichts ein, was sie haben wollte. Sie hielt ihre kleine Tasche mit den zusammengezogenen Bändern bewegungslos in der Hand.

Die ganze Zeit über starrte Floyd sie mit leuchtenden Augen an.

„Na, da kann einem schon komisch zumute sein, wenn man sieht, wie das Wasser hereinbricht", sagte der Postbeamte. „Das letzte Mal räumte ich hier alles aus, was ich nur konnte. Dann kam ich wieder vom Hügel herunter und schaute zur Tür hinein, und was sah ich? Meine Vitrinen fingen gerade an, herumzuschwimmen. Das sah vielleicht aus! Ich hätte nicht gedacht, daß ich die Dinger verkaufen könnte. Ich trug die Vitrinen den Hügel hinauf, wußte aber nicht, wohin damit. Hättet ihr gedacht, daß ich in zwanzig Minuten alles aus meinem Laden heraustragen könnte, außer dem Safe, den konnte ich nicht heben. Hab die Tür offengelassen und ging weg und ließ ihn da stehn. Damit er nicht rostet, Floyd, Miss Jenny. Hab lang gebraucht, um den Fluß aus diesem Ding rauszukratzen."

Alle drei warteten einen Augenblick lang, und dann redete der Postbeamte lächelnd mit sanfter, vertraulicher Stimme weiter. „Ein Fremder, der sich hierher verirrt hatte, fragte mal: ‚Warum zieht ihr nicht alle hier weg?' Wegziehen?" Er lachte und deutete mit dem Finger auf Jenny. „Haben Sie das gehört, Miss Jenny – warum ziehen wir eigentlich nicht weg? Weil wir hier leben, nicht wahr, Miss Jenny?"

Dann wurde es ihr klar, daß Floyds durchdringender Blick eine Herausforderung war, und sie gab auf. Sie ging hinaus und ließ ihn dort stehen, wo er sich aufgestellt hatte. Und als der Postbeamte mit dem Finger auf sie deutete, erinnerte sie sich daran, daß sie auf das Geheiß ihres Großvaters hin niemals mit Billy Floyd sprechen sollte.

Sie blieb vor der Tür stehen. Das Fünf-Cent-Stück rutschte in ihrem Täschchen herum, und da fiel ihr ein, daß sie das Wichtigste vergessen hatte. Sie ging zu dem herausfordernd schauenden Floyd zurück. Und dann flüsterte sie hastig den fünf alten Männern einzeln und sogar auch dem Jungen Alford die Neuigkeit zu, und jedesmal war sie den Tränen über ihren Großvater näher, der in der Nacht gestorben war. Dann standen alle um sie herum und brachten sie eilig zu den alten Frauen und schließlich nach Hause zurück.

Aber den ganzen Weg lang starrte ihr das Gesicht Floyds entgegen, es war wie eine Vision, die sie am richtigen Sehen hinderte. Es funkelte heller als der hämische Blick des Todes. Er konnte mit seinem Penny eine Streichholzschachtel kaufen, und das war der Preis dafür, daß er fortging. Er würde fortgehen. Die Überschwemmungsgefahr war nur ein Traum ihres Großvaters und die Einbildung des besorgten Postbeamten. Es waren jetzt helle Tage und klare Nächte, da würde Floyd nicht lange am Landeplatz warten. Das sagten die alten Frauen und baten darum, sich an ihre Worte zu erinnern.

Aber später, an einem anderen Tag, ging Jenny spazieren und traf Floyd an dem kleinen Fluß, der an der Quelle entsprang und in den Mississippi floß. Sie setzte sich und flocht eine Kette aus Klee, die nicht lang wurde, weil die Kleeblüten immer herausrutschten, und während sie flocht, schaute sie zustimmend in seine glänzenden Augen, die über das Land hinschweiften und den Himmel nach Wolken absuchten. Sie konnte seinen Blick einen Augenblick lang festhalten, dann entkam er ihr. Sie sagte nichts zu ihm, denn niemand kann sagen, „ich hab ein schwerfälliges Herz, das macht mich ungeschickt". Niemand kann etwas so Wahres und so Entschuldigendes sagen. Niemand kann sagen, „verzeih dem schwerfälligen Herz, das mehr liebt, als die Zunge sagen kann oder die Hände tun können. Schau mich nur jedesmal an, wenn ich dich anschau, und hab kein Mitleid, denn was mein Herz in dieser Minute empfindet, ist besser als alles, was du auch nur im entferntesten bieten kannst". Das sagten ihm ihre Augen, aber wenn er es wußte oder als eine Drohung empfand, so ließ er es sich nicht anmerken. „Mein Herz liebt dich mehr, als ich es sagen kann, aber hab kein Mitleid mit mir, sondern stell dir nur die Zeit vor, wenn alle Ungeschicklichkeit überwunden sein wird." Sie stellte sich vor, daß alle Anmut der Zukunft gehörte. Aber er hatte zu ihren Gedanken oder ihren Vermutungen nie etwas zu sagen. Er stand fest auf dem Boden über ihr und schaute in diesem Augenblick über die Gegend hinweg. Der ganze Landeplatz breitete sich jetzt auf gleicher Höhe mit ihm vor seinen Augen aus. Da sie die Welt außen herum nicht kannte, wußte sie nicht, wie der Landeplatz darin aussah. Sie wußte nur, daß Floyd weggehen würde, wenn seine Ungeduld ihn dazu trieb, und daß dieser vergängliche Augenblick am Fluß als erster vergehen würde.

Ihre gesenkten Augen liefen langsam, wie mit Blumen geschmückt, über sein helles, wehendes Haar und seine zusammengezogenen Augenbrauen an ihm hinunter, an seinen geschickten Händen vorbei, die so gut Fallen stellen und Tiere fangen konnten, und glitten dann sanft hinunter auf das sandige Ufer. Eine vergrabene Miesmuschel ließ wie eine Quelle Blasen im Sand aufsteigen, wo er mit seinem Stiefel im Wasser herumspielte. In diesem Augenblick war das Wichtigste für sie nicht er oder sie, sondern das pulsierende

Aufsteigen der kleinen Blasen. Und er hätte schon fortgegangen sein und sie hätte schon geweint haben können, und es wäre doch dasselbe gewesen in diesem Moment, als sie unverwandt auf die kleine Fontäne sah, die so sanft aus dem schimmernden Sand aufstieg. Eine reine Liebe ist *in der Welt* – diese Erkenntnis drängte sich ihr so beharrlich auf, wie die Luftblasen der Muschel durch das Wasser nach oben stiegen. Hier gab es die Liebe, wo die Blasen aufstiegen und jetzt neben ihr waren. Die Liebe ist in der Blase im Wasser im Fluß, und sie unterliegt ihren eigenen Veränderungen und dem Geheimnis von Tag und Nacht, und es kümmert sie nicht, wie wir kommen und gehen.

Doch als der Augenblick vorüber war, ging Floyd fort. Und sobald er den Landeplatz verlassen hatte, fing es zu regnen an.

Jeden Tag öffneten sich die Gewitterwolken wie große purpurne Blüten und schütteten ihren finster grollenden Donner aus. Bei Einbruch der Nacht legte sich das Gewitter auf die Häuser wie eine Last, die dieser Tag getragen hatte. Das Geräusch des Regens, der sich füllenden Abflußrohre und des kleinen Flusses, der sprang und in Wellen dahineilte, war überall am Landeplatz zu hören.

Und als der Strom schließlich kam, tauchte er wirklich auf wie eine Hand und ein Arm und schob schwarze Baumstämme vor sich her, aber das war im Morgengrauen. Jenny ging mit den anderen hinter Mag Lockhart den Hügel hinauf, und das Wasser folgte ihnen und strudelte und warf die toten jungen Tiere auf seiner tobenden Brust hin und her. Die Wolken kamen tief herab und brachen wieder auf, und der Regen löschte die Laternen aus. In der verregneten Finsternis fingen Schiffssirenen so kraftlos wie Babys zu heulen an.

Als sie jemandem sagte, daß sie müde sei, hatte Jenny auf dem Hügel einen Tag und eine Nacht lang nichts gesprochen. Es war Billy Floyd, dem sie es sagte. Er brachte sie in seinem Boot unter, das sie noch nie gesehen hatte. Jenny schaute in Floyds leuchtende Augen und sah, wie sie die ganze Flut enthielten, so wie die Flut ihren Triumph in ihren Strudeln enthielt, und das war etwas Ungeheures und etwas ganz Unerwartetes.

Auf dem Hügel des hochgelegenen Friedhofs erreichte die Flut ihren höchsten Stand. Sie kamen in Floyds Boot dort hin, wo das Wasser die dunklen Zypressenwipfel umspülte. Auf ihrer Fahrt schürften sie Grabsteine, die sie von unten wie Säulen stützten, und sie wußte, daß sie über das Grab ihres Großvaters und ihrer Mutter fuhren. Weinreben breiteten sich unter dem Wasser aus, und ihre Blätter bewegten sich sanft wie Schwärme junger Fische. Es war immer dieselbe Dunkelheit. Irgendwo in der Ferne brannten rote und blaue Feuer.

„Ich ...", fing sie an und verstummte.

Er blickte finster vor sich hin.

Sie wußte sofort, daß es in ihrem vergangenen Leben oder auch jetzt während der Überschwemmung nichts gab, was sich zu erzählen lohnte. Er wußte schon, daß er ihr das Leben gerettet hatte, denn damit hatte er sich in der gefährlichen Zeit beschäftigt. Aber sie könnte sich dazu bekennen. Es drängte sich ihr auf die Lippen. Er schaute immer noch finster vor sich hin. Trotzdem war es letzten Endes keine Art von Bekenntnis, das sie ablegen wollte. Wenn sie überhaupt reden konnte, wollte sie ihm etwas Seltsames, Wunderbares erzählen und ihn damit zum Reden bringen. Diese Mitteilung würde bedeuten, sich etwas ganz Neues zu erzählen und noch mehr Neues zurückerzählt zu bekommen. Dieser Traum hielt sie gefangen, und viele Dinge schienen ihr möglich zu sein und hingen wie Wolken in der Luft über der Welt, und sie lächelte gutgläubig, denn es waren schöne Dinge.

„Ich ..." Sie schaute ihn sanft an, als ob sie ein Stück weit von ihm entfernt auf einer kleinen Straße stünde, oder als ob er sie an einer Leine hielte.

Er griff nach ihr, hob sie aus dem Boot heraus und trug sie zu einer kleinen Stelle, die er hergerichtet hatte, die trocken und grün war und gut roch, und da schlief sie ein. Nach einer Weile, die lang oder kurz gewesen sein mochte, glaubte sie zu hören, wie er sagte: „Wach auf!"

Als sie die Augen geöffnet hatte und ihn klar anschaute, vergewaltigte er sie, und er war genauso sorglos und bedürfnislos und genauso fröhlich, als würde er immer noch mit dem Eimer am Brunnen klappern. Mit denselben unbewußten Bewegungen, die eine bestimmte Anmut hatten, spießte er als nächstes ein Lendenstück eines Tieres auf, das er getötet hatte und in seinem Boot bereithielt, und briet es über einem Feuer, das er auf dem Boden entfacht hatte. Sie waren von Wasser umgeben. Sie flüsterte etwas in das Geräusch hinein, daß das Wasser verursachte, aber er konzentrierte sich weiter auf seine Arbeit am züngelnden Feuer. Irgendwelche Menschen, die hier während einer anderen Überschwemmung gewesen waren, hatten ihre Anfangsbuchstaben in den Baum eingeritzt. Jetzt sprach sie etwas lauter, und aus Schüchternheit benutzte sie statt Worten der Liebe Worte des Wünschens, aber er schaute sich noch immer nicht um. „Ich wünschte, du und ich wären weit weg von hier. Ich wünschte, wir hätten ein kleines Haus." Aber nichts, was sich nicht im Umkreis seines Feuers abspielte, erreichte seine Ohren, so wenig Aufmerksamkeit schenkte er ihren Worten.

Er hatte auch Fische dabei, er wickelte sie ein und garte sie in einem Loch, das er in den Boden gegraben hatte. Sie aß nur aus Gehorsam, obwohl er nicht „Iß" oder sonst etwas gesagt hatte, er lächelte nur das Feuer an. Er kannte nur eines, nämlich sich frei zu bedienen, wenn etwas frei zur Verfügung stand. Trotzdem wußte sie von ihm, daß das, was die Menschen auf der Welt aßen, Erde war, Fluß, Wildheit und Geschmeidigkeit, Feuer und Asche. Die Menschen nahmen den frischen Tod und das heiße Feuer in den Mund und bekamen daraus ihr eigenes Leben. Sie aß gierig, solange er aß, und nahm, was er nahm. Sie aß eifrig und schaute zu ihm auf, während ihre Zähne zubissen, um ihm sich und ihren stolzen Hunger zu zeigen, als wollte sie ihm mit ihrem anfänglichen und jetzt gestillten Hunger eine Freude machen und ihm schmeicheln. Aber sie konnte weder Mitleid noch Stolz in ihm wecken. Als sie sich nach dem Essen übergab, ging er weg und wartete abseits von diesem peinlichen Geschehen, wie er sie auch in seiner Lust verlassen hatte.

Der Traum von Liebe, der sie dazu brachte, in ihrem Leben so still zu halten, als ob sie einer Musik zuhörte, hatte sie noch nicht einmal in das erste Land gebracht, von dem er erzählte. Aber es gab ein Land, so sicher, wie es sie selbst gab. Als sie in dieser Nacht sah, wie der Mond aufging und leuchtend über der Flut und den Booten emporstieg, war sie nicht so traurig darüber, wie sie hätte sein können, daß keine Fäden vom Mond herunterhingen, daß keine zarte Leiter plötzlich im Mondlicht aufleuchtete und nach unten schwebte, nicht einmal jetzt, wo sie so hoch oben schwammen. Alle Träume brauchten etwas, das weit, weit weg blieb, das nie mit dem ganzen Rest beunruhigt wurde, und das war jetzt der helle Mond.

III

Als das Wasser gesunken war, ging Jenny wieder hinunter, und Floyd fuhr mit seinem Boot den Fluß hinab. Sie trennten sich mit einer linkischen Umarmung. Sie bahnte sich ihren Weg durch die mitgenommenen und immer noch triefenden Bäume ins Tal, wieder hinter Mag her, und folgte den Spuren und Zeichen der anderen, während der Schlamm an ihr klebte. Asche flog durch die Luft, und sie sah, wie sie ihre Haut berührte, aber sie fühlte es nicht. Sie kam zum Zauntritt, von wo aus sie die darunterliegende Gegend sehen konnte. Die Sonne ging unter, der Wind wehte flußabwärts, und die kleine Stadt hatte die Farbe des Flußwassers angenommen. Die Bäume hingen voll schäbigem Abfall und schepperten wie gelbe Kieselsteine, und die Häuser duckten sich unter ihnen abgenutzt und klein zusammen. Der rauchige Streifen der Wälder, der in der Ferne beim zurückweichenden Fluß lag, schien immer noch zu schwanken und zu gleiten.

Auf dem Landeplatz hatten sich die Häuser leicht gedreht wie Leute, die man am Rock zieht. Durch die fortgerissene Fassade des Lockhart-Hauses konnte man die Möbel sehen, die vom Fluß aus den Ecken herausgeschwemmt und herumgeschaukelt worden waren. Sie standen jetzt mitten auf dem Fußboden und zeigten auf der Rückseite eine gewellte gelbe Maserung wie langes Haar. Ein altes Geschäft war ganz fortgeschwemmt worden, nachdem es lang geschlossen gewesen war, und die alten Männer standen auf seinen Fundamenten und stocherten mit kleinen Stöcken nach Geld. Viele Jahre lang hätte Geld durch die Ritzen fallen können. Fünfzehn Cents und zwanzig Cents und eine spanische Münze wurden gefunden, und die Alten, die mit ihren Stöcken herumstocherten, lachten wie Frauen.

Jenny kam zu ihrem Haus. Es stand da wie zuvor, außer daß es in dem gelben und windigen Licht seine Veranden eng an sich heranzuziehen schien, um in die Höhle von Nacht und Bäumen zurückzukehren, zusammengekauert wie ein Kind, das in den Mutterleib zurückkriecht.

Aber sowie sie einen Schritt ins Haus hineinging, wurde sie von einer ganz neuen Leidenschaft erfüllt, der Leidenschaft des Reinigens, um den Fluß herauszuwaschen. Sie rannte wie gejagt mit Eimer und Mop herum. Sie schrubbte und kratzte und schüttelte den Fluß hinaus. Sogar die Buchseiten schienen geöffnet worden und von schlammigen Fingern neu beschrieben worden zu sein. Während der langen Tage, als sie weiße Vorhänge und Bettücher ausbreitete und trocknete, den Rost von Messern abkratzte und sie wieder glänzend polierte und den dunklen Fluß von allen Prismen abwischte, vergaß sie über dem Putzen sogar die Liebe.

Aber der Schock der Liebe hatte ihre Finger zum Zittern gebracht, so daß sie fallenließ, was sie anfaßte, und beim Treppensteigen stolperte, obwohl sie die ganze Zeit vorwärts getrieben wurde. Und als das Haus wieder sauber war, hatte sie das Gefühl, daß man sich nirgendwo darin verstecken konnte, in keinem einzigen Zimmer. Sie öffnete sogar die kleine Tür zum letzten Zimmer ihrer Mutter, aber als sie hineinschaute, dachte sie an ihre Mutter, die hier bewacht worden war, die ohne zu ermüden und in großer Einsamkeit gegen ihre Krankheit angekämpft hatte, und auch dieser Raum war kein geeignetes Versteck.

Wenn sie am Landeplatz einen Ort gefunden hätte, an dem sie allein hätte sein können und nicht gesehen werden konnte, dann wäre sie dorthin gegangen. Die eine oder andere alte Frau rief ihr immer etwas zu, wenn sie vorbeiging, und erzählte ihr etwas, und wenn sie auf die Straße ging, stieß sie auf die alten Männer, die beim Kartenspielen saßen, und sie sprachen mit ihr. Sie wollte keine Gesichter sehen, die häßlich waren, keine Blumen, die schön waren und süß dufteten.

Aber schließlich hörte das Zittern auf, und eine träge Kraft kehrte zurück, als ob eine Wunde aufgehört hätte zu bluten. Dann konnte sie eines Tages im Sommer einem fliegenden Vogel in der Luft nachschauen, dessen winziger Körper sich wie eine Faust öffnete und schloß, und fühlte dabei weder Betäubung noch Schmerz. Da war sie von dem Schock der Liebe geheilt.

Wenn sie von da an daran dachte, daß Floyd auf der Welt war und diese Nacht und diesen Tag erlebte, dann war das wie eine Entdekkung, die sie stets wieder aufs neue machte. Wenn sie in der Nacht ausgestreckt auf ihrem Bett lag und ins Dunkel schaute, strömte eine große, strahlende Energie durch ihren ganzen Körper und schnürte ihr das Herz unter dem Atem zusammen, und sie fragte sich fast mit lauter Stimme: „Soll ich denn schlafen?“ Denn die Liebe konnte jederzeit kommen, diesmal mußte sie aufpassen und sie fest an sich drücken, während sie von ihr an sich gedrückt wurde, und durfte sie nie wieder fortlassen, während sie von ihr umarmt wurde.

Dann zog diese strahlende Energie in ihr weiter und kam an ihr Herz und an ihr Hirn. Und vielleicht würde sie eines Tages hell und leuchtend werden wie durch die Berührung eines anderen. Aber jetzt war sie wie ein Haus, dessen Zimmer von Anfang an dunkel waren, und jemand müßte langsam von einem Raum in den nächsten gehen, langsam und dunkel, und jeden erleuchtet zurücklassen, wenn er in den nächsten ging. Es war weder Vorsicht noch Mißtrauen in ihr, sondern nur das Gefühl, unterwegs zu sein, das Gefühl, daß etwas geschehen könnte. Sie selbst wußte nicht, was ihr bevorstehen könnte, sie hatte sich nie selbst gesehen. Sie blickte mit einem Gefühl auf die äußere Welt, daß es in ihrem Inneren den richtigen Raum und die richtige Zeit gab, die durchwandert werden mußte, bevor sie erkannt werden konnte. Und sie würde zu guter Letzt nicht sich selbst offenbaren, sondern den Weg des Wanderers.

Auf dem Landeplatz war viel über alle Arten der Liebe bekannt, die sich hier zugetragen hatten, und die Weisheit wanderte, wenn sie die Veranden verließ, in Gestalt von drei alten Frauen durch die Stadt. Die alten Frauen würden Jenny eines Tages besuchen, um ihren Zusammenbruch zu feiern, und dafür schleppten sie sich mühsam mit ihren Kapotthüten durch die Hitze. Sie würden den Hügel hinaufkommen und sagen: „Warum rennst du ihm nicht nach?“ und würden ihr weiter sagen: „Jetzt liebst du ihn bald nicht mehr“, denn sie statteten immer einen Besuch ab, um derlei Worte auszusprechen.

Jetzt machte sich nur Mag heimlich an sie heran und schenkte Jenny errötend einen Strauß Amaryllis. Auch Jenny errötete.

„Bei manchen Leuten, die nicht mit anderen reden, wachsen gar nicht die schönsten Blumen im Garten!" rief Mag siegesgewiß, als Jenny die Blumen in Empfang nahm. Ihr Babyhaar fiel herunter, und ihr scharfes Lächeln schnitt sich in ihre längliche, trockene Wange ein.

„Ich sprech doch mit dir, Mag", sagte Jenny.

Wenn sie spazierenging, hörte sie, was die drei alten Frauen sprachen. Über sie sagten sie: „Sie wird ihrer Mutter ins Grab folgen." Über Floyd hatten sie mehr zu sagen. Sie nannten ihn „den wilden Mann", weil ihnen niemand so recht hatte sagen können, wer er eigentlich war und woher er stammte. Die Sonne hatte seine Haut dunkel verbrannt und sein Haar gebleicht, bis er auf der Straße ganz golden aussah, und wenn er vorbeiging, dachten sie eifrig über ihn nach, als ob sie sein Leben mit ihrer Handarbeit in die Finger nehmen und es auf ihrem Schoß zusammennähen oder zerschnippeln könnten. Sie sagten immer, daß er jedenfalls riesige Fische fing, wo immer im Fluß er auch fischen mochte, und immer ein langes nasses Ding um das Handgelenk geschlungen hatte, wenn er vorbeikam, brrr! Eine der alten Frauen glaubte, er sei ein Zigeuner, und hatte ihm „Zigeuner!" nachgerufen, als er einmal zu oft an ihrer vorderen Veranda vorbeigegangen war. Eine andere Frau sagte, daß es ihr egal sei, wer er eigentlich wäre oder ob sie das jemals herausbekommen würde, und daß es ihr auch ganz gleich sei, ob er lebte oder stürbe. Aber die dritte alte Frau besaß Bücher, obwohl sie ein bißchen verrückt war, und sie wartete ab, bis die anderen ausgeredet hatten, und erklärte dann, daß Floyd das Blut eines Natchez-Indianers habe, obwohl es hieß, die Natchez-Indianer seien ausgestorben und ausgerottet. Die Natchez, sagte sie – und sie nickte zu ihren Büchern hin, der „Bibliothek der Königin", die oben auf dem Regal stand –, waren die Bewohner des verschollenen Atlantis, hatten sie schon davon gehört? Und ihr ganzer Stolz war, daß sie der Flut entkommen waren, als die Insel unterging. Und es gab etwas, was alle Indianer wußten, daß man nämlich nie ein Feuer ganz ausgehen lassen durfte. Was meinten die anderen Damen dazu?

Sie waren schockiert. Sie hatten die ganze Zeit über geglaubt, daß Floyd in Wirklichkeit der uneheliche Sohn einer der alten schachspielenden Männer war, denn man hatte ihn im Wald aufwachsen lassen, bis er groß genug war, um zurückzukehren und Unsinn anzustellen. Sie sagten, daß er halb verwildert sei wie eine Familie, die sie benennen könnten, und meistens wisse er gar nicht, was er tue, wie eine andere Familie. Er könne künftige Ereignisse wie ein Tier wittern, und überhaupt habe er, wie alle Männer, teilweise etwas von einem Tier an sich. Aber sie sagten, so sei er eben.

„Warum rennst du ihm nicht nach?" – „Jetzt liebst du ihn bald nicht mehr."

Und Jenny überlegte, wie es wäre, wenn sie noch mehr liebte. Dann fiel es ihr natürlich ein. Mehr Liebe würde etwas Ruhiges sein. Sie würde erst dann so ruhig sein, wie sie es sich wünschte, wenn sie ganz ruhig in ihrer Liebe war. Im Mittelpunkt von allem, im Mittelpunkt des Donners, lag ein kostbares Stück Ruhe, und auch ihre Liebe würde in die Ruhe einmünden. Es kam ihr so vor, als ob der Landeplatz so lang voll Getöse sein würde, bis ihre Liebe voller Ruhe wäre. Es schien ihr, als ob sie schon an vielen Orten der Welt gewesen sei, immer auf der Reise, immer Ruhe verschenkend. Und das war genug, um sie in ihrem Herzen verzweifeln zu lassen, diese lange Suche nach Billy Floyd, dem sie Ruhe geben wollte. Aber wenn Floyd nach irgend etwas suchte, was war es bloß?

Sie hielt die Bernsteinperlen in der Hand, die man ihrer Mutter zum Spielen gegeben hatte. Niemand würde jemals etwas über den Unterschied zwischen seinem äußeren und seinem inneren Strahlen wissen. Es gab die beiden Welten. Es war vollkommen unmöglich, den Finger auf den Mittelpunkt des Lichts zu legen. Genausowenig kann eine über einen Berg hinwegziehende Wolke das Herz des Berges berühren, und ebensowenig können die Wellen am Strand einer Insel im Meer jemals die Mitte der Insel erreichen. Sie schaute in ihren Träumen Floyd an, dessen klare Augen ihr entgegenleuchteten, und sie wußte, daß sein Herz noch klarer war, sicher und tief in seiner Unschuld, ganz sicher und weit weg von der Außenwelt, noch tiefer als Ruhe. Sie erinnerte sich daran, daß er lächelte und sich wegdrehte, als ihre Hand angefangen hatte, ihn voller Entzücken zu berühren – er hatte sich nicht von ihr weggedreht, sondern er hatte sich etwas anderem zugewandt...

Wandte er sich einem Ding zu, einem einzigen Ding?

Aber wenn die Liebe für einen einzigen bestimmt war, schien sie eine große Vielfalt zu enthalten, so daß es nichts Vereinzeltes mehr gab. Jenny besaß eine einzige Liebe, und das war alles, was sie hatte, aber sie träumte davon, daß sie sich auf beiden Seiten der Straße aufstellte, um ihre Liebe in einer Prozession vorbeiziehen zu sehen. Sie selbst bestand aus mehr Menschen, als es Menschen auf dem Landeplatz gab, und ihre Liebe reichte aus, um durch die ganze Nacht zu gehen, ohne jemals dasselbe Gesicht zu haben.

Im Juli verließ Jenny den Landeplatz. Das Gras stand hoch und raschelte leise zwischen den Fahrspuren auf der Straße. Die Schwüle der Luft, die Stille des Flusses, der sich in Dunst eingehüllt hatte, der Glast der Hitze, der graue Schimmer der sommerlichen Bäume und die Stille bei Tag und bei Nacht, das alles schien den Landeplatz zu berühren, ihn zu baden und ihn überhaupt erst zu dem zu machen, was er war. Die kleine Stadt nahm durch die Einwirkung von Zeit und Ort eine Trägheit und eine Art von Schönheit an. Sie streckte sich aus und sank in sich zusammen, und wenn zwei halbwüchsige Jungen sich auf die Straße knieten, die Sonnenstrahlen in einem Brennglas einfingen und damit Feuer machten, dann war es, als ob sie einen Schläfer neckten, und wenn sie „Hurra!“ schrien, dann klangen sie wie Abenteurer in einem Traum.

Auf dem Boden liegende Birnen wurden warm und fingen zu gären an, Bienen umschwärmten die Feigen, Vögel pickten ihre kleinen Löcher in jede einzelne Frucht, die sie fliegend erreichen konnten, und nahmen sie so in Besitz. Der Duft der Lilien strömte süß aus ihren schweren Kelchen, tropfte auf die schattigen Wege herab und füllte so die goldene Luft des Tales aus. Die Trauertaube rief ihre drei Töne, hielt ihre kurze Stille ein – war das die Trauer? – und rief drei weitere Töne.

Jenny hatte am meisten verstanden, als sie sah, wie Floyd auf dem Pferd über die Schmetterlingswiese ritt, während sie still dasaß; und sie hatte auch etwas verstanden, während sie ihm zusah, wie er das

Fleisch briet, und während sie es unter seinen Augen für ihn aufgegessen hatte; aber jetzt, im träumenden Juli, verstand sie nur sehr wenig und verlor sich immer wieder in Staunen. Wenn sie ihn jetzt finden könnte, oder wenigstens den Ort, durch den er gekommen war, würde sie wieder etwas mehr verstehen. Jetzt konnte sie ihm nur noch folgen – es war zu spät, um irgendeinen Weg alleine einzuschlagen.

Als sie aufbrach, ging die Sonne unter. Der Eibisch schloß seine roten Augen, und die Eidechsen huschten über die Mauer. Die letzten Lilienknospen hingen grün und glitzernd und in der Hitze schwingend an den Stielen. Die Indischen-Flieder-Bäume füllten sich mit Licht, denn sie tranken jeden Tag den letzten Sonnenschein und strahlten in flammendem Weiß auf, wenn die Zikaden den Abend mit ihrem Zirpen füllten. In der Schlucht wuchs eine alte Mimose – dieses uralte Farngewächs, das so alt war wie das Leben selbst, der Baum, der in grotesker Empfindlichkeit bei jeder Berührung zusammenfuhr. Alles Nahe und Dunkle beeinflußte ihn, sogar die vorbeiziehenden Wolken, aber für Jenny, die ihn hinter sich ließ, gab kein Baum jemals mehr einen so verlockenden Duft von sich.

Sie schaute sich ein letztes Mal um, als sie in den Wald eintrat. Von Lichttropfen übersät, die langsam durch die sich leise bewegenden Blätter zu fallen schienen, glitzerte das Haus in der untergehenden Sonne, als ob es aus Muscheln, Perlen und anderen Schätzen des Meeres erbaut wäre. Die langen Bartflechten schwangen sanft wie Seetang hin und her. Der Schornstein ragte wie eine Koralle in den Himmel hoch.

Dann schlossen sich grüne Zweige darüber, und als sie einen Schritt weiterging, wuchsen Klettertrompeten, Fuchsreben und der großblättrige wilde Wein wie Säulen um die Baumstämme herum und bildeten zwischen ihnen Bögen und Pfeiler. Passionsblumen blühten mit ihren weißen und purpurroten Strahlen um ihre Schultern und unter ihren Füßen. Sie ging tiefer in den fließenden, heißen Schatten der Wildnis hinein und streckte ihre Hände zwischen die herabhängenden Ranken. In der plötzlichen Kühle hatte sie Angst vor Schlangen. Wie tausend Silberglocken riefen die Frösche sie im Sumpfland, das sich hinter ihr wieder schloß.

Dann war auf einmal der ganze offene Himmel zu sehen – sie war am Fluß angekommen. Ein stilles Feuer brannte auf der Klippe, und so weit sie schauen konnte, sah sie nichts als das verschwommene Bild des kalten Wassers. Neben dem Feuer hing ein großes Netz, und seine Maschen schimmerten leicht vor dem Himmel. Ringsherum hingen lange Netze zum Trocknen aus, sanft fallende und im leichten Wind bläuliche Schleier. Alles, der Fluß, der Himmel, das Feuer und die Luft, schienen die gleiche Farbe zu haben, wie die Farbe, die man hinter den geschlossenen Augenlidern sieht, am Tag, an dem die Phantasie und die Verzweiflung eins werden.

Ein paar Fischer umringten sie, und als sie Billy Floyds Namen nannte, nickten sie. Sie sagten, daß sie nach den Wolkenbrüchen nur darauf warteten, daß sich die reißende Strömung beruhigte, aber daß er schon hinausgefahren sei. Sie sagten, daß er jetzt auf dem Fluß sei, aber zum Lagerplatz zurückkommen würde, wenn das Boot nicht kentern und er ertrinken würde. Sie fragte die Fischer, ob sie bei ihnen warten dürfe, da er ja zu ihnen zurückkehren würde. Sie sagten, daß es ihnen egal sei, wie lang und wo sie warten würde.

Sie stand bei den Netzen. Etwas weiter entfernt kochten und aßen Männer und Frauen, und sie roch den Duft nach Fisch und Wild. Der Fluß strömte unermeßlich groß unter dem Himmel dahin, verfing sich an Baumstümpfen, befreite sich mühelos wieder, war schwerbeladen mit Treibgut, und in seiner Tiefe wimmelte es von Fischen.

Aber nach einer gewissen Zeit brachten sie die Männer, die im letzten Abendlicht mit Messern auf einen Baum geworfen hatten, in ein gestrandetes Hausboot, auf dessen Planken Hühner saßen. Darüber hingen die Zweige einer Trauerweide und schleiften sanft über das Dach hin und her. Überall waren Geräusche zu hören, überall brannten Feuer. Im Wald rumorten Schweine.

Ein Mann nach dem anderen kam zu ihr herein. Mit dem ersten sprach sie, der zwischen den dösenden Hühnern hereinkam, denn jetzt konnte sie mit jedem sprechen, aus dem unklaren Wunsch, ihn zu begrüßen, oder aus der Demut heraus, die jetzt tief in ihr saß. Um die Männer schwebte dichter als ihr eigener Atem der Geruch der Bäume, die unter ihren Messern geblutet hatten.

Als sie aufschrie, rief sie keinen Namen. Es war ein Schrei, der immer lauter wurde, als wollte sie sagen: „Zurück", oder eine Frage stellen, und schließlich protestierte sie. Ein rauhes Lachen übertönte ihren Schrei, und man hätte die groben menschlichen Töne genausogut für Lustschreie halten können, die in der dunklen Nacht über den Fluß hinwegschallten. Am Feuer wurden kleine Jungen von ihren zornigen Müttern verprügelt – als ob sie wüßten, daß das ursprüngliche Lächeln jetzt über Jennys Gesicht zog und daß sie weiterlächelte, gleichgültig, was ihr angetan wurde, wie wenn noch etwas Farbe am Himmel glüht, nachdem die Sonne schon untergegangen ist.

„Schläft sie? Ist sie ohnmächtig? Oder ist sie tot?" fragte eine kleine alte Frau mit leuchtenden Augen, die hinging und zur Tür hineinschaute und dann zu den Männern humpelte, die jetzt in Gedanken versunken draußen saßen. Sie fragte so genau, daß sie dabei sogar drei knotige Finger in die Höhe hielt.

„Sie wartet auf Billy Floyd", sagten sie.

Die alte Frau nickte, und sie nickte zu dem vorbeiströmenden Fluß hinaus, und der Schein des Feuers erhellte ihr Gesicht und beleuchtete seine Würde. Die jüngeren Burschen zerstreuten sich und schleuderten abwechselnd ihre Messer mit einem klickenden Geräusch in den Baum.

INHALT

Ein Vorhang aus Grün und andere Erzählungen

Das große Netz und andere Erzählungen

Verlagsgemeinschaft Ernst Klett Verlag –
J. G. Cotta'sche Buchhandlung
Die Erzählsammlungen mit den Originaltiteln
„A Curtain of Green and Other Stories“ (1941) und
„The Wide Net and Other Stories“ (1943) wurden dem Band:
„The Collected Stories of Eudora Welty“ entnommen,
der 1980 bei Harcourt Brace Jovanovich, New York, erschien.

Printed in Germany
Schutzumschlag: Heinz Edelmann
Gesetzt aus der Sorbonne von Steffen Hahn, Kornwestheim
Gedruckt auf holzfrei Werkdruckpapier (Cartiere del Garda)
von Gutmann, Heilbronn
Gebunden bei G. Lachenmaier, Reutlingen
Zweite Auflage, 1986

CIP-Kurztitelaufnahme der Deutschen Bibliothek
Welty, Eudora:
Der purpurrote Hut und andere Erzählungen /
Eudora Welty. Mit e. Vorw. von
Katherine Anne Porter. Aus d. Amerikan. übers. von
Katrine von Hutten. –
Stuttgart: Klett-Cotta, 1986.
ISBN 3-608-95017-6